猎场

GAME OF HUNTING

姜 伟 李丽娜◎著

浙江文艺出版社

读 一 页 书　　读蜜　　舔 一 口 蜜

北京读蜜文化传媒有限公司 | 策划

导演姜伟、出品人张宏震、演员张嘉译、演员菅纫姿、演员胡歌合影　　（拍摄于 2015 年冬）

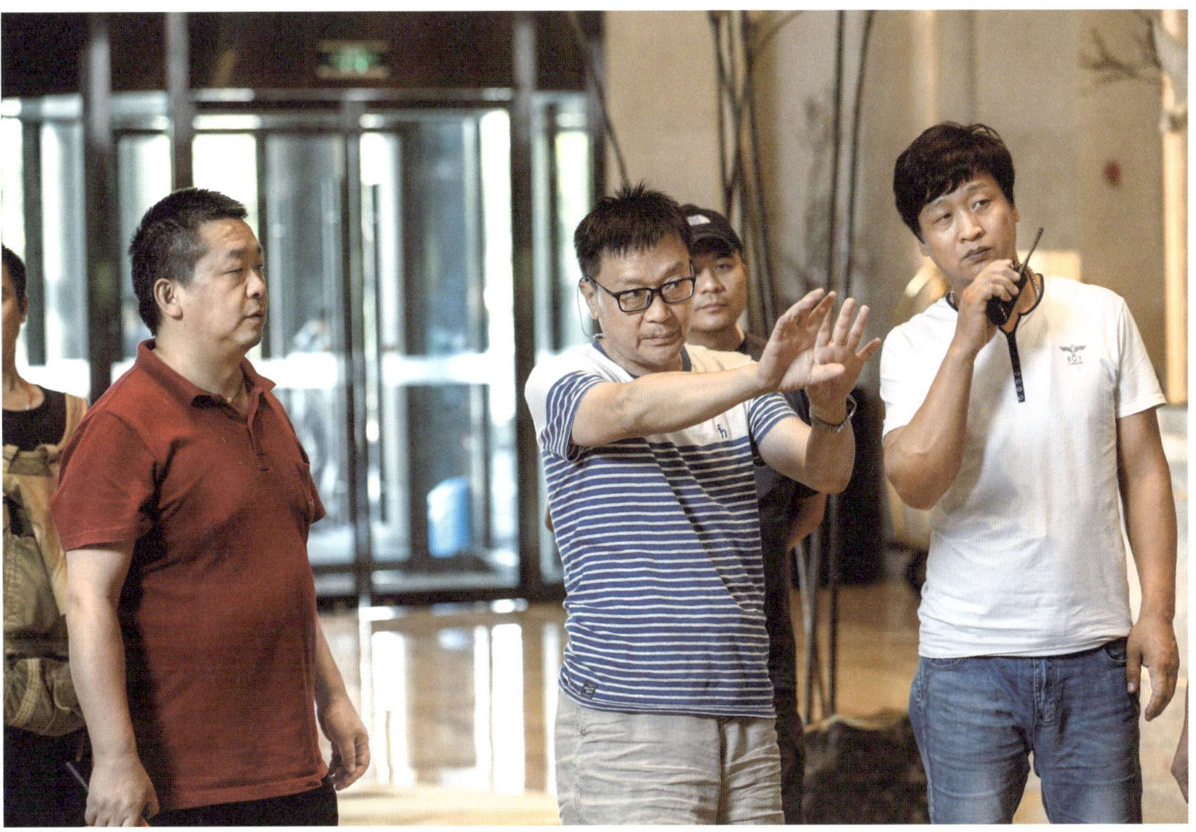

导演姜伟和摄影徐红兵讨论机位　　（拍摄于 2015 年 7 月）

导演姜伟给饰演郑秋冬的胡歌、饰演刘量体的孙红雷讲戏　　（拍摄于 2015 年 8 月）

出品人张宏震、演员孙红雷、导演姜伟、制片人张静、B 组导演付玮　　（拍摄于 2015 年 8 月）

胡歌生日　　（拍摄于 2015 年 9 月 20 日）

《猎场》拍摄定妆照　　（拍摄于 2015 年 9 月）

导演姜伟给饰演郑秋冬的胡歌、饰演熊青春的万茜讲戏　　（拍摄于 2015 年冬）

胡歌看摄影机的画面　　（拍摄于 2015 年 10 月）

剧组现场演员合影　　（拍摄于 2015 年 9 月）

《猎场》昆明杀青现场剧组庆祝　　（拍摄于 2016 年 3 月）

闲时一面镜子

——关于《猎场》剧本的缤纷记忆

“《猎场》杀青，贯夏秋冬，身心俱疲，壮志不已。感谢所有在片场出现过的人，我会用梦寐复读你们，以示怀念！祝大家一路平安，春节快乐！”这段文字内里饱含苦涩，天知地知我知。

对所有人来说,《猎场》已经过去了，可对我来说一直没有。我一直牵挂着它，一直在想，一直在琢磨。

一、电视剧市场的高光时刻与困境

1. 影视剧市场发展迅速，细分领域开始出现

写剧本曾经是一小众活计，现如今周围众生都在写了，老编剧纷纷去当导演，老导演忙着参加活动。两年前，十岁的女儿在家写学校的命题剧本，好像是提防被坏人拐骗的。我多嘴提示了几句，她眼睛乜斜着我，发出认真的质疑：你会写剧本吗？我只能悻悻躲到一边。

我入行晚，一切开始得也晚，但疑惑却来得很早。

从1997年开始写一部单本剧，到2017年《猎场》的播出，我亲身经历了中国电视剧在娱乐世界傲然独秀、睥睨众小的高光20年，也亲眼见证了黄金时段巷无一人的剧播盛况。政策法规宏观调控，产量飞跃万集。金元发力开启民营主唱，从单本小雏到百集巨鹰，广告商户如过江之鲫，地面升空卫视、四星变两星，制作播出双世界第一，从挖煤的、做IT的、做房地产的，到现如今上市公司、金融资本穿梭染指，在中国娱乐业，电视剧始终就是风头无两的当家花旦。

可是似乎从2013、2014年开始，网络剧便以蚁穴的姿态扎营在娱乐长堤，电视剧还在苦于无法低调的时候，倏忽间滔天的网络洪流动地而来，前面那段信息量极大的光荣记忆恰似云烟，顿成陪衬。电视人——这个时代怪物乳育出的庞大众生，此刻并没有表现出应有的骑士精神，宁有与IP、IPO、小鲜肉热舞至死的情趣，也绝无与网络平台死磕领地、捍卫法统的血性，走到今天，电视剧已被一些展望机构列入“夕阳行业”的黑名册上。当初逼得广播、出版、电影、舞台戏剧灰头土脸的电视行业——电视台——电视剧，如今也步前车后尘，在网络的铁蹄下，零落成泥碾作尘，只有无情如故。

2. 网剧异军突起，电视剧能否浴火重生

然而广播、出版、电影、舞台戏剧今天都得以浴火重生，且生机勃勃。电视剧呢？敢问路在何方？清晰

记得在网台角力相持的时候，听说过也亲眼所见过，一些大电视台穿戴时尚、举止优雅的购片人，纷纷指名道姓让制片人去签某某小鲜肉，因为他们网络有粉丝有流量，以此为据，收视率当然也会好，签了就购片，不签就那个啥……或许这些鲜肉只是他们自己喜欢。这个立场合适吗？貌似职业所为，其实在网台同播的博弈中，让网络平台占尽了优势，大刀阔斧地从电视剧平台上切蛋糕。从2014年到现在，电视剧的统治力，说什么好呢，其兴也勃焉，其亡也忽焉。说亡是重了点，但衰落是可见的，最可怕的是衰落的速度，太快了。

电视剧真的过时了？电视台真的被新媒体取代了？电视机真成了家庭中多余的一块液晶屏了？一切皆有可能，但那绝不会是今天。

从国外的电视剧行业来看，未来的发展会是一个漫长的缓坡，是新的阶段，而非拐点。美国的台播剧依然火爆，好莱坞更是眼热，跨界抢明星、抢导演、抢编剧。甚至有极端的说法：好编剧都写美剧了，留给好莱坞的都是二流的。美剧编剧逆袭好莱坞是不争的事实，全世界都在看美剧也是不争的事实。

可惜的是在同一时间段，中国的电视剧、电影与美国正好消长相反。某些研究者紧盯着那些不看电视只上网的人群，却对只看电视不上网的人群视而不见，更不要说去研究他们了。网络数据显示，中国50岁以上的人有2.8亿，而60岁以上的人超过1.4亿，远超日本人口总数，差不多相当于韩国总人口的6倍，有人真正研究过他们吗？他们只不过年纪大了，上网、吐槽、发声相对少些，但他们并非不存在、不消费、不吸引广告商的眼球。退一步来看，即使将来电视衰败的时刻真来了，电视剧也不该以树倒猢狲散的姿势逃离，曾经傲视群雄的电视人的谢幕，该是有尊严的，而不该是弃船、跳槽……

3. 编剧该怎样应对影视剧市场的变动

变的一直有，不变的也一直有。电视剧经历的万变中，编剧们还是在自己的案前书写，还是在用不变的方式成为编剧。无论是以笔填格还是敲键输入，无论是语音转换或是口述代写等等，手法各有不同，但作者把大脑器官发放的神奇丘觉投放到稿纸或电脑上，再着手加工出连缀成篇的故事，确是多少年来没变的程序。这个“没变”的价值极大，是稀世珍宝，因为它的源头是编剧的大脑，大脑是唯一的货源，是有基因盖章加封的。故此，才尊称为原创。

我认为所谓编剧能力主要源于三个方面：一是生活积累，二是想象力，三是技能技巧。原创的可贵之处就在于突出了这三方面融合再生的效果；改编也很重要，它是另一路的创作，历史也够悠久，好像第一届奥斯卡奖中就有改编剧本奖，已经90年了。但就职业编剧而言，改编只是选修课而已。改编更倚重的是第三方面，即技能技巧，这与原创有实质的差异。前几年发生的编剧与IP的口水仗中，有人发出“尊重原创”的惨叫，其中的确包含着绝境求生的无奈。“大梦谁先觉，平生我自知”，弱小的编剧部落认为资本不是无所不能的，恰好强悍的资本也坚信资本就是无所不能。不能改变的基本都是要命的，原创精神不容践踏，这是可以上升到国家民族的高度来震慑践踏者的正音。

二、我的剧作方法论

1. DT（数据处理技术）时代工具的运用对创作的影响

1997年的写作与2019年的写作，除了设备和传输上的升级更新之外，其他方面确实也有些变化。对我个人而言，一个重要的变化就是资料的搜集整理，即对搜索引擎的使用——估计其他人也不会例外。这一重大变化，改变了我对时间的分配，甚至改变了一些我的写作思路、步骤、格式等等。当然这项工具的应用远早于2019年，但在2000年前后，作为编剧，在搜索资料的过程中还没有用到它，更多的还是文字资料的搜集和实地采访。

搜索引擎让我感受颇多，它带来了一些编写上的保真效应，以及对思路的意外激发，也存在着想象不到的一系列链接会带我走向原始思路的反向，它常在不经意间产生意外的偶得和纠错的乐趣。当然它没有构思能力，不能加强戏剧效果，也不能打磨台词声色，但是它对随时都趋向僵化的思维模式，提供着跳出窠臼的可能性。

比如在写《猎场》时，猎头行业里的 Cold Call，也叫打 CC，直译为冷电话，所指的是猎头顾问根据一定的条件，主动给目前并不认识但极有可能成为潜在候选人的人打电话。在对猎头行业做出一番有目的的搜索后，打 CC 这个业务行为经常跳入视野。有些人力资源专家对打 CC 这种行为有过研究，发现打 CC 除了技巧层面之外，年轻的职员还会有紧张感、负罪心理、圆谎心理以及“走过场”的交差心理。看到这种深入到猎头从业者内心活动的研究，对于我而言它就是角色心态，是动作也是眼神，是台词也是冲突，总之会成为戏。所以在《猎场》里自然会选择这项有专业特色的业务。搜索手段能帮助完成很多面对面不可能完成的采访，并得出不错的结果。

当然传统的采访依然有其不可取代的身临其境的优势。我在海德思哲北京公司采访时发现，很多年轻女助理（业内叫 researcher，研究员）守在办公室接打电话，而他们的老大（业内叫 executive search consultant，猎头顾问）则在外奔波。（写到此时，涉及英文处，还要打开桌面上《猎场》资料库的文件夹，里面都是当初搜索下载的相关资料。其中一篇《人力资源行业术语英文及缩写》中都有中英文对照。）跟其他外资企业一样，年轻且有耐心的女职员们都有个英文名字，Angel、Lisa、Miya 等等。她们穿行在狭窄的办公隔断之间，着装利索时尚，发饰、姿态、妆面处处可见其精心打扮后的漫不经心，谈笑风生。让人不由得展开戏剧想象，她们和她们的老大（大多高学历且有海外留学背景）之间会不会发生最庸俗的桃色戏码呢？不管面前的女生们有没有，至少我的剧中角色是可以有的，她们提醒了我，郑秋冬身上就可以有。这并不是采访提纲中原有的东西，而是采访触动了想象，而想象是没有道德底线的，剔除个中不健康的，总会有些能拿得出手。

如上的实地采访不会太多，所以搜索于我如采访。与采访不同的是，搜索引擎是冰凉的，没有情商、表情、欲言又止和话里有话，更不会向你的礼物、酒菜做出额外的施舍，唯使用者处处留心，方可以捡到想要的“馅饼”。

2. 原创剧本与改编剧本的难点和处理方法

剧作者好像都遇到过这样的问题，问：你是先想好故事框架，还是先想好局部，比如结尾。在学校站台时遇到的这种问题会更多。

问题的答案并不重要，重要的是找答案的历程，捋着多年写作经验去找，并没有结果，找不到明确的构思逻辑，也难还原剧本初始的构思次序。直至有了电脑记录，可以查看文件创建、修改时间等数据之后，才能更清晰地看到一个剧本是怎么从原点到完成的。因为一个剧本从简单大纲到详细大纲，从初稿到最终完成稿，一般会衍生出多个文件，从简到繁，通过这些文件可以看到写作者一路是怎么想过来的，先想到什么后想到什么，多个板块拼出的图形，就是一路写来的足迹。

经本人不完全统计，结尾对全局尤其重要，由此向前延伸勾连，常成为重点思考的部分。

而做剧本改编的基本不用回答上面的问题，一开始的时候结尾大致都有了。

我有过三次改编经历，分别是《让爱做主》，原著是皮皮的《比如女人》;《浮华背后》，原著是张欣的同名小说;《潜伏》，原著是龙一的同名小说。改编有改编的难处，明显的难处是如何挣脱原著的束缚，所谓挣脱其实更是为了让原著自由转身。这种挣脱需要找到足够的离心力，既要攥住原著的真核，又要让写作放开手脚，改编是求新求丰满的两难过程。“尊重原著”这句话对于剧本改编者来说要抽象地理解，很多观众认为改编出来的剧本很像原著才叫尊重原著，这是误区。道理很简单，只有剧本改编好了才是尊重原著，哪怕改变较大；照猫画虎就是不尊重，因为无数的改编证明那样效果不会好的。

有一种例外，就是面对真正的经典名著，比如改编《红楼梦》时，就必须按照原著来。

3. 我所了解的 IP 改编

还有一种改编，俗称大 IP 改编。IP 改编这股洪峰曾经汹涌滔天，渐渐地好像有些式微。这种改编我没有参与过，但是有过观察思考。曾经也有人找我做大 IP，那次被资本大佬肆无忌惮地诱惑了一把，没敢接单，至今还有阴影。

文学作品的改编和大 IP 的改编大有不同，虽说逐利的目的相同，但对行业价值观的影响大不一样，表现出的社会责任感也一目了然。对电视剧行业来说，哪一种是烧香的，哪一种是拆庙的，路人皆知。“电视剧是商品”和“电视剧仅仅是商品”当然不一样，只有良知的天平可以度量二者差异。大 IP 的主张者很聪明，他们迅速就把“文学原著”“文学名著”都拉入了 IP 行列，做出同类的姿态，并肩走在大街上，让人想起美女和泰国美女的差异。

大 IP 的改编跟传统改编还有不一样的点，这需要换个角度看。据我所知，大 IP 的制造者往往把投资的大部分放在买 IP 版权和流量明星上（通常要签下一到两人），这两点完成后，叫作盘子，然后似乎就等着数钱了。至于什么人改编，什么人导演，主演之外的角色谁演，就不那么重要了。彼时，购方已经签合同，投方的钱也花得差不多了。剩下来的钱继续操作，这种改编的特点也就一目了然了，电脑码字而已，照着 IP 整，尽量别走样。

4. 如何平衡编剧的“自我”与市场要求

原创和改编都叫编剧，每个编剧都想在写作中加入自我，这里所谓“自我”就是编剧想表达的个人化的东西。电视剧有着求同存异的框框，在类型化、通俗性的要求之下，“自我”的表达空间不大，能有一点更显可贵。

而尴尬的是，编剧和观众之间还夹着导演，导演认不认可编剧的“自我”那就很难说了。或许导演还有他的“自我”要表达，那么编剧的“自我”常被埋没就再自然不过了，常有编剧抱怨导演，怎么这儿也没了那儿也改了，导演解释说电视台嫌慢，制片方嫌拖，都剪了，演员不愿这样去演，就改了。所以很少有电视剧编剧会对导演由衷地满意。

我所幸免的是不用体尝这重烦恼，自己写自己导，好坏都是它，自己想表达的可以尽情往里塞。也有购片方嫌慢嫌拖的，到时候再做些调整也不迟。但是事后也会有编剧心态，反思那些作为导演没拍好的段落，有时候会陷入绝望，觉得就是没有能力把它拍好，因为现场已经尽力了，各部门也都给力。或许是拍摄手法不恰当，另一种手法就恰当？或许不是手法问题，是理解问题……循环往复，因没有答案而纠结，这种纠结往往出现在后期阶段。从写到拍到后期，剧情已经烂熟，真的会没有感觉了，放一放、晾一晾再拿起来会好一点，但哪有时间等你呢？

当剧播出后，原本绝望的段落并没有被吐槽，或许还会有赞誉，看来导演没问题，反倒是原本以为不错的段落被吐槽。这个时刻，往往会从编剧的角度看问题，反思编剧的是与非。相对而言，作为导演的郁闷好释放一些，毕竟影响最终完成片品质的因素有很多，包括审查环节，以及最后面对观众那“奇幻”的台播版；而作为编剧的郁闷常常挥之不去，因为你是独自完成的，甜与苦只能独吞。可以说，播出是检验创作的唯一标准，前提是舆论环境是健康的，回馈的信息是客观的、准确的。

三、从原点到完成，《猎场》的初心与呈现

1. 选题立意：历时四年，我为什么想要创作《猎场》

在我的戏里，《猎场》从写到播，是跨越时间最长的。

电脑里可以查到最早的时间记录是 2013 年 12 月，我和付玮导演去嘉里中心，采访海德思哲国际咨询公司的整理稿，那时候《猎场》还叫《欲望猎场》。到 2017 年 11 月首播，将近四年。

四年里分几个阶段，开始是一鼓作气，剧本创作阶段虽然比较艰涩，但到 2015 年上半年吭哧吭哧还是做出来了 90%。后来是虎头蛇尾，最后两集由于筹备工作开始，迟迟没能交稿。万万没想到的是这两集最终会成为漫长的噩梦，折磨了我三个月，直到拍摄的尾声才写出来。

“烂尾事件”对整个拍摄阶段影响很大，给我造成的压力也是从未有过的，是一个沉痛的教训。亲历这种煎熬和旁观的心境完全不同。一定是我的心理素质不够好，边拍边写我无法胜任，能把人逼得精神崩溃。那种痛的体验深入骨髓，永不能忘。我发过誓——如果一部戏编导都是我的话，剧本不写完，绝不开拍。

“怎么想去碰人力资源这个陌生领域呢？”《猎场》在前中后期间，这个问题被多次问到。我记得播出期间也有人吐槽说：“《猎场》中的猎头行为像间谍一样，编剧瞎编，严重失真……”

先从另一点说起吧。人力资源俗称猎头，对这个行当的兴趣源自一个真实故事。我认识一位资深的人力资源顾问，他曾猎过一个重要人物，因为会面的写字楼办公室窗明几净，高度透视，不够保密，那“重要人物”不想被人发现自己私会猎头公司。因此这位猎头顾问带着他的团队，将公司两面墙上宽阔的落地窗、走廊的玻璃隔断全部用报纸严严实实地糊上，会面时间也安排在下班以后，让“重要人物”获得意外的安全感，受到专业的服务，事情也就更容易谈成了。这其中些许的谍战味道就很吸引我。另外，剧中提及李开复密会谷歌高管的那段传奇，也很有谍战范儿。播出时得到李先生的公开认同也是件开心的事。

我为什么要对这个吐槽声做出这么复杂的回应呢？因为我当初选择人力资源这个行业，就是看中了它“高大上的秘密行动”，剧本后段跨界到情报搜集和商业间谍领域，也是出于这样的考虑。如果没有这种职业的神秘劲儿，没有这种“间谍范儿”，就不会去选猎头行业了。

2. 人物设定：跳出典型，《猎场》借人物诠释成长

写猎头只是外装，实质是想写年轻人的成长，写职场，更想写人生，写精神家园的毁坏与重建，写现实中几乎不存在的崇高品格和完美心灵，像特浓咖啡，要苦甜苦甜的口感。

《猎场》开播前的宣传策略中，对“猎头”职业的渲染或许有些过重，职场戏的牌打得有些单一，观众对开篇郑秋冬很潦倒而非高大上的人设感到意外，出现负评，这是始料不及的，但是正常。观众可能期待的是彻头彻尾的猎头和高大上，是西装革履的商战范儿。而编剧想做的是另一种过程。

其实在剧本写作阶段，1—9 集还是比较顺手的，在最初搭建框架的时候，我给这部分起的名字叫“郑秋冬之浴火重生”。因为这个段落不涉及猎头行业，主线是曲折的成长历程。尽量在较短篇幅内拉出长的时间跨度，十多年吧，在这十多年内制造多个骤变或逆转，我自己称之为“跑着的戏”。一直到郑秋冬到杭州后，才成了“走着的戏”。做后期时，我觉得 1—9 集的这一大段落中有缺陷，郑秋冬和罗伊人的感情没能落实，他俩这种情，原本就是我给自己找来的一大麻烦——我可愿意找这种麻烦了。当时就想写两人不在一起的那种爱情，写“思念”，不是朝夕相处的那种，而是谈一场在电话、微信上的恋爱，这是我的兴趣点。我想过，现实生活中一定有感人的异地恋，不在一起不会是感人的障碍，而会是特点，是难度。前面说的情感没能落实，就是没做到感人，没能彻底攻克自找的麻烦，也没能更好地实现最初的目标——让麻烦成为特点。

对我而言，写感情戏不是强项，但是电视剧必须面对这个选项。《猎场》中郑秋冬与罗伊人的爱情戏是贯穿始终的，有人问过，制造这样一场“超怪异”的爱情戏是怎么想的，为什么他们两个人都经历了好几段“与过客的情感”。我的本意是这样的，想写彼此“忘不掉”但又“得不到”的遗憾。现实生活和经典写作中都有那种“错失了挚爱的意中人，心灰意冷的她或他，潦草地就让自己嫁或娶了”。这个逻辑

好像是说情感打击越沉重，嫁娶就会越潦草，在戏剧格局中好像是成立的。所以罗伊人的每次选择，对象都不够正常，想以此体现她的潦草。郑秋冬的选择比罗伊人看似正常，但都是近水楼台先得月。我想用这种“潦草”来表现双方“无望了，忘掉吧”的绝望心理，以此达到“永不能忘”的最终目的。

感情方面大致就是这样考虑的，虽然剧中情感框架看起来比较庞杂，分支也多，但最初的想法是上面这样的。感情戏的事先写到这儿，后面还会再说到，先换个话题。

3. 戏剧结构：六段故事，怎么在创作和制作中平衡处理

在整理《猎场》早期的文档时，我看到“曲闽京专案”“陈修风专案”“赵见蜓专案”“陈香专案”，还有后来的“严枫专案”这一系列单独建立的单元文件。这样排列的思路是想用六集左右为一个单元，写六段故事，随着一段段故事的发展，让郑秋冬职业上的长进、情感上的嬗变交汇其中，使人物随之渐渐丰满。

每段选择六集左右的长度，当时是受到日剧《半泽直树》的启发。《半泽直树》好像是五集左右讲一段故事，一共十集讲了两段故事，这是一个相对新颖的结构，但是拍摄时的场景和演员的更换会很费周章，因为这两方面的量大，需要至少六次更换。为避免《猎场》中六段故事同质化，需要六种尽量截然不同的内容。我从网络和书籍中查看了不少猎头案例，没有可以直接拿来用的，但可借鉴，经过一番戏剧性改造，虚构出六个相互区别的故事。所谓相互区别，就是形态上从内到外各不相同。

“曲闽京案”是为民营企业猎一个政府官员、专家干部。曲闽京的身份是外在特征，便于相互区别。当时在媒体上能发现不少体制内的专家官员下海的案例，因为这样的人本身就是多种资源的结合体，是紧俏商品，我断定背后都是有推手操作的。这个案例表现了略显稚嫩的郑秋冬真诚、坚韧、善良的品格，这是内在特征。

“陈修风案”是猎一个金融天才，但这次猎头郑秋冬并没有成功，这是一个表面上“失败”的案例。比起前一个成功，我更喜欢这个失败。这是一个关于“侠义”和“勇气”的故事，为路见不平、拔刀相助的郑秋冬，从人格上注入高贵的气质。

“赵见蜓案”是一个职业操作上失误、职业精神上完美的案例。人力资源行业有个不成文的规矩，猎头公司猎来的人如有瑕疵没被发现，比如赵见蜓的学历造假，或短时间内不能胜任客户的用人要求，人被用人方辞退，原猎头公司理应免费提供新的合格人选。这个故事暗线讲的是郑秋冬被袁昆设计复仇，明线上讲的是郑秋冬搭救“落水者”赵见蜓的悯心善行。改正错误比不犯错误更彰显人性的光彩。而从贾静雯扮演的蔡婉妤的角度看，这又是一声关于爱的叹息。

“陈香案”和“严枫案”是相互连接的两个故事，前因后果。

“陈香案”的设想原本是这样的，尝试朝一般观众更陌生的领域开进，但是故事必须要好理解，情节合乎通俗规则，必须投入一些陌生概念，但要滤除阅读过程中的陌生感。就像《达·芬奇密码》中那么多观众弄不懂的概念和宗教典故，比如圣杯、郇山隐修会、符号学等，但这些陌生的概念，不妨碍观众阅读并且喜欢。

商业间谍和情报学是我比较喜欢的概念，借用大众对这些概念字面的理解，它具有构架侦探情节的可能性，也便于借鉴谍战片的桥段。对这样的思维习惯也是没办法，因为不管什么故事，我首先都会往这个方向拐，然后再考虑别的方向，这纯粹是个人兴趣。“陈香案”中，郑秋冬就是个专业探员，解开秘密，曝光阴谋。写作理念包含一种愿望，就是想推出英雄人物一往无前的精神。

“严枫案”是唯一没有写职业行为的段落，基本就是感情戏，与前面的所有故事不同。想通过郑秋冬对严枫的愧疚，实现自我救赎，用这个救赎过程，冲击郑、罗的感情世界。原本目标是想塑造一个现实世界中没有的完美人物，他的精神是高尚的，并自觉情愿继续完善。记得那时候看过几部日本电影，其

中的人物都无缘无故的好，慷慨无私地帮助他人，很“甜”的人设。比如《海街日记》和《深夜食堂》等，对之印象颇深。郑秋冬、罗伊人为什么不能呢？

罗伊人处于陪同受难的尴尬境地，心情向左，行为向右。剧作中有一个很重要的规定性，就是把人物放到两难的情境中，为了得到必须放弃，为了胜利必须失败，这些看似矛盾的逻辑，却是剧作中的常客。罗伊人就在这样的处境中，她不得不呵护着郑秋冬走向严枫。

不同的“案”打磨郑秋冬不同的面，职业、品格、情怀、爱情等方方面面，尽量做到每一“案”都能侧重有别、轻重有序、结合有机。从写作阶段的揣摩到观众最终的观感，二者之间仿佛隔着千山万水，一路走来，编导合一的人会有更多别于他人的感受，写、拍、剪、混的疲与乐得到的，确实比别人都多那么一点。

四、《猎场》的编导教训和故事心得

1. 编导合一：两种不兼容的内容处理

从陈香死、严枫疯到全剧终，这一大段落，就是前面说的拍摄前没有写完的两集，到现在它还是我心里的痛点。

拍摄前只有“陈香案”的构思，还不太完整，“陈香案”原本是本剧的大结局，根本没有严枫疯了这段故事。意外的变化发生在边拍边写的日子里，我发现原先的结尾很不能让人满意，必须推倒重来，结尾处事业、感情理应双双达到峰值，能创造出一个反转就更好，可那时就是写不出来。

本剧开拍是在2015年7月28日，查看电脑记录，2015年4月的“《猎场》最新大纲”，结尾处根本没有严枫疯了的构思，甚至陈香都没有死，而是自我惩罚去了公司的非洲分部。发生了那么多变故似乎都忘记了。

记得2016年初，把新写的结尾拿给严枫的扮演者朱杰看，她彻底蒙了，本来她演的严枫都要杀青了，没想到后面加出来的戏比已经拍完的还要多、还要重。当时我想，她一定认为我是个居心叵测的骗子，故意藏着大篇幅的结尾最后胁迫她拍吧。

还有一糗事，是在拍摄中期的时候，我对没有结尾的剧本越发感到紧张，必须集中精力写完结尾，自己才能安心拍摄。故此请师父张建栋导演来替我拍了十天，我以为能突击出来一个满意的结尾，可怕的是也没能写出来，陡生愧疚之意。

这次经历让我有个深切感受，在编导合一的创作中，边拍边写就是噩梦，拍摄期间的大脑，就不是写作的大脑，那是两种不兼容的神经组织，前者是兴奋的，后者是空白的。

我清楚地记得，当时心里的焦虑跟急迫纠结成一团，既束手无措，又必须去做，都是无用功。收工之后经常跟张静、宏震念叨，他俩给予的鼓励很及时、很珍贵。有时候在拍摄现场或酒桌上我也跟胡歌交流结尾的问题，胡歌出主意的认真态度让我觉得很温暖。在剧中，严枫疯了之后，本来设计了喜庆婚礼的“唤醒”方式，胡歌却建议用葬礼——死亡的“唤醒”方式，这是反向思维的典型个例，现在的结尾就是在这个思路下派生出来的。所以在最后几集的片头字幕中，有“故事：胡歌”的字样，以示感谢。那段时间很像走夜路，即便有个陌生人远远地同行，都会有陪伴的感觉，更不用说以心、以热忱来探讨、来帮助我的小胡同学了。

郑秋冬揭露真相导致陈香之死，陈香之死导致严枫之疯，严枫之疯导致郑秋冬的良心受到谴责，这是一种精神危机。于是郑秋冬牺牲自我，完成救赎，这样的构架成了最后让我满意的结尾。可拍摄计划紧张，始终没有时间也没有精力去写。

结尾的转机终于出现了，也跟胡歌有关，他像是我的福星。那年年底，胡歌来北京排演早已约定好的话剧《如梦之梦》，剧组要停工一个月，幸亏这个神空当，我才得以脱离拍戏现场的纷乱，静下心来把最后的结尾写完，以解“心头之恨”。可写着写着新纠结又产生了，很可怕的纠结，我发现多出的不是两集，而是四集半到五集半的长度，我好像被自己捉弄了……事态朝黑色荒诞的方向迅速滑行，已经不可改变了。我不担心事后有观众说注水掺沙子之类的话，只要故事走势舒服就问心无愧。我担心的是演员档期和剧组周期，谁都不希望拍摄跨春节。好在大家齐心协力，在预计时间内完成了多出来的长度。杀青的那天我绝对体会到了什么叫如履薄冰、如释重负。我很少发朋友圈，那天的快意却油然而生。

2016 年 2 月 2 日，“《猎场》杀青，贯夏秋冬，身心俱疲，壮志不已。感谢所有在片场出现过的人，我会用梦寐复读你们，以示怀念！祝大家一路平安，春节快乐！”这段文字内里饱含苦涩，天知地知我知。

2. 人物和情节：故事的支撑

《猎场》原本完成定剪是 54 集，后来考虑到头尾节奏慢的问题，加上原定的播出时间因故推迟，我跟剪辑师周新霞又调整了一遍，中间的 34 集不动，前十集剪掉一集，后十集剪掉一集，成了最终的 52 集，心里稍显平顺。播出机构在播出时强势拆分，播成了 58 集，够狗血，也够用心良苦。

在前面聊《猎场》的部分，有个感情话题戛然而止，我想在这儿接着再说下去，有些东西至今也不太明了。

导演看自己的作品有冷眼旁观的感觉，编剧则有偷窥的感觉。

《猎场》播出的效果与我的预判有很大的出入，说不清具体的出入点。但明显的感觉是观众对整个感情层面议论较多，男女主人公似乎换的情人太多，而且选择的对象也不够美。尤其是女主罗伊人，历经“绝症患者”“贪官部长”“出轨小丑”，一路下来才回归到郑秋冬，感觉太作了。我给罗伊人的定位是文艺女，文艺女并没有准确定位，我是按照我的理解来写的。写之前我就知道，写文艺女是冒险的事。罗伊人是那种长发及腰、不食烟火的孤女，符合那时流行的“绿茶婊”一词。那么就算是“绿茶婊”这样的人物是否具有审美价值？妓女、女盗贼、女杀手、吸毒女等有瑕疵的女性都进入过经典写作，而且光彩照人，“绿茶婊”行不行呢？写之前我不知道“绿茶婊”这个词，但是这种人现实生活中很多，百分百可以写。关键是怎么把她写好，她的确立与否直接涉及郑秋冬的毁誉、全剧的毁誉。

从播出的反馈来看，这个人物有欠缺，而且波及较广，这个波及对剧的影响很复杂，有形的、无形的都有。值得反思的是，人物的欠缺是来自剧作。起初对于郑、罗的爱情总是“不同步”的设计还挺得意，郑落单的时候，罗身边有人，罗落单的时候，郑身边有人，身心两错。他们在十多年的时间里各自有过三段情史，也可以接受，很多人都会有吧。这一切的预设都还成立，但当代观众的道德网眼如此细密，三观正得如同坐标，这样的现实没有得到高度重视。本来自以为观众“这也可以理解，那也可以理解”，错了，不可以理解。观众就是观众，作者就是作者，作者可以揣测观众，观众可没那心思揣测作者，这是感受很深的一点。

还有熊青春离开郑秋冬，观众很是不能接受。有编结局她又回来的，还有编她得绝症的，也都是出自感情层面的争议。

在我的理解中，影视中所谓的故事，理应有两个大的支撑，一是人物，一是情节。从《猎场》的播出反馈来看，情节没问题，问题出在了人物上，认识到这一点，是很有价值的收获。

对所有人来说，《猎场》已经过去了，可对我来说一直没有。我一直牵挂着它，一直在想，一直在琢磨。

姜 伟

2019 年 5 月 7 日于北京

目录
CONTENTS

第01集

黑底字幕：2008年 北京 昌平科技产业园（郑秋冬演讲的声音伴随着知了声切入）

1. 某现代化工厂车间　日内

阳光斜射，明暗反差强烈。

郑秋冬在动情演讲，随着他的演讲，环境从小向大展示出来，依次是：

简易的讲台，横幅："世心精神，家园之光"。一层层的听众直至站满车间，站不下的人，被挤上窗台、设备、座椅。听众是穿着统一制服的年轻员工，制服左胸口上印着醒目的企业logo（标志）和"世心集团"的字样。

几台不同样式和角度的摄像机摆在讲台下，直播的网络工作人员戴着精巧的耳麦，敲打着键盘。

郑秋冬激情陈词：……你们炽热的眼神让我的思绪穿越，穿越回青春涌动的岁月。当年我参加高考的时候正赶上重感冒，这不算什么，但还要骑车20公里去赶考，这也不算什么。苦苦坚持下来，却差了3分，3分呀，这是判作文卷的老师凭心情就能决定的微小差距，没能金榜题名，我抱怨过上帝不公，甚至在生命最黑暗的地带逗留很久。这还不算什么吗？不，这应该算什么了。活着还是死去，这是一个问题，此话我最早不是从莎士比亚那儿听到的，而是我内心的血痂。经历了那个暗无天日的苦夏，我就开始相信命运，后来命运让我走进咱们的世心集团，世心"忘我勤奋，共筑前程"的企业精神和理念召唤了我孤独的心思，命运突然展开来别有洞天的一幅画卷，我看到了自己的存在，懂得了野百合也有春天的深意，人生像一年四季开放的花，有的开放在春天，有的开放在冬天，奋斗是一生的事业，只要不舍弃希望……

听众前排，几个西装革履的老总式人物频频点头。

一排排年轻人，炽热的眼神凝聚在讲台上。

戴耳机的网络直播员离开席位，走到角落，对着话筒小声地：刘编，刘编，这孙子的演讲内容是盗用，赶紧搜索一下盗用谁的。不是不是……不是奥巴马的，啊？也不是马丁·路德·金，不是这档次的，对，贼耳熟，俞敏洪或马云之类的？赶紧查一查。

一个年轻的女工听得热泪盈眶。

几个年轻男子挤在窗台上听，一个被挤下去，愤怒叫喊：谁推的！活够了是不是？

郑秋冬演讲着。

视频转播摄影镜头的镜片仿佛一个巨大的黑洞，视点猛地冲了进去。

特技：信号在线路中奔跑着。

2. 白力勤工作室　日内

视点冲出显示器，显示器前白力勤和女友罗伊人在看网络直播。

视频中郑秋冬还在慷慨陈词：……后来虽然因为小家庭的原因，我离开了世心这个温暖的大家园，但是世心的岁月记忆是醍醐灌顶的，萨总给我的创业密钥，郭总给我的人生编程，无不是金玉良言啊，那是我郑秋冬一生的财富。拜托各位，在你们手中，明天的世心一定更美好……

掌声四起。

罗伊人一手捧书，一手托着腮，直勾勾地看着视频中的郑秋冬：一只穷困潦倒的流浪猫，又不是什么成功人士，企业为什么花钱请他，网络还直播？

白力勤：成不成功不重要，重要的是能说。这叫利益最大化，他卖他的狗皮膏药，企业给员工打爱厂如家的鸡血，这叫凝聚力，洗脑也是生产力呀。

罗伊人感慨，凝视着屏幕里的郑秋冬：一周在台上狂喷两次，一次一个多小时，还不重样，真不容易。说完低头看向手里的书《查令十字街 84 号》。

屏幕里的郑秋冬，台下，年轻的女工争着跟他合影。

白力勤：你看，他这不还挺招小姑娘喜欢的吗？嘴皮子一吧嗒，就有人……你当年是不是就这样被他俘获芳心的？

罗伊人抬头看着白力勤，埋怨：有意思吗？都过去的事了。

白力勤伤感：不说了，不说了……我也不是过去的我了。说着他推动轮椅，去桌边看手机，这时才表现出他是个残疾人。他看着电脑：你说他不容易，这有什么不容易的，这就叫信口雌黄，雌黄并不难，难的是信口；其实信口也不难，难的是开河；话说到家，开河也不难，难的是开一代先河。

罗伊人再次从书上抬头，无意间看到墙上她和郑秋冬、白力勤外加一两个人的合影。

呆住。

白力勤推轮椅来到她身边，摸着她的手，也看向照片，扭头看罗伊人，似有感触，不禁握住她的手：谢谢，伊人，谢谢你一直陪着我。

罗伊人是个气质忧郁的女子，任由男友亲吻着手，安慰：要说谢，对你就不公平了，好像我是施舍你……你不是说他就是个混子吗，怎么还开一代先河？

白力勤慢慢放开罗的手：他就是混子。我说开一代先河，不是说他，是指一种至高境界，点燃思想的演说家。（突然转调，指着屏幕里的郑秋冬）晚上让丫请客，肯定挣钱了。

3. 秋冬职业介绍所　日内

这是个简洁的办公室，有里外间，里外间之间有门。

两个姑娘一边在看电脑直播，一边在跟一名工头讨价还价，工头的身后站着五六个乡下打扮的姑娘。

屏幕上一层灰，一群年轻人围着郑秋冬，他在说：个人前程是什么？那就是越来越好的一种趋势，这种趋势有偶然的，也有必然的。偶然的是什么？郑秋冬用视线征询女工们。

姑娘甲看着屏幕一笑，接话：偶然的是，你在奋斗，幸运女神看到了你。然后问工头：她们有做保姆的经验吗？

工头开口：有一个做过……却听到视频中郑秋冬：偶然的是，你在奋斗，幸运女神看到了你。必然的是什么？

工头有些晃范儿，看看电脑，又看看姑娘甲。

姑娘乙接话：必然的就是通过奋斗，你看到了幸运女神。然后对工头：有会按摩的吗？

工头正要开口，却听到郑秋冬的声音：必然的就是通过奋斗，你看到了幸运女神。

工头困惑：你们怎么……

姑娘甲：知道什么叫瞎白话吗？这是俺们董事长。几位姑娘，过来填个表，每人交 50 块钱报名费。

工头抬眼看墙上，秋冬职业介绍所的工商注册证。（画外，姑娘们：50 呀 / 便宜点吧。我会按摩 / 东家不要我，这钱能退吗？）

4. 阔气的董事长办公室　日内

西装革履的萨总坐在老板台里，背后是一扇落地大窗，他把 10000 元现金摆在桌面上：演讲很精彩，我给你加倍。

郑秋冬疲惫尽显，喝下一杯胖大海水，仰靠在沙发里，眼睛盯着钱：谢谢萨总。

萨总认真：鸡听音乐能多下蛋，这说法靠谱吗？

郑秋冬打起精神：绝对的。他再次瞄了眼那 10000 块钱。

萨总从抽屉里又拿出 10000 元：郑秋冬兄弟，你说得头头是道，让世心员工爱厂如家，很好。可你自己的事业为什么……如此不堪呢？

郑秋冬揉着眼：萨总，如果你非要羞辱我一番再给钱，我宁可不要。什么叫不堪？

萨总手中的钱停止在空中。

郑秋冬慢慢走到萨总面前，恭敬地指着桌上的 10000 元：你把那沓钱放在这上面，我告诉你一个真相。

萨总有些好奇：你先说。

郑秋冬：我站台上干喷一个半小时，没有一个人离开，是你这做老总的也做不到的，知道是为什么吗？

萨总想了想：为什么？

郑秋冬点了点桌面上的钱，萨总无所谓地把手里的钱放上去：为什么？

郑秋冬把钱握住：演讲里很多事是我编的、抄的，但是向上的精神力量是真实的，每一个字都发自我内心，不矫情，更重要的是，我和他们的心是相通的。

萨总看着郑秋冬装钱，笑呵呵：精神力量……好词！可惜，我们员工说得更多的是精神崩溃，怪不怪？拿钱干活，有什么可崩溃的？你说，什么叫精神崩溃？

郑秋冬抬眼看萨总，这时萨总身后的落地窗外，一个穿企业制服的人坠落下去，郑秋冬“啊”了一声，萨总回头看窗外：怎么了？接着是“砰”的一声。

萨总转身贴窗看下去，惊叫：啊！思索片刻，揿住桌面对讲：保安部，保安部……

郑秋冬往门口走，自言自语：此乃精神崩溃者也……

5. 办公楼下　日外

郑秋冬坐在罗伊人的车里，看着车外面。

车外面是一张白单子盖着尸体，很多人围观，白单子上洇出一块血红。

保安在驱赶用手机拍照的围观工人：不许拍照……

罗伊人开着车从一边穿过，不解地张望：他们看什么呢？

郑秋冬：……一个醉汉。

6. 城市街道　日外

罗伊人开着车，郑秋冬看着反光镜中的她，罗伊人抬眼，二人眼神瞬间对上，一同躲开。

罗伊人一边开车，一边从副驾上的一堆东西里拿起一厚本精致的杂志《文艺》递到后排：新的，有老白的专访。

郑秋冬翻看，一篇文章“老白说文艺”，还配着白力勤的照片：嚯，这头衔，著名文艺评论家，你们家老白这发型有点意思，像谁呀，戈培尔，哎，你们家老白怎么评价……

罗伊人低沉幽怨的声音：你不长记性啊，说老白就说老白，怎么老是一口一个你们家老白、你们家老白的，听着我跟个大老娘儿们似的。

郑秋冬瞬间尴尬，又露出微笑：别生气呀，以后我会注意，其实……我也不愿那么叫。说完低头看杂志。

静。

郑秋冬看着杂志，叹：老白不该老谈他腿的事，上次采访他也提过，一提腿的事就像乞怜。

罗伊人轻描淡写：说点别的，下午我们看你的视频了。

郑秋冬：是吗，老白说什么了？

罗伊人似有不满：你就这么在乎他说的？

郑秋冬看着窗外：他不是……评论家吗？哎，在这儿吃行吗？

罗伊人看了一眼：这儿太贵，给了你多少钱？

郑秋冬：这回多，20000。

罗伊人意外：是吗？转而叹气：够你交房租吗？

郑秋冬沮丧：差不多。你毕业论文写得怎么样了？

罗伊人苦笑：我毕不了业了，挂科太多，以前没查，也不知道。昨天回学校一查，挂了五门，哎，这儿吃吧，湘菜，你俩还都爱吃辣。

郑秋冬：行，停车吧，我先下去要个包间，你去接老白。

罗伊人停下车，叹气。

郑秋冬：怎么了？

罗伊人：老白这腿……彻底把我变成个司机了。

7. 餐馆包间 / 秋冬职业介绍所　日内

郑秋冬疲惫地靠在椅子里，合上菜单，对服务员：就这样吧，先下单，等客人来了再做。服务员出去，郑秋冬捏着太阳穴拨电话。

秋冬职业介绍所，电话响，姑娘甲接听，流利的职业开场白：您好，秋冬职介，我是 002 号业务员，请问有什么能为您服务的？

郑秋冬：是我，今天怎么样？

姑娘甲正色：哦，老板，跟平常一样。哎，一个好消息，中关村电玩大世界要 15 个场地推销员，是宋经理的保姆介绍的关系，15 个呢，每个提 120 块钱，那就是……

郑秋冬还是打不起精神：知道了，房东来过吗？

姑娘甲：人没来，电话来了，催房租。哦，您知道吗老板，兰梅梅走了，刚走，招呼都没打，就留了条短信。

郑秋冬意外：走了？这月工资她不要了？

姑娘甲噘嘴：房租都交不上，她不抱希望了。说着急忙翻看手机：兰梅梅说，说，等一下，啊，她说老板都是泥呸萨过河，自身难保。

郑秋冬仰天：菩萨，那念菩萨，不念呸萨。我说你怎么这么命苦呢，谁保佑你你都不知道。

郑秋冬颓然地坐在椅子上，慢慢地摊开疲惫的身子。画面渐隐。

画面渐显。哈哈哈……老白高亢爽朗的笑声。

郑秋冬、老白、罗伊人还有一对年轻男女在一起吃饭、神侃。

老白对那女孩：……怎么可能呢，亲爱的博士妹妹，你们导师一定搞错了，把伊格尔顿跟杰姆逊给混淆了。伊格尔顿说的“事件”，更借重历史事件的事件含义，跟阿兰·巴丢、德里达这类哲学家表达的“事件”是完全不同的概念。

那对博士很认同地点头。

罗伊人起身给老白的轮椅塞了塞垫子，看了眼郑秋冬，对老白说：秋冬还等着你发表意见呢。

郑秋冬：是呀，师哥，伊人说你们看了，怎么样?

老白挑起大拇指：很好，很好，你现在的台风渐入化境，表现出很强的感召力，现在叫霸气侧漏。就是内容，内容稍微有点……有点脱离实际。

郑秋冬直摆手：萨总不让我按现实思路讲，他明说，就要拼三血精神，打鸡血、洒狗血、流鼻血，直至血脉偾张。

老白：资本家都想让员工像笼子里的鸡一样，只下蛋不休息，拿你当探照灯用。

罗伊人看着郑秋冬：你要是真有那本事，就不在这儿了，该在机场书店里讲成功学。

年轻男士对郑秋冬：哎，郑哥，我舅舅有家健康体验店，临街的，过两天开张，能请您去，啊，做一个演讲吗?

郑秋冬门儿清：就是开张宣传，站场推介那种?

老白再次挑拇指：这是他强项，每年一二十回呢。来来来，来比画一段。

罗伊人想阻止：别比画了，跟耍猴似的。

老白埋怨：你这怎么说话呢，来来，秋冬。

罗伊人用眼神制止郑秋冬，白力勤看到：什么意思?

郑秋冬向罗伊人摆了摆手，清了清嗓子：各位顾客，各位天天见面的叔叔阿姨，各位偶尔路过的兄弟姐妹，本商场今秋特别优惠多种家用电器，小到暖手壶，中到电暖器，大到暖气锅炉、中央空调，所需所欲，一应俱全。开门迎客，甩卖三天，从八八折到一二折应有尽有。漫漫冬季，几时回春，请箭步进到久久电器城，为您和家人选择温暖的浴室、浪漫的卧室和只穿一件单衣就能看电视剧的客厅，来吧……哈哈。

年轻男子拍手：好，我想起一个词，口若悬河。

罗伊人没笑：我也想起一个词，逼良为娼。

白力勤诧异，看了眼罗伊人。

年轻男士：郑哥您这推介，肯定能给我舅舅的店帮上忙。

郑秋冬看了眼老白，老白憨笑：我是秋冬的经纪人，你舅舅能出多少钱呀?

罗伊人诧异：啊，你真干呀?

8. 一楼楼道　夜内

郑秋冬和罗伊人推着老白的轮椅来到电梯前，罗伊人摁电梯，老白掏出钥匙晃着：我自己上去，你去送秋冬。

罗伊人愣住。

郑秋冬：不用，师哥，我打车回去就行，不用送了。

老白生气的样子：跟我还客气？

电梯门打开。

9. 楼门口　夜外

郑秋冬和罗伊人出了楼门，走向汽车，郑秋冬拉开副驾驶座的门，座位上满是东西，女人的包、外套、杂志、电脑包等等。

罗伊人看了郑秋冬一眼，欲言又止。郑秋冬上了后座。

10. 街道　夜外

车在开。罗伊人：站场吆喝的事，你不是早就不做了吗？

郑秋冬：挣钱嘛，什么不得做。

片刻无言。

罗伊人：你跟钱没缘分，别较那劲。刚认识那会儿，你就想拼命挣钱，现在还那样。

郑秋冬叹气：不一样了，那时候有……有理想呀。

罗伊人念叨：……理想，有吗？

郑秋冬隐忍：你说呢？还有女朋友，岁月如刀，我似芹萝，时间太可怕了。

罗伊人瞥了眼他，咬着嘴唇：都还记得啊。

郑秋冬使劲点头：当然，当然，都记得。挣钱是想买自己的房子，买房子以后是想娶老婆……理想经过这些年努力，终于变成了泡影，这辈子……是够蹩脚的。

罗伊人被郑秋冬的情绪感染：别瞎说，什么叫这辈子呀，折腾吧，你这岁数早着呢。哎，你现在怎么那么能说呀？哇啦哇啦跟念报纸似的。

郑秋冬无精打采：现在，以前不能说吗？

罗伊人：以前你话一点都不多，你要是能说，我能叫你渡边君吗？《挪威的森林》里的那人。

郑秋冬勉强挤出笑容：记得，那书，至今也没看。你那年好像要参加一个电视大赛，是吧？

罗伊人想了一会儿：对对，准备了很久，我最后退出了，谢谢你还记得……还是大一的事，好快呀。

郑秋冬看着反光镜里的她：为什么要说谢谢？

罗伊人大方地：谢谢大一的时候就认识了你。只是没想到你后来又突然冒出来。

郑秋冬：我也没想到能再见，更没想到你和老白……

二人的眼神又在反光镜里相遇，躲开。

郑秋冬“哦”了一声，掏出手机：哦，我跟老白说的那首歌，录下来了，发给你听听。

罗伊人听到了手机提示音，看着手机：收到了，谁唱的来着？

郑秋冬：住我隔壁的一个小混混。

11. 小区楼下　夜外

车停下，郑秋冬打开车门却没下车，有些为难的样子：老白神通广大，又是我师哥，有些话我不知道该怎么说。

罗伊人似乎理解错了，回头，似有期待：什么话？你说。

郑秋冬有些为难，字斟句酌地：我想，你帮我问问，他做生意的朋友多，有没有我能干的、挣钱多的事。

罗伊人有一丝失落，鼻子“哼”了一声：还有吗？

郑秋冬一拍大腿，假潇洒：没了。说完就要下车。

罗伊人：他给你找到工作，你的职业介绍所怎么办？

郑秋冬：关呗，早该关了。

12. 秋冬职业介绍所　日内

郑秋冬把桌上 14000 元现金推给对面的房东，手里还握着 6000 元。

房东点钱：14000，还有预付的呢？他看着郑秋冬手里的 6000 元。

郑秋冬明白房东的意思，扭头看一边伸着脖子的姑娘甲。

郑秋冬把收条推给房东：下个月吧，齐哥，反正都给你也不够，还有几张嘴呢。

房东签字：那就这么着吧，下月啊。说着出门。

郑秋冬看了眼姑娘甲，低头点钱：坐呀，你的了。

姑娘甲有些激动，探着屁股坐在椅子边：梅梅真是苦命。

郑秋冬没抬头：你就偷着高兴吧，她要不走，你这会儿就拿不到整月的。

门外响起车鸣笛声，姑娘甲一看，门外停了辆奔驰，姑娘甲：奔驰。

车里一个脏兮兮的司机探出头：郑秋冬，郑大师在吗？

郑秋冬大师似的沉稳挥手：数钱呢，稍等。

13. H.S.Res 健康体验店门外　日外

彩球扎成的彩门，一地彩色花屑、鞭炮屑。

几个穿旗袍的姑娘捧着红花站在门前，周围还有五六个穿白大褂的、七八个穿西装的年轻人。

十几个中老年居民闲散地拢在门口。

郑秋冬西装革履，胸前佩戴红花，已经满头大汗，举着大喇叭：……H，health，健康，S，security，安全，H.S.Res 就是健康安全的休养，儿女千里外，父母两相扶，我们的健康体验店，就是为各位爸爸妈妈开的。从现在开始，你们可以免费进来体验世界上最先进的 Res 微电疗综合检测康复仪，通血脉、舒筋骨，血压血糖高、腰颈椎酸痛、前列腺各种不适、失眠便秘等等，周身检测，周身治疗。从今天开始，你们的快乐家园就不再是老年活动室了，而是我们这个健康体验店，我们就是你们的儿女、你们的家人，欢迎你们，请让我们做儿女的，迎接父母们回家吧。

音乐响起，穿旗袍的姑娘、穿西装白大褂的男子，纷纷上前，抓着老人就往店里去。

郑秋冬看着混乱的一幕，纸炮一响，彩屑纷飞。他对着大喇叭：绝对免费，绝对好体验，绝对的高科技，我们是你们绝对的孝子贤孙。

14. 奔驰车内　日外

郑秋冬等在车里，一个中年男人一头碎纸屑乐呵呵地过来，开门递上一个红包和一提保健品大礼盒，真诚地：太谢谢了，兄弟，说得真不错，我听着都快信了，人都说进去了，不易，这帮老家伙顽固着呢。

郑秋冬假装不刻意地捏了捏红包，露出满意：舅舅，不客气，您满意就好。

15. 城市街道／白力勤工作室　日外

车在行驶。

郑秋冬看着窗外，再看红包，抬眼看司机。

轻轻挑开红包封口，看向里面。忽然，他觉得不对，抽出一沓钱看，是一沓 10 元的，最后从里面抽出一张发票，价格 1000 元的“魔力营养胶囊”。

郑秋冬愤怒地看着那盒营养品，掏出电话。

白力勤工作室，老白接电话：小郑，怎么样?

郑秋冬不管不顾了：你跟那博士怎么说的，这活儿是多少钱的呀?

白力勤觉得不对：怎么了，我跟他说萨总给你 20000，让他舅舅也慷慨一下，给了多少?

郑秋冬：就 2000 呀，这不是耍我嘛……

白力勤：2000? 是少了点，还凑合吧，哪能都像萨总那么颟顸呢。

郑秋冬愤怒：什么意思? 我不值钱是吗? 你听着，我还没说完呢，这舅舅给了现金 1000，全是 10 元的，包着不让我看见，摸着挺厚的。还给了一盒 2006 年的养生胶囊，外加一张 1000 块钱的发票，这就叫 2000 块钱? 这博士也太奇葩了吧，他人呢? 把他叫来，我把这堆垃圾扔他脸上。

白力勤似乎更愤怒：无耻之尤，太过分了，小郑你息怒，我一定痛骂这厮。他身后的博士在看电脑，似乎明白电话里的内容，抬眼一看，低头。

郑秋冬挂上电话气难消。

白力勤放下电话，转身对旁边看电脑的博士：你舅舅是悭吝人呀?

博士早有准备：是这样的，白老师，我舅舅说，就这价。说着，他凑到白力勤耳边嘀嘀咕咕起来。

罗伊人一直戴着耳机在听郑秋冬发给她的那首歌，心有旁骛的样子，看着轮椅上的人跟博士嘀咕：晚上我回学校。

白力勤一怔：宿舍不是很乱吗?

罗伊人取下耳机：都不在了，就我一人。

16. 秋冬职业介绍所　夜内

门上挂着可爱的“Close”卡通牌，隔壁传来弹吉他唱歌的声音。

小锅里的鸡蛋面在煮着，郑秋冬靠在椅子里看着书，书名是《挪威的森林》。

郑秋冬的视线从书上挪开，随之是急促的呼吸声渐起渐强。

17.（闪回）山区，攀岩训练地　日外

急促的呼吸声，岩石。字幕：四年前。

几个大汉在练习攀岩，穿着、防护十分正规。

郑秋冬刚刚结束，气喘吁吁，一头大汗。

越野车从远处开来，罗伊人下车，眺望。

郑秋冬、罗伊人从山崖下走来。郑秋冬：这段训练之后，就该高原训练了。

罗伊人有些为难：就为了虫草，有必要这样吗？尼泊尔也太远了。

郑秋冬不以为然：有必要，这是挣大钱的机会。

罗伊人担心：我查过了，那地方冰雪覆盖，在两个大山脉之间，没有公路，海拔又高，步行到最近的机场需要三天……

郑秋冬：不吃苦能挣到钱吗？

罗伊人停下脚步：北京的机会这么多，你怎么就不能耐心等等，就算倒腾虫草能挣钱，尼泊尔，异国他乡又是高原，危险呀。

郑秋冬耐心解释：都是哥们儿约好的，改变不了啦。你知道一公斤虫草在香港卖到什么价钱吗？再等几年，就都被人挖光了。

罗伊人看着天：你走了，我要是想找人说话……就没人了。

郑秋冬怜惜地看着罗伊人：你还年轻，有说话的本钱；我年纪大了，得拼一拼，才有说话的本钱。

罗伊人：他们这几个都没有女朋友？

郑秋冬：真都没有，这只能说明我们眼下运气不好，但不会永远不好的，我就不信，我们还能遇到更倒霉的事。

罗伊人失望，从包里掏出一条围巾：你跟他们不一样，那儿冷。

郑秋冬戴上试着：不错，谢谢，早点回去吧，山路车不好开。

罗伊人轻轻拥抱他一下：我走了，保重。

郑秋冬看着罗伊人的背影。

一登山同伴过来：走了，这就对了，学生妹得躲着。

郑秋冬遥望远处：伤不起，我知道。

18. 高原　日外

背景支着帐篷，山风呼啸。

几个穿尼泊尔冬装的黑脸汉子在挖虫草，郑秋冬戴着脏手套，握着小铁铲，把自己挖的几只虫草放进篓子里，走向帐篷。

拿出手机对着天，没信号。

一同伴：玛囊往北，过了河就没信号，这几个月就死心吧。

郑秋冬：我看时间。

19. 校园　日外

罗伊人抱着书本经过林荫道，白力勤开车经过：小罗，下课了。

罗伊人：下课了，白老师。

白力勤：郑秋冬那伙野人有消息吗？

罗伊人摇头，乖乖的样子：估计被夏尔巴人招亲了，杳无音信。

白力勤：别被孟加拉巨蜥招亲就行，晚上去 MIX 吧，新来一英国乐队。

罗伊人：英国的，Coldplay（酷玩乐队）？

白力勤：要求太高了。

20. 秋冬职业介绍所　夜内

郑秋冬靠在办公桌前起身，活动着腰身。《挪威的森林》“哗啦”一声掉在地上。

21. 罗伊人宿舍　夜内

这是一个杂乱的女生宿舍，墙上、床上都是女孩子的特色陈设。

罗伊人看着笔记本电脑，电脑上是一条2005年10月的报道：北京商人尼泊尔经营虫草，被查走私，血本无归。文章配发一张照片，是郑秋冬和一男子哭的惨相。

另一链接报道：一年采挖加收购，“虫草倒爷”被控走私，暴富梦断喜马拉雅南麓。配图同上一张。

罗伊人看着。（声音闪回：这只能说明我们眼下运气不好，但不会永远不好的，我就不信，我们还能遇到更倒霉的事。）

罗伊人苦苦地咧了咧嘴，她旁边的小桌上是她和白力勤穿着运动服在网球场上的合影，白力勤灿烂的笑容，以及白力勤健康的双腿。

22.（闪回）网球场　日外

白力勤在打网球，罗伊人在一边看口袋书，偶尔抬头看一眼跳跃的男友。突然白力勤叫喊一声，跪倒在地。

罗伊人叫了一声，扔下书跑了过去。

23.（闪回）医院办公室　日内

医生从外面进来，对等在这里的罗伊人以及身边的一对老人说：可以确定，是骨癌。

罗伊人惊呆。

24.（闪回）医院楼下　日外

罗伊人推着轮椅里的白力勤出医院楼门，郑秋冬的出租车开到，他捧着黄菊下车。

罗伊人愣住。

白力勤对罗伊人：没想到吧。

郑秋冬走向他俩，把花交给白力勤：祝师哥早日恢复健康。

罗伊人还愣着。

郑秋冬在她面前晃了晃手：怎么了？老白都跟我说了。

罗伊人诧异地看着郑秋冬，尴尬：不好意思，太意外了，你不会一直在北京吧？

郑秋冬：刚回来，尼泊尔那边赔钱了，在济南、石家庄混了一阵，挣钱还账呀。

罗伊人：不再走了？

郑秋冬笑着摇头：不了。

白力勤：现在他是励志俱乐部的演说家。

郑秋冬：我已经不在那儿了，现在自己干，我开了个职介所，在五道口那边。

罗伊人还是蒙着的。

25. 罗伊人宿舍 / 秋冬职业介绍所　夜内

走廊里传来女生尖叫嬉戏的声音，罗伊人回到现实，愣着，听到耳机里微弱的音乐声，她拔下耳机，郑秋冬发给她的歌声传了出来，一个男生弹着吉他自言自语地吟唱：

你说我不要脸，总跟在你身后右边，离你不太远。

你说我不要脸，总盯着你胸口垂涎，说那项链好看。

你说我不要脸，总拉你手问有几个斗，一遍又一遍。

你说我不要脸，楼顶上约会你啥意思，铺凉席带枕头说这叫聊天……

罗伊人听笑，犹豫片刻，拨打电话。

秋冬职业介绍所，郑秋冬在看《挪威的森林》，一看是罗伊人的电话，高兴：喂。

罗伊人轻笑，不说话。

郑秋冬看表：你不是说要早睡吗？

罗伊人：你这邻居真逗，歌里唱的那女孩你见过吗？

郑秋冬翻着《挪威的森林》：没有，没什么女孩，是那孩子臆想的。我觉得我一点都不像那个渡边君。

罗伊人认真：是吗？你在看呢？不像就不像吧，哎，这歌叫什么名字？

郑秋冬想了想：没名。老白呢？

罗伊人有些失落：你真是瞎谨慎，活得不累呀，我在学校宿舍呢。

郑秋冬放松：是吗，吵架了？

罗伊人：没有，明天转单，要办一大堆离校手续。

郑秋冬"哦"了一声。

双方都不知道要说什么，沉默片刻。

郑秋冬试探：电影学院北边有个吃烤串的地方，还开着吗？

罗伊人明白他的意思，逗他：不知道，没去过。

郑秋冬迅速用电脑搜索：没去过？这么近都没去过……哎，你喜欢那歌吗？

罗伊人：喜欢，挺逗的，那句，凉席枕头什么的，嘻嘻……你还喜欢吃烤串？

郑秋冬：吃什么不重要，重要的是跟谁吃。这时他查到了信息：池记串吧，我找到了。

罗伊人一丝欣喜：是吗？接着又矜持起来，用关心的口吻：这么晚你就别往外跑了，等你到了人家说不定就关门了。

郑秋冬：不不不，才 10 点嘛，他们开到 1 点呢。

罗伊人欣喜：是吗？

26. 某串吧　夜内

人不多，郑秋冬和罗伊人面对面坐着，面前有串，有啤酒。

罗伊人：你回来三个多月了，今天怎么想起来打电话了？

郑秋冬眼神发热，凝视罗伊人：因为今天从箱底翻出了一本书，是你大一的时候送我的，书签告诉我，以前只读了三页，我觉得有必要再读下去。

罗伊人看了眼郑秋冬，感到了什么：那就慢慢读吧，开职介所有意思吗？

郑秋冬觉得唐突：怎么问这个？没意思，太低端，你知道猎头公司吗？

罗伊人想了想：听说过，专门给大公司、大企业挖高级人才的。

郑秋冬点头：我本来想能慢慢壮大成猎头公司这种规模，没戏，饭都快吃不上了。你和老白以前……

罗伊人转移话题：要是没话说，就这么待一会儿吧。

郑秋冬觉得罗伊人有心事：怎么了？

罗伊人沉默。

郑秋冬：吵架了？

罗伊人：俗不俗呀，假关心，我们从不吵架。

郑秋冬：那为什么不高兴？

罗伊人摇头：不知道。你到底想问什么？

郑秋冬看着罗伊人：这个学校留给我很多梦幻记忆，我一直不敢承认自己傻，你知道我有多傻。

罗伊人的视线瞟向自己的肩膀：我不知道你傻，只知道你不了解女人。

郑秋冬低下头，使劲吃着肉串，一根接一根，越吃越快。

罗伊人看着：说到痛处了吧。

郑秋冬一口喝掉一大扎啤酒，打了个长嗝，严肃：我浑身都是痛处，无论你说到哪儿，都是我的痛处。我告诉你罗伊人，不是我不了解女人，而是我以前活得太、太盲目，没仔细想过女人对我意味着什么。女人不仅是个伴儿，也会让我细腻，不再粗糙，总之，女人是能改变生活的，这是我没有女人的时候想明白的。对于你来说，我开窍有点晚，错过了就是失去了，没什么好说的，活该……还好，还有将来，将来一定不会再错过的。

罗伊人感触：你后悔吗？

郑秋冬：肠子都悔青了。

罗伊人：是一直都后悔，还是回来以后。

郑秋冬：一直，只是听说你跟老白好了，无法面对。

罗伊人：谈情说爱是辛苦的事，你好像总在偷懒。

郑秋冬：我还是不会谈情说爱……更不会表白，我觉得女人和女人好像都差不多，谁对我好，我就会觉得我爱上了她。我爸妈好像就是这样的，我有他们的基因，改变不多。喜欢一个人，就是喜欢得要死要活，我好像也不会去对她说，只会闷在心里死等。

罗伊人苦笑：太悲催了，咱俩差不多。

郑秋冬没听懂：一样，一样悲催？

罗伊人：一样偷懒，不会表达。

27. 校园小路　夜外

郑秋冬和罗伊人走来，罗伊人听着耳机，彼此互相看一眼，又转开视线。

罗伊人好像听到了歌里的什么，她停下脚步，把一只耳机插在了郑秋冬的耳朵里：就这儿，我特喜欢。

郑秋冬看着罗伊人，咽口水：是，是，不羁的那种味道，很梦幻。

罗伊人轻捻耳机的白线：不梦幻，触手可及。

郑秋冬呼吸紧促：你确定？

罗伊人：试试看。

郑秋冬闭眼，小声：那……老白怎么办？

罗伊人诧异，摘下耳机：什么？

郑秋冬改口：我想抱你。

罗伊人羞涩：就在这儿？

郑秋冬一下抱住了罗伊人。

耳机脱落，歌声：你说我不要脸，楼顶上约会你啥意思，铺凉席带枕头说这叫聊天。风吹来热，雨带来冷，我求你这辈子死了别的心，就跟我凑合过吧！你甜蜜地笑，轻柔地说，你说我不要脸……

28. 女生宿舍楼　夜内

罗伊人和郑秋冬进来，上楼，看门的大妈：哎，那位男同学，止步，女生宿舍。

郑秋冬站住，回头：帮着搬东西。

大妈：得了，一点多了，这会儿搬东西容易伤着腰，走了走了，白天再搬。

郑秋冬小声：这大妈，不是四大名捕之冷血吗？还没退休啊！

罗伊人看着大妈，小声对郑秋冬说：返聘了。

29. 女生楼门口　夜外

郑秋冬和罗伊人依偎在一起。

罗伊人：白力勤一直说，不愿意拖累我，我随时可以离开他。

郑秋冬叹：他越这么说，你越不知道该怎么办。

后景，一男一女进楼，大妈把男的叫住，一会儿，一男一女出门来，在他俩一旁缠绵。

罗伊人叹气：其实你回来前，我们之间就有些麻烦，想过跟他分手。哎，分了就好了，现在你夹在中间，肯定觉得别扭。

郑秋冬抱住她：出这种事，总会别扭的。

30. 秋冬职业介绍所　晨内

姑娘甲在收拾卫生，郑秋冬迷糊着进来：我去里面睡个觉，让小六上午别瞎唱。

姑娘甲惊讶：好的，老板，你一夜没睡？

郑秋冬看了眼桌上的《挪威的森林》，“哼”了一声，拿起书往里面走。

31. 医院放射科门口走廊　日内

前面那对博士推着白力勤，中年医生和罗伊人跟在后面。

方医生：就这样，按我说的再观察一段时间。

白力勤：谢谢，方医生，谢谢。伊人，你跟我们一起回工作室吗？

罗伊人把车钥匙递给男生小东：哦，我还得回学校，事多。

白力勤看着她，笑，比画着打电话的手势：那明天中午，一起吃，别再熬夜了，瞧你眼袋。

罗伊人一怔。

白力勤：你刚才想说什么？

罗伊人：我还没想好，不知道怎么说。

白力勤：慢慢想，想好了再说。

第02集

1. 街道／秋冬职业介绍所　日内外

罗伊人走来，打着电话：刚体检完，你休息过来了吗？

郑秋冬在查看登记册，姑娘甲翻一页，郑秋冬审视一番，按几下计算器，示意再翻一页：休息过来了，我睡三个小时就行。晚上我去找你？

罗伊人：嗯，去看电影？《饥饿游戏》。

郑秋冬：好，你手续办完了？

罗伊人：烦死了，还要盖两个章。接着她羞涩地：你走以后我打了个盹，眼睛一闭上，哎，你就在眼前晃，虚虚乎乎，就跟一团霾似的。

郑秋冬瞥了一眼姑娘甲：是吗，me too……

罗伊人这时收到另一个电话，她看了一眼，赶忙：秋冬，一会儿再打给你，医生的电话进来了。

郑秋冬：好的，你先接吧，一会儿再打。

姑娘甲笑嘻嘻：我知道 me too 是啥意思。

罗伊人看着作响的手机，屏幕显示"方医生"。

她有一种不祥的预感，沉了口气，接通：你好，方医生，哦，没在一起，白力勤回工作室了，我回学校。她听着，神情越来越讶异，很久之后，她使劲跺了一脚地，慢慢蹲下了。

秋冬职业介绍所，郑秋冬合上登记册，对姑娘甲：还有呢？

姑娘甲：还有，电玩大世界要的 15 个推销员也都黄了。

郑秋冬意外：怎么回事？

姑娘甲指了指马路斜对面：还不是有人挖墙脚，宋经理的保姆泄的密，她这次能返不少点，就算每人抽 50 块，15 个人至少也赚 750 块。

郑秋冬看着马路对面，四五家连着的职业介绍所，红桥、锦程、马上有等等。

郑秋冬感触，嘟囔：没节操，苍蝇肉都不嫌，没法干了。

2. 医生办公室　日内

方医生放下片子：不单看断层摄影，结合同位素扫描结果来看，可以确诊他的癌细胞已经开始扩散。

罗伊人一直脸色煞白地坐在椅子里，神情可怜：还有什么办法吗？

方医生：有，需要跟他直系亲属商量，你们毕竟不是夫妻。

罗伊人：还有多长时间？

方医生：一切因素都积极的话，一年。

罗伊人眼圈发红：我能做些什么？他父母都在乡下，身体更不好，没人了……罗伊人抽泣起来。

方医生一动不动：小罗，这大半年，你为他做的我也都看见了……不错了，真的，已经很不错了，你还能做什么呢？我这里看到的生离死别太多了，一些骨肉亲人还远不如你有情有义……你以后要做什么样的选择，那是你感情决定的。感情的事不好理喻，但要从人道主义这点来说，你做到的已经高于我的理解了，问心无愧是很难的。你还年轻，跟我女儿差不多大，说句自私的话，我不会接受她像你这样去恋爱的，大好年华，父母总有很多期待的，就怕……

罗伊人用面巾纸擦着乱糟糟的眼泪，抬头：谢谢……她愣住了。

方医生的眼角竟然也噙着泪。

罗伊人凝固了瞬间，递过一张纸巾。

方医生没接：别见怪……女儿都是宠着养大的，不敢多想啊。说完转身出门。

罗伊人愣在椅子里，任泪水流下。

3. 女生宿舍楼　日外

郑秋冬骑着自行车过来，看见楼上一窗口前站立的罗伊人，他挥了挥手。

罗伊人生硬地一笑。

罗伊人从宿舍楼里病恹恹地出来，看了眼不远处的郑秋冬，就转弯朝一个僻静角落走去。

郑秋冬挥手：哎，这边……骑车跟过去。

4. 校园某角落　日外

罗伊人静立，郑秋冬下车过来：怎么了？看见罗伊人流泪，他轻轻搂住她：又怎么了？

罗伊人抽泣：太荒唐……

郑秋冬：荒唐，什么意思？

罗伊人：四年前咱俩结束得就莫名其妙，昨天晚上又莫名其妙地开始……

郑秋冬：为什么说莫名其妙？

罗伊人凝视着他，嘴唇颤动几下，没说出话来。

郑秋冬误解了，笑着：你是觉得晚了？怨我不够大胆？我该在重新见面的第一天，就一下把你抱在怀里，不管你答不答应，一通强吻……

罗伊人：该打住了。

郑秋冬没听明白：什么？

罗伊人：我们必须……终止从昨天开始的……念头。

郑秋冬：出什么事了？

罗伊人：白力勤已经……时间不多了，癌细胞扩散。

郑秋冬惊住。

罗伊人茫然的眼神一动不动，仿佛是对着空气在说：简直就像玩笑，昨天刚有点……梦想，今天就出来这样的……现实。真希望这两天能调换一下，就不会有昨天的非分之想了，这一定是惩罚……

郑秋冬努力平静下来，轻轻扳过她：伊人，别这样说，什么叫惩罚。一个人不爱另一个人了，那不是道德问题，至尊圣贤都有过这种选择。老白是太不幸……分手这种事，本来就是感情的自生自灭，别说成良心事件……要让我说，这两天紧挨着，不是巧合，是上帝知道你会痛苦，让我提前一天来陪着你，求你，别再说什么惩罚这样的话了。

罗伊人摇着头：问心无愧是很难的，咱俩……还是断开吧，老白最后这几步，我必须陪好。

郑秋冬有点急：陪好他这没问题，应该的，我也会尽力去帮他，可我们为什么要断开呢？已经发生过的事，你能从记忆里抹掉？假装一切都没发生？

罗伊人坚决地：就当没发生。不然你让我怎么办？跟他说你快死了，咱们拜拜吧，能吗？

郑秋冬：当然不能这样做……

罗伊人：那还能怎么样？表面上跟他好着，背地里我们偷偷摸摸？我不知道该怎么办，我什么都不敢想，我就想回到两天前，那样我们都好相处。对不起。

罗伊人转身离去，郑秋冬绝望地喊：伊人，你没对不起我，你是对不起你自己。

罗伊人使劲跑着，泪水在流。

5. 某僻静小树林　日外

罗伊人匆匆拐过来，扶着树号啕大哭。

6. 秋冬职业介绍所　日内

屋里坐着两个乡下人模样的青年男女，姑娘甲在向他俩介绍情况：这个小区是个高档小区，你做送水工，你做保洁，能天天在一起，还能兼做钟点工，一个小时挣 20 块钱。

男子：怎么收费？

姑娘甲递过几张纸：明码标价，仔细看看。

俩人在看，郑秋冬沮丧地回来，门口一个穿着朴素西装拎电脑包的帅哥——林拜跟着他进来：您是郑总？

郑秋冬抬头，没情绪：是。

姑娘甲起立：这位先生是做 HR 的，我不太懂，您……

郑秋冬了无兴趣，对男子应付：请坐。

林拜递上名片：我是特慧专猎人力咨询的……

郑秋冬微微一怔：特慧专猎……

林拜：您知道特慧专猎？

郑秋冬有些来劲：很强大的猎头公司，当然知道，我这破职介所，怎么值得你们登门？

林拜从包里取出一张表格：我们在做一项市场调查，全国随机选了 300 家职介所，贵所也在内，调查是付费的……

郑秋冬停止了动作，林拜急忙：别误会，是我们向您，向贵所付费……

郑秋冬接过表格看：未来设计……又塞给了林，生气：大猎头调查小职介，不是想羞辱我们吧，本店就要关张了，弥留之际，没有未来，何谈设计。

林拜意外：关张，为什么？

郑秋冬厌烦：房租都交不起，再见，送客。姑娘甲示意林拜出门。

林拜出门，郑秋冬看见桌上还放着的表格，愤怒地用力扫了过去，随着纸张飘起，当的一声，郑秋冬发现一部手机被扫到很远，解体成了三部分。

姑娘甲回头看着地下：你的？还是他的？

郑秋冬闭着眼：自己看。

姑娘甲尖叫：哎呀，我的……

郑秋冬仰面躺在椅子里敲打手机，姑娘甲怯生生地：郑总，您需要什么？

郑秋冬：绳子。

姑娘甲：做什么用的绳子？

郑秋冬：上吊用的。

姑娘甲吓了一跳，门口汽车鸣笛，郑秋冬抬头看。

白力勤落下车玻璃：上车，重要事。

郑秋冬从屋里出来，走到车门口，看了眼开车的罗伊人，罗伊人目视前方。

郑秋冬：去哪儿？

白力勤神秘地笑着：路上说。

郑秋冬打开副驾车门，副驾座位已经收拾得干干净净。

罗伊人平视前方。

郑秋冬一愣，还是坐到了后座。

7. 街道　日外

汽车行驶着，郑秋冬还在敲打手机，屏幕已经破裂，他不时瞟一眼面色如冰的罗伊人。

白力勤看了眼手机：摔成这样了？

郑秋冬：工作人员的，被我摔坏了，只能跟她换了。

白力勤：给你介绍个朋友，何老总，做连锁销售的，财大气粗，出手大方。跟他一起干，一定比你现在挣的多得多。

郑秋冬喃喃地：可我，何德何能呀。

白力勤得意：别妄自菲薄，你有一大才华是何总最需要的。

罗伊人从后视镜里看了眼郑秋冬，郑秋冬不解：什么……才华？

白力勤得意：煽呼呀，也可以称其为演讲。伊人说，你有个梦想，幽谷上升，高山下降，在北京买一套带车位的房子。

郑秋冬：没错，谢谢伊人还记得。以前的狂人日记，现在房租都交不上了，还买房。

罗伊人隐忍地咬着嘴唇。

白力勤：错，何总如果带着你走上彩虹桥，房子就在彼岸。

罗伊人看了眼郑秋冬：不是老白瞎吹，去年，“5·30”的第二天，那个何总在北京一口气就买了六套房，全是什么奥亚板块、朝青板块的，有钱。

郑秋冬皱眉：连锁销售，我也不懂呀！

罗伊人想说什么，被老白打断。

白力勤哈哈大笑：不用懂，不用懂，术业有专攻，懂多了的人，多半是废物，像我，哈哈哈。

8. 某豪华会所　日内

何总戴着墨镜，身后站着两个保镖模样的助理，看着电脑里郑秋冬在演讲（就是世心集团和H.S.Res健康体验店的那两段）。

一边，老白自己推着轮椅在看会所墙上的书法、绘画等。

另一边，郑秋冬还在拆装手机，罗伊人在喝茶，打量着何总那边。

郑秋冬小声：老白身体的事，他知道吗？

罗伊人摇头：不能告诉他。

郑秋冬：他怎么想起来给我找工作？

罗伊人不想往下说：你问他去。

郑秋冬沉默片刻：渡边一点都不像我，那么木。挺奇怪的，我搜索过，日本怎么不把它拍成电影，这么有名的小说。

罗伊人发现白力勤偶尔注意这边，她起身：迟早会的，安静待会儿好不好。

郑秋冬停了片刻：你不觉得那个直子像你吗？

罗伊人显然不悦：你真想要我死？说完朝白力勤走去。

郑秋冬意外：她死了？我还没看完呢。

茶桌，郑秋冬、白力勤、何总在喝茶聊天。罗伊人在不远处欣赏着会所的陈列。

何总：演讲和幽默一样，是由基因决定的，我对郑先生基本满意。

郑秋冬收拾起摔坏的手机：谢谢何总赏识。

罗伊人竖着耳朵在听他们谈话，假装在欣赏周遭。

何总笑对白力勤：谢谢白兄举荐。钱不是问题，就是很辛苦。

郑秋冬：我不怕吃苦。

何总起身从助理手里拿过一个手机：用这个吧，保持联系。回去收拾一下，明天一早的飞机，跟我去广西，详情里面都有。说最后一句话的时候，何总已经走了。

白力勤有些意外：明天！

郑秋冬意外：广西！

罗伊人不禁回头看着这边。

郑秋冬的眼神无意间瞟向罗伊人。

白力勤似乎也注意到了。

罗伊人扭回头，面有焦虑。

9. 胡同　日外

房东在前行走，双手端着一大笸箩手擀面，郑秋冬带着姑娘甲跟在房东后面，喋喋不休：我明天就走了，齐哥，一大早的飞机。多交您的半个月房租您是不是能退给我，我也是没办法，这姑娘在我这儿没少吃苦，还差她两个月工钱呢，真没钱付她了，您要能退我那 3600 块，我就能给人家结账了，您看这姑娘怪可怜的，退一半也行。

郑秋冬示意姑娘甲，姑娘甲接着：齐大哥，您就可怜可怜我吧，郑哥一走我真就得回老家了，没挣几个钱，回家说不过去呀，老的老小的小……

10. 过街天桥　日外

博士生小东和女友推着白力勤上了过街天桥。几个学生模样的人经过，其中一女孩认出了白力勤，兴奋上前：您是白老师吗？

白力勤愣：你们是？

几个姑娘确认了是白力勤，一女子：我们是山东师大来北京参观的，都是您博客的粉丝，真的是白老师呀。

几个姑娘簇拥着白力勤合影，白力勤想调整一下轮椅，往后一挪。

轮椅一下悬空。

白力勤竟然连人带轮椅翻下天桥坡道。

墨镜、钱包、手机纷纷跌落出来。

大家惊叫：白老师——

11. 普通饭馆　日内

房东端着面笸箩来到门口，郑秋冬急忙帮着开门，进了饭馆，伙计上来接过面笸箩去后厨。

姑娘甲跟着进来还在说：……郑哥的生意一直不好，支不出钱来，您这儿来钱快，就帮帮我这乡下穷丫头吧。

房东熟练地从柜台里拿出茶杯喝着：都是老规矩，提前退房是你的事，我这儿不可能退你房租，就别啰唆了哥们儿。这姑娘你要是不愿回去，可以在我这儿干呀，一个月 2500，我不会像他那样欠你的，一月一结。

姑娘甲乐：真的？

郑秋冬听着，急了，一步站在俩人之间，认真地：那得付我 50 块钱中介费吧。

房东噗地喷出了茶水。

郑秋冬：逗我呢。

12. 超市　日内

罗伊人一边往购物车里扔着袜子、内衣内裤、洗漱用具，一边打电话，回音一直是：您所拨打的电话已关机。

13. 秋冬职业介绍所门口　日外

郑秋冬蹲在门口摆弄着新手机，看着一辆小货车装满了旧桌椅、沙发等，用绳子勒好。

收家具的人从钱包里拿出 300 块钱：给。

郑秋冬没接：不是 350 吗？

收家具的人：说好的 300，我都装车了，你耍赖呀。

郑秋冬死猪不怕开水烫的样子：我后悔了，要不你都卸下来。

收家具的人愤怒：要不要脸呀，你还。说着又抽出 50 元，一把扔在郑秋冬脸上。

郑秋冬蹲下捡着钱，不禁抽泣。

14. 街道　日外

罗伊人开着车，还在拨电话。

15. 小六家院内　日外

少年小六，穿着嬉皮的衣服，抱着吉他在吟唱，面前摆着镜子。

郑秋冬推着自行车进来，听了几句：六子。

小六过来：郑哥，是去录音棚吗？

郑秋冬：录音的事再说吧，我要出远门，广西。他拍着自行车：送你了。

小六高兴：谢谢，去干吗去？

郑秋冬拍着车座：演讲。100 块钱，怎么样？

小六愣：不是送吗？

郑秋冬急了：这车，收你 100 还不算送呀。

16. 秋冬职介所　门口

门锁着，罗伊人隔着玻璃看着又空又乱的里面，面露焦急。这时电话响，接听，大惊：什么？现在在哪里？

17. 医院　抢救室

那对博士生和几位粉丝焦急地等在门口。

罗伊人匆匆走来，博士生迎上：这边，快，去医生办公室。

满脸焦急的女粉丝问女博士生：白老师的女朋友？

女博士点头。

另一女粉丝，小声：这女人长得太轻浮了。

另一女粉丝：鼻子，注意了吗，垫过的，有点歪。

18. 秋冬职介所　夜内

内间，屋内凌乱，有两袋简易的行李和一个电脑包。

郑秋冬躺在旧沙发里打电话：我换电话了，所有电话都丢了，你告诉我白老师的电话，还有罗伊人的。

郑秋冬打电话，回答是“已关机”。

看着纸，再拨，回答还是“已关机”。

19. 医院　病房

白力勤还昏迷不醒，罗伊人守在一边。

白力勤睁开眼睛，观察，嘴里嗫嚅着什么。

罗伊人急忙起身：力勤。

白力勤嘴在动，罗伊人凑到耳边听。

白力勤微弱地：秋冬呢……

罗伊人焦急：联系不上，他换手机了。何总的手机号你有吗？

白力勤：手机。

罗伊人：你的手机找不着了，别说话了，我知道该怎么办，你好好休息。

20. 白力勤工作室　夜内

白力勤工作室的牌子。

郑秋冬敲门，透过窗户看着里面。

21. 医院　病房

罗伊人在踱步，面有焦虑。

白力勤静静地躺着，双眼紧闭。

22. 女生宿舍楼　夜内

一女生下楼对郑秋冬：215 没人，你打手机呀。

郑秋冬一脸茫然。

23. 秋冬职介所　夜内

郑秋冬翻来覆去睡不着。

24. 医院病房　夜内

罗伊人静坐，看着角落里堆放得满满的超市购物袋。

25. 机场　日内

郑秋冬拎着行李跟着两位穿黑西装戴墨镜的匆匆走来。

另一处，罗伊人拎着超市购物袋匆匆寻找着过来，张望，焦虑。

郑秋冬穿过人群。

罗伊人张望寻找。

26. 安检口 / 机场一号进站口处　日内

两个穿黑西装的人过了安检，郑秋冬正要上步，机场广播响了：去广西的乘客郑秋冬先生，去广西的乘客郑秋冬先生，听到广播后请到一号进站口，罗女士在等您。

郑秋冬惊讶，细听，广播在继续，他转身迅速跑去。

一号进站口，罗伊人焦急地等待。

候机厅人群中，郑秋冬在奔跑。

两个墨镜男愣着看。

一号进站口处，罗伊人拉住一人，发现认错了，焦急地寻找。

人群划过。

候机厅人群中，郑秋冬在奔跑。

郑秋冬的小行李箱开了，一些衣服掉了出来，他看了一眼顾不上捡，继续跑着。

一号进站口，罗伊人急得快哭了。

郑秋冬拎着空箱子在后面远处出现，郑秋冬看见罗伊人背影：伊人——

罗伊人回头，看见了郑秋冬，两个人相向奔跑起来。

拥抱。

郑秋冬：找了你一夜……

伊人流着泪：别说了，什么也别说了……

地上，郑秋冬敞开的行李箱，空了，网袋里可见《挪威的森林》。罗伊人的超市购物袋也敞开着，里面是袜子、内衣、牙具、剃须刀等生活用品。

飞机升上天空，罗伊人孤影伫立。

27. 北海机场　日外

滚梯上，郑秋冬跟着两个墨镜黑西装男，一个墨镜男给了郑秋冬一个墨镜。

28. 机场出站口　日外

三个墨镜男走出机场。

不远处停着一辆豪华的轿车，何总落下玻璃：小郑，这边，上我的车。

郑秋冬看见何总觉得意外，快步过来上车：哎呀，何总，您也坐这趟班机？

何总：对。

郑秋冬：我怎么没看见您？

何总笑了笑，坐副驾的女经理说：何总乘的是头等舱。

郑秋冬尴尬一笑。

车起步远去。

29. 街道 / 车里　日外

何总眯着眼：在未来的一年内，这是我们最后一次见面。

郑秋冬诧异：何总，什么意思？

何总：公司的业务遍及全国 270 多个地级市，一次全面的调研，一个城市待一天，一年就差不多了。好好干，你的梦想家园，就在自己辛勤的汗水里。有信心吗？

郑秋冬困惑，小声地：我还不知道要做什么。

何总依然闭着眼：这不重要，有信心吗？

郑秋冬胆怯地：有。

何总：我没听到。

郑秋冬提高嗓门：有。

何总抠着耳朵：是我的耳朵不好使了吗？没听到。

郑秋冬加大音量：有——

何总睁开了眼睛，有气无力地对副驾驶：苏经理，他有才，可重用。

苏经理军人似的：明白。并饶有意味地看了郑秋冬一眼。

郑秋冬有些蒙，伸手：我叫郑秋冬。

30. 海边高处　日外

苏经理指着无际的海面，饱含激情："一列热风罩北海，三寸寒胆镇南山。"五年前何总他就傲然伫立在这儿，面对北海滔天浪，写下上面的诗句。

郑秋冬钦佩地：何总是了不起的帅才，文武兼备。苏经理，我以后的工作是……

苏经理从壮怀激烈中回到现实：哦，何总说你的演讲鼓动能力很强。

郑秋冬：还行吧，从小就做学生干部。

苏经理：连锁销售事业，很需要你这样的精英人才，他有心将你培养成伞尖首领，协助我们团队镇守西南一方。

郑秋冬：伞尖首领？什么叫连锁销售呢？

苏经理：连锁销售、资本运作、纯资运作、行业加油站、合伙私募，这项事业有很多名称。

31. 某咖啡馆　日内

苏经理在用电脑 PPT 讲述她的课程：……你看，综合这样的基本框架，我们给你量身定制了大型公开课 PPT 课件，宏观上打出金字招牌。你看这里是一，国家投放在广西的“十一五”规划项目，从西部大开发来看，扶贫的附加值逐年增加，是政府侧面扶持的 1040 工程。

郑秋冬听得有些头晕：再加杯咖啡？

苏经理觉得被打断了，索性把自己的咖啡推过来：喝我的吧。

郑秋冬看着苏经理的咖啡杯，杯口有淡淡的口红印。

苏经理投入地介绍：其实来的学员更多的是注重个人发展，如何快速致富、衣锦还乡的幻觉是内心的动力，敢于前期投入，勇气是什么，是回报回报回报……

郑秋冬一下明白了似的：这会不会就是传销呀？

苏经理直勾勾地看着他，片刻：瞎说，你是来讲课的讲师，是调养心理的理疗师，一分钱都不用出，怎么会是传销呢。

郑秋冬有些不放心：那我是不是鼓动他们去传销？

苏经理生气：不许这么想，这是创新的事业，你还需要时间去了解。

郑秋冬有些惴惴不安：何总也没说清楚……

苏经理：据我所知，你从大学毕业后就有个梦想，在北京买属于自己的房子，没错吧？

郑秋冬点头。

苏经理振振有词：为此，你读大学期间，混迹于低端的证券公司、猎头公司，后来深感挣钱太慢而离开。然后去了尼泊尔，一年时间连采挖加收购，你们积攒了大量冬虫夏草……

郑秋冬眼神有些恍惚：别说了，不想回忆这些。

苏经理正色：不，我要说，因为你已经忘掉了你的理想，忘掉为了钱、为了房子、为了实现梦想付出的艰辛血汗，忘记了丢掉的爱情。你一定要回忆，强迫自己回忆，回忆你们带着市值百万的虫草离开尼泊尔的前夜，被当地代理商举报，走私罪名成立，一年的心血被全部罚没，血本无归，这切肤之痛，你真都忘了吗？你以自身经历加虚构的故事在各地做接待演讲，做成功学励志演讲，而自己却既不成功，又难励志；开着职业介绍所，自己却没有个体面的职业，这些你真都忘记了吗？

苏经理抑扬顿挫的一连串质问，令郑秋冬目瞪口呆，他屏住呼吸，嘴唇抖动。

苏经理忽然转为轻柔的口吻：失去的梦想，粘在心缝里的女人，真都忘了吗？难道你真都忘了吗？

郑秋冬慢慢趴在桌上，啜泣起来。

苏经理斜眼看着他，手指轻轻按着手机按键。

手机屏幕上显示：“哭了，搞定。”

郑秋冬的哭声很大，很难听，服务员停下手里的活儿，看着他。

32. 酒店房间　夜内

郑秋冬在听，苏经理在讲：你一定遇到过瞧不起你的人，不想证明给他们看看，你比他们强得多吗？回家看望父母，你愿意从电动三轮上跳下来说“爸，妈，我回来了”吗？不愿意吧，你肯定希望开着自己的豪车说：“爸，妈，走，去看我给你们买的新房。”什么事能做？什么事不能做？扯。当数钱数到手软，刷卡刷遍世界的时候，你还有必要在乎那些伪君子发明的什么道德、良知、底线的荒唐说辞吗？

郑秋冬恍惚着摇头、点头，莫衷一是。

郑秋冬在听，一个有口音的中年男人语气温婉：这种职业其实是救人于水火的，起初他们是拿点钱进来，好像我们占他便宜，会有一种负罪感，这时候需要的是我们自身的坚定，坚信我们在为他们造福。我从业多年，每当看到他们成为百万富翁离开这里的时候，心里那种自豪感油然而生。

郑秋冬频频点头。

郑秋冬赤裸上身，戴着浴巾，打开行李拿出新袜子、新内衣内裤，从侧网袋里拿出电脑和《挪威的森林》，深有感触。

33. 医院病房　日内

白力勤睡着，罗伊人捧着《查令十字街 84 号》在看。

白力勤说了句梦话，她放下书看着他，片刻她想起什么似的，拿出手机，在照片册里找到一张她和郑秋冬在机场的合影。

34. 某别墅　日外

送外卖的骑着电动车过来，停在门口。

35. 别墅　日内

叮咚——郑秋冬头发凌乱，衣冠不整地开个门缝，取过套餐：记账。

郑秋冬给 DVD 机换上一张碟片。

他吃着丰盛的套餐，看着电视，不时用笔在一张纸上写着什么。

电视上是一个人在对着黑板讲课，黑板上画着一个等腰梯形：无店铺连锁销售经济模式，也叫作“等腰梯形模式”。从以上两种联系来看，连锁销售比直销甚至传销更适合中国国情，所以这是国家暗中支持的项目，用以对抗安利等外国直销的骗局。

郑秋冬调小了 DVD 的声音，拿起桌上的纸，清了清嗓子，试着小声开始：各位兄弟姐妹，各位父老乡亲，我们为什么能在这儿相会？我们相会了将带来什么？嗯、呵，各位兄弟姐妹……

36. 废弃的旧厂房　日内

上百名连锁销售学员盘腿坐在地上，整齐，肃穆。

郑秋冬慷慨激昂：……各位兄弟姐妹，各位父老乡亲，我们为什么能在这儿相会？相会在此将为我们带来什么？这是今天必须要提出，并且要回答的问题。

青藤靠着山崖长，雁飞万里靠自强，有一个理念，就是我们要彻底改变贫苦命运，动员起我们的思想意志，驱逐掉我们的苟且懒惰，相聚在此，是一次精神复活让我们肩并肩走到了一起。要清清楚楚地喊出来，我们走到一起，为的就是财富、财富、财富，让清规戒律见鬼去吧，让富贵天注定的说法见鬼去吧。相会在这块烫手的热土上，我们要改变的就是命运、命运、命运。我考学曾经落榜，我做生意曾经血本无归，每次我在台上看到台下的听众，心情就难以平复，我以往的听众里有技校的学生、患男科病的群体、私企的员工、戒毒所的孤独灵魂，看到他们渴望的面孔、无奈的眼睛，就像你们现在一样，我不禁热血沸腾，金光大道就在眼前啊，谁人给苍生指点！幸运的是在座的各位，我们一同见证了这条金光大道——连锁销售，多少人因贫困而来，多少人成富翁而去。必须不再犹豫，不再怀疑，明天的百万富翁、千万富翁就坐在这里，你们需要的就是：坚定的信心，铁打的信念，忠诚的信守，无疑的信奉。

郑秋冬演讲期间，学员们有的频频点头，有的自责地抽自己嘴巴，有的互相握起手，说着鼓励的话，有的女学员在抹泪。

演讲完毕，掌声雷鸣。

37. 破旧的礼堂　日内

郑秋冬抑扬顿挫：……什么是命运？被人瞧不起的滋味谁没受过？谁不想出人头地？跟你一起长大的邻居，他凭什么住别墅、买游艇？跟你同班的同学，他凭什么娶高官的千金，她凭什么嫁豪门的阔少？凭什么？凭的是他们贪污受贿、偷税漏税，中国是法治国家，他们的这些迟早都将归零，都将成过眼烟云。现在轮到谁了？轮到你们了！不贪不贿，不偷不抢，靠的是朋友帮助、是前辈指导，靠的是信心和智慧，是国家侧面扶持的政策机会，我见证你们的成长，也是我人生之大幸，你们不发财，天理难容……

掌声雷动。

38. 酒店房间　夜内

郑秋冬的手快速点着钞票。

《挪威的森林》在床头柜上，垫着台灯。

39. 简陋的小屋　夜内

没有灯，两个蜡烛的光照。

串寝的郑秋冬在给六七个学员讲故事，时常说得大家大笑。

大家吃着菜饼子，喝着青菜汤。

郑秋冬咽了一口，眉头紧皱。

40. 会议室　日内

投影幕墙上是精美的 PPT 图表。

苏经理等三四个穿着西服的中层，给郑秋冬鼓掌。

郑秋冬起身讲话。

41. 礼堂　日内

郑秋冬在讲，学员们在听。

42. 会议室　日内

苏经理陪着郑秋冬看投影，投影上是何总的 VCR。

何总像蒋介石似的，靠在沙发里，边想边说：小郑进步，贡献巨大，论功行赏，晋升 A 级，但不要自大，勿忘团队的帮助。

郑秋冬鼓掌，眼神含情。

苏经理同情地说：不必这样，这是上个月的录像。

郑秋冬真诚：等于真人。

43. 酒店门口　夜外

郑秋冬和苏经理走来，突然苏经理站住：你看。

酒店门口停着两辆警车。

郑秋冬紧张：是不是冲我们来的？说着躲到一处。

苏经理也紧张：不会呀……

这时，警车驶离。

44. 酒店房间　夜内

点钞机在点钞，郑秋冬在给点完的钱打捆。

一摞钱，5 万左右。

敲门声，郑秋冬收起了钱，开门，进来的是背着双手的苏经理：没睡呢？

郑秋冬：没，马上，坐吧。

苏经理笑眯眯地：刚才的警察是来处理 KTV 闹事的，明天没大课，放松放松。说着拿出身后的红酒和两只酒杯：喝点。

二人喝着，苏经理看了眼点钞机：数钱数到手软了吧？

郑秋冬应付地一笑。

苏经理：你女朋友怎么也不来看你？

郑秋冬恍惚：她比我还忙，大学刚毕业，忙着找工作呢。

苏经理：叫她来这儿吧，我带她。

郑秋冬摇头：她哪儿行，文艺女青年。你老公怎么也没来过？

苏经理娇嗔地：去，胡说什么，你才有老公呢，单着呢。

郑秋冬诧异：没有？那是我记错了，是菲菲？

第03集

1. 酒店房间　夜内

苏经理笑里带话：菲菲是不是对你有意思？

郑秋冬：对我，谁说的？

苏经理靠近郑秋冬碰杯：还用谁说，在两广大区，你来得晚，可升级快，奖励多，好些妹妹对你有兴趣呢，茂名分区有个妹妹说要来跟你，啊，单挑。

郑秋冬无语，玩手机，突然：哎哟，10 点了。

苏经理：10 点怎么了？

郑秋冬起身去卫生间打电话。

2. 房间卫生间　夜内

郑秋冬拨着号进来，把手机放在台子上，听着外面的动静，自己干说起来：哎伊人，没睡吧，好好，我这边开会刚结束，是吗？梦见我什么了……

3. 酒店房间　夜内

苏经理听着卫生间里面：你的梦里就咱俩吧，嘿嘿，有意思，你接着说……

苏经理觉得无趣，一口喝下杯中酒，对卫生间的门说：慢慢聊，拜拜。说完她没立即走，而是在听，听到郑秋冬说“再见”后，才不开心地出门。

4. 房间卫生间　夜内

郑秋冬还在演戏：哎，你听见了，耳朵真好用，是酒店服务员刘嫂，对，刘嫂送夜宵来了。

5. 酒店房间 / 健身房　夜内

卫生间的门开了个缝，郑秋冬露出头，手机贴着耳朵还在假装打电话：工作晚，必须吃点夜宵，老吃夜宵，都有点胖了……他张望整个房间没人，推了推门，确定锁好了，才放下手机，长舒一口气。

电话响，郑秋冬看，屏幕显示一个“罗”字，接通：喂。

罗伊人在一间酒店健身房，一身健身服，满头是汗，脖子上搭着毛巾：你忙什么呢，几天也不打个电话。

郑秋冬诧异：几天？昨天、前天没打吗？

罗伊人笑：你有手机，打没打自己看好了。

郑秋冬掩饰：这些天大课多，都连着，不光是学员，企业员工培训，也要上课，全国哪儿来的都有。

罗伊人：想象不出何总那是什么机构，是那种私立的民办大学吗？我们学校也有一个，在青岛。

郑秋冬不想说这话题：不说这些吧，你干什么呢？

罗伊人：健身，出一身汗，回去睡个好觉。

郑秋冬：这个点儿了还有健身房开门？

罗伊人：在一朋友的酒店里，薛绒，就是送你一箱洗浴液的那个。

郑秋冬哦了一声，双方无语片刻。

郑秋冬：伊人，你能来广西吗？一天也行。

罗伊人艰难地闭上眼睛：我不能，他身体这样……我不能。说说话就很开心了……

郑秋冬无奈：明白，他怎么样？

罗伊人叹气：勉强能坐起来了，昨天还出门了，吃饭还得喂，情况大不如以前了，老腰疼。

郑秋冬沉默片刻：我想，我们在机场拍的照片你没删吧？

罗伊人：为什么要删，都在呢。

郑秋冬：你给我挑一张好的，看着特幸福的发过来，好吗？

罗伊人：好的，我没给你发过吗？

郑秋冬心疼：没有。你现在心里特别苦，是不是？

罗伊人委屈：是。

郑秋冬：我已经挣了20平方米的房钱了，等我挣够了100平方米的，我就金盆洗手，说什么都不干了，回去。

罗伊人泪中带笑：你总是这样乐观，好，你自己满意就好，我等……等着看你梦想成真。

郑秋冬被罗伊人的声音打动：当初不去尼泊尔就好了，那就谁都没机会碰你，只有我。

罗伊人一声长叹：我实在说服不了自己的时候，我就说认命吧。上天要想嘲笑你，你就注定是个小丑。

郑秋冬把《挪威的森林》从台灯下抽出，擦拭着表面：一切都会变的……我有个感觉，我觉得你不管跑去多远，跑去多久，最终都会回到我这儿来的，这感觉是最近才有的。

罗伊人苦笑：我为什么要跑呢，我有病？爱跑的是你。

郑秋冬：对对对，是我有病，我有。

健身房空空如也。

6. 街道　夜外

罗伊人目光茫然地开着车，戴着耳机。

耳机里传来那首《不要脸》：*你说我不要脸，总跟在你身后右边，离你不太远。你说我不要脸，总盯着你胸口垂涎，说那项链好看。*

7. 酒店房间　夜内

郑秋冬躺在床上翻来覆去，手机亮了，屏幕上是他和罗伊人在首都机场的合影。

郑秋冬端详着，屏幕里幸福的一对。

8. 酒店房间　日内

还是那张照片，已经被冲洗出来放入八寸镜框内。

郑秋冬将照片摆好在床头柜上，在《挪威的森林》的旁边。

敲门声响起，苏经理进来：四川分区做行业的几位老总听说你的课对新邀的学员效果震撼，联名上书给何总，请你去……哦哟，你现在被人叫郑神，知道吗，哎……

她注意到了床头柜上的照片：女朋友？

郑秋冬点头：是要去四川？

苏经理走近看着照片，有点吃醋，假认真：好看，下巴怎么有点……是角度问题，还是……本人下巴不歪吧。

郑秋冬：真歪。说说，去四川怎么回事？

苏经理：六个字，鼓士气、振军威。那边都把你传神了，说你一张嘴，就能替推荐人、培训员省好多苦口婆心的力气，振臂一挥，云起响应。

郑秋冬坐回到椅子里：钱怎么算？

苏经理：跟这边一样。

郑秋冬慵懒的样子：一样就算了，跑那么远。

苏经理赏识地笑看郑秋冬，挑出大拇指，神秘地：我知你心事，别急，我帮你梦想成真。

说着拨打电话。

郑秋冬斜眼打量着苏经理，他闭上眼，伸开身体几乎躺在椅子里假寐。

苏经理压低声音：报告三号老总，谈过了，这家伙不想去。对，我认为主要是买课程的费用，那个数是有些委屈他，至少应该比本区提高 15%，他的课确实有魔力，值呀。

郑秋冬眯着眼，嘴角一丝得意的抽动。

苏经理：要不您再和二号商量一下……（她突然压低声音）江西那边，赣萍吉区划的也派人来接触他……亿雪木业的……还有一家网站，姓郑的这种杀伤力去谁家干不受欢迎啊……想挖他呀……跳槽？目前还没看出苗头。好，好，太好了，这样我的工作也好做了，领导放心，祝您身体健康。

郑秋冬闭眼细听，苏经理挂了电话，凑到他的脸边很近处：妥了。

郑秋冬吓了一跳，坐了起来：我睡着了吗？

苏经理撇嘴：别给我演戏，妥了，比这儿高 15 个点，知道我用什么说服了三号吗？

郑秋冬：用什么？

苏经理：告诉你我有什么好处？

郑秋冬：你随便提。

苏经理媚眼盯着他看：我要什么你不知道？

郑秋冬装傻：什么？回扣？

苏经理似乎也乐意：这个嘛，我不反对，看你仗义不仗义了。我跟三号说，江西那个木业机构，也是做连锁的，派人来挖你……嘿嘿，我怎么会编出这么个故事。

郑秋冬：不说这些了，回扣我一定会给你的，四川什么时候去？

9. 机场跑道　夜外

飞机起飞。

10. 阶梯教室　日内（提示：此后蒙太奇段落，郑秋冬要频繁换衣服。）

郑秋冬在激昂演讲。

学员们听得点头、抹泪。

讲台边上一个学员带头振臂高呼，所有人都一起振臂高呼。

11. 简陋的平房　日内

小黑板上写着“五阶三进制”“永续而无形”“人帮人”等字样。

五六个人坐在地上的垫子上，每人捧着一只简陋的碗在吃粗面饭团子，地中间一盆菜汤，一把马勺，大家有说有笑。

郑秋冬在一个人的陪同下进屋视察。

屋里的人像见到亲人一样，起身跟郑秋冬握手。

有的甚至激动得直抹眼泪。

郑秋冬表情坚定，攥拳屈肘向下用力，以示坚持。

12. 简陋的招待所房间　夜内

郑秋冬在点钱，约 10000 元。

13. 长途汽车上 / 白力勤工作室　日外内

郑秋冬在车上打电话，后面有人给他捏着肩膀。

罗伊人在白力勤工作室接听电话，一个工人打开一个新轮椅的包装。

14. 飞机里　日内

郑秋冬。

15. 礼堂　日内

郑秋冬从中间走向讲台，两边的人起立鼓掌。

讲台上，摆着一种类似营养品的包装盒。

郑秋冬滔滔不绝地演讲。

几个女学员听得热泪盈眶。

郑秋冬从包装盒里取出一大盒产品，兴高采烈地赞美着。

学员们兴奋地鼓掌。

郑秋冬穿过中间通道，两边鼓掌的人起立鞠躬，一个女学员冲上来狂亲他。

16. 飞机起飞　日外

郑秋冬穿着毛衣，在看报纸。

报纸上是：传销团伙“连锁销售”一网打尽。80 万可买成 A 级业务员。

郑秋冬抬眼打量身边的人，索性把报纸塞进前兜。

17. 动车 / 医院肠镜室门口　日内（冬季服装　车窗外雪景）

郑秋冬在空空的动车舱里打电话：我昨天到德州，本该今天回北海……这儿到北京就三个小时，我想见你，真的，哪怕见你一眼就走我也要见。

罗伊人靠在椅子上，好像很没力气，身边是手提包，膝盖上放着一本打开的书《风中绿李》。

罗伊人面露愉悦，但声音很小：什么时间到？

郑秋冬看了眼表：下午四点半，你有时间吗？

罗伊人看着肠镜室门口：他在做肠镜，完事后肯定要回去休息，应该有时间。

郑秋冬高兴：想吃什么？说，挣钱了必须好好请你。

18. 火锅店　夜内

火锅店里人不少，热气腾腾的。

郑秋冬和罗伊人面对面坐着吃火锅，郑秋冬好像看不够罗伊人：怎么选了这么个地方？

罗伊人：你想去哪儿，非得去富丽堂皇的地方，一掷千金，吓得我心惊肉跳？

郑秋冬：不是不是，吃什么都行，只要你在。

罗伊人满意地看着：你们公司到底做什么的，这么挣钱？

郑秋冬的兴奋劲好像撞了墙，一时语塞：我们就是……连锁销售啊，经贸部从新加坡引进的项目，主要投放在两广地区的。哎，你工作累吗？

罗伊人轻松一笑：有点。这边要照顾他，还要上班。

郑秋冬沉默片刻：都怪我，没珍惜，报应。

罗伊人轻柔地：别瞎说，知道什么叫报应，张口就说。

郑秋冬：老白……还有多长时间？对不起，我没别的意思，他也是我的师兄，我确实想知道，只是一早的飞机，没时间去看他了。

罗伊人：恶化了，按医生的说法，三个月。

郑秋冬似乎有点反胃，咬紧嘴唇，点了点头，没再说话。

罗伊人：秋冬，你真不记得这个地方了？

郑秋冬疑惑，四下打量：这儿？

罗伊人：想想，这儿以前是个冷饮店。那边整面墙上是一幅雅典奥运会的宣传画。

郑秋冬点头：想起来了，变成这样了，咱们在那儿坐过。

罗伊人来兴趣了：还记得吃的什么吗？

郑秋冬：你吃的冰激凌，我吃的什么来着……记不得了，但你肯定吃的是冰激凌，两个这么大的冰球，一个是香草味的，一个是巧克力的，不会错。

罗伊人点头：谢谢你还记得。记得我吃冰激凌，不记得自己吃什么……有个美国作家说，真正对你用心的人，他也许不记得自己的某些细节，但会记得你的。

郑秋冬明白罗伊人的话的含义：是的，我记得，我就是真正对你用心的。

罗伊人眼里沁出泪花：你喝的，我记得，是北冰洋汽水。

郑秋冬会意：我们都是用心的。

郑秋冬感动地放下筷子，伸手握住了罗伊人的手。

19.（闪回）冷饮店　日内

大一的罗伊人戴着校徽，跟着郑秋冬进来，郑秋冬手里还拎着“新生报到处”的牌子。

两个冰激凌球端上来，罗伊人尝了尝，点头示意好味道。

郑秋冬仰脖，喝着北冰洋汽水。

两人相视而笑。

20. 火锅店　夜内

郑秋冬面对罗伊人。

郑秋冬：时间过得太快，要是能倒着活就好了，选择就都会正确了，人生都是满分。

（闪回）上一场的罗伊人：等我毕业，你一定是很有成就的了。

郑秋冬摇头：在我看来，人活着很多事可以得过且过，但选择的关口一定要全神贯注，不然，大错特错啊。

罗伊人：你是相信未来的。

（闪回）上一场的乐观的郑秋冬：当然，眼前解决不了的问题，都可交付未来，时间是一个伟大的作者，他必将写出最完美的答案。

罗伊人微笑地看着郑秋冬。

郑秋冬：笑什么，有些事需要咱俩共同努力，还需要点运气。就像老白这事一样，你要跟他挑明的当口，查出这种病……也太诡异了。

罗伊人：眼前解决不了的问题，都可交付未来，时间是一个伟大的作者，他必将写出最完美的答案。

郑秋冬笑了，笑得很灿烂。

21. 电影院　内

放映着《贫民窟的百万富翁》。

银幕上，贾马尔与拉提卡终于在火车站相见。他们忘情地拥吻，有情人终成眷属。

很多座位是空的，罗伊人枕在郑秋冬腿上睡着了。

郑秋冬看着电影，流着泪。

22. 机场　日外

飞机飞向天空。

23. 飞机内　日内

郑秋冬在睡觉。

斜前方一个戴眼镜的男子注视着他，用小相机偷偷拍他。

24. 北海市区公路　日外

郑秋冬坐在出租车内，发现后面似乎有辆车在跟踪。

司机也注意到了：后面的车是你朋友吗？

郑秋冬想了想，递上 100 块钱：不是，师傅，去前面华联商场的地下停车场。

25. 北海市区街道　日外

跟踪的车内，主观：郑秋冬的出租车拐入地下停车场。

飞机上的眼镜男：跟上，别太近，笨蛋。

26. 地下停车场　日内

郑秋冬的出租车迅速驶入一车位，郑秋冬拎包下车，快速打开后备厢拎起行李箱，飞快跑走。

跟踪车辆尾随而来，在出租车前停下，看着司机在擦风挡。

眼镜男立即下车：你拉的客人呢？

司机：客人？下车了。

眼镜男：哪边走了？

司机随便一指：大概那边吧。

眼镜男也跑向那边。

27. 白力勤工作室门口　日外

罗伊人的车停靠过来，她拎着几包中药下车。

28. 白力勤工作室　日内

病态中的白力勤正跟两个陌生人喝着茶谈笑风生。

罗伊人拎着中药进来，白力勤介绍：这是我女朋友小罗，这二位是我同学，黄东华记得吗？这位是黄东华的朋友。

罗伊人客气地：你们好，请坐。聚生的爷爷给你配的药，都说很好，让你试试。

白力勤无力：谢谢他老人家，伊人，你坐，这两个朋友是找秋冬的，你知道他在广西混得怎么样吗？

罗伊人警觉：何总的秘书说混得不错，老魏嘛，说他挣了些钱。

白力勤疑惑：老魏？你见过老魏？

罗伊人：瞧你这记性，他去医院看你，医生没让他见，我给你说过呀，那帽子是他送你的嘛。

罗伊人指着一边放着的一顶毛线帽。

白力勤拍着脑袋：哦，我这记性。

来人甲：我们也听说他在那边做行业做得好，号召力强，想请他帮个忙，我们的企业正需要他这种人，您有他的电话吗？

罗伊人一时尴尬：我，没有。他的电话早换了。

白力勤看向二位，二位失望。来人甲：那老魏一定有，问问老魏。

白力勤：有老魏的电话吗？

罗伊人有些不乐意地掏出电话：我看看，哎，我那个手机上应该有郑秋冬的号码，等一等，在车上。罗伊人出去。

白力勤：你们也做连锁销售？

来人甲：我们是网络销售，听说过“万户购物”吗？

29. 白力勤工作室门口　日外

罗伊人从车里拿出另一只手机想了想。

30. 白力勤工作室　日内

来人甲跟白力勤在喷：我们的实体联盟店遍布全国 2300 个县市，有 9 万加盟商，有分红权的高级会员就 70 多万人，年营业额上百亿，郑秋冬他们公司也就是一二十亿。我们集团的管理人员比他们的学员还要多。

罗伊人进来听着。

白力勤：你们这么大的规模为什么还要找郑秋冬，他有这么大能量？

来人甲：有，一句话，我们需要他，我们可以送他一套房子。

罗伊人一愣，看着来人，再冷冷地翻着手机：您记一下。

来人甲示意来人乙，来人乙急忙掏出手机：罗小姐，您说。

31. 白力勤工作室门口　日外

远远地，透过车窗玻璃看到，来人甲乙从老白工作室出来，罗伊人送他们。

一个对讲机出现在车内前景，一个声音：他俩出来了，你们到路口等着。

对讲对方：知道了。这姑娘不错，干什么的？

车内：你还有正事没有？

远远地，罗伊人静静地站在门口。

32. 空地上　日外

摄影师在高喊：往这儿看，往这儿看。

很多兴高采烈的学员排列整齐，排成几队，呈标准的集体合影状。

学员的服装各式各样，但是，前排中间五个“领导”都是西装革履，其中有苏经理和郑秋冬。

苏经理含情脉脉地看着郑秋冬。

啪，定格。

33. 空地不远处　日外

后景的学员队伍整齐地列队离开，郑秋冬和苏经理并肩而来。

苏经理埋怨：你不能老躲着我。

郑秋冬：我为什么要躲你？都是总部的安排呀，这几个月我喊遍了半个中国，嗓子都成破锣了。

苏经理温柔：我有话跟你说。

郑秋冬冰冷地：企业内部，萌芽是杀手。

苏经理拽住他：都是骗人的，萌芽是人之常情。

这时，不远处传来喊声：郑老板。

郑秋冬抬头看，是来人甲，身后是两辆车和四个下属。

郑秋冬疑惑地走向他们。

车内，来人甲和郑秋冬。

来人甲：找你找得好苦，幸亏罗小姐帮忙。

郑秋冬客气：她电话里也说了，我耳闻过贵企业，很了不起。

来人甲压低声音：有朋友透露，你们公司已经被盯上了，警察随时端锅。

郑秋冬微笑：每个来挖我的人都这么说。

来人甲诧异：不信？

郑秋冬：被端是迟早的事，只是希望越晚越好，挣点钱不容易。

来人甲从前排座位上拎起一个钱箱，“啪”地打开，里面是整齐的现金：谁说不容易？

郑秋冬犹豫：给我时间，我要和何总商量，毕竟是他带我上道的。

来人甲把一张照片递给郑秋冬：这一年你见过姓何的吗？

照片上是何总跟两个穿泳装的女人在海边沙滩上。

郑秋冬：何总？没见过。

来人甲：你没见过他，但他见过你帮他挣的钱。这是雅浦岛，他恐怕回不来了。

郑秋冬惊讶。

34. 窄巷 / 音乐厅休息室

郑秋冬拎着钱箱，边走边打电话：……我就喜欢奥运村一带，你帮着看看，120 平方米至 150 平方米之间的。

罗伊人一个人穿着制服坐在沙发里：你知道现在的房价吗？奥运村那一带很贵的。

郑秋冬得意：挣到钱了，它就不贵。好了，下周我就回北京，记住，选房子要仔细，我回去就买。

罗伊人：吹吧，再见。

穿同样制服的女孩进来：首长到了。

罗伊人急忙起身。

35. 音乐厅舞台　日内

罗伊人带着一行人走上舞台，她给一位 60 岁左右的领导讲解着：这座音乐厅是鞋盒形建筑，内部构造和吸声材料都是精心设计的。设计者介绍说这座音乐厅的混响时间为 2.8 秒，更接近纽约卡内基音乐厅的混响时间。

领导一直打量罗伊人，这时他开口：我看你不像解说员，可是你又这么年轻，是专家吗？

罗伊人：报告首长，我在大学是学录音专业的。

领导得意，对陪同的人说：你们看看，我说吧，一听就是专业的。你叫什么名字？

陪同的领导点头哈腰：她叫罗伊人，刚来的大学生。

领导满意地看着罗伊人。

罗伊人在介绍音乐厅的其他部分，领导只注意罗伊人的身材、五官。

罗伊人口袋里的手机闪烁着，她低头看看，继续介绍：请首长这边走，我们去参观机房。

36. 酒店门口　日外

郑秋冬拎着钱箱走来，一下傻了，急忙躲到一棵大树后面偷看。

苏经理及两个穿西装的同事被警察带上车。

郑秋冬撒腿就跑。

37. 选择三处不同场景　日外

郑秋冬在飞奔，飞奔到一角落，他停下来，喘着粗气，电话响了一下。

短信：迅速转移，不要去机场、车站。

他犹豫着，打通一个电话：我这边出事了，你的钱我怎么还给你？

对方：混蛋，出事还打电话，想拉老子垫背？

郑秋冬：可我得把钱还给你……对方挂了。

郑秋冬茫然无奈，走了几步，想起什么，把手机扔进路边一垃圾车里。

38. 商场手机柜台前　日内

郑秋冬指着一款手机。营业员拿出介绍。

39. 二手车市场　日外

郑秋冬打量着一辆二手越野车。

卖主：先生考虑的是玩越野还是代步？

郑秋冬查看轮胎：跑长途，高速公路。

卖主一拍车盖：就它了，这车最合适，真要我给你便宜些。

40. 高速公路　日外

郑秋冬的越野车在飞驰。

郑秋冬开着车，钱箱子在副驾上。后座上是新的被子、瓶装水、面包等等。

41. 路边休息区 / 医院　夜外

郑秋冬的车驶来，车身已经脏了。

他有些疲惫，闭上眼。片刻掏出手机写短信。

医院走廊，有人在后景忙着，两个年轻人扶着罗伊人坐下。

电话响，伊人看，惊讶，想了想起身到楼梯口，这儿没有人，她拨打过去。

郑秋冬在车里接听：伊人……

罗伊人埋怨地：你可真够忙的，一天都不接电话，急死人了。这是谁的电话呀？

郑秋冬：我的……换新的了。

罗伊人哭了：为什么要换……你知道吗，老白走了……

郑秋冬惊：走了？！什么时候？

罗伊人：早上。

门口有人朝罗伊人招手，示意她过去，罗伊人对郑秋冬：我得过去了，别担心我，你一定要好好的。

郑秋冬感动：我很快回去看你，坚强些，伊人，有我在呢。

罗伊人泣不成声：我知道，我知道……

郑秋冬关上手机，趴在方向盘上一动不动。

42. 高速公路　日外

郑秋冬的车飞驰着，他已经头发凌乱，一脸胡茬。

43. 收费站　日外

郑秋冬的脏车经过收费站，他警觉地看着收费人员和不远处的警察。

44. 汽车维修点　日外

郑秋冬在车后座打盹，车开着前盖，技师在检查：你这车一身毛病，输油泵不行了，要换；避震器漏油，油封漏了，整个避震器要换。

郑秋冬：那就换吧，要快。

技师：快不了，两天。

郑秋冬抬头：两天？

技师：两天，这不比大城市，离平顶山一百多公里呢。

郑秋冬：那我不修了。

技师：大哥，你要上路，这车随时抛锚，停在半道上，就不是两天的事了。

45. 小破旅馆 / 白力勤工作室　夜内

罗伊人埋怨：为什么不坐飞机、火车，非得开车？

郑秋冬应付：那个……身份证突然找不到了，伊人，估计追悼会我到不了，车抛锚了，换件要等两天。

白力勤工作室已经搬走了部分东西，罗伊人接电话：回答我，你为什么非得开车回来，那么远？

外面有警车声，郑秋冬不安地往外看：嗯，心血来潮，别生气，你心情不好，别为我气出病来……老白的后事，你累坏了吧。

罗伊人叹气：不觉得了，只要他爸妈别再累出事来，我就阿弥陀佛了。

郑秋冬试探：有什么人问起我吗？

罗伊人：这时候谁会问你呀，你同学送的花圈今天到，跟你去尼泊尔的那几位也来了，还有不认识的。

郑秋冬：伊人，最近出的事有点多，我这边也……我们都得留神。我有种感觉，就是说一切就要过去了，我们的命里好像有种约定，现在你我同时都结束了以前的阶段，全新的日子就要开始了。

罗伊人疲惫：真是一块儿结束了，这么巧。

郑秋冬贴门听着外面的脚步声：不是巧，这是天意。

46. 高速公路　日外

郑秋冬的车已经洗干净，在行驶中。

郑秋冬用耳机打电话：外地同学都走了？那就只召集北京的吧，后天追思会我肯定在，没问题，这事你们几个多操心，别让罗伊人自个儿忙活，让她休息一下。

经过路牌：郑州。

郑秋冬在打电话：帮忙的人多，说明老白人缘好，积了德，忙活完了就踏实了……有多少人？好，你把饭店地址发给我，我晚上应该能到北京。

经过路牌：石家庄。

47. 殡仪馆　日外

人们开始离开，罗伊人将一个捧着骨灰盒的高中生、一对中年夫妇，以及两位乡下老人送上汽车，

匆匆走向自己的车。

罗伊人来到自己的车边时，两个人叫住了她：罗小姐。

罗伊人回头看，两个人神色伤感，胸前还佩着白花。

罗伊人客气地：你们好，白力勤的朋友？

甲：我们是白老师的师弟，郑秋冬的同学。

罗伊人意外：是吗，忙了一早上，你们受累。

甲：没关系。

两个来者有些尴尬，一时不知说什么。

罗伊人：你们是不是有什么事？

甲：我们从上海过来，就是来参加追悼会的，既然来北京了，就想跟以前的同学见见面，联系到了几个，秋冬的电话换了，联系不上，您有他的电话吗？

罗伊人：哦，我有，他在外地往回赶呢，下午应该就能到。

来人很意外：下午，飞机还是火车？我们去接他。

罗伊人：他是自己开车，他快进五环的时候会给我打电话，我去收费站接他，老白的一些朋友约好见面的。

甲：那我们跟你一起去接他，好久没见了。

罗伊人意外：一起，也好吧。

48. 杜家坎收费站　日外

郑秋冬的车停在一边，他对着反光镜打量着自己。

嘀嘀的鸣笛声，他抬头看。

罗伊人的车驶近，后面还跟着两辆车。

郑秋冬迎上去，罗伊人下车。

郑秋冬看着后面的车：这么隆重，来一车队。

罗伊人深情地看着郑秋冬：好憔悴，像个吉卜赛人。你看谁来了。

后面两辆车上下来四个人，甲热情地：秋冬。另三个人径直走向郑秋冬。

郑秋冬辨认着：你是……

两个人上前抓住郑秋冬的胳膊，甲跟过来出示了证件：郑秋冬吗？

郑秋冬惊呆了，看着罗伊人：我是郑秋冬。

罗伊人诧异上前：你们是干什么的？

甲：市局十九处，请配合调查，跟我们走一趟。他示意两个人将郑秋冬逮到后面的车上。

罗伊人：你们……秋冬，你干什么了？

郑秋冬不可思议地凝视着罗伊人，没有说话。

甲从郑秋冬的车里拎出钱箱，打开。

里面全是钱。

罗伊人傻在那里。

甲把钱箱交给身边的下属，下属把钱箱放回自己的车里。

甲对罗伊人：抱歉，郑秋冬涉嫌组织大规模传销犯罪，从广西潜逃。

罗伊人蒙了：不可能。

甲：那得法官说。然后对返回来的下属说：罗小姐受惊了，你帮她开车。对不起罗小姐，我跟您一样，希望郑秋冬是无辜的。

甲上了郑秋冬的车，下属把罗伊人让进她的车。

四辆车掉头起步。

错车间，罗伊人看见郑秋冬，郑秋冬惊惧地看着罗伊人。

罗伊人看着甲，甲的神情充满愧疚。

四辆车陆续离开。

第04集

1.　日外

空镜头。

字幕：广西　北海

……四、被告人何国胜犯组织、领导传销活动罪，判处有期徒刑十年，并处罚金人民币 200 万元。五、被告人郑秋冬犯组织、领导传销活动罪，判处有期徒刑五年六个月，并处罚金人民币 75 万元。六、被告人苏亚娣犯组织、领导传销活动罪，判处有期徒刑四年，并处罚金人民币 15 万元……

旁听席上，罗伊人满脸伤感，当听到对郑秋冬的宣判时，不禁掩面而泣。

被告的队伍被带出法庭，郑秋冬看见旁听席里的罗伊人，他用阴冷的眼神死死盯着她。

罗伊人缓缓起身嘴唇抖动，似乎想说什么。

郑秋冬死盯着她，直至走出法庭大门。

2.　飞机上　日内

罗伊人茫然地坐着，她前方不远处一个男子在看《挪威的森林》。

罗伊人看着那男子的背影，眼眶潮湿，那首《不要脸》的歌声飘然而至。

3.　机场到达口　日外

罗伊人匆匆走出机场，在打电话：我找钟淮兰钟律师，我叫罗伊人，是她中学同学。

4.　机场高速　日外

罗伊人戴着耳机在打电话：……老白的房子我怎么能要呢，他家爱怎么处理就怎么处理吧。他人都走半年了，这件事我想快快忘掉……不说了，淮兰，我咨询你一个问题。

钟淮兰（女声 OS，下同）：什么问题？

罗伊人：我一个朋友刚刚被判刑，在广西，我想去探监可以吗？

钟淮兰：什么罪？

罗伊人：组织领导传销。

钟淮兰：我靠，你还有这路朋友。

5.　咖啡馆　日内

安静、整洁。

钟淮兰，一个年纪与罗伊人相仿的律师，干练中性：我咨询了司法局的朋友，现在非直系亲属探监手续很简单，他人在哪儿的监狱？

罗伊人：北海，广西北海。

钟淮兰：直接向监狱狱政部门申请即可。几年，判了几年？

罗伊人：五年六个月。

钟淮兰：我这脑子，电话里你说过的。什么人？这人跟你什么关系？

罗伊人：朋友。就是大一的时候，你去我们学校看电影，给你修自行车的那人，就那人。

钟淮兰回忆着：哦，“深沉阿哥”吧，去尼泊尔弄冬虫夏草的那位？白忙活一年的那位？

罗伊人点头轻笑：对，“深沉阿哥”，你起的绰号，就是他。

钟淮兰悟出什么：那帅哥，不是你前男友吗？

罗伊人点头：几乎。

钟淮兰：旧情重燃？

罗伊人点头：算吧。

钟淮兰明白了：你这花痴，什么时候的事？

罗伊人：说不清楚，好像无始无终。

钟淮兰诧异：老白还在的时候？

罗伊人点头。

钟淮兰些许诧异：不会吧，你这传统美德的代言人，也脚踏两只船？

罗伊人急忙：不不不，老白在的时候，我跟他没越雷池一步，信不信由你。我跟老白的事怎么说呢，其实纯是场信任误会。你知道我这人没定力，谁追得狠了就会跟谁走，像羊，容易被顺手牵走。跟老白更多的其实是信任，就像一种默认的随从模式，自己不觉悟也不审视。他人不坏，我就会有种心理暗示，就当那是爱情吧。

钟淮兰：不是爱情吗？他腿出事之前？

罗伊人摇头：他腿出事前就想过跟他分手，这跟秋冬没关系，他那时候还不知在哪儿呢。还没等我开口，他就……

罗伊人轻拍膝盖：太可怜了……怎么开口提分手？只能照顾吧。郑秋冬回来后，我背着老白跟他好了，说实话很激动，也很别扭，不知道从哪儿横生出一种屈辱感，就是偷的感觉，我下决心要跟老白挑明，可第二天他就被查出癌细胞扩散，跟上次一样，我能怎么样？不还得像贤惠女友那样去忙活吗？即使这样我也是陪他走到终了，送他入土为安。你说我这叫脚踏两只船吗？

钟淮兰：别介意，我就那么一说，收回。

罗伊人苦涩地：没有一个可搭靠的人，有种人就感受不到自己的存在，更找不到存在的价值，我就是这种人。

钟淮兰：直至郑天使再现，你幡然醒悟，真爱原来尽在回首之间。

罗伊人苦笑：没你说的这么矫情，基本是这意思。

钟淮兰：好了，不说过去这些了，刚才说到哪儿了，探监的事。

罗伊人轻挥手：你就会乱打岔。

钟淮兰：单纯就是探监的话，跟监狱方面申请就行，身份证，关系证明，同学同事找个公章，单位开个信，每个监狱也不尽一样。我可以打电话帮你问清楚，哪个监区，哪个大队。到时候需要我陪你去吗？

罗伊人不解：你陪我，有什么意义？

钟淮兰：他如果有申诉、冤情，在里面有什么委屈，也许会有用。想什么时候行动？

罗伊人：越快越好。

6. 剧院休息室　日内

罗伊人正在换上西装制服，一穿制服的中年女领导进来：哎，伊人，夏部长又来看演出了，别走啊，演出结束有晚宴，部长点名邀你参加。

罗伊人：晚宴，我请假，明天一早要去外地。

领导：去外地？去外太空也不行。夏部就爱跟你聊天，你陪他多说说话，让他高兴，咱剧院西边的配楼和小剧场就都有着落了。

罗伊人为难：最晚到 10 点，K 歌我就不去了。

7. 某监狱　日外

监狱全景。威武的武警战士。高墙电网。

字幕：广西　北海监狱

8. 牢房　日内

一身囚服的郑秋冬在拖地，袁队长过来：郑秋冬。

郑秋冬规矩地：袁队，什么事？

袁队：认识叫罗伊人的人吗？

郑秋冬一惊：认识。

袁队：三分钟，收拾收拾，接见室。说完离开。

郑秋冬看了眼角落里捧着英文字典的中年犯人刘量体，刘量体小声：你说的那个姑娘？

郑秋冬点头：我不想见她。

刘量体：为什么？

郑秋冬：五年半，太久了。

刘量体合上字典：iPhone 3GS 马上就问世了，知道五年半前乔布斯在做什么吗？

郑秋冬摇头。

刘量体：那时候，世界上还没人知道 iPhone 是什么，五年半时间很快。

郑秋冬神情坚定：对这个年纪的女孩来说，以后这五年也许是她人生的全部，是苦等，还是随心所欲，里外就是十年。老刘，我这才刚开始，不能给她留一丁点希望。

刘量体担心：我是做猎头的，逢事习惯留个活扣，从不做绝。

郑秋冬：我这人人品差，但不能再差下去了。然后像是自言自语：绝望，必须让她绝望。

袁队过来：走吧，哎，也不收拾收拾，就这德行见姑娘。

9. 犯人接见室　日内

罗伊人和钟淮兰等在这儿，郑秋冬随袁队出现。

罗伊人激动地看着郑秋冬。

郑秋冬冷漠地走上前，凝视罗伊人良久，突然开口：我永远都不想再见到你了，罗伊人。你出卖了我，我可是为你在打拼，出卖我你能换到什么好处？本来我可以自首投案，争取最轻量刑，可你却连这点机会都不留给我，把我推上绝路。还来看，看什么？不够虐心吗，还是欣赏你的作品？你怎么有脸再出现，滚回去，滚得越远越好。

罗伊人、钟淮兰、袁队都被这番话弄愣了。

钟淮兰愤怒：郑秋冬你要对自己的话负责任，伊人一直很惦记你……

郑秋冬打断：屁话，想做说客，你也配。罗伊人是什么东西你知道吗？一个在男人间跳来跳去，只为自己快乐的贱人。然后对袁队说：送我回去吧。说完就离开了。

罗伊人一直没动，她像个钉子一样一直钉在原地。

钟淮兰轻推：伊人。

罗伊人突然把手里的包、手机用力摔在地上，然后蹲下抱头号啕大哭。

钟淮兰同情地轻拍着她：伊人、伊人……

一个中年女家属在另一窗口接见亲属，嫌吵，对在场的狱警：能不能把她弄出去呀，太吵了，就30分钟时间。

罗伊人慢慢倒在地上。

狱警上前，轻声：这位女士，请跟我去候见室。

罗伊人根本没听见，依然放声大哭。

中年女人尖叫：滚出去——

罗伊人突然没有了声音。

钟淮兰镇定：伊人，伊人。转对狱警：快，救护车，她有心脏病。

10. 医院走廊　日内

钟淮兰等在这儿，一医生从急诊室出来，钟淮兰迎上。医生：没事了，就是瞬间的情绪变化导致的缺氧休克。

钟淮兰：用住院吗？

医生：不用，已经醒了，休息一下就可以离开了。她的心脏应该没问题呀，谁说她有心脏病？

11. 病房　日内

钟淮兰和罗伊人。钟淮兰：吓死我了，我就使劲喊你有心脏病。

罗伊人无力地：律师也撒谎。

钟淮兰倒水：谎言和智慧是双胞胎，跟郑秋冬说的那些话一样。他为什么说完转身就走？因为说谎的人是心虚的，他没有勇气面对听到谎言的人。

罗伊人木然：不，他不是撒谎，可以说是我出卖了他，直接把他送进大牢的。

钟淮兰诧异。

12. 果园　日外

犯人们在给果树浇水，管教在远处监督，警戒线隔离着其他区域。

郑秋冬用铁锹给水路做了分流，水流流向一排树行。

刘量体在给树腰刷白灰：这时候她能来看你，那是真爱。你自毁真爱，以求解放这姑娘的未来……你这目的能不能达到暂且不论，我在琢磨，能做出这种破釜沉舟的决定，你心里会多爱这姑娘，这是大爱。

郑秋冬看着水流上漂浮的枯叶像是自言自语：一刀必须两断。你就别分析我了，分析分析你自己吧，哎，老刘，我要说我这种做小职介所的，跟你这大猎头公司CEO（首席执行官）是同行，不算不要脸吧，都是给人找工作嘛。

刘量体不屑：不算不要脸，应该算臭不要脸。职介所和人力资源怎么可能同日而语？有个庸俗标准，职介所是为没工作的人找工作，猎头，也就是人力资源是为有好工作的人提供更好的工作。他放下灰刷，认真：你刑期短，真可以好好学学这门课，2014 年出狱的时候，这个行当一定是大发展的时候。

郑秋冬有兴趣，琢磨片刻：好学吗？

刘量体：好学，难在操作上，你会跟人打交道，适合做这行。

郑秋冬开始溜达：怎么你一说，我就心动呢？

刘量体：说明你聪明。所谓猎头，是要把顶尖的人才放到最合适的职位上去。不然对人才和职位都是损失，对社会、人类更是损失。放眼世界，猎头领袖有五大之说，光辉、海思、亿康先达、史宾沙、罗盛，他们体现着人力资源的高与贵。说回中国，要提那句老话，中学为体，西学为用。在猎场，说穿了是一个词：判断。猎头，核心是看人，人各有其面相、气场、心理、修为。曾国藩说“邪正看眼鼻，真假看嘴唇，功名看气概，富贵看精神”。其中道理，不可不研究呀。中学治身心，西学应世事，猎头也是这个理。

郑秋冬听得很投入，最后低头沉思半天，上前抱拳：那我就拜您为师父了。

13. 郑秋冬牢房　夜内

袁队：想读书是好事，咱这儿就是监内自学考点。监区有教室，能参加全国统一的自学考试，你报名，监狱给你准备书、资料。

郑秋冬：老刘说，以前有学员通过自考，还获得过减刑。

袁队：没错，你想考什么？一般考法律的多，也有考会计、文学的，三监区有个考的冷门，畜牧。你考什么？

郑秋冬：人力资源。

袁队长不懂：人力和资源的事先别担心，你想考什么？

郑秋冬：就是人力资源。

袁队长困惑：我说了，这不用你考虑，咱们这儿的人力资源是最好的。

郑秋冬：Human Resources，简称 HR，就是人力资源，人力资源本身就是个专业。

袁队长掩饰：我知道，人力资源嘛，冷门，你得小心。哎，那姑娘回北京了，跟她一起来的那律师要见你，申请已经递过来了。

郑秋冬紧张：我不见。

袁队长：她是律师，接见理由很难拒绝，说有些问题要跟你核实。什么资源，你说想自考的？

郑秋冬：人力，人力资源。

14. 监狱会见室　日内

钟淮兰面前有张纸，眼神透着干练，偶尔会用笔记点什么：我跟你的想法实质是一样的，就是尽快、彻底、合理地终止你俩的关系。

郑秋冬：谢谢。

钟淮兰：我想问你三个问题。

郑秋冬：请。

钟淮兰：你的组织传销犯罪，她一直不知道吗？

郑秋冬：不知道，一直。

钟淮兰：你认为是她出卖的你吗？

郑秋冬嗤笑：是。我说过了。

钟淮兰：你恨她吗？

郑秋冬恍惚一下，不很有力：当然，我恨她。

钟淮兰点头：知道了。她露出遗憾的神情：我会把这些都告诉她的，我相信，她很快也会对你不抱任何希望了。

郑秋冬嘟囔：那就好……

钟淮兰收拾着自己的纸笔、手机什么的，不看他：……甚至对活着也不抱什么希望了。

郑秋冬一愣。

钟淮兰不看郑秋冬，利索地收拾完自己的东西。

郑秋冬想说什么。

钟淮兰收拾完了：再见。说着转身离开。她快到门口时，郑秋冬焦急：等等。

这是钟淮兰期待的一声叫喊，她没回头：什么事？

郑秋冬急切、动情地：请你回去不要瞎说。我希望她能好好活着，从我到老白再到我，她苦情苦命，付出很多，到头来，除了折磨，什么也没换来。你要是她朋友，就帮她忘掉那个死人，还有我这个生不如死的人。将来该是她得到回报的好日子。你要是让她对活着都不抱希望，你何必来见我，就为了逼我说一堆绝情的话，送她去死？

钟淮兰回头，笑了笑：罗伊人会好好活的，放心。我是她的朋友，说什么话对她有好处，我很清楚，但绝不会说你还很爱她的。

郑秋冬尴尬：当然，我没有。

钟淮兰：你可以说没有，但刚才你的眼睛和那番表白泄露了你的真实内心，你依然爱她。

郑秋冬掩饰：爱她，可笑。

钟淮兰：作为职业律师，权衡是我的本能。即使我没得到任何好处，我也愿意为她高兴，你还真是有情有义的家伙。

郑秋冬摇头：自以为是的女人实在无聊。

钟淮兰不听他说什么：骂上几句你能舒服，我就听着。我发誓，我尊重你的选择，你爱罗伊人这个事实真相，我是绝对不会告诉她的，这是死无对证的事实真相，我愿意做你们之间的冰墙，只要对她有好处。说完转身出去。

就在关门的一瞬间，郑秋冬脱口而出：谢谢！

钟淮兰不禁止步，门慢慢关上，她热泪盈眶，喃喃地：不客气。

郑秋冬呆呆地望着门，泪水溢出眼眶。

15. 监狱大门／奥运村街道　日外

钟淮兰从小门出来，打着电话：伊人，听着。

罗伊人停好了车：你说。

钟淮兰：忘掉那个人渣吧，我刚见了他，监区队长说，这家伙还要加刑的。

罗伊人：为什么？

钟淮兰：他跟一个男犯在监狱果园里……脱光了……我不说你也该猜到在干什么了吧，人渣。我发现其实你一点都不了解姓郑的现在是什么人，只是空对空，意识还停留在大一的时候。

罗伊人呆呆地：加刑几年？

钟淮兰不耐烦：一年跟十年有什么不一样吗？我懒得问，你要真想知道，我回去帮你问？

罗伊人：算了吧，淮兰，都过去了。你快回来吧，缘分已尽，多争无益，我谢谢你了。

钟淮兰：不用谢，北京见。合上了手机，她转身看着监狱大门，喃喃：郑秋冬，你是对的，这是最好的结果了。

罗伊人靠在车座上，把手机扔到副驾座位上，手机又滑落掉地，传来了《不要脸》的歌声。

罗伊人静坐着，慢慢推开车门，沿着公路跑了起来，越跑越快。

（奔跑的脸、腿。）

跑到一僻静处，呕吐不已。

罗伊人苍白的脸上，已经没有泪水了。

16. 监狱牢房　日内

冬季。郑秋冬在刘量体的指导下学习着。

17. 教室　日内

冬季。黑板上写着："外资控股中资猎聘""冻薪减薪下的员工激励""RPO（招聘流程外包），Career Planning（职业规划）""不患无才，患无用之之道——张居正《陈六事疏》""面相十二宫""旺夫相、淫相"等字样。

刘量体在给郑秋冬讲课。

18. 监狱人行道　日外

春季。一队犯人在管教的带领下排队走来。

19. 教室　日内

字幕：一年后

郑秋冬在讲课，黑板上是英语句子："I'm in a hurry! 我正在赶时间""Just wonderful! 太棒了""You're welcome. 不客气"。

十几个犯人认真地听着课。

袁队拿着个纸袋从后门进入，坐下。

下课，犯人学员都离开了，郑秋冬来到袁队面前。

袁队递上纸袋：祝贺！

郑秋冬急忙抽出里面的一个红皮的毕业证书，打开，开心地笑。

20. 监狱礼堂　日内

袁队在对很多犯人讲话：下面请中院李利民副院长宣布对减刑审理作出的裁定。（掌声）

李利民上台：根据执行机关北海监狱提出的减刑建议书，三监区一分队第二小队服刑人员郑秋冬，服刑期间认真遵守法律法规及监规，接受教育改造，参加自学考试，现已获得人力资源专业大专证书。积极参加职业技术教育，积极参加劳动。并于 2010 年 2 月记功一次，2010 年 4 月、7 月受表扬两次，2010 年 10 月被评为监狱改造积极分子一次。鉴于以上表现，我宣布，郑秋冬减刑六个月。

掌声中，郑秋冬起身鞠躬，傻笑，左右点头。

21. 音乐厅音响控制室　日内

罗伊人懒懒地坐在调音台前，一边吃着方便面，一边在看《边走边啃腌萝卜》。

门开了，一个中年干部模样的人进来：怎么样呀，小罗同志?

罗伊人起身：张秘书。说着伸脖子看着门外，略微紧张：夏部长……也来了?

张秘书：他陪外宾去对面全聚德用餐，想见他了？坐、坐，这么艰苦呀。

罗伊人坐下，似乎有些尴尬：中午凑合凑合。

张秘书：夏部长惦记你呀，怎么样，这么长时间了，当初的痛苦该平复了吧?

罗伊人尴尬：您吃饭了吗?

张秘书摆了摆手：夏部长是个心细的人，我们再努力也考虑不了这么周到，他呢，提出想给你换个工作。

罗伊人：换工作?

张秘书：对，你早该换个新的环境，一能让你从精神上走出阴影，跟往事切割，轻装上阵，二呢，也能更大程度发挥你的才能。

罗伊人有兴趣：什么工作?

张秘书：掌管一家公司，有兴趣吗?

罗伊人诧异：做公司，我可不懂。

张秘书：不懂可以学嘛，金融或者工商管理，想学什么？再说辅佐你的人都是顶级专业人才。

罗伊人：这里刚刚开始更换设备，正是需要我的时候。

张秘书笑：那还不是首长一句话的事。

罗伊人慢慢起身，一副茫然的表情，慢慢来到门口，把方便面桶丢进了垃圾桶。

22. 监狱全景　日外

空镜头。

23. 葡萄园　日外

郑秋冬、刘量体等几个犯人在给葡萄藤喷药。

刘量体：你刑期短，减半年是半年。哥哥我就不行啊，杀人罪，减到家也得 15 年。

郑秋冬认真：您这大学问，十几年扔这儿太可惜了。

刘量体感慨：冲冠一怒为红颜啊，我这十几年算什么，有人为此把江山社稷都丢了，细想想真觉得……刘量体想着下面的话。

郑秋冬：壮怀激烈。

刘量体：不值。

郑秋冬笑：我以为您会觉得值呢。

刘量体：没有资源可支配的人，是分文不值的，说的就是现在的我。

郑秋冬：就为一个女人，是不值，半辈子扔在这儿……可惜没有卖后悔药的。

刘量体：我不后悔。

郑秋冬：那为什么还说不值？

刘量体：为自己的女人冒险我不后悔，但为此半辈子身陷囹圄，那就不值。

郑秋冬：这话矛盾吧。

刘量体：退一步海阔天空，这话对吗？

郑秋冬：当然对。

刘量体：狭路相逢勇者胜，对吗？它跟退一步海阔天空矛盾吗？说白了，兄弟，人生就是体会矛盾的过程。就像你，明明爱一个女人，却要亲手把她毁掉，还振振有词。你是想帮她开始新的人生，可谁知道她会不会出门就上吊？

郑秋冬琢磨着：您这话也矛盾，您看……

刘量体：这个话题就此打住。等你出狱的时候，我要跟你正式谈件事。

郑秋冬：什么事？

刘量体看看周围：大事，关系到你我未来的大事。

郑秋冬好奇：大事！

刘量体低头干活：你不是想再考个学历吗，我建议你考金融或者心理学。

郑秋冬为难：这两门，太难了。

刘量体笑：春节、圣诞这些大节日为什么都在冬季？闲的，闲的时候过节不耽误事。在这种地方，要学就学难学的，以后有没有用不说，先把时间打发掉，大把的时间不学也是耗着。

郑秋冬琢磨着。

24. 监狱图书馆　日内

窗外，连绵的雪。茶缸里热气腾腾，郑秋冬穿着冬季的囚服在读书。

25. 监狱外景　日外

郑秋冬和几个犯人在扫地。

袁队来给了他一个证书，打开看是一个毕业证书。

郑秋冬向袁队鞠躬。

26. 教室（楼房）　日内

冬季，郑秋冬在给二十几个犯人讲课，黑板上写着“证券的概念、一级市场、二级市场、交易所、有价证券、票面要素”等等专业词语。

郑秋冬：现在，在正式大学学习金融专业的必修课还有金融学导论、西方财政学、货币银行学、公司财务等等。我们今天简单讲一讲金融学导论。

这时有个犯人凑到窗前：哎，你们看，朱会计。一群犯人跟着凑上去看，七嘴八舌：还是那件衣服，漂亮 / 真像我一个小学同学 / 比金大夫好看多了 / 鞋是新的，以前没穿过……

窗外，高墙上的电网，远处小路上，一个便衣年轻女子，拎着包，打着电话走过。

郑秋冬开始有些不快，看着窗外轻盈的女子，渐渐也觉得轻松下来，那首《不要脸》的歌声瞬间飘过。

郑秋冬恍惚了。片刻后他回到现实，愤怒地把手里的书朝窗口的犯人们扔去：都回自己的座位上去。

犯人赶紧都坐回去，冷冷地看着他。

郑秋冬变得结巴了：你们……就你们这样……还想通过……自考？还想……减刑，做梦去……没戏。

犯人们大眼瞪小眼看着他，郑秋冬：知道吗，你们，知道吗……他一直想说什么，但又什么也说不出来。

犯人们困惑地看着，一中年犯人：你没毛病吧，说话呀。

郑秋冬看着他，怔了半天：说什么？

犯人们哄堂大笑。

27. 犯人宿舍　日内

郑秋冬呆若木鸡：师父，我完了。

刘量体：完了，什么意思？

郑秋冬：我不会说话了，我今天在台上失语了。

刘量体：正常，沈从文第一次上讲台也说不出话来。

郑秋冬：可我做过上百场演讲呀，最多的时候有一两千人，怎么会失语呢？

刘量体看着他，片刻：精神世界在发生某种变化，潜意识开始拒绝一些它认为不好的东西。也许你的潜意识认为，那些演讲都是欺骗，是谎言，是丑陋的技能，内心接受了暗示，就排斥那些东西，排斥的表现，就变成了失语。

郑秋冬：会一辈子这样下去吗？

刘量体：鬼知道，也许将来，自信回归之后，一些失去的生理、心理特征都会自然回归，也许是这样的，精神分析我也不懂。（冬季结束）

28. 监狱礼堂　日内

字幕：三年后

郑秋冬走向讲台，下边坐着很多犯人。

袁队满意地看着。

刘量体闭着眼，歪着头仿佛睡着了。

郑秋冬走上台来，向管教席鞠躬，向犯人们鞠躬，打开稿纸，盯着稿纸，口齿笨拙在念：各位队长、管教，你们好！下面是我的汇报，不好的地方请多多批评。各位狱友，四年时间，我在政府、领导、各位队长管教的教育下，读了一些书，自学了42门课程，获得了四个专业的结业证，还有一个学位证书、两次减刑的机会，感谢各位恩人……一想到能提前一年走出去，我就……想哭。

郑秋冬说着眼泪下来了：赎罪是艰难的……可赎清了罪的时候，还是幸福的，各位狱友，努力加油，希望都能早日体会我的这种幸福……

犯人们鼓掌。

袁队神情严肃，没有鼓掌。

刘量体无精打采地拍了两下手。

29. 监狱林荫道　日外

袁队长：我注意到，你的眼睛一直在稿纸上，几分钟的发言，就脱不了稿?

郑秋冬眉头皱着：就是脱不了，不盯着看就是不放心，怕说错。

袁队长：看你以前的那些个记录，煽阴风点鬼火的时候你口若悬河，到这种时候就不行了?

郑秋冬：不瞒您说袁队长，早就不行了我。刘量体之前说，能说成了罪恶，我的潜意识开始拒绝我身上一些不好的东西了，我可能再也不能口若悬河了，他说的啊。

袁队长停下：他的意思是说，你灵魂深处出事了。

郑秋冬：他没用灵魂深处这词，他哪儿有您的水平呀，灵魂深处，这词准、准……准确。哎哟，瞧我这舌头呀。

30. 荔枝园　日外

郑秋冬和刘量体在采摘荔枝，后景还有其他犯人。

郑秋冬：师父，您说过，我出去的时候要跟我谈件事，现在是时候吗?

刘量体扫视周围：我也在想怎么跟你说，嗯，你出去以后打算干什么?

郑秋冬：不知道，先看看再说，四年，谁知道外面什么样。

刘量体：想做事，就要提前准备，一点思想准备也没有?

郑秋冬：真没想好，但有三点我会坚持。第一，做正经事，歪门邪道的事，钱再多也不干。第二，不去找熟人、同学、朋友什么的，绝不找。第三，靠头脑吃饭，苦力我干不来。

刘量体点头：这三点都很重要，我看好你。

郑秋冬：谢谢师父鼓励。

刘量体：我们彼此信任，对吗?

郑秋冬：当然，您是我唯一的朋友，发自内心地尊重。

刘量体点头，压低了声音：是这样的，我进来七年多了，2007 年老母亲去世埋在老家的墓地，去年老爷子也走了，据说骨灰还在殡仪馆，想起来我就心寒。

郑秋冬：要我做什么?

刘量体观察周围，压低声音：我进来前在北海北部湾中路买过一套房子，用的是我父亲的身份证，本来是给孩子上海城二小准备的，现在孩子跟她妈出国了，老人也不在了，那房子彻底没用了。你出去帮我把它卖掉，市场价就行，要快。委托书我回去就写，相关的证件、文件、手续什么的，你出去找一个人，我已经都交代好了。

郑秋冬一时有些糊涂：慢点师父，你是说让我……

刘量体打断：听着。房子卖掉，就在仙人墓园买个双墓，要位置最好的，请你代我行孝，把我母亲的坟迁到这儿来，我没有兄弟姐妹，表兄妹人品很差，但只要给钱，他们什么都愿意做。我父亲的骨灰在殡仪馆，只要按他们要的价付钱，骨灰就能取走。

郑秋冬摸着口袋：我要记一下。

刘量体拦住：我都会给你写好的。生前不能尽孝，死后只能这样，他们终于在一起了。还有，双墓旁边，再买个单墓，留给我的，这很重要。除去这一切的开销，应该还剩 90 多万。

郑秋冬诧异：这么多？

刘量体：那房子离中山公园很近，又是海城二小的学区房，现在更贵。给我留出30万，剩下的钱都留给孩子，她在英国读书，到时候，你找我一个朋友把钱留给她就行了。

郑秋冬点头：你可一定要写清楚，我记不全。

刘量体打量着周围：我会的，我会的。

郑秋冬：几百万的钱，你就不怕我卷款潜逃？

刘量体：你敢吗？那样的话，我们很快会又见面的，你绝不想再回来，我看得出来你想成就点事。我在顶级的猎头公司做过13年咨询顾问，从美国到中国，看家本领就是看人。有人说赌玉难，十赌九输；要我说，看人比赌玉难百倍，石头不会变，人心隔肚皮。我看准你了，就不怕你卷款潜逃。

郑秋冬：我这辈子栽过两次跟头，输得精光。再见到几百万的钱，不知道能不能把持得住，现在说没问题，当钱攥在手里的时候……

刘量体拍了拍自己的胸口：你是说我刘量体是个愚蠢的人，愚蠢到相信你这种人，而你是个不值得信任的人？

郑秋冬：有些事我也弄不清楚，比如，我是不是个坏人。

刘量体：你认为不是就不是，坏人也做好事，好人也干坏事。所以，不必想自己是好是坏，只要做人有底线，就坏不到哪儿去。

郑秋冬认真：我算是有底线的人吗？

刘量体撇嘴：你今天怎么了，像只蠢猪。

31. 监狱存放室　日内

袁队领着穿便装的郑秋冬来领扣押的物品。

保管员从浴室储物柜似的格柜里拿出一个黑色塑料袋，一件一件摆在桌上，指着一张清单：没异议就在这里签字。

郑秋冬看着自己以前用过的手表、笔记本电脑、充电器、钱包、手机、腰带。

打开钱包，里面还有一沓零钱。

他慢慢拿起表，试着调整指针。

表针在走动，郑秋冬贴耳听了听：谢谢！

32. 监狱道路上　日外

袁队：刘量体委托你办的事，你尽管帮他办就是了，一旦有什么特别的发现，一定要告诉我。

郑秋冬拎着个布包跟着，有些不解：特别的发现？哪种？

袁队严肃：你是真不明白吗？

郑秋冬一愣：哦，明白。

袁队：出去打算干什么，是真没想好，还是想瞒着我？

郑秋冬：真没想好，很矛盾。

袁队：矛什么盾？

郑秋冬：又想做事，又觉得名声不好，我们这种人很难被信任。

袁队：你对自己有成见吗？

郑秋冬点头：有，我很在乎。这几天老在胡想，一觉醒来发现这几年都是假的，我就没进来过。进来过也没事，神笔马良给我重画一张脸，让我成另外一人……

到了监狱大门，袁队说：胡思乱想。你就是你，能变成别人，也变不了自我。往极端处想，势必就会往极端处走，那样的话，新的不幸就该来敲你的门了。再见。

袁队伸出大手，郑秋冬迟疑着伸出手：袁队，你说话总是很直，好理解。这会儿该告别了，你这番话，我听着有些……深奥。

袁队哈哈大笑，两人握手。

第05集

1. 监狱大门外　日外

郑秋冬拎袋走出，张望四周。

一辆轿车驶来停在他面前，一个面容姣好的中年女人落下玻璃，注视着郑秋冬。

郑秋冬哈着腰：简女士吗?

简女士点头：上车吧。

2. 街道　日外

汽车上，简女士在开车：住的地方都安排好了，我现在就带你去。左边的双肩背包是你的，里面的东西也都是你的。

郑秋冬打开黑色双肩背包，首先看到的是一个钱包，打开，有很厚的一沓钱，还有一张名片。名片上是姓名，“简娜”和电话号码。

郑秋冬：简女士，简娜就是您?

简娜：对，有事就打这个电话。你住的酒店对面有个超市，需要的东西基本都有。

郑秋冬：很多文件、证件刘哥说都在您这儿，我什么时候……

简娜笑：我建议郑先生先别着急，住几天，理理发，买买衣服，看看新闻，熟悉一下现在的南宁，毕竟您在里面好几年了。

郑秋冬点头：好，刘哥让我听您的。

3. 发廊　日内

郑秋冬在剪头。

镜子中的他在打量自己。剪发师问：帅哥，满意吗?

郑秋冬得意：帅哥满意。

4. 商场　日内

郑秋冬在试着一件高档衬衫。脚下，排着几个大纸袋。

皮鞋，摆在脚下，郑秋冬拿起来打量。

5. 照相馆　日内

郑秋冬穿着白衬衫坐得端正，在拍照，简娜在指导：这张你留着办一般证件用。再拍就要换深色衣服，身份证照片是白背景。

郑秋冬穿着深色衣服，闪光灯闪过。

摄影师：OK，身份证照片去派出所拍也行。

6. 酒店房间　夜内

（这是郑秋冬入狱前住过的酒店。）

电脑插着电源线，郑秋冬在看电脑里的文件。

《财富在哪里》（北海演讲稿）。关键词：资本、幸福、塔尖、持之以恒。

郑秋冬删除了文件。

接着又跳出一篇《凡人致富路》（万州演讲稿）。

郑秋冬又删除了。

一连串的文件他一一删除。

模拟的信件标识在飞。

随后，跳出的是郑秋冬在海边的几张酷照。

郑秋冬苦涩地看着。

突然，跳出罗伊人清秀的笑容。

郑秋冬一时有些无措，下意识伸手擦擦屏幕。

接着是他和罗伊人在北京的几张冬装照。

郑秋冬的眼眶一下就湿润了。

接下来是一段夜景视频，是从罗伊人背后跟拍的，罗伊人匆匆走着，镜头在后面跟着拍，郑秋冬声音：伊人，伊人，你生气了，等等，回头，回头呀……罗伊人突然回头悲切地：你回去吧，老白快不行了，我得守着，以后的事以后再说，现在不行……镜头在地面上晃。郑秋冬的声音：我懂，我就想说……罗伊人的声音：求你别跟着我了，实在受不了了……

郑秋冬抹着泪水。

7. 酒店房间　日内

阳光穿过窗口白色纱幔，郑秋冬在睡觉。

闹钟响了。

8. 酒店大堂　日内

郑秋冬看报纸，对职业介绍很感兴趣，用笔圈画着。

“项目经理，年薪 70 万。英语流利，在国企做过财务主管者优先考虑。工作地点，北京。”

（等等招聘信息。）

郑秋冬看了眼手表，经过大堂，大堂副理：先生，您好，您以前是不是在这儿住过？

郑秋冬：哦，住过，我们见过？

大堂副理：好像见过，我以前在客房部。

郑秋冬：是吗？请把这报纸放到我房间。

对方：好的，您放心。

这时，他看见简娜开车停在酒店外，对副理说：再见。说完就出去了。

9. 街道　日外

郑秋冬在看文件袋中的一沓文件，是不同样式的纸片。

郑秋冬意外：老人还有遗书？刘哥没说过。

简女士：刘量体没必要什么都知道，这些东西都交给你，应该不缺什么了。

郑秋冬看着一张银行卡和一张身份证夹在一起：这是谁的？有密码吗？

简女士：这是你帮刘量体卖房走账的账户，密码是身份证号码的后六位数，身份证你先用着，房子的事办完后，这些就都没用了，记着还给我。

郑秋冬感兴趣：身份证是谁的？

简女士：我的学生，很可靠的人。

郑秋冬担心：这合适吗？

简女士：再合适不过了，为找这么个影子我费了很大周折。这人重病在身，也许很快就……

郑秋冬看着身份证：覃飞，长得还真是很像我。

简女士看着反光镜里的郑秋冬：怎么叫很像你？

郑秋冬惊讶：就是我啊？这怎么回事？

简女士：你的身份证要回户口所在地重新办，现在你飞机高铁都坐不了，刘量体想尽快办，这是最便捷的办法了。

郑秋冬：这不犯法吗？

简女士：刘量体委托，我出面张罗，你就是个名头，帮人家卖自己的房子，违什么法。

10. 某房屋中介　日外

郑秋冬夹包走了进去。

11. 某房屋中介　日内

郑秋冬向中介介绍：老两口都去世了，孩子在国外，刘先生想卖掉这房子。

工作人员看着文件：这委托书和监狱证明我们要确认。

郑秋冬：可以。刘先生报的房价也不算高，实不相瞒，我会以同样的条件找其他中介机构，说白了，谁快就可能跟谁成交。

12. 另一房屋中介机构　日内

郑秋冬抱着一摞文件在跟工作人员交涉。

13. 空单元楼房　日内

郑秋冬带着一对夫妻在看房。

郑秋冬带着一家老小在看房。

14. 某银行　日外

郑秋冬从里面出来，打电话：钱收到了胡先生。我怎么给您钥匙……对对对，手续办完您孩子的户口就可以落这边了，我问过派出所。

15. 乡下简陋的墓地　黄昏外

气氛湿冷。面包车停在不远处，郑秋冬用相机拍着眼前的场景。

墓地一角，几个年轻的乡下人，几个年老的乡下人，围着一个墓，墓碑无字。

墓盖已经挪开了，有人从墓底端出一个褐色大罐子，用黑布包裹系好，一中年男子抱着跟在一年轻女子身后，中年女子端着老太太的照片走向面包车。

郑秋冬等在车前，要接黑布包。
中年男子表情不甚友好，小声：尾款呢？
郑秋冬：车上。
二人要上车，郑秋冬：等等。说完给二人以及手里的东西拍了照片。

车上，郑秋冬和那对男女对坐，车外几个年轻人冷漠地看着他。
郑秋冬把 3000 块钱给了中年男子：说好的。
中年男子：他人在大牢里，哪儿来的钱，城里墓地贵得很。
郑秋冬：他不让我多说。
中年女人想说什么，欲言又止。
中年男人：他出过国，挣过大钱，钱都去哪儿了？
郑秋冬有点烦：他不让我多说，可以下车了，兄弟们等你呢。
中年男人不走：你这么年轻，怎么进去的？
郑秋冬闭上眼睛：故意杀人。
中年男子一愣。
中年女人细声细气：宽哥人还有精神？
郑秋冬：宽哥有精神。
中年女人：见到宽哥跟他说……
郑秋冬睁开眼睛。
中年男子突然发飙，挥手就是一掌：老娘们你瞎说什么，他死在牢里你还惦记，滚下车去。
男人把钱塞进口袋，嘴里骂骂咧咧地拉着女人下了车，女人下车前一瞬间，扔过一个小花布包。
花布包落在郑秋冬脚下。
男人反身上车，郑秋冬迅速把花布包踢到车座下。
男人探身张望：那娘们丢了什么上来？
郑秋冬冷冷地看着他，目光透出一种力量。
男人看着他，笑了笑下车去。车门关上，女人看着车里的郑秋冬。
郑秋冬看着车外的女人，男人在向她叫喊着，女人平静地看着车这边。
郑秋冬一动没动：开车。

车离开了荒凉的墓地，男人老人们都离开了。
郑秋冬从反光镜里，看到那女人独自伫立。

16. 山间公路　日外

面包车行驶着，老太太木然的照片、泥罐、花布包。
郑秋冬好奇地打开花布包，里面是绣花的鞋垫。
那女人最后的眼神，那女人扔东西后的一丝笑容，独自伫立的女人。
郑秋冬看着鞋垫，五味杂陈。

17. 某殡仪馆　日外

郑秋冬拎着照相机下车。

18. 骨灰堂　日内

管理员领着郑秋冬来到一处，看着登记记录：刘量体的信早收到了，你怎么才来，这就是他父亲刘后山的。管理员指着一盒骨灰盒。

郑秋冬看着，拍照：我今天就要取走，你们财务能刷卡吗？

管理员显然意外：走财务的价会高一些，公事公办也行，取骨灰您还需要发票吗？

郑秋冬：需要，受人之托，代行孝礼，一点一滴都马虎不得。

管理员一副死样子：那你改天吧，今天没有发票了。

郑秋冬：我可以先交钱，带骨灰走，发票改天来取。

管理员：财务今天好像已经没人了，周末了……

郑秋冬诧异：你的意思是？

管理员生气：私对私你我都方便，还可以少花钱，有你去财务的工夫，咱俩把事都办完了，也不知道替朋友省着花。

郑秋冬笑了：你是这个意思呀。

19. 高级陵园　日外

高档的陵园外观。

一个崭新的双人墓地，墓碑上是"慈父刘后山慈母水改事之墓　孝子刘量体泣立　二〇一三年六月"。

墓前站着郑秋冬和简娜。

双人墓的旁边，留着一块空地。

郑秋冬：那是他的。

简娜：他都没想过，谁来埋他。

郑秋冬：他有女儿。

简娜：女儿视他为仇人。

郑秋冬意外：仇人的记忆不是因为孩子无知，而是大人们太无情。孩子终会长大，长大以后，发现有个人没有理由地爱着她，她会懂什么叫父爱如山，沉默的火山。

简娜：他都跟你说过什么？

郑秋冬移动着脚步，拍摄墓地照片：他嘴很严，家庭方面什么也没说。

20. 墓地一角　幽静的小亭子　日外

简娜和郑秋冬坐在这里。

简娜：他看人很准。你是做事麻利、不留痕迹的人。

郑秋冬：您是说我狡猾吗？刘哥跟我提到过好几个外面的人，就是没提到您，但您应该是他最信任的人。

简娜：那是他的风格，我去探过他的监，你出来前不久我还去过。

郑秋冬：一点都没听说过。

简娜苦笑：我是被忽视的人。

郑秋冬：被忽视的人，他就不会委托做这么重要的事。

简娜：你用的那些文件都自行销毁吧，没用了。

郑秋冬掏出身份证和银行卡：身份证还有银行卡。

简娜接过看着：账上还有钱吗？

郑秋冬：还有，要按刘哥的嘱咐，钱要一步步划到他太太的户头里，剩下的留给他自己。

简娜把卡和证还过来：那就好，完事以后，身份证和账号也都不存在了……那人也走了，前天的事。

郑秋冬惊讶，看着身份证：什么意思，这个覃飞死了？

简娜：病床上躺了两年多，死的时候只剩一把骨头，也算解脱了。

郑秋冬捏着身份证一角看看，好像那证件很烫手。

简娜：钱到刘量体账上以后，销毁即可。

郑秋冬斜眼瞄她一眼：知道了。听监狱管教说，刘哥是为一个女人进去的。

沉默。

郑秋冬：冒昧问一句，是您吗？对不起，我对这事实在太好奇了。

简娜笑了笑：好奇？要说是为一个女人的话，也是为他女儿吧。

郑秋冬诧异：他入狱的时候女儿很小啊，还没上小学。

简娜：他女儿六岁的时候，得了一种病，叫重型地中海型贫血。女儿是他的掌上明珠，为找到跟女儿相配的造血干细胞，他拼了，雇用两百多人去全国各地各个城市甚至各个县城找配型……拼到最后也没合适的提供者。一朋友劝他再生一个，用新生儿的脐带血做一种移植手术，就能根治女儿的病。最后他说服了他太太，决定再生一个。

郑秋冬：一家人的事，为什么要说服呢？他太太不想生？

简娜：应该叫前妻，那时候，他们已经离婚好几年了。

郑秋冬恍然大悟：那他前妻还是……很了不起的。

简娜：当时他俩各自都有自己的情人。他前妻很有魅力，在这个城市是有名的美人，屁股后面总是嗡嗡地跟着一堆苍蝇男人。后来有个追求她的人，也不知发生了什么，死在了他前妻的办公室里，被刀捅的，送医院路上断的气。

郑秋冬：当时刘哥也在那儿？

简娜眼神闪烁：后来刘量体投案自首，说是失手杀了那男人，最后就这么判了。

郑秋冬惊讶：他会去替太太顶罪？

简娜没接他话茬：随后人们就发现他太太怀孕了，刘量体被正式宣判那天，他第二个孩子在英国出生，距离杀人案，整整八个月零十一天。

郑秋冬琢磨了片刻：为了救女儿的命，说服了前妻跟他又生了个孩子。保护怀孕的太太，当然就是保护女儿，他顶罪进去，人是他前妻……

简娜回避了郑秋冬的眼神：你喜欢推测？

郑秋冬：没有人能证明刘哥当时不在杀人现场吗？

简娜：应该没有，要有他是成不了凶手的。

郑秋冬看着她：各自都有了自己的情人，就怕是有人证，那人也不能出来做证了。

简娜回头看着郑秋冬，含蓄地笑了起来。

郑秋冬：那两个孩子后来怎么样了？

简娜：善有善报，两个孩子和妈妈，就像童话结尾那样，过上了幸福的生活。作为旁观者，我看着他走进大牢，却成了幸福缔造者，我佩服刘量体。

郑秋冬满怀感慨，似乎感到头脑发热，他挠着头，起身把一瓶矿泉水浇到头上，使劲吼叫了一声：啊——

21. 酒店大堂　日内

郑秋冬走来，看见大堂副理，打了个招呼。

郑秋冬直奔电梯而去。

22. 酒店房间　日内

郑秋冬在看着电脑上“猎聘网”等求职信息，电脑边是一小摞报纸，报纸上招聘广告的版面上，被圈画的笔迹。

门铃声，郑秋冬：哪位？

回答（OS）：派出所的，请开门。

郑秋冬和一位派出所民警，一位酒店安保人员。

民警：你刚出来，不该这样行动，该先回户籍所在地，办理必要的证件。

郑秋冬：受朋友之托办点急事，这儿有监狱的证明。

民警瞥了一眼：你开房用的是谁的身份证？

郑秋冬：朋友开了，让我住的。

安保人员：你跟覃飞是什么关系？

郑秋冬：狱中朋友的朋友，不认识。

安保人员：身份证呢，拿来我看看。

郑秋冬的手伸进口袋，停住，在口袋边动了一动，犹豫，随即掏出一小瓶风油精：什么？

安保人员：覃飞的身份证。

郑秋冬涂着太阳穴：我没见过，是一位女士帮我开的。请问有什么问题吗？

民警：没什么问题，主要是你以前在这儿做过违纪违法的事，加上身份证、银行卡的一些疑点，我们必须例行查询。

郑秋冬：我已经完成改造了，跟所有人一样，你们这样盘问合适吗？

两人起身笑了笑，民警：打扰了，再见。

郑秋冬愤怒：歧视我吗？凭什么呀？

23. 街道　夜外

郑秋冬溜达着过来，情绪不高。

一间酒吧开着门，门童在招呼他，他犹豫一下，走了进去。

24. 酒吧内　夜内

电视上是拜仁慕尼黑对多特蒙德的欧冠决赛。

郑秋冬在喝闷酒，电话响：简姐，全款还需要两天，那套房子的物业费还没结清，对，中介那边都完了，您放心，我后天退房，然后咱们见个面，我就回北京，对对，谢谢您关心，再见。

几个糙汉模样的人进来，咋咋呼呼直奔里面包间。一个肩臂刺青的糙汉看了一眼郑秋冬。

郑秋冬没在意。

又开了一瓶，郑秋冬继续喝。

几个穿运动服的大学生模样的人进来，男男女女的，找不到合适的位置。

一领头的拍了拍郑秋冬：师傅，你去那边喝行吗，我们人多想坐这儿。

郑秋冬看着他：我为什么去那边？

领头人：这不是商量嘛，你要是赖这儿不走我们也没意见。Waiter（服务生），点酒。一群人呼啦啦坐了下来。

郑秋冬心有不甘：你是说我赖着不走吗？

领头人：怎么了，你这不是赖着不走吗？

另一人：闭嘴吧，别找事了，当心伤着你。

郑秋冬不服：说什么呢，仗着人多吓唬胆小的，少来这套，谁伤谁呀。

一伙人站起来，围拢过来，领头的凑到郑秋冬面前，一脸凶相：我数到三，趁我还没恼火，马上在我眼前消失，一、二……

郑秋冬毫不畏惧的神情。

领头的神情忽然发生变化，从狮子一样的凶相，慢慢变成诧异、困惑、恐惧的干笑。

郑秋冬有些不解，顺着领头人的视线，回头看，他的身后站着刚进包间的那个刺青糙汉等几人。

穿运动服的大学生，没声息地溜走了。

刺青的糙汉：兄弟，我是六分队的。你给我们上过课，忘了？

郑秋冬：六分队。

大汉上前搂住他：几时出来的，里边喝去。

25. 包间　夜内

郑秋冬和一伙糙汉各喝各的。

大汉大嗓门：警察查你很正常嘛，咱们这种人是出窑的砖，定型了。我进去三次了，重新不了了。

郑秋冬：我跟你不一样，还想折腾折腾。

大汉不屑：这市面上有两种生意，一种是没进去过的人做的，一种是留给进去过的人做的，你别做错了。

郑秋冬：没进去过的人，有的也是狗屁不通。

大汉：不要嘴硬，你一脑门子书生气。进去过的人想吃有面子的饭，那是做梦。在这儿还好混，你回北京，公务员彻底没戏吧？大公司敢去吗？简历怎么写？人家写四年本科学什么专业，你写什么？四年大牢在第几分队？现在职场是什么？是战场，你背着一口大黑锅，休想得到哪怕一丁点信任。博士都满大街投简历呢，咱们这路货色，拉倒吧，是个人就防着你。兄弟，你英语好像还可以，愿意跟我跑香港吗？

郑秋冬被说蒙了，大口大口喝酒。

糙汉还在张牙舞爪地说着，笑着。

郑秋冬眼光迷离。

26. 酒店房间　夜内

地面上扔着凌乱的衣裤、袜子、纸团，床面整洁，卫生间里传出哗哗的流水声。

卫生间里，只穿着内裤的郑秋冬倒在卫生间的马桶边，呼呼大睡着，身形扭曲痛苦。

额头上有个伤口，水和血流着，蜿蜒至地面积起一汪血水。

27. 海边　清晨外

空镜头。

28. 某社区医院　日内

几个人歪斜着在打吊瓶，郑秋冬额头贴着纱布闭着眼也在其中。

一中年男子在打吊瓶，老婆陪在身边玩着手机。

一个七八岁的男孩抱着塑料枪跑过来：爸，你看。

爸爸：这枪高级，谁的？

男孩：阿生他爸从香港买的。

妈妈伸头看着门口，声音压低：别跟阿生玩，他爸爸从大牢里出来的。

爸爸：哎呀，别跟孩子说这些，去，院子里玩去吧。

孩子跑了。丈夫：别瞎说，跟孩子说这些干吗，他又不懂。

妻子抱怨着：龙龙爸爸从监狱出来的吧，结果还是偷油进去了。丹丹爸爸也是从监狱里出来的，还不是耍女人又进去了。你看着吧，阿生的爸说不定哪天又进去，狗改不了吃屎。

郑秋冬无力地抬起眼皮，看着那对夫妇。

29. 酒店房间　日内

郑秋冬趴在床上，门铃响，他晃悠着去开门。

酒店大堂副理拎着一个布袋在门口：您好，郑先生。

郑秋冬不满：你呀，是保安部要把我赶走吗？

副理：不是，别误会，郑先生，您在这儿住多久是您的权利。我是来给您这个的。

郑秋冬没接：这是什么？

副理：这是您以前在这儿住的时候留下的东西，您走得好像很突然，就收在仓库里了，刚找出来。

郑秋冬诧异：不是突然，是狼狈不堪。他接过布袋抽出一本书。

郑秋冬的表情僵住了，抽出来的竟然是当年那本《挪威的森林》。翻开，里面还有折起的纸角。

副理慢慢关门退了出去。

郑秋冬放下书，抽出第二件物品，那是他和罗伊人在北京机场合影的镜框。

郑秋冬的眼眶湿润了，他迟滞片刻，慢慢把镜框和书抱在怀里，蜷缩在床上。

大颗大颗的泪滴落在镜框里两张微笑的脸上。

30. 监狱接待室　日内

郑秋冬和刘量体。

狱警检查过后，把郑秋冬拍摄的几张照片递给玻璃那边的刘量体。

刘量体看着照片：堂弟和弟媳抱着泥罐和母亲照片镜框走来。

刘父的骨灰盒在殡仪馆的格子里。

郑秋冬抱着骨灰盒的照片。

刘父刘母合葬的墓。

碑文的近景。

两个老人大头照的合影。

最后是碑行中的一块空地。

郑秋冬：这是您的。

刘量体感动：谢谢你，秋冬，按说我该给你行跪拜大礼……

郑秋冬：师父，我们之间不说这样的话。

刘量体：古人说，父母在不远行。他们在的时候，我走遍半个地球，没陪过他们。现在终于都到一个城市了，却永远阴阳两隔，这辈子活得太背了。

郑秋冬：二老又到一起，该安心了。

刘量体抱拳示意。

郑秋冬一笑了之：不客气了。听到一些您的故事，两个孩子的故事，您心里应该有一辈子享用不尽的幸福。

刘量体诧异地看着郑秋冬，嘟囔着：简娜这个大嘴巴。说你吧，自由了还好吧?

郑秋冬摇头：很不好，意想不到的糟糕。

刘量体：为什么?

郑秋冬：本来认准的事，一下都看不清楚了，乱七八糟的。

刘量体：关键是什么?

郑秋冬：关了四年，一出门就比别人矮半截，而且永远矮半截。在外面，我遇到六分队的一个老炮，年前出去的，哇啦哇啦给我讲道理，说外面是个人就会防着我……这样的人，这话不能细想，一想就冒汗。也是，搁在以前，我也不会把重要的事交给我这样的人办，钱、钥匙、图章绝不可能让这种人碰……

刘量体打断：你什么意思?

郑秋冬：绝望。还没开始就结束了。

刘量体沉默，看着照片自言自语：钻到坟墓里才真是结束，这之前都是开始。

刘量体指着照片：你能在一个月的时间里完成这么多棘手的事，说明你有能力，是实干家，随时都可以开始你自己的事。

郑秋冬看了眼表，拿出银行卡：您一直鼓励我，谢谢。时间不多了，钱的事我给您报一下账，留给孩子的钱我都按您说的账户打过去了，最后还剩 30 万，留给您的。

郑秋冬把卡推了过去。

刘量体：这钱没人用得着，我送给你了，拿着潇洒去吧。

郑秋冬愣住。

刘量体：我在这儿用不到钱。对你的感谢，这点钱不足为道。你这路走得远，哥哥我这就算送你一程。

郑秋冬无语。

刘量体：你不缺钱?

郑秋冬低头，使劲摇头：缺，我什么都缺。

刘量体：这钱算我投资，好好混，我要能活着出去，就投靠你去。

郑秋冬感动：师父，我懂您的意思，该是我谢您才对。这钱算我借的，十年后不管我混成什么人模狗样，我一定来接您出去，有我的就有您的，贫富天注定，我只管流血流汗，能做到的就是对您的敬重。

狱警经过时指了指墙上的钟。

郑秋冬擦了把泪，最后递上那对绣花鞋垫：这是一个叫您宽哥的人送给您的。

刘量体诧异地接过去：宽哥……你见到这人了?

郑秋冬点头：您的女人缘不错。

刘量体感慨：不过发小而已。

郑秋冬：您和女儿的故事太传奇了，还有您太太。

刘量体：前妻，我认识她之前她就是传奇。

郑秋冬：简女士也了不起。

刘量体脸色有点变：她都胡说什么了?

郑秋冬：她嘴很严。郑秋冬小声：什么都没说。

刘量体一怔，笑：她什么都证明不了。

郑秋冬：我有直觉，你俩当时是情人关系，出事那天，您跟她在一起……

刘量体凝视郑秋冬，接着大笑起来：再见再见……越说越不像话了。说着挥手往回走。

郑秋冬看着他的身影消失，看着手里的银行卡，转身出门。就在出门的一瞬间，刘量体从小门处探出头来，干咳一声。

郑秋冬回头看。

刘量体顽皮地眨着眼：天知地知，你知我知。

郑秋冬笑了，朝他竖起大拇指。

31. 乡间公路　日外

郑秋冬坐在长途汽车里，看着手里覃飞的身份证。

32. 乡下　日外

保持着原始风貌的乡村，郑秋冬寻寻觅觅地走来。

33. 农家小院　日外

郑秋冬对一对中年夫妇介绍自己：我叫郑秋冬，是覃飞大学时候的同学。

中年男子憨厚地：我弟弟上大学的时候我去看过他，咱们可能还见过。

郑秋冬：可能，很可能。覃飞去世，我们同学都很惋惜。

中年男子：命呀，得了那么个怪病。

郑秋冬拿出小本和笔：我现在在电视台做记者，想给小飞做期节目，也算是我们同学共同的追思。可以问您几个问题吗？

中年男人不好意思：采访呀，呵呵。可以。

郑秋冬：小飞的小学在哪儿上的？

中年男人：在两江，我父亲当时在那边带装修队。

郑秋冬记着：两江，是个镇吗？

中年男人：是的，那是李宗仁的老家。

郑秋冬：哦，桂系的，知道，知道。中学呢？

中年男子：中学，就往南去了，我父亲的装修队去桂平了，他就在桂平读的中学。

郑秋冬：桂平，是桂林的桂吗？

中年男人：是的，金田就在那儿，金田起义，洪秀全知道吗？太平天国……

郑秋冬：哦，知道知道。

中年男人在说，郑秋冬在记。

34. 农家　日内

一位老人在说，郑秋冬在记，录音笔摆着，中年男人也在，偶尔插句话。

35. 茶馆里　日内

一个 30 岁的女人在说，郑秋冬在记，中年男人偶尔插嘴。

女人：覃飞高中跟我一个班，就坐在我后面，人很好，很幽默。

中年男人：小飞追过你嘛。

女人笑：不说不说，人家记者不要听这些八卦。早就听说他得了怪病，治不了，不过，听说他走了还是蛮难过，在床上躺了两年，受那么多罪。

郑秋冬：你们在哪个高中？

女人：县一中呀。

郑秋冬：能考出去很不容易呀。

女人：错了，临桂自古就是状元之乡，古代出过两百多进士呢。

郑秋冬：有传统。

36. 乡间墓地　日外

中年男人陪着郑秋冬在看覃飞的墓地。

碑文很奇特：曾有壮志拿云，不悲人生短暂。覃飞自立。

郑秋冬对着录音笔小声：这个地方叫北沟，青山绿水。覃飞的碑文实在奇特，是他自己题的，“曾有壮志拿云，不悲人生短暂。覃飞自立。”慷慨赴死，很震撼。

郑秋冬：自立？为什么没有他太太的名号？

中年男人：那女人，靠不住，他躺了两年，那女人早不知道去哪儿了。

郑秋冬：您有他太太的电话吗？

中年男人挠头：我找找看，没啥来往了。

37. 青山绿水间　日外

郑秋冬独自走来，他对着录音笔说着，神色凝重：我之所以对覃飞做如此深入的调查，是因为他已经不在这个世界上了，除了这里偏僻的乡民，也没有多少人知道曾经有这么个人。

我的未来需要重新开始，就必须删除此前五年的人生污迹，不然终将事倍功半。我需要一个躯壳，一个干净的躯壳，能让我冒名顶替，藏身其中，这样才能在残酷的人海中寻求竞争的公平。从现在开始，关于郑秋冬的一切都将消失，开始的是一个重生的覃飞，一个从广西偏僻乡村走向北海、走向北京的覃飞，他将开创属于他的未来。

38. 人才管理中心大门口　日外

郑秋冬走了进去。

39. 人才交流中心　日内

郑秋冬把一沓文件递上，人才管理中心的工作人员：哪年的？

郑秋冬：2006 年的。这是北京那边的调档函，户籍所在街道的证明，这是我的博士录取通知，身份证，户籍卡用吗？集体的，我也带来了，省得来回跑。

工作人员瞥了一眼：北大的博士，厉害，我外甥刚考上北大。

郑秋冬：是吗，读什么专业？那是小兄弟，我可以照顾他的。

工作人员起身，仔细看材料：叫什么名字？

郑秋冬：覃飞。

40. 人才管理中心大门口　日外

郑秋冬抱着档案袋春风得意地走出来。

41. 酒店房间　日内

郑秋冬把录音笔里的声音文件一个个拷进电脑。

最后一段拷完之后，他点击开，听着。

电脑：人生短暂，陷在过去的泥潭里，悔过赎罪，代价太大。还不如彻底删除重新开始，即使以一个普通人的身份开始。开弓没有回头箭，明知是歧途也得走下去。准备好了吗？你真成为覃飞了吗？你能做到天衣无缝吗？战略性设计，成败取决于布局。要慎重，要找到检验的手段，漏洞总会有的，早发现早弥补，掌握主动。

郑秋冬关上文件，心事重重。

42. 面试考场外走廊　日内

会议室玻璃大门紧闭，水牌挡在走廊口，上写着：面试重地，请勿擅入。会议室里面传来某人铿锵

的声音：因此我认为，我的三年公务员经历，五年外企销售的经历，对我应聘贵公司的这个职位是极具竞争力的。

43. 面试考场　日内

这是一间会议室布置的考场，后背景挂了个横幅："第三次面试现场"。

郑秋冬和一个风度翩翩的青年在应聘。

三个考官正襟危坐，面前是一些面试者资料。

男青年：我的自我介绍就到这里，请各位考官提问。

考官甲左右征询了身边的人，拿起一份材料：陈雁先生，你的资料中业务能力这一单元中，有些描述我看着似曾相识啊。

年轻人自信：是吗？什么意思？

考官甲：是从哪儿拷贝过来又粘贴上去的吗？

年轻人正要开口，考官乙：如果你现在承认是拷贝粘贴的，我在应急和魄力栏里会给你好的评价。

郑秋冬担心地看着年轻人。

年轻人微笑：没有拷贝的，每个字都是我亲手敲击出来的。

考官甲轻松地：拷贝一段文字不算什么，从内容看都是属于基本介绍，但要是拒不承认，那就会在诚信、合作、品格、心理等几个方面损失成绩。

年轻人：我明白，各位考官，我可以负责任地说，没有任何字句是拷贝的。

郑秋冬为年轻人松了口气。

考官乙微笑着看向考官甲。

年轻人轻松自然地看着考官。

考官甲依然微笑着：在思易科网络学习空间中，有一份认证价值白皮书，其中有一单元是外部客户满意度调查。你的资料中有七行半的描述跟这份调查是分毫不差的，甚至语法错误和错别字都一样。

年轻人的脸色随着考官甲的陈述渐渐在变，汗也下来了：我先解释一下……

考官甲：你已经失去最好机会，错上加错，任何解释都难以相信，再见。

年轻人目瞪口呆的样子。

只剩郑秋冬一个人了。

第06集

1. 面试考场　日内

郑秋冬：我叫覃飞，从临桂的一个偏僻乡村走出来，2002 年考入广西大学，在校期间做过“东南亚之夜”“青春红丝带”等公益活动的志愿者。参与了全区双高基础教学评估的软件开发……

考官甲：你做药品销售有什么优势？

郑秋冬：我做过三年电子产品销售，有过两年重病缠身卧床不起的经历，住院这两年，我对抗感类药物尤其是抗生素类、合成抗菌类有深入了解，对抗结核病药物、抗病毒药物、抗寄生虫病药物，对麻醉药、神经类药物、镇静催眠类药物、抗癫痫药物以及精神类药物的药性、理化性质、水解因素、副作用都比较熟悉。也就是说我的销售学知识是从病床上开始的，是从自身健康中逆向发展起来的，我本人是最好的宣传样品和销售材料，是久病成医的活教材，这在药品销售行当里必定是少见的……

考官在听，在表格上打着钩。

考官甲：你如何看待求职面试，比如现在这种活动？

郑秋冬：面试是一次难得的自我审视的机会，我做错了什么，我还有什么可以弥补的，都可以通过面试来发现。

考官小声交流着，看来对他是满意的。

2. 另一面试场所　日内

郑秋冬穿着改变，两个应聘者跟他并坐。

一女考官十分严肃地：覃飞，从简历中看，你跟我是同一所中学出来的，而且只比我晚两年，我们是老乡见老乡，请简要描述我们的母校，让我们看到你的语言表达能力。

郑秋冬先是一惊，一丝不安，左右张望两眼，接着略一沉，自信地：在一中生活过的人都会记得东校区那两棵高大的榕树，一棵叫“向上”，一棵叫“成功”，都有两百多年的历史。据说干王曾经在大树下宣读他的《资政新篇》。入学的新生都会面对“向上”，宣誓天天向上，毕业的学生都会仰望“成功”，祈福高考成功，一代代学子在这儿栽种青春理想，在社会收获奋斗成果。曾有统计，70% 的一中毕业生毕业十年后，都曾经梦到过那两棵郁郁葱葱的榕树……

年轻女考官听着，被打动，不时用纸巾擦拭着眼角。

另一位考官小声问女考官：干王是谁，你们校长？

女考官：洪仁玕，太平天国的干王。

郑秋冬口若悬河地说着。

考官们满意地互相交流。

郑秋冬翕动的口舌。

3. 另一面试现场　日内

郑秋冬在侃侃而谈。

三个考官在听，一中年考官轻轻敲击桌面打断：据我所知，SAP 不是唯一一家从事自闭症职业优势开发的公司。

郑秋冬：对，德国、印度、爱尔兰也都在积极实施。

中年考官：自闭症患者的优势是什么？

郑秋冬：缺乏社交技巧，动作重复，患者对细节的注重超乎常人。这会让他们完美地胜任程序测试员或者调试者的工作。

中年考官点头，另一考官：刚才说到封闭环境的时候，你用了一个形容词“牢房里的叮咬感”，这种描述很奇特，你有过监狱的生活体验吗？

郑秋冬微微一怔：我没有，如果有的话，我也许就不会那么说了。

考官追问：没有你怎么会那样说呢，我有过，就是你说的那种叮咬感，所以我认为你也有过。

郑秋冬诧异：您有过？那您出来后没受过歧视吗？

考官：其实我没有过，但在看守所里待过一夜，叮咬感，很真切。

郑秋冬舒了口气：如果您觉得我的描述很真切，那是因为我喜欢的一部电影叫《肖申克的救赎》，那里面主人公的牢房给我的印象……是不是扯远了，还是说回人力资源的主题上来吧。

4. 酒店房间　夜内

郑秋冬对着录音笔：牢房里的叮咬感，牢房里的叮咬感，你今天犯了一个不可饶恕的错误，这就是潜意识的可怕之处，这个教训你要牢牢记住。

电脑屏幕，一个声音文件被拖入到一个叫“krubera”的文件夹里。

5. 北海机场　日内

郑秋冬用身份证打出登机牌，看着覃飞的名字。

到达站——北京。

电话响，他接听。

电话的对话声贯穿下一场。

6. 机场安检口　日内

郑秋冬递上机票和登机牌，工作人员审看着他和证件。

（电话的对话OS：

电话一，女人轻柔的声音：您好，是覃飞覃先生吗？郑秋冬：我是。女人声：您好，这里是星乐康生化制药集团人力资源部，我是总监助理，很荣幸地通知您，您已经被我公司销售部录用，请您务必于接到通知后24小时……郑秋冬：对不起小姐，我因特殊原因，不能前往履职，谢谢。

电话二：您好，覃飞覃先生，我是广美来猎头公司的人力资源部吴经理……郑秋冬：对不起，因特殊原因，不能前往履职。谢谢贵公司的器重……

电话三：您好，我是MT基因生化公司的人事部部长，我荣幸地通知您……郑秋冬：对不起，不能前往履职……）

以上画外音期间，郑秋冬跟安检人员对视着，微笑，接过登机牌和身份证。

掏出所有用品，放在安检盒中。

手握着身份证和登机牌，举手接受电子检验。

一个安检员示意他打开行李箱，从里面拿出一个折叠式指甲钳，看了眼又放回行李箱，行李的上面放着已经发旧的《挪威的森林》。

行李箱的拉链被用力拉上。

郑秋冬行走在通道上。

（旁白起：从今往后，不管有多么心虚自卑，不管怎样在心惊肉跳的假面下生活，这场演变成怪胎的游戏都停不下来了，我都要脑残地玩下去，要以社会精英的姿态面对众生。每做成一件事，我都要暗暗为自己点赞，并要告诫自己，对别人来说，一次成功是能力的体现，对我而言则是勇气的体现，是胆魄的体现。没想到，一个普通的身份证竟扳动了我的命运道岔，让我闯入了一个全新而莫测的轨道上来。中国之大，说不清为什么非要回来，北京，我就要回来了。）

7. 飞机　日内

郑秋冬戴着耳机在看视频节目，电影《肖申克的救赎》已经到了结尾。

中文旁白：在进入波特兰凯斯科银行之前，皮特·斯蒂文这个人并不存在。直到那一刻，他仍然并不存在，除了在纸上。

出纳：要帮忙吗？

安迪穿着诺顿的灰条纹套装，微笑着：我是皮特·斯蒂文，要结算一些账户。

出纳员在开一张支票，银行经理则仔细地检查斯蒂文先生的各种身份证明。

瑞德旁白：他具备所有的证明、驾照、出生证、社会保险卡。签名也十分符合，这一刻他才开始存在了。

银行经理：我很遗憾失去您这样一位客户，不过我还是希望您的国外生活愉快！

安迪：谢谢你！我想会的。

郑秋冬按了暂停，端详着蒂姆·罗宾斯的神情。

8. 飞机场　日外

空镜头，飞机降落。

9. 出站口　日内

一个胖胖的男子打着接人的牌子——覃飞先生。

郑秋冬径直走了过去：你是陈师傅？

那人：谭先生？

郑秋冬：qín，这个字念 qín。

10. 停车场　日外

郑秋冬的车开出停车场，他看着机场航站楼上巨大的“北京”二字，不禁眼眶潮湿。

11. 机场高速　日外

汽车行驶中，郑秋冬兴奋地看着窗外。

司机：先生来过北京吗？

郑秋冬：没有，这是第一次。北京有几环？

司机：六环。

郑秋冬孩子似的问：去朝阳公园南路，会经过长安街吗？

12. 干净整洁的房间　日内

郑秋冬一脸沉稳，在中介的带领下在看房。

中介：覃先生，我们是按照您的网上要求，几经比较才帮您选定这套住宅，生活起居用具、三网两气热水一应俱全。

郑秋冬打量窗外。

中介：这一带是北京涉外机构和公司稠密区，所谓 CBD、朝外等商圈就是这儿，居住环境也很好，人群素质高、外国人多。

郑秋冬：这一带是北京 PM2.5（细颗粒物）最高的地带吧。

中介：PM2.5 是什么？

郑秋冬：租金应该还可以便宜。

中介急忙：覃先生，是这样的……

郑秋冬打断：是这样的，这套房子一共有三家中介在经营，不仅你一家，你很清楚。

中介有些错愕：这个……我们是最便宜的。

郑秋冬笑：再降 8% 才比那两家便宜，我累了，不想去找他们。

中介苦笑：您真不愧是做投资的，算得这么清楚。

13. 快餐店　日内

郑秋冬在吃快餐，电脑上是北京大学 EDP（高级经理人发展课程）官方网页，进入打开，点击“在线报名”，点击“下载报名表”。学习费用一栏注明：158000 元。上课地点：北京大学。

电话响，接听：对，徐先生你太可爱了，我要是北京户籍，这事还用麻烦你吗？我自己办了。我花双倍的钱把外地驾照转成北京驾照，就是因为户籍条件受限嘛。好，你再想办法，我相信你一定能。

14. 名牌服装店　日内

销售小姐在介绍产品。

郑秋冬在试穿，再换一件。

15. 名牌饰品店　日内

郑秋冬选择皮鞋、腰带、钱夹。

16. 街道　夜外

郑秋冬拎着包匆匆走来，挂着耳机在通话：有覃飞的记录是吧，对，前年你们的 MBA（工商管理硕士）广西班是有我的，后来因为身体原因没来，对，答应替我保留的，有确认函。今年一定要上。好，我回去查看邮箱。

通话结束，郑秋冬过马路，无意间看到他和罗伊人过去吃饭的那家火锅店（第二集出现的）。

17.（幻觉）火锅店　夜外

火锅店里灯火通明，人们穿着夏季的服装在吃着。

忽然，一身冬装的罗伊人闪出人群，抱着一本书坐在角落里，跟已经等在这里的郑秋冬说说笑笑。

18. 街道　夜外

郑秋冬看着幻觉中的罗伊人，片刻后他使劲拍了下面颊，回到现实。

离去。

19. 郑秋冬家　夜内

郑秋冬静坐在餐桌边，闭目养神。身边是一盒打开的方便面。

厨房传来开水的鸣声，他睁开眼睛。

看见挂在衣架上的西装。

开水浇进方便面桶，发出“滋滋”的声音。

手机响，他放下水接听：喂，刘主任您好。

对方：你好你好，覃飞先生，你的钱已经收到了。汇丰商学院 MBA 录取通知，电子版的，已发送至你的邮箱，请查收。

郑秋冬微笑：谢谢。

20. 会场　日内

讲台上红色背板大幅字号：“北京大学汇丰商学院 MBA 学位班 2013 级秋季班开学典礼”。

掌声响起，落下。

一个校长模样的人开始讲话：首先对各位新同学的加入表示欢迎。人生就是不断学习的过程，世界在不断地发展，要想获得成功，就要将学习作为一段段连续的过程。我们的 MBA 教育与别的学校的区别就在于，培养方针和学校的使命、精神是一致的。要培养的对象不仅是商界的，还有学界、政界、文化界等各界的领导人才。我们提倡责任、专业知识、综合素质、国际眼界和社会责任，将更多地在战略思维上下功夫。最后我再次对同学们强调三点要求：努力学习、严守纪律、勇于奉献。

郑秋冬穿着精神，听得认真。

主持人：请教师代表发言。

郑秋冬左右观察。

主持人：请校友会会长发言。

郑秋冬热烈鼓掌。

主持人：请新生代表发言。

郑秋冬一脸兴奋，用相机拍照。

主持人：下面是秋季班交接班旗仪式。

大家都站了起来，郑秋冬也站起来伸脖子看。

老生代表将带汇丰商学院图标的“MBA，理想、责任、智慧、境界”的班旗晃了几晃，交给新生代表，新生代表晃了几晃，高高举起。

闪光灯猛闪。

郑秋冬热烈鼓掌。

21. MBA 教室　日内

教室里明暗适度，投影上放着老师的 PPT 课件：人力资本管理（Human Capital Management）。

老师喋喋不休：人力资本包含着三大要素，知识、技能、动机，三者缺一不可。知识的重要功用是什么？是为我们指引方向，做正确事情的方向。技能呢，技能则教我们把事情做对，追求事半功倍。动机存在于主观，它是用来激发我们的冲劲，全力以赴迈向目标的。员工绩效不佳，推究原因不外乎知识不足、技能不熟或意愿不高，人力资源管理主管有义务找出根本原因，营造一种全新制度或文化。

郑秋冬边听边在电脑上记着。

这时，一只手伸了过来，递给他一张名片。

郑秋冬抬头看着那人，那人微笑一下，没有说话。

郑秋冬翻开名片看：特慧专猎（www.lxzl01.com）咨询顾问林拜（Rafeal）。

郑秋冬来了兴趣：猎头公司的？

22. 高档咖啡馆　日内

林拜打量着郑秋冬：覃飞，这名字不熟，可看你有些面熟，好像以前见过。

郑秋冬：不会吧，我从没来过北京，也没跟猎头的人打过交道。

林拜指着不远处：也许记错了。2011 年 12 月我来这儿，我坐在那个位子，你这个位子坐的是比尔·盖茨。

郑秋冬端着咖啡的手停下：比尔·盖茨，我这儿？

林拜点头：我过来问他，嘿，Bill，我想猎你来当老板，可以吗？

郑秋冬：真的？

林拜：开玩笑，这就叫国际玩笑。但他坐你这儿是千真万确的。

郑秋冬感慨：还是北京好哇，广西还是……去过广西吗？

林拜：去过 N 次，你身上一丁点广西人的感觉都没有。

郑秋冬一怔：是吗？广西人的感觉是什么样？

林拜想了想：说不好，说话也没有广西那边的味儿，你口音很北方。

郑秋冬不安：我学过北京话，我也许更适合北京。你是北京人？

林拜摇头：这里都是外地人。我不是来上学的。

郑秋冬警觉地看着：是来发名片的，做广告。

林拜：对，也是来猎人的。

郑秋冬慢慢掏出林拜给的名片，看着。

林拜：特慧专猎，猎头你一定熟悉吧。

郑秋冬戒备：还算熟悉，我看你跟这儿的老师很熟，常来？

林拜：我是这儿毕业的，给你们上课的老师，有的是我的老师，有的是我的师哥师姐。

郑秋冬：这里人才济济，你专门物色猎物？

林拜：对，我注意到你，是因为你是这个所谓总裁班里唯一没开车来的人。

郑秋冬好像被蜇了一下：没开车说明什么，我不是总裁？

林拜笑：肯定不是，没几个是的。现在总裁班这种名号，已经变成充气娃娃了，自娱自乐，哪那么多总裁。

郑秋冬观望周围：你认为我是来干什么的？

林拜压低声音：我猜你来这儿是找机会发展的，不拒绝打工，当然是高级打工的。那位……他指着窗外一位穿着时尚溜达着打电话的女子：是来找够规格的男人的。

郑秋冬：金龟婿？

林拜点头：跟学什么无关。哎，我们以前真没见过吗？

郑秋冬掩饰：可以见过，只要你心里能舒服。

23. 郊外公路 / 豪华酒店大堂　日外

豪华巴士在行进。这是郑秋冬所在的 MBA 班去社会考察。

车内。一学员用车载广播：……3 点钟跟瓦片乡的致富带头人合影，3 点 20，参观草莓大棚，4 点上车返回。下面请班长讲一下捐款的事。

郑秋冬开始无动于衷，听到捐款，一怔：捐款？

班长上来接过话筒：瓦片乡这一带缺水，我们决定捐赠 20 万元，用于解决当地饮水困难问题。本来想大家认捐，我来保底，后来有同学说不就 20 万吗，全班均分没多少钱，大家同意吗？

郑秋冬挤出轻松样听着，打量周围。

大家：同意 / 没问题。鼓掌。

郑秋冬苦笑：没问题。尴尬地拍着手。

电话响，郑秋冬看显示屏：林拜。接听。

酒店大堂沙发里，林拜一边打电话，一边用笔在一张纸上画着什么：老覃，有件事，我实话实问，你实话实说，可以吗？

郑秋冬一惊，小声：你……你问。

林拜：有家顶级电子商务公司，我先不说是谁，给我们下单，要招聘做人力资源的，有薪酬规划的，有领导力发展的，这都符合你的简历，你有想法吗？

郑秋冬思考：这个……民营还是外资？

林拜：民营控股，有海外股份、风投。这几年的发展很好，去年 CEO、CFO（首席财务官）全换了，拿到了很大的海外基金，美国上市的计划正在进行中，前景非常好。

郑秋冬犹豫：这个……哦。

林拜：酬金丰厚。

郑秋冬有点来精神：多丰厚，说说，能吓着我吗？

林拜：税前 45 万。

郑秋冬直起身体：45。

林拜担心：别只看眼前，我研究过它的发展性。

郑秋冬认可：晚上面谈，我去找你。

24. 酒吧　夜内

安静，人少，几个外国人在座。

郑秋冬和林拜品着红酒，林拜看着郑秋冬的履历表，示意窗外灯红通明的大厦：整个这个发光的怪物都是山谷商务的，这就是个帝国。

灯火通明的大厦。

郑秋冬看着窗外：烧红的铁块。

林拜：加入进去，你就会变得双倍强大。

郑秋冬：互联网跨界金融，导游的小旗上写着高利率，网民都是紧跟着小旗跑的游客。

林拜放下履历表：对，发展奇快，效益奇好，势必人才奇缺。你的履历应该从来北京后重新写，以前的也不错，只是太朴素，体量稍显单薄。

郑秋冬：这没什么不好，我是谨慎的悲观主义者，你要让我一步登天，我会认为你居心叵测。

林拜：OK，幸运的是共识越来越多，明天递材料，面试我会通知你。

郑秋冬：这件事目前我不希望让任何人知道。

林拜：放心，面子永远是面子，你只管坐在总裁班的椅子里。

郑秋冬：你估计需要多久？

林拜：两周以内，你拿到山谷的 offer（录用通知），他们财务打电话来找我要账号，皆大欢喜。

郑秋冬会意地笑了，看了眼表，喝酒。

林拜：急着回去？

郑秋冬：不早了。

林拜：有女人在等？

郑秋冬：没有，你要想喝我可以陪你接着喝，你没女人等着吗？

林拜：有，我永远都有。我结婚了。

郑秋冬：哦，太太做什么的？

林拜笑：娱乐，网络娱乐。

郑秋冬：那还不早点回去陪太太。

林拜舒展双臂：她太忙，没时间让我陪。还是你好呀，没有女人，走进那座大楼，你看到的会是一派香山花海的景象，粉颈桃腮，柳暗花明。

郑秋冬：是吗，白富美云集的码头？

林拜笑得神秘：或许是或许不是，看你有没有好运了。

郑秋冬：好运……或许有或许没有。

25. 会议室　日内

面试考场，一个帅哥在接受面试。

主考官和两个副考官正襟危坐，一副考官放下手中在看的简历：齐先生，五年内您五换工作，如果我们聘用您，您能否稳定地为公司服务呢？

帅哥缓缓地从包里拿出自带的饮料，一个玻璃筒杯，里面是金银花、枸杞子、杭白菊、茉莉花、山楂片、百合及茶叶等等混合的饮料：这是个常见的问题，稍等。

帅哥沉稳地喝着花里胡哨的水，擦嘴：频繁换工作在我看来，是能力强的体现。我凭什么做高端的事，拿低端的钱，我不争不恼、不服不屑、不卑不亢，我就跳跳跳跳跳，跳到我……心满意足就歇口气。跳槽是价值的撑竿，“凤翱翔于千仞，非梧不栖；士伏处于一方，非主不依”。我就不信凤凰找不到梧桐。

主考官没忍住笑出声，立即收住。

帅哥满脸委屈：考官，您觉得可笑吗？

26. 会议室外走廊　日内

郑秋冬坐在长椅上等候面试，隐隐听到考场里的叫喊声。

突然，考场的大门被撞开，帅哥愤怒地叫喊着出来：少给我来潜规则这套，给哥哥我哄高兴了怎么都行，让我不开心，姥姥的，我还没工夫陪你们玩呢……

眼看着帅哥消失在拐弯处，郑秋冬一脸诧异。

画外音：覃飞。

郑秋冬回头起身：是我。

27. 会议室　日内

主考官：覃飞，你一直在外面候考，刚才发生的一幕看见了吗？

郑秋冬：看见了，但不知这里面发生了什么。

主考官：好，现在就凭你看见的场面，推断这里刚才发生了什么事。

郑秋冬长舒一口气，平静地开始分析：我推断，刚才这位候选人在回答问题的时候，遇到了意外的刺激，这个刺激也许不大，但恰巧挫伤到他的自尊心。他应该是一个对自己相貌很自信的人，日常生活中，可能经常受到异性或同性追捧或骚扰。他养成了初次见面就被对方接受的习惯，接受对方赞扬的习惯。刚才考官的问题一定拂逆了他的习惯，让他意外，失去自信，导致他做出应激的自保反应，也就是通过大声指责和放大的形体动作，来给自己找台阶，获得心理优势，用自以为体面的方式离开事发地点。

副主考：为什么一直没用“自恋”这个词？

郑秋冬：同为候选人，我不该用这种色彩的词语描述他。

三位考官眼神交流，主考官开始翻看资料：临时话题到此结束。覃飞，我们现在正式进入面试环节。我问你，山谷商务你了解吗？

郑秋冬：当然。

主考官：那你谈谈，对于山谷商务这种特色的企业，在 HR 部门中，你对薪酬总监职位的认识。

郑秋冬略沉一下：好，我的认识分三个部分。

28. 超市　日内

郑秋冬推着小车过来，看着薄膜包裹的蔬菜价签，放下。拿起薄膜包裹的水果看着价签，放下。

肉禽专柜，看着排骨、鸡鸭。

各式各样的价钱闪烁着。

29. 街道边　日外

郑秋冬在 ATM 机前操作着，屏幕显示余额 102000 元。

30. 自由市场　日外

郑秋冬戴着口罩跟一个卖二手自行车的人说着什么，那人拍着自行车比画一通。

31. 菜市场　夜内外皆可

菜摊前，郑秋冬给摊主十块钱，拿出塑料袋收拾着所有剩下的菜。

水果摊前，郑秋冬愉快地把剩下的橙子、香蕉放到塑料袋里。

粮食摊前，郑秋冬看着摊主往袋子里盛散装大米，大米上插牌子“处理，一块五一斤”。

肉摊前，郑秋冬看着摊主给自己装了一袋切好的排骨，他顺带着拿了根棒骨，摊主不答应，他争取几句，没被答应，只好再放回去。

32. 郑秋冬家　夜内

郑秋冬端着洗干净的水果，放进冰箱，里面已经摆满了蔬菜、面包、火腿、榨菜等等。

餐桌上，郑秋冬把一小锅莲藕排骨汤倒进汤碗，又端上一盘炒青菜。

郑秋冬端着米饭吃着，没有什么表情。

33. MBA 教室　日内

投影上是设计精美的 PPT，上面写着:“中国银行全球金融市场部高级分析师　郁达天”。

教授在枯燥地讲课：通过这个自创的 GRG 体系，人们即可全方位解读互联网金融参与主体的关注点与痛点，对不对？啊，P2P（互联网借贷平台）、第三方支付、众筹等创业者所需解决的商业模式、风险控制、产品创新、渠道拓展、融资与上市等实际问题，是不是？啊，小贷、担保、典当触网 P2P 融合具体实践方法、金融电商开拓转型策略，知道吧，传统电商平台供应链金融运作、大数据智能分析、征信体系构建，知道吧。还有什么？还有政策走向、法律风险、监管趋势等等权威解读。

有的同学在看电脑中的美剧，有的同学撑着胳膊在睡觉。

郑秋冬也觉得枯燥，手机来微信，是林拜的，他把耳机塞进耳朵，林拜的声音：恭喜，山谷接受你了。

郑秋冬来了精神，回复：你怎么知道的？HR 该先通知我。

林拜的声音：我有内线。

电话进来，显示“孙经理（山谷 HR）”。

郑秋冬弯腰起身出了教室。

34. 走廊　日内

郑秋冬快速走向尽头：喂。

柔和的女声 OS：是覃飞覃先生吗？

郑秋冬：我是，孙经理。

女声 OS：您好，覃先生。您已经通过了山谷商务招聘复试，从现在起您已经是山谷商务人力资源部薪酬总监了，恭喜您。

郑秋冬掩饰着激动的心情，摸着心脏，把电话拿远一点离开嘴：谢谢，是不是有正式的 offer，我应该……

女声 OS：对，电子版的 offer 已经发到您的邮箱，书面文本，我们会快递送达。

郑秋冬：谢谢，还有一点，我的附件中有一备忘录，协商过吗？

女声 OS：OK，看到您的 point out（说明），您还在北大读 MBA，未来的八个月中，您每两个月要有四天集中上课，是吗？

郑秋冬：对。

女声 OS：没问题，员工进修就是公司的财富，我们会用制度条款为您协调。

郑秋冬：谢谢。

女声 OS：不客气，书面 offer 会很快送达您手上，我代表山谷商务欢迎覃飞先生加入我们的团队，期待成为您的同事。

郑秋冬有感触：谢谢，我也十分期待。

挂机后，郑秋冬高高跳起，做出李小龙飞腿的动作，一回头吓了一跳。

那位讲课的教授双眼平视，目中无人地抽着烟。

郑秋冬贴着墙溜走。

35. 山谷公司宽敞的走廊　日内

郑秋冬在一男一女两个工作人员的陪同下走来。

陪同者身着西服，佩戴公司徽章，脖子上挂着蓝色吊牌。

36. 人事部接待处　日内

年轻的女工作人员在向郑秋冬一样样地发东西。

郑秋冬的面前放着一个塑料箱子。

工作人员：这是集团员工手册、企业徽章，这是您的考勤卡，请在这儿签字。

郑秋冬签字。

工作人员递上银行卡：这是您的工资卡，请尽快修改密码，请在这儿签字。

郑秋冬签字。

这是您的医保卡，适用北京所有的三甲医院，这是您的社保卡，请在这儿签字。

郑秋冬签字。

37. 视频会议室　日内

孟董事长 40 岁的样子，精瘦、斯文，操控着桌面的转换器，面对电视墙上不同的显示器，屁股坐在桌子角上在进行网络视频会议。

电视中一位中年西装男在汇报：现在看他采取的“B2B2C（电子购物平台模式）”商业模式，在日本大获成功，在一些国家也被复制。在电子书阅读器时代，三木已经把打倒亚马逊从口号变成实践，已经把这种商业模式扩展到海外市场。

秘书打开门，小声：他到了，见吗？您这么忙，要不改明天吧。

孟董事长示意进来，秘书让进了郑秋冬，小声对他：先等一会儿，孟董事长在开会。

郑秋冬和秘书垂手等在一边。

孟董事长看着电视中的对方：你在日本的专项调研不变，但我希望你抽空能写个小册子，用通俗语言把三木这种人写清楚，通俗到让普通的员工也能看懂，也能对这家伙有兴趣。好吧，再见。

郑秋冬打量着这位派头十足的孟董事长。

另一电视画面中的人得到了接通信号，开始有了反应。那人知道切到自己，急忙：董事长您好！

孟董事长：你好 Allen，USCC（美中经济安全审查委员会）向美国国会提交的那个风险报告，你现在应该彻底弄清楚了吧？

那人不好意思：对不起董事长，我弄清楚了，上次是我错了。

孟董事长笑：那好，我就不再跟你争论了，你暂且可以保留职位。见到美联储的那个分析师 Albert 了吗？

那人：见过了，会面十分钟前结束的。

孟董事长：说说吧。

那人：Albert 对我们公司的认识很独特，他强调，理论上 VIE（可变利益实体）结构可以确保经济利益流向外国投资者，而控制权仍然在中国企业手上。这在表面上遵守了中国法律，但是 VIE 结构的复杂性令人担心，它使得美国股东可能面临重大风险。

孟董事长深沉起来，点头：这个都在关注，我看到他接受采访时用了一个词，VIE 结构背后的目的性，你注意到了吗？

那人：注意到了，他跟我也提到过，但是据我所知，Albert 的分析报告并未受 USCC 的重视，这对山谷是个好事。

孟董事长：我不觉得这是个好事，现在不重视，关键时刻他重视了更糟糕，冯总明天到纽约，你争取让冯总跟 Albert 见个面。好吧，再见。

整个过程，郑秋冬在认真听，观察。

电视切到另一个国外的景地，一女士在等着对话：董事长您好。

孟董事长：久等了，Julie，LA（洛杉矶）天气这么好哇，让我们被霾包围的人很嫉妒。

女士：这里的天气总是不错。董事长您的气色很好呀，这是山谷的福音。

孟董事长看了眼郑秋冬：谢谢 Julie，你可以先去喝杯咖啡，我们半小时后回来，谈 GGV（纪源资本）代表的事。

女士有些意外：好的，董事长，半小时后再见。

38. 健身房　日内

这是个单人健身房，室内布置简洁而雅致。

孟董事长在慢跑，郑秋冬在一边站着。

孟董事长：大部门总监以下的中层，履新后我是不见的，见你是因为一个特殊的原因。

郑秋冬警觉，试探：特殊，一定是董事长对我的职岗特别重视？

孟董事长摇头：去年，也就是 2012 年有个很流行的说法，世界末日。

郑秋冬：12 月 21 日。

孟董事长：那时候你在南宁重病住院，好像下了三次病危通知。

郑秋冬吃惊，努力掩饰：对，董事长，您怎么知道这事？

孟董事长：你在病榻上，用医院处方单写过一篇短文，叫“末日说”，这篇短文对我的一个合伙人影响深远。

郑秋冬回忆着：您的合伙人？就是那个……交通事故……

孟董事长点头：当时他在广西考察，出了车祸，世界末日那天，就躺在你隔壁的病房。

郑秋冬好像恍然：鞠安先生？他是您的合伙人？

孟董事长点头：他曾经说过，你的“末日说”对于当时心灰意冷的他无异于一次拯救，传达给他乐观、希望的力量，看了你的简历，我一下就想到鞠安说的那个人。

郑秋冬面露不安：这真是……太巧了，鞠先生现在在哪里？

孟董事长：回北京后他几次跟我说起过你，一个叫覃飞的人。他好像以为你活不到今天的……

郑秋冬悄悄擦了把耳朵后的汗滴：对，我那种病……九死一生……

孟董事长：他要是知道覃飞现在站在我面前，一定会……不可思议的事。

郑秋冬快崩溃了：是吗……他现在在哪儿？

孟董事长在走步机上走着，拿起电话拨号。

郑秋冬傻了，侧眼打量健身房的门口。

孟董事长打电话：喂，不忙了吧，来趟公司，有点事谈，你还可以见到一个人，你应该还记得，广西的覃飞，对对，我让他等你，好的好的，见面再说，再见。

郑秋冬闭上了眼睛，有些气喘。

孟董事长：你在精神上给过老鞠很大的帮助，这点你自己都不知道吧？

郑秋冬摇头：那不过是几句鼓励的话，嘲笑那些相信世界末日的人而已，我都忘干净了，他还会记得。

孟董事长摇头：不不不，该记得，你是有智慧的人。他回北京后，经常向我嘟囔一段你写的话，“在我死之前陪着我，朋友，我们就要说再见了。没有任何事情可以阻挡我们交谈，我要把你当成朋友，让你知道刚刚在我身上发生的事”。你用一个比他还绝望的口吻跟他交流，让他获得了自信，我懂的。公司需要你这样富有智慧的年轻人。

郑秋冬呼出内心的焦虑：谢谢，您刚才说的那话不是我说的，是苏格拉底在公元前400年说的，也叫《临死前演说》。董事长，一会儿……一会儿是鞠先生要来吗？

39. 公司走廊　日内

郑秋冬跟在孟董事长身后走来，经过卫生间，郑秋冬指着卫生间：董事长，我……

孟董事长：去吧，直接去接待室就行，右手边第一个。

郑秋冬答应着进了卫生间。

40. 卫生间　日内

郑秋冬撒完尿，耷拉着头没了精神。

洗手听着门外。

来回溜达。

看着镜子里的自己，猛地把水撩到镜子上，支离破碎的脸。

41. 公司走廊　日内

郑秋冬开门出了卫生间，假装往前走，观察没人，掉头就往回溜。

“覃总监，这边。”远处一个年轻人叫住了他。

郑秋冬停下，回头，满脸是汗：哦，这边啊。

第 07 集

1. 接待室 日内

中年妇女很平静：您好，我去南宁的时候，您正在 ICU，所以咱们没见过。

郑秋冬惊魂未定：是的，是的，我也是事后听说您去过。鞠先生一会儿过来吗？

中年妇女惊讶：孟董事长没跟您说吗？

郑秋冬：说什么？

中年妇女：老鞠四月份就走了。

郑秋冬一下放松了，但还是惊讶表情：走了，怎么回事呢？

中年女人：抑郁症。说着她从手包里拿出一张处方单，上面密密麻麻地写着字，递给郑秋冬后：覃飞先生，这是您当初给他写的“末日说”，曾经鼓励他多活了一年。

郑秋冬接过，毫不掩饰地擦了把汗：这字，我自己都不认识了。

中年妇女：是呀，那时候您身体非常虚弱，老鞠一直以为，您是很难活过来的，不好意思，他生前很担心您。看到您今天这样子，真为您高兴。

郑秋冬抚着胸口，驴唇不对马嘴地：老天爷，我心脏都快受不了了，怎么会这么巧合。

中年妇女：覃先生，您怎么了？

郑秋冬长出一口气：我活过来也不易呀，你老公说得太对了。然后自言自语：今天如同末日啊。

2. 山谷公司 日内

这是一大片开放式办公区域，薪酬规划部总监室在这个区域边上，隔着玻璃可与外面办公区域相望。

薪酬规划部总监室。

郑秋冬在跟手下几个人开会，职员甲在汇报：根据覃总建议，外部薪酬数据，打包委托给尚誉调查，他们的系统反馈准确率是 96.3%，符合要求，但成本是问题，目前外包出去的只限于中层级的薪酬调查。

郑秋冬：购买数据相对便宜，很多咨询调查公司有薪酬数据库，买他们的更便宜，重要的是时间节点。

乙：网络调查在时间上反应最及时，薪酬变动有动态反应，有公司专门收集跟踪数据。

郑秋冬看着面前的电脑：这些我看到了，有些单位点还要增加，每个岗位有超过 20 个以上的数据才会有统计意义。

乙点头：知道了。

人去屋空，郑秋冬揉着太阳穴。敲门声，郑秋冬：进。

年轻漂亮的孙经理进来，媚眼流盼：覃总监您好。

郑秋冬：孙经理，坐。这边的会刚结束，你那边怎么样？

孙经理：还好，都是公关部的业务，宋副总牵头，我就是去旁听。

郑秋冬：什么会来着？

孙经理：公关部要举办一个高端客户酒会，已经都落实了，特别提出这边您要参加。

郑秋冬有兴趣：为什么要我参加？

孙经理抿着嘴：宋副总说，这种酒会做的是概念，要把集团的俊男美女都叫上。

郑秋冬有点得意：我算俊男，太给面子了，什么时间？

3. 按摩房 夜内

郑秋冬直挺挺地趴在床上，一女子在给他刮痧。

郑秋冬闭着眼。（孟董事长OS：他几次跟我说起过你，一个叫覃飞的人。他好像以为你活不到今天的。郑秋冬OS：我那种病……九死一生。孟董事长OS：他要是知道覃飞现在站在我面前，一定会……不可思议的事。）

女子：先生内火够大的。

郑秋冬睁开眼：浑身的肉僵了一天，能没火吗？

电话响，屏幕显示：孙经理。

郑秋冬接听：喂，孙经理，没事，你说吧。

孙经理OS：公司新进人员的资料明天在网络上全部公示，您晚上抽空看看自己的资料，有没有遗漏和错误，明天中午前还可以修改。

郑秋冬略有不安：全部公示……

郑秋冬趴在按摩床上看着电脑打电话，女子给他拔着火罐。

电脑上是覃飞的个人资料。

郑秋冬：对外公示的个人资料，是不是过于详细？员工资料对内对外应该是繁简不同的两个版本，对外的以职能信息为主，从学历教育开始至今就可以。婚否、祖籍、生日、血型、星座这类的带有隐私色彩的个人信息，不宜在个人资料里披露，公司内部留档的，尽可以详细。

孙经理OS：好的，我记下来了，明天向宋副总请示。

郑秋冬：有些员工业务能力强，业绩也好，要是过去的履历不是那么……光鲜亮丽，会不会受到一些歧视呀，这存在不公平的可能。

孙经理：好的，我都记下来了。哦，对了，明天下午的酒会别忘了，宋副总要求参加者正装出席。

郑秋冬：正装？这么正式呀。

"啪"，一个火罐被扣在肉上。

4. 酒会现场 日内

类似私人会所的餐饮大厅，装潢豪华庄重，光线柔和、音乐柔美。

酒台上布满各种酒，不同的酒配放着不同的酒杯，冰块、点心、沙拉、水果、饮料一应俱全。

男士女士的穿着都是高水准的，服务人员穿着礼服或忙碌或垂手立在一边。

郑秋冬陪着宋副总过来，向其中一位介绍宋副总：这是我们山谷集团的宋总，这位是利保格集团的岳总，荣宏足球俱乐部就是岳总一手抓出来的，从丙级联赛一路杀进中超，了不起呀。

宋副总：久仰久仰……

酒会门口处有一位穿黑裙的年轻女子（熊青春）在注视郑秋冬。

孙经理注意到那女子，问郑秋冬：认识吗？

郑秋冬摇头。

孙经理：注意了，老看你。

郑秋冬再注视熊青春，已经悄然离开。

孙经理向一位中年贵妇人介绍着郑秋冬：这位是山谷 HR 的薪酬规划总监，覃飞，覃总监。这位是嘉运恒珠宝的总裁，付姐。

郑秋冬：付姐好，我家楼下就有贵公司的店面，很有格调的。

付姐：是吧，哎呀妈呀，孙经理呀，你们山谷集团啥意思，净招些帅哥呀，跟客户使美男计咋的。

孙经理：覃总不光帅，还是北大 MBA 的。

付姐：我说呢，整的是都教授类型的呗，流氓讲学术，干掉会武术，嘿嘿嘿……

女人们笑，郑秋冬点头离去。

一个穿着典雅的女子背朝郑秋冬跟几个人在交谈，显然她是这个酒会的中心人物，其中一个正跟她交谈的人看见了郑秋冬，招呼：覃总，过来过来。

郑秋冬微笑着径直走过来，介绍人：来来来，我给你们介绍一下，这位是……

随着声音回过头来的竟然是清秀、大气的罗伊人。

二人目光相遇，都很意外。介绍人：这位是山谷集团人力资源的覃总监，这位是……罗总，你跟覃总认识？

郑秋冬的脸色很尴尬，苦笑一下，正要说话。

罗伊人伸手：你好，覃总监，我是中保传媒的罗伊人。

介绍人接过话：中保传媒的董事长罗总。

郑秋冬稳住情绪，伸手和罗伊人轻轻一握：罗总，您好。

介绍人：罗总的公司是做时尚文化的。

罗伊人：山谷商务是我们的优质平台，很荣幸认识您。

郑秋冬应付着：我也是，中保传媒以前就听说过，罗总在这儿已经很久了……

罗伊人被介绍人耳语着引去见别的人了，她眼含疑问：回头再聊，覃总。

郑秋冬凝视着她：回头再聊，罗总。

罗伊人跟人离去。

郑秋冬眼神彻底乱了，孙经理来到郑秋冬的身边：走神了，罗总是不是魅力侧漏呀。

郑秋冬回神：什么，你熟悉她吗？

孙经理摇头，口气神秘：总有一种神秘的少数人，搞得半人半仙，活在世俗生活里，又好像不食人间烟火，让人白白好奇。

郑秋冬看着不远处罗伊人在跟葵黄（*女，45 岁左右，公司 CFO*）交头接耳，问孙经理：你说的是这个罗？

孙经理：是呀，表面看她没什么吧，跟常人一样，深一步打探就没人知晓底牌，或者知道不敢说，敢说也说不清，属于归云大师那一类的。

郑秋冬没听明白：归云大师是谁？

孙经理：归云一去无踪迹，古人说的神人，我称之为归云大师。

郑秋冬轻轻点头以示认可：“归云一去无踪迹，何处是前期？”

孙经理没听懂笑了：前妻？她让你想到了前妻？

郑秋冬感慨：前期，是日期的期。“归云一去无踪迹，何处是前期？狎兴生疏，酒徒萧索，不似去年

时。”意思是过去的美好时光……都不见了。

郑秋冬暗生感慨，看着人群。

孙经理：行呀，覃经理。哎，宋副总说她关系通天，没有拿不下来的项目。

郑秋冬：通天？你是说官方背景？

孙经理：有两个猎头顾问打赌，说要摸到这个罗的底牌，结果除了网上公示的信息，一无所获。

郑秋冬：现在是阿桑奇、斯诺登时代，没有摸不到的底牌。这个故事编得不仔细，我不信。说着跟孙经理轻碰一杯，抿了一口。

一个严肃的年轻人过来：覃先生，我们老板想约您谈一会儿，方便吗？

郑秋冬：哦……

年轻人：请这边走。

郑秋冬抬眼跟远处的罗伊人目光对了一下，他对年轻人：你们老板怎么称呼？

年轻人：罗总，就是那边那位女士。

这时的罗伊人正跟大家摆手，身体在礼服里轻轻扭动着，朝一个过道走去。

郑秋冬跟年轻人走，刚走了两步，孙经理：覃总监，别紧张，我在这儿等你。

郑秋冬放松地笑了：我紧张了吗？

孙经理：我发誓，你很紧张。

郑秋冬的表情一下严肃了起来：好像有点。

5. 会所走廊　日内

郑秋冬在年轻人引领下走来，年轻人在一个休息室门前停下，开了门，请郑秋冬进去。

6. 会所休息室　日内

郑秋冬进，罗伊人跟葵黄耳语，葵黄出门，在门口跟郑秋冬温文尔雅地打了个招呼。

这是个小型的接待室，沙发茶几、地毯字画。

罗伊人已经等在这里，她站着，身上多了件披肩。年轻人：罗总，覃总监到了。

罗伊人示意退下，郑秋冬出现在门口。

年轻人打量着郑秋冬慢慢关上门。

郑秋冬跟罗伊人对视。

罗伊人：回北京也不打个招呼。

郑秋冬拘谨：没跟任何人打招呼，想到会遇到熟人，也想好了怎么应付，没想到第一个遇到的是你。

罗伊人沉吟片刻：冤家路窄嘛，当初我没有出卖你。

郑秋冬：五年了，这事不再解释，我相信你的话。

罗伊人慢慢坐在沙发里，打量着郑秋冬：可你当初没给我解释的机会。

静场。

罗伊人看着他：状态还好，不像在里边关了四年的样子。

郑秋冬也坐下没有说话。

罗伊人：早就知道你出来了，只是不知道在哪里。

郑秋冬诧异看她：怎么知道的？我提前了一年。

罗伊人：还记得那个律师朋友钟淮兰吗？

郑秋冬：嘴里能吐出刀子的，当然记得。她怎么知道我出来了？

罗伊人：我哪知道，要么是她好奇，要么是想替我打听。

沉默片刻，郑秋冬看到罗伊人左手无名指的戒指，诧异。

罗伊人：看来你是不想告诉我了？

郑秋冬：告诉你什么？

罗伊人拈出一张名片看着：好好的郑秋冬，怎么变成覃飞覃总监了？

郑秋冬被点到弱处，有点蔫：很简单，出来以后，我觉得以前传销、坐牢的经历太可怕了，我跳不出它的阴影，也没人敢重用那种人。博士、海归还四处求职，我能有什么机会，四个字，机会渺茫。谁都会问你去年在做什么，你把近五年的简历拿给我看看……没办法逃避，我要说实话那些人就会拂袖而去，歧视是必然的，不会留我电话，也不会给我名片。

罗伊人难以置信：我以为你就是改了个名字，难道你是伪造了个身份？

郑秋冬凝视罗伊人片刻：对，伪造了。我们俩还真有缘分，这个世界上你是第一个知道这事的人。别这么看着我，伊人，我心里也很纠结。我愿意做有操守的人，出来以后我没有抱怨不公，对现实也满意，只要真诚待人，就被人真诚对待，大家都相信现在的我，可谁能相信真正的我？在 CBD 这 400 万平方米的圈子，45 万商务白领中，我想没有一个人是我那种履历的，条件优越的人有的是，人家凭什么重用我？

罗伊人：你这身份怎么来的？

郑秋冬不说话了。

罗伊人焦虑：你是临时抱佛脚，还是决定永远就做覃飞了？

郑秋冬口气不够坚决：好像就永远了吧。

罗伊人愕然：认识这么多年，你留给我最深的印象，就是总想成就一番事业。去尼泊尔、去广西，还有眼下从天而降的覃飞，总是出奇招，每次都是大干一番的样子。最后都因为急于求成，落得事与愿违。别介意，跟你说话我不想修饰。

郑秋冬目光冷漠：你是说我这次还会死得很难看。

罗伊人直摇头：我还没来得及替你想结果，你想多了，我一直在意外见面的激动里。

郑秋冬认真打量她：你激动吗？我看你一直很平静。

罗伊人笑了：激动不仅仅是浑身颤抖、语无伦次，我不是小女生已经很久了。我不理解，你怎么会想到造一个假身份呢？

郑秋冬较劲：这是本能，以前的经历和现在的生活，必须二选一，调和不了。我承认假身份的事开始有些草率，但到今天，我还没有发现更好的办法。

罗伊人一时无言，从桌面抽出一张名片：那好，先不说这些吧。这是我公司的会所，电话名片上有，以后有什么需要帮忙的，只管说。

郑秋冬接过名片诧异：你能做生意，还做得这么大，这放在过去，打死我都不信。

罗伊人嗫嚅半天：说得对，我哪会做生意，都靠我老公。

郑秋冬哑然，再次注意她无名指上的戒指。

7. 会所走廊　日内

随从罗伊人的年轻人，正用蓝牙耳机通着话，他眼神很机警，观察走廊两端，不时看着表。

休息室大门紧闭。

8. 酒会现场　日内

宋副总漫步到孙经理身边：还没出来？

孙经理张望：也可能去后花园了。

宋副总琢磨着：没想到这个覃飞很有女人缘呀。跟夏部长搞好关系，对公司是利好。

孙经理抿酒，没接他的话。

9. 会所休息室　日内

罗伊人用手机写着什么：商贾、政要常在这儿晃来晃去，不是因为我有面子，而是要给老夏捧场。对不起，我发个微信。

郑秋冬凝视着罗伊人，最边缘的茶几上，放着她的挎包、手包，一个眼镜盒下面是一本书。

郑秋冬：都这么忙了，还有时间看书？

罗伊人看了一眼茶几，继续编写微信，发出：啊，你不是说我有病读史吗，就剩这点嗜好了。不过现在没什么好看的，我在看以前看过的书。罗伊人收到微信：听着，做个性体例信息统计的朋友说，假身份的人在中国目前的比例约占 0.013%，越大城市的比例越高，其中 57.3% 的个例与犯罪有关。

郑秋冬疑惑：我的事你告诉别人了？

罗伊人不屑：你真是关傻了，我会那样吗？就是常识性咨询，你听着，有个数据对你很重要，据统计，虚假身份败露的第一原因，是现代化职业信息公开、透明，第二才是涉嫌违法犯罪。

郑秋冬：什么意思？

罗伊人走到郑秋冬面前，目光温柔：什么意思，不知道，第一反应是想后续该怎么办，如果电影里有这样的人，我会很怕他败露，我为你担心。

郑秋冬：谢谢，希望你我之间的秘密永远是秘密，我该走了。

罗伊人：你这秘密对社交圈来说还好，不会有人过深打探别人隐私。我想你现在可能还没女朋友……是吗？

郑秋冬的鼻子“哼”了一声，以示没有。

罗伊人笑：以后总会有的，你这秘密对她来说是个多可怕的事，这 30 多年怎么能说圆呢？想想就漏洞百出，你带她回老家，你父母不会也叫你覃飞吧。

郑秋冬：真要有这个人了，我当然会把这些都告诉她的，让她选择。把秘密告诉最在乎的人，秘密的主人反而会更踏实。

罗伊人注视郑秋冬：是吗？

郑秋冬感到了她的目光，抬眼看着她：当然。

罗伊人口气冷淡：谢谢，把我当成最在乎的人。

郑秋冬一愣。

10. 酒会　日内

孙经理和宋副总看见郑秋冬走过来，宋副总撇着嘴：旧相识？

郑秋冬：啊，不，小题大做，她就是想了解薪酬规划的内涵，她的公司没有这个职位。

宋副总：你可以问问罗总，能不能跟她老公吃顿饭。

郑秋冬意外：啊，问这种事，是不是冒昧了？

宋副总显然不高兴。

郑秋冬：她老公是什么人？

宋副总“哦”了一声离开。

郑秋冬还想解释：宋总……

孙经理又看到门口的黑裙女子熊青春的身影：覃经理，你得注意了。

郑秋冬误解，急忙严肃：请不要瞎说，孙经理，罗总找我就是问一问……

孙经理示意门口，熊青春远远打量着郑秋冬，又离开了。

郑秋冬看见，也觉得诧异：她是在看我吗？

孙经理凑近小声强调：我说的不是罗总，瞧你紧张的。

郑秋冬知道她话中有话，看了她一眼：哎，宋总呢？

11. 北大校园　日外

郑秋冬斜挎着名牌皮包，手拎着电脑包走来。与一位背双肩包的年轻女子擦肩而过，那女子在用相机拍照。

擦肩而过后，郑秋冬觉得有什么不对，回头看着那女孩（熊青春）。

12. MBA 教室　日内

教授的 PPT：“人才利益与舒尔茨数据”。

郑秋冬电脑上网处理公司的业务，其他同学有的在听，有的用电脑在玩游戏。

教授：……企业核心员工占 25% 左右，创造着 80% 以上的利润，这些人一旦跳槽，企业的损失不可估量。舒尔茨自问自答，人力资本是什么？是体现在劳动人口身上的一种资本类型，它以劳动人口的数量和质量，也就是劳动人口的知识程度、技术水平、工作能力、健康程度来体现，是所有这些方面价值的总和，是总和，这点一定要重视。人力资本是通过投资形成的，这跟土地、产业、资本等实体性要素一样，在社会生产中作用非常大。（口语化要强，可以有口音，哼哼哈哈、喝水咳嗽的，做本场的声音背景。）

郑秋冬的电脑屏幕显示主页“山谷商务人力资源介绍”，点击“关于我们”出现了多位山谷商务人力资源部顾问的照片及简历。

覃飞的照片和简历，显示郑秋冬的照片。覃飞，籍贯广西临桂，2002 年就读于广西大学，2006 年在广西南宁大观人才咨询公司，2013 年北大 MBA 等说明。

电脑下方提示：有在线咨询客户。

郑秋冬的电脑切回到在线服务窗口，一个年轻女人伍芳的简历，配着照片。

简历关键的一栏是：最近五年的职业履历，2009—2011 年德国 Eurotaxschwacke 评估机构，设计薪酬支付系统，任预审员。2011—2013 年，美国长叶基金投资顾问公司财务部，完善薪酬评估、仲裁系统，任副监理。

简历下的文字：覃总监您好，这是我的简历，几乎全部符合山谷的要求，请审查。

13. 教室走廊 / 某咖啡馆　日内

郑秋冬挂着耳机走了出来：好了你说，我出来了。对对，我们不用见面，简历通过后你准备面试就行。

某咖啡馆，熊青春在打电话的背影：不，不，面试前我一定要见到您。

郑秋冬为难：伍女士，我现在在海淀这边，离公司很远，不方便的。

熊青春的背影：我就在博雅酒店旁边的咖啡馆，我们离得很近。

郑秋冬一愣：在哪儿？

14. 某咖啡馆　日内

郑秋冬匆匆进来，张望。

熊青春迎上：您好，您是覃飞先生吧？

郑秋冬不情愿地：我是，怎么非得见面呀？

熊青春引着郑秋冬落座：这边请坐，我向您解释。小姐，一杯拿铁。

郑秋冬坐下：我忙着呢，没见过你这么执着的，说见面就非得见面。

熊青春憨厚地笑：基层来的嘛，没见识，见一面踏实。

郑秋冬：我们招聘的人多，递简历的更多，我哪能都见呀，再说我见了你对别人也不公平呀。

熊青春：别人可以不见，我，您得见。

郑秋冬听乐了，接过上来的咖啡：你得见，为什么？你是伍芳吗，跟照片不太像。

熊青春看着郑秋冬：是吗，我们以前应该见过面的。

郑秋冬一愣，打量着：是吗，在哪儿？北京？

熊青春摇头：广西，南宁。

郑秋冬皱起眉头：南宁。伍芳。

熊青春收起了憨厚的笑容，露出敏锐的眼神：我不叫伍芳，你看到的不过是网上随便下的截图。我的真名叫熊青春，在南宁江南区做自己的职业介绍所而已。

郑秋冬彻底糊涂，转而有一丝不安：职介所？我们……在哪儿见过？

熊青春：你把覃飞研究得这么透，怎么就没研究出他有个未婚妻呢？先生，您的尊姓大名我真不知道。我叫熊青春，跟覃飞谈过一年恋爱，要不是因为他那要命的病，早就谈婚论嫁了，您既然是覃飞，咱俩不应该见过面吗？

郑秋冬还硬撑：你的话我听不明白，你说的是另一个覃飞吧？

熊青春佩服：心理还超坚强，我佩服。不是另一个覃飞，而是同一个。她拿出手机，打开内存的一张身份证复印件照片：这是覃飞身份证的复印件，跟你的身份证号一样，只是照片不一样，这在我们那边很容易做到。

郑秋冬眨巴着眼睛，一边想辙，一边做出一副严厉的表情：拿张黑乎乎的照片来蒙我，也太天真了吧。知道吗，我要是报警，结果会怎么样？

熊青春佯装惊讶：我怎么你了，宝贝儿，你就报警？抢劫？我还没下手呢。敲诈？我还没说钱数呢，警察来会有什么结果？

郑秋冬起身掏出 50 元钱，放在桌上：你这种人我见多了，坑蒙拐骗的滚刀肉，在别人那儿你也许能得逞，在我这儿你就死了这条心吧，妖精。

郑秋冬起身走出两步，身后传来熊青春的声音：覃飞的死亡证明复印两份，一份寄给你的 MBA，一份寄给山谷集团，你要是真汉子，别转身，走出去。

郑秋冬突然浑身无力，他转身蹭了一步，扶住沙发靠背：你想干什么？

熊青春：好说好商量，不能撒泼骂街，谁是滚刀肉？

郑秋冬有些认了：前面的话我收回，好吗？说吧，你想怎么样？不会只想教我该怎样做人吧。

熊青春：覃飞已经入土为安了，为什么要拖着他的名讳混人世？

郑秋冬：没想打扰他，去年在广西，我遇到，嘿……说不清楚了，纯属巧合。

熊青春压着声音：有什么巧合我不想知道，说不清楚就拉倒。我要告诉你的是，他托梦给我，说你惊着他了知道吗，他要做你的影子鬼，要不他不会让你安神。

郑秋冬斜眼看着熊青春，心里在飞速盘算：直说吧，从那么远的地方来了，而且准备得这么充分，究竟要怎么样？

熊青春：为什么要盗用他的身份？

郑秋冬：一时走投无路，有必要解释吗？没有一天一夜是说不清楚的。但我会敬重这个身份，不辱没他的名声，不顶着他的名号做见不得人的事。

熊青春：那是你的事，对我保证没意义。你的简历在网上很清楚，我不愁找不到你。

郑秋冬：我没想逃跑，你说你想怎么样，这是我第三次问你了。

熊青春看着郑秋冬，神情很奇怪：要钱。

郑秋冬松了一口气，重新打量熊青春，喃喃道：早说呀。

熊青春也死猪不怕开水烫的样子：不熟，哪好意思直说。

郑秋冬：多少？

熊青春没有犹豫：20。

郑秋冬看着她：万？

熊青春笑呵呵地点头：我可以立字为据，以后再也不找你了，食言天打雷劈。

郑秋冬认真看了熊青春片刻：覃飞生前买过一辆车，车的牌号你知道吗？

熊青春打开包，拿出驾驶本：自己看。

郑秋冬拿过驾照看，熊青春指着：现在车是我的，过户前这儿写的就是覃飞，现在是我的，这儿，熊青春就是我，我就叫熊青春。

郑秋冬扔下驾照：20 万太多，我一时拿不出来。

熊青春：说这话就不是你的水平了，你这位置年薪是可以推算出来的。40 万—50 万之间吧。

郑秋冬无奈：那要等到年底。

熊青春：20 万并不是年薪的全部呀。

郑秋冬服软：可以打折吗？

熊青春：可以，不过你刚才说到走投无路的时候，我在心里已经给你打过折了，我开始的心理价位不是这个数。

郑秋冬想到什么：你跟踪我好多天了吧。

熊青春有些酸楚地点头：很辛苦，北京太大了，老走错路。

郑秋冬：20 万，好吧，但你要知道你这是敲诈罪。

熊青春：我犯罪，你受益，你是聪明人，多划算呀。

郑秋冬沉吟片刻，一拳击在墙板上，“嘭”的一声响。

咖啡馆的工作人员看过来。

熊青春笑吟吟：服务员，买单。

15. 街道　夜外

郑秋冬拎着打包的晚餐走来，沮丧。

16. 郑秋冬家 / 某 SPA 房间　夜内

郑秋冬守着盒饭，电脑接着硬盘。

屏幕上，鼠标移至一个标记着“8 月 12 日，乡下表姐”字样的文件，点开。

小音箱里传来录音的声音，背景声听着是乡下。

郑秋冬的声音：覃飞为什么一直没结婚?

女声：他一直想结婚，要不是身体不行，可能早就当爹了。覃飞喜欢孩子，谈过两个女朋友吧，有个是医生，弄牙的，带回来过，白白的城市姑娘，转过年就黄了，嫁到外国去了。后来去南宁做公司又认识了一个，俩人很谈得来，覃飞还买了汽车，那姑娘有房，都打算结婚了，结果覃飞就病了，那姑娘照顾他一年多，加上那年霜冻厉害，蔗糖生意不好做，他俩撑不下去就散伙了，我见过那姑娘，很机灵的。

郑秋冬：跟这姑娘还有联系吗？我想见见她。

女声：早没联系了，覃飞一走，谁还认识谁呀，那姑娘很厉害。

一阵嘈杂的声音，似乎有人到来打扰了说话的女人，录音在嘈杂声中结束。

郑秋冬挪着鼠标给这个文件命名——“熊的文档”。

郑秋冬大口吃着饭。

郑秋冬在屋里不安地徘徊。

手机屏幕，一连串切换，切出罗伊人的名字。

郑秋冬琢磨着，看表，9 点 30 分。下决心拨通，电话响了半天没人接，郑秋冬无奈地关上。

卧室，郑秋冬躺在床上昏昏欲睡，手机闪光。他慵懒地伸脖子看。

屏幕显示，罗伊人的语音微信。

郑秋冬来了精神，急忙打开听，声音很轻：睡了吗?

郑秋冬急忙回：没睡，在琢磨你为什么不回信儿。

盘腿坐在床上，盯着手机在等。

片刻，电话响了，急忙接听：喂。

罗伊人在做 SPA，水疗浴缸漂着花瓣，香烛光色幽暗，罗伊人俯身在按摩床上，技师的手在满是精油的后背按摩着。

罗伊人闭着眼，轻声细语：什么事?

郑秋冬：打扰你休息了吧，听声音你还没醒过来。

罗伊人：倒时差呢，没睡，什么事？

郑秋冬：我想见你一面，遇到点麻烦事。

罗伊人睁开眼：你在哪儿？

郑秋冬：在家，朝阳公园这边。

罗伊人想了想：开着手机，我派人去接你。

郑秋冬：哎。他起身给手机充电。

盯着屏幕的荧光，郑秋冬恍惚，忽然想起什么，起身去壁橱里抱出一个行李箱，打开，里面放着《挪威的森林》和他跟罗伊人的合影相框。

郑秋冬把镜框摆在餐桌上，仔细端详。

（声音闪回：郑秋冬：我永远都不想再见到你，罗伊人你出卖了我，怎么有脸再出现，贱人，滚得越远越好。）

钟淮兰：郑秋冬你要对自己的话负责任，伊人一直很惦记你……

郑秋冬：罗伊人是什么东西你知道吗？

罗伊人：以后有什么需要帮忙的，只管说。

郑秋冬呆呆地看着，眼角发红。

17. 某豪华会所　夜内

郑秋冬在一位表情严肃的年轻人带领下匆匆走来，来到她面前。

罗伊人已经等在这里，她用眼神打发走年轻人，看着郑秋冬：这边坐吧，看来事不小。

郑秋冬坐下，点头：不好意思，没想到这么快就来找你，有件意外的事，我以为我能处理好，没想到……

罗伊人口气温和：你见外了，和我之间还用解释吗？

郑秋冬有点尴尬：我也觉得多余，可不啰唆几句，又怕你觉得我不拿自己当外人。

罗伊人笑了：好，现在等于你都解释完了，咱俩谁也别拿对方当外人，说吧，什么事？

郑秋冬忽然像受了很大委屈似的：我的身份出了点纰漏。

罗伊人并不意外，同情地：这是迟早的事，北京不是北极，熟人多信息杂……哦，你接着说吧。

郑秋冬用手指关节揉着眼睛，显得疲劳：这个覃飞有过一个女朋友，我知道有这么个人，没见过，他们分手也早，我就忽略了，没什么防范。前些时候，这女的在网上不知怎么看见了我，个人信息都跟覃飞一样，就冒充求职的跟我沟通，进一步了解一些情况后，她断定我是假覃飞，今天她出现了。

第08集

1. 某豪华会所　夜内

罗伊人并不意外，同情地：说吧，什么事。

郑秋冬用手指关节揉着眼睛，显得疲劳：她冒充求职的跟我沟通，进一步了解一些情况后，她断定我是假覃飞，今天她出现了……简单说，要钱，答应一次性解决。

罗伊人：那就给她钱，她要多少？

郑秋冬：20 万，我这边实在拿不出来。

罗伊人：那好说，20 万是吧，是我把钱打到她的账户，还是先打给你，你再打给她。

郑秋冬想了想：最好是先打给我，我再打给她，留个转账记录，我还需要她的一份保证书。

罗伊人拿起手机：你的账号。

郑秋冬拿出手机，一按。发过去了。已经都输入好了：谢谢伊人。

罗伊人的手机一响：收到了。说着，她一边在手机上编辑着什么一边说：上大学那会儿我没少花你的钱，蹭吃蹭喝的，我也没说谢谢呀，你怎么这么羞涩。

郑秋冬：你不知道，要是我堵不上这个女人的嘴，往后的事不可想象，种种努力会转头成空。

罗伊人还在编辑：过了这一关也不会平安无事，北京有多少同学、熟人，你知道会在哪个犄角旮旯遇到？你想成功，可你想过没有，你越成功，你的经历、形象就越会被公开，一个悖论摆在你面前，越成功就越危险。就跟堆雪人一样，再精美，天一热也要化掉。

罗伊人终于结束了手机编辑，问：你有网银吗？

郑秋冬被说得有些沮丧，听到最后的问话：啊，有。

罗伊人：你查一下，看看是不是已经到账。

郑秋冬意外：哦，这么快。郑秋冬操作着手机，罗伊人：我建议你还是尽快恢复你郑秋冬的身份，我咨询过，出狱后回户籍所在地办理身份手续，并不难，好在你出来的时间还不太久。

郑秋冬停下操作：你怎么老是打击我。

罗伊人解释：我觉得我们像……亲人，真的，像亲人，我怎么会打击你呢？一段说不清的缘分，让我们纠结了八年。有些事我会多想，这么说吧，如果你将来事业成功，公司要做上市，假身份一定会让你溃败，但坐过牢的经历就不会妨碍你。

郑秋冬愣住，没说话，接着翻看手机，惊讶：哦，30 万？他抬头看罗伊人。

罗伊人：你先用着，我这边毕竟方便。

郑秋冬低着头。

罗伊人想安慰他：秋冬……

郑秋冬：没事，心情好复杂，不说了……

罗伊人：不说了，我叫车送你走。

郑秋冬起来，握着手机：稍等，这情谊是我的骄傲。但我想解释一下，绝不是出于客气，伊人。咱们见过两次面，这两次你都说到我身份的事。在这件事上，我一开始没想到你说的这么多，也不怕这么去做，不怕的根本原因是我没想去做坏事、去骗人，只想回避些麻烦，图个方便。你担心的那些，我会小心避开。我希望你对我有信心，我会用自己的方式赢回我失去的一切……

罗伊人叹：一切？是不可能的了。

郑秋冬被呛住：那就除了那些不可能的。

罗伊人温和地看着他：你什么时候想做个普通人呢？

郑秋冬苦笑：一直都不想做，可一直都是呀。

罗伊人小孩似的笑：不是，你曾经想做个普通人来着。就是刚认识你那会儿，没觉得有野心什么的。

郑秋冬：是吗，正因为那样丢掉的太多，才不想再那样活了。

罗伊人：车到了，我送你。二人慢慢朝门口走去。

罗伊人：别强词夺理了，失去太多不是因为有野心，而是因为你不珍惜。

这句话让郑秋冬定在原地。

罗伊人自己往前走，发现郑秋冬没跟上来，回头：走啊。

郑秋冬低头走了过来，经过罗伊人时，二人眼神有些交融，随即回避开。

默默走出大门。

2. 宋副总办公室　日内

宋副总在打电话：……没错，中保传媒的业绩是不错，但是要有选择面，不可能全方位合作的。比如，罗伊人喜欢文学、艺术这类的，她在图书平台上就介入很深，对对，要分析她这个人。岳如意喜欢足球，他拐弯抹角也要买个俱乐部玩嘛。罗伊人、初燕子这种女老板都有共性的，你们部门要仔细研究，什么共性？矫情。

宋副总撂下电话。

敲门声，一个工作人员进来，递上一个U盘：网络舆情系统的整理结果。随后让宋副总在一个文件上签了字。

电脑屏幕上，U盘打开，四个文件夹：一是“中保罗伊人”，二是“浪舟传奇岳如意”，三是“百万桥初燕子”，四是“尖端科技司铭”。

光标在几个文件夹上晃了晃，点开了“中保罗伊人”。

文件夹打开，是三个Word文件——“社会关系”“履历”“财力评估”，一个PDF文档——“照片与视频”。

宋副总看着，点开了“照片与视频”。

开始是两张罗伊人开会的照片，桌前还摆着“罗伊人”的名牌。

一张和夏部长吃饭的照片。

随后是一张音乐厅解说时的照片。

一张在调音台前的照片。

一张跟白力勤和郑秋冬的照片。

宋副总一惊，凝视着照片上的郑秋冬。

宋副总拿起电话：你来一下。

3. ATM机前　日外

熊青春在操作着机器按钮。

4. 餐馆　日内

郑秋冬看着火锅在冒气，扭脸再看窗外，熊青春还在ATM机前忙着，终于她转过身来，笑嘻嘻晃着手里的银行卡，朝这边走来。

郑秋冬一脸冰霜。

熊青春的笔尖在纸上移动。

郑秋冬一动不动在等。

熊青春写好了，把纸递过来，郑秋冬看，诧异：借？这也太流氓了吧，谁借给你的？是你敲诈的。

熊青春：只能写借，钱都入账了，你回头一报警，我必死无疑。

郑秋冬慢慢撕掉那纸：写借绝对不行，以后你再敲诈我怎么办？

熊青春：用钱封口我也不能写，不然你一告，我还是完。

郑秋冬：咱们事先可是说好的。

熊青春：没说好，至少没彻底说清楚，我觉得写借最恰当，以后还有可能还给你。

郑秋冬没憋住，笑了：还，就你？你还蛮自恋的。

熊青春：别嘲笑我。覃飞，这么叫真别扭。你要明白，那种保证书是要在有关部门在场写了才有效，在这儿偷偷摸摸写的什么都不算，除非我在上面写三个大字——“敲诈信”，我能吗？

郑秋冬一时无语。

熊青春：事情已经结束，你只管放心，我就是穷得吃糠咽菜也不会再骚扰你了，我也得攒人品。

郑秋冬又笑了：恬不知耻。

二人埋头吃着火锅。

熊青春吃着：遇到我，你觉得恶心吧？

郑秋冬：不算最恶心。

熊青春意外：还有更恶心的？

郑秋冬：有。跟你面对面吃饭。

熊青春笑：算你狠，我的名字你能记住吗？

郑秋冬吃着，一脸狠相：名字和账号永远都不会忘的。

熊青春：你一定会成功的，我看人最准了。

郑秋冬继续吃：我相信你是世界上最期待我成功的人，我成功，你就能敲诈更多的钱。

熊青春不悦：你怎么还没完没了了，我说了这是最后一次，最后一次，让我把话说完不行吗？

郑秋冬把筷子一扔：我没工夫听你叨叨个没完没了，你要是有底线，就拿钱滚蛋，永远在我面前消失。你要是没底线，就放马过来，我告诉你，这就是刚才的录音，咱们鱼死网破。我惨到家也就是没脸再混 CBD，你是要进大牢的，知道吗？郑秋冬拿出手机，关上录音功能。

熊青春没太当回事，继续吃着：服务员，酸梅汤。我三点的飞机，到了广西，我会向你报平安的。

郑秋冬立即没电的样子：无耻者无忧啊。

5. 宋副总办公室　日内

孙经理指着照片上的白力勤：这个人叫白力勤，是罗伊人五年以前的男朋友。

宋副总不耐烦地指着郑秋冬：重点说这个覃飞。

孙经理打开夹子：从白力勤线索上查得此人名叫郑秋冬，是白力勤大学时的师弟，在海淀工商注册系统中能查到他在 2008 年 12 月曾经注册过一家职介所。我联系了这个郑秋冬同班的大学同学章波，据章波说，罗伊人在跟白力勤恋爱之前，其男友就是这个郑秋冬，那是 2005 年，罗伊人读大一，覃飞——这个郑秋冬读大四。

宋总好奇：够乱的，这个家伙为什么要造个假身份呢？覃飞跟他什么关系？

孙经理摇头：没结果，正在查。毫无逻辑，奇怪的是，他为什么编了个广西身份。这时她的手机响了一声，她看了一眼，听微信，不由自主：什么？

宋副总抬眼注视她。

孙经理：午饭前，我委托南宁的合力咨询了解覃飞的情况，这是回信。说着她把手机微信声音调大。

手机里传出南宁口音的女声：孙经理，你资料里的这个覃飞，除照片不同外，其他的都与我们这儿以前一个做连接科技公司的覃飞一模一样，年龄、籍贯和出生日期都一样，按资料来看他俩在大学还是同班同学……

6. 孟董事长豪华办公室　日内

接上场的声音，孙经理的手机：……这绝对不是巧合，绝对有问题的，是不可能的。因为，我们这儿的覃飞已经去世了，葬在老家临桂乡下，如需要我可派人去墓地拍照取证，现在基本可以断定，您那边的覃飞是个冒牌货。

孟董事长一直是一脸讶异，听完整个微信，回过头看着宋副总、孙经理，有些糊涂：Why?

二人摇头。

孟董事长从雪茄盒里拿出一支雪茄：冒名顶替，好玩吗？

宋副总：我们做了多种假设，都不能让人信服。

这时孙经理的手机又响了，接听，不禁大吃一惊：啊，你马上把视频传到我的邮箱。

孙经理回头对孟董事长：这个人过去进过监狱。

孟董事长、宋副总一惊。

孟董事长闻着雪茄：这哥们儿该混好莱坞啊。

7. 视频会议室　日内

孟董事长、孙经理、宋副总看着大屏幕。

大屏幕上是一段手机拍的视频，晃晃悠悠地经过一个陈旧昏暗的走廊，视频拍摄者的声音：走在这种地方，我身上直起鸡皮疙瘩。这是这边监狱管理局废弃的一座旧办公楼，从墙上的宣传栏里还能看到过去的一些东西，一会儿你就能看到你让我查的事了。

视频停在走廊墙壁上的一个简易的宣传栏，宣传栏的“表扬区”里，七八个囚犯的照片，其中有郑秋冬穿着囚服捧着一红色证书的照片以及郑秋冬穿着囚服在监狱教室上课的照片。

底部注明：三监区，一分队，二小队，郑秋冬。

三个人看得眉头紧皱。

拍摄者突然出现在镜头里：“哇——”一声尖叫。

三个看屏幕的人都吓了一跳。

长相怪异的拍摄者得意地：怎么样，孙经理，我够强大吧？打听小道消息、炮制八卦这类事业上，哥哥我算有天赋吧。接着他看着手里的小报：这个人在监狱里还考了好几个证书呢，2009 年入狱，2013

年释放，两次加一起，减了一年刑。下个月我去北京，怎么感谢我？别忘了嗯嗯嗯……拍摄者噘着嘴唇，亲着镜头，一副轻贱的样子，定格。

孙经理不好意思：可恶。说着去关电脑。

宋副总问孟董事长：怎么处理？

孟董事长没有回答，指着大屏幕的定格问孙经理：这个家伙是做什么的？

孙经理：南宁那边的合作伙伴，喜欢窥探隐私之类的事。

孟董事长：问问他，这个覃飞是因什么罪进去的。

孙经理掏出手机。

宋副总：这个覃飞，怎么办？要有预案。

孟董事长：预个屁的案，坐实证据，让丫滚蛋。

8. MBA 教室　日内

教室里只有两个人，前面出现的班长正在鼓动郑秋冬跳槽。

班长：……你在山谷做人力资源可惜了，说白了就是企业人事科副科长，能成长到哪去？我这边是真正的人力资源格局，明月科技前年上市，我就没打包这块业务，我要单独做大这个培训机构，重装上市，就跟新东方一样。你也可以是合伙人，股份什么的都好说。跟你谈我不用手下的人，作为董事长我直接跟你谈，就这么简单。还有，我们礼仪培训这边吸引的都是什么人，知道吗？空姐、模特、主持人、演员之流，美女如云，想想看，极品的工作环境，欲望的行云流水。

郑秋冬想了想：谢谢班长。山谷待我很好，我也愿意对它忠诚。你这边有股份、有美女都是诱人的条件，我只能说很遗憾，我们的缘分未到。

班长凝视着他：我知道你刚才心里迅速做了权衡，小覃，利害判断不要这么快，所有的条件都要考虑清楚。

郑秋冬：我这边没有那么多条件，只有一个原则，就是谁先谁后，山谷在前，我不能无原则趋利。

班长无奈，伸出手：那好，我祝你在山谷前途无量。

9. 健身房　夜内

孟董事长在跑步，孙经理抱着 iPad 在汇报：郑秋冬，就是那个覃飞，2009 年因组织领导传销被判入狱五年六个月，因狱中表现优异，两次减刑，于 2013 年出狱。早年曾做过虫草生意，后开过职介所，擅长成功学类的演讲鼓动，在该领域曾小有名气。还有，帮助过鞠总的覃飞，确实就是去世的那个覃飞。

孟董事长跑着，用手抹了下额头：奇怪，今天怎么就是没汗呢？

10. 酒吧　夜内

郑秋冬和林拜。

林拜：覃飞，你只管放心让我来安排你的未来，大致三年为一个阶段，我帮你规划，在这几座大厦之间，就有可以九天揽月的秘密通道，步步高走，年薪翻番，相信我。

郑秋冬似有心事：其实做大也没什么好处。（手机有短信进来，看，短信是熊青春的）“覃飞，我已到达南宁，熊青春。”随后是一张熊青春在南宁机场的自拍照。

郑秋冬反感地关掉。

林拜不解：这话怎么说的？位置永远是越高越好。（他看着郑秋冬的手机）有女人找你？

郑秋冬：没有。做大了，一些小毛病统统会被放大，放大了就会被人抓住。

林拜：抓住了又能怎样？嫖娼吸毒的那票名人不都被人抓过吗，还是被警察抓的，那又怎么样，耽误他们吃香的喝辣的了吗？有约会你只管去，别管我。

郑秋冬摇头：真没有。有些事被人抓住还可以继续，有些事被抓住，一切就都归零了，只能重新开始。

林拜疑惑：遇到什么麻烦了？

郑秋冬犹豫，决心不说熊青春的事：没有，有时候总会有些莫名的顾虑。

林拜凝视郑秋冬片刻：你没有朋友？

郑秋冬心事重重：没钱去银行，有病看医生，为什么要有朋友？

林拜诧异：怎么了，这话这么消沉？你一定出什么事了，有话要说，是不是对我还不够信任，心里在犹豫能不能说？

郑秋冬掩饰：别瞎猜了，就是莫名的顾虑，没事，睡一觉就好了。

林拜：记住，今天的山谷是你的最佳位置，它要去美国上市，只要保持住这个位置，将来金不换。

郑秋冬点头：我会的，我现在已经喜欢上这份工作了。

这时，手机响了一声，点开看屏幕，是熊青春请求加微信，郑秋冬没理睬她，自言自语：真他妈无耻。

林拜：什么事？

郑秋冬：哦，垃圾短信。

11. 郑秋冬家　夜内

郑秋冬把整齐的西装挂在衣架上。

郑秋冬在电脑上忙着修改岗位津贴计算表。

电话响，查看，是熊青春请求加微信，郑秋冬跳过没理睬她。

他继续修改表格，片刻，电脑提示有邮件进入。

郑秋冬打开看，是一段音频文件，点开听，是熊青春的一段话：覃飞，在你眼里我就是煞星女魔头啊，短信不回，微信不加。你就不怕将来某一天，那个叫熊青春的人想还你钱的时候，找不到你吗？我想好了，这笔钱算我从你那儿借的，以后一定奉还。我是遇到急事用钱，才铤而走险的。对不起，我突然发现你竟然这么厚道。

郑秋冬停下手里的事，琢磨着。

衣架上，那套整齐的西装。

12. 山谷商务集团走廊　日内

郑秋冬穿着西装，精神抖擞地走来。

前台打卡，工作人员：覃飞先生，孙经理说，让您直接去宋总办公室。

郑秋冬：宋总？

柜台里的工作人员严肃地看着他。

郑秋冬觉得有些不妙：是宋总吗？

13. 宋副总办公室　日内

宋副总平静地坐在办公桌里面，面前是一沓材料：这是你的承诺书，你承诺过，要忠诚于公司，你做到了吗？

郑秋冬看了眼坐在一边的孙经理，她木然地记录着。

郑秋冬：宋总，我只要承诺过，就会做到。

宋副总摇头：防伪可以造假，谎言替代承诺……这样做人你满意吗？

郑秋冬不安：宋总，我哪儿做得不对，请直说。

宋副总：你撒谎了，弥天大谎，你辜负了集团对你的信任。

郑秋冬知道要坏事：我确实做过错事，那是过去，来公司后，我没做过对不起公司的事。

宋副总低沉的声音：你是个骗子，承认吗？

郑秋冬脸色霎时白了，尴尬地看着宋副总：宋副总，这话什么意思？

宋副总突然："猫鼠游戏"好玩吗，郑秋冬？

听到"郑秋冬"这三个字，他闭上了眼睛。

宋副总：山谷的调查部门不是摆设，这是广西监狱提供的材料，这是你做传销的时候，一个姓苏的女同事提供的，还有覃飞的同学、覃飞未婚妻提供给我们的。

郑秋冬：他未婚妻是个骗子，是个敲诈犯。

宋副总：至此我就不用多说什么了，你要做的是，回去收拾收拾了。

孙经理眼神有些同情。

郑秋冬喃喃地：好的，我这就回去收拾。可是宋总，我想解释一下，我的错误都是进山谷之前犯下的，进来之后，我没有丝毫怠慢。我知道纸里包不住火，总有一天会露馅。我希望露馅那一天来得晚一些，让我能为公司多做点事。让大家看到我的能力和贡献，能原谅我的过失，因为我爱山谷，即使来的时间不长，我已经有了归属感。

宋副总：你错看我们了，贡献对于我们来说很重要，但远不能跟品德相比。

郑秋冬被捅到了痛处：我对品德要求是很高的，隐瞒不光彩的经历，也是想维护自己的品德，做过一些错事，但真是为了完美。

宋副总：传销的事怎么解释？

郑秋冬一愣：那是犯罪，是彻头彻尾的错误，我不辩解。

宋副总不屑：这时候怎么不说品德、完美了？

郑秋冬：那件事在开始的时候，我真没意识到是在做违法的事。等后来知道了，就收不住了。

宋副总：为什么收不住？

郑秋冬：因为一段感情，需要用钱。

宋副总口气放缓：我猜就是这样的，因为一段感情。现在看看你，再看看她，不觉得傻到家了吗？你的名字将被载入人力资源黑名单，这是代价，你以后必将更难。

郑秋冬没说话。

宋副总收拾材料：回去收拾吧，好自为之。

郑秋冬神情里透着孤独，泪水在眼眶中打转，身体好像要坍塌，宋副总看了孙经理一眼，孙经理急忙上前扶住郑秋冬。

郑秋冬轻轻推开孙的手，声音虚弱：不用，我……还行，孟董事长知道吗？

孙经理点头。

郑秋冬慢慢朝门口走去。

14. 郑秋冬办公室　日内

两个干练的保安站在他身后，看着他往塑料箱子里收拾自己的东西。

15. 山谷金融走廊　日内

郑秋冬抱着箱子和两个保安走过，孙经理等几人经过，停下看着他。

16. 电梯口　日内

郑秋冬和保安在等电梯。

另一电梯里出来一个匆忙的年轻人，口气焦急地打着电话：快点啦，幸亏董事长这会儿上洗手间，要不麻烦大了，快快快，马上打印出来。

郑秋冬听了这话，抱着塑料箱子想了想，突然转身冲进楼梯通道朝楼上跑去，两个保安没反应过来：哎，谁让你走楼梯的？电梯到了。

17. 豪华卫生间　日内

整洁的卫生间很大。

一个豪华马桶、男士尿池、淋浴区、按摩床。

孟董事长正在水池边洗手，郑秋冬抱着塑料箱闯了进来，孟董事长吓了一跳。

郑秋冬激动地：董事长，我被解聘了，我对不住您的信任。

孟董事长平复了情绪：哦，走好，以后路很长。

郑秋冬：董事长，我假冒覃飞是错误的，隐瞒履历也是错误的。请相信，我只是想做个履历干净的人，这一切对别人来说很简单，对我来说已经没机会了，无奈的选择，董事长。我的履历、身份都是假的，可我付出的心血是真的。说着他放下塑料箱，从兜里拿出一个 U 盘：您看，昨天晚上我熬了通宵，修改出了岗位津贴计算表，您看，我提前熨好了衬衫，还剪了头，我打心眼里想把最好的一面留给公司。今天的一切来之不易，请给我次机会吧。

这时两名保安冲了进来，上手就要拖郑秋冬。

郑秋冬可怜地看着孟董事长，手里的 U 盘还在晃着。

孟董事长：慢。

郑秋冬的眼里重燃希望。

他走近郑秋冬，声音沉重地：你，做得再好也不足以改变公司的决定。敢面对面欺骗公司董事长的人，谁能留？这个企业的历史是光荣的，你已经玷污了它。孟董事长拍了拍郑秋冬的肩：你怎么什么都敢干？还追到洗手间来。

郑秋冬哀求：我可以走，董事长。只求网开一面，别把我的名字打入人力资源黑名单，权当我是个可怜的小动物，您给放生了。

孟董事长突然愤怒了：无耻！想让我跟你一起下地狱吗？提出这样的要求，我对你做人已经毫无信任，我们有义务让所有人知道你是怎样的人。

郑秋冬羞愧难当，用双手捂住了自己的脸，手里的箱子摔在地上，七零八落。

孟董事长愤怒离开。

18. 观光电梯　日内

郑秋冬徒手进了电梯，两个保安跟在身后，手搭着他的肩膀。

观光电梯内，他痴痴地看着上升的地面，瞳孔放大，耳边是玻璃被撞碎的声音，“啊——”尖厉的一长声惨叫，接着是“噗”的落地声。

他喘着粗气，闭上眼睛，一片死黑。

19. 郑秋冬家阳台　日内

家里显得凌乱，东西撒了一地。

郑秋冬站在阳台上，看着楼下如织的人流。

20. 郑秋冬家　夜 / 郑秋冬家阳台　夜内

郑秋冬还在阳台上站着，举目是 CBD 繁华的灯红酒绿。

他的手慢慢搭上阳台栏杆，耳边是怪异的、尖厉的呼啸声。

光着的脚动了动，一只已经踏上栏杆。

这时，一阵女人的浪笑声打扰了他的意识，他顺声望去，斜下方不远处某阳台，一个女子端着酒杯在笑着，朝屋里的人说着什么。

郑秋冬定睛看，那女子正是孙经理。

郑秋冬咬着后槽牙，看着那张桃花绯红的笑脸，想着什么。

21. 地下停车场　夜内

孙经理和一男子走来，步履有些摇摆。

男子摸口袋，好像忘带了什么，返身回去，孙经理一人晃晃悠悠朝车位走去。

22. 停车场一角落　夜内

孙经理来到车前，身后闪出郑秋冬，她吓了一大跳：覃飞，你要干什么？

郑秋冬目光尖锐：我不叫覃飞，我叫郑秋冬，你知道的。别紧张，白天发生的一切都与你无关，过去了，我不怨任何人，该我自食其果。

孙经理还处于紧张中，别处传来一声刺耳的鸣笛。

郑秋冬看了一眼远处：我只问你一句。

孙经理：你问。

郑秋冬：我的事……最初的怀疑是从哪里产生的？

孙经理诧异：这个，你现在还不知道？

郑秋冬：我当然知道，只是想从你这儿证实一下。

这时身边的车发出“吱”的一声，灯随之亮了一下。

郑秋冬和孙经理回头看，一个帅气男子匆匆走了过来。

孙经理压低声音：你最近跟哪个女人有接触，你自己最清楚。

郑秋冬狠狠地：我猜就是她。

男子来到俩人面前，一下愣住，误解了，他拎出车钥匙，问孙经理：谁送？

郑秋冬克制住怒气：你。说完离开。

23. 郑秋冬家　日内

郑秋冬收拾着行李，摔摔打打的，很是愤怒，行李很简单，就是一个双肩背包。

桌上的笔记本电脑还开着，上面显示着携程网预订飞机票的网页。

24. 机场　日内

郑秋冬背着双肩背包，匆匆地走在人流中。

他的眼神像狼一样发出冷光。

25. 飞机飞向天空

空镜头。

26. 飞机内　日内

郑秋冬表情冷漠地坐着。

27. 城市全景　日外

字幕：广西　南宁

28. 街道　日外

车内的视点，汽车行驶在大街上。

29. 某街道　日外

郑秋冬的主观：临街商铺一家家地划过。

郑秋冬走来，停在马路边，目光落在了一家“青春职业介绍所”上。

30. 青春职业介绍所　日内

熊青春正在跟一客户说明：停车收费员对学历没要求，月工资 2000 元，刚来南宁先找个活儿站稳脚，过段时间再找好的。

客户犹豫着签字：先交 50 块钱，是吗？

熊青春：对。

31. 后院　日外

露天支了个煤气炉，熊青春在炒菜，油烟缥缈。

炒勺在锅里翻飞，她面带微笑，哼着小曲，穿得有些暴露，显得很性感。

32. 青春职业介绍所　日内

熊青春端着个托盘，托盘上放着一碗米饭、一盘炒菜、一碗汤、一瓶开盖的啤酒，酒瓶上扣着个玻璃杯，还有筷子和勺。

熊青春从后门进来，看见郑秋冬的背影。

熊青春：打烊了兄弟，下午一点半上班。这里执行公务员作息时间，劳动法第三十六、三十七条……

郑秋冬转过身，一脸冰霜。

熊青春觉得是熟人，没立即反应过来，笑嘻嘻：来了。说着要放下托盘，这时她突然反应过来，一哆嗦，托盘掉在了桌子上：你？

郑秋冬没说话，起身去门口挂出“休息”的牌子，拉下卷帘店门，关上窗帘。屋里顿时黑了下来。

熊青春缓过神来，并没害怕：有必要这样吗？

郑秋冬做完了上边的事，脱下双肩背包，拿出一个U盘和一张纸：这是你敲诈我的录音，这是你那20万的转账记录。说，你是自首还是我报警？

熊青春有点傻：不都说好的吗？

郑秋冬：既然说好了，你为什么向公司告发我？

熊青春愣：你说什么呢？谁告发谁？

郑秋冬冲到熊青春面前：别再给我演戏了，你前脚拿钱走人，我后脚就被公司开除了，你说谁告发谁？

熊青春不服：我告发你？我吃饱了撑的？哦，你就为这事从北京跑来找我算账？你脑子没进水吧，我告发你对我有什么好处？

郑秋冬：当然是钱的好处。

熊青春愣住：吃了原告吃被告？我发誓，我根本就没想过再去挣山谷的钱，我也是讲品德的人。

郑秋冬气得笑了出来：就你，敢面对面敲诈一个大牢里出来的人，还有什么不敢挣的钱？

熊青春愣住：要知道你进过大牢，别说敲诈你了，话都不敢跟你说了。

第09集

1. 青春职业介绍所 日内

郑秋冬知道说漏了嘴，一时语塞。

熊青春诚恳：其实，我开始也没想跟你要钱。我到北京是去送个人，他要去英国。我只是对假覃飞这个人太好奇了，观察了你两天，我发现你很有钱，很优越，或许为了身份不会在乎那点钱，我才动了那种念头。

郑秋冬一时不知要说什么。

熊青春：那钱我都用了，能给你凑一些，也就四五万，剩下的以后还给你。

郑秋冬抬眼看着熊青春。

熊青春把托盘推到郑秋冬面前：饿了吧。

郑秋冬看着饭菜，表情极其复杂，似乎想哭。

2. 简陋大浴池 日内

热气腾腾，郑秋冬一个人泡在里面。

搓背床上，郑秋冬闭着眼睛趴着，下身盖着浴巾。一个年轻人在给他搓背。

郑秋冬有气无力：做几年了？

年轻人热情地：四年，在这儿才一个月。

郑秋冬：哦，哪儿的人？

年轻人：不知道。

郑秋冬睁眼：嗯？

年轻人认真搓着：真不知道，很多客人都不信。我从小跟着一个比我大几岁的孩子扒货车，讨饭吃，再往前的就不记得了。去过很多火车站，地震的那个雅安没谁知道，我都去过，就是不知道家在哪里。

郑秋冬闭上眼睛：带你出来的那个大孩子呢？

年轻人：火车过隧道……撞死了。

郑秋冬沉默片刻：那你有身份证吗？

年轻人：没有，连名字都没有，我这名字自己起的，不喜欢了再换。嘿，没身份证就没有朋友，谁都不信任没身份证的人。我有过两个说得过去的朋友，人家换工作走的时候连招呼都不跟我打，这还算好的。还有人把我当逃犯，我被扯到公安局跟通缉犯的照片比过，比过好多次。我也捡到过身份证，最多的时候有十几个呢，都是小偷扔的。我用过，被抓着更麻烦，把我当成小偷了。没身份证就没身份，也就不算是个人，跟没爹没妈一样，没朋友，没女孩，最怕的就是见到认识你的人，怕人家躲我，我就先躲人家，这些年我躲熟人都躲出毛病了，跟熟人说话，不用人家怀疑，我心里就不相信了。其实没身份的人说实话跟说瞎话一样的，反正都没人信……

郑秋冬默默听着，泪水流了下来，他伏下脸哭着，身子轻轻抖动。

年轻人：老板，您冷吗？

郑秋冬伸出一只手，轻摆。

搓背的床头，有个放头喘气的洞，郑秋冬伤心的泪滴扑簌着。

3. 小旅馆　日内

熊青春把两件新衬衣、两双新袜子、一双新皮鞋扔在床上。

郑秋冬耷拉着脸扫了一眼。

熊青春又拿出两沓现金：先拿着。

郑秋冬：不是四五万吗？

熊青春：中午话说过头了，就这些。这是欠条。

郑秋冬打开欠条看了一眼，然后把欠条和钱收进双肩背包。

熊青春犹豫着：你做过人力资源，开过职介所……哎呀，还是算了，不说这些吧。

郑秋冬乜视：你说完，别说一半留一半，跟鬼舌头似的。

熊青春大大咧咧：你要是真走投无路，来跟我干，打个下手，反正这套业务你也熟。

郑秋冬瞪大眼睛：给你打下手？真拿我当覃飞？

熊青春咧嘴乐，背过脸去：对对对对，MBA、MBA，我这么说太辱没斯文了。

郑秋冬跳起来，扯着嗓子：怎么了？我 MBA 怎么了？我 MBA 关你屁事？我告诉你熊青春，你别哪壶不开提哪壶，我现在心里滴着血呢。

熊青春哈哈大笑起来：好好，那话算没说，走，我请你吃顿大餐，打发你上路。哈哈。

郑秋冬急了，喊道：不许笑——，你这个诈骗犯。

熊青春捂着嘴，努力不再笑。

4. 西餐厅　夜内

郑秋冬穿着新皮鞋、新袜子、新衬衫在切牛排，浑身有些不自在。

熊青春没动刀叉，看着郑秋冬。

郑秋冬：怎么不吃？

熊青春一笑：等会儿。你什么时候进去的？

郑秋冬：四年前，出来不到半年，吓着了？

熊青春：那倒没有，倒是你要先坐住，免得我下句话，让你跳起来，撞到屋顶的水晶灯。

郑秋冬感兴趣，抬头看了眼穹顶的水晶灯：什么话，你也大牢里出来的？

熊青春摇头：奴本良家淑女。

郑秋冬：淑女？什么词都舍得用。说吧，看我能不能撞到水晶灯。

熊青春：其实，我根本就不是覃飞的女友，甚至都没见过他。

郑秋冬脸色瞬间变了：耳背，再说一遍。

熊青春：我不是覃飞的女友，更没见过他。

郑秋冬怒视着她，一把抓起了餐刀，餐具发出了哗啦啦的声音。

周围的人看向这边。

熊青春平静地看着郑秋冬，郑秋冬眼里的怒火在喷射。

手上的餐刀抖动，闪着寒光。

整个餐厅场面一下静了下来，包括服务员、厨师都看向这边。

背景音乐显得十分突出。

一个很有风度的外国人走了过来，像是餐厅的经理，问郑秋冬：请问先生，需要什么帮助吗？

熊青春起身：对不起，已经好了。说着她起身绕到郑秋冬身边，轻轻晃着他握刀的手：好了，我错了，松开，我错了，我做得太过分了。

外国人微笑着看着。

郑秋冬仰头看着熊青春，还是一脸愤怒。

熊青春还在轻晃郑秋冬的手：我认错了，正式请求你原谅，正式的。

郑秋冬突然像是肚子疼一样，身体慢慢蜷缩。

外国人：先生，您是不舒服吗？

熊青春也紧张，晃着他的手：哎、哎，你怎么了？

郑秋冬没抬头，手里的餐刀“当”的一声掉在餐盘里。

熊青春摸着郑秋冬的额头：没事没事，哎哎，你怎么了？

郑秋冬慢慢抬起头，脸色苍白、神情虚弱，看着熊青春：你个混蛋。

5. 街道　夜外

熊青春开着车说：覃飞死后两个月，他家人要处理他的车，就是现在坐的这辆，很便宜，我就买下来了，从北海过户到南宁我有亲戚帮忙。我从自治区信息管理站复制过一个数据库，海量的，有几十万人的信息。

郑秋冬：什么复制，不就是收买别人盗窃的个人信息吗，那叫销赃。

熊青春点头：就这么回事，医院、物业、派出所、电信不都是这样吗……

郑秋冬着急，敲着车门：别拐弯，说覃飞是怎么回事。

熊青春：哦，巧得很，我从那个数据库里检索到了覃飞。哎，你不能好好说话呀。

6. 邕江边　夜外

郑秋冬和熊青春在江边的露天酒吧就座。

郑秋冬喝酒，熊青春喝饮料。

熊青春：车也买了户也过了，覃飞这个名字也就淡忘了。两个月前，我在网上瞎溜达，在一个人力资源网站里看到覃飞的名字，我知道是重名，人早死了嘛，我就点开随便看看，结果看到了你。再链接一下就到了山谷集团，里面有你的履历，我一看就……熊青春扭头看着郑秋冬。

郑秋冬：就想要敲诈。

熊青春：不不不，我说过，要钱的事是在北京临时起意。欠条在你口袋里，你不可以再用“敲诈”这个词了。

郑秋冬稍有钦佩地看着熊青春：你跟覃飞就一辆二手车的关系，还是他死后产生的，你就敢冒充他女朋友，胆子够大的。

熊青春：其实我也做了些功课，我的盲点是没有你的一丁点信息。我可以冒充覃飞的女朋友，可冒充覃飞的人是什么人？冒充的动机是什么？认不认识覃飞的女朋友？这些事让我很没底。

郑秋冬回忆着：你最初见到我，跟我聊天，其实是试探性的，摸着石头过河，聊了以后你才有底的。

熊青春点头：基本是这样，百分百确定你是假覃飞之后，我就确信攥住了你的短处，不敢张扬，只能忍着。不过我冒险之前还是扔过硬币，国徽说可以做。

郑秋冬点头：孤胆，孤胆英雄的那个孤胆。我本来就是想做这样孤胆的人，可惜没成功。

熊青春：再回北京，你那边麻烦可不小，还得用回真的身份，从零开始。

郑秋冬的惆怅又回到心头，看着江面的斑驳倒影，一声长叹：唉，不是零，是负数。

7. 监狱 日外

郑秋冬跟着一名狱警走来，来到探视室门口。

8. 探视室 日内

郑秋冬和刘量体。

刘量体：愚蠢、小聪明加盲目自卑。

郑秋冬俯首帖耳：是的，我错了，不该冒险。

刘量体：你就当没减刑，现在才出狱，从头再来一回也不是坏事。

郑秋冬困惑：这些都可以不在乎？师父，我就是不明白，我这样的人谁信任我？我怎么可能找到一个体面的活儿？外面的博士、海归有的是……

刘量体：平常心很重要。你把履历看得过重，这是我说你愚蠢的原因。伪造身份去骗人，伪造的水平高，骗的时间能长点，水平差，时间就短点，露馅是迟早的，所以我说你小聪明。说你盲目自卑，是你根本没看到自己的优势。你思维敏捷，有逻辑有条理，做事严谨周密，与人交往真诚、简捷。五年六个月的刑期，你凭自己的本事能减成四年，你是一般的人吗？显然不是，你是翘楚，多少年才出一个的。

郑秋冬：您这样说真让我没脸见人。

刘量体：有能耐，自然有人用你；什么事都不干，你就是急成疯狗，也就能跳个墙头，还能怎么样？古代的时候，有个能人，住在深山老林里，皇帝有急事都要去山里请教他，那家伙叫什么……

郑秋冬：写“山中何所有，岭上多白云”的那位。

刘量体：对，叫什么名字？南北朝的。

郑秋冬：陶弘景。

刘量体：对，对呀，现在知道陶弘景，知道“岭上多白云”的人能有几个？你知道，这就比别人强。你要是有陶弘景那样的平常心，何愁没有梁武帝。

郑秋冬点头：我没有陶弘景那才分，但可以理解您说的这个道理，谢谢师父开导。

刘量体：我这辈子没别的本事，就是打交道的人多，党政军民学、东西南北中都有，比你强的人，不超过百分之几。

郑秋冬面露得意：真的？

刘量体：真的。

（狱警提示OS）：注意时间了。

郑秋冬看着刘量体：您的帮助，我跪谢不及。这回您让我记住了九个字，愚蠢、小聪明、盲目自卑。

刘量体：还有那个百分之几，那更重要。送你一副对联，太仓促，不规范啊。上联是“愚蠢小聪明盲目自卑”，下联是“比你优秀的寥寥无几”。横批：“自我鼓励”。

郑秋冬：我一定牢记。

9. 南宁飞机场　日内

郑秋冬在看 iPad，表情紧张，手机响，看一眼，没接。接着看 iPad，手机持续响，一直没接。

郑秋冬愤怒关了机。

熊青春拿着登机牌匆匆走来：还有 30 分钟，快去安检。

郑秋冬看着 iPad 发呆。

熊青春凑过来：怎么了？

郑秋冬：刚接了个电话，我上山谷的黑名单了。

熊青春抢过 iPad 看，屏幕上的一则启事：

山谷商务，铁面人信息采集发布系统。

2012—2013 年度第三次发布

黑名单之 BJ1403 号，姓名郑秋冬，曾用名覃飞。（注：覃飞是 BJ1403 号冒用的人名，被冒用者覃飞已于 2013 年 5 月去世，身份、履历完全被郑秋冬复制、利用。）

罪名：提供伪造文件，编造虚假履历，骗取职业机会。

提示：该人的信息数据已收入多家信息库。

该人已于 2013 年 10 月 13 日被劝离本公司。该人拥有北京大学 MBA 学历，以覃飞的名字覆盖其传销、被判刑的履历。

2013 年经 Terry&Whitman International（特慧专猎咨询服务公司）推荐进入我司金融 HR 部门，任职薪酬规划总监。

2013 年 9 月曾在《面试官》杂志夏季刊上，发表《非绝对公平》一文，署名覃飞。

……

熊青春看着，划着：我靠，后面还有英文、日文的，你在这个行当里彻底死心吧。怎么没人给你打电话？

郑秋冬脸色铁青：关机了，都打爆了。

熊青春：这个系统我进不去吧？

郑秋冬接过 iPad 划着：外人进不去，估计我的工号还没来得及注销……

熊青春想起什么似的：覃飞这身份证，别再用了，你回北京当务之急是把你郑秋冬的户籍激活，拿到一套自己的身份，有污点就有污点呗，那是你自己的。

郑秋冬收起 iPad，装包，什么也没再说。然后拖着拉杆箱就走了。

埋头走了一段之后，突然想起什么，回头看，茫茫人海已经不见了熊青春。

10. 街道　日外

熊青春开着车，听着广播中的音乐。

微信提示，她关小音乐，点开微信（男声）：宝贝，按现在的汇率换英镑还是划算，你看着办。有两款裙子我发在你邮箱里了，你喜不喜欢，尽快给我个回话。这两天店里的电话怎么没人接，你忙什么，别累着，注意身体！

熊青春对着手机说微信：别担心钱，有我在就饿不着你。伦敦连续两天天气不好，你的计划受影响了吗？裙子我看见了，我喜欢那件湖蓝的。

这时，一架飞机掠过头顶，熊青春侧身看着。

飞机攀高。

熊青春收回眼神，一时有些恍惚。

11. 罗伊人办公室　日内

罗伊人在打电话，训斥的口气：现在这种形势，当官的都小心谨慎，你为什么还带万局去豪华会所，他出了事怎么办？

对方辩解着。

罗伊人冷冷地：你管接待，关键在你，你就要替对方着想，他是官员，也是客户，他丢了乌纱帽，咱们跟谁去联合开发呀。那口酒不喝，那口海参不吃你会死吗？她生气地但却温文尔雅地摔了电话。

秘书进来：罗总，夏部长出访的日子调整了，国务院刚下发通知。

罗伊人：调整到什么时候？

秘书：等通知。

罗伊人点头，摆弄电脑：通知澳洲的亲戚朋友，时间调整，等通知吧。

秘书出去，罗伊人在看一份邮件。

手机响，屏幕上显示："证券葛理事"。

点开听：山谷集团清退一骗子，叫覃飞，说跟你认识。听口述很传奇，假名假姓假身份假履历，搞过传销，进过监狱，直至做到山谷薪酬总监，堪称"少年派的奇幻漂流"，好奇者再行追问，此人已杳无音信，你真认识这人？

罗伊人惊讶地看着，看完，撂下手机，上网查看，看了一会儿，拿起电话，调出覃飞的电话，拨打：您拨打的电话已关机。

罗伊人拨打另一个电话：喂，孟董事长，是我，没什么事，你们那个叫覃飞的是怎么回事呀？朋友圈里风传他是骗子。说着匆匆起身出去。

12. 简陋的楼房小区　日外

郑秋冬跟一个西装领带的房屋中介走来。

中介：这儿以前是灯泡厂的宿舍，老楼，冬暖夏凉，符合您的价位。

郑秋冬看着周遭环境，显然不太满意。

13. 旧楼房　日内

中介领着郑秋冬在看，这是一套小两居的房子，昏暗、陈旧，有些家具都盖着布。

郑秋冬：没有再干净点的吗？小点都可以接受。

中介看着手机：我看看，有个二十几平的，也是老房子，只不过刚刷过一遍，看着干净。在北三环蓟门桥附近。

郑秋冬：地铁方便吗？

14. 派出所　日内

民警看着一堆材料：出狱这么久了，怎么才来办？

郑秋冬掩饰：一直帮人干点小活儿，没用户口、身份证什么的，就没想起来办。

民警打量着：你小活儿在哪儿干？CBD？

郑秋冬一哆嗦，口气很虚：咱们见过？

民警看着释放证：瞧你捯饬这样儿，像做白领的，你这释放证怎么这么旧？

郑秋冬松了口气：释放那会儿激动，攥得太狠，还有汗。

民警递过一份材料：填表吧。

郑秋冬接过一看，是“刑满释放人员登记表”。

15. 派出所　日内

另一处，郑秋冬端坐，闪光灯一闪。

女民警递上条子：两周后来取身份证。你要办失业登记吗？

郑秋冬敏感：失业，我不办，我没失业呀。

女民警：你出来这么长时间，一直自由工作？没考虑办失业保险？

郑秋冬犹豫。

16. 手机营业厅　日内

营业员问郑秋冬：以前的不用了？

郑秋冬：不用了，我想办个新 SIM 卡。

营业员：新卡，现在要求实名，您的身份证？

郑秋冬愣：正在办，马上就办好，没有不行吗？

营业员：我们这儿不行，身份证，实名制。

郑秋冬无奈：过两天我再来吧。

17. ATM 机前　日外

显示余额只有 21300 元。

郑秋冬抽出卡，走到一边看着繁忙的街道。

18. 过街天桥上　日外

一个乞丐在啃一只玉米，一个流浪汉睡在栏杆下。

郑秋冬惆怅地走来，凭栏俯视着车流。他没在意身边的流浪汉和乞丐，看了片刻他慢慢把手伸进包里，取出一个塑料袋，拿出里面一个洗好了的大西红柿，大口吃着。

19. 郑秋冬简陋的家 / 林拜的车里 / 游泳馆　夜内外

郑秋冬坐在床边在打电话：思前想后我最对不起的就是你了，一直不敢开机，不敢跟你联系，怕你骂我人渣骗子。

司机开着车，林拜坐在车里，咬着牙：还好意思说对不起，我被你害惨了，我的信用等级掉到一颗星了。知道吗？这意味着我跟别人干一样的活，只能拿人家一半不到的钱。

郑秋冬真心：对不起，我现在知道我害了多少人。开始没多想，用一个假身份重新做人，即使做不成，也不至于害别人……我不请求你原谅，希望你别伤得太重，快快好起来。

林拜：你现在在哪儿？

郑秋冬：在北京。

林拜：北京再大，你现在也不好混。入狱前认识的人，你不能面对；出来后认识的这些精英、大佬，又不想面对你。合着你在北京混了十几年，现在一个认识的人都没有，也不能有。

郑秋冬痛心：我这种人，不配你再操心了，希望早日结束我给你带来的损失……林拜，我失败到家了，想一想心里就冰凉冰凉的。前几天还想，能交你这朋友是老天的眷顾，没想到成了你的祸害……你说得对，在北京混了十几年，没一个能面对的人，还不如都是陌生人，我该怎么办？

林拜：三十六计，走为上计。离开北京，找个全新的地方，用真实身份从头开始。

郑秋冬：我会考虑，谢谢你还肯接我电话，跟我说话，谢谢你的金玉良言。

林拜想起什么：那你的真名叫什么？

郑秋冬：郑秋冬，郑成功的郑，秋天的秋，冬天的冬，郑秋冬。这个名是真的，是我父母起的真名。

对方挂了，郑秋冬急忙关机。

郑秋冬在笔记本电脑上看着内存的电话簿。

一串长长的名单，他一个一个删除，每删除一个，他都会说一句对应的歉语。

章波　1390xxxxxxx（MBA 同学　上海 IT）。

点黑以上文字，郑秋冬喃喃：对不起，不能把山谷的业务介绍给你了，祝你好运。

然后点击删除。

黄童华　1860xxxxxxx（MBA 同学　天津电信）。

点黑以上文字，郑秋冬喃喃：对不起，弄到了很好的苍梧水晶，但没脸送你，祝你好运。

然后点击删除。

张维军　1826xxxxxxx（山东青岛　高教网）。

点黑以上文字，郑秋冬喃喃：对不起，上次的雨伞没机会还你了，祝你好运。

然后点击删除。

孙莹莹　1861xxxxxxx（山谷 HR 经理）。

点黑以上文字，郑秋冬喃喃：对不起，上次在地库，让你男朋友误解了，祝你们好运。

然后点击删除。

他含泪，一个个地删除，一个个地祝福。

这时他眼前出现了罗伊人的名字。

罗伊人　1360138xxxx（旧）1860110xxxx（新）。

郑秋冬看着，打开手机电源。

游泳馆，夏部长在慢慢游着，游泳馆里只有他们几人。

罗伊人靠在休闲椅里看着手机。

夏部长游到池边，二人互相笑了一下。

这时罗伊人的电话响了，一看是“覃飞”，她起身朝角落走去。

罗伊人来到角落，接听电话：你在哪儿？

郑秋冬：在家，我搬家了。对不起，借你的钱短时间还不上，我在山谷商务出事了。

罗伊人焦虑：我知道了，我说什么来着，你是在监狱关傻了，30多年历史你怎么能用假话说圆了？下面你怎么打算的？

郑秋冬：不知道，有人建议我去一个全新的地方。

罗伊人：出国？

郑秋冬：不知道，心里乱得很，能见你一面吗？

罗伊人看着水池边。

水中的夏部长，在跟一个俯身汇报的人说着什么。

郑秋冬：不方便就算了，我就是……没个能说话的人。

罗伊人：你新搬的家在什么地方？

20. 街道　夜外

司机开车，罗伊人坐在车后座，脚下一个纸袋。

21. 街道　夜外

出租车内，郑秋冬坐在车内。

22. 某酒店行政酒廊　夜内

罗伊人拎着一个纸袋，经理带着她往里走：这个酒廊客人少，九点以后基本就没人了，很安静。

经理带罗伊人来到一个优雅僻静处，问：罗总，您看这儿行吗？

罗伊人打量左右：可以，谢谢。电话响，她接听：对不起接个电话，到了，上来吧，十六层，行政酒廊，电梯要用房卡，你去总台说找冯经理的，对，冯经理。

经理：开酒吗？

罗伊人放下纸袋，打开酒单：这个吧。麻烦了，冯经理。

经理：罗总，您千万别客气。稍等。

郑秋冬低着头在听，罗伊人：你开心的时候都在很远的地方，我一眼都没见过，像传说。而倒霉的时候我总在身边，甚至是目击者。

郑秋冬：我就没开心过，一直是倒霉的主儿。

罗伊人：不能这么说，我电脑里还有以前的照片，在尼泊尔，小货车上那么多虫草，你笑得很开心……

郑秋冬捂着脸，用力搓着：噩梦一场，现在见到卖虫草的柜台，还都绕着走。不提它吧。

罗伊人：在广西……那么多钱，也一定开心。

郑秋冬：不开心，老白还在……（郑秋冬一口喝掉杯中的酒）我早该请人算清这小命的斤两，做点该做的，够吃够喝就行了。坏就坏在不安分。

罗伊人：你这事山谷怎么发现的？

郑秋冬：不清楚，说是因为一个女人出现？

罗伊人：跟你要钱的那个女人？

郑秋冬摇头：我刚从南宁回来，不是，她对山谷，山谷对她，互相没什么兴趣。

罗伊人：会是我？那次酒会？他们对我和老夏一直很感兴趣。

郑秋冬恍然：也许吧，对你感兴趣的人太多，山谷还寻求跟你合作。不会因为你，为什么被发现，是我命该如此。

罗伊人：也好，既然你认了，那就退一步说话，以后怎么办？

郑秋冬起身溜达：以后，近瞧远看看不到一点亮，用真实的身份也不是多难的事，就是……真不知道该怎么开始。

罗伊人：那是你还没悟出道理，没有能力才看身份，有能力谁看身份。

郑秋冬烦躁，点着桌面：伊人，指指点点容易，你不理解四大皆空的感觉。

罗伊人委屈：我不理解？五年前我就四大皆空了，比你现在还空，能指望的人死的死，抓的抓，连指指点点的人都没有。你现在说白了，丢的只是一份工作，还有一个小圈子里的名声。至少还有可以说说话的我，这算什么四大皆空。

郑秋冬急忙：对不起，我不是对你，我是对自己有怨气。别生气，晚上我一个人在电脑上删通讯录里的联系人，删得我心里惊慌失措。最后只剩下你的名字，我怎么也不敢删了，我知道要是再删掉你，我就真是一个弃儿了，自绝于世。

罗伊人给郑秋冬倒酒：你电话里说有人建议你去个全新的地方，我觉得可行，这主意谁出的？

郑秋冬：一个猎头公司的咨询顾问，我把他害惨了。

罗伊人：我有个朋友在曼谷，帮老夏做事的，很有实力，你可以去他那儿。

郑秋冬摇头：算了吧，当初要不是投奔何总，我何至于上了传销的贼船。

罗伊人：何总是白力勤介绍的，别栽在我头上。我介绍的人都是国企驻外的，可靠。

郑秋冬：可靠不可靠，关键靠自己，这回再可靠我也不靠了。

罗伊人：随你便了，想好去哪儿了？

郑秋冬：没呢，还没想好，更没想去国外。如果最终决定必须要换地方，我就只身前往，不投靠任何有关联的人。

罗伊人爱怜地看着他：走走走，还都是远走，我对你记忆深刻的几乎都是告别，远走他乡，然后是落魄地回来。

郑秋冬苦笑：那是我太失败了。我也是，记忆里，你总是笑脸少，愁容多，总体味道偏苦涩。但愿以后老天开眼，让我有机会看到你笑口常开。

罗伊人忍着委屈：不是的，你也别太多情，把我说成怨妇，这几年我都是笑口常开的。

郑秋冬：那就好，这么好的婚姻，这么好的事业……郑秋冬起身：谢谢了伊人，我都这样了，你还能陪着我，听一通胡言乱语。

罗伊人：别装了，还谢谢呢。我愿意听你的胡言乱语。

郑秋冬：不是装，真心话，如果哪些话伤到了你，我收回，就当没说。

罗伊人：真的？真让你收回你能收回？

郑秋冬试探着：能，哪些话？

罗伊人看着郑秋冬，片刻：四年前，我和钟淮兰去监狱看你，你指着鼻子骂我的那些话。

郑秋冬愣在原地。

罗伊人把脚下的纸袋拎出来，塞在郑秋冬怀里，走了。

郑秋冬反应过来，抱着纸袋急忙朝外追，只见罗伊人匆匆的身影消失在拐弯处，身后跟着一个黑衣男子。

郑秋冬木然看着。

23. 街道　夜外

出租车里，郑秋冬呆呆地抱着纸袋。

当初监狱见面的一幕闪回。

郑秋冬：我永远都不想再见到你，罗伊人，你出卖了我……把我推上绝路……你怎么有脸再出现，你滚回去，滚得越远越好。

钟淮兰：郑秋冬你要对自己的话负责，伊人一直很惦记你……

郑秋冬：罗伊人是什么东西你知道吗？一个在男人间跳来跳去，只为自己快乐的贱人。

郑秋冬羞愧低头，看着怀里的纸包。他捏了捏外面的包装纸。

郑秋冬用手指使劲抠破包装纸，露出里面的钱。

郑秋冬怔住。

24. 郑秋冬简陋的家　夜内

餐桌上，打开的纸包，里面是 20 万成沓的现金。

郑秋冬仰面躺在床上，一动不动。

敲门声，郑秋冬直挺挺坐起：谁？

没回答，敲门声再响。

郑秋冬：谁？

门外男声：请开门。

郑秋冬走到门口：你是谁？

男声：一个朋友。

郑秋冬紧张，他急忙用椅背上的衬衣盖住餐桌上的钱，郑秋冬回头欲往门口去，见门开着，吓了一跳。

这时门竟然慢慢开了。

门口站着两个利索的黑衣人，前面的人手里是简单的万能钥匙。

黑衣人甲进来，关上门：郑先生，没喝多吧。

郑秋冬紧张：什么事？

黑衣人：给你送个忠告。

郑秋冬：我不明白。

黑衣人：离罗小姐远点，明白了吗？

郑秋冬：普通朋友，聊天不行吗？

黑衣人扫视，踱步到餐桌边，掀开盖着钱的衬衫，露出里面的钱。

黑衣人冰冷的眼神看着郑秋冬，径直走到他面前，二人对视。

郑秋冬最终移开眼神。

黑衣人走向门口，停住，没回头：你进去过，最知道里面的日子不如外面。

郑秋冬看着那扇门慢慢关上。

（旁白：山穷水尽了，看来林拜指的路是唯一出路，离开北京，去一个全新的地方，至于去哪里，没用心去想，去哪儿都一样。又要倚仗那个叫运气的东西了，尽管自己的运气总是破败到家，毫不值得倚仗。）

郑秋冬从标靶上拿下飞镖，另面墙上贴着一张陈旧的中国地图。（飞镖和地图都是以前的主人留下的。）

他从包里取出一只黑色口罩，站到地图前，他把口罩罩在眼睛上，慢慢抬起手，投出飞镖。

摘下口罩看，飞镖落在海上。

郑秋冬眉头一皱："难酬蹈海亦英雄"，跳海，但现在还不是时候。

他取下飞镖，再次站回原来的位置，蒙上眼再投。

飞镖落到蒙古版图上。

郑秋冬摘下口罩再近前细看：温都尔汗，这……去不得。

再次站在原位置上，郑秋冬喃喃：事不过三。戴上口罩，投掷飞镖。

第 10 集

1. 郑秋冬简陋的家　夜内

近前细看，飞镖的落点是杭州。

郑秋冬嘟囔着：杭州？他看着尖尖的飞镖尖：命就这样定了？

2. 派出所　日内

女民警递给他东西：户口卡、身份证。在这儿签字。

郑秋冬认真写着。

3. 杭州俯拍全景

字幕：三个月后　杭州

4. 街道　玉汝于成职业介绍所　日外

繁忙的街道。

玉汝于成职业介绍所临街门脸。

玉汝于成职业介绍所的牌子，牌子旁边的“招聘启事”。

5. 玉汝于成职介所　日内

郑秋冬坐在自己的办公桌前面试工作人员，应试的人是个年轻女子。

郑秋冬看着报名材料：硕士研究生，你这学历何至于来我这儿求职？

女子：在杭州学历什么都不是……我有个学姐，博士，投 60 多份简历了，还没工作呢。有副对联，上联是……您有兴趣听吗？

郑秋冬：请。

女子：上联是：“博士生，研究生，本科生，生生不息！”下联是：“上一届，这一届，下一届，届届失业！”横批：“愿读服输。”

郑秋冬：如果让你给这位学姐一点建议，你会怎么建议？

女子：我会建议她整容，把自己整漂亮了，嫁好了，找什么工作呀。

郑秋冬：不工作了，那博士学历多可惜。

女子：不可惜呀，女人高学历是对子女教育的投资，仅做母亲而言，也是需要高学历。

郑秋冬：这番话对自己说过吗？

女子：迟早会说的，现在我还年轻，没说呢。

郑秋冬：对工资有要求吗？

女子：基本没有，别太低就行。

郑秋冬：为什么选择我们这儿？

女子：我喜欢……

郑秋冬：别说套话，没人喜欢职介所的工作，我想听实话。

女子眼神有些乱：真的，我就是喜欢这种……

郑秋冬摇头：我不相信你的这句话。刚毕业，没工作，先找个容易的，也就是录用标准低的，比如我这里。钱多少无所谓，比房租高就行，先在杭州站住脚，再慢慢找个满意的工作，离开，我想这就是你的近期目标。

女子笑：稍有出入我都不会承认的，OK，确实是这么想的。看在我坦率的分儿上，你得留下我吧。

郑秋冬：谢谢你的坦率，我不能留你，你有很强的个人能力，很快就会走的。我这里要招的也不是……

女子已经走了，高跟鞋发出“嘎嘎”的声响。

郑秋冬看着她的背影。

6. 街道　日外

郑秋冬骑着自行车走来，车筐里是菜和白条鸡。

7. 普通居民楼　日外

郑秋冬骑车过来，跟经过的人打招呼。

8. 楼梯　日内

郑秋冬拎着菜肉、看着手机慢慢上楼，遇到下楼的邻居，他谦和地打招呼：哎，嫂子怎么样，您那路由器没再出问题吧？

嫂子：没问题了，在网上打麻将，一点都不卡，流畅，太谢谢你了。

郑秋冬收起手机：不客气，嫂子。

9. 郑秋冬家 / 青春职业介绍所　日内

这是一个三居室，客厅餐厅在一处，布置很简单。

厨房，电饭锅冒着热气，郑秋冬在炒菜。

客厅里手机响，他听见，看了眼，炒着菜没腾出手来接。

客厅，郑秋冬端碗吃饭，看手机，吓了一跳，手机上显示的是“熊青春”。

郑秋冬想了想。

熊青春挂出休息的牌子，关门数钱，一沓乱钱，没有一张百元的，都是 50 元、20 元、10 元的。熊青春“啪啪”打着钱：鬼日子没法过了，一张红票子都没有。

电话响，熊青春异常紧张，伸脖子看着手机上的号码，以及“浙江杭州”字样。

她拿起手机，露出娇羞，稳了稳情绪：喂，是伯母吗？

郑秋冬咽下一口饭：伯母，什么伯母？我是郑秋冬。

熊青春一下变了样：死鬼，讨厌，你吓死我了。

郑秋冬不解：什么就吓死你了，不就一个电话吗？

熊青春：我看是杭州的电话，就以为是一个伯母打来的。哎，你怎么用杭州的电话？

郑秋冬：这你管得着吗，你怎么知道我这个电话的？

熊青春：你问我？是你先打给我的。

郑秋冬急忙划看电话：瞎说，我什么时候打给你的？

熊青春：肯定是你拨错了，我接通了，你也没说话，我听到了一个女人说打麻将的事。

郑秋冬看着通话记录：哦，是我误操作了，在楼梯上……

熊青春：你换电话竟然敢不告诉我，我打了好几次以前的，成空号了，那钱你不打算要了是吧，真够大气的。

郑秋冬想了想：你别说，我还真得跟你请教请教。

熊青春：请教什么？你去杭州发展了？

郑秋冬：对，没脸再在北京待了，一寸空间都没有。来杭州好几个月了，我也开了家职介所，以前干过……

熊青春大叫：真的，在杭州？

郑秋冬诧异：别叫唤，至于这么兴奋吗？这行以前我做过，很久以前了，我得向你请教一些问题。

熊青春：说，什么问题？我得按 MBA 标准收费。

郑秋冬想了想：等几天吧，我把问题归整一下，再请教你。

熊青春：好吧，快快快，把地址告诉我，店名、门牌号、朝向告诉我，我找大师给你算一算，看你能不能大赚，开店立业时辰风水很重要，大师的钱我替你出。

郑秋冬：你替我出？你花的钱都是我的，别假仗义。

熊青春拿笔：别废话，快说，我等着呢。

10. 玉汝于成职介所　日内

郑秋冬在面试惠成功。

郑秋冬看着材料：惠成功，你这名字是一出生就用的，还是为找工作临时起的？

惠成功有点拘谨，递上身份证：一出生就用这个名字，身份证。

郑秋冬看着：高职就是过去的大专，是吧？

惠成功：好像是。惠成功看见墙角处立着两个镜框，那是“玉汝于成职介所章程”和“法人营业执照”，边上放着一个电钻和几个膨胀螺丝。

郑秋冬看着身份证，怀疑：这照片是你吗？

惠成功：这还能假，我活得好好的，绝不会用假身份骗人，老板。

郑秋冬有些尴尬。

这时，一个邻居推门探头：小郑呀，派出所管片的王警官在我店里，让你过去一趟。

郑秋冬答应着出门，对惠成功：稍等，一会儿就回来。

郑秋冬出去。

门外，街道上往来的人流。

郑秋冬陪着民警走入画面，在门外，跟民警说着什么，很谦恭。民警走了。

郑秋冬推门进来，看着惠成功，觉得有什么不对，扫视。

地上那两幅装饰画已经挂在墙上了，墙上钻孔落下的灰尘显然清扫过。电钻的线整齐地绕在把手上，放在地上。

惠成功静坐着，没看郑秋冬。

郑秋冬打量着惠成功，坐下，掏出一张 50 元的票子：买两份盒饭。

惠成功接过钱：有什么要求，辣的、甜的，有忌口吗？

郑秋冬欣赏地看着惠成功：会用电脑吗？

两个人在闷头吃着盒饭，郑秋冬：会开车吗？

惠成功：会。我是 C 本。

吃完了，惠成功拿过一个纸抽，给郑秋冬，然后收拾两个人的餐盒。

郑秋冬用纸擦手，擦嘴，闻了闻：以后别买带香味的。

惠成功已经不见了。

郑秋冬在给惠成功上课：咱们是经劳动保障部门审查的，也受他们监督，一封举报信会带来很多麻烦。所以记住，第一，对顾客和用工单位不能说一句假话，包括“饿了吗”，饿了就说饿了，不饿就说不饿，说实话比客气更重要。第二，钱，不能在钱上犯任何错误。拿了不该拿的钱，会遭报应，加倍的报应。

11. 玉汝于成职介所门口　日外

郑秋冬和惠成功出门，郑秋冬看着他把门锁好，接过钥匙。

回头要走，突然看到对面站着的竟然是笑嘻嘻的熊青春。

熊青春身边一个很大的拉杆箱，拉杆箱的把手上绑着航空托运的签条。

郑秋冬诧异地看着。

熊青春：看什么看？

郑秋冬笑了，对惠成功：你先回去吧。

惠成功打量着熊青春，离开。

12. 普通餐馆　日内

郑秋冬难以置信的口气：你疯了？

熊青春：这算什么，人生总要有一次说走就走的旅行。

郑秋冬不耐烦：说人话，你在南宁的店呢？

熊青春摆手：萧条，昨天算账，一张百元票子都没上来，停业整顿。找了个中介帮我往外盘呢，来你这边碰碰运气，树挪死人挪活嘛。

郑秋冬：别别，我这庙小，接不住你这大菩萨，我劝你杭州三日游，西湖岳庙转转，乌镇西栅看个夜景，河坊街、高银街吃几顿当地美食，武林路扫扫便宜货，嗨皮嗨皮就回吧。真要想碰运气，杭州不行，得去澳门，去那儿碰碰，说不定，啊……

郑秋冬发现熊青春看他的眼神有些凶。

熊青春：我熊青春不是要饭的，我是这个行业的专家，是任何一个职业介绍所都需要的人才，郑秋冬你搞搞清楚。

郑秋冬：说实话，我这边就需要个看店的，不需要专家。今天刚招到一个，不甚需要非常懂业务的，

刚起步，活儿少。

熊青春：多一个懂业务的会坏事吗？多一个中国合伙人不是多一分正能量吗？

郑秋冬哭笑不得：多一个你绝对是好事，我先把话放在这儿，别误会。我是觉得太突然，没思想准备，满额满岗，人事上也没有编制了，薪酬规划也没有……

熊青春揶揄：您这是中央直属机构啊？那好，我不要编制，当合同工就行。臭德行吧，郑秋冬，你还编制呢，理由都不会编，吃住我自理，你还想怎么着？

郑秋冬眼睛一亮：那，待遇有要求吗？

熊青春：股份制呗，你当董事长，我当总经理，你 51% 的股份，控股法人，我买 49% 的股份，第二大股东，就相当于你这个“玉汝于成”并购了我的“青春”。

郑秋冬：“青春职介所”，什么叫并购了你的“青春”呀。点菜。

菜已经摆上桌了，郑秋冬：喝酒吗？

熊青春：啤酒吧，庆贺一下。手机响，熊青春一看，脸色大变：不会吧。说着去一边接电话去了。

郑秋冬觉得异常，倒酒等着。

熊青春的电话打的时间有点长，从形体看好像是在解释什么。

郑秋冬等着，看着桌边的大拉杆箱，眉头紧皱。

熊青春终于回来了：对不起，我不吃饭了，我要去……还有点别的事情。

郑秋冬：这么急？菜都上来了，吃了再去，几分钟的事。

熊青春犹豫，郑秋冬：服务员，两碗白饭。

熊青春埋头快速吃着米饭，没话。

郑秋冬慢慢吃着，观察着她：来杭州还有别的使命？

熊青春吃完饭，一抹嘴：洗手间。说完拉着大拉杆箱离开了。

郑秋冬看着她，一脸的困惑。

郑秋冬吃得没滋味，扒拉着菜，好像在找什么似的，不时瞥一眼卫生间的门。

片刻，熊青春从洗手间出来，竟然换了一身衣服，变得清新美丽，头发也变了样。

郑秋冬一口饭没咽下去，看傻了。

熊青春拖着拉杆箱朝门口走去，向他招手，指了指门口，示意电话联系。

郑秋冬担心地走了过去：我知道你从来都不会客气，但我还是要问，需要帮忙吗？千万别客气。

熊青春故作轻松的样子：不用，真的，慢慢吃吧，我先走，我会给你打电话的。

直到熊青春消失，郑秋冬一脸的困惑还没消失。

13. 郑秋冬家　夜内

郑秋冬躺在床上，琢磨着。

（旁白：这个熊青春的突然出现实在离奇，就像某种变数来临。这个女人一直制造着意外，一副一意孤行的性情，既心直口快又深藏不露。她来杭州绝不会像她说的那样，是来找自己做中国合伙人，至少不是唯一目的，对这个女人要留神。）

14. 甄总房产公司的会议室　日内

郑秋冬向甄总和助手推销着自己的业务，甄总牛哄哄的样子。

郑秋冬：苑东帝景这么高档的小区，下个月就开盘，不觉得还有些重要的工作没做到位？

助手：就别卖关子了，甄总只给你五分钟，直说，哪儿不到位？

郑秋冬：保安，从大门口到停车场再到电梯口，保安太……脏乱差吧。我认为，保安是项目的脸面。我可以给甄总推荐一队保安，一水儿腰身挺拔的复员军人，都一米八的身高，举止行走都是国旗班的水准，穿上制服百分百帅，迎来送往都经过职业培训。一开盘，有身份的客户成群地来看房，面对这样一批英俊挺拔的保安，一定印象大好，这种大好印象绝对会转化成对楼盘、对社区的好感。

甄总看表：这个我们不是没有考虑，时间紧，人手少。

郑秋冬：时间、人手都不是问题，包给我了，你们目前有 22 个保安，我建议全部换掉，用我推荐的人，费用可能稍微高一点，高出的部分也就是一个车位的钱。

甄总看着郑秋冬，从桌上拿起一张名片看着：玉汝于成职业介绍所。

郑秋冬：正是。

15. 玉汝于成职介所门口　日外

熊青春和惠成功正从一辆快递车上往下搬大纸箱子。

16. 玉汝于成职介所　日内

熊青春把大纸箱子里的东西往外搬着，打印机、打印纸、电脑、传真机、碎纸机、点钞机、计算器等等。

惠成功：二手市场买的，便宜吗？

熊青春把每样东西放在她认为最合适的地方：便宜，一分钱不用花，都是我以前用的。

惠成功看着碎纸机：这是什么？

熊青春：碎纸机。

惠成功恍然：哦，处理绝密文件。

17. 高档酒店大堂　日内

郑秋冬和顾总。

郑秋冬拿着纸笔：顾总，我就想做个简单回访。上次介绍的那几个领班还行吗？

顾总满意地：还行还行，都很有经验的。接着压低了声音：刘经理说都是你从别的酒店挖来的。

郑秋冬：可不是吗，我这小职介所兼备中档猎头公司的职能。

顾总：那好，我们战略合作。哎，我太太下月要去趟非洲，能帮她找个能说法语、斯瓦希里语、卢旺达语的翻译吗？最好也是女的，方便。

郑秋冬：一个人会三种语言。什么时候用，除了性别，还有别的要求吗？比如年龄？

顾总想了想：具体时间我再问问她，别的要求就没了。

郑秋冬记下来：那边可是脑膜炎疫情严重啊。

顾总：还好，不去那几个国家。

郑秋冬合上本子：没问题。薪酬等有人选后再说。哎，顾总，您太太做电商的，可以帮我介绍个SEO吗？

顾总：SEO，是干什么的？

郑秋冬：优化网络工程师，能让公司在搜索引擎上排序优先，甚至进入首屏，前三也是可能的。客户会很有好感，信任度高。

顾总看着他：有头脑，等我问问她。

这时，郑秋冬无意间发现从远处的电梯里走出的林拜，与他同行的是一个外国人，俩人都挂着相同的胸牌，好像参加什么会议。

郑秋冬意外，半站起身想打招呼，又犹豫着坐下。

顾总张望：怎么了？熟人？

林拜的眼神扫向这边。

郑秋冬端起茶杯：没什么，看错了。他佯装喝茶挡着脸，观察着林拜。

林拜跟外国人出了酒店门，与等在门口的两个外国人继续寒暄，那俩人也挂着胸牌。

郑秋冬：您这儿有国际会议？

顾总看着外面的老外：好像是一家法资银行在中国落地，总部在对面。

郑秋冬看着门外侃侃而谈的林拜。

18. 高尔夫球场　日外

罗伊人和孟董事长在打球。

孟董事长击出一杆：我们山谷集团现在是挂牌的关键时刻，谢谢罗总这时候的帮助，人才体现企业智慧，我该怎么感谢你？

罗伊人打出一杆，微笑：有什么可感谢的，都是误会中的误会。就是当初那个覃飞的一句话，说山谷需要这样的人。

二人走向果岭，孟董事长一怔：他说的，覃飞？

罗伊人点头：他是个骗子，可没给任何人带来损失。

孟董事长试探：罗总是为他鸣不平？公司要害位置上，站着一个虚拟的人，这不是小事。听下面的人说，罗总以前跟这人很熟？

罗伊人笑：你下面的人会说很熟吗？而不是说有过一腿？

孟董事长笑而不答，罗伊人：哎，您知道这家伙现在在哪儿吗？

孟董事长：真想知道？

罗伊人：好奇。

孟董事长似乎有点明白了，转了话题：夏部长最近要是不忙，可以约着一起吃顿饭嘛，我们律师想咨询一下条约法律司的业务。

罗伊人似有心事：你给荣秘书打电话，直接问就行啊。不过，你现在接触老夏，稍微要慎重一点。

孟觉得有异常：慎重？什么意思？

罗伊人：眼下的情形，私下活动都很敏感……我话就说到这儿了，您的纳斯达克之路承受不得半点风险。

孟董事长错愕的表情：罗总，我要用我的方式感谢您，真的。

19. 某小型会场　日内

背景墙上是法、中双语写的“地中海银行与特慧专猎咨询公司战略合作”。

林拜的上级袁昆跟一位外国人在签合同。

交换文本，闪光灯闪烁。

林拜和众人鼓掌。

身着礼服的模特，端着香槟杯等候着。

袁昆讲话：今天，对于特慧专猎杭州办公室来讲，是一个值得纪念的日子，我们与法国地中海银行在中国的合作将全面展开。

老外们都戴着传译耳机在听。

林拜一边拍照，一边跟旁边的老外交流着。

袁昆：在共饮香槟之前，有请特慧专猎北京总部的林拜先生，为大家简介我们特慧专猎的情况。掌声。

林拜登台：先生们，女士们，我是林拜，代表总部从北京过来见证这一盛会。在中国，特慧专猎在人力资源领域广为人知，我司曾为多家世界 500 强提供优质服务，其中不乏 CEO、CFO、COO（首席运营官）、董事会成员或其他最高等级的职位招聘。我们的业务定位是招聘、评估、培训、发展等人才方面的咨询服务。

袁昆看着端香槟的模特。

20. 会场外　日外

林拜随袁昆上了袁的高档车。

林拜：吃什么?

袁昆：我发现了个好地方，香港大厨。哎，你想带上她们吗?

林拜随着袁昆的眼神，看见那两个已经换了便装的模特经过眼前。

林拜笑：还安排套餐?

袁昆鸣笛，两位模特停下，看见车里的袁昆，走了过来，神情暧昧，东北口音：袁总，啥意思，晚上想整两杯啊?

袁昆看林拜，林拜口齿含糊地：看你。

袁昆对模特：想整两杯，上车吧。

模特欢欢喜喜地上了后座，林拜笑问袁昆：你好这口?

21. 玉汝于成职介所　日内

熊青春在给两个保姆样的女子写收条：这是我收你们钱的收条，拿好。那家家政公司要是没接收你们，你们就拿它回来，我把 100 块退给你们。

两个女子木木地点头。

郑秋冬在沙发里看着《EMBA：人力资源管理》。

惠成功在看电脑：郑总，苑东帝景的钱到账了，一共 24000 元。对吧?

郑秋冬：对，你明天找个好的剪头师傅，给咱们介绍去的保安剪头，然后穿好制服，拍照、建档、记录反馈。

熊青春打发走了那两个女子，绕到郑秋冬身边，看他的《EMBA：人力资源管理》：还看这页，案例——默克公司的 HR 职能。上午你就在看这页。

郑秋冬尴尬：你管得着吗？这页重要我多看看不行呀。

熊青春：你干脆找家大猎头公司去做猎头顾问得了，过足了瘾再回来，省得人在小平房，心在 CBD。

郑秋冬伸着脖子：人有理想有什么错？

熊青春：没错，你该参加理想与幻想的辩论会……她电话响，接听，压低声音：您说，能听清楚……说着出了门外。

郑秋冬看着她背影，惠成功：还是那个神秘来电？

郑秋冬：你猜猜她大老远地来合伙，真实目的是什么？

惠成功思索：郑总，我不知道您跟熊总以前的关系，这个不好猜。

郑秋冬：以前呀，远没熟到一个电话就招之即来的地步，有故事。

惠成功指了指：昨天还用英语通话呢。

郑秋冬意外：是吗？

惠成功点头：我没听懂，但是我听到 dream、London 还有 my heart，这几个单词。

郑秋冬更加疑惑地看着门外。

熊青春在马路对面打电话，比画着，有些可怜的样子。

一个客人进来：老板，您这儿有招红案的吗？打荷也行，我干过三年，有经验。

郑秋冬看着外面的熊青春，指了指惠成功：找他。

客人来到惠成功面前：老板，您这儿有招红案的吗？打荷也行，我干过三年，有经验。

熊青春已经打完电话了，她有些沮丧，转到一个隐蔽点的地方抹着泪。

郑秋冬注视着。

惠成功皱眉：打荷，是什么？

22. 玉汝于成职介所　夜内

门关了，灯火通明。郑秋冬、熊青春、惠成功吃着火锅在喝酒。

郑秋冬：在一辆公车上，一个男孩对旁边的女孩说："谁说不能预测未来？至少我能知道将来我的孩子姓什么，姓王，跟我一样，哈哈，你就悲剧了吧，还是未知数呢。"那女孩毫不含糊地说："但我能肯定我生的孩子是我的，你的孩子就未必了。"全车人顿时都目瞪口呆。

熊青春爽朗地笑着，稍有喝多：这个不错，你们男的就是自以为是。我再讲一个，有次我和朋友去吃农家乐，我点了道柴鸡炖蘑菇，我问服务员："你这是正经柴鸡吗？"你知道那二货服务员怎么说，他说："柴鸡保证是柴鸡，但正经不正经我真不知道。"二吧。

熊青春带头笑了起来，郑秋冬和惠成功跟着浅笑。

熊青春大口喝着啤酒，其实她的心情并不好。

郑秋冬有所察觉：你慢点喝。

熊青春一饮而尽，长叹一声：看这万家灯火，怎不点燃心中的郁闷呀。

惠成功看了眼郑秋冬，端起一杯水：熊总，喝口水。

熊青春端起水杯，看了看，顺着头顶浇了下来，惠成功急忙夺下水杯：熊总，您慢点。

郑秋冬一直在观察，递上面巾纸：你要是再这么装下去，要么是抹不完的眼泪，要么是人格分裂。

熊青春接过纸擦着脸颊的水：我装，我装什么了？就是喝多了。

郑秋冬转对惠成功：不理她，咱俩喝，有病。

二人喝着。郑秋冬：你房租多少钱？

惠成功：900，就一个放床的地方。

郑秋冬：这样，你 900 给我，我那地方比你一张床的面积大，还有卫生间。

惠成功：好呀，我可以给你做早餐。

熊青春被冷落在一边：我不想装了。

郑秋冬回头，乐了：是吧，说出你的秘密，大家都踏实。

熊青春使劲让自己振作一点：其实我来杭州，是有目的的。放心，我绝不是冲着你来的。

郑秋冬点头：那我就放心了。

熊青春：我男朋友的家在杭州。

郑秋冬和惠成功有些意外，郑秋冬：熊青春，你要保证，今后给我说的话都要是真话，不能再云山雾罩了。

熊青春举起一只手掌：我发誓，都是真话。

郑秋冬怀疑：好事呀，改天请男朋友一起吃饭。

熊青春：他家在杭州，他不在，他在英国，留学呢。

郑秋冬：他在英国，他父母在杭州。

熊青春点头。

郑秋冬恍然：难怪那天电话里你一开口就叫伯母呢，多好，你可以常去照顾他父母，你是不是住过去呀，婆媳一家亲，还省了房租，多好，英国那边也解决了后顾之忧。

熊青春叹气：我郁闷就郁闷在这儿，他那老妈……哎，没法说。

郑秋冬侧眼打量：老太太瞧不上你，不忍低就，你很窝囊，想献殷勤都献不上，提着猪头找不着庙门。

熊青春使劲点头。

郑秋冬：他呢？他什么态度？

熊青春：他只能两边做工作，我这边好说，没脸没皮都惯了。他老妈那边好，穷横加死硬，没法交流。

郑秋冬：嫌弃你什么？

熊青春生气：是呀，当初还是她儿子追的我，她也不看看自己儿子什么德行，光拿我横挑鼻子竖挑眼。

郑秋冬：依我看，她儿子一定很优秀，德行也不错。不然你就是打自己耳光。

熊青春扑哧乐了，羞涩地捂住半张脸：他人是不错，很舒适的那种暖男，读大学的时候是我们班长，校排球队的，身材很好。中学里学过一个词，秀颀，就是美而高的意思。不知道为什么，我一见到他就会想到这个词。

惠成功听得投入。

郑秋冬：在南宁读大学时候的同学？

熊青春点头。

郑秋冬：他家杭州的，怎么考到南宁去了？

熊青春：他家也是南宁的，他父母是后来来这儿的。他一直在南宁，我在北京见你的时候，就是送他去英国。

郑秋冬一时无语：他妈是怎么说的？

熊青春真伤心了：他老妈认为只有天仙才配得上她儿子，而我不是天仙。我现在租的房子离他家很近，一旦老人有什么需要，我也能贱了吧唧地尽快赶到。

郑秋冬对惠成功：明白了？不早了，你收拾收拾这里，都回去吧。

熊青春：我该怎么办？

郑秋冬：他的态度，你要弄清他的真实态度，这是本届政府工作报告的核心。

熊青春：他铁定愿意跟我在一起，做他家的工作。

惠成功开始收拾桌面，打包，合盘。

郑秋冬走到门口：那就等着吧。

熊青春：等什么？这话等于没说。

郑秋冬：时间是一个伟大的作者，它会给每个人写出完美的结局。这句话好像是我读中学时从哪里读到的。

熊青春：电影里的台词。

郑秋冬认真：还有，以后别再提你我在北京见面的事了，好吗？要多恶心有多恶心。

熊青春忍笑：知道了，哪壶不开就不提哪壶。

23. 郑秋冬家　日内

这是一个三居室的房子。

客厅很规矩，一套旧沙发，茶几，电视机。还有些基本的家具陈列。

郑秋冬带着抱着行李卷的惠成功，进到一间小房：这里小是小了点，但是一间房呀，还有采光，比你那地下室强百倍。

惠成功放下行李：是是是，有负氧离子。

这时，另一间屋出来一个西装革履拎皮包的男子，帅兮兮的，他锁好了自己的房门，看着惠成功问郑秋冬：来新房客了？

郑秋冬：啊，对，小惠，我们公司的秘书，刚来的，这是乔总。

惠成功嘴甜：乔总好。

男子看着惠成功，感慨：多好的小老板形象呀，今天的秘书，明天的老板，今天睡地铺，明日住洋房。相信杭州是个奇迹倾盆的城市，加油小惠，你一定会成功的！他最后提高音量，攥拳振臂用力一挥，吓了惠成功一跳。

郑秋冬猛地打了个喷嚏，让正欲抒情的男子晃了范儿，失去再说下去的兴趣：再见。大步走出了房间。

门关上了。惠成功：合租的？

郑秋冬：嗯，来得比我早。少跟这路人搭茬，瞧那样，还没活透呢，烧水泡茶。

惠成功去了厨房：他是干什么的？

郑秋冬：传销。

惠成功紧张：真的？

郑秋冬：百分百，位置不会高，做推广的，主任级别的吧，留神啊你，他现在网络推广不顺，正急着找下线呢。

惠成功佩服：您怎么看出来的？

郑秋冬：还用看，闻都闻得出来。

惠成功：您还懂传销？

郑秋冬被戳着了：哪来这么多为什么？

惠成功愕然。

24. 玉汝于成职介所　日内

惠成功进来，熊青春已经在电脑前忙活起来，看了他一眼：来了。

惠成功：来了。说着凑到电脑前：这是什么？

熊青春：这是我以前用过的一款软件，你看，可以梳理空岗单位和空岗资料库，这是网站留言板、博客、微博、QQ 群信息转换平台，求职人群和空岗单位咱们两边情况都门儿清，匹配率就会提高。郑总呢？

惠成功用电壶烧水：这叫科技改变效率，郑总路上被人叫走了。

熊青春没在意：被什么人？

惠成功：一个女的。

熊青春一怔。

惠成功：说是个跳槽顾问，郑总想开拓高端人才这一块，约她聊聊。

熊青春似乎不在意：去哪儿聊了？

惠成功拍着脑袋：那个酒店，十字路口那边的，那个什么酒店。

熊青春微微不快：这种事还用去酒店聊，这儿不能聊呀。

惠成功：我觉得郑总心高，老想干大事。你看。说着他拿出郑秋冬的《EMBA：人力资源管理》，打开，一空白处是郑秋冬的蝇头手书。

惠成功：你听，“这个教材里说的‘优秀的人’我不赞同，我认为，优秀的人是比别人强但又被别人喜欢的人；是犯过天大错误也能赢回天大尊敬的人；是大家都想与之同行的人”。

惠成功抬起头看着熊青春：我不是很懂，但觉得很厉害。

熊青春拿过书，胡乱翻着：当下，有理想的人是命苦的。那女的多大岁数？

惠成功没明白，凑过来看书：哪儿有女的，我怎么没看见？

熊青春扔下书：白痴呀，跟郑总去酒店的那女的，多大岁数？

惠成功恍然：哦，没反应过来，50 多岁吧，教授。

熊青春哭笑不得：惠成功，在这儿当秘书，就是你人生的顶峰，将来，你一定没戏。

惠成功当真了：为什么？

25. 酒店大堂　日内

电梯门打开，郑秋冬和一中年女人走了出来，中年女人：一、跳槽的进步力量来自人们洞察世界的能力有了新的提高，而非仅仅是价值观的更新所导致。二、跳槽的道德力量是人类对美好事物的自然向往，斥责跳槽不道德的人群无不同样怀有跳槽的愿望。三、跳槽的心理学力量……

郑秋冬只好打断：邱教授，您还没回答我的求教呢。

中年女人一怔：你想建立自己的猎头公司？

郑秋冬：对，大的，最终，也许很多年以后，能跟“五大”媲美的那种。

中年女人：这你不该问我。

郑秋冬：那问谁？

中年女人：算命先生。

郑秋冬愣住。

26. 玉汝于成职介所门口街道　日外

郑秋冬远远走来，看见远处熊青春蹲在路边在打电话，心情不好。

郑秋冬想了想，进了职介所。

27. 玉汝于成职介所　日内

郑秋冬进门，惠成功迎上来，指着外面的熊青春：27 分钟了。

第11集

1. 玉汝于成职介所　日内

郑秋冬：谁呀，英国那位，还是英国那位他妈？

惠成功倒茶：英国那位，刚才还讲英语呢，开始笑，接着就哭了，情感危机。

郑秋冬瞥了眼外面：你呀，少操心别人的事，今天怎么样？

惠成功敲键盘：好事，你看，输入杭州职业介绍所，再输入诚信和……你看，用这仨关键词一搜，咱们玉汝于成就上首页了。

郑秋冬看着电脑：废话，这都要花钱请人做的。说着拿出手机，调出里面的几张小广告的照片：这是你贴的？

惠成功看，点头。

郑秋冬：谁让你干的？

惠成功指着外面的熊青春，熊青春还在打电话，难过的样子。

郑秋冬看了一眼，问惠成功：还有吗？

惠成功打开身后的提包，里面是成捆的小广告。

郑秋冬看着：统统烧掉，这叫"城市牛皮癣"。

熊青春进来，扬着笑脸：回来了。

郑秋冬打量着她，对惠成功：给熊总拿纸抽，把眼泪擦干净，省得这么真诚的笑脸，看着就假。

熊青春停下：有劲吗？

郑秋冬：没劲。

熊青春坐在他面前：你是领导，应该安慰我。

郑秋冬想了想：过去，我堪称心灵鸡汤专卖店，从泰戈尔到席慕蓉，从马丁·路德·金到俞敏洪，张口一套一套的，这会儿突然一句也想不起来了。

熊青春：真诚点，我是认真的。

郑秋冬：恋爱是快乐的事，要是不快乐了，那就不是恋爱了。

惠成功听后鼓掌。

熊青春眼圈发红，忍着什么。

郑秋冬正要说下去，熊青春的电话响了。

郑秋冬和惠成功看着她，熊青春接听：高厂长您好，是我，我正在向郑总汇报呢，马上结束，一会儿给您打过去。

熊青春挂电话：有件正事，萧南纸业集团急招50个技术工人，等米下锅，开不了工。南宁那边有家倒闭的造纸厂，大量人员下岗，我问过了，五十几个名额没问题，我想用劳务派遣把他们打包给萧南纸业，中标价每人每月6500元起，比挣介绍费多好几倍。

郑秋冬：打住吧，本公司没有劳务派遣资质，不违规吗？

熊青春：你死心眼啊，在南宁先找家有资质的，让他们低价把这些技工签了，派遣给我们，我们再以每人每月6500元的价签给萧南不就解决了吗？

郑秋冬摸电话：这样行吗？我得问图律师。

熊青春：我已经问过了，OK的没问题。

郑秋冬看着熊青春。

2. 商场排档 日内

熊青春和惠成功在吃饭。熊青春一边吃饭一边看着惠成功的电脑：你这不对呀，用人登记手续费该单做个文件，跟求职登记手续费分开，做成两个文件。

惠成功看着：我晚上改过来。

熊青春操作光标：还有你那个反馈意见程序……

光标一下点开了一个文件夹，里面是一组罗伊人的照片。

熊青春：哟，这靓女是谁，你女朋友？

惠成功看，意外：嗯，这是哪儿来的？哦，这是郑总以前的电脑，淘汰给我用的，可能是他以前的……女朋友？

光标继续点着，出现了郑秋冬和罗伊人偎依的合影。

惠成功：你看，真是耶。

熊青春：肉麻。关上了文件夹。

惠成功张开双手做翅膀状：估计是飞走的前女友，不然不可能没见过。拿起桌上的卡：果汁，还是木瓜汁？

熊青春点头。

惠成功走向远处的果汁柜台。

熊青春吃着饭，看着电脑，看了眼惠成功去的方向，她忍不住又打开了那个文件夹。

跳出罗伊人的照片。

其中一个标示 Voice 的文件，点开，是郑秋冬的一段录音：不知道你是不是在医院，守在老白的床边。电话怕打扰，我就这样跟你说话吧。这边挣钱很容易，最早先的猜测是对的，就是传销，我已经开始犯罪了。可以一走了之，可我被钱吸住，成了良心的叛徒。我开始反着说服自己，说这是为了爱情，为了你和我的明天，好让自己成为心安理得的骗子。其实我比谁都清楚，这种犯罪不用什么理由，就是没见过钱，就是穷怕了，就是怕再也没有机会挣这么容易挣的钱了……这时，录音里传来开门声，接着是苏经理的声音：开会了。录音中断。

这期间，惠成功端着两大杯果汁回来，看到熊青春看着电脑屏幕，他迟疑了一下，离开。

最终，熊青春关闭文件，张望。

惠成功端着果汁回来，递过木瓜果汁，看看麻木的熊青春，又看看那台旧电脑。

3. ×× 出租车公司 日外

停车场，一排排整齐的出租车。

4. 经理办公室 日内

郑秋冬递上一张纸，然后又拿着本和笔认真地说：王经理，本所一个月前给贵公司介绍了二十几名的士司机，今天是接受反馈的时间，也是本所后续服务的一部分。这是名单，请您作出评价。

王经理看着：哦，这些人啊，还都不错。来这儿前你们培训过他们吗？

郑秋冬：没有技术培训，做过职业道德培训。

5. 甄总房产公司的会议室　日内

郑秋冬本笔在手，听着。

甄总乐：不错不错，我发现来看房的女士们，对高大帅气的保安都点赞的，首先有安全感，其次有高档感。你是个负责任的合作伙伴，我给你点赞。

郑秋冬：多谢甄总夸奖。

6. 某医院　日外

郑秋冬和一领导模样的人。那人说着什么，赞许地拍着郑秋冬。

7. 某工地　日外

郑秋冬戴着安全帽，在大坑里听着管理者说话。

8. 玉汝于成职介所　日内

郑秋冬衣着散乱地靠在沙发里，很累的样子。

熊青春在跟一中年妇女小声说着：我这儿有 13 个家政公司的大数据，优秀家政人员都是带红星的，我跟他们有群有圈有联系。

中年妇女：给我们公司介绍几个呗，我们就是没有优秀的榜样。

熊青春：费用你都知道，能接受吗？

中年妇女：有点贵，便宜点呗。

熊青春：去给你们做榜样的，便宜了，你用着心里能踏实吗？

郑秋冬靠在沙发里跷着二郎腿假寐着在听，偶有一丝笑容，他干咳了一声。

两个女人压低了声音。

这时，惠成功带着一个洗脚女进来，拎着水桶，夹着马扎。

熊青春诧异，偏头看着。

惠成功走到郑秋冬面前，轻轻地帮他脱鞋。

郑秋冬没睁眼：你要干什么？

惠成功小声：郑总，您太累了，给您找了个洗脚的，洗一洗舒服。

郑秋冬睁开眼睛，洗脚姑娘礼貌点头：领导辛苦！

洗脚姑娘给郑秋冬洗着脚，惠成功面对电脑操作着什么，偶尔偷看熊青春。

熊青春“啪啪啪”地按着计算器，核对案头的一沓票据。

郑秋冬跟洗脚女有说有笑地聊着：有个电影就是演洗脚妹的，你看过吗？

洗脚妹笑：没，电影票太贵，领导，我哪看得起。你要是肯请客，我可以去看。

郑秋冬摇头晃脑：没问题，可那个洗脚妹的电影已经放过了，现在看不到，叫什么名字，是那个大美女演的，叫什么名字，中国的……

洗脚妹认真：同行不爱看同行，领导想不起来就算了，看别的也行，美国大片也好得很，科幻 3D 的，我喜欢“变 3”“生 5”，也喜欢克隆和智能机器人主题的。

郑秋冬意外：嗬，你也没少看，还是不心疼钱……

洗脚妹羞涩地笑着：不是的，大哥，嘿嘿嘿，我都是网上看的，买票真看不起，嘿嘿嘿。

熊青春不时地瞥着郑秋冬这边，看到这时候，她用手猛地一拍桌子，“啪”的一声。

大家都吓了一跳，看向她。

熊青春谁也没看，好像她的计算出了毛病，很不满意地继续戳着键盘。

郑秋冬继续跟洗脚妹：除了科幻的，你还喜欢看哪种？

洗脚妹：嘿嘿嘿，爱情的，爱情电影我喜欢老的，感人还不贱。

郑秋冬赞赏后一句话：好好好，感人还不贱，你这句话比影评人水平高……

熊青春那边又是“啪”的一声。

惠成功瞥郑秋冬，郑秋冬看着埋头努力算账的熊青春。然后对洗脚妹：就到这儿吧，小妹，忘提醒你了，别人算账的时候，旁边不适合聊爱情电影。

洗脚妹恍惚：真的，对不起，对不起。

熊青春头也没抬：小惠，结账，送客。

惠成功急忙起身，攥着把零钱来到洗脚妹面前，小声嘀咕着。

郑秋冬穿好鞋，来到熊青春面前，揶揄：每天千八百的流水，账面太大，忙不过来是吧。

熊青春没理他，而是更加低下了头。

郑秋冬低头再观察，发现熊青春眼角已经挂上泪水了。

郑秋冬意外：怎么了？

9. 小餐馆　夜内

干净的餐馆已经没有什么人了，郑秋冬、熊青春、惠成功在喝酒。

熊青春擦着鼻涕眼泪：他和我拜拜了，真正的、彻底的。

郑秋冬一怔，惠成功递上餐巾纸。

郑秋冬：听我说……

熊青春：你是要劝我坚强些吗？

郑秋冬：没想劝，我倒希望你别装坚强，失恋了怎么会坚强呢。脆弱、伤感便于把难过释放出来。

熊青春喝一口啤酒，惠成功就给满上：冰吗？没人搭理他。

熊青春：他妈那种人就是奇葩，张口闭口就是贵族、气质，以前没机会见面，我以为老太太有多优雅呢，那天我见了，也是戴发卷、穿睡衣满街串的那种。跟她比我够贵族了，她凭什么……哎，心里堵得死死的。

郑秋冬：他呢，就这么同意分手？

熊青春：他这个人挺有主意的，上学那会儿，追他的女孩不少，他就觉得我好，一直追我到毕业。

郑秋冬摇头：不，追求异性不能算有主意，二百五也会追呀，到年纪了嘛，动物也有发情期，这不能证明他有独立的判断。你这个伦敦男友，现在屈从他妈说的贵族气质，这就透着荒唐，透着不成熟，透着没主意。

惠成功直点头：真的，郑总都是雷打不动，我们屋住着个搞传销的……

郑秋冬把惠成功挡在一边，对熊青春：他妈是拼死反对你俩吗？

熊青春：什么意思？

郑秋冬：你去过他家几次？

熊青春：好多次了，这次来我每周末都去。

郑秋冬思索：你的事我一直觉得不便多问，今天我试着猜一下，他没父亲。

熊青春点头：他很小的时候，爸爸就没了。

郑秋冬：是跟别的女人跑了。

熊青春：不是，他妈妈说他爸爸喜欢拍照，有一年他一个人去拍钱塘潮，遇到了台风，就再也没消息了，那台风叫“云娜”。

郑秋冬：我猜就是这样，生活缺失造成心理缺失。所谓贵族，只是自身向往而已。你这男朋友要想长大，还要等很久很久的时间，也许永远也长不大。

我去洗手间。郑秋冬起身离开。

熊青春捂着脸，一动不动：别倒了，我不喝了。

惠成功欲倒酒，止，凑近熊青春小声：听你说的吧，没觉得英国那人有啥好的，就是回收不到的应收账款，一笔坏账，整体资源跟郑总没法比。

熊青春觉得话头不对，拿开双手：什么意思？

惠成功：一听你跟那人吹了，不觉得郑总很……嘴甜。

熊青春打量着惠成功：你琢磨什么呢？

惠成功神秘地：这两个人我做过对比，除了出国留学这一项外，郑总全面胜出英国那笔坏账，对不起，你们已经分开了我才这么说。

熊青春诧异地看着惠成功，他的话确实触动了她的某根神经。

惠成功神秘地：他对你……喜感，没觉出来？

熊青春：喜感还是好感？

惠成功：不都一样吗？

熊青春看着走来的郑秋冬，直到他坐下，然后再看惠成功：喜感和好感可是大不一样，喜感那是你。

惠成功眼神躲开，没事人一样，托腮思考，长吁短叹。

郑秋冬看着熊青春：想通了？

熊青春打量他：你怎么看出我想通了的？

郑秋冬：眼神亮了呗。

熊青春看惠成功一眼，问郑秋冬：感情问题会变成政治事件吗？

郑秋冬：什么意思？不明白。

熊青春：刚才小惠跟我说……

惠成功惊异，盯着熊青春：熊总……

熊青春：他说……

惠成功起身就走，郑秋冬：站住。

惠成功：厕所。

郑秋冬：坐下。惠成功尴尬坐下，郑秋冬问熊青春：他说什么？

惠成功的头埋得很深。

熊青春：他说，他觉得我那位的整体资源破产，属于坏账。

惠成功接上：对，根据应收账款的账龄长短来估计坏账，一般说来，应收账款被拖欠的期限越长，发生坏账的可能性就越大，你早该有预感。

郑秋冬看着惠成功：演，接着给我演，处理坏账有哪两种方法？

惠成功和熊青春互相看了眼，惠成功挠着头：两种方法，第一种是……

熊青春笑了：你还真演呀。

10. 郑秋冬家客厅　夜内

客厅比较狭小，有茶几、沙发、电视机，墙上还有几幅装饰性的油画。

郑秋冬喝着茶看着电视，一脸严肃，对一旁的惠成功：不可能，你们绝不可能说坏账的事。快，把猫腻说出来。

惠成功为难：我说……我错了，郑总您别骂我。

郑秋冬黑脸：利索点。

惠成功吭哧，倒茶：我说，她那个英国男朋友，不行，一笔坏账，不如你好。

郑秋冬喝茶，被烫着：你说什么？惠成功。

惠成功豁出去了：我说你跟熊总挺般配的，她和那人分手就是她的命，郑总，您说熊总有什么不好的？

郑秋冬：嗬，惠成功，给我保媒拉纤儿了，业余生活很丰富嘛。

惠成功真诚地：郑总，我真觉得你俩郎才女貌，反正今天窗户纸捅破了，以后就看你们自己的了。

郑秋冬起身站到惠成功面前，看着他：她哪儿好？

惠成功：心眼好。

郑秋冬：她骗过我的钱你知道吗？

惠成功一怔：不知道啊，这事……郑总，她骗过您的钱，您还能跟她一锅里下筷子，讲男人女人柴鸡蘑菇的话，这不更说明您有问题吗？

郑秋冬被顶住。

惠成功：今天你跟洗脚妹说说笑笑，熊总就是酸溜溜的。

郑秋冬：瞎说，她那是烦躁，失恋了。

惠成功：前两天，她从我的电脑里，就这个，你送我的，看到一个女人的照片，我说这是你以前的女人，她很不开心，一天都那样。

郑秋冬拿过电脑：在哪儿，在哪儿？我都格过了。

惠成功点出罗伊人那照片：这儿，你看，好几张呢，都弄到C盘根目录下面了，你看，这儿还有声音文件。

郑秋冬看到了罗伊人的照片。

惠成功嘟囔着：比熊总差远了，我睡去了。走了几步：F盘里有我拍的。

点开一个文件夹，郑秋冬的两张工作照，接着是熊青春的几张街拍照，她看起来轻松、大方，眼神热情。

郑秋冬恍惚。

11. 熊青春家　夜内

熊青春把笔记本的壁纸换掉，原来的壁纸是她和一个英俊小伙儿，新的壁纸是玉汝于成职介所的门脸静照。

手机响，是惠成功的微信：熊总，郑总晚上追问我跟您说了什么，我最后说实话了，我说你俩挺合适的，这会儿我晕，脑子里一团糨糊，明天不管怎么样，请您别生我气，我错了。不用回复，没电关机了。

12. 惠成功房间　夜内

灯都关了，惠成功躺在床上，只有手机的亮光，他关掉手机。

听到外面有声音，他起身听，开开门缝，看见卫生间里，郑秋冬模糊的身影，在一盆盆浇水洗澡。

惠成功躺回床上，不安地瞪着眼睛。

13. 郑秋冬卧室　夜内

郑秋冬湿着头发靠在床头，他神情忧郁平视前方。

熊青春最早跟他见面的情景在眼前浮现，逐渐依次下拉，到现在。

郑秋冬伸手，关灯。

这时他听到外面有动静，觉得奇怪，下床从门缝往外看。

传销的邻居带着十几个人蹑手蹑脚地，夹着被褥小凳从外面进来，进了传销青年的房间。

郑秋冬一脸愕然。

14. 高档马场　日外

罗伊人一身骑装，远远骑马而来，下马。助理送上茶水杯，她接过水杯朝不远处的三个围桌喝茶的人走去，那几个人中有孟董事长，其他的也个个像老板，身后站着六七个安保服侍人员。

老板甲：罗总，这匹怎么样？

罗伊人落座：太棒了，老去中东踅摸马的人，就是不一样。

老板甲：罗总喜欢，可以送给您。

罗伊人笑：送给我之前，你先说要我帮什么忙吧。

大家笑，孟董事长：还用问，一定还是山西那煤矿的事呗。

罗伊人摇头：太大，老夏也办不了。

远处，老板甲乙丙等在骑马。

罗伊人和孟董事长喝茶看着，罗伊人：早上看微信我吓了一跳，你们山谷放弃纳斯达克选择纽交所了。

孟董事长：罗总怎么看这条消息？

罗伊人：研究不深，我感觉纽交所更了解山谷，推广宣传定位更准确。

孟董事长点头：并购的事你还是再考虑考虑，既然中保不打算独立IPO（首次公开募股）的话。

罗伊人：谢谢孟主席重视中保，让我再想想。

孟董事长：可以，时间还有。哦，公司的人去打听那个假覃飞的下落，没消息。

罗伊人一怔：帮我打听？

孟董事长：不完全是，我也有点好奇。知道吗，这家伙竟然复制了覃飞百分之七八十的真实履历，问答自如，这也够可怕的。

罗伊人：生存受到威胁，什么奇迹都可能发生，这有什么可怕的？

孟董事长：还是你理解他。也不是你理解他，是你愿意理解他，当时怎么没想过帮他？

罗伊人：闪过这种念头，仅此而已，他未必需要我帮助。

孟董事长：我明天去美国，下面的人如果找到他，我第一时间告诉你。

罗伊人：孟主席，您要是像您说的那样尊重我，就不要去找他，更别说帮我，找到了他，对他来说或许是灾难。

孟董事长：会吗？

这时远处传来汽笛声，二人抬头看，远处，夏部长在几人的陪同下下车朝这边走来，陪同人员帮他背着球杆。

罗伊人挥挥手。孟董事长：夏部长真是步履矫健呀，嘿，跑起来了。

夏部长挥手，甚至小跑着过来。

孟董事长看着远处小跑的夏部长，再看看罗伊人：普京。

罗伊人笑容渐收：孟主席，也会恭维呀。

15. CBD 楼群　日外

醒目的招牌："Terry&Whitman International——特慧专猎咨询服务公司"。

16. 会议室　日内

墙上是特慧专猎的 logo 和几位合伙人的照片。

袁昆和林拜在商议，袁昆看着一张材料：法国人在分管级层面上希望多用中国人，法国银行有他们的套路，猎头条件更清晰，我注意到他们理财这部分，分工用人跟其他银行就不一样。

林拜看着资料：这是他们业务特点决定的，简单说，他们是为在华的法国人，为去法国、欧洲的中国人提供理财服务。

袁昆点头：所有的岗位上，我们可以为他们找最合适的人，但个别位置上也许……我们不能为所有人负责。

林拜：不明白。

袁昆：有些职位也许要犯错误。

林拜不明白：什么意思？

袁昆：理财这一块，他们的服务对象都是高端人士，无论中国人还是欧洲人，这些人的资料……很重要，我们将来会需要的。

林拜：袁总的意思……偷资料？

袁昆：瞎说，公共资源，可以共享嘛。

林拜：银行的客户资料可不能算公共资源，既隐私又绝密。

袁昆：我们银行的客户资料几乎等于公共资源。

林拜：这种计划需要向老大汇报吧？

袁昆：没必要汇报，FBI（美国联邦调查局）的行动美国总统经常是不知道的。

林拜：那这算猎头呢，还是派卧底？

袁昆：没必要想这么多，为公司好，对发展有利就是硬道理，你负责给我物色人选。

林拜：我明天回北京，总部有个接待任务。

袁昆：物色人选，跟你在哪个城市没关系吧。

林拜笑：躲还躲不开？

17. 郑秋冬家　晨内

惠成功在熟睡，一阵凌乱声将他吵醒，他刚要起床看究竟，门被猛地推开，进来两个便衣：穿上衣服，走。

惠成功蒙着：什么事？

客厅，惠成功从自己房间出来，看见传销男子和十几个人蹲在墙角，便衣警察在搜查每个房间，客厅一片狼藉。

惠成功急忙：别别别，不是一伙的，我是职业介绍所的，我自己一屋你看。

一个年纪稍大的便衣跟另一便衣咬了咬耳朵：都带回去。

那些人都老老实实地起身跟着走，惠成功被拽：我不是一伙的，我是职业介绍所的。他上前拉住传销青年：伙计，说说呀，你告诉他们我是什么人。

传销青年很专业：我越说他们越不信，你必须跟着去，有了笔录再有证人，你就没事了，就是走个程序。

惠成功：还要上班呢，等等我拿手机，我不是他们一伙的……

所有人都被带走了，门被重重地关上了。

门开了，郑秋冬一身运动服，一头大汗开门进来。

看着屋里的凌乱样，异常平静：小惠，小惠。他来到惠成功的房间看着里面。

再走到传销青年的房间，地上铺满旧被褥。

郑秋冬看着。

18. 派出所门口　日外

郑秋冬走在前面，惠成功跟在后面。

郑秋冬：吓坏了吧？

惠成功：是啊，从梦中惊醒。哎，警察也去你屋里了，您去哪儿了？

郑秋冬：早早就醒了，出去跑跑步去。

惠成功：跑步，您运气太好了。

郑秋冬看到一家发廊，停下：你先回去，我剪个头。

19. 玉汝于成职介所门口　日外

惠成功带着几个乡下姑娘模样的人走来，进去。

20. 玉汝于成职介所　日内

惠成功小声对熊青春说着：从拐角那家职介所门口拉来的，他家没上班，她们都等在门口，做家政的。

熊青春看着那几个姑娘：你们是一起的吗？

姑娘们齐刷刷地：对，一起的。

熊青春：有体检表吗？

姑娘们齐刷刷地：有。

熊青春想笑：好，都过来看这个表，把你们情况写上，工作就来了。

姑娘们都来到熊青春面前，看着那表，一个带头的说：小姑娘，你给俺们说说这表吧。熊青春听人叫她小姑娘，高兴极了：好，阿姨，我给你们说说……

郑秋冬进门，借着玻璃反光，看着自己的头发。

惠成功：郑总，印刷厂的收据。

郑秋冬接过看，正要在背面签字，抬头看着熊青春在跟姑娘们耐心介绍。

熊青春热情周到地解释：意愿工资啊，就是你做这份工希望得到的工资，当然这是你个人的愿望，我们只参考，不作数的。联系电话千万别写错。业务自评和职业操守这栏就不用填写了。

惠成功见郑秋冬看得投入，伸手指了指单据：签这儿。

郑秋冬晃范儿：哦，这我还不知道？

惠成功转头离开，郑秋冬：站住，你偷笑什么？

惠成功：我没偷笑。

郑秋冬：我看见你笑了，你嘴角翘了。

21. 路边排档　日外

郑秋冬、熊青春、惠成功吃着烧烤。

郑秋冬：小惠，你说被抓走那人，不会回来了吧？

惠成功：不会，判几年还不知道呢，回不来了。

熊青春：不是领头的也不一定会判，他也是受害者。

郑秋冬：不，他是中高级管理者，会判的。他那房子空出来了，再租出去吧，那间最好，一月1600呢，你下午挂到网上去。

惠成功：好的。

熊青春：杭州的房子为什么这么贵？我那间3500。

惠成功：你那是一套呀，当然贵了。

郑秋冬：其实你完全可以租个便宜的。说完看着烤摊上的肉串。

熊青春犹豫：便宜的吧，住着又不舒服。

惠成功小声：你非得让郑总把话说白呀，你可以搬到我们那儿去呀。

熊青春一怔：是啊。

郑秋冬挑了几个肉串放在桌面：我觉得便宜和舒服是可以统一的，而且可以高度统一。

熊青春：是吗？

郑秋冬：当然。

惠成功附和着：当然，还有自然必然，毅然决然。

熊青春：可是哪儿有便宜的……

郑秋冬看着她：你说什么？

22. 郑秋冬家楼下　日外

惠成功带着一个收破烂儿的人和板车过来：车放这儿，跟我上来。

23. 郑秋冬家传销男的房间　日内

惠成功打开门，屋里昏暗，里面是铺满地的旧被褥，小板凳、碗筷、暖瓶，排列得倒也整齐，窗户上贴着报纸。

惠成功对身后收破烂儿的：全收拾走，我一分钱不要，但你把房间打扫干净，行吗？

收废品的：好嘞。

24. 布艺窗帘市场　日内外皆可

郑秋冬看着纸条，念着：……第四个，长两米一，宽三米二。好了，就这么四个尺寸，连加工窗帘，带窗帘杆，加上安装打包一块可以吗？

卖窗帘的：可以。

郑秋冬认真地挑着布的花色，最终确定一款：前三个都用刚才那款，第四个用这款，女人的卧室，你觉得合适吗？

卖窗帘的：很好，您这眼光，大哥您是搞艺术的吧？

郑秋冬：搞过，搞过。

25. 郑秋冬家　日内

客厅已经换上崭新的窗帘。

地面也整洁了，茶几、沙发、电视机、衣架、餐桌餐椅、落地灯都重新布置了。

郑秋冬、惠成功满意地审视着。

惠成功：就差女主人了。

郑秋冬品了品这话：你这话听着没毛病，可就经不住咂摸，男主人是谁呀？是我，熊总要成了女主人，这是什么关系？

惠成功：郑总，熊总卧室那窗帘选得老霸气了，用句电影里的话说，那漂亮的窗帘出卖了您的心思，升级版的熊总快了……

郑秋冬打了惠成功一下：瞎扯什么，客厅的不漂亮吗？你屋里的不漂亮吗？然后探头看熊青春屋里的艳丽窗帘：艳了点，是吧？

惠成功：您自己说的。

郑秋冬：这叫青春，按她名字选的。

门外熊青春的声音：郑秋冬，开门。

郑秋冬和惠成功对视：来了。

26. 郑秋冬家　日内

（接上场）门打开，熊青春满头大汗地进来，一派女主人的架势：这儿这儿这儿，轻一点，这边，先排整齐，这几个可以摞起来。

她身后跟着出现了一干搬家公司的人，熊青春指挥着他们把十几个大纸箱搬了进来，码在客厅。

郑秋冬和惠成功看傻了。

只剩下他们三个人了。

郑秋冬：你来的时候，不就是一个拉杆箱吗，怎么会有这么一堆？

熊青春：这么多我哪带得了，都是后来托运过来的。

她说着打开一个纸箱，取出一个烤箱：神器一件，我可以给你们烤各种面包，比西饼屋的好吃。说着又从另一纸箱中拎出几串腊鱼腊肉腊肠：腊味合蒸，北方人吃得少，等着瞧我的手艺，准备好哈喇子吧你俩。还有，这个太重，你帮我拿出来……她让惠成功从一个纸箱里抱出一台腿脚按摩器，她拉过一把椅子坐下，把双脚放进按摩器：忙活一天，这样放松一下，看电视看电脑的时候顺便就做了，很舒服的，晚上接上电源你可以试试。

熊青春忙碌地介绍着，郑秋冬看着她，似乎有些忘情。

惠成功：熊总你来。将熊青春拉到了她的卧室门口：你看。

熊青春看着平整的床、衣柜、床头柜上的台灯、窗帘。她竟然眼圈红了，扭头看着郑秋冬：你选的？

郑秋冬过来：是，不满意可以换，电话都留着呢。

熊青春感动，突然一下抱住了郑秋冬：谢谢。

郑秋冬：别别别客气……

熊青春：看来我敲诈对了。

惠成功转身闷头收拾着熊青春的那些箱子。

27. 街边早餐店　晨外

早餐店，惠成功在吃早餐，餐馆的伙计拎着保温桶、餐盒过来放在他面前：一共 52 块。惠成功掏钱付账，然后拎着保温桶餐盒往回走。

字幕：两个月后

28. 郑秋冬家　晨内

惠成功轻手轻脚地开门进来，看见郑秋冬在刷牙洗脸，小声：起来了。

郑秋冬“嗯”了一声。

熊青春穿着睡衣睡眼蒙眬地从卧室出来：哟，回来了。对洗手间里的郑秋冬：你快点。

郑秋冬漱口：我完事了，你来吧。说着进了自己的卧室。熊青春进了洗手间关上门。

惠成功把早餐摆在了餐桌上，看见茶几上空的红酒瓶和醒酒器，过去收拾，他觉得少了点什么，四下张望寻找。

正要离开，无意间从门缝间看到熊青春卧室床头柜上两只并排放着的高脚杯。

惠成功惊诧，看着手里的酒瓶和醒酒器，再看着卧室里那两个酒杯。

厨房，惠成功把洗好的醒酒器放在橱柜一个固定的地方。

郑秋冬和熊青春在吃早餐，无语，惠成功过去收拾沙发上的垫子、遥控器、电话等杂物：昨天晚上最后出场的那人牵手成功了吗？

郑秋冬和熊青春互看一眼，偷笑。郑秋冬：没有。同时熊青春：成了。

二人尴尬，郑秋冬：没成吧，我记得哦，成了，对，最后那对牵手成功，记混了。

熊青春：什么脑子呀，牵的就是心动女生嘛，俩人最后都哭了。

郑秋冬：对对对，我还说呢心动女生留灯留到最后，太有缘了。

惠成功低头继续看手机：什么呀，根本没成，最后一位没牵成呀，灯全灭了。

郑秋冬对熊青春：我记得没牵成嘛，你错了，牵成的那是上期。

熊青春斜眼看着惠成功：玩领导？

惠成功装傻，看着手机：郑总，别忘了 10 点见美禧龙的行政总厨。

郑秋冬：见面地点他定了吗？

惠成功：没有，他很谨慎，说九点半告诉咱们见面地点。

熊青春：啧，神神秘秘，特务接头啊。

惠成功拿着墩布进了熊青春卧室。

郑秋冬急忙小声：他进你卧室了。

熊青春小声：都收拾完了。

郑秋冬放心：对，跟特务接头差不多。越是高端人才，对跳槽越慎重，安全保密工作就要越细致。李开复当初跟谷歌开始接触的时候，怎么见面？你想都想不出来，他先到一个高尔夫球场里，谷歌的创始人叫什么来着，忘了，他和高层都是骑自行车挨个去跟他秘密见面。

熊青春：我做这么多年了，没做过什么秘密的事。

郑秋冬：你做的都是低端客户，美禧龙这个行政总厨是我们开展高端业务的开始，再往后，保姆、保安、送餐员、快递员的业务你主抓，我就 BD（商务拓展）高大上的。

惠成功端着两个高脚杯出了卧室，还叮当作响，拿到厨房去洗了。

郑秋冬盯着两只高脚杯。

熊青春盯着那对洗着的高脚杯，小声对郑秋冬：忘了。

惠成功突然提高嗓门：来了。

熊青春和郑秋冬一惊。

惠成功激动：行政总厨的短信，10 点，法云安缦和茶馆，只见您一人。

郑秋冬：转发给我。

熊青春：这一定是个高度自恋的人，不就见个面吗，至于吗，跟间谍似的。

郑秋冬：要学会欣赏这种做法，配合各种客户是我们的义务。他手下有厨师长、红白案师傅包括配菜打荷的，也是二三十张嘴，他要为这批人负责。我现在缺的就是这么一批人。

熊青春觉得郑秋冬说得有道理，但是表面上心不在焉：好好好，对你的高大上，我拭目以待。

惠成功担心：要不我陪您去，我不进去就在门口守着。

郑秋冬起身收拾东西：说一个人去，就一个人去。哎，你以后别再抽风好不好，大呼小叫的，有话慢慢说。

熊青春：还有，你以后不用帮我收拾卧室了，我自己收拾就行。

惠成功认真：熊总别客气，您就当我是个机器人，不会乱说乱看乱想的。

郑秋冬和熊青春听了这话一时无语。

29. 玉汝于成职介所　日外

门脸的空镜头。

营业中的牌子。

30. 玉汝于成职介所　日内

惠成功在电脑前敲打着。

熊青春跟一个中年男子在看电脑，中年男：对，这个，这就是我发给你们的。

熊青春：哦，我早上看到了，网店设计美工不难找呀，我这里也有。

中年男：我知道不难找，我找贵所就是想让你帮我把价杀一杀，这些人张口就来，漫天要价。

熊青春：您能出的价钱？

中年男：4000 到 5000 之间，包吃住。

熊青春为难：大哥，这是在杭州呀，网店设计排版、风格包装您这价拿不下来。我们做成过两单，他们还要掌握美术软件、主图视频之类的技术。大哥，美工设计这一块，是网店的门面呀。行价 6000 到 10000。

中年男：太高，你们要帮我砍价，我只能出 4000 到 5000。

熊青春笑了：大哥，我们是职业介绍的，不是职业砍价的。

中年男一脸困惑：你们不是专业砍价的？

熊青春无奈：专业砍价的？更贵。

31. 和茶馆包间　日内

安静、人很少。郑秋冬和行政总厨廖先生。

郑秋冬：没错，是一家五星级酒店，在南京，还是国际联号酒店。

廖先生 40 多岁，绅士风范：说实话，我被你的诚意打动，但还是不放心你的职介所。五星级酒店的团队大单怎么会到你手里？

郑秋冬：廖先生问得太好了，看来您不仅见过大世面，也心思缜密。的确，五星级酒店是不会给我下单的，但我是在第一时间发现你们这对供求关系的人，偶然的。

廖先生：对方跟你接触过？

郑秋冬：开始没有，现在嘛，至少知道我这个人的存在。廖先生，您可以小看我的出处，但不能小看这次机会，这是您和这家酒店双赢的机会。我也知道您现在跟美禧龙餐饮总监相处得不是太好……

廖先生：我想知道你是怎么发现我的，我很好奇。

郑秋冬沉了沉：也是该说的时候了。廖先生，你有个外甥，叫陆文伦。

廖先生诧异：是啊。

郑秋冬：我这儿刚开业的时候，他来这儿找一份红案的活儿，我介绍他去了远海餐饮，这孩子做事用心，受领导赏识，现在升到领班了。

廖先生：他的事我从我姐那儿听到一些，跟我有什么关系？

郑秋冬：简单说。文伦这孩子知道感恩，偶尔会约我去他那儿小坐，我也想把他做成公司优质案例，跟他见面多一些。最近他说起过你，说你在美禧龙干得不愉快，跟上司弄到水火不容的地步。你虽然没把不愉快的原因告诉你姐，但你外甥却告诉了我，他希望我能给你也找个好的去处。

廖先生听到这儿，面色大惊：这小崽子说是什么原因了吗？

郑秋冬：这个一会儿再说。他把我看成有本事的人，我也得做点什么，像个真有本事的人那样吧。我在最大的几家求职网站里搜索，结果我看到了与你的信息高度重合的孙先生，虽然孙先生不是您，但是我断定就是您。我通过你外甥查实，代替你投简历留电话的孙先生就是你姐夫。

廖先生不动声色：厉害，南京那家酒店你是怎么找到的？

郑秋冬：我在北大读 MBA，学的就是人力资源，互联网时代，专门的人做专门的事，这个问题还用回答吗？

廖先生谨慎：跟他们接触过？

郑秋冬点头：推荐过。廖先生，请不必做太多防范，我呢，做你这单不是为赚钱，南京那边也没许诺我丁点报酬，我是看你身处不良环境，要面对复杂的人事斗争和同性骚扰，对不起，这才是你要离开的深层原因，刚才我没说。不能再空耗时间了，40 多岁正是做事业的时候，找到一个施展才华的平台乃人生之万幸，我对你的人品也有所了解，你的整支团队也因你的隐忍而感到憋屈，过于隐忍那是对自己的虐待。

廖先生的眼神渐渐充满信任。

郑秋冬：我是这样为您设计的，南京这家酒店 CEO 对人才的重视是出了名的，员工离职率是业界最低的，管理模式极其人性化。他们的行政总厨合约到期，被猎头公司聘去迪拜发展，但新人到来之前，他还不能离职，可以说对您是虚席以待。您可以带整个团队接管他们的留空，廖先生的个人档案我会推荐给一家信得过的猎头公司，让他们负责您以后的规划。我建议他们经营您的第一步是，后年这家酒店要在杭州开设新店，新店餐饮总监的候选人之一就是您。当然，还要看这两年您与新东家的合作效果，这家猎头公司也会全方位给您最好的建议。姑且说这些都是一时之举，不算重要，重要的是什么？是您作为五星级国际联号酒店的行政总厨，个人信息被一个高端的猎头平台录入，意味着您的未来就将在好与更好中做出选择了。

第 12 集

1. 玉汝于成职介所 日内

惠成功手机响，看微信：郑总太棒了。说着在电脑上忙着发邮件。

熊青春在对着镜子描眼睛：那个行政总厨搞定了？

惠成功：嗯哪，让我发表格呢。

熊青春过来看着：这种表格从哪儿偷的，咱公司没有这样的。

惠成功神秘地：一家国际猎头公司的格式文件，郑总搞的。

熊青春：他的 dream（梦想）就是建立一个猎头王国，他戴着王冠坐在中间……

惠成功：王后位置坐着谁？

熊青春突然羞涩了：你希望是谁？

惠成功神秘地笑：熊总，您说我是不是该搬出去住了？

熊青春：为什么？

惠成功：碍事。

熊青春有所了解，明知故问：碍什么事？

惠成功：不方便喝红酒。

熊青春看着惠成功，笑了。拿过手机给郑秋冬发送微信：咱俩的事小惠都知道了。

2. 郑秋冬家 夜内

郑秋冬、熊青春、惠成功端着酒杯，围在餐桌前，郑秋冬：既然小惠也知道了，那我就宣布，我和熊总牵手成功，一家人了，干杯！

熊青春喝下酒偎在郑秋冬身边，对惠成功：拍一张，发给我。

惠成功高兴喝下酒，拿手机给他俩拍：你俩好了，比我自己有女朋友还高兴。

郑秋冬开吃：这话没人信，要不就是你生理不健全。

惠成功拍着：我健全呀，我可健全了，你俩好了……哎，你俩亲一个吧，拍张亲嘴的照片当成手机壁纸。

郑秋冬：去，你吃你的吧。

熊青春给惠成功使眼色，惠成功心领神会，熊青春突然亲吻郑秋冬，惠成功及时抓拍。

郑秋冬摸着脸：青春，咱俩从认识到今天，真实吗？

熊青春突然沉静了，看着桌面。

郑秋冬和惠成功互相看着，郑秋冬：说话呀，哎。

熊青春突然抽泣起来：真实……真实得不能再真实了……甜酸苦辣什么都有……有背叛还有信任。

郑秋冬抚着她的头：是呀，跌宕起伏，什么都有了，还有敲诈。

熊青春破涕为笑。

沙发上，郑秋冬和惠成功坐在沙发上看电视，熊青春侧躺着枕着郑秋冬的腿。

惠成功看着电视“嘿嘿”傻笑。

郑秋冬推了推身边的熊青春：不早了，你先去睡吧。

惠成功误解：哎。起身离开了。

郑秋冬和熊青春乐。

3. 汽车专卖店　日内

熊青春挽着郑秋冬在看车。

郑秋冬和熊青春坐在车里体验着。

4. 玉汝于成职介所　日内

惠成功在电脑前忙着，门外传来汽车鸣笛声，抬头看，郑秋冬和熊青春从车上下来，朝他挥手。

5. 玉汝于成职介所门口　日外

惠成功兴奋地走出来：哇，我可以兼职司机了。

郑秋冬把钥匙扔给他：上牌、办保险，一堆烂事都交给你了。

6. 强手猎头公司某咨询顾问办公室　日内

顾问对郑秋冬：我们找到三位行政总厨候选人，背景调查还没完全回来，不过总的看来，您的这位候选人还是最适合希尔顿的经营理念。

郑秋冬：如能猎头成功，我替三家高兴。

顾问：应该说是四家，也包括您。您的酬劳我们会按规定给予，虽然事先没有合同。

郑秋冬：那算是意外之喜了。

顾问：郑先生喜欢猎头，又熟悉人力资源，为何没做这行呢？

郑秋冬伤感，解嘲：我也在问我自己。

7. 特慧专猎林拜办公室 / 强手猎头公司公开办公区　日内

林拜在对着电脑用 MSN 跟田尧交流。

林拜：北京总部这边可能要派我去杭州。

对方是一个年轻人，坐在一个开放式的办公隔断里，没人，很空旷。对方：其实这是好事，师傅。北京那霾，PM2.5 总在 180 以上，不健康，瞧我们这边，50 算高的了，来吧，晚上我陪你喝酒。

林拜压低了声音：我看你那边也没人，说点正经的，你不能老做 CC 呀，我如果过去了，你能跳槽来杭州特慧吗？

对方惊慌张望：在这儿说不得，师傅，晚上电话说。

林拜：紧张什么呀，你那办公室空无一人，吓唬自己呀？这时，屏幕上对方的后景门开了，前面那位咨询顾问陪着郑秋冬从景深处走来。

对方还在小声解释：没人也不行，你知道吗，我们这儿内部联网有实时监控，该面谈的面谈，哪儿有在公共平台上问这种事的，你这老前辈了，还犯这种幼稚的错误，哎，你看什么呢？

对方说话期间，林拜惊讶地看着屏幕里的郑秋冬，他和那个顾问慢慢地边走边说着，林拜双手捂住自己的脸，只露着眼睛，假装咳嗽。

郑秋冬经过，看着屏幕上捂着嘴咳嗽的林拜，没在意，出画。

林拜极力装作平静的样子：刚才从你旁边过去的那人是谁？穿西装的那位。

对方回头：不认识，boss 的外线，来过几次，PR（推荐职位）一个五星酒店的行政总厨。

林拜急忙：这人叫什么名字？

对方：不知道。

林拜一脸的不可思议：拜拜。

林拜在办公室里摸着头溜达：覃飞……是假名，真名叫什么来着？

林拜拨打电话，对方接听：您好，这里是中保传媒，请问有什么能帮您做的吗？

林拜毕恭毕敬：我找罗总。

对方：对不起，先生您找哪位？

林拜：罗伊人罗总。

对方：对不起，现在她不便接电话，再见。电话挂了。

林拜诧异：这孙子，叫什么来着。

林拜在听电话，对方：那个广西人是吧，读 MBA 的，叫什么，哦——想起来了，叫覃飞。

林拜：那是他假名，真名，算了，你肯定不知道的。

林拜电话：他是在你们山谷集团败露的，假名叫覃飞，真名叫什么？

孙经理的声音：哦，公司有记录，我记不得了。

林拜：你帮我查一查。

孙经理：对不起，我已经离开山谷，现在来阿里了，也做 HR，以后多联络呀。

林拜一头雾水：联络，一定多联络。

林拜一筹莫展，突然想起什么，在电脑前忙碌起来。

登录链接 TMR 信息披露平台，TMR 会员输入密码，林拜输入密码。一番检索，搜得：

山谷商务，铁面人信息采集发布系统。

2012—2013 年度第三次发布

黑名单之 BJ1403 号，姓名郑秋冬，曾用名覃飞。（注：覃飞是 BJ1403 号冒用的人名，被冒用者覃飞已于 2013 年 5 月去世，身份、履历完全被郑秋冬复制、利用。）

罪名：提供伪造文件，编造虚假履历，骗取职业机会。

提示：该人的信息数据已收入多家信息库。

该人已于 2013 年 10 月 13 日被劝离本公司。该人拥有北京大学 MBA 学历，以覃飞的名字覆盖其传销、被判刑的履历。

2013 年经 Terry&Whitman International（特慧专猎咨询服务公司）推荐进入我司金融 HR 部门，任职薪酬规划总监。

2013 年 9 月曾在《面试官》杂志夏季刊上，发表《非绝对公平》一文，署名覃飞。

……

林拜喃喃：郑秋冬，就是他。

林拜搜索“杭州工商注册法人查询”，链接“企业法人营业执照查询”，链接“商事主体信用信息平台”，等等，最终跳出搜索框“法人名称”。

林拜输入“郑秋冬”，查询类型框里勾选了“不良信息查询”，输入验证码，点击搜索，终于出现了“玉汝于成职介所”“法人：郑秋冬”“无不良信息记录”。

林拜看着，露出得意的微笑：郑秋冬。

拿起内部电话：明天上午 10 点，飞杭州的机票一张。

8. 杭州机场　日外

林拜拖着拉杆箱走出。

不远处袁昆招呼：林拜，这边。

林拜走来：总让你这当老总的接待我，说不过去呀。

袁昆：少来，什么意思，总部老派你来这边是对我不放心？

林拜：瞎猜吧，这次还真是我自己要来的。来到车边，他拉开副驾的门上车，发现先前见过的那两个模特也在车上。

二位模特：嗨，林先生好。

袁昆：想去哪儿，吃什么？

林拜看着美女：想游泳。

9. 高档餐厅　日内

林拜、袁昆和两位模特吃着，不远处，田尧（第 7 场跟林拜 MSN 的那个人）出现。

林拜：失陪，他来了。

说着朝小田走去。

餐厅另一角落，林拜看着几页材料：Close case（结案）了，够快的。你的 boss 怎么评价这个人？

小田：是个纯粹的人，比戴维还地道，戴维是我老板的大助，整个过程一直没谈 fee（费用），团队跟他接触多的人，都很赞他。您认识他？

林拜沉默。

小田：有过节？

林拜琢磨着：吃了吗？

小田：没呢。

林拜推过菜单：自己点。然后起身朝袁昆挥手，二人走向一处窃窃私语着。

10. 玉汝于成职介所　黄昏外

惠成功在锁门，郑秋冬和熊青春等他锁完门叮嘱几句，惠成功开车走了。

郑秋冬和熊青春老夫老妻的样子经过马路。

路边汽车里，林拜和袁昆在观察。

林拜：郑秋冬，大学学的工商管理，对金融管理有深入的研究，适合眼下的职位，MBA 读的人力资源，是个怪人，对猎头情有独钟。

袁昆：何至于混到这样？

林拜凝视着他俩的背影：他这个人不是太激进，前些年有些……坎坷。

袁昆困惑：坎坷？什么意思？

林拜掩饰：就是……不太顺。

袁昆不解地看着窗外：在法国银行做理财经理的，高大上的差事，我怎么觉得跟这人面相对不上呢。

林拜：袁总，我是看好他的个人能力。

11. 菜市场　日内外

郑秋冬和熊青春拎着菜、豆腐、鸡经过。

林拜独自在车里观察。

长焦伸出车窗，咔嚓。

12. 强手猎头公司某咨询顾问办公室　日内

林拜和前面出现过的咨询顾问。

林拜：非常幸运，廖先生正是我们酒店需要的那种行政总厨。

顾问：这也是我们愿意看到的。

林拜：廖先生说有位姓郑的先生从中举荐，那是怎样一个人呢？

顾问：哦对，有，郑先生是很务实有效的人。他本不是做猎头的，但是业务手法都很娴熟，我们 AP（亚太）的 director（主任）去泰国了，我有心请他替我面试郑先生。

林拜：加入你们猎头公司？

咨询顾问：至少可加入我们团队，只是个 idea（想法）。还需要等等看。

林拜：我听明白了，一个案子就博得您对这人这么大的好感。

顾问：猎头行里看重的是 CV（履历），但是 CV 里看不出人品，看重的是 interview（面试），而 interview 又不能完全体现情商。只有实际接触，才能看到人的真实品相。

林拜看表，似乎要告别：谢谢了，作为用人方，我们酒店对您介绍的廖先生团队很满意，再次表示感谢！

握手。

13. 高速公路　日外

林拜开着车。

路牌显示，进入“南京市”。

14. 酒店餐厅　日内

已经没客人了，林拜和身着行政总厨制服的廖先生在大窗前坐着。

窗外景致优雅。桌面上两杯绿茶，热气袅袅。

廖先生：我很感谢他，非亲非故的，拿出自己的大把时间来研究我，研究这家酒店是否与我登对。非亲非故而且还无名无利，在当今谁信还有这种人。要是强手猎头公司不厚道，卸磨杀驴事后不给酬金，他无话可说，义务的。

林拜：给，当然要给的。我代表公司来，就是想看看，您对新的位置满意吗？

廖先生：我很满意，方方面面对我也尊重，跟美禧龙不可同日而语，谢谢你们。

林拜转移话题：郑先生在日常生活中是什么样的人呢？

廖先生：我们认识时间也不长，后来他把我推荐给强手后，接触得多一些，我感谢他的热心肠。他女朋友也不错，爽快人。

林拜假装随便问：他女朋友？那是什么样的人？

廖先生：夫妻店吧，俩人搭伙做职介，就是职业介绍所。

林拜：生意怎么样？

廖先生：还行吧，小日子过得不错。廖先生看着手上的名片：马先生，您对郑先生很感兴趣呀？

林拜：对呀，猎头这行就这样，一只眼盯客户，一只眼瞄人才。

15. 玉汝于成职介所　日内

郑秋冬在给熊青春捏着脖子，熊青春在用计算器算账。

熊青春把计算器给郑秋冬看：这个月的利润。

郑秋冬看着，满意：这边稳当了，你跟小惠守着，再招聘两个公关能力强的业务员，该主动去敲用人单位的门了，这叫 BD。

熊青春：招一个就够用，我俩守着，哎，就这儿，特酸，你敢吃吗？

郑秋冬：我想找个更高端的出口，小职介所的形态迟早得有个了断，是换代升级，还是改弦更张，总得高瞻远瞩一下吧。

熊青春：我知道你又在想什么，别瞎琢磨了。职介所就是乌鸡，猎头公司就是凤凰，乌鸡打着滚换代也换不成凤凰，职介所就打着滚升级，也成不了猎头公司，这道理多简单。

郑秋冬拍打着熊青春的肩膀：闭嘴，你这乱插嘴的毛病再不改，就该缝上了，听我把话说完嘛。

熊青春得意地笑：不用说我都知道，赊给你点自由民主，说吧。

郑秋冬：我知道那不是条路，我也没想那样做，我是想先去家像样的猎头公司，熟悉具体业务，其实那些业务我也都熟悉，就是实干经验少。

熊青春：然后呢？

郑秋冬：然后啊，千山万水，按下不表，经历了很多很多，积累经验、跳槽、升级，我想总有一天我会成为极有价值的咨询顾问，可能成为某个潜在巨人的合伙人，那样乌鸡就能变凤凰。

熊青春撇嘴：你那是乌鸡变疯狂。我记得你说罗伊人最不满意你的就是不安分。

郑秋冬的手停止了：安分就那么好吗？

熊青春耐心解释：安分在女人眼里就是安全，没有男人以前，女人心里并没有这个词，这个词是男人带来的，安分包含着女人对男人的很多期望。

郑秋冬纠正：很多男人是因为女人而去奋斗的，是女人叫他们不安分，这不是矛盾，而是真情使然。

熊青春拍了拍边上的椅子让郑秋冬坐下：让我来分析你的潜意识吧，自从大学毕业后你就梦想成功，后来经历一系列的挫折……你看我就给你留面子，不说失败，说挫折。你可好，专拣狠的说我。不说了，一系列的挫折导致你只好找回平常心，做回普通人。

郑秋冬有点急：什么叫做回呀，我一直就是普通人。

熊青春抢白：没错，你的肉体一直是，你的精神一直就不甘是。有个欲望一直让你不甘心平常，总想着越做越大、越做越强、越做越高富帅。其实这个欲望就是，你希望有朝一日能跟罗伊人平起平坐，再见面的时候，你不比她差，甚至超过她。

郑秋冬愣住，起身慢慢走了几步看着墙上的电视机，电视机在放着电视节目，但没有声音。郑秋冬发现手里不知什么时候拿着遥控器，他用遥控器一个台一个台地转换着。

熊青春被冷落。

电视某频道正在播《廊桥遗梦》，克林特·伊斯特伍德：我们每个人都生活在各自的过去中，人们会用一分钟的时间去认识一个人，用一小时的时间去喜欢一个人，再用一天的时间去爱上一个人，到最后呢，却要用一辈子的时间去忘记一个人。

郑秋冬盯着电视没回头：青春，你是那么聪明的人，可惜就在感情这件事上除外。你为什么老不让我忘记她呢？在我们之间放个假想的影子，是咱们共同的悲哀。

熊青春感到亏欠，走到郑秋冬面前头靠在他胸口，郑秋冬看着电视，垂着双臂没反应。熊青春用手拉过他的双手，让他抱住自己：就是，在感情上，我就是白痴，对不起。

郑秋冬看着电视里的男女主人公，陶醉：你看人家。

熊青春揶揄：婚外恋的事，幻想一下就得了。

郑秋冬：真白痴。

16. 街道　日外

郑秋冬斜挎着包行走着，经过一家小店门口，他惊着了，因为他听到了乐队伴奏的歌曲：《不要脸》。

郑秋冬匆忙走进店里。

17. 小店里　日内

郑秋冬看着柜台上的笔记本屏幕上在线播放着《不要脸》，播放列表的格子在跳动，旁边是词曲作者“小六”。（将来的CD里有感谢郑秋冬的感言。）

熟悉的字幕随着歌曲进展在演变着颜色：

你说我不要脸，总跟在你身后右边，离你不太远。

你说我不要脸，总盯着你胸口垂涎，说那项链好看。

你说我不要脸，总拉你手问有几个斗，一遍又一遍。

你说我不要脸，楼顶上约会你啥意思，铺凉席带枕头说这叫聊天。

你说我不要脸，楼顶上约会你啥意思，铺凉席带枕头说这叫聊天。

风吹来热，雨带来冷，我求你这辈子死了别的心，就跟我凑合过吧，你甜蜜地笑，轻柔地说，你说我不要脸……

过去的小六、罗伊人、女店员一一掠过。

郑秋冬看着听着，脸上笑开了花，流下两行清泪。

18. 玉汝于成职介所　日内

熊青春主考，惠成功记录，一个姑娘在接受面试。

熊青春：从你的材料看，你做过营销。

姑娘：做过一年网络 O2O 的营销，我主做的是餐饮和美容美发。

熊青春：具体做什么？

姑娘：O2O 的模式需要保护老客户的营销，也要吸引线下新商家，除了在线推广外，我们也要上门演示，提供案例数据。

惠成功看着姑娘，眼神凝固。

熊青春看了他一眼：你有问题吗，惠主任？

惠成功一下回过神来：哦，好好，还是喝普洱？

熊青春看着惠成功到一边泡茶去了。

姑娘也诧异地看着惠成功。

惠成功拿着茶叶罐朝热水壶走去，瞥眼看姑娘，一下撞在椅子上，“哎哟——”

姑娘（贾衣玫）目不斜视，静若止水。

熊青春靠在了靠背上打量惠成功，惠成功在揉腿。

熊青春问贾衣玫：微信的 O2O 你熟悉吗？

贾衣玫：不是很熟，但我接触过。

熊青春看着资料：你这小小年纪经历不少，还学表演，拍过戏吗？

贾衣玫：拍过，进修过一年表演，我知道我一定拍不出来。

熊青春：为什么？

贾衣玫：过于理性。

惠成功摸着腿，点头赞赏。

熊青春翻过一页，眉头紧皱：财会？你本科是学财会的？

贾衣玫诧异：是呀。哎，这该是第一页吧，乱了。

19. 某大写字楼外路边　日外

林拜和袁昆在车里等着，林拜的电话响，他开启蓝牙耳机，电话里：他出来了，从正门。

林拜挂机对袁昆：我去了，你先回吧。说完下车。

20. 某大写字楼门口　日外

郑秋冬走出大门，拿着一摞材料往包里装着。迎面跟一人撞在一起，纸张撒落一地，那人满口“对不起”，弯腰和他一起捡散乱的纸。

二人捡完后，郑秋冬看着那人转过身来，二人都大吃一惊。

郑秋冬不敢相信：林拜。

林拜的戏演得很真实，惊讶：覃飞，哦，不……（说着他走过来，把手里的纸交给郑秋冬）你的真名叫，你别提醒，你说过的，郑秋冬？

郑秋冬还在意外中：对对，谢谢你还记得我，我的真名就叫郑秋冬，哎呀，太意外了，你怎么会出现在这儿？

林拜：让我看看，哎呀，你变了，跟在北京的时候比真是……忙吗？要不里边坐坐。他指着一家酒店。

郑秋冬：不忙不忙。

21. 某大写字楼外路边　日外

袁昆从车里看着，满意微笑，开车离开。

22. 酒店大堂安静的角落　日内

郑秋冬指着窗外：很早以前，我在那家酒店大堂见过你，你跟几个外国人匆匆忙忙的，当时很想上去跟你说句话，可又觉得你可能会躲我。

林拜：你想多了，怎么会呢？接着说。

郑秋冬：那真是一场惨败，无论熟人还是生人都没脸面对了，记得你也劝我离开北京，去一个全新的地方，我就来杭州了。

林拜：为什么选择杭州？

郑秋冬：说来滑稽，当时我也不知道去哪儿，我蒙住眼睛，用飞镖往中国地图上扔，就跟赌一样了，飞镖落在哪儿，我就去哪儿啦。

林拜：不可思议，一镖投在这儿了？

郑秋冬点头：不好意思，山谷那事带给你的负面影响都过去了吧？

林拜：早过去了，就是免费给他们猎一个你的替代者。哎，你现在怎么样？

郑秋冬：马马虎虎吧，开了个小小职介所。

林拜盯着郑秋冬的眼睛：你能甘心屈尊在职介所？

郑秋冬憨厚：听命了。

林拜：不对，你不服，不是听命的人，即使听命，你也心不在焉，“一心以为有鸿鹄将至，思援弓缴而射之”。

郑秋冬叹：是呀，人究竟该不该这山望着那山高。

23. 窄巷　日外

惠成功拎着盒饭走来。

贾衣玫出现：嗨，帅哥。

惠成功：哎，是你呀，你住这儿吗？

贾衣玫摇头，面带焦虑：我的面试有戏吗？

惠成功摆出架子：这个嘛，这个，面试这么多人，在权衡。

贾衣玫拽住他手腕：你能说上话吗？

惠成功触电的样子，紧张：还行吧，你叫什么名字？

贾衣玫凑近他耳朵：我叫贾衣玫。

惠成功耳朵发痒，使劲搓着。

24. 酒店大堂安静的角落／玉汝于成职介所　日内

电话响，郑秋冬接听。

熊青春：在哪儿呢？

郑秋冬：在钱江新城，遇到了个熟人，说话呢。

熊青春：今天面试完了，留了三个你亲自筛选吧。

郑秋冬：有特别的吗？

熊青春：差不多，都是女的啊，有几个男的都笨嘴拙腮，不是你说的那种做 BD 的料。

郑秋冬：好了，回去再说吧，我这里还有事呢。

熊青春压低声音：好吧，哎，熟人，男的女的？

郑秋冬不好回答，看了眼林拜，对着电话：以前的兄弟，叙叙旧，拜拜。

挂了电话，林拜：女朋友？

郑秋冬：对，搭伙一起开店。

林拜：是吗，改天一定见见，请你们吃饭。

熊青春挂了电话，琢磨一会儿：小惠，先假公济私一下，今天这三个女的你喜欢哪个？

惠成功羞涩，琢磨着：不好意思说，熊总。

熊青春：跟我说怕什么，说，你喜欢谁咱就留谁。

惠成功闭目思索片刻，认真地：都喜欢。

熊青春斜眼看着他：都？你以为你是中央空调呀，一拖三，就一个，说。

惠成功摸腿，假模假式：喜欢倒说不上，要说印象深刻的，还是学财会的，也学过表演的那个，就是那个，那个姓贾的吧。

25. 某僻静处　日外

郑秋冬和林拜走来，林拜：这家法国银行的中国总部就在杭州，就在新城。

郑秋冬：你知道我的，比我条件好的人很多的。

林拜：履历比你好的很多，但是做事情还需要特殊的素质，比如，独当一面、规矩、忠诚。

郑秋冬喃喃：谢谢你能把“忠诚”用在我身上，在山谷的信息通报里我始终是个骗子。

林拜：别把过去当负担，那些数据慢慢就会消失的。

郑秋冬：不会的。在美国，离职人员的资料一般会保存六七年，中国公司一般不在乎保留，但山谷处处照着美国学，他们 HR 数据就是这样的。

林拜：我可以给你制造新的身份，暂时不会……

郑秋冬有点慌：林拜，还是打住吧，我就是我。我宁可分文不取去做件小事，只要能记录到我的履历，我就在成长，绝不敢再照猫画虎自欺欺人了。我在北京过不下去，为什么？就因为我没脸面对任何人。我现在对自己的要求是，即使这世界上只有一个人信任我，我就不能让他后悔，有了这一个人，我就有了做人标准，就会有第二个、第三个信任者。我知道现在做坏事受益，做好事受损，但如果我不在乎结果的话，我就敢做好事不做坏事。假身份就是骗人，骗人的事你不会做，我不敢做。

林拜一直听着：我说的是新身份，不是假身份。

郑秋冬：有什么不一样吗？

林拜：你可以有个新的 JD（职位描述），从你到杭州后开始记录，以前的不碰，往事不要再提，人生几度风雨。

郑秋冬：不可能的，客户一定会问，一个 30 岁的人，怎么才有一年的履历。

林拜：不不不，你的学历还都有，兄弟，人是允许有隐私的，欺骗是错，沉默总还是金吧。

郑秋冬摇头：银行用人，不会允许履历中开这么多天窗的。林拜你对我好，信任我，我记在心里，其实我也很想报答你过去的信任，毕竟连累过你。这次可能没缘分吧。

林拜：这一切你不必担心，我来操作，你熟悉金融，我有我的筹划，也许不久的将来，你会成为特慧专猎的人，也未可知呀。

郑秋冬愣住：不会吧，你真这样想的，我能成为你这样的精英？不不不，你可以这么说，我不敢往那儿想，我是劣迹斑斑的人。

林拜：人活着是一门艺术，创作这门艺术，需要你有高超的手艺。人都有强项都有短板，成就就成就在扬长避短上，经历也是这样啊，有见得人的，有见不得人的，我们就是要让见得人的经历光彩照人，这就够了。难道你非要满世界去喊，我干过传销，我进过大牢，我骗过山谷集团吗？

郑秋冬：我有病。

26. 健身房　夜内

郑秋冬和熊青春各自在走步机上行走着。

郑秋冬：一是觉得有愧于人家，二是觉得这边稳当了，再进个新人帮着你，我出去做点什么，动起来才有更好的机会嘛。

熊青春试图阻挠：外资银行，那也不是你想去的地方呀。

郑秋冬：其实也是，只不过绕了个弯，林拜，就我那朋友帮我设计的，想想也有道理。如果将来去做猎头，总要有擅长的行业领域，我对金融还算了解，去银行可以增加经验。

熊青春还是不满意：具体做什么呀？你又不会法语。

郑秋冬：英语就行，理财经理，又不是高管，理财部经理。

熊青春使劲走着：给多少钱呀？

郑秋冬：钱还行，年薪 15 万。但有第三方补贴，补贴额度跟年薪差不多，这块是保密的，要签协议。

熊青春不解：你给法国人干活，第三方，别人给你薪酬，什么意思？

郑秋冬琢磨：我估计这跟财务和税有关，第三方补贴不违法，以前就有。

熊青春停了走步机，喝水：铁了心要上进的人，就等于铁了心不顾家了。

郑秋冬不高兴：我不是那种人，也没最后决定呢。我就是觉得，天天坐在那间办公室里开始没劲了。

我不仅是铁了心顾家的人，我还想给你一个更大的家。他调整走步机按钮，开始跑了起来。

熊青春喜：更大的家？新房？

郑秋冬：是奢望吗？

熊青春：我是没敢想，这么说我得转着去看房了？

郑秋冬：姑娘，这是奇迹辈出的年代，首要的是，敢。

27. 台球室　日内

林拜和袁昆边打球边谋划。

袁昆击球：很好，只要郑秋冬同意去就行，背景调查和面试我们不管，让第三方去做。

林拜困惑：为什么，这明明是我们的单。

袁昆：我们跟地中海银行的战略合作是高端猎头，而不是理财经理这个层面的。

目标球停在袋口，林拜上手。

林拜：那也该是银行面试他，为什么要拐弯出现个第三方？

袁昆：第三方跟这个职位更匹配。

林拜：第三方是谁？

袁昆：是一家小猎头公司。

林拜：困惑，我是在为别人做嫁衣。

袁昆上手击球：不不，以后你会明白的，这是间接帮公司的忙。

林拜：袁总，我琢磨着，我没在骗郑秋冬吧？

袁昆：胡说什么呢？其实我们就是帮一家小猎头公司个忙，把郑秋冬介绍给他们，让他们推荐给地中海银行，而不是我们直接推荐。就这么简单。

林拜：这些幕后的事以后最好早说，现在说总有阴谋感。

袁昆瞄了林拜一眼：阴谋感，一个低配的经理职位，能有什么阴谋？

林拜上手：那还用我出面吗？不用我就回北京了。

袁昆：辛苦了，回北京吧，你的 service fee（服务费）第三方会付给你的，我督促。

林拜击球：这事的味道怪怪的，总之。

28. 某会所咖啡馆　日外

安静、典雅的环境。

林拜和郑秋冬喝着咖啡。郑秋冬：第三方付费是什么意思？

林拜一笑：跟我太太问的一样，就是一家小的猎头公司，纯中资的。

郑秋冬：什么意思？你和我的合作结束了？

林拜：不是不是，特慧专猎作为外企，有它的服务标准。

郑秋冬明白了，点头：我懂我懂，我这块材料还够不上你们服务的级别。

林拜：这你肯定理解，你读 MBA……

郑秋冬举手：不用解释，我懂我懂。你们特慧专猎的重点是提供 500 强的高管招聘，我去地中海银行是小 case，你们不便于出面。

林拜点头：是这意思，不过案子虽小了点，这个职位是有发挥空间的。

郑秋冬：就冲这一点我也要答应你。

林拜：OK，我就算成交了？

郑秋冬：就算吧。

二人用咖啡杯对照一下，以示成交。片刻，林拜：哎，你跟中保传媒的老板娘还有联系吗？

郑秋冬一时恍惚：谁？

林拜：装，再装，你前女友呀，罗，呀，罗伊人。

郑秋冬：哦，不是装，你说中保传媒，我真是……几乎都忘了，没联系，哪还有脸跟人家联系。你有她消息？

林拜：有过，她公司 CFO 是我帮找的，从香港。听说罗的老公要出事，听说。

郑秋冬意外：是吗，不可能吧，什么叫要出事了？

林拜摇头：至少有风传，现在做官的出事还少呀。说是夏部长前妻的弟弟，把夏部长点了，举报信，这事情肯定有，至于严重不严重，就不知道了。

郑秋冬：可别是真的，这苦命的女人……

林拜：我明天回北京，需不需要我帮你，问问她的情况？

郑秋冬想了想，惆怅：不用了，现在这样都挺好的，我满意。一池静水，就不要再来风吹皱了。

林拜：彻底翻篇了。你现在的女朋友什么时候认识的？

郑秋冬：在北京的时候。

林拜：MBA 的同学？

郑秋冬摇头。

林拜：山谷集团的？

郑秋冬：都不是，偶然。你经常来杭州？

林拜：经常，这里有朋友，还有我喜欢杭州，我太太也是。

郑秋冬：那你们就过来吧，干你这行的，在哪儿不一样。

林拜似有意味地：不是没可能。

郑秋冬看着他，感慨：撞了个满怀，咱俩这缘分，太不可思议了。

29. 城市夜景　夜外

灯火通明的街道，大厦。

30. 高档餐馆　夜内

林拜、郑秋冬、熊青春、惠成功、新来的女孩贾衣玫。

林拜对熊青春：弟妹，我这弟弟就是有艳福啊，我混得比他好吧，可惜艳福不行。祝贺啊，遇到我这好弟弟了，天造地设的一对。

郑秋冬乐呵呵：搭伙过日子而已。

惠成功给贾衣玫让菜，贾衣玫声音很小：老板跟熊总好了很多年了吧？

惠成功：不，刚刚，没多久，你吃呀。

熊青春跟林拜喝酒，熊青春：哥哥，刚开始我是真不欢迎你，我跟秋冬这日子四平八稳的，你这一来可好，搅和乱了，他成法国人了。

郑秋冬：别怨人家呀，我可以拒绝的，关键是我想找点新鲜事做，别听她的，林拜。

熊青春：你听我说完呀，我说刚开始不欢迎他，现在欢迎了，因为林哥让你高兴了，让你有了想去的地方，哎，你高兴，我就高兴，小惠、衣玫，我们都高兴，对吧？

两个年轻人一通说对。

郑秋冬对熊青春：说正经的，我得感谢你，青春，要不是你把家里这摊子事理顺，让我心生清净，我哪有心思想别的。林拜是朋友，知道以前的郑秋冬是什么样，还能信任我，我满足了！事业上能好就好，不能快好，慢好也行。生活上有了你，就是渔船有了港，就是猪有了圈，我不再孤独，踏实了。来干杯！

大家一起喝酒。

熊青春激动，对林拜：这些热乎乎的话他从来不对我讲，谢谢你，我听到了，看得出来，他见到你真是高兴。

郑秋冬对林拜：告诉你，哥哥，我们在考虑结婚的事。

惠成功、贾衣玫意外。

林拜问熊青春：是吗弟妹，闪婚呀，不能这么随随便便答应他。

熊青春一晃：快是快了点，只要求婚的是他，我就愿意是个随随便便的人。秋冬，我们一起敬林哥一杯酒。

三人碰杯共饮。

熊青春：林哥，嫂子是做什么的？

林拜情绪低了下来，叹："若教眼底无离恨，不信人间有白头。"

熊青春、惠成功、贾衣玫不知何意，看着林拜。

郑秋冬琢磨：您这方面的事，咱俩还真没交流过。听这意思是，聚少离多？

林拜点头：聚少离多，找一个忙碌的女人，你就是盲目的男人。

熊青春来了兴趣：嫂子是做什么的？

林拜一顿，改变话题，对郑秋冬：哎，你做好面试准备了吗？

郑秋冬对熊青春：瞎打听，职业病。准备好了，我别的不行，就会面试。

林拜：好，我回北京待两天，下周去趟英国。

熊青春脱口而出：英国？

林拜"啊"了一声：弟妹去过？

郑秋冬故意没看熊青春，而是呆呆地看着在玩手机的惠成功和贾衣玫。

熊青春摇头：你不会去贝尔法斯特吧，八月那里刚发生过骚乱。

林拜：不去，就去伦敦。

郑秋冬拍拍熊青春。

熊青春不好意思地笑了，问郑秋冬：我是不是喝得有点多？

第 13 集

1. 机场　日内

袁昆和林拜过来，林拜拉着行李箱用身份证取机票。

袁昆：我跟总部打招呼，调你来杭州吧，北京有什么意思呀。

林拜：索尔知道吗？

袁昆：你的事我这个副总可以说了算，索尔作为老总听听汇报即可。

林拜：调我的理由？

袁昆：这边接单率高，成功率也高，你过来主抓一个部门，一年后我再把你推荐回总部，回总部你肯定就得负责一个部门了，这样进步快。挂职，组织部门也这么干。

林拜：你就这么愿意领导我呀，好，你看着办吧。哎，郑秋冬去法资银行的事，你扬来扬去的，不会藏着什么不可告人的阴谋吧？

袁昆笑：哈哈哈，就是有，你说我能告诉你吗，你想多了。

2. 面试会议室　日内

面试现场，两位面试官正襟危坐，郑秋冬隔着会议桌坐在他们对面。

会议室的房顶上角，吊着一个监视镜头。

面试官：你好，郑秋冬先生，欢迎您来参加新锦程咨询机构的面试。下面按照客户要求，先进行第一环节，请用英语或者法语，谈谈你对银行金融理财业务的理解。

郑秋冬："Today，banks provide financial products such a deposits，funds，bonds，insurance and so on. Along with the wage increases，the importance of wealth management has been appreciated by a rising number of people，and people pay more attention to portfolio management. Banks have been the most reliable wealth management partners for people for years. Therefore，banks have launched various financial wealth management products to pursue profitable clients. The increases in variety of financial products/and in demand for wealt accumulation/have established a bright future/for personal and household wealth management services industry."（在今天，银行业金融产品指的是存款、基金、债券、保险等等。随着人们收入的增加，理财理念越来越被接受，越来越多的人开始注重管理他们的资产组合……）

墙角的监视探头。

3. 另外的办公室 / 面试会议室　日内

袁昆和一个西装笔挺的人在看监控电视里的郑秋冬。

面试官：如果您的上司是长辈，他经常批评你或其他的年轻同事，比如说，不稳重、没礼貌、太自私、独生子女不知感恩等等，你该如何跟他交流？

郑秋冬：代沟在哪里都会有的。上下级的特殊性在于，上级的错误也是正确，这是由地位决定的，而不是由年纪决定的。《时代周刊》引用过一个中年作家的话："经验丰富的领导们、长辈们都表示，他们一生中从未遇到过像眼前这代年轻人一样自私、无礼和只会享乐的人。"注意，这段话不是今天说的，而是 1911 年《大西洋月刊》上的一封信，102 年过去了。一代又一代的人，都认为下一代年轻人不如自己，但是社会发展已经证明，一代确比一代强。

面试官听得点头。

袁昆稍有意外，对西装男：这家伙还挺能白话。

面试会议室，门开了个缝，袁昆挤进来，蹑手蹑脚地坐在一边，观察郑秋冬。

面试官：现在社会上有毁三观之说，不管这三观是什么，你谈谈你的金钱观吧。

郑秋冬意外：金钱观？Money，是金钱观吗？

面试官：对，金钱观。

郑秋冬沉了沉，思索片刻：我的金钱观很简单，金钱是有百利而无一害的，是人类智慧的结晶，我对它的喜爱发自内心，希望可以更多地拥有它。拥有足够的金钱不仅能够肉体解放，也能助推精神自由。这就是我的金钱观。

面试官：金钱带来的弊端比比皆是，怎么说有百利而无一害？

郑秋冬：所有的弊端都不是金钱制造的，而是追逐它的人制造的。

袁昆从角落里发出声音：用卑鄙手段得到的金钱，也能带来解放和自由，不是吗？

郑秋冬转睛，注视慵懒模样的袁昆：那是人玷污着钱的名声，而不是钱的罪过。我的金钱观只针对我个人而言，不适用其他人，我以前挣过不干净的钱，并没有得到幸福和自由，所以我再也不会去挣那样的钱了。

袁昆：你挣过什么不干净的钱？

郑秋冬：这是我的隐私。

袁昆微微点头，示意面试官继续。

面试官：争取法资银行这个职位，你比别人有什么优势？

郑秋冬：我大学学过金融管理，读 MBA 时，接触过金融业的人力资源管理案例，与汇丰银行的理财顾问米切尔·刘女士分析过环球欧元股票基金，并跟同学写过 4000 字的分析报告。

面试官：你的履历中有几年是空着的，为什么没填写？

郑秋冬沉默片刻：我的推荐人说，可以这样，这并不是一个高端的职位。我以为我的推荐人林拜先生事先跟你们解释过的。

面试官侧目看袁昆，袁昆微微点头。

郑秋冬对角落里的袁昆感到好奇，侧脸凝视。

4. 玉汝于成职介所　日内

熊青春向两个姑娘在解释：你们喜欢政府部门，OK 了，我们也帮政府部门介绍职业，从乡镇到省市的行政部门，旅游的、邮政的都有。我听你普通话不错，你看这儿，市政府公开电话系统招人，看这儿，大专以上，沟通、表达、普通话、打字，你打字怎么样？一分钟能打 40 个吗？

姑娘甲：40 个没问题，他们条件怎么样？

熊青春把材料拍在她俩面前：条件相当不错呀，在萧山，年薪五万到七万，综合社保、住房公积金都有，多好，我不啰唆，你们自己看吧，仔细看。

这期间，熊青春一边应付着客户，一边朝门外张望。

两个姑娘拿过材料在看。

熊青春溜达到贾衣玫旁边：小惠怎么还没回来？

贾衣玫在勾着送餐菜单：来电话了，说社保局的会开完，他拐弯去机场，机场调度网上发单要招七名航材管理员。熊总想吃什么？

熊青春推开菜单：随便，跟你一样。说完小声：你觉得这里郑总一天不在，有什么不一样吗？

贾衣玫：都还好吧，就是您……我是白饭、宫保鸡丁。就是您有些不一样。

熊青春不屑：有什么不一样？我也要这个，跟你一样。

姑娘甲问熊青春：老板，住房公积金两包，一包是多少？

熊青春不解，过去伸头看：什么住房公积金两包？嗨，少了一逗号，住房公积金，逗号。两包，是包吃包住。

5. 银行内某奢华处　日内

安静、整洁。郑秋冬跟在一位中年风度男身边走来。

中年男（毕主管）：地中海银行有130年的历史，这里的每一位员工历代不变的是原始的勤奋精神，这样才有理由为自己的身份自豪。这里尤其重视私人理财。（中年男放小声音）在中国的法资银行里，单论私人理财这块，地中海毫不逊于BNP（法国巴黎银行）和SG（法国兴业银行）。

郑秋冬彬彬有礼：确实是难能可贵的。

6. 地中海银行办公室　日内

毕主管向郑秋冬传递资料：我们汇入行名称是法国地中海银行（中国）有限公司，作为我的下属，你需要知道基本业务内容，一是为在华的法国居民客户提供服务，二是为去法国或欧洲投资、留学、居住的中国客户提供服务。

郑秋冬看着资料。

毕主管拿出一本厚厚的期刊：《QFII个人财富指南》，这不是机密文件，你可以带回去研究研究。

郑秋冬翻看，礼貌地说：哦，2012年的，不用带了，我有。上面还有毕主管您的论文。

毕主管西式惊讶：真的吗？

郑秋冬点头：中国国情与不良营业记录，您的见解很精辟，其中有句话我也有同感，您说在中国，法律时常可以屈从于国情，但金融则不可，如屈从，必灾难。

毕主管欣赏地看着郑秋冬，突然拿过案几上的一盒名片：这是你的名片，你的法语名就叫Julian吧？

郑秋冬接过名片盒，拿出一张名片：Julian。

7. 郑秋冬家　日内

三口人在吃饭，郑秋冬对惠成功和熊青春说：就这样，我有了这个法国名字。

熊青春看着名片：这还不知道是谁用剩的呢，都没手机号，就一个办公电话。

郑秋冬：肯定是前任的，Julian就Julian吧，Julian也可以叫作于连，《红与黑》。

熊青春笑：于连·索黑尔，你是情种吗？

郑秋冬守住笑：我是钟情，不是情种。小惠你是不是要说什么？

惠成功：上午去猎聘网取发票，有家饮料厂委托猎聘网帮他们找到16个部门主管和经理，薪水都很高，要是来找咱们，咱们能办到吗？

熊青春看着郑秋冬，郑秋冬：应该可以吧，需要先去这家饮料厂了解他们的企业特点，产品、营销、品牌一系列的吧，这些可以不收费用。

惠成功拿出一张名片：他们厂长的。

熊青春拿过名片看着，问郑秋冬：哎，那银行有意思吗？

郑秋冬：办公室里吗，总会有点枯燥。

熊青春：我就是不明白，小小银行职员，值得去做吗？这边都伺候得好好的。

郑秋冬没理她，看着惠成功：你说值得吗？

惠成功：不值得。

郑秋冬放下碗筷：为什么？

惠成功：就是不幸福，都分开干事，不稳定。

郑秋冬：什么叫幸福？

熊青春抢白郑秋冬：对小惠来说幸福就是在一起，对你来说，幸福就是扮成精英，穿西装拎皮包进高档写字楼吃苦受累。说完去了厨房。

郑秋冬生气，跟着去：熊青春，咱们说好的，相互不干预对方的选择。我喜欢 CBD，我在这方面对自己有要求，怎么了？难道就要一起关在个小房子里，你才高兴？

熊青春端着饭从厨房回到饭桌：我没那么说，你出去干可以，总得找个像样的工吧。

郑秋冬紧跟着她：我有什么资历跟人家要个像样的工？再说了，这件事开始是跟你商量过的，你当着林拜的面也同意了。

惠成功一看不妙，端着饭溜回自己的房间。

熊青春不说话了。

郑秋冬：不对，你今天不对，一定有什么原因让你这么失常，出什么事了？

熊青春转身，背着郑秋冬，郑秋冬绕到她正面：说，怎么了？

熊青春流泪：有什么可问的，就是以前老在一起，习惯了。这两天总是见不到你，不适应，这你是该懂的。

郑秋冬轻轻揽过她：懂、懂，遇见你，正是为了懂你。

8. 罗伊人办公室外走廊　日内

豪华、干净的走廊。

办公室门口，一个秘书模样的人站在门口。

9. 罗伊人办公室　日内

夏部长一脸麻木，坐在沙发里，罗伊人站在窗前。

夏部长慢吞吞地：谢主任说，她弟弟这个白眼狼把我告了，写了两万多字的材料。

罗伊人：那种人就不该跟他深交。老纪从莫斯科打电话来问得更邪乎，听说你寻短见了。

夏部长脸色难看：传言很多，有真有假，你要心中有数，账上的钱先转移到安全的地方，有备无患。说我有经济问题那都是借口，经济问题从来就不是经济问题。

罗伊人：也许你想多了，哦，我安排好了，国医馆明天送中药，家里别没人。

夏部长拿过桌上罗伊人的手表，看，又看自己的表：慢了一分钟。于是给罗伊人调表，边调边说："聪者听于无声，明者见于未形。"我能听到纪委的脚步声，越来越近。

罗伊人伤感：以后会怎么样？

夏部长：这两年这种事这么多，会怎么样，你该了解的，都差不多。

罗伊人：别吓唬自己了，也许会平安度过的。

夏部长微微点头，放下罗伊人的表，起身摇头：你不懂呀。一个月之内，要是一个月之内没事，也许就能过去。你哪天去首尔？

罗伊人：明天。

夏部长朝门口走去：明天，但愿你上得去飞机。

10. 罗伊人办公室走廊外　日内

罗伊人随夏部长出来，秘书跟她打了招呼，跟着夏部长走去。

夏部长走了几步，回头看了眼，摆摆手，走远。

罗伊人看着夏部长的背影，面露凄凉。

11. 罗伊人办公室　日内

罗伊人快速返回办公室，没关门，拨打电话：喂，孟总，不好意思，纽约这时候是凌晨，不好意思，打扰您休息，那就好，没睡我心里还好受些，是这样的，产业园二、三号地块，您别等老夏的消息了，可能会出麻烦，预感不好，就看最近这一个月了……

孟总的声音：哦，明白了，你要保重，我下月 10 号左右回去，作为朋友，我希望看到大家都平平安安的。

罗伊人：我也是，平平安安比什么都好。

罗伊人来到窗前，看着窗外，突然看到几个穿深色西装的人，迎着出楼门的夏部长走来，先是接手了夏部长秘书的皮包，接着分别将二人带入不同的车里。

罗伊人惊呆了，片刻，声音颤抖地：不用等了，孟总，一切正在发生。电话"啪"的一声掉到地上，罗伊人望着窗外。

剩下几个穿深色西装的人，进了大楼门。

罗伊人蹲下，捡起电话，想了想，拨打，声音甜蜜：妈，干吗呢，爸还好吗？别让他骑自行车了，不听你的就说我说的，嘿嘿，哦，我要出国一段时间，一两个月吧，说不好，可能联系会少，别担心。好的好的，再见。

门一直开着，罗伊人平静地看着门外。

这时，有敏感的员工来到门口看着她。

罗伊人淡然地立在窗前。

门口的员工越来越多，罗伊人：回去吧，别看了。

员工们散去，这时走廊里传来了整齐的皮鞋踏地声。

罗伊人一动不动地站立着，突然座机响了起来，罗伊人走过去接听：喂，我是。小样我听过了，旋律还行，但还可以再好，录音棚租了三天，对，他自己带录音师。

这时穿深色西装的几个人出现在了门口。

罗伊人看到了他们，捂上电话，对门口的人：对不起，请稍等。（*然后继续打电话*）乐队时间都落实了，钱都打去了。平面设计我就要 Jackey 上手，对，调子要怀旧一些的，主题当然是希望，对，说得很好，就是要相信明天，有点伤感可以理解，但基调是乐观的，谢谢。这事我代表中保传媒全权交给你了，最近联系不便，你灵活掌握吧，再见。

放下电话，罗伊人问门口的人：你们是？

门口为首者走了过来：你是罗伊人吗？

罗伊人：我是。

12. 玉汝于成职介所　日内

贾衣玫在电脑前看房地产消息：熊总您看，这楼盘呢？

熊青春凑过来看：认筹 3 万抵 10 万，价钱还行，有点远吧。

贾衣玫：近的就是贵，江这边的，4 万多，还有这。

惠成功在拆修打印机：熊总，结婚非得买新房吗？现在租的那套不是挺好的吗？

熊青春没搭理他，回到座位上，拉开抽屉数钱。

贾衣玫揶揄他：想娶媳妇还不买房，天上掉馅饼啊。

惠成功不服：熊总买房那是嫁妆，连人带房一起嫁，这才是时代楷模，有些人学着点。

熊青春：我是帮他看房，买房当然是郑秋冬出钱了，我没那么高风亮节。

贾衣玫瞥着惠成功：哑口无言是什么意思？

熊青春逗他：就是张口结舌的意思吧。

贾衣玫：跟呆若木鸡差不多是一个意思。

熊青春：差不多，小贾，你要是嫁人得让他买个别墅吧？

贾衣玫：光别墅怎么行，游艇呢？

惠成功死猪不怕开水烫的样子：一场春梦一场寒呀，有别墅有游艇的主儿，哪看得上在这儿窝着敲键盘吃盒饭的人呀，醒醒吧，晴雯，哎，不是，是袭人，醒醒吧，袭人，哎，不对，熊总，贾宝玉那个丫鬟，后来嫁给一戏子的，是谁来着？

贾衣玫不高兴，看着熊青春，熊青春：你想说什么？

惠成功逗贾衣玫：小姐身子丫鬟命，是那人吧？

熊青春突然从身后猛推惠成功，惠成功跌入沙发，贾衣玫和熊青春扑上去一阵敲打。

13. 地中海银行办公室　日内

郑秋冬在向一位中年女士（中国人）介绍着业务：登录地中海官网您会发现，2012 年至今 72 款结构性理财产品中，只有 6 款产品到期收益率不理想，低于 2%。72 比 6。

女士不满：6 款也不少了，我经历过 10.5% 的预期收益，一年后年化率为 0 的。

郑秋冬：那绝对是小概率事件。

女士：你这预期收益率是怎么产生的？

郑秋冬：对于预期收益的计算，要通过衍生品的模型，一般需要数十个甚至上百个变量参数。在这些变量参数中……

女士摆手：你帮我推荐几款，黄金不做。

郑秋冬：既然您常年在巴黎，我推荐您几款代客境外理财产品。

郑秋冬向毕主管汇报：北京分行的宋经理发来邮件，询问普安利系列 181 天欧兑美汇率挂钩的情况。

毕主管：挂钩标的越复杂，风险就越大。实习生都懂的道理，他这会儿还不明白。

郑秋冬：宋经理的邮件里有一个链接，是总部添加的利率掉期合约和货币掉期合约的新文本。

郑秋冬在向一个艺术家模样的人解释：结构型产品通常是无法提前终止的，如要终止，除非是事先约定的条件发生了。

那人不管不顾：我是个艺术家，需要钱去法国办展，烟花版的埃菲尔塔。

郑秋冬困惑：需要钱，您是要办贷款吗？

那人蔑视地看着郑秋冬：烟花组成的埃菲尔塔，敢想吗？

郑秋冬：您喝咖啡吗？

14. 银行卫生间　日内／长安街　日外

郑秋冬洗完手，用纸擦着手，看着镜子里的自己，觉得某厕所隔断有异常的声音，他回头看着，一片安静。

他觉得疲劳，用手指使劲捏着太阳穴。

这时手机响，郑秋冬接听：从英国回来了？

林拜坐在车里，经过长安街，后景是天安门，林拜：回来好几天了，最新内部消息，跟你有关系。

郑秋冬：跟我有关，什么消息？

林拜：你那边说话方便吗？

郑秋冬总觉得某个隔断有怪声，他张望一眼：方便，说吧。

林拜：罗伊人的那个夏部长，夏吉国出事了。

郑秋冬诧异：什么？你确定？

林拜：应该没什么疑问，纪委的人上门带走的。

郑秋冬：那罗伊人呢？

林拜：失联状态，中保传媒好像已经停止运转。

郑秋冬着急：能找到她身边的人吗，问问是怎么回事？

林拜：这么高规格的案子，下边的人也都蒙着的，等等吧。你那边怎么样，银行那活干得惯吗？

郑秋冬：还行，单干习惯了，被人呼来唤去的有点别扭，慢慢适应。姓夏的是怎么回事？

林拜：他的事早就有传闻，经济问题。

郑秋冬：一般说来，罗伊人也进去了。

林拜：即使她没有问题，肯定也要接受调查。再说了，她很难没有问题，问题不大就算幸运了。

郑秋冬不安：网上有消息吗？

林拜：我查了，没有，刚发生的事，挂了，有电话进来了。

挂了林拜的电话，郑秋冬陷入茫然。这时，厕所最里面的隔断突然一声巨响，就像重物摔在地上一样，接着是一男声叫喊："Fuck."

郑秋冬一惊，侧眼看去，隔断门开了，两个外国男性年轻白领，提着裤子从里面出来，其中一个还瘸着腿。

甲生气地对郑秋冬："Why?"

乙也生气地：那么长的电话，有必要吗？

二人出去了。

郑秋冬瞪着他们。

15. 袁昆办公室　日内／长安街　日外

袁昆在打电话：索尔已经跟总部联系了，提出把你派到杭州。

林拜：我在英国就看到邮件了，我没意见，北京这雾霾太要命了，今天 PM2.5 又是 400 多，受不了，孩子们还上体育课。

袁昆：400 多那是太严重了，法国 PM2.5 超过 80 就要发空气质量警报了，巴黎大区连续三天，公共交通工具都免费使用。你快过来吧，我替老大发函给佛塞克。

林拜：我这级别的不用发给佛塞克，发给卢总就行，他一吹口哨，我就直奔杭州，受你领导。

16. 银行办公室走廊　日内

郑秋冬面对一对外国夫妇。

外国丈夫满意地："Yes，I know. Bank financial products is expected to yield only an estimate，not the final rate of return."（是的，我知道银行理财产品的预期收益率只是一个估值，而不是最终收益率。）说着起身打算离开。

郑秋冬起身送客："That is quite true，thank you，Sir. The next step is to meet with the project manager. Bye."（没错。谢谢你。咱们随后与项目经理见面。再见。）

郑秋冬看着安静的走廊，退回办公室，关上门。回到办公桌前，他打开电脑百度搜索，输入"夏吉国"，电脑上出现夏部长发言讲话的照片，和出席会议、参加活动的一些新闻。

郑秋冬接着在夏吉国后面输入"经济问题"，屏幕上出现的内容跟前面差不多。

郑秋冬删掉"经济问题"，在夏吉国名字前面输入"调查"，依然跟前面内容差不多。没有确切消息。

郑秋冬把字都删除，输入"罗伊人"，出现了中保传媒文化公司董事长罗伊人等消息，也没有异常的新闻。

郑秋冬在罗伊人名字前输入"调查"，这时门开了，郑秋冬快速而从容地关闭了百度窗口，起身：毕主管，浙大的齐丹夫妇刚才来过，咨询美元／日元在测试了上轨之后，月线图 RSI 回撤，110.70 能否成为汇价的一个关键阻力位。

毕主管：一对神经病，这是他该关心的事吗？你有女朋友吗？

郑秋冬诧异：啊，有，怎么了？

毕主管似有失落：哦，有？没什么，我跟 Bastian 打赌，他说你有女朋友，我说你没有，这个家伙赢了。

郑秋冬觉得无聊：哦，赌什么呢？

毕主管很生气：比萨，一个 9 寸的比萨，这家伙赢两次了。

郑秋冬：您要是更愿意让他请您吃比萨，我可以说没有。

毕主管一下来了精神，摆出击剑的动作：巴累[1]。

郑秋冬看着毕主管离开的背影：无聊。

17. 某售楼处　日内

售楼小姐向熊青春和贾衣玫介绍：……在这个区域，我们的项目性价比最好，请问您买房是自己住还是给老人住？

熊青春：自己住。

不远处一中年妇女注意到了熊青春，靠近观察。

贾衣玫：结婚的新房。

售楼小姐：哦，恭喜恭喜，这里户型多，总有一款适合您。

这时，身后的中年妇女：我的乖乖哟，这不是青春吗，这么巧？

熊青春一看，惊讶，尴尬：阿姨，您怎么……也是……来看房呀？

中年妇女疑惑，直勾勾地看着熊青春：你一直在杭州？

熊青春失措：对对，一直在，我那房子到期了，就没再租，也没回广西，在做自己的公司，阿姨您……

中年妇女：变样了，我差点没认出你来，刚才我听说要结婚了？是你还是这位美女？

贾衣玫忸怩，熊青春吭哧：是我呀，阿姨，我在杭州……您看我……日子总得过下去呀。

中年妇女打量着熊青春：跟小同还有联系吗？

熊青春摇头，真心难过：没有了，他说方方面面阻力都大，就分手了，您该知道呀，他事事都会向妈妈汇报的，开始我还想挽回，该说的都说了，发誓保证都没用，他说算了，恋爱何必累得要死，他说他有新女友了，是葡萄牙人。

熊青春眼圈发红，贾衣玫急忙递纸巾。

中年妇女掩饰尴尬，看着贾衣玫：哦，他跟我是说过一嘴，这个事呀……这姑娘真好看，你们一起的？

贾衣玫立即：我是熊总的秘书，叫我小贾就行了，阿姨。

中年妇女瞪大眼睛：熊总，哎呀，大老板了，单位给配秘书了，很能进步呀，青春……这要结婚了，给阿姨说说男方是做什么的？

熊青春：他是我的商业合伙人，公司是我俩的，他现在在一家外资银行做理财。

中年妇女，看着熊青春，面露遗憾：是吧，真好，又是公司又是银行，真好，小同那事，我们都欠考虑，遗憾呀，那好，青春，你们接着看房子吧。

她靠近熊青春压低声音：现在买房是机会，便宜，我去那边看看，再见。

熊青春、贾衣玫随声附和着：阿姨再见。

看着中年妇女的背影，贾衣玫：前男友的妈妈？

熊青春：正是，不是冤家不聚头。

贾衣玫：不像你说的那样。

熊青春：我说的哪样？

---

① “巴累”：法语音译，意为“加油，胜利”。

贾衣玫：你说的……在我印象里那人就是个大俗人，戴发卷，穿睡衣，叼着烟卷满街串的那种。

熊青春：她不像吗？

贾衣玫：实话实说，不像，还是挺落落大方的。

熊青春情绪低落：她瞧不起我，不把她说成那样的俗人，我心里不平衡。见鬼，回去，不看了，倒胃口，怎么遇到她了。

18. 郑秋冬家　夜内

郑秋冬看着电视喝着红酒，熊青春依偎在他身边看闲书。

熊青春：她开始直勾勾地看着我，东一句西一句扯了几句，就走了，好像很不高兴。

郑秋冬：不是好像，就是不高兴，因为你刺激她了。

熊青春：我怎么就刺激到她了？

郑秋冬：有钱买房，这对一个嫌弃过你的世俗女人来说，就是大黄蜂蜇到脑门上了。

熊青春得意：小贾的戏来得也快，不愧学过表演，一口一个熊总地叫着，哎呀，弄得老太太话都不知道怎么说了。

郑秋冬：特有发泄的快感吧。

熊青春想了想：还真不是那样，我觉得她挺可怜的，儿子在国外，又没有老伴，孤零零一个人，我以后万万不可落到那般模样。

熊青春不想说了，低头接着看书，郑秋冬看了眼忧伤的她，换话题：房子看得怎么样？

熊青春看着书：有套 84 平的，户型不错，带车位。

郑秋冬：多少钱？

熊青春扔下书不说话了。

郑秋冬视线离开电视：多少钱？

熊青春忧郁地：你爱我吗？

郑秋冬：你怎么了？

熊青春：说你爱我吗？

郑秋冬：爱，我爱你。

熊青春乐：我怀孕了。

郑秋冬：啊，真的？

熊青春点头。

郑秋冬：你怎么知道的，能确定吗？

熊青春：当然能。

郑秋冬：多长时间了？

熊青春：不长，刚刚。

郑秋冬一下搂住熊青春：青春，那你就别上班了，可以再招人，你没事去店里看看就行，让小惠当副总，怎么样？

熊青春严肃：你真想要孩子？

郑秋冬：当然，我父爱满满，要孩子恰逢其时。

熊青春感动，从沙发缝里摸出闲书：你看，当你跟男朋友说怀孕了，他找各种理由说不要生、没准备好等等托词的，他潜意识里就没真考虑跟你结婚，推托是掩饰心理的表现。如果听说你怀孕，他欢欣鼓舞，呵护备至，期待孩子的到来，他就是你可靠的爱人。满分，郑秋冬，我也爱你！

郑秋冬：慢着，怀孕到底是真的还是假的？

熊青春抱住郑秋冬：官网宣布，没怀孕。嘿嘿，我就想试试你，没怀呢，现在这么忙，真要有了孩子，多麻烦呀。

郑秋冬严肃：熊青春，你这不成虎妞了吗？能有点正事吗？

熊青春再次偎在他怀里：大点声，我爱听。

19. 杭州机场　日外

林拜推着两件大行李出了机场。

袁昆带着两个员工模样的人过来，那两个人接管了行李。

袁昆：下车伊始，有什么打算？

林拜：哥哥，吃喝的事先放一放，既然来了，首先要拜见老大，索尔离开北京后，我还没见过他。

袁昆似有不快：有预约吗？

林拜：我在北京跟他通过电话，礼数总得到。

袁昆勉强点头：想得周到，索尔刚从新加坡回来。

20. 特慧专猎（杭州）老板索尔的办公室　日内

这是一间西式办公室，老板索尔是个美国人。

一个日本商人模样的人跟索尔握手告辞（日语）：我会好好考虑的，索尔先生。

索尔很客气（日语）：希望一周内能接到福田先生的电话。再见。

索尔将福田送出门，办公桌上的电话响。

索尔匆匆回来打电话（英语）：啊，斯蒂文，我收到了，你的摄影水平让我钦佩，画面很清晰，谢谢。再次恭喜你。斯蒂文，荣升为美洲区负责人，好的，谢谢你，再见。

电话放下，手机响，接听（法语）：我管不了天气，迪耶尔，马赛下雨，你的计划只能是留在那儿等雨停，乏味的日子就去普拉多海滨看看雨景，说不定会见到齐达内、纳兹里，祝你好运。

挂了电话，袁昆推门：他来了。

索尔离开写字台，笑吟吟地过来与林拜握手，并用中文：林拜你好，昨天放下你的电话，我回忆了一下，我们三年多没见了。

林拜：三年多了，告别晚宴上谈的是世界杯你们美国输给加纳的事，加时赛，记得吗？时间飞快呀。

袁昆：坐下谈吧。

索尔看了眼袁昆，然后转对林拜：坐坐。三人走到沙发区。

袁昆正要落座，索尔对他：东海株式会社的福田刚走，留给安吉拉一份文件。

袁昆没能坐下，尴尬：哦，那，我去问问安吉拉，林拜，你们先谈着。

林拜感到了一丝不和的气氛：哦，好，你忙你的，回头再见。

二人坐下，索尔目送袁昆出门：你跟袁昆是法资银行那个项目认识的？

林拜：对，那案子北京就我一人过来了，袁副总经理……

索尔：不说他了，说说你，还是一个人吗？

林拜感觉到索尔不喜欢袁昆：哦，我呀，你走的时候我没结婚吗？

21. 特慧专猎（杭州）林拜办公室　日内

林拜打量着简单整洁的办公室，袁昆在一边：小是小了点，中央商务区，寸土寸金。

林拜：不小，很好。咨询机构嘛，哪怕家当只有一把转椅，也得放在最值钱的地方，吃的就是脸面饭。

袁昆：晚上吃什么？

林拜：你跟索尔是不是不太……说实话，我不希望在稀里糊涂的环境里工作。

袁昆为难：有点，但并不严重，我负责的高科技部分，索尔有些介入过多。哎呀，不说这些了，你刚来，慢慢就知道了。有件事我想跟你谈谈。

林拜关上门：什么事？

袁昆想了想，起身：换个地方。

22. 茶馆　日内

袁昆：我想跟你谈的是……你那个郑秋冬。

林拜揣测：怎么是我那个郑秋冬，有什么谈的？

袁昆：我最终让一家小猎头公司给他做的面试，我想，一旦以后有什么不好的事情发生，最好跟特慧、跟咱们都无关。

林拜打量袁昆，笑了：说实在话，我上次走之前，就有不好的预感，郑秋冬怎么了？

袁昆思考措辞：有一家移民顾问公司，母公司在北京，很有背景，就算给坐过牢的人办移民，也能轻松拿到良民证。他们一直想拿到一些特定的……外资银行的客户信息，比如理财、境外投资这方面的。你明白了吧？

林拜想了想：我好像明白了，但你还得说明白。

袁昆：明白人说明白话。得有内部的人，才能搞到内部资料啊。

林拜：郑秋冬……是打入的……

袁昆：没错。

林拜：面试郑秋冬的那个小猎头公司叫什么名字？

袁昆：新锦程，新锦程猎头公司，刚成立不久。

林拜：把郑秋冬弄进银行，那家移民公司出了多少钱？

袁昆：不少，事成之后，郑秋冬还有 30% 的分成。

林拜：剩下的 70% 归新锦程猎头，它再拿出百分之 N 来给你。

袁昆：还有你。

林拜意外：还有我？无功不受禄，怎么会有我的？

袁昆：郑秋冬是你发现的，而且有一个重要环节非你不可。

林拜想了想：让我去说服郑秋冬，把资料偷出来。

袁昆：难听了点，不说偷吧，是这个意思。

林拜琢磨：我想知道他的30%是多少，你、我的份额是多少。

袁昆：总共是60万。按照事先的约定，郑秋冬30%，你完成说服工作，他把资料带出来，你12%，我牵线接头无所谓，8%。

林拜：这家猎头够黑的，独吞50%。

袁昆：不可能，还有回扣呢。

林拜：我很反感这事，这不成参与盗窃了吗？

袁昆：跟犯罪扯不上。都已经开始了，随便就停下来，这不是我们的风格。这事还有好玩的一面，想简单点，就当是个智力游戏，把不可能的事变成可能，试试身手。

林拜想了想：你既然这么说了，我倒想试试这事难不难办，也想看到郑秋冬的反应。办不成别怪我，我先探探他的底。

袁昆：怎么会怪你，好胜心强的人都会做出同样的选择，与成败无关。

林拜：跟谁也不要提我，北京那边更不能提，钱只经你手，谁的钱我都不接。

第 14 集

1. 街道　日外 / 玉汝于成职介所　日内

惠成功开着车，戴着蓝牙耳机打电话：喂，熊总啊，那个姓林的猎头来电话，约晚上吃饭。

熊青春在用订书机订着什么：哦，这人又出现了，你怎么说的？

惠成功：我说我要请示。

熊青春：你就请示郑总吧，问我干什么？

惠成功：哎，不是您说的吗，有人约郑总要向您汇报。

熊青春：惠成功，我重申一遍，你是个蠢货，我说的是女人，女人约他向我汇报。

惠成功：哦，我一时糊涂了，我蠢货。

熊青春看着边上的贾衣玫：别给我装糊涂，你这电话是打给我的吗？

惠成功坏笑：是啊，哎哟，熊总，不好……有警察，我先挂了。

熊青春挂机看着贾衣玫，她往电脑上的表格里输入着数字。

熊青春：惠成功是不是对你有意思？

贾衣玫没说话，拿出手机，找出一页微信，放在桌子上：熊总自己听。说着继续忙着。

熊青春端着手机：这不算侵犯隐私吧？

贾衣玫：给您听的，不算。

熊青春点开微信。

惠成功 OS：晚上看电影吧，去离你家近的电影院。

贾衣玫不屑口吻 OS：一边儿去。

惠成功 OS：两位老总一直在客厅亲热，我没地方去，要不消夜，我请客。

熊青春听着：嘿，还把我们扯进去了，臭小子。

贾衣玫 OS：一边儿去。

惠成功 OS：我车接车送，你不用受累，我就不信你自己在家待着有意思。

熊青春：公车私用。

贾衣玫 OS：一边儿去。

熊青春放下手机：这家伙什么时候开始的？

贾衣玫羞涩：来上班前就乱搭讪我。

熊青春诧异：来之前，你们就认识？

贾衣玫：就是面试那天，我一离开这儿，他就给我打电话，说要给我说说复试要点。

熊青春：呸，咱们哪有复试呀。

贾衣玫：我那时候哪知道呀。

熊青春：他约你了？

贾衣玫点头。

熊青春：你见他了？

贾衣玫摇头：我说一边儿去。

熊青春哈哈大笑。

2. 西餐厅 夜内

客人不多，林拜、郑秋冬在暖暖的灯光里用餐。

林拜压着声音：夏部长这一落马，周围的人全慌了，都是“三不”政策，不出门不见人不接电话，什么消息也没有。确定的是夏的秘书冼河、妹夫秦正宜加上罗伊人肯定都进去了。

郑秋冬：多少天了？

林拜：上上周二（到现在），十几天吧。

郑秋冬：要是仅仅协助调查，也该出来了。

林拜：谁说的，才十几天，是调查不是喝茶，都是风暴中心的人，哪有那么容易呀。

郑秋冬：关键是，罗伊人在中保传媒的经营上，有没有过违法行为？

林拜：这谁知道？有没有不重要，中保的来历说不定就有问题，那么大的公司旱地拔葱就起来了，罗伊人哪儿来的钱？大国企的项目排着队找上门，图什么？山谷那是命好，纽交所上市前还跟中保谈并购，幸亏没谈拢。小道消息说，孟董事长曾收到罗伊人触礁的暗示，随后山谷宣布并购失败的。

郑秋冬呆呆地：网上是有这类传言，要是并购成功，罗伊人岂不贻害山谷。我觉得罗伊人跟孟风不是没谈拢，而是她有先见之明，退了，她骨子里是仗义的。

林拜很意外：哎哟，看来你跟罗伊人有感应啊，还是遥感。我们总部负责金融的说，他确定罗伊人事先听到了夏部长的负面风声，估计在劫难逃，因此大义礼拒了孟风，成全了山谷上市的佳话。记住，我们总监用的词是“大义礼拒”，你用的是“先见”“仗义”。看来事实或许如此，英雄所见略同。

郑秋冬：罗伊人再会做生意，也不是会掉进钱眼里的人，我倒霉的时候她出钱帮过我，两次，都不少。

林拜：凭你俩以前的关系，这都正常。

郑秋冬：不不，有亲有情就能慷慨相助？太简单了。现在更多的是反例，是人走茶凉、反目成仇。罗伊人不是，她是那种富则兼济，穷则独善的人。

林拜嚼着牛排，琢磨着措辞：看来风情火热的熊青春，也赶不走你心里的那个罗伊人。

郑秋冬：林拜你了解我，我心里有熊青春，可这不妨碍我评价罗伊人。北京的关系都废弃了，我不知道该问谁，你最好帮着打听打听她的消息，我确实有些放不下。

林拜：我会的，我也很关注他们。林拜显得很不经意：哦，有单生意，你先考虑考虑，一周之内，不需要回答我，好吗？

郑秋冬注视着林拜：你的出现总给我带来意外。

餐厅门口，惠成功偷偷看着他俩，返身离开。

3. 街道 夜外 / 郑秋冬家客厅 夜内

惠成功出餐厅，顺着路边走，戴着蓝牙耳机打电话：就他们两个人，看样子聊得很投机。

熊青春守着剩饭剩菜在听着电话：你吃了吗？

惠成功：我吃了，熊总您吃了吗，需不需要我给您带点回去？他来到路边停车处，抬手开车门。

熊青春：我吃过了。

4. 西餐厅 夜内

餐具已撤，二人开始喝咖啡。

郑秋冬困惑：也就是说，我卡里的第三方补贴，是这家移民顾问公司给的？

林拜：正是，当时保密。

郑秋冬：现在不是秘密了？

林拜：不是秘密了，但还是你的个人隐私。

郑秋冬长吐一口气：明白了，其实我也是在为这家移民公司打工，只不过是秘密打工，而给地中海银行打工是公开的。

林拜：对，你阐述得更清楚了。

郑秋冬思索着，沉默片刻：这个第三方补贴，我一直以为是因为税的事……现在看来，我错了。

林拜：也不算错，只不过是……商业运作的技巧而已。

郑秋冬不安：拿这钱的移民公司叫什么名字？

林拜：我暂时也不知道。

郑秋冬：好吧，不管它叫什么名字吧，这家移民公司不会白给我钱的，现在是不是要透底了？

林拜：我想说的就是这事，秋冬。

郑秋冬警觉：请。

林拜：这家移民顾问公司的母公司背景很大。你知道现在做服务这块的，信息数据是至关重要的。

郑秋冬突然地：让我从地中海银行盗取资料？

林拜意外：既然要谈的顺序被你打乱了，那我就省掉前言，先从中间说。

郑秋冬没有说话。

林拜：我负责任地告诉你，你服务的地中海银行数据库里的很多数据，也有从别处盗取的，不仅它一家，这类机构全算在内，都有类似的操作，你说盗取，显然用词不当，但就先用这词吧。各家的数据融汇在一起，这叫平台。在整个消费服务的格局上，信息、数据、资料是在很多正规、严谨的机构中滚动的，越滚越大，你中有我，我中有你。对客户来说这是好事，说明潜在的服务层面在丰富，服务团队在扩大。坏就坏在这些数据落在了不法使用者的手里，就成了丑闻，“3 · 15”晚会你看了吗，一亿五千万中高端消费者的信息，像蒲公英一样在天上飞。真正在行业平台上运作的，都是默契的、严肃的，也是司空见惯的。

郑秋冬：不是盗取，那我这行为算什么？

林拜：资源共享的一个环节，数据转移。

郑秋冬笑了：这不能说服我。

林拜指着自己的头：那是因为你这儿还有好与坏、对与错的框框。对不起，我要说这框框太老旧了，不适用今天的经济法则了，将一组数据转移到别处，是今天商业世界每分每秒都在发生的事，跟呼吸、饮食一样。

郑秋冬：跟商业间谍也一样。

林拜激动：你 out 了，秋冬，你在说什么呢，商业间谍？你即将要做的事不会给任何人带来坏处，只会带来更多、更潜在的服务，何谓间谍？一个拿到哥大 offer 的留学生，被黑中介勒索，被签证官刁难，始终拿不到签证。忽然有天来了一个陌生电话，告诉这孩子快去使馆办签证，别耽误开学时间。你知道这个电话哪儿来的吗？你知道打电话的人从哪儿得到这孩子信息的吗？帮助这个孩子的机构不应该得到更多的信息吗？

郑秋冬：别激动，林拜，你怎么讲起大道理来了？你无非就要告诉我，盗取有盗取的高尚之处。我问你，帮助那个留学生的是慈善机构？它不收费？

林拜：不是慈善机构，当然收费，这些服务是有成本的，就像人家也要付给你钱一样。

郑秋冬：你的说辞就是让我相信，把那些资料盗取……把那些资料转移出来，是在做好事，资料的主人会这么认为吗？

林拜真诚地：终究会的。我怎么认为就怎么说，你好好想想，是非没那么简单。

郑秋冬苦笑：我知道，林拜，商业法则有时候不适用道德判断，商家对商家，就是甲方对乙方，利益当头，不存在正义一方还是非正义一方。这些都统统不谈，我问你，我要是帮那家移民机构实施了数据转移，总是违法的吧？

林拜：你不违法，你拿的是新锦程的派遣合同，即使违法也是他们违法，你只是违背了地中海银行管理条例。

郑秋冬：哦，明白了，留着后手，为了保护我。

林拜顿了顿：这样吧，不再深谈了，余地我们必须留出来，改天好吗？我相信你已经放弃了非黑即白的简单判断，再想想？

郑秋冬没说话。

林拜：最后，听听报价总可以吧？我说过，一周之内不需要回答。

郑秋冬观察左右：可以。

林拜：60 万的 30%。

郑秋冬意外：我个人的？

林拜：对，你职介所的年利润是多少？

郑秋冬看着林拜：我去银行工作，本来是想攒一份履历，没想到成了枚棋子。

林拜：别老往坏处想。地中海银行的这份工作，你喜欢还可以继续做，没有任何人能妨碍你。即使有人在别的数据库里看到了你转移出来的资料，也是跟无数数据混用起来的默认程序，就是一滴奶滴进了泳池，瞬间就无影无踪了。只有散居在世界各地的客户们，享受着送上门来的服务。当然是有偿的。

郑秋冬：你的煽动还欠火候，没完全鼓起我的勇气。

林拜：没完全，那就是你有些心动了，是不是？普罗米修斯，总能理解了吧，在全世界各种文字的描述中，他都是盗取火种的吧，谁要是把他的盗取翻译成“获取”这类好听的词语，那必定是不文明的书写，不是吗？

郑秋冬笑了。

林拜：笑什么？

郑秋冬：你这煞有介事的样子，让我看到了过去的我。

5. 街道　夜外

郑秋冬和林拜说着出了餐厅，客客气气地道别。

郑秋冬来到惠成功的车边，惠成功要下车，郑秋冬蹲下系鞋带，小声：别下来，跟着他，看他去哪儿。

林拜上了来接他的车，反光镜里看着叫出租的郑秋冬，对邻车司机：跟着他，看他去哪儿。

郑秋冬的出租车启动，邻车跟上。

林拜的车启动，惠成功的车跟上。

6. 郑秋冬家　夜内

电视开着，熊青春和郑秋冬在沙发里亲热着。

郑秋冬声音热乎：青春……结婚吧。

熊青春声音断续：听你的……就是，买房……钱还不够……

钥匙开门的声音，二人分开。

惠成功进来：他去了 XX 大厦。

郑秋冬：没回住处。

7. 袁昆办公室　夜内

袁昆在开红酒，似乎很亢奋：好呀，只要没说 no，就说明他不是你说的那种人。

林拜用小叉吃着盘子里的香肠切片：哪种人？

袁昆：杯弓蛇影的人。说着袁昆递过红酒，点开桌边的笔记本电脑：这是你报告里写的，郑秋冬不是思维缜密的人，但具备高学历创业者的基本特征。他是思路异常的人，他的创业思路轻专业而重偏门。去尼泊尔做虫草生意、广西做过传销、假身份闯荡北京 CBD 等冷门选择，这些令人费解的奇异行为，让他吃尽苦头。现在他变得异常小心谨慎，唯恐重蹈覆辙，可以说是个杯弓蛇影的人。

林拜啜着红酒，听着，走到窗边：你认为我的这份报告不精准，结论有出入？

袁昆得意：没错，所有吃饭喝水的人都是妥协的接受者，从贩夫走卒到政治领袖。人在现实里，都是肉皮囊，菜市场里走一走，公交车上挤一挤，再自律清高的人，也会有何必如此的逆反心理。

林拜摇头：我跟他谈的都是实实在在的，没一句虚的。虽然他没说 no，但他也没说 yes，还是谨慎到牙齿的人，说他杯弓蛇影，一点不过。

袁昆：照你这么说，让他拷贝客户资料是没戏了？可以下结论了？

林拜：50% 没戏。

袁昆指责：你呀，林拜，总部有人说你是混世魔王，我看你还太书生气，为什么不能说 50% 的希望？你要落到索尔手里，会天天被骂的。他会咆哮说，我们必须自我打气，必须自我感觉良好。

林拜笑：自我感觉良好的不是索尔，我看那是你。

袁昆：随你怎么说吧，你报价以后他的反应？

林拜沉吟：应该说，报价一出，他有些触动，没说话。

袁昆兴奋：这就对了，这就对了，他还是一个朴实的俗人，杯弓蛇影的人这时候会跳将起来，叫喊“不——”

林拜看着袁昆：他是见过钱的。

8. 郑秋冬家卧室　夜内

郑秋冬靠在床头玩 iPad，熊青春在床边熨衣板上熨着衣服。

熊青春：这 18 万先放在一边不说，就说资料外泄的事，那算什么呀。几年前一说资料外泄都大惊小怪，那还有情可原，不懂嘛，盲目害怕。现在看看，有什么呀，咱俩的数据不知在多少人手上攥着呢，损失什么了吗？反正我没有，即使被人利用了，也就是多了几个骚扰电话，那也是利大于弊。

郑秋冬：利大于弊？有什么利可言？

熊青春：资源共享呀。

郑秋冬认真：我们只有变成资源的份，哪有共享的份？让那些看不见摸不着的人共享，他们跟我们没有任何约定，就这么共享？我把利都赋予了你，把弊都留给我自己？能接受吗？怎么想的呀熊青春，你还人精呢？

熊青春：你知道凯文杨吗，他就做类似的工作。

郑秋冬坐起身：在英国偷东西？

9. 惠成功的房间／贾衣玫住处　夜内

惠成功从门缝听着外面的谈话，关上门。开始发微信：回卧室以后就听不清楚了，反正还在争论，郑总说了一句他不想当卧底，吓了我一跳，他会是谁的卧底？你想出来消夜吗？

惠成功仔细听着外面，手机响。

贾衣玫住处，听完微信，她说：卧底不就是打入敌人内部嘛，郑总会是警察？

惠成功：警察不可能。但去那家银行很可能是有目的的，越说越紧张，出去吃消夜吧。惠成功信心满满地等着。

贾衣玫听了微信，回复：一边儿去。

惠成功身子一直，倒在床上。

10. 郑秋冬家卧室　夜内

衣服熨完了，熊青春在一件一件地叠。

郑秋冬嘟囔：凯文杨、杨凯文，你前男友神神秘秘的，原来是做这行的。

熊青春：你别瞧不起这行，这行有正经名堂的，学名叫 CI，也叫 BI，就是做情报搜集的，英国这种企业，大多数还是中等水平，主要做数据分析，少数企业已经进入高端 CI，开始做数据挖掘。凯文杨说过中国企业还是落后，大部分还停留在报表阶段。

郑秋冬用 iPad 搜索着什么：哦，竞争情报，中国也有人开始做这行了，我感兴趣。凯文杨具体做什么？

熊青春略有自豪：分析师，级别挺高的那种。他们好像就能拿到任何机构的数据，不知道用什么手段，高度机密的，真的。他说银行交易、专利走向、各种会议备忘录都可以成为他的案头资料。哪儿来的？我估计就是雇用无数个你这样的人去弄来的，对你个人安全，对社会无害，都是研究素材，早就进入科研层面了。

郑秋冬看着 iPad：看来你是主张我接单了，不惜搬出前男友来助阵。

熊青春：你现在需要 open，需要现代观念的冲击。

郑秋冬酸溜溜：听明白了，我老套，他现代。

熊青春：这么说就没劲了，再说，18 万，哪那么好挣的？

郑秋冬：哎——，这是你的心里话。

熊青春不好意思地笑了：就是嘛，10 万，刚看的那套房子，能买下十分之一了。郑秋冬放下 iPad，琢磨。

11. 地中海银行大门口　日外

威严的保安，有的伫立着，有的警觉地溜达着。

监视探头。

郑秋冬西装革履，拎着皮包过来，刷卡，进入。

12. 地中海银行　日内

郑秋冬走在长长的走廊里，他不经意地抬头看。

门口的保安，走廊里几处监视探头。

13. 地中海银行电梯口　日内

门开，郑秋冬走出来，毕主管看见他，急忙：Julian，正好。

郑秋冬回身，毕主管引他到了一个僻静处，小声：AP 总裁突然要去夏威夷，住友商事的项目可能重启，要我去做翻译，下午走周末回。

郑秋冬：好的，需要我做什么吗？

毕主管谨慎地：是这样，法澳商贸财团派来的代表，就是你去机场接的那位……

郑秋冬：Ms. Smith？

毕主管点头：没错，法澳财团跟咱们共同开发一组理财产品，对外暂时保密。这个史密斯女士作为代表跟行长在谈判。我电脑里有份预估值的文件，她明天必须要看到。你全程陪同她看，只许她看，不许复制。

郑秋冬：我陪同？

毕主管递过钥匙：陪同监督。我办公室的，电脑密码和文件名明天早上九点会发到你手机里。

郑秋冬接过钥匙。

14. 地中海银行　办公室区域

郑秋冬走来，看着经理办公室的门，刻着“Director Bi”。

玻璃百叶窗内，毕主管的办公桌上，毕主管和孩子的合影以及那台精致的电脑。

郑秋冬边走边看。手中，毕主管的钥匙在晃动着。

15. 郑秋冬办公室　日内 / 路边 / 车内　日外

郑秋冬在跟一个带孩子（约 20 岁）的中年妇女解释：这您只管放心，沈局长，法国有金融审慎监管局，这个机构是会对支付机构严格监管的。

孩子木然地在玩手机。

妇女：你说的这个机构，应该在登记表上注明，这样孩子过去就一目了然了。

郑秋冬耐心地：沈局长您看，这里印的缩写 ACPR，就是这个机构。

妇女恍然：哦，这就是，谢谢，再见。别玩了，走吧。

郑秋冬有些看不下去了，对孩子：路易斯，这点小事你自己来办就行，不用劳驾你妈妈了。

孩子还在玩：她愿意。说着跟着妈妈出去。

郑秋冬摇头，手机响，接听：上班呢。

林拜：中午吃个便饭？

郑秋冬想了想：还有别人吧？

林拜看着副驾驶上的袁昆：对。我的上司，想见见你。

郑秋冬稍有诧异：好的，时间不能长。

16. 玉汝于成职介所　日内

熊青春在上网瞎看，突然她看到一条新闻：正部级高官落马，夏吉国接受审查。

熊青春努力回忆着什么，看着，点开。

大标题下，是夏吉国的照片。

一行文字：中新网10月17日电，据中央纪委监察部网站消息，×××× 部长夏吉国涉嫌严重违纪违法，目前正接受组织调查。

熊青春想起什么，打开百度，开始输入：夏吉国夫人。搜索显示夏吉国及其夫人邹旭萍多处文字及图片。

熊青春觉得不对，继续输入：夏吉国，罗伊人。搜索显示"夏吉国部长视察首都文化单位，中保传媒董事长罗伊人陪同参观"等类似多幅画面。

熊青春惊讶。

17. 水上餐厅　日外

郑秋冬在林拜的带领下过来，走到餐桌前袁昆的面前。

林拜介绍郑秋冬：这位是地中海银行的郑秋冬先生，这位是我上司，特慧专猎杭州办公室副总袁昆。

郑秋冬伸手：您好袁总，我们好像在哪儿见过吧。

袁昆笑容可掬地：好记性，过目不忘呀，是见过，在新锦程面试考场。

郑秋冬眼前闪过墙角里的那双眼睛，他很意外：哦，对，哎，那天袁总怎么会在那儿呢？

袁总淡定：业务考察。

18. 玉汝于成职介所　日内

贾衣玫在一边给几个求职者拍照，这个角落收拾得很干净，架着灯伞、三脚架、简单的单色背景，闪光灯一闪，贾衣玫：下一个。

熊青春还在电脑前搜索着，从中保传媒官网开始，一连串的链接，直至链接到了为中保传媒做法律顾问的梅兰律师事务所，屏幕上出现，律师：钟淮兰。简介和照片。

钟淮兰律师，北京人，中国政法大学法律系本科、硕士研究生毕业，具备扎实的法律理论功底，曾在北京中关律师事务所（位于北京市海淀区）工作三年。

2007 年始在北京市昌平区综合型律师事务所即梅兰律师事务所从事专职律师工作，北京市律师协会、中华全国律师协会的会员。

2009 年度被北京市司法局授予律师工作先进个人。为著名的商标 PPM 持有人德国的惠德尔户外用品标准股份公司在中国对侵犯其 PPM 及鹰隼图形商标的代理人进行诉讼维权，并因此一直深受社会各界人士的广泛好评。

2010 年公司战略型选择了中保传媒文化公司作为战略合作伙伴。

……

TEL：xxxxxxxxxx FAX：xxxxxxxxx EMAIL：xxxxxxxxxx

熊青春盯着钟淮兰的照片看着，伸手拿起了电话。

19. 水上餐厅　日外

袁昆在对郑秋冬解释，口气轻松：有人对你们银行内部局域网做过研究，结论是，可以通过一连串很不起眼的链接，把数据存放到一个位置，剩下的事你就不用管了。我可以找人教你操作，操作记录上不会留丝毫痕迹。

郑秋冬谨慎：说实话，钱是有些打动我，可我还没下决心。

袁昆：郑先生，政府官员、企业高管他们乘势发展，乘的是职位优势；还有一种乘的是位置优势，就像现在的你。我可以去说服你的雇主，再相应提高报酬。

郑秋冬几次看林拜，林拜都避开，郑秋冬：好像所有人对这样的事都不屑于认真，是我太迂腐吗……袁总？我吃过苦头，无论做什么事，我都会按照能被发现去考虑，不想做怕被发现的事。

袁昆：怕被发现的事，并不意味着是坏事。而且这个世界上，没有永远不能被人发现的事情。保密是商业社会的常态，我们会为你做到保密、保护、保底。知识产权、商业合同、信用代号、密码这都是不能让别人知道的，商业手段也是这样，不会让人知道的。我们尊重保密意识，也尊重君子爱财取之有道的规矩。

郑秋冬看着林拜，林拜躲不过去了，对袁昆：让他自己选择吧，这时候要讲的不是道理，而是信任。说实话，秋冬，这种事在全世界的商圈里随时都在发生，不久的将来，这会成为理直气壮的共享机制，现在你还能得到 18 万的报价，甚至更多，以后也许就是免费的一项义务。

郑秋冬心里没底：您说的那组链接，肯定会留下痕迹的，肯定会有的。

袁昆：U 盘不用考虑，内网禁用 USB 存储。

郑秋冬嘟囔着：对，不过授权的 USB 倒能访问。

林拜看袁昆：钱怎么付？

袁昆问郑秋冬：你想要怎么付？

郑秋冬看着林拜：你给我？现金。

林拜再看袁昆，袁昆拍手：OK，一次性付清。

郑秋冬吸气：再让我想想。

袁昆有点泄气：Come on.（来吧。）

20. 玉汝于成职介所内间 / 北京梅兰律师事务所　日内

内间。熊青春从门玻璃上看着惠成功和贾衣玫，一个在往表格上贴着照片，一个在表格上盖章，几个求职者等在一边玩手机。

熊青春打电话：您好，是梅兰律师事务所吗？

一年轻男子：是，请问你找谁？

熊青春：我找钟淮兰律师。

年轻男子：您是哪位？

熊青春自信的声音：我是浙江电视台文艺部，有事情要咨询钟律师。

年轻男子朝玻璃单间示意，里面的钟淮兰接起桌面座机：哪位？

熊青春：钟淮兰钟律师吗？

钟淮兰：我是，您是哪位？

熊青春：我是浙江电视台文艺部，我叫何雪晴。按照合同，我们跟中保传媒有一台晚会的合作协议，现在应该商议筹备了，可我们筹备组联系不上中保的罗伊人罗总，我从中保传媒的官网上看到了贵所和您的电话，想咨询一下，怎么联系罗总？

钟淮兰打开了电话录音，有些为难：罗总最近身体不好，不便联系，公司的经营管理暂时由薛璐副董事长代理，请您跟薛副总接洽。

熊青春：罗总什么时候方便呢？有些细节是我跟她口头约定的，换别人也不清楚。

钟淮兰应付：对不起，这不是我们的业务，我不清楚，这是律师事务所，咨询事宜请直接与中保传媒办公室联系，再见。

熊青春急忙：对不起，我再问一句，罗伊人到底得的什么病？

钟淮兰警觉：知道了您想怎么样？

熊青春：没什么，我想去北京看望她……她并没有生病，你没告诉我真实的情况。

钟淮兰一怔：我没说，是因为你没说出你的真实身份，你究竟是谁？

熊青春：我前面说过了。

钟淮兰：我想跟你视频交流，可以加你的微信吗？

熊青春意外：啊，算你狠。挂断电话。

21. 水上餐厅 / 街道　日外

袁昆：事成以后，你要是还想在地中海银行干下去，你的 case 我们特慧专猎愿意接管，新锦程毕竟太小。我们可以为你做未来发展的设计。

林拜：你帮强手做的行政总厨那一单，我们都知道，专业水准。

郑秋冬诧异：这事你们也知道？看来暗地里发生了不少的事。你们特慧专猎是猎头大佬，我那案子不值一提。

电话响，郑秋冬看是熊青春的：不好意思。说着去一边接听。

僻静处，郑秋冬：什么事？

熊青春：你以前的那个罗伊人出事了，你知道吗？

郑秋冬意外：你怎么知道的？

熊青春：她不是跟夏吉国傍着嘛，姓夏的出事了，网上都已经报了，她肯定被卷进去了，那公司的官网把她名字都删了，刚才的事。

郑秋冬还是一惊，平复一下，耐心地：我在忙呢，求求你，她的事不要再提了，别怪我老说你傻，为什么老跟我提她呢？

熊青春语塞：我……好吧，我贱骨头。我觉得这是大事……算了，再见，哎，晚上我和小贾去做SPA，别人送的券，你自己吃吧。再见。以后不许说我傻。

郑秋冬回，有点走神，坐到餐桌边：媳妇儿的。

林拜：这事你跟熊青春说过吗？

郑秋冬：什么事？哦，银行这事？

林拜：我猜，说过。

郑秋冬：对，商量过。

林拜：我猜她同意。

郑秋冬：她同意，她跟你们看法一样，不认为盗取数据算什么事。

袁昆：女人是直觉的动物，该相信她。

郑秋冬声音很小：好吧，试试看。

22. 北京机关招待所　日外

钟淮兰拎着公文包进入大门，一个便衣警卫迎上，跟她说着什么。

钟淮兰：是方岳军方科长？

方科长：我是。

钟淮兰递上一张纸质材料和一个证件：这是通知单。我是梅兰律所的钟淮兰，罗伊人的律师。

23. 招待所会客室　日内

类似审讯室的一个空屋子，中间摆着一张桌子、两把椅子。

钟淮兰等在这里，身着便装的罗伊人被带进来。

桌子上已经摆上两个热气腾腾的纸杯，一个干部模样的人坐在门口。

钟淮兰轻轻走近罗伊人，怜惜地看着她。

罗伊人面容倦怠，但依旧优雅：好久不见。

钟淮兰落座，端详她：好久不见。

罗伊人浅笑：没有镜子，我看着很憔悴吗？

钟淮兰：不，高冷，还是女神范儿。

罗伊人：在这儿听这话，刺耳。没想到在这种地方见面。

钟淮兰从公文包里往外拿材料：人生无常，好在你的定性没变化，我询问过还是协助调查。伊人，谢谢你的信任，让我做你的律师。

罗伊人平静：别客气。人生无常，我已经厌倦感慨了。材料都看了？

钟淮兰生气地看着她：看了，吓了我一跳，以为我看错了呢。

罗伊人一笑：什么意思？

钟淮兰：你跟夏吉国没结婚。

罗伊人冷冷地：我没对外说过我跟他结婚，都是别人传的，我知道有多少人希望我跟他结婚。

钟淮兰拿过一份材料：一看我都傻了，配偶栏里还是邹旭萍，原配，真是瞒天过海，怎么回事？

罗伊人显现出干练的一面：简单说，我认识夏吉国那年冬天，他就跟他老婆提出离婚，这个邹旭萍你不得不服，在家关着门哭了三天，在分得大量财产后，就跟他离婚了。离婚后你知道吗，不愧是财政局的高官，办完离婚手续的第二天，她就闹着要复婚，说后悔了，在家喝药自杀，被女儿救下。

钟淮兰：离婚前不闹，离婚后要死要活，既要财产也要人。

罗伊人：对，先拿到分得的财产，再闹复婚，全局一盘棋设计得非常周密。

钟淮兰：这是她撞大运，复不了婚怎么办?

罗伊人：要不说是高人呢，邹旭萍找到我说她握有老夏受贿、在矿企拿暗股、财产转移海外的证据，要他三更死，他就听不到鸡叫，一出闹剧。让我劝夏吉国妥协复婚。接着她女儿来找我，这娘俩配合得珠联璧合，让我死了嫁入豪门的心，她妈妈为了她和那个家会拼到鱼死网破。当时，他俩离婚的事向有关部门汇报过，消息慢慢就传出来了。夏吉国面临提拔，正在被考察，根本经不住邹旭萍这么闹，所以很快他们就秘密复婚了。帮我搭平台，成立中保传媒，是她女儿的主意，她是幕后大股东。老夏两口子对外谁也不敢说复婚的事，怕上面说夏吉国拿婚姻当儿戏，他老婆就住回到郊区的别墅，享受她的个人财富去了。

钟淮兰从包里拿出电脑：全世界的人都以为你俩结婚了，你也不去解释?

罗伊人：第一，我不能解释，夏吉国很忌惮复婚的事。第二，我那时候被郑秋冬打击得晕头转向，从广西回来的时候心灰意冷，爱谁谁了，有人对我好，从心里感到温暖。第三，公司发展需要这种误解，我心里清楚就可以，我为什么要满世界去说，我不是他老婆，我不是他老婆。

钟淮兰：那个邹旭萍当时如果不闹，你会嫁给他吗?

第 15 集

1. 招待所会客室　日内

罗伊人委屈：很有可能，那时候嫁谁都行，只要对我好。我认命，在谈情说爱这破事上不会有好运，我就想省略这些风花雪月的矫情，一步变成已婚的主妇，就这样。

钟淮兰：最最心灰意冷的时候，在广西被那疯子羞辱……我在，理解。

罗伊人眼中有泪：我就该没心没肺，是个石头人。

钟淮兰同情地拍拍她肩膀，打开电脑：好，先说最重要的。一、你与夏吉国之间有没有一定违法的事？二、你在中保传媒的经营上有没有一定违法的事？

罗伊人断然：没有。

钟淮兰电脑记录：你都没考虑，就回答，需要把四年多的时间捋一遍，仔细回忆。

罗伊人：真不用。你想想，当初邹旭萍捏着夏吉国的犯罪证据跟我谈判，就在北京饭店平台上，她敞开一个皮包，掏出一摞材料，问我这是火海敢不敢跳。她表现的是绝望，我感受到的是恐惧，说实在的，从那天起，我就知道夏吉国会有翻车这天。这一路走过来，我比羚羊还小心。

钟淮兰担忧：别太乐观，这案子太大。

罗伊人：看材料吧，多看看你或许就踏实了。

钟淮兰：当然，好在你关在招待所，只要不移交看守所，一切都好办。

2. 酒吧　夜内

熊青春和贾衣玫拿着几份楼盘户型图在看，在喝酒。

熊青春：这个性价比，比你看的那个好，价钱差不多，能多出将近四平方米。

这时她注意到不远处的一男一女，男的在诉说，表情痛苦，女的在啜泣。

贾衣玫看：是吗，我还真没注意。

熊青春：哎，那边那俩，我注意半天了，快崩溃了。

贾衣玫看了一眼：喝多了。然后对照着两张户型图：不过开发商给出的建筑面积也是扯淡，张嘴瞎说。郑总喜欢高层还是低层？

不远处，那男的甩手而去，留下女的在独自流泪。

熊青春看见也无奈，收回视线：太可怜了。郑总啊，当然是高层了，他喜欢所有高层，各式各样的高层，你别看他开着小职介所，梦想的还是国际大猎头公司的客户合伙人。当着银行的理财经理，梦想是给顶级大佬做理财顾问，他有精英癖，我说得对不对？

熊青春说这话的同时，一直在看那位哭泣的姑娘，那姑娘越来越伤心。

贾衣玫：那是精英情结，我觉得郑总穿西装挺好看的。说完顺着熊青春的视线看去，看见那泪水涟涟的姑娘：她爸要是见她这么哭法，还不难过死呀，我爸就见不得我哭。

熊青春收回视线，眼睛已经有些湿润：好心酸。你说什么，他穿西装好看呀，我前男友，就是在英国的那个，穿西装比他好看多了……（这时，她觉得说得不妥，改口）当然人品就差远了，不像郑总有人情味，男人首先要有人味。熊青春有点忍不住了，噌噌抽出几张餐巾纸，朝那哭的姑娘走去，到了那姑娘面前，没说话，递上餐巾纸，姑娘擦着泪水。

熊青春坐下，安慰：我注意你们半天了，那德行的人，你值得为他哭？

那姑娘直摇头（台湾口音）：好孤独，大老远来了，一场游戏一场梦，大陆男孩怎么会这样子。

熊青春：你是台湾人？

姑娘点头，熊青春：不介意的话，去我们桌上坐坐。

姑娘抬头看那边，贾衣玫和蔼地向她招手。

3. 街道　日外

熊青春在开车，郑秋冬皱着眉头看手机。

熊青春：一直说严重违纪违法，也没有新的说法。

郑秋冬刷着屏：只能是经济问题，那些道听途说的事都不是空穴来风。

熊青春瞥了一眼郑秋冬：你往后看，看那个八卦记者曝内幕的那篇，说夏吉国有好几个情妇，还提到罗伊人，还有那个女演员，叫金什么……奇怪，唉，他有老婆的，不是罗伊人。

郑秋冬看着手机：你就八卦吧，没准是这记者瞎编的，北京那个圈里的人谁不知道罗伊人是那部长的太太呀。

最后他索性关上手机：去他的吧，乱七八糟的操这闲心呢。

熊青春瞥他一眼：别不好意思，该关心就关心，牢狱之灾不是小事，我不介意。

郑秋冬一动不动：那是你的事，哎，网上买的那裙子到了吗？

4. 玉汝于成职介所／特慧专猎林拜办公室　日内

内间里，郑秋冬低声在打电话：……还牵扯黑社会，不会吧？

林拜：我朋友说，审案子的都是外地调的警察，打听不到什么。

郑秋冬：关键是罗伊人不是夏夫人，这太吊诡了。

林拜也乐了：是呀，这叫什么事呀，都恭恭敬敬地拿她当正宫娘娘敬着，嘿，原来是个丫鬟，贵圈太乱了。

郑秋冬：都在说这事，也都是雾里看花，不浪费时间了，如果听到罗伊人的消息，及时沟通啊。

林拜：那一定的，哎，银行那事你想好了吗？我不想听你吞吞吐吐的，想一想那唾手可得的18万吧。再见。

郑秋冬颓然放下手机，熊青春进来，夸张地：哟，打电话呢，不打扰吧？说着要出去。

郑秋冬拽住她：你说，往外弄银行数据那事能做吗？

熊青春搬起一桶桶装水：该说的我都说过了，你自己看着办，不做也行，我就见不得你瞻前顾后。

熊青春出去了，郑秋冬一脸为难。

5. 地中海银行　日内

长长的走廊，郑秋冬一路走来。

6. 郑秋冬办公室　日内

郑秋冬在复印机边复印着什么，一个中年西方女士敲门。

郑秋冬抬头：“Hi，Ms.Smith，please.”

史密斯夫人用中文：你好，郑先生，我跟毕先生说好的……

郑秋冬从抽屉里拿出钥匙：我知道我知道，请您跟我来，我带您去他的办公室。

7. 毕主管办公室　日内

郑秋冬将电脑打开，史密斯夫人在不远处回避地站着。

电脑显示需要输入密码，郑秋冬打开手机看着信息提示，开始输入。

进入电脑桌面，郑秋冬看着一个个编号的文件夹。

他的眼睛慢慢扫过屏幕，看向史密斯。

史密斯低头在摆弄着手表。

郑秋冬：对不起，稍等。

史密斯微微一笑：没关系。

郑秋冬移动鼠标，进入我的计算机，点击一下。

出现一屏，满是若干 annual data 文件，他随手点开“annual data（2013–1）”。

出现一个密密麻麻的表格，上面满是人名、编号、电话号码、金额数量、理财产品名称、起止时间等栏。他迅速用鼠标下拉，很长的表格。

郑秋冬手里攥着钥匙和手机，他另一只手拿走钥匙，把手机放回到口袋。

郑秋冬快速关闭这个文件，退回到原始桌面，看着手机的提示，打开了桌面上一个标着“Estimate”的文件。

郑秋冬审视一下，起身摆正椅子，对女士：“Ms.Smith，please.”

女士在看电脑，郑秋冬坐在尽量远的地方看着金融杂志 *Le Point*。

郑秋冬的眼光从杂志上经过，凝固在那台电脑上。

郑秋冬在慢慢踱着步，史密斯在认真地看着。

郑秋冬坐在另一椅子里，托腮、挠头、挪臀、揉胸口，略显不安。

史密斯女士终于起身，在跟郑秋冬说话。

郑秋冬看着她的口型，听不见她的声音，随着浑身一颤，终于听到女士的声音：……我看完了，耽误您时间了，谢谢。您没事吧？

郑秋冬：哦，不好意思，没事……看完了，那好，您先去旁边接待室，我来关电脑。

郑秋冬把史密斯送出门，轻轻撞上门，立即来到电脑前，快速关闭刚才开着的文件，换文件夹打开“annual data（2013–1）”文件。

然后迅速拿出手机，打开照相功能，对准屏幕，调到视频，对实焦点。

突然楼上发出一声响，好像椅子倒地的声音。郑秋冬一惊，仰头看着天花板，一种奇异的声音飘忽出现。

随着奇怪的声音，郑秋冬听到了袁昆和林拜的声音：怕被人发现的事，并不意味着就是坏事。林拜：这种事在全世界的商圈里随时发生，不久的将来……

郑秋冬惊慌地收回了手机，思索着。

随后是他自己做传销时的声音：……金光大道就在眼前，谁人给苍生指点！幸运的是在座的各位，我们一同见证了这条金光大道——连锁销售，多少人因贫困而来，多少人成富翁而去。必须不再犹豫，不再怀疑，明天的百万富翁、千万富翁就坐在这里，你们需要的就是：坚定的信心，铁打的信念，忠诚的信守，无疑的信奉。

法官宣判的声音：被告人郑秋冬犯组织、领导传销活动罪，判处有期徒刑五年六个月，并处罚金人民币 75 万元。

刘量体的声音：你思维敏捷，有逻辑有条理，做事严谨周密，与人交往真诚、简捷。你是一般的人吗？显然不是，你是翘楚，多少年才出一个。

罗伊人的声音：你吃亏的事没少做过，而且一次比一次大，这次算做到头了，该是苦尽甘来的最后那次了。

往昔声音和画面相继出现。

随着声音的加强，郑秋冬的神情变得怪异，手哆哆嗦嗦地伸向鼠标，额头渗出汗滴，手好像不听话似的，抬不起来，他盯着手看，像看一个怪物。

郑秋冬忽地站了起来，看见正面墙上的一幅装在镜框里的楷书，书法文字是：“我们的价值观，就是追求最高个人和职业操守水平的文化和承诺。——毕马威之道”

郑秋冬喃喃自语嘟囔着，抬起手来。

电脑关闭。

8. 大厦楼顶　日外

郑秋冬紧张地快步走来，站在风口，任风吹着，可怜的样子，嘟囔着：被洗脑了，被那俩家伙洗脑了。

9. 特慧专猎会议室　日内

特慧专猎会议室，整洁简洁，西式风格。

索尔坐在中间位置，袁昆、林拜及四五个年纪相当的咨询顾问级别的人。

一个文静的女咨询顾问说：岭南高速集团是合作六年的老客户，这次提出低端 RPO（招聘流程外包）要求，我们拒绝不合适吧。

林拜一边听，一边在看手机。

索尔看袁昆，袁昆傲慢：公司旗下有智融这样的 RPO 平台，但它是独立的，我们指挥不了它。岭南高速这种低端要求他们肯定拒绝，眼都不眨。

女咨询顾问一脸尴尬。

索尔看林拜，林拜看出气氛有些僵：袁副总和赵经理说的各有各的道理，我们为什么不考虑网络 RPO 服务呢？林拜轻晃着手机：资源就摆在这里，行业性的 RPO 高速公路英才网，可以很轻松地解决岭南高速这单业务。

索尔、袁昆、女顾问看着林拜，林拜再次举起手机，突然手机响了，一时尴尬，一看是郑秋冬，他

看了一眼袁昆，袁昆似乎明白。林拜起身出门：“Sorry.”

袁昆似乎明白，目光征求索尔。

索尔：休息一会儿。

10. 大厦楼顶　日外 / 另一大厦楼顶　日外

相邻的两座大厦楼顶平台，两个渺小的人，谁也没有发现对方。

林拜走出平台出口：喂，秋冬。

郑秋冬激动：林拜，你在哪里？

林拜紧张：我在公司，怎么样，办妥了吗？

郑秋冬酝酿片刻：我决定了，放弃！抱歉，你们做了这么多工作，费用我可以退还，最后时刻我还是不行，决定放弃。

林拜长舒一口气：好，我马上通知袁总。

郑秋冬急忙：你先别挂，林拜，先别挂，有的话我当着你的面说不出口，让我在电话里说出来，好吧。别看我以前做过那么多不堪的事，可在我眼里，我还是个干净人，信奉恶有恶报善有善报，看不惯恶人有好报的现状。哪怕有人把我这 30 年看成是一堆垃圾，那是他们的事，我还是不服。我有良知啊，我不是一堆臭垃圾……还有，你别急着挂，我再说几句，生活艰难的时候，确实会有不择手段的念头，可是冷冰冰的手铐，我想一想头皮就发麻。我是真怕再进去。林拜，跟你我什么都敢说，我还想干点正经事，坏事真做不得。我退出，往小里说是我胆小，往大里说，是想为自己攒人品，你是我哥，总得同情兄弟吧，拜托。一通胡说，听烦了吧。

林拜被郑秋冬的自白打动：秋冬，你既非胡说，我也没有听烦。我的感受是，你记着，刚才你说放弃的时候，我心里是松绑的感觉，我们都尽力了。至于前两天苦口婆心劝你做那事，那只是职业行为，你该能理解。很好，秋冬，这是一个加分的决定，恭喜你。我要回去开会了，见面再说。

郑秋冬兴奋：你真这么觉得，好，好，好，你跟袁总说一声，不要浪费时间，不要等我，我放弃了，以后我会向他当面解释。再见。

两个人在相邻很近的楼顶平台上，各自走向出口。

11. 特慧专猎会议室　日内

林拜进来，索尔在讲话（*本场的声音背景*）：我有这样一次经历，在一个有很多 CEO 的聚会上，一位同行问我，今天有多少中国 CEO 能够胜任财富五百强的管理工作？我说，不知道有没有人能够胜任。这位朋友说可以理解，我也不知道有没有外国人能够成功地管理一家中国公司。以日本的小松公司为例，它是一家大型机械制造公司，跟美国的卡特彼勒一样优秀。小松和卡特彼勒本该是竞争对手，但小松向卡特彼勒提供设备故障预先探测的技术。这两家公司还有竞争关系吗？我说当然有，他们之间既竞争又协作。

袁昆用眼神询问林拜，林拜摊开双手坐下。

袁昆脸色不好看，假装认真听，低头发微信：郑？

林拜接到微信，假装认真听，偷看一眼，回微信。

袁昆收到，瞥看：他放弃了！袁昆愠怒的神色：为什么？

林拜回：良知。

袁昆：可笑。

林拜：一起尊重他的决定吧。

袁昆苦笑，看着林拜。

林拜闭上眼睛，什么都不看了。

12. 玉汝于成职介所　日内

郑秋冬面对熊青春、惠成功、贾衣玫，他说：今天我做了一个重要决定，放弃了五分钟挣 18 万的机会。这差不多是我们公司一个季度的净利润，对不起青春，没跟你商量。

熊青春一笑：为什么说得这么沉重？她起身慢慢拥抱郑秋冬，她继续：这也几乎是我当初从你那儿拿到的钱，咱俩会有这么大的差距吗？

贾衣玫看着熊青春抱着郑秋冬，尴尬地笑着。

郑秋冬拍着熊青春的头：没啥差距，一样。我都已经开始动手了，最后一秒钟的时候，我模模糊糊地看到了一头怪兽，乱喊乱叫满嘴胡话，我害怕，就停下来了。

惠成功伸着脖子：郑总，那是什么样的五分钟？能挣 18 万，是跟老虎狮子关在一个笼子里待五分钟吗？那样的钱，不挣就不挣了。如果不费劲，为什么不挣？

郑秋冬：用手机对着电脑，拍五分钟视频，就把钱挣了。

惠成功兴奋：怎么挣，给晚辈说说。

熊青春放开郑秋冬：盗取电脑信息，明白吗？

贾衣玫：用 U 盘，那不更快吗？

郑秋冬：银行内网，屏蔽掉 USB 了。

贾衣玫：危险吗？

郑秋冬：不危险。

贾衣玫：不危险不费劲，要我我就做，哎，会损害别人利益吗？

郑秋冬啪地一拍桌子，竖着大拇指：小贾，你……你问到点子上了。

熊青春打岔：哎呀，干活了干活了，别说这种绕脖子的话了，跟破案似的，有些人还跟被损害的人终成眷属了呢，是吧，秋冬？

郑秋冬：那是我贱。转而对贾衣玫：损人利己的事人人都做过，但都不承认，好像自己没做过似的，为什么？

熊青春跳到郑秋冬的后背上：因为承认了就没面子呗。

郑秋冬乐：哎哟，熊青春，你今天太透明了，下来让我看看你脸红了吗。

熊青春使劲搂着他脖子：不下，你是银行的人来我们这儿捣乱，你们说怎么惩罚？

惠成功、贾衣玫：请吃饭。

13. 招待所会客间　日内

钟淮兰进来，打量着罗伊人，把两本书放在桌面上，一本是《佐贺的超级阿嬷》，另一本是《只要在一起》：是这两本吗？

罗伊人翻看着《佐贺的超级阿嬷》，点头：媒体报了？

钟淮兰：报了，报得很简单，不到一百个字。微博微信上已经传得五花八门了。

罗伊人警觉：有说我的？

钟淮兰：高官贪腐案，没有年轻漂亮女子多煞风景呀，你是摆在台面上的，估计网管都挡不住你的名字。

罗伊人伤感：媒体狂欢，突然想起好多新闻女人，女人这样一弄就脏透了……不说了，去公司了吗？

钟淮兰从公文包里拿出几页打印的纸：都快住在那儿了，一直在你们公司泡着，有些问题可能……目前结果不像你说的那样清清白白。

罗伊人一怔：有什么问题？

钟淮兰：有的项目可能有，比如，遗址公园的那块地，是在夏吉国的关照下拿到的吧？

罗伊人：不是我拿的，是他妹夫。

钟淮兰记录着：公司法人是你。

罗伊人：合同签字是他妹夫，他借用公司的名义。

钟淮兰：钱到的是你公司的账上。

罗伊人：我不知道他那钱的真实来路，他说那是他的联合投资，要办遗址印象的投资。

钟淮兰：那块地转手后净利润 1.6 亿，你参与分红了，有记录。

罗伊人：严格地说是他们分给我的，他妹夫离开公司的时候，我都退还给他了。

钟淮兰：有证据吗？

罗伊人：当然，银行走的账。

钟淮兰再看另一文件：这是好消息。烽讯能源的齐总送给你的那辆车，价值 220 多万，委托你动员夏吉国参加他女儿的婚礼。

罗伊人苦笑：那车行驶本上的主人，现在还是齐总，里程表上显示行驶不到两千公里，怎么能说是他送给我的？夏吉国参加他女儿的婚礼，我不是牵头人，是谁牵的头我不知道。

钟淮兰笑：你在夏吉国的羽翼下把公司做得这么大，现在还想撇得一干二净，很难。

罗伊人：你是我的律师，不该这么说话。

钟淮兰：我希望你能撇干净。

罗伊人：我做了什么我知道，我相信我绝对经得住查，我知道把我关在这儿，无非是让我当证人。

钟淮兰开始往外拿电脑：如果真是这样的话，你就要想想，你能证明什么了。

罗伊人：眼不见为净，涉嫌犯罪的事我躲得远远的，都没见证。

钟淮兰：真要这样你会很快离开这里的，我保证。

罗伊人：我的事，外面很多人在问吧？

钟淮兰：很多，礼节性的、好奇的、怕牵连的，都有。真正关心的也有，我干这行见得多，真正的朋友在这时候才能看得出来。

罗伊人：你觉得谁是？

钟淮兰：山谷的孟董事长。他公司上市，人还在美国，昨天跟我视频，详细询问你的情况。我问他怎么知道我的电话，他说他问了 16 个认识你的人，才问到你律师的电话，16 个，本律师知名度还是不够啊。他说你的律师费他出，因为山谷上市，他对你感激不尽。

罗伊人：都是客气话。

钟淮兰：这时候没躲得远远的就不错了，还敢往前凑的就是真的。

电脑进入工作状态：好吧我接着问，你个人的银行账户有几个？

罗伊人：四个。

钟淮兰：都是实名吗?

罗伊人：当然。

14. 高尔夫球场　日外

休息处，袁昆愤怒：开玩笑，他两边拿着高酬金，这会儿该发挥作用了就过河拆桥，他这才叫没信誉，移民公司给他的可是月薪 1 万呀。

林拜：面试他的时候，并没有说有卧底的任务。

袁昆：哎哟，林拜呀，他拿着一笔莫名其妙的钱，不想想是哪儿来的？谁给的？装什么大尾巴狼呀，一个劣迹斑斑的人，开口闭口谈良知，谈灵魂，谈人品，这简直滑稽到了登峰造极的地步。

林拜：我的看法是，他认为不该做的事就没去做，这没什么错。我们习惯做不该做的事，说不由衷的话，那是我们的事，还是不攻击他为好。选择的权利在他手上，他挺棒的，栽了那么多跟头，赔上了所有财产和声誉，净身出京。现在生活拮据，但还能表达自己的态度，我挺他，如果说他坏了别人的大事，那错在我，当初就不该推荐他，应该找个见钱眼开的人，他没错。

林拜说完转身离开。

袁昆喊：林拜，我对你是信任的，别误读我的意思。

林拜停下：都冷静一下，尽量别说那些明天会后悔的话。我们彼此信任，这是毋庸置疑的。

林拜走向自己放球包的地方，袁昆喃喃：疯了。

15. 毕主管办公室　日内

毕主管在打电话：理财是严肃的事业，张书记，我不能对您太太撒谎。原因呀，原因很简单，我不能对您太太撒谎，就像您不能对您太太说常去赌场一样。

对方愤怒挂机，毕主管的听筒躲开耳朵，敲门声。毕主管：请进，啊 Julian。

郑秋冬握着一个 A4 纸的纸筒进来：毕主管，现在说话方便吗?

毕主管：方便，坐。哦，Ms.Smith 在大老板那儿夸奖你呢，恭喜。

郑秋冬没坐：是吗，再见面请您代我谢谢她。

毕主管：坐，明天她来签合同，你可以当面表示谢意。

郑秋冬上前递上手里的纸：明天，可能没面谢的机会了，这是我的辞职信。

毕主管：辞职？为什么?

郑秋冬：这上面都写着呢。

毕主管看了一眼：这是外资银行，你是有合同的，怎么能说辞就辞呢？嗯？盗取数据？怎么回事?

郑秋冬：我来这儿，是一心想做好这份工作，您也都看到了。可是，委派机构没有讲明他们用我的深意，前不久，突然发出这种指令，盗取客户资料。我犹豫了几天，还是拒绝了。但我毕竟是他们安排进来的，也企图想完成这件事，现在很纠结，也没有心思在这儿做下去了，就这么简单。

毕主管小声：是哪家机构派遣你的?

郑秋冬：对不起，我不能说，既然没有造成任何损失，就当没这回事了。

毕主管：一个萝卜一个坑。Personal 那边一定没准备替代你的人选。

郑秋冬：这您放心，等替代我的人到位，我再离开，绝不会给您带来不便。

16. 中档餐馆　夜内

郑秋冬、熊青春、惠成功在吃饭。

熊青春一脸的不高兴：辞了？什么事也不商量了，自己说干就干，说撤就撤，我就跟个乡下婆娘似的，只能点头称是？

郑秋冬解释：本来可以干下去，心里就是不舒服，我偷偷写份辞职信，写出来，读一遍，心里就舒服多了，所以就没跟你商量，递上去了。

安静。

惠成功：郑总，你回来还用那台电脑吗？要用，我就把我的文件拷出来。

郑秋冬看熊青春：我想买台苹果的 Air，可以吗？

熊青春苦笑：这么大的事跟我商量，别吓着我。你这就不用再去了？

郑秋冬对惠成功：那电脑你接着用。然后对熊青春：在找到我的替代者之前，还要在那儿干下去，应该很快吧。

贾衣玫匆匆进来，面带喜色：郑总好。然后对熊青春说：那台湾女孩走了，这是留给您和郑总的。说着递上两张彩纸：台湾双飞双宿七日游，还是积德行善好呀，等于白玩。

熊青春看着那彩纸：哇，送我的？哦，对对，她家是做旅游商务的，你想去吗？

郑秋冬有兴趣：当然，有效期到什么时候？

熊青春查看：没写……哦，到年底，这儿呢。

郑秋冬：没问题呀，我银行那边一脱身，咱们就去。

惠成功：可以当旅行结婚呀。

郑秋冬：靠谱。来，干杯！

大家干杯。

17. 某写字楼门口的 ATM 机　日外

熊青春在操作着按钮，查看相关信息，最后取出一沓钱，装入手包，出了操作间。正好遇到林拜跟两个年轻的助理说着话经过。

林拜：哎，青春。

熊青春：林拜，这么巧。对年轻人：你们好。

年轻人见林拜遇到熟人：你好，经理，我们先走，你们聊。

林拜：好的，我一会儿就上去。

两个年轻人走了，熊青春：你公司在这儿？高大上的地方。

林拜：猎头公司生存的一个关键条件，就是要在一个高大上的地方安营扎寨，这你懂的。哎，你男人最近怎么样？

熊青春爽快：不怎么样。

林拜诧异：怎么了？

熊青春：怎么了你不知道？你知道吗？

林拜恍然：我好像知道，这事我该当面向他解释，我也有过错，怎么，还纠结呢？

熊青春：他辞职了。

林拜意外：辞了？没跟我说呀，为什么？

熊青春：他本来只想把事实告诉银行，让银行决定他的去留。可把事实告诉人家以后，他又觉得没面子待下去了。

林拜表情困惑：这事大了。

熊青春：他是不是不该主动说？

林拜不安：关键是他都说了什么，要是把背后让他干那事的人告诉银行，麻烦就大了。（林拜抬头看着高层的楼）秋冬这是想当圣人，跟银行都说什么了……算了，小熊，你先回，我直接问他。

熊青春急忙：你别问，我是不是说错什么话了，他别再怪罪到我头上来。

林拜：你放心，我只问我想要知道的，绝不会说到你，我是专业人士，只管放心。

熊青春：好，那我先走了。走了几步，她回身，恳请的口气：林拜，他最近情绪不好，还有些别的事不爱说，都憋在心里，一定很压抑，你要是能开导开导他最好。

林拜走到熊青春面前，打量片刻：你一定是个贤妻良母，我老婆就不会说这种呵护老公的话。秋冬不爱说的是什么，我知道，都是陈年旧事了，你刚才这几句话，证明你是能让他忘掉所有女人的女人。

熊青春笑了。

18. 地中海银行走廊　日内

走廊，会议室的门上，用中法文标注的“会议室”。

门开了，一行七八个西装革履的中外人士（银行中层、高层管理）相继出来。

最后，毕主管和一个法国人低语着走出来，法国人走了，毕主管拨打电话：来会议室。

19. 地中海银行会议室　日内

毕主管和郑秋冬落座。毕主管：你的事我们都想简单了。

郑秋冬不安：会有多复杂？

毕主管：加斯东本来可以拍板你的去留，可巴黎来传真说要慎重考虑。

郑秋冬困惑：一个海外基层职员，何至于打扰总部？毕主管您说的是我郑秋冬的事吗？

毕主管：是这样的，你的请辞已经同意了，一会儿去 Personnel（人事部）签个字就行了。但是，总部很欣赏你主动承认自己受人派遣的诚意，使银行避免了损失。

郑秋冬：那该怎么办？

第16集

1. 地中海银行会议室　日内

毕主管：按照公司规定，你必须离开。但是总部愿意为你颁发一个杰出证书，以鼓励忠诚、坦率、信赖的企业精神，是由总裁德·马杰里签署，加斯东要亲自颁发给你。

郑秋冬诧异：复杂了吧。

2. 小会场　日内

三四十个人围聚在一起，有中国人也有西方人，很简单的仪式。

大家鼓掌，郑秋冬走到中心，闪光灯闪烁，他接过加斯东递过的蓝色证书和一个无线话筒。加斯东示意郑秋冬讲话。

郑秋冬激动：“Thank you Mr. Governor，thank you Mr.Bi Yijie.”

加斯东用中文：不不不，Julian，这个时刻要用母语表达，我们都听得懂。

郑秋冬：好，谢谢加斯东行长，谢谢毕一捷先生，谢谢各位给予的掌声。在我的成长过程中，有过迷失的时候，有过不能分辨光荣和耻辱的时候。好在后来我走出了迷失，决心做一个明辨荣辱的人。据我所知，这个证书在地中海银行已经有50年的历史了，获得它的人刚到300，我的证书编号是302。我知道它不是奖励我做了多少贡献，而是奖励我没有为个人获利而背叛大家。在今天，很少有人因此而获奖，很少有人愿意舍弃利益而捍卫名誉，这是风气，可我不想随波逐流。谢谢总部从价值观上对我的承认，我对这个证书的另一种理解是：总部想给我提供一个职业亮点，让我在离开这里后，能凭这份好的履历，尽快找到一份工作。谢谢你们展示的人道主义情怀，谢谢总部，谢谢各位。

掌声，郑秋冬跟上前的加斯东拥抱，跟毕主管拥抱，跟一个个等在身边的同事拥抱。

3. 游泳池　日内

郑秋冬纵身跃入池中，奋力击水，到终点，呼气抬头，愣住。

岸上站着衣着整齐的林拜。

4. 露天咖啡馆　日外

林拜和郑秋冬。

林拜紧张地试探：你跟银行都说什么了？

郑秋冬：你放心，我不会出卖你和你背后的人，谁派我进去的，拿到资料送给谁，事成之后能得到多少钱，这些我都没说，我不想把这些当战利品，向银行邀功请赏。能问心无愧就罢了。

林拜放心：外国银行都有诚信记录，我担心连累特慧。袁昆该感激你。上次通话没说清楚，其实我对你放弃的决定心存敬意，很多人都有忠诚的愿望，变成行动的很少。虽然我劝你去盗取，但现在没有一点抱怨。

郑秋冬：谢谢理解，袁总怎么样？

林拜：自然是不开心了，以他的江湖地位，没搞定你这么个小人物，还让移民公司付你好几万酬金，他是面子上过不去。

郑秋冬：据我所知，外资猎头行里，是禁止用这类盗取、欺骗手段的，至少规范的公司，比如五大，都不屑这类手段。

林拜：他是帮朋友的忙，那是特慧之外的私活。哦，对了，昨天在时代广场遇到熊青春了，聊了你几句。

郑秋冬：聊我，全是抱怨，对吗？

林拜：错，一句抱怨都没有，她很在乎你的感受，生怕我误读了她的意思，让你不开心，总是小心翼翼地解释，爱护你就像爱护一件瓷器，我媳妇对我从没这样过。

郑秋冬：是吗，从没见过你媳妇，甚至也很少听你谈到。

林拜情绪低落：她是大忙人。哎，对了，我媳妇朋友的消息，中保传媒被一家上市公司收购，罗伊人因受夏吉国牵连，两个月前已经辞去董事长一职。

郑秋冬：是死是活也没消息？

林拜：死活？没那么严重吧？她好像问题不大，据说狠查了一段时间，没查出什么。

郑秋冬喃喃：真会没事？她真该找大师算一算了，这么背，没遇到一个靠谱的男人，一个比一个烂。

5. 招待所　日外

大门打开，钟淮兰和罗伊人从里面出来，钟淮兰还拎着一个大编织袋。

罗伊人仰头看着天，闭上眼睛，双手捂住脸，嘴唇微动，像在诵经：我欠缺的不是好运气，而是平常心，又要开始了，重新开始，但愿风能把我带去归宿。

大门边上，有一个大垃圾桶，钟淮兰把编织袋放在垃圾桶边上，轻推罗伊人：念经哪？

罗伊人没睁开眼睛，低下头：淮兰，你说我还在吗？

钟淮兰拍了拍她：车等着呢，走吧。她牵着罗伊人的手朝路边的商务车走去。

来到车边，罗伊人一只脚踏上了车，停下，惊诧的眼睛慢慢睁大，看向店铺。

不远处的店铺，放着广播，袅袅地飘来《不要脸》的歌声。

钟淮兰打开车门：怎么了？

罗伊人颤抖的声音：怎么可能？这是有人安排的吗？

钟淮兰看着周围：我找了个安静地方，你需要好好休息。上车吧。

二人上车，车开动了，罗伊人落下窗户，看着那店铺，《不要脸》的歌声渐渐远去。

罗伊人木然地看着窗外：他会在哪儿？

钟淮兰：谁？

罗伊人：那家伙。

钟淮兰：这拨双规的，都在司法局二招，不能探视。

罗伊人一怔，接着是一丝苦笑：没说他。

钟淮兰一脸困惑地看着罗伊人。

6. 玉汝于成职介所　日内

郑秋冬对照着电脑在看一本工作记录，惠成功在一边复印东西，贾衣玫收拾着剩饭菜和碗筷。

熊青春咧着嘴在哗哗地数钱，一沓钞票，都是 100 元的。

郑秋冬：青春，我觉得这三个月的基本趋势……你听着啊，瞧你那嘴咧的，数钱数美了。

熊青春咧着嘴：美。美是恋人的赠品，知道是谁说的吗？

惠成功和贾衣玫眼神交流，示意太酸了。

郑秋冬：不知道，谁说的？

熊青春数完了钱：忘了。你要说什么？

郑秋冬对着电脑使劲回忆：我要说……什么来着，这脑子，哦，我觉得这三个月，公司趋势走好不仅是收入增加，关键是服务对象的层次在提高。保姆、保安、保洁、送餐、送水、送快递的，很少了。开始有市场营销员、典当行经理、网店店长、跟单报关员等等，都比以前专业性强了。这个月你们就更不得了了，业务都做进电子商务、政府部门、上市国企里去了，很了不起呀。

郑秋冬用鼠标在电脑上点着：我举个例子，福州强华机电这个项目，IC 验证工程师，还是跨省的。为了这单生意，青春，你和小贾肯定要弄清楚这个职业涉及的领域，这个职位的现状、背景……

熊青春：岂止这些，还有那人离婚的财产分配情况，连续三年的体检结果，强华机电的老板毛病多着呢，还问星座、过敏源，哎呀，找个对号入座的难死了。

郑秋冬：对，我要说的就是这些，工作内容在变化，我们要因势利导，跟上变化，把业务做到我们能力的极点上。

熊青春困惑：再进人，进更专业的人？

郑秋冬摇头：我们应该把职业介绍的重点往人力资源上转移，变更公司名称和业务范围，找一个更高大上的写字楼，摆上现代化的办公设施。每人起一个英文名，Jess、Henry 什么的，西装革履，坐在各自的位子上，敬候那些寻找 CEO、CFO、CIO（首席信息官）、CTO（首席技术官）的客户上门。

惠成功和贾衣玫听得来劲。

惠成功：西装要三件套，带马甲的。

郑秋冬：当然。

贾衣玫认真：公费的，还是自费？

郑秋冬逗她：各 50%。

贾衣玫眉头紧皱。

熊青春：闭嘴吧，你说的每个字都要花钱。

郑秋冬：对呀，钱挣了就是要花的。

熊青春：我想还是先换车，在 CBD 混，就咱那车，压不住台。

郑秋冬急了：都这岁数的人，看破几道红尘了，面子的事不该在意了。车不高档又怎么样，人值得信赖不比什么都好吗？

熊青春争辩：不是面子的事，车是工作的一部分。你问问小贾、小惠，现在一天下来，在外面跑的时间多，还是在办公室的时间多，在外面，车就是我们的办公室，是要解决的当务之急。

郑秋冬敲着桌子：当务之急是早一天搬进写字楼，车的事好解决，现在叫车软件这么多，各种档次的车都有，服务到家，为什么非要买车，明年买不行吗？

熊青春站了起来：今年买车，明年搬家不行吗？为什么非要让我听你的，这件事上我不想迁就你。

郑秋冬提高嗓门：在这儿干一年和在中央商务区 CBD 干一年，利润能一样吗？到时候想买车会是件很容易的事。

熊青春的火发不出来，她突然把手里的钱使劲扔在地上，转身背朝郑秋冬。

静。

惠成功、贾衣玫呆呆地站着。

郑秋冬慢慢走了过去，蹲下捡着地上的钱：台湾还去吗？

熊青春趴在墙上，呜呜地哭了起来。

7. 法庭　日内

夏吉国被公审。

审判长宣读：北京市人民检察院提起公诉的被告人夏吉国受贿、滥用职权一案，本院依法公开开庭进行了审理。经合议庭评议，本院审判委员会讨论，本案一审判决已经作出。现在宣读判决要点。

2001 年至 2012 年，被告人夏吉国利用职务上的便利，为北京涌动国际发展有限公司、上海红云帆集团有限公司谋取利益，收受涌动国际总裁仇之林、收受红云帆集团总经理逄折柳给予的钱款，知道并认可其妻弟邹佳伟，收受红云帆集团总经理逄折柳给予的财物，共计折合人民币 11325579.00 元。具体事实如下……

旁听席上被告人亲属，新闻媒体记者若干。

戴着手铐的夏吉国。

8. 玉汝于成职介所　日内

郑秋冬在电脑上看法庭直播。

惠成功和贾衣玫在熊青春的指挥下把东西往门口的车上搬。

9. 钟淮兰家　日内

客厅沙发里，罗伊人和钟淮兰缩在沙发里看着法庭直播。

钟淮兰看罗伊人。

罗伊人表情复杂，眼中闪着泪光。

10. 杭州中央商务区　日外

空镜头。

11. 特慧专猎索尔办公室　日内

索尔和林拜站在窗前，林拜手里拿着一张纸，指着对面的楼：他也开了家猎头公司，搬过来不久，就在 19 楼。

索尔看着对面的楼：我没见过这个郑秋冬，只听你说起过，还有袁总，好像是个独行的人，独狼那样的。

林拜：还算独，独狼够不上，他不伤人。

索尔：独狼的样子，是比喻，不是吃人的意思。

林拜：我知道。前不久发生过一件事，有家北京的移民公司，委托杭州一家小猎头，把他安插进一家外国银行。然后那家移民公司出很高的价，让他盗取那家银行的客户资料，对他来说不过是复制几个 Excel 文件，举手之劳，可他拒绝了。

索尔：这很正常，你认为这是了不起的事？

林拜：对今天的年轻人来说，是了不起的事，前提是，生活艰难和一大笔钱。

索尔：如果是你，你会去做那种事？

林拜：如果你这样当面质问，我只能说，五角大楼、中情局也有人把文件带回家的。

索尔点头：带回家？哦，明白。但是我相信你绝不会把文件带回家的。

林拜：谢谢，这么信任我。

索尔自言自语：利用、利益、利诱、利害，中文有意思。这一带有多少猎头公司？

林拜看着手上的纸：昨天 19 个，今天 20 个。郑秋冬的叫“德聚仁合”，简称“德仁”，你听这名字，很儒家的。

12. 钟淮兰家　日内

罗伊人和歌手六子。六子这时候已经老成很多，长发、胡子、金项链，一腕子珠串。

罗伊人：什么时候出新专辑？

六子：等等看，今年签的演唱会比较多，见不着您，也没人商量，我就挂到了一家新经纪公司。嗨，说白了，还是吃《不要脸》的老本儿，买了房也换了车，一想起这些，我就念秋冬哥和您的好。

罗伊人：念他的好就行了。我不过是帮你重新录制一版，都是公司行为。

六子：您一直也没秋冬哥的消息？

罗伊人摇头：很久以前见过，后来就……肯定不在北京了。

六子的手机响，一看，立即：我得走了，卖了架钢琴，要送货了。

罗伊人：好，慢走。

六子走了，钟淮兰从厨房出来，端着两杯咖啡：走了？也不打个招呼，耍大牌。

罗伊人接过咖啡：他有急事。

钟淮兰：大歌星，这会儿见到活体了，他那个《不要脸》当时多火呀。

罗伊人：没有郑秋冬，就没有他的今天。

钟淮兰：我知道，俩人嘀嘀咕咕的，怀旧呢，共同的旧。

罗伊人：你就胡说吧。

钟淮兰穿鞋要出门：我去律所一趟，要买什么东西吗？

罗伊人：把你自己带回来就行了。

钟淮兰：应该能，再见。

屋里只剩罗伊人了，她悠闲地溜达着。

罗伊人戴上耳机，听着手机里的《不要脸》。

跟郑秋冬往日的画面飘浮在眼前。

手指轻点，关闭了音乐。

罗伊人思索着，回到电脑上查找，百度搜索“特慧专猎、北京总部”屏幕上跳出特慧专猎的官网，点开，网址首页出现，拉动鼠标，出现电话。

罗伊人拨打电话，接通，对方女声：您好，特慧专猎咨询服务公司，有什么需要帮助的？

罗伊人：请问林拜先生在吗？我以前委托过他业务。

女声：林拜先生已经调到杭州办公室了，我可以给您杭州办公室的电话，您也可以登录杭州办公室看到林拜先生的情况。

罗伊人：哦，我自己查吧。

罗伊人在查。

天色暗淡下来，灯都开了。

罗伊人把做好的饭端上餐桌，钟淮兰回来了，换鞋、脱外套，看着餐桌上的饭菜：伊人，你给我当保姆吧？

罗伊人笑：雇我？一个月后，还不知道谁伺候谁呢。

钟淮兰去卫生间洗手：我明天去义乌拿一份笔录，一块儿去吧，散散心，那可是小商品集散地，别老闷在家里。

罗伊人想了想：义乌在浙江吧？

钟淮兰：对，怎么样，去玩几天？

罗伊人：要是先飞杭州，我可以考虑。

13. 首都机场　日外

飞机起飞。

14. 杭州机场　日外

钟淮兰和罗伊人拖着简易的行李出站，站在出租车站排队等车。

后景，郑秋冬和熊青春拖着大小行李从她俩身后经过，手拎的包装盒上印着“台湾特产”“宝岛美食”的字样。

惠成功、贾衣玫跑上前接过行李，四个人上了自己的车。

罗伊人和钟淮兰上了出租车。

郑秋冬的车和罗伊人的车，前后开出车站。

15. 机场高速　日外

熊青春在车里给贾衣玫化妆品：你的。

贾衣玫高兴：谢老板。

熊青春给惠成功一件T恤：你的，台湾特产，阿里山火车纪念T恤。

惠成功在开车：谢谢。

郑秋冬看着，满意地笑。

罗伊人的出租车慢慢超了过去，罗伊人看了眼郑秋冬的车，看见了嬉笑的熊青春。

熊青春无意间也看见了罗伊人，一愣，车就过去了。

两辆车一前一后地行驶着。

16. 某酒店一楼电梯口　日内

罗伊人和钟淮兰走来，后面跟着推车的行李员。

电梯门打开，二人进入。

钟淮兰刷卡按楼层键，罗伊人：我在这儿住两天，你义乌的事完了再回这儿来，我陪你一起回北京。

钟淮兰意外：什么意思？你不跟我一起去？

罗伊人：你去办案我跟着干什么。我就想去西湖转转，透透气。

钟淮兰恍然：主动与世隔绝，蓄意制造孤独氛围。

罗伊人：恰恰相反，我是想破一破孤独氛围，北京太压抑，跟雾霾一样。你走之前帮我打电话，约一个人。

钟淮兰警觉：好神秘，你自己怎么不约？

罗伊人：没准人家拿我当魔鬼，我怕吓着他。

钟淮兰：你来杭州是有计划的，根本不是来陪我的，白感动了。

罗伊人：是陪你的，顺带见个人。

钟淮兰：什么人？

17. 酒店顶层豪华酒廊 / 德聚仁合人力资源咨询公司 / 郑秋冬办公室　日内

林拜打着电话走来，抬眼寻找着人，空空的座位，只有寥寥几个客人。

林拜坐在空桌边，用手机发送短信：我到了。

服务员端上茶水：先生请。

林拜：谢谢。端起茶杯抿着。

罗伊人从正面走来，由于前面有领位的服务员，林拜一直看不到她的面孔，直至走到林拜身边，服务员让开，罗伊人：林先生，你好。

林拜见是罗伊人，吓了一跳，手里的茶水也洒了，急忙起身：哎哟……您不是罗总吗？

罗伊人落座：您也请坐吧，对不起，让您受惊了。正是担心这一点，才托一个朋友约的您，谈项目是她编的理由，其实是我想见您一面。

林拜左右张望：就您一个人？

罗伊人：对，我那朋友去义乌了，别介意，她太有编剧才华了，把事说得大得不得了，不会耽误您的安排吧。

林拜还在琢磨眼前这一幕：不会不会，我来杭州不久，半闲着。罗总，这个时候，您好像不该出现在这个地方？很多传闻……

咖啡上来。

罗伊人一笑：我只是协助调查，早就结束了，传言不可信。

林拜：我听中保 HR 的姚经理说，公司中高层走得差不多了，还有被抓的。

罗伊人：这个企业本来就是靠人脉吃饭，人一倒台，就等着自生自灭了。

林拜心里没底：您来杭州是有新业务？还是旅游？

罗伊人笑了：我就不能专程来拜访林先生？

林拜：哪里呀，罗总，拜访这话我可不敢受用，有什么吩咐您就只管说，我定尽力。

罗伊人轻声轻语：您有郑秋冬的消息吗？

林拜错愕，眼神躲避开罗伊人的注视：谁？

罗伊人：覃飞，北大读 MBA，后来被你猎到山谷去的。

林拜渐渐平静：记得记得，覃飞是他的假名，他是叫郑秋冬，罗总想找他？

罗伊人：对，困在北京，既无聊又压抑，谁也不想见，也没人想搭理我。记得郑秋冬也有过这种境遇，比流浪汉还落魄，身边的人都消失了，就忽然想到远处的人来。

林拜下了决心：其实，他就在杭州，我们经常见面。

罗伊人惊异。

林拜电话响，看：巧吧，是他的。

罗伊人身体前倾：先不要说我的事，千万不要说，有些事情我还需要再想一想。

林拜诧异：就当您没出现？

罗伊人点头。

林拜接电话：回来了？

德仁人力郑秋冬办公室。

郑秋冬：回来了，青春给你家媳妇还买了礼物，都是台湾特产，什么时候召见我们？

林拜：随时，这还不方便嘛，我找人给你的新公司画了幅油画，画好了送过去。

郑秋冬：太好了，晚上一起吃饭吧。

罗伊人听到隐隐的声音，眼神中有少许期待。

林拜应付：今天晚上我有安排了，改天。

郑秋冬：那好吧，还有，台湾的报纸上也有夏吉国案的报道，有的也提到罗伊人，说她跟夏案牵扯不大，早就出来了，有记者还在国贸见过她，你说这些消息靠谱吗？

林拜看了眼罗伊人，打断：兄弟，这两年的传闻还是比较准的，无风不起浪，肯定靠谱。我这会儿有点事，待会儿再说好吗？

郑秋冬：不方便早说呀，再见。

林拜挂了电话：他刚从台湾回来。

罗伊人：他好像说到我了。

林拜一怔：台湾媒体也有报夏吉国的事情，他说也提到你了。需要我做什么？

罗伊人感慨：这么巧，他在杭州。我怎么能找到他？您先别告诉他我在杭州。

林拜点头，笑：后一句您不用说，我会做到，你们之间有自己的机缘，无须多说。

罗伊人：他现在是……算了。她笑了笑。

18. 郑秋冬新搬来的写字楼大堂　日内

郑秋冬和惠成功从外面匆匆进来，朝电梯走去，经过一个广告牌。

广告牌前的罗伊人慢慢回头，看着等在电梯前的郑秋冬。

郑秋冬跟惠成功说着什么，谈笑风生。

罗伊人看着他，眼神中充满温和。

19. 写字楼走廊　日内

精致招牌："德聚仁合人力资源咨询公司"。

透过玻璃门，可以看见，郑秋冬跟两个西装革履的人在交谈。

惠成功、贾衣玫在电脑前忙碌。

罗伊人戴着墨镜站在这里，透过玻璃门看着里面。

熊青春从罗伊人身后匆匆经过，推开门径直进去，罗伊人站在原地。

熊青春进门往里走了几步，觉得有什么不对劲，停，慢转身，门外走廊只剩下罗伊人即将消失的半个身体，倏忽间就不见了。

熊青春慢慢走向门口，探出身子看走廊外。

罗伊人半个身子又消失在拐弯处。

熊青春琢磨一下，继续跟上，直至拐角处，慢慢探头看去，不由尖叫一声。

面前是一个万圣节的骷髅头道具，因为对面的公司在忙着做扫除，一些原有的陈设挪到了走廊。

罗伊人的半个身子消失在前面拐角。

熊青春被惊吓，呼吸未平。

20. 德仁公司　日内

郑秋冬在一个白板前用马克笔在给惠成功、贾衣玫及一个新来的女孩马小红讲课。

白板上写着："Cold Call=CC、R&D= 研发"等字样。

郑秋冬：CC 说起来简单，就是打个电话而已，但做起来就知道难了，对不对贾衣玫？

贾衣玫点头：是的郑总。

郑秋冬：难在哪儿？

贾衣玫：被怀疑，被盘问，有点像做贼。跟目标人选通话前，电话经常被前台、助理、秘书给挡住，打不进去。有时候绕开了这些外围，跟目标人选通上话了，说几句就没词了，再硬往下说就会出纰漏，有时候应急，还要编瞎话搪塞过去，时间久了，就习惯撒谎了，一撒谎，就心虚，一心虚就说错话，太拧巴了。

郑秋冬拿起电话，模拟着：马小红，贾衣玫的话你要记住，你也会经过这个阶段的。记住，当电话放到这儿之前，你必须要做到的三件事：一、把通话内容先写在纸上。看不到提词器，奥巴马也会语无伦次，何况你。这会保证你说话流利、清晰，透出自信、自然的精神，而不仅仅是前三句。二、他是谁？要通话的这个人，你了解吗？在公司的具体职责是什么？"具体"这两个字的含义就是：事先要做足功课。三、心态平稳。这是你的职业，不是可耻的事。电话另一端的那个人，可能在开会，可能在打球，可能在泡妞，总之那个人的情绪有可能是各式各样的，他开始的时候一般都会提出几个反问，很正常，你的应对策略只有一个基调，不能成为他厌烦的人。

惠成功：心态平稳太难了，说着说着就慌了。

郑秋冬：负罪感，潜意识首先就承认了你是在打扰人家。你通过冒充、隐瞒、撒谎的方式打进电话，心里就已经认定了手段不光彩，自觉矮三分，再加上新手的紧张，你不慌谁慌？

三个人在本上记着什么，马小红的笔没水了，惠成功迅速递给一支。

贾衣玫撇嘴。

熊青春在后景朝郑秋冬招手。

21. 熊青春办公室　日内

熊青春仰靠在椅子里，闭着眼睛，郑秋冬出现在门口：什么事?

熊青春举起一个眼药水瓶：帮个忙，不舒服。

郑秋冬上前，轻轻扒开熊青春的眼皮，轻轻滴着药液，结束，熊青春起身使劲眨眼睁眼。

郑秋冬：好些了吗?

熊青春轻揉左眼：右眼皮老跳。

郑秋冬纠正：这是左眼，左眼跳财。

熊青春摆手：左眼这是进灰尘了，用药水冲一冲，这个眼老跳。

郑秋冬：右眼跳灾，谁信啊，你信?反正我不信，休息不好，我俩眼一起跳，怎么说?

桌上的电话响，熊青春接听：你好，德聚仁合人力资源咨询公司，随时可以为您服务。片刻，她把电话递给郑秋冬：找你的。

郑秋冬接过：你好，我是郑秋冬。听着对方的话，郑秋冬脸上布满惊异。

熊青春看着郑秋冬的神情，感到了异样。

等了片刻，郑秋冬：你在哪儿?

熊青春示意自己出去有事，回避了。

郑秋冬看着熊青春的背影，听着电话，他的表情五味杂陈：我马上下来。

22. 德仁公司　日内

熊青春在给贾衣玫、惠成功、马小红布置着什么，看见郑秋冬匆匆出了办公室，又出公司大门。

熊青春有不好的预感，右眼一跳，她突然伸手使劲揉右眼：让你跳，让你跳。

23. 郑秋冬写字楼大堂　日内

郑秋冬匆匆出了电梯，走向大堂休息区，站住。

罗伊人从沙发里缓缓站起，安静地笑着。

郑秋冬慢慢走向她，罗伊人也离开了沙发，挪到一个空阔点的地方。

两人面对面了，近在咫尺。

罗伊人轻轻地拥抱了郑秋冬，郑秋冬也抬起双臂，二人轻轻拥抱。

熊青春在远处的拐角处站立着，呆呆地注视着他俩。

第17集

1. 郑秋冬写字楼大堂　日内

二人拥抱状态，郑秋冬：怎么可能，我有点穿越的感觉。

罗伊人：要能就好了。

郑秋冬放开双手：从哪儿问起，你是自由的吗？

罗伊人：我想从北京飞过来，就飞过来了，你说呢？

郑秋冬仔细打量：哦，太好了，是自由的，精气神还好，坐着说吧。

二人落座。

熊青春看着，奇怪地笑了笑，离开。

2. 德仁公司　日内

熊青春在电脑里搜出了罗伊人的一组照片，翻看着。

贾衣玫过来让她在几张发票上签字：熊总。（*她看着罗伊人的照片*）谁呀，这是？

熊青春抬脸瞥了贾衣玫一眼：你为什么想知道她是谁？

贾衣玫被噎住。

熊青春签完字，推过发票：她叫不好奇。

贾衣玫赔笑：真漂亮。

熊青春冷笑：哪儿漂亮？

贾衣玫端详：嘴。

熊青春哼了一声：要是给缝上呢？

贾衣玫吓了一跳：我走了，熊总。

熊青春一脸的不快。

3. 郑秋冬写字楼大堂　日内

郑秋冬：夏吉国出事你受牵连了吧？

罗伊人点头。

郑秋冬：进去多久？

罗伊人：三个月。

郑秋冬：受罪了？

罗伊人：没有，审了一个月，没什么事，就变成协查。

郑秋冬：你不是他太太，这是真是假？

罗伊人笑：真不是，我认识他之后，这种传说就一直有，我开始还解释，后来就懒得解释，总不能登报澄清。

郑秋冬放松下来：是这样啊，那你是从……哎，我想问什么来着，哎，脑袋短路了，一下不知道该说什么了。哦，你怎么知道我在这儿的。

罗伊人：我知道，即使你混得再不济，也不会再改名换姓了，这就不难找。

郑秋冬敏感地：找？你是专程找我过来的？

罗伊人意识到说漏了：是的，专程。

郑秋冬脸上露出了喜悦，随即便消失了，左右看了看：换个地方吧。

罗伊人：随你，反正没人认识我。

4. 写字楼内咖啡馆 日内

靠窗的座位，郑秋冬和罗伊人对坐，面前是两杯咖啡，一碟茶点。

罗伊人有些小女孩的样子：该我问你了？

郑秋冬示意她问。

罗伊人：做得怎么样，比进去之前关掉的那个职介所？

郑秋冬：好多了，公司的牌子上终于有“人力资源”这四个字了，好赖也算做猎头了。

罗伊人笑：好在我见过正经猎头的。

郑秋冬微笑抱怨：很久不见，应该鼓励吧。

罗伊人：鼓励，我是鼓励的，我真见过不少正经大猎头，就是在云端里的乔·克鲁尼那范儿的，高大上得要死要活，低端的飞全国各地，高端的飞世界各地。就那些人，一半不如你。

郑秋冬：不夸我吧，好像从2004年我们认识，你一直是夸我。

罗伊人：真不记得了，夸一夸不好吗？

郑秋冬：好，被鼓励永远都是好的，可是现在都变了，需要鼓励的是你。

罗伊人有些幽怨：不许说那种同情的话，我怕距离感，你了解我的。

郑秋冬点头以示默契：你那公司怎么样了？

罗伊人感慨：跟我没任何关系了。坐看云起云落，静赏花开花谢，真是生杀予夺呀，一眨眼就都没了。怎么来的，就怎么去了，看着都是堂堂正正的。比你稍微好点的是，我还有一份参加聚会、跟熟人见面的胆量。

郑秋冬：这胆量弥足珍贵，以后打算怎么办？

罗伊人凝视着郑秋冬，郑秋冬也凝视着她，忽然郑秋冬一下就明白了什么：我问得是不是很傻？

罗伊人笑：不傻，我想你也明白。不过我还是该认真问你，我以后该怎么办？我来杭州，仅仅是想跟你商量这事的。

郑秋冬为难：有中保集团董事长的经历，你眼界高、判断准，怎么办还要你自己定，我会不遗余力地帮你，如果我能。

5. 街道 日外

惠成功开车，熊青春在低头说着微信，一脸的酸涩：我跟小贾先去SPA，票没花钱，是购物送的，然后去看电影，然后再去吃消夜。今天晚上就不打扰你了，你自由了。

贾衣玫琢磨着：郑总去哪儿了？

熊青春委屈：见林拜去了。

6. 写字楼内咖啡馆 日内

罗伊人慢条斯理：开始我想这么久不见，你一定变化很大。成家了还是单身，发达了还是流落街头，按说我本该把这些都弄清楚，再决定来不来找你。

郑秋冬：见我一面还用想这么多吗？文艺女青年都是想到做到的。

罗伊人：做过老板的人肯定会世故的，可能是在里面关傻了吧。最后我就什么也不想，也不准备，一下就来了，直接敲门求见，该是什么就是什么，爱谁谁。

罗伊人说话期间，郑秋冬收到微信，看，是熊青春的语音微信。

罗伊人：你有微信。

郑秋冬犹豫一下，看了眼手机：没什么。

罗伊人：见你之前，我先见了林拜，他告诉我怎么找你的。

郑秋冬稍意外：是吗，他怎么没给我说？

罗伊人：别怪他，是我让他别告诉你，我也没问他你是什么状况，一概不知。就像那次在北京天方会所，我一回头看见你，我们都很真实，没有扭捏掩饰。

郑秋冬笑：都很真实，也都吓了我一大跳。你来杭州会待多久？

罗伊人：取决于你。

郑秋冬愣住，久久凝视着面前这个女人。

罗伊人：你结婚了？

郑秋冬视线移开，僵硬地一笑：正准备呢。

罗伊人露出一丝失望，端起咖啡杯，喝着。

郑秋冬：你还记得我被人敲诈过吗，在山谷的时候，钱还是从你那儿借的。

罗伊人：当然。

郑秋冬：就是那个敲诈我的人。

罗伊人掩饰着失望，尽力轻松：是吗？很像电影啊。你是不是抓住人家把柄，逼着人家以身抵债？

郑秋冬一笑：我刚来那会儿，生活挺……挺难的，她也是开职介所的，就来找我，帮着我弄起我们的小公司。后来她男朋友不要她了，可怜兮兮的。我跟她也算是同病相怜。无论怎么看，那时候，她都是我最好的选择。要说债，还是我欠你的太多，感谢的话我不说，只是……唉，有些事不敢多想，不敢回忆也不敢展望，我们一定就是古书里说的……那种冤家吧。

罗伊人恢复平常：我们啊，我们是陆游说的错错错，莫莫莫，是两滴雨水在下落的时候撞在一起，变成了一滴，最后落在屋檐上，又破成两滴，随着地上的流水流走，空空的。

郑秋冬：前些日子收拾家，又翻出那本《挪威的森林》，我发现我竟然还没看完它，你大一时候给我的，九年了，我去过的地方那书都去过，想想也挺神奇的，这书就像是我们的卦签儿，上面写着：不会有结果。

罗伊人不说话了。

郑秋冬没话找话：留个电话吧。

罗伊人摸出手机，一按，郑秋冬电话响了。罗伊人：我的。挂断。

郑秋冬意外：你有我的电话……哦，林拜给你的。郑秋冬在手机上编辑罗伊人的名字。

罗伊人：什么时候结婚？

郑秋冬：再等等，买得起房子就……现在也是太忙，猎头这行当，真要是做起来，还是外行，需要时间。

罗伊人：结婚一定要通知我。

郑秋冬点头。

罗伊人：我明天晚上回北京，中午一起吃个饭？

郑秋冬：一起，跟谁？

罗伊人：你女朋友、林拜，还有钟淮兰，就那律师，跟我去广西监狱看你的。你还叫谁随便。

郑秋冬一丝犹豫：都一起吃，不太熟悉……

罗伊人：郑秋冬，我是那种不懂事的人吗？你担心我跟你女朋友坐在一块儿会出麻烦？

郑秋冬否认：绝不是，伊人，我就是有点担心，不怕你笑话，我怕她乱想乱说。你是女神，她是凡人，刚刚够过日子的。OK，就这么定了，我找地方，明天中午，林拜我通知。

罗伊人：不用，我是闲人，一切由我来办，你们等通知就行了。

郑秋冬：罗总，您强势惯了。

罗伊人口气改变：我已经是一介平民了。好，你还是那个爱挑剔的家伙。我柔和地说，一切由我来办，我是闲人，你们忙。

郑秋冬无奈点头，看手机：晚饭去江南大道吧，有你爱吃的潮州菜。

罗伊人欣慰一笑：还记得呀。

7. 郑秋冬家 / 林拜家　夜内

郑秋冬开门进家，手里拎着个打包盒。

熊青春、惠成功、贾衣玫围着餐桌在打扑克。

惠成功、贾衣玫起身：郑总回来了。

郑秋冬：玩吧玩吧。

贾衣玫观察郑秋冬和熊青春的反应。

熊青春别有意味地看了他一眼：回来了？

郑秋冬：不是说你们又看电影又吃消夜吗，怎么都窝在家里？

贾衣玫：熊总有点不舒服，哪儿也没去。

郑秋冬走过来，关心：怎么了？

熊青春看着他手里的打包盒：可能是被风吹着了，没吃完呀？

贾衣玫：不早了，我该回去了。

郑秋冬：惠成功，车送。

贾衣玫坚决：不用不用，有公交，很方便。

惠成功已经拿好车钥匙，站在门口等着了。

贾衣玫无奈：郑总再见，熊总再见。二人离开。

啤酒两杯，郑秋冬打开打包盒，那是一份小干鱼：你爱吃的。

熊青春吃一条，喝一口酒：不错，江南大道的。

郑秋冬嗯了一声：罗伊人来了。

熊青春听他实话实说，满意地笑：是吗？聊得还好？

郑秋冬歪头看着熊青春：哎，反应不对，你应该先酸溜溜地挖苦一通，然后嘘寒问暖，表示对她身处厄运的关心。

熊青春拿过郑秋冬的手机。点开里面的微信（*声音*）：我跟小贾去 SPA，然后去看电影，然后再去吃消夜。今天晚上就不打扰你了，你自由了。

熊青春：光顾着跟她吃饭，我的微信都没听明白。今天晚上就不打扰你了，你自由了。知道我这话什么意思吗？

郑秋冬：你知道她来了？

熊青春：当然，你俩拥抱我都看见了。别解释，我完全理解，这个时候，你的安慰是她最需要的，我愿意给你俩放半天假。

郑秋冬：那我就不多说了。

熊青春晃着手里的小干鱼：你们吃剩的？

郑秋冬：不是，是我单买的，也是向她强调你的存在。

熊青春幸福地笑着：还说什么了？

郑秋冬：还说我们快要结婚了。

熊青春：新爱和旧爱永远有不一样的触感，难免说很多遗憾、后悔之类的话。我希望能与我熊青春长相厮守的人，是真不想离开我的人，明白我的意思吗？老公。

郑秋冬做轻松状：明白，你说的都多余，我就是想跟你长相厮守的那一个。不过，她明天晚上走，中午想一块儿吃个饭，主要是想请你，再叫上林拜，他们以前也认识。

熊青春意外，坐直了身子，自言自语：午饭，那也来不及呀。

郑秋冬：约人了？

熊青春摇头：这顿饭要么不吃，要吃就必须穿得像样，来不及买衣服了。

郑秋冬：哦，你琢磨这事呢，来得及，12 点吃饭，你 10 点出去买，来得及。

熊青春看着角落处摆放的一高一矮两双高跟鞋，琢磨着：她一米几？

郑秋冬在沙发里看着电视，打电话：她说她约你，不用我管。

后景卧室里，熊青春在衣柜前忙活着找衣服。

林拜家，他在电脑前看着什么，一手打电话。

后景一个女人在从拉杆箱里往柜子里挪放衣服。

林拜：中午啊，我得商量一下，我太太来了，不知道她想不想去，她要不想去，我就麻烦，她在这边待不久，很快还要回北京。

郑秋冬：那更得来，我还没见过你太太，女人多了好，废话多，不尴尬。

林拜：一会儿我给你打过去。挂了手机，林拜来到太太身边：眷眷，明天中午有人请吃饭。

林太冯眷眷是一个干练的职业女性，她收拾着衣服：你定，我是来陪你的。

林拜点头。

冯眷眷很讲理：方便我去我就去，不方便我就在家看电视。你定。

林拜：方便，而且有你想见的两个人。

冯眷眷有了兴趣：郑秋冬？

林拜点头，冯眷眷：还有谁？袁昆吗？我对他的兴趣马马虎虎。

林拜摇头：罗伊人。

冯眷眷听着没感觉：罗伊人，没听你说过，什么人？

林拜拍着冯眷眷的脸蛋：就你，还八卦网站的女王？夏吉国贪腐案桃色新闻的那个……

冯眷眷眼睛一下亮了起来：哦，他那个情妇，做模特的？不是，做生意的那个，也做传媒，还上过我们网站的节目，罗伊人，对对对，中保传媒的老板，她的饭局我必须去。说着她情绪突然亢奋：知道吗，产业网 CEO 跟我们 boss 打赌，跟罗伊人吃顿饭拍出 100 万，传说啊，我白吃为什么不去，是你说的吧，她以前跟郑秋冬有一腿？她不是进去了吗，跟夏吉国一根绳上的蚂蚱，怎么会在杭州？

林拜被太太的话问蒙了：冯眷眷，二选一，八卦雾霾天，晴天没八卦，请选择。

冯眷眷打了个响指：八卦雾霾天，这都不带打磕巴的，我吃这碗饭的。

林拜：鲜事网如果失去你，就失去半壁江山，这么说不过分吧？

冯眷眷得意扬扬地惹他：你爱怎么说就怎么说，随便啦。特慧专猎代表时尚，你要是时尚先生，就别再用这种腔调挖苦我，这是我的工作嘛。亿万嗷嗷待哺的网民，要吃臭豆腐臭鳜鱼臭虾酱，那是合理要求，这就是八卦。八卦不过是涉嫌隐私的社会写真。老公你还没回答我，她怎么会在杭州？

林拜表现得很有耐心：只有一种解释，她真没事了。那就定了，明天中午。

8. 饭店外景 日外

空镜头。

9. 餐厅豪华包间 日内

郑秋冬、熊青春、罗伊人、林拜、冯眷眷、钟淮兰围桌而坐。

郑秋冬在介绍着：这位是老朋友，罗伊人，从北京过来，这顿饭也是她提议的。

熊青春穿着得体，举止大方，尽显女主人的风采：秋冬常说起你，你经历很传奇，很早就想见你一面。

罗伊人细细品味着熊青春，指着郑秋冬：他最传奇。

郑秋冬：是呀，传奇得在北京都待不下去了，是吧？

钟淮兰观察着。

林拜、冯眷眷观察着桌上的人们。

郑秋冬继续：林拜，特慧专猎资深咨询顾问，我的老师……

林拜开玩笑：不敢当。好的是我教的，坏的是跟别人学的。

郑秋冬：坏的都是我自学的。

大家笑。

郑秋冬：林太太我这是第一次见，这得您亲自介绍了。

林拜正要说，冯眷眷主动：冯眷眷，二马冯，眷恋的眷。在鲜事网做娱乐新闻。

林拜：俗称八卦。

冯眷眷笑呵呵：哎，从俗到雅慢慢来。不过现在的八卦也在释放正能量。各位有需要效劳的，只管吩咐。

郑秋冬：鲜事网我还真关注过，特别是猎头广告这一块，我们这种档次的多，林拜他们高大上的少。

冯眷眷笑：说不定哪天会求上门来的。

林拜不屑：有信心就好。

郑秋冬指着钟淮兰：这位是大律师所的合伙人，钟淮兰律师，是伊人的朋友。

钟淮兰举手：郑总，应该说是伊人和你共同的朋友，算了，我也自我介绍吧。钟淮兰，我跟伊人从小学就在一起，一直到中学。大学不在一个学校，但是我常去电影学院找她看电影。我们那时候就一起吃喝玩乐，不能说我只是伊人的朋友。

熊青春看了钟淮兰一眼：他情商低，放过他了。

郑秋冬急忙：对，共同的朋友，紧张，屡屡口误。最后这位最熟悉，是我当家的，熊青春。以前也做职介所，投缘，现在一起做人力咨询，我们这猎头规模小、路子野，跟林拜他们没法比。介绍完了，伊人，你说几句。

罗伊人竟然有些羞涩：说什么呀，跟开会似的，轮流发言呀，上菜吃吧。

熊青春诚恳：不不不，伊人，我觉得，也可能大家都觉得，你该说几句。我和冯卷卷是第一次见你，虽然你跟秋冬、林拜以前就认识，但也很久不见了，我早就听说过你，冯卷卷应该也是。

林拜和冯卷卷情人似的依偎着，冯卷卷：确实很早就听说过，不光是从林拜这儿。

熊青春：对吧，我不是在胡说。至少在我心目中你是有偶像色彩的，真的。

林拜对罗伊人：你就说几句，我们都想听，来来大家鼓掌。

熊青春竟然带头鼓起掌来，大家也都附和着鼓起来。

大家一热闹，罗伊人更显温婉恬静：真不知道说什么好，北京那边待久了，乱七八糟的事太多，只是想来闲住几天，图个清净……（*罗伊人瞥了眼郑秋冬*）以前也过了一段热热闹闹的日子，迎来送往的人都特高大上，想清净也清净不了。现在好了，手机半天都不带响的，老朋友见面闲聊一通，又想起一些忘掉的事，絮絮叨叨一阵儿，也就换了心情……

饭菜饮料已经上齐，大家吃着喝着。

旁白：饭局一开始，罗伊人可能就后悔聚餐的提议了。桌面上特殊的三角关系，不是那么好应付的。很多话想说，很多东西又要回避，罗伊人说着说着竟发现自己也言不由衷了。

罗伊人对大家说：……秋冬和小熊的公司发展得这么好，而且很快就结婚，真是让我们这种三无公民羡慕……

旁白：罗伊人知道，她此时真正的想法将永远成为秘密。这次之所以远赴杭州，正是因为心底盘踞的那段旧情又复燃了，欲念使之。她本希望这次重逢郑秋冬，会得到重修于好的机会。但这顿饭告诉她，没戏了。

熊青春：……一点也不敢松劲，日子嘛，一天比一天艰难一点，一年比一年就舒服一些；一天比一天舒服一点，一年比一年就艰难一些。我跟秋冬也都是苦中找知足。

旁白：熊青春的话深刺在罗伊人内心，这曾经就是她的生活态度，可那时候的郑秋冬没被驯服，还在跟缺钱的厄运搏杀。现在看来他踏实了，认命了。

郑秋冬跟林拜夫妇说着什么，瞥见罗伊人和熊青春在嘀嘀咕咕。

钟淮兰拿着单反相机在给大家拍照。

郑秋冬看着罗和熊窃窃私语，有些恍惚。

钟淮兰注意到，拍了下来。

林拜也注意到，过来给郑秋冬倒茶，碰了他一下。

郑秋冬回过神来，喝茶掩饰：服务员，换茶叶，用我带来的。

旁白：凭对罗伊人的了解，郑秋冬知道这个女人内心有多纠结。越是纠结，她越是要跟熊青春耳语不止，以掩饰她纠结的源头。罗伊人此次怀揣期许而来却换得失望而归，郑秋冬忍不住心生怜爱。昨天他问罗伊人在杭州要住多久，罗伊人的回答是：取决于你。这时候的郑秋冬想说的是：哪能取决于我，分明取决于命啊。（延至下面两场）

10. 飞机场　夜外

飞机起飞。

11. 郑秋冬家　夜内

郑秋冬躺在沙发里睡着了。

卧室门没关，熊青春靠在床头，一脸纠结。

12. 飞机　夜内

钟淮兰盖着毯子在睡。

罗伊人在看相机里的照片，看着郑秋冬安详的笑脸，她眼中满是苦涩。

罗伊人用毯子蒙着脸，似乎也在睡。片刻，露出泪流满面的脸，抽出最后一张纸巾擦着。

钟淮兰动了一下。

罗伊人再用毯子蒙住脸。

钟淮兰睁开眼看着旁边微微颤动的毯子，从包里拿出一包纸巾，放在罗伊人已经空了的纸包边上。

罗伊人再次露出泪眼，看见纸包。

钟淮兰在睡着。

13. 南宁城市全景　日外

字幕：南宁

14. 照相馆　日内

红色背景下，穿着白衬衫的郑秋冬和穿着蓝色外套的熊青春坐了下来。

照相师傅：女左男右，位置换一下。

熊青春好奇：一定这样吗？

师傅：结婚照都是这样。

二人换位落座。师傅：头往里凑一凑，对，笑一笑呀，喜结良缘大喜事，笑一笑。

闪光灯闪过。

15. 街道　日外

出租车里，郑秋冬和熊青春在后座，熊青春依偎着郑秋冬，手搭在他的脉上，脸上露出满意的笑：比平时跳得是快了点，不错，激动就说明有幸福感。

郑秋冬：我刚才跟照相师傅说话，都结巴了，激动的。

16. ××结婚登记处　日内

熊青春挎着郑秋冬走进结婚登记处。

里面两个工作人员趴在桌上修理公章，看见郑秋冬和熊青春，问：您二位是登记结婚的?

熊青春：是啊，这么早，不会下班了吧。

工作人员为难：没下班，可是今天办不了了。

郑秋冬诧异：早上打电话都约好的，我们从杭州飞回来就是办这事的。

工作人员：很抱歉，电话是我接的，可是公章摔坏了，就刚才，你看摔掉了一块。

郑秋冬和熊青春看着缺了一块的图章。

郑秋冬：没备用的吗？我们有急事晚上要离开南宁。

工作人员：备用的有，锁着呢，要等到明天。

熊青春愤怒：怎么会这样，我们是专程飞回来登记的。

17. 结婚登记处大门口　日外

郑秋冬和熊青春走了出来，站下。郑秋冬：不能等呀，机票人家都订了，面试我主持，还有3万定金呢。

熊青春很恼火：气死我了，没看皇历。然后自我安慰：好事多磨，好事多磨。

郑秋冬：你明天计划能变吗？你要是明天的事能推，今天就别回去，回家陪陪你爸妈，我明天面试一结束，下午就飞回来。

熊青春摇头：我明天一定要回去，那套房的A户型，早就没了，是开发商让出来的，随时可能涨价，早交了订金我就早踏实了。

郑秋冬无奈：那我们就改签早点回去。登记的事以后再来呗，这叫什么事啊。

熊青春：真背，他们该赔我们机票。

18. 杭州机场　日外

飞机降落。

19. 德仁公司　日内

惠成功和贾衣玫在对着电脑工作，马小红在吃着盒饭。

惠成功念：电子电器，主动安装工程师，30万以上年薪。电机开发高级工程师，30万以上年薪。贾衣玫在快速输入。

郑秋冬匆匆进来，惠成功意外：郑总，不是晚上才回来吗?

郑秋冬径直走向饮水机，接水喝水：出点意外，你下去，把车钥匙给熊总，她在比萨店等你，给我也带个比萨上来。

惠成功答应着出门，郑秋冬对贾衣玫：明天早上的面试材料打印出来，一式三份，有一份用四号黑体字，给老人看。

贾衣玫答应：好的，一式三份。

郑秋冬看见端着盒饭在角落的马小红：马小红，怎么这个点吃饭呀？

马小红：去人保局盖章，回来晚了。

郑秋冬：以后再出现这种情况，可以在外面吃。

20. 某售楼处　日内

熊青春和一位售楼主管。售楼主管：抱歉，熊小姐，那套房子，已经被人预订了，订金都交了。

熊青春急了：怎么这样呀，方经理说给我留一周的。

售楼主管小声：方经理也得听大老板的，我们很想卖给您，熊小姐，您都来那么多次了。没办法，买主是规划国土资源局的，顶头的，还要六五折。开发商已经骂一天了。

熊青春委屈失望。

21. 售楼处外院落 / 某会议室　日外

熊青春沮丧地出来，打着电话：我的第六感告诉我，会有不期而遇的事或人来打搅我们，就在最近。结婚登记、买房子都是大事，怎么都不顺呀，烦死我了。

郑秋冬在把会议室布置成面试的会场，三个“面试官”的名牌排在案边，门边竖着“面试现场，不得擅入”的牌子。郑秋冬：别瞎猜瞎想吓唬自己，都是巧合，有我在都能逢凶化吉，遇难成祥，放宽心，好事马上从天而降。

熊青春：但愿。

郑秋冬：晚上在家吃火锅，老廖送来了青海羊肉，特棒，我让小惠出去切片去了。

熊青春心不在焉地来到车边：行啊，时间还早，我要去趟灵隐那边。

郑秋冬：去干吗？

熊青春：到法喜寺给咱俩烧炷香，最近有点背，许个愿转转运，晚饭能赶回去。

郑秋冬埋怨：你没事吧，绕那么大一弯子去那儿，改天我带你……

熊青春顿生莫名之火：我就是闲得没事找事好吧，你不把这当回事那是你心宽，丢了什么都不怕，丢了可以再换新的。我不行，我小心眼，什么都不想丢。

郑秋冬无奈：那好，开车注意安全，早上赶飞机，起得早，没怎么休息。

熊青春缓过情绪，难过：放心，我电话马上就没电了，随时可能关机。

郑秋冬：知道了。挂了电话，琢磨：妈的，是有点背。

第18集

1. 售楼处外院落 / 某会议室　日外

郑秋冬：知道了。挂了电话，琢磨：妈的，是有点背。

2. 城市街道　日外

熊青春开着车，副驾驶座位上的电话响，看一眼屏幕，诧异，弯腰仔细再看一眼：青春，我是杨杨……

她意外地瞪大了眼睛，伸手抓过手机看。

前方红灯停着辆车，熊青春抬眼一看，急忙刹车，来不及了，追尾。

熊青春瞪着大眼睛看着前面扬起的尘土，尖叫：啊不要——

DUANG——

交警跟熊青春和一男士说着什么，把车本还给男士，男士离开，交警又跟熊青春说了几句，熊青春叉着腰，别着脸，一副要骂人的样子。交警把车本还给熊青春，骑上摩托走了。

熊青春看着受伤的车，蹲下，哭了起来。哭着哭着，忽然想起什么，急忙跑到车边，拿起电话，拨打：是我，你怎么会想起给我打电话，什么？怎么回事？你不在英国吧？啊，严重吗，客气什么，你都好意思请求了，我哪好意思不去呀……手机一声响，没电了。

熊青春气愤地扔下手机，发动汽车，离去。

3. 熊青春前男友凯文杨家　日内

一个老太太给她开了门，老太太口音很重：你找谁？

熊青春：外婆，我是小熊，杨杨……以前的朋友，阿姨呢？

卧室，熊青春进来，走到卧床的阿姨——凯文杨母亲的床边。

熊青春：阿姨，您伤得怎么样？

阿姨十分震惊的样子：是青春……你怎么来了……

熊青春：杨杨跟我说……您伤了……

杨母感动：腰，滑倒了，不重。

熊青春：我手机没电了，阿姨您的电话呢，要救护车，先去医院做检查。

杨母：不重，不重，不要去医院，乱开药乱收钱。

熊青春看到了一边的手机，拿起拨号：听我的，阿姨，杨杨让你听我的。

输入 120，熊青春拨通：喂，120 吗？

4. 郑秋冬家　夜内

郑秋冬、惠成功、贾衣玫在茶几上斗地主。

餐桌上，一桌火锅食料。

郑秋冬甩牌：三带二顺子，没人要吧，他举起最后一张牌，正要甩在茶几上。

惠成功甩出一手牌：炸弹。

贾衣玫鼓掌。

惠成功得意：我说过，我从小就玩斗地主。

郑秋冬耍赖：哎呀，熊总是不是来电话了？扔下牌，拿起电话看。

惠成功、贾衣玫眼神交流，惠成功：熊总手机没电了，打不了电话的。

郑秋冬真的有些担心：这时候早该回来了。

5. 医院走廊　夜内

熊青春透过门缝，看着医生给杨母治病。

电话响，她看了一眼，想了想，客气地接听：喂。

凯文杨 OS（下同），焦急：妈，我是杨杨，您现在怎么样？

熊青春口气冰冷起来：我是熊青春，你妈妈正在医院接受治疗，这会儿不能听电话。

凯文杨激动的声音：青春，你过去了，谢谢，太谢谢了。

熊青春看了眼手机屏幕：没什么可谢的，你在上海？

凯文杨：对，来上海一个多月了，自贸区有个项目。我妈伤得重吗？

熊青春：应该不重，医生说需要静养。

凯文杨：太谢谢了，青春。

熊青春有些许触动：不必客气，这边我会尽量……你大可放心。

凯文杨：我放心，我很放心，青春，我明天就回杭州，可以见一面吗？对过去的……我确实忘不掉，而且越来越……你不能体会。

熊青春忍着伤感：有什么值得忘不掉的，你一贯是只顾往前走，从不管身边的人。只顾自己做决定，从不管别人的感受。我是不能体会你这种自我，可我体会过被你扔掉的时候寒气直通心脏的疼。

凯文杨抽泣的声音：对不起，对不起，青春，原谅我以前幼稚过，后来我发现，离开你，更受伤害的反而是我，真的……青春，相信我，我现在在外高桥的路灯下面跪在地上，我向你忏悔，请你原谅我……

熊青春难以自持：你不要，不要……我已经有男朋友了，不能再听你往下说了。她关上了手机，靠在墙上，使劲擦着泪水。

6. 郑秋冬家　夜内

郑秋冬趴在窗玻璃上，看着楼下。惠成功和贾衣玫已经不见了。

电梯铃响，郑秋冬从厨房出来，开门看。

惠成功从自己的屋里出来，看着郑秋冬的背影。

郑秋冬独自等在餐桌边，桌上的食料整齐摆放。

茶几上是凌乱的纸牌。

电梯铃响，郑秋冬注视着门，敲门声，郑秋冬起身开门，熊青春笑着进门：对不起，让你久等了，说着举起电话：倒霉的事总是连着的，真没电了。

惠成功从屋里出来，看着这边。

郑秋冬：怎么这么晚回来，出什么事了？

熊青春不高兴的样子，一边换鞋一边给手机充电：车撞了，我追尾了，香也没烧成。

郑秋冬担心：你人没事吧？

熊青春看着餐桌：没事，啊，饿死了，你们一直等我呢。

郑秋冬给锅点火：被撞得怎么样，人没事吧？

熊青春：都没事，对不起，饿坏了吧。

惠成功：车钥匙给我，明天修车理赔。

热气腾腾的火锅，三人在吃着。

惠成功带劲地吃着说着：郑总一共输了六把，小贾输了三把，我全赢。

郑秋冬逗：熊总不回来我哪有心思跟你们玩，她要坐我旁边，你们会死得很难看。

熊青春有心事，但是在掩饰：青海滩羊肉就是好吃，跟咱们这儿的不一样。明天必须去法喜寺烧香，一天都不能再等，你也去。

郑秋冬：面试。

惠成功：车修好我送熊总去。

熊青春婉拒：你修好还不知道什么时间呢，我可以叫专车，不等你。

郑秋冬：那套房子没了，你还得抓紧看别的。

熊青春似乎在想别的事：哦，别的，当然，我是要去看啊。

卧室 / 客厅，郑秋冬已经睡着了。

穿睡衣的熊青春悄悄出了卧室，关门，去拔下手机充电器，走向卫生间，经过惠成功门口驻足听了一下，进了卫生间。

卫生间内，熊青春在刷牙，停止。打开手机，找到那条短信：青春，我是杨杨，久没联系，不知是否换手机，方便请速联系我，急事。

熊青春删掉短信。

看着镜子里的自己，她用牙膏沫慢慢在镜子上涂抹着。

7. 法喜寺　日外

熊青春持香走来，鞠躬上香，一脸的虔诚。

8. 面试现场　日内

郑秋冬在主持面试，贾衣玫做记录，一个老先生在看资料，接受面试者是个年轻人。

郑秋冬用眼神征询了老先生，老先生点头示意可以。

郑秋冬：魏先生您好，您的材料都看过了，基本符合企业标准，我们招聘的职位是保险公司客户文员。面试的主要内容是您跟进客户的经验，请您从建档、分类和保密三个方面介绍自己以往的经验。

9. 法喜寺主殿　日内

熊青春虔诚叩头，起身出门，电话响，看后，仰天长叹。

10. 街道　日外

熊青春在专车后座，从包里取出简单的化妆品给自己化妆。

11. 面试现场　日内

接受面试的年轻人：以我的经验来看，按照险种保单号从小到大按顺序装订，每 50 个流水号装订成一卷，单批归入原承保单案卷中。如果单一险种当年度保单号不足 50 号，就与其他险种合并归档装卷……

郑秋冬听着，斜眼瞥了眼手表——10 点 35 分。

12. 熊青春前男友家门外 / 室内　日内

熊青春走来，门前犹豫片刻，敲门，外婆开门：来了。

后景，卧室的床上躺着受伤的母亲。床边坐着一年轻人，背朝门口。

熊青春向里面走去，年轻人意识到有人，回头，这是一个俊朗帅气的大男孩，一张生机勃勃的面孔——凯文杨。

凯文杨看着熊青春，笑了，迎着她走来，看着她，拥抱了她。

床上的母亲露出笑容。

门口的外婆露出笑容。

熊青春木然地站着，双手下垂，很久：待多久？

凯文杨看着母亲：可长可短，看我妈的身体了，也看你了。

卧床的母亲，看着，幸福地笑。

老太太看着，没有表情。

熊青春慢慢把凯文杨的手拿下，眼含怨恨地看着他：看我？看我什么？

凯文杨低了头。

母亲：青春，以前是阿姨错了……

熊青春一脸委屈，眼眶红了：阿姨，您别这么说，他，我问他呢，你要看我什么。

13. 德仁公司　日内

郑秋冬拎着公文包、水杯进门：熊总还没回来？

贾衣玫：刚来电话，马上就回来。哎，回来了。

熊青春进来，表情平静：面试结束了？

郑秋冬：结束了，有一个没来的。怎么样，香烧了，心里踏实了？

熊青春拍拍胸口：踏实了。小惠呢？

贾衣玫看着手机：车修好了，他去取车去了。取完车跟马小红去买新丰小笼包，郑总要的。我下楼取快递。

只剩下郑秋冬和熊青春了。

熊青春收拾着桌面杂物，试探：秋冬，罗伊人大老远来找你，就是想简单见个面，没有别的……女人的感觉是相通的，我忽然觉得她来不单是……你懂的。

郑秋冬：我懂什么？你这话有点莫名其妙了。

熊青春强硬：你说我强迫症也没问题，她现在白天鹅变成丑小鸭，精神失衡，心里面需要……别装糊涂了，她心里想得到什么，你不知道？

郑秋冬：想得到什么？我不知道。

熊青春看着郑秋冬：我的存在一定让她很纠结，应该是这样的。找到你，她一定费了很大功夫。想疗伤的人总会找到能让她安神的地方，或者人。

郑秋冬：可能都像你猜的这样，那又怎么样？青春，我们有我们的日子要过，过去的事，过去的人，有的不想遗忘，就在心里给他们留个地方，以示对这份记忆的尊重，仅此而已，不能再自寻烦恼，让他们来扰乱我们现在的生活。

这话对熊青春有触动，她的手挪上键盘，敲击着，默念着：过去的事，过去的人，有的不想遗忘，就在心里给他们留个地方，以示对这份记忆的尊重。最后一句怎么说的？

郑秋冬：不能再自寻烦恼，让他们来扰乱我们现在的生活。人生格言，好好记着。说完，打开公文包拿出材料看起来。

熊青春敲完键盘，忧心忡忡，轻声：秋冬。

郑秋冬没抬头：什么？

熊青春呆呆地看着电脑，没说话。

郑秋冬抬头，仔细看：化妆了？

熊青春一愣，涩涩一笑，伸手用拇指抵住小拇指尖：一点点。

14. 北京北四环（背景是水立方、鸟巢）

宽阔豪华的大轿车在北四环行进。

车内后座，孟董事长和罗伊人。

孟董事长：在我眼里你还是以前中保集团的罗伊人，中保虽然没有了，但是稳健知性的罗伊人依然值得信任。

罗伊人：谢谢孟董事长赏识，已经物是人非了。

孟董事长：来我这儿吧，你想干什么？我们正好有大动作，准备并购一家文化产业的公司，来吧。

罗伊人摇头：想休息休息，再做也不做多大的了。

孟董事长落落大方：可以，你可以一直休息下去，只要知道山谷一直在等你就行。

罗伊人视线移向车外：您可以先找人做着，别等我，我这种缺乏商业嗅觉的人，没有了靠山，哪会做生意呀。

孟董事长：怎么没有靠山了，我就是。

罗伊人笑出了声。

15. 某银行门口　日外

熊青春从银行出来，接听电话，面露难色：我还是不过去了吧，别这么说，我现在的情况都跟你说了，你说呢？

16. 街道　日外

熊青春的车经过，她开着车思考着，慢慢停在路边。

车里的她很痛苦，最后决定掉转车头，往相反的方向开去。

17. 某小区大门口　日外

熊青春的车驶来，停下，看着车外。

小区大门口，凯文杨推着轮椅里的母亲等在那里。

熊青春停车注视。

大门口，一辆商务车驶来停下，凯文杨把母亲抱上了车，又把轮椅装进后备厢。

熊青春想了想，跟在商务车后，尾随而行。

18. 包氏中医按摩店外　日外

凯文杨从车里抱着母亲出来，进入按摩店。

熊青春在车里看着。

19. 郑秋冬家　夜内

熊青春在炒菜，郑秋冬在一边看：去银行了吗？

熊青春：去了。

郑秋冬：我要的现金呢？

熊青春：哎呀，忘了，明天，明天一定给你取。

郑秋冬：这几天怎么了，神不守舍。

熊青春没说话，忙着找炒菜的调料。

郑秋冬靠近熊青春：酸甜口，一闻就有食欲。青春，我知道，罗伊人的出现让你有些乱。打住，到此为止，要是再胡思乱想就该看心理医生了。

熊青春点头。

郑秋冬：要是你的前男友，那个凯文杨来看你，见面聊天，吃饭 K 歌都正常，我顶多开个玩笑，表示吃醋的意思。不会瞎琢磨，移情别恋、旧情复发，不会的，我们应该就是白头偕老的那一对了。

熊青春低头炒菜，热气扑在脸上，眼睛里闪动泪光：绝对的。

20. 特慧专猎休息区　日内

后景的工作区，年轻的姑娘们有的在打电话，有的在看电脑。

林拜和郑秋冬在休息区喝咖啡。

郑秋冬：袁总呢？

林拜：现在他是最忙的，接了个大单，去香港了。

郑秋冬：大单，多大？

林拜：百万美金档的。

郑秋冬惊讶：祝他好运。

这时索尔经过，林拜介绍：正好，索总留步，这位就是郑秋冬，在法资银行做过理财，对金融业比较熟悉。

索尔：你好，林经理说起过你。

郑秋冬：您好，索总，我有什么可说的。

索尔自来熟：你也开了猎头公司，我们成同行了。

郑秋冬：您这是笑话我，我那就是个猎头小店铺。我倒希望成为你们的同行。

林拜：其实我们之间是可以合作的，有的客户不合乎我们的规格，但又是合作伙伴，你可以帮我们做。

索尔：林拜说得没错，猎头多半是改行、跳槽过来的。

郑秋冬：跳槽，我倒希望跳到您这儿来，不够格呀。哈哈哈。

索尔认真：哪里哪里，可以考虑。哈哈哈。

郑秋冬的电话响，他对林、索说了声对不起，去一边接听。

僻静处，郑秋冬有点不耐烦：我在外面谈事，财务的事别问我呀，你问熊总……又不在？给她打电话呀……（听了对方的回答，郑秋冬似乎来了火气，叫喊）不接就一直打。

他的脸色很难看。

21. 郑秋冬写字楼大门外　日外

郑秋冬的出租车停了下来，一下车，就看见不远处熊青春的车快速驶进停车场。他驻足观望，熊青春匆匆下车进入写字楼，边走边擦去口红。

郑秋冬诧异。

22. 德仁公司　日内

熊青春在飞快地击打着键盘，屏幕上出现的是“定向挖角服务：本业务由客户指定出具体人选，由德聚仁合咨询机构的猎头顾问运用公司的人力资源数据和专业手段，为客户将指定的人选成功猎聘到位”。

惠成功和贾衣玫看着忙碌的她，马小红给她端上茶。

熊青春头也没抬：郑总呢？

马小红不知道，看了眼惠成功，惠成功：郑总去见林拜了，说是谈招聘代理的事。

熊青春似乎没听见，“嗯”了一声继续打字：“网络咨询服务：高端人才寻访，德仁猎头顾问能为客户提供最合适的人才。板块设定：1.房地产/建筑行业。2.能源环保行业。3.金融服务行业。4.IT/互联网行业。5.餐饮行业。”

郑秋冬从门口出现，脸色有些不好看。

惠成功、贾衣玫、马小红都有些紧张。

郑秋冬坐到了自己的位子上，熊青春发现他：回来了，跟林拜谈得怎么样？

郑秋冬冷淡地：还行。你忙什么呢？

熊青春：网站主页要更换的内容，写完给你看看。从托管那边弄明白了一个词，长尾关键词。

郑秋冬：调整优化前不是都做完了吗？

熊青春声音小了：没完，都怪我，忙别的，耽误了。

郑秋冬来到熊青春身边坐下，看着熊青春弹跳的双手，小声：忙什么呢？

熊青春一丝慌乱：没忙什么。

郑秋冬做轻松状：不会吧，你觉得你最近很正常？有什么秘密行动，不想说，想给我们一个惊喜，我猜一下可以吗？

熊青春停止了手击键盘：猜吧。

郑秋冬：跟结婚有关？

熊青春一沉，摇头。

郑秋冬：比结婚还重要？

熊青春摇头，抓过他的手，轻轻地捏着：天空飘来五个字，那都不叫事。

23. 郊区城堡似的私人会所　黄昏外

一队高级轿车，远远驶来。

24. 高级会所自助餐厅　夜内

大家都在吃饭喝酒，一角落处，罗伊人和孟董事长（孟自静）边吃边谈。

孟自静：我明天又要去美国。

罗伊人笑：以后在美国的时间会比在中国的时间要多吧。

孟自静：刚上市嘛，在那边项目多一些。加州有一家游戏开发项目 Meedio Game，3 亿美元的盘子，你要是有兴趣，可以加入山谷的并购团队。

罗伊人一笑，摇头：又是并购？千万别重用我。

孟自静：资本运作这块你也熟悉，中保信托基金创建发行你都参与过，为什么不能重用？

罗伊人：我只想把自己变成一只蛹，藏在茧里，安安静静地冬眠。什么奋斗、创业、励志之类的事，统统不敢去想。

孟自静靠近她：那就只当旅游。

罗伊人能感到对方贴近颈部的呼吸，没有回头：孟董事长，我敬重您。落魄至此，我无心游戏。如果您去美国旅游的话，该带上您的夫人。

孟自静张开的嘴巴，静止了。

罗伊人有些激动：我帮助过您，您也帮助过我，这都源自彼此欣赏。我这几年装模作样的贵妇生活，总结起来两个字最贴切，就是沮丧，是非成败转头空，一切都不如一个靠得住的男人。可惜我没这好运气。我知道背后有人说我是扫帚星，跟谁谁倒霉。您现在是中国最成功的人，让我离您远点吧。我怕，无所不怕。

孟自静：你需要安静。

罗伊人：我需要告辞了。

25. 街道　夜外

罗伊人在开着车。

罗伊人的眼神迷茫，对面的大车灯异常炫目，尖叫的喇叭呼啸而过。

安静的夜路，罗伊人独自开着车，轻轻点了下手机，《不要脸》的歌声飘来。

罗伊人听着听着，人似乎迷幻了，身体慢慢左右摇摆，眼神迷离混沌，像吸毒的人那样。

车轮在夜色里旋转着。

罗伊人的脚在油门上又加了力。

罗伊人嘴里嘟囔着，几乎听不清楚：……有一只天鹅受伤，其实只有美丽吹动的风才知道她已受伤，她仍在飞行……

她渐渐闭上了眼睛。

车子颠了一下，发出刺耳的声音，冲出了公路。音乐停止。

26. 路边庄稼地　夜外

罗伊人的车四轮朝天。

车内，系着安全带的她被卡在车里，脸上一道血痕，但似乎并不痛苦，呻吟着：有人吗？有人吗？

空旷的田野，只有风声。

27. 公路　夜外

于成飞开着他的小厢车在行驶，他的脸上还没卸去小丑的妆。副驾上是一个大手偶，那是一只兔子的造型，兔子头上乱放着一个五彩头套。

于成飞车停路边，他下车撒尿。

忽然他前方庄稼地里有灯光一闪，接着又灭了，他浑身一抖，吓得跑回车里。

他匆忙发动车要离开，却又看到远处的灯光亮了起来，又灭了。他想了想，把车倒出一个角度，车灯光直射发光处。

罗伊人翻着的车，车灯明灭，车体还冒着淡淡的烟。

于成飞瞪大眼睛。

28. 路边庄稼地　夜外

于成飞趴在地上用手电看着车里面。

他看见罗伊人闭着眼睛，还在呻吟：有人吗？有人吗？腿疼……

于成飞从他的小厢车上拿着一个工具箱走来，再次趴在地上，用一根铁棍撬着车门。

罗伊人的脸色已经变白，呻吟声也几乎听不到了。

于成飞钻进车门，观察着，罗伊人的腿脚处，洇出血迹：喂，你还活着吗？

罗伊人微弱的声音：当然。

于成飞拽了拽她肩上的安全带，退出车，从工具箱里拿出一个三角锯，又钻回车内：告诉我，哪儿疼？

罗伊人眼睛慢慢闭上：腿……

于成飞侧着身子在锯安全带。

他拔出罗伊人被挤住的腿，罗伊人发出号叫。他拖动她的身体，努力朝门外退着爬。

他出了车门，跪在地上拽着罗伊人，终于罗伊人被拽出来了。于成飞已经满头大汗，他抱着她朝小厢车走去，身体已经打晃。

29. 公路边　夜外

小厢车后门打开，里面是演舞台剧的道具、服装、景片，还有气球、鸽子什么的。

于成飞让罗伊人躺在一堆服装上，敲了一下玩具琴，发出悦耳的响声：嗨，美女，坚持一会儿，送你去医院。

门重重关上。

30. 路边庄稼地　夜外

于成飞又回到罗伊人的车处，钻进去找到手包和手机。

一张名片被插在车门玻璃缝中。

名片上是："著名喜剧演员（业余）于成飞　电话 xxxxxxxxxxx　邮箱 xxxxxxxxx"。

31. × 公路　夜外

飞驰的小厢车。

满头大汗的于成飞开着车，看着罗伊人的手机，朝后面车厢大喊着：这里面谁是你的亲人，我打给谁呀？孟总、魏总？这么多总。

车厢里，罗伊人躺在那里，睁开眼睛，感到了疼痛，龇牙咧嘴。

于成飞的声音：你肯定得住院，你的信用卡密码是多少？

第19集

1. 写字楼内的小超市　日内

郑秋冬手捧一桶方便面、一袋榨菜排队结账，轮到他了，结账员：一共 9.8 元。郑秋冬一摸口袋：对不起，没带钱。放下要走。

身后一中年女士（海珊）：10 块钱？我帮你结吧。

郑秋冬回头，看着那位没有表情的中年女子：谢谢。

2. 德仁公司　日内

贾衣玫和马小红在各自打着 CC。

贾衣玫声音很轻柔：您好，我是一直在网上购买你们产品的老客户，跟贵公司销售经理很熟的，请帮我接你们的销售经理，他说这几天手机不开，就打这个……

马小红：……这是一个很好的职位，年薪 35 万左右，您的简历我们都看了，您可以给我一个您的邮箱吗？我把甲方企业的详细资料发给您……

惠成功在打订餐电话：宫保鸡丁两份，西芹腊肉一份，烧茄子一份，别咸了，上次的烧茄子太咸。排骨竹荪汤一中煲。三份白饭……

（以上三个声音基本为背景声，有而不实。）

郑秋冬靠在椅子里，面前是吃空了的方便面桶，看着整个办公室，脸色很不好。

熊青春的座位是空的。

郑秋冬打了个嗝，缓缓摸起电话：在哪儿？见个面吧。

3. 电梯　日内

郑秋冬进来，低着头，电梯上行。

超市遇到的中年女士：你去几层？

郑秋冬晃范儿，急忙摁了一下 1：哦，我，一层。

海珊女士：现在是上行。

郑秋冬急忙拿出钱包，找出 10 元钱：就算专门来还您钱的吧，大姐，谢谢您。

海女士接过钱：不客气。这写字楼租金这么高，要是总心不在焉的话，生意会难做的。

郑秋冬看着她：您看出我心不在焉？

女士：好像有点，别在意，人人都会有的。

郑秋冬惭愧点头：谢谢。

4. 某湖边 / 机场　日外

郑秋冬和林拜。

郑秋冬：她就是不说，我问多了，她就说去看房子去了。

林拜：那我得祝贺你，这样的日子才刚开始，我已经过了两年多了，不知道她在忙活什么，总之就一个字，忙。回家也很少说，问多了不合适，那是逼着人家编瞎话。

郑秋冬：你太太是独来独往的性格，熊青春不是呀，她是出双入对还要手拉手的那种人，以前无话不说，现在守口如瓶。

林拜：去广西结婚登记没办成，真没别的原因？

郑秋冬：没有，那真是偶然原因，登记处的印章摔坏了。

林拜：要不我跟她谈谈？

郑秋冬苦笑：我跟她要是闹矛盾了，吵架了，你帮着说和说和那没问题，问题是我俩什么事也没发生，你跟她谈什么？不是谁谈的问题。

林拜：有新人了？

郑秋冬诧异：不像呀。没往这儿想，不可能。

林拜小声：需要找人跟跟看吗？这边有专业人手，绝对可靠。

郑秋冬：不不不，跟踪手段使不得，我就是憋死也不想这样做。电话响，郑秋冬看：她的。接听：喂，在哪儿呢？

熊青春神情严肃：我去外地几天，不用找我，过两三天就会回来。

郑秋冬困惑：青春，究竟要干什么呀？你要去哪儿？出什么事了你告诉我呀？多大的事我都能扛啊，你别担心我想不开，就让自己活受罪。

林拜听着，感到心酸。

熊青春也急，跺了跺脚：不想这会儿说。拜拜，别找我，也别报警，我手机不开，到时候我会来找你的。

郑秋冬急了，喊着：别挂别挂，熊青春，你不要太过分了，你不能这样不顾别人的感受，你知道你在我心里的位置，就这么走了你让我怎么能安心？难道你的感情就是拿来折磨人用的吗？你非要固执下去，不管别人是死是活吗？

林拜听着受不了，转过身去。

熊青春哭了：不是那样的，你别问了，我就是太在意是死是活了，不说了，再见，关机了。

熊青春使劲按着关机键，直至弯下了腰。

郑秋冬看着手机：在机场。

林拜直摇头：看不懂。

水边，郑秋冬落魄地走着，林拜跟在身后。

5．医院　日内

罗伊人躺在病床上，打着吊瓶，腿上打着石膏，夹着夹板，吊着。

枕头旁边是一个红嘴唇、大眼睛、戴高帽的小丑。

罗伊人慢慢伸手，拿起小丑。突然小丑说话：嗨，你想快乐吗？

罗伊人嘴唇动了动：想。

小丑：你想健康吗？

罗伊人依然：想。

小丑：好，做我的女朋友吧。

罗伊人使劲笑了一笑：好。

门开了，于成飞伸头看，表情丰富：哎哟，姑奶奶，你终于醒了，快。说着他从小柜里拿出罗伊人的手包，又拿出钱包，抽出里面的银行卡，笑眯眯地：你这卡的密码是多少？

罗伊人看着他。

于成飞：你出了交通事故，昨天晚上，姑娘。你的车翻到庄稼地里，我救了你，送到这儿来，这儿

是医院，钱都是我替你交的，我已经没钱了。

罗伊人弱弱地：谢谢你。

于成飞很满足：美丽懂感恩，才是真女神。你耽误了我一天演出，算了，不说损失的事了。交警盘问了我半天，中午还来了刑警。做好事总是要付出代价的。

罗伊人：我的手机呢？

于成飞从自己兜里掏出来：没电了，充电器找不着了……护士去找充电器去了。

罗伊人：放心，钱一分都不会少你的。请坐，您怎么称呼？

于成飞：我姓于，干勾于。

罗伊人：谢谢您，于先生。

于成飞：也是你运气好，幸亏我下车方便，天太黑，什么也看不见，好在你的车灯，很奇怪的车灯你知道吗，它忽悠忽悠地闪烁，很像鬼火，很吓人，也很激发人的想象。你想吃什么？医院的饭很次……我家离这儿不远，我有厨师等级证，中一级。

于成飞从保温桶中盛出汤来，递给罗伊人：你家里没别人？

罗伊人：有。好喝。

于成飞：排骨汤，你骨折了，多喝补钙，还不通知你家人？

罗伊人瞄了眼于成飞：不，省得他们着急。你是做什么工作的？

于成飞不自信：演员，喜剧演员。

罗伊人意外：专业院团的？

于成飞口齿含糊：北京人艺……

罗伊人：真的，我最喜欢北京人艺了。您跟于是之先生有关系吗？

于成飞：那是前辈。我上句话没说完呢，我是北京人艺……旁边那院的，但我从小看人艺戏长大的，戏路子也算宽，大导林兆华知道吗？

罗伊人：我有他写的导演小人书，带签名的。

于成飞惊讶：我没有，但他夸过我，我给他客串过群众，他说于成飞俗得利落。

罗伊人笑：你叫于成飞？

6. 德仁公司　日内

贾衣玫守着面前一摞名片和资料在轻柔地打电话：您好，我先做简单的自我介绍，我们公司叫德仁咨询，主要从事人力资源的咨询，也叫猎头公司。我姓贾，叫我 Lisa 就行。

马小红守着面前一摞名片和资料在轻柔地打电话：是这样的，今天给您打这个电话，主要是想跟您建立一种联系，德仁咨询今后肯定会有适合您的职位，对，可以跟您交流一下，就占用您几分钟，我姓马，叫我 Rose 即可……

惠成功在碎纸机前碎纸。

打电话的轻柔声音加上碎纸机的声音，显得屋里很安静。

郑秋冬看着桌前他和熊青春的合影，一脸困惑。

这时一个西装革履的年轻人推门进来：你好，请问郑秋冬先生在吗？

郑秋冬抬头。

7. 电梯里　日内

郑秋冬耷拉着脸和那位年轻人在电梯里，电梯在往上走。

年轻人解释着：我本来想打电话请您上去，可我们老板说不，指令我下来请您。

郑秋冬瞥他一眼：你们老板怎么知道我的？

年轻人：网上，刚查到的。

郑秋冬：你老板怎么称呼？

8. 海珊贸易公司　日内

年轻人带着郑秋冬进来，径直走进总经理办公室。

9. 总经理办公室　日内

前面出现过的中年女士——海珊站在电脑前迎接郑秋冬进来，但还是面无表情：你好，郑董事长，不可思议了。你看，太巧了。

郑秋冬诧异，苦脸上出现一丝笑意：你好，海女士，孙秘书刚给我说起。说着看着她的电脑：哦，我们公司网页，对，这就是我。

电脑屏幕上是德仁公司官网→关于我们→董事长专页，醒目位置是郑秋冬的大头照。

海珊示意年轻人：两杯绿茶，这里没事了。转对郑秋冬：我记得一楼水牌上有家猎头公司，请坐，我就上网查，一查就查到了你，真是太巧了。

郑秋冬坐下：哦，您是需要什么样的帮助？

海珊有些犹豫：哦，我们公司的财务总监很快要离开，我没跟猎头公司打过交道，不知道短时间内找替代者难度有多大？

郑秋冬：海总，您是想找我帮您解决财务总监这个职位，是吗？

海珊期盼的眼神，点头。

郑秋冬彬彬有礼地起身：对不起，海女士，要让您失望了。最近公司出了点事，我本人有些措手不及，情绪很糟糕，不在工作状态。这次遗憾，要辜负您的信任了。

海珊冷冰冰：是这样，可以帮郑先生做点什么吗？

郑秋冬：谢谢，您能原谅就非常感谢了，对不起，希望以后能为您效劳。

海珊错愕的神情。

10. 德仁公司　日内

惠成功、贾衣玫、马小红一字排开，在被郑秋冬训斥。

郑秋冬敲打着手里的文件，朝惠成功：从客户的委托意向到公司接受委托，这个流程都是固定的，你这里面怎么没有？拿回去，重写。把纸扔向惠成功。

郑秋冬拿起一张纸，朝贾衣玫：要是按照打通的 CC 付你酬金的话，你连盒饭也吃不起。

贾衣玫可怜兮兮地：那些前台和助理防范意识越来越强。

郑秋冬来气：教给过你 100 种绕过 gatekeeper（看门人）的方式，都试过吗？接着打。

郑秋冬转向马小红，正要开口，门口响起门铃声，他抬头看去，海珊女士隔着玻璃门在向他招手。

郑秋冬烦躁，怒气未消走了过去，开门：你好海女士，有什么吩咐？

海珊一脸严肃：不进去了，我想跟你谈谈，不会占用太长时间。

郑秋冬看着她。

惠成功看着郑秋冬跟海珊消失在走廊，叹气：熊总呀熊总，你去哪里了。

贾衣玫：熊总要是一个月不回来，我们岂不是要被臭骂一个月。

马小红走到熊青春办公桌前，对着她的照片，合十作揖。

惠成功：熊总也真是的，太不负责任了。

贾衣玫撇嘴：那也不至于这样呀，跟丢了魂似的，不像个男人。

惠成功想争辩，马小红轻轻碰他：算了。

11. 某僻静处　日内

海珊和郑秋冬。海珊冷冷地：刚才你一离开我才反应过来，不对呀，你就凭一句情绪很糟、不在状态就把我拒了，合适吗？

郑秋冬解释：我是怕耽误您的时间。

海珊：可你给我的感受是郑先生不屑于跟我合作，连基本内容都没听完就说 no，让我觉得被人冷落，心情一下就坏了。我必须要跟你再谈一次，把心情扭转过来，不然我会连续几天失眠。

郑秋冬急忙解释：真不是因为您，海女士，完完全全是我个人原因，真的，是我自己跟自己过不去，一时的错乱……

海珊：晚了郑先生，我的心情已经坏了。

郑秋冬：我是很尊重您的，海总，没能让您感受到我对您的恭敬，我很抱歉。

海珊听到了爱听的话，心情好了一点，关心地看着他：我不知道你这边发生了什么，算我多嘴。你这么年轻，不能轻易就错乱呀，自己开着公司，发着工资，交着这么高的租金，你情绪不好、不在状态，是不是太轻易了？

郑秋冬无语。

海珊依然没什么表情：我是过来人，你要是愿意听，我就只说一句我的人生感悟。

郑秋冬：您请，多几句更能受益。

海珊：如果你是老板，无论大小，每天都得像总理一样去忙碌，就是鞠躬尽瘁，忘掉还有心情这回事。

郑秋冬不太服：总会遇到大麻烦，拽不掉的难受。

海珊：拼命干活，会忘掉的。像陀螺一样疯转起来，你就不会发现情绪差。

郑秋冬深吸一口气：好吧，我们谈谈您的事情。

12. 咖啡馆　日内

很安静，没有多少人，只有郑秋冬和海珊。

两杯咖啡冒着热气。

郑秋冬：您的财务总监要离开公司？

海珊：是的。

郑秋冬：合作了多少年？

海珊：20 年。

郑秋冬意外：20 年，够长的，是合同到期了吗？

海珊摇头：没有合同。

郑秋冬更加意外：财务总监没有合同？

海珊淡淡一笑：没有合同，不是疏忽，是因为我没想到他会离开。

郑秋冬：人事是用合同来保持的，怎么会没想到？

海珊顿了顿：他是我老公。

郑秋冬恍然：您老公是贵公司财务总监，现在他执意要离开。

海珊使劲点头：要离开。一起打拼的斑斑血迹好像都不存在了。

郑秋冬同感：我的看法是，只要想离开，总会有理由的，能理解，不好接受，是吗？

海珊毫不示弱：还好，能接受。

郑秋冬：离开的原因？您也可以不说。

海珊：没什么不可说的，没有包养小三，没有婚外恋，也没有想离婚分家，都没有，他爱这个家，就是因为他跟我管理理念不同。

郑秋冬：家里还有什么人吗？

海珊伤感：一个女儿，在上海，20 岁，刚结婚。说着，从手机里调出照片给郑秋冬看照片。

郑秋冬看着手机里年轻的夫妇：真羡慕，完美的生活。可以无欲无求了。

海珊纠正：我 45 岁，我老公 46 岁，无欲无求不早吗？

郑秋冬：哦，不，我在说我自己。在您老公面前，您是不是一直偏强势？

海珊：不，我知道自己能力有限，怕被动，所以尽量采取积极姿态，他更保守。

郑秋冬：您更想挽留他，还是想再找个财务总监？

海珊的回答是有些意外：我希望你能给我老公找个更好的位置，他很优秀，业务能力、管理能力都很强，下海前，他是全省财经领域十大杰出青年。

郑秋冬：为什么不挽留他？你们是患难夫妻，一起打拼过来的。

海珊口气中透着无奈：即使很想厮守，有时候，离开也可能是更好的选择。他能力比我强，不离开也发挥不出他的能力。

郑秋冬：您既然认为他比您强，为什么不把公司交给他管理？

海珊一愣：他也这样问过我，那我干什么去？

郑秋冬一时没话可说。

海珊：有两句话千万别说，谁说谁就是我鄙视的人，一是游山玩水去，二是回家抱孙子去。我就是不想闲着，我才 45 岁。他想出去成就一番，我不拦着，一家人必须情字当先。我愿意守着这一亩三分地。

郑秋冬：明白了。我需要您这边的材料，主要是您老公的，还有拟招聘的财务总监的要求。我一会儿会把我们的报价发给您，您要是嫌高，都可以商量。

海珊：钱不是问题。

郑秋冬：明白，钱不是问题，情字当先。

海珊轻拍桌子：对，就这意思。你结婚了？

郑秋冬：没有，马上就结。

海珊：女朋友是做什么的？

郑秋冬被勾起了心事，惆怅：我俩一起做公司，夫妻店。

海珊：晚上我请你俩吃饭，我爱请人吃饭。

郑秋冬烦：她不在，去外地了。

海珊：我老公也去外地了，躲我。你女朋友去哪儿了？

郑秋冬本打算结束对话，没想到她这么问：她不说。

海珊：啊，不说？还有这样的，这不成出走了吗？不是为了躲你吧？

郑秋冬：说不清楚。

海珊一愣：你说的错乱就是这些？

郑秋冬点头：心绪被搅乱。

海珊被说晕：不懂，听着够玄的。不过，工作狂的最大好处，就是没有这种痛苦。

郑秋冬：我试试。

13. 德仁公司 / 特慧专猎　夜内

郑秋冬在电脑前忙碌着，一边打字，一边看着眼前的材料。

电脑屏幕上出现海珊贸易公司的官网。董事长海珊的照片、介绍。

财务总监章知宾的照片、介绍。

章知宾，出生于 1967 年 2 月 13 日，男，汉族，毕业于上海财经大学。学历：硕士研究生……本科毕业论文发表于国家一类的经济期刊《经济研究》，研究生毕业论文在美国著名学术期刊 *Accounting Review*（《会计研究》）、*Games and Economic Behavior*（《博弈与经济行为》）上发表。

<table>
<tr><td>职位名称</td><td>财务总监（CFO）</td><td>职位代码</td><td>103101</td><td>所属部门</td><td>海珊贸易公司董事会</td></tr>
<tr><td>职系</td><td>兼职副总经理</td><td>职等职级</td><td>待查</td><td>直属上级</td><td>海珊贸易公司
董事会董事长</td></tr>
<tr><td>薪金标准</td><td>￥75 万 / 年</td><td>填写日期</td><td>2009 年</td><td>核准人</td><td>海珊</td></tr>
<tr><td colspan="6">职位概要：
主持公司财务战略的制定、财务管理及内部控制工作，筹集公司运营所需资金，完成企业财务计划。</td></tr>
<tr><td colspan="6">工作内容：
50% 利用财务核算与会计管理原理为公司经营决策提供依据，协助总经理制定公司战略，并主持公司财务战略规划的制定；
50% 建立和完善财务部门，建立科学、系统符合企业实际情况的财务核算体系和财务监控体系，进行有效的内部控制。</td></tr>
</table>

郑秋冬拨打电话：我找林拜林经理……林拜，材料收到了吗？

林拜看着电脑：收到了，这都什么时间了，你还往公司打？

郑秋冬看表：几点了？我的天，幸亏你还在，我需要马上见你。

林拜诧异：又怎么了，跟打了鸡血似的，在哪儿？

郑秋冬：总得吃饭呀。

14. 餐馆　夜内

郑秋冬和林拜每人面前摆着一大碗面，一边呼噜呼噜吃一边谈着。

郑秋冬看着桌上的手机：你看，这是她刚发给我的，她老公以前被多家猎头公司约过，还有 500 强中国区的。

林拜不太满意地瞥了他一眼：我这边正在整理资料，这个女人是小有名气的工作狂人。老公叫章知宾，我的 researcher（市场研究员）在整理他的资料。

郑秋冬：明天我还要去见她，财务总监的人选你有推荐的吗？

林拜：先打住，这个案子一个月是它，两个月也是它，先不着急谈。

郑秋冬认真：着急呀，我的委托人一天上门找我三次，电话、微信还都不算。

林拜：你是故意的吗？

郑秋冬：故意什么？

林拜：故意找走火入魔、废寝忘食的感觉。

郑秋冬：胡说什么，我有什么不正常吗？

林拜：不正常，就像在北京那时候一样，又想变成另外一个人？

郑秋冬的面条在口头：别吓唬我。

林拜：我问你，熊青春这么一个大活人人间蒸发了，你真忘了她了，还是假装忘掉？

郑秋冬：什么意思？

林拜：你的女人已经失踪了、没影了、不见了，你现在该是去找她，而不是为冷面女人的男人找下家，你走到情理之外了。

郑秋冬恼：我怎么找？她说去外地了，手机也不开，中国这么大，她藏起来我去哪儿找？再说了，我为什么要找她？她不是想回回不来，跟卖到山里的孩子那样，她是去做一件精心准备的事去了。我不着急，我不着急，我心里老这么劝自己，可我确实心急如焚。你说几句止痛药那样的话，让我不觉得疼，不行吗？

林拜看了看激动的郑秋冬，埋头狂吃面条：我佩服那个离开法国银行的你，敢作敢当。

郑秋冬：我活得还是夹生，要么把女人虐疯，要么被女人虐疯。

15. 郑秋冬家 / 林拜家　夜内

郑秋冬靠在床头，看着身边空着的枕头，满面忧愁。

轻轻的敲门声，郑秋冬一惊，直身：青春！

门慢慢开开，门口站着惠成功：郑总，还没睡。

郑秋冬扫兴：没呢，什么事？

惠成功：您回来前，就刚才，我收到了熊总的微信。

郑秋冬跳了起来：我看，早说呀。

惠成功：迷糊着了。点开微信，递上手机。

郑秋冬听，熊青春 OS：小惠，郑总这两天怎么样？

惠成功：郑总很着急，老发脾气。您在哪儿呢，熊总，郑总着急，都是因为您。

熊青春：我知道。告诉郑总，别生我气，我错了。

惠成功：您最好亲自对他讲，他会很高兴。

熊青春：我明天就回去，当面跟他说吧。

惠成功：您几点回来？飞机还是火车，需要接吗？

惠成功：没再回话。

郑秋冬接着又听一遍，指着惠成功：你怎么不问问她在哪儿呢？

惠成功目瞪口呆，自责：是啊。

郑秋冬靠在床头片刻，关灯睡觉。

幽暗的月光下，他的眼睛闪着亮光。电话响，急忙拿起，看。

屏幕显示是林拜的，接听：还没休息。

林拜在阳台，客厅里的太太在看电视，嘻嘻哈哈很乐呵。林拜：没呢，青春不会去英国找她前男友了吧？

郑秋冬：别瞎猜了。小惠收到她的微信了，说明天回来。

林拜好奇：她人现在在哪儿？

郑秋冬：没说。莫名其妙嘛这不是，她能跟小惠联系，也不跟我联系。突然觉得熊青春恢复了诈骗犯的本色，完全是个陌生人。

林拜：是怪。打断一下，我的 researcher 来电话，那个章知宾，就是你委托人的老公，极富资源性，往数据库里一放，马上就能找到 3A 级的配型，还不止一家。

郑秋冬：那就好，这高端单交给你。我做那低端的，帮她找新财务总监。

林拜：有思路吗？

郑秋冬：没有，熊青春已经把我弄成弱智了。你太太呢？

林拜乐呵呵：我太太越发可爱了，看弱智的综艺节目，乐得下巴都快掉了，还是重播的，昨天晚上看过。唉，无奈呀，国家该规定，受过高等教育的人，要看这类节目，立马吊销文凭，下社区服务 20 天。

郑秋冬一笑：你俩我看出来了，是情人式夫妻。（随后叹气）我发现，故意让自己忙得脚不沾地、身心俱疲，并不能减轻精神压力，反而受到双重痛苦。那些说能的人，都是阿 Q。

林拜看着室内傻乐的太太，对郑秋冬：给你看段视频。

郑秋冬：视频什么？

林拜：等一下。

郑秋冬等着，提示音响，看视频，视频是透过阳台的玻璃窗，对准了沙发里林拜的太太，她正笑得前仰后合。

郑秋冬羡慕：多好的媳妇。

林拜：咱要有她的笑点，人生何处不春风。

郑秋冬也看得开心地笑了：咱们都白活了。

林拜把自己摇入镜头，忍着笑：我渐渐发现了她的可爱，你想跟我媳妇儿过几天吗？

郑秋冬：真想。

林拜：呸，什么作风呀。

二人哈哈大笑起来。

16. 林拜家　夜内

林拜已经上床在看材料。

冯眷眷穿着性感的睡衣跑来，跳上床来，爬着：老公，猫来了。

林拜看她，扔下材料掀开被子，冯眷眷进去。

二人四目相对，突然林拜大笑不止。冯眷眷不解：笑什么？

林拜止不住笑，捂着嘴背过身去。冯眷眷拍打着：你到底笑什么？

林拜忍住笑：我给你讲个八卦。

17. 机场候机厅外　日外

熊青春拖着行李箱出来，头发显凌乱，神情憔悴，眼圈发黑，她闭上眼睛仰头朝天。

太阳光晕缥缈刺眼，她的手掌出现，捂在眼前。

熊青春捂着眼睛。

一车划过，熊青春回过神来。她觉得困倦，打着哈欠，使劲晃了晃头，还是眼睛睁不开，使劲睁着。

18. 德仁公司　日内

郑秋冬在电脑前敲打着键盘。

贾衣玫站在窗前看着楼下，惠成功、马小红心不在焉地忙着手头的事，惠成功在收拾抽屉，马小红用卷笔刀在削铅笔。

郑秋冬电话响，大家扭头关注他。

郑秋冬慢慢伸手过去，翻过电话一看，于是接听：您好，海总，已经给您发过去了，您再查查，两个候选人的资料，第一个经验丰富，国企民企都干过，属于混合所有制个体。第二个忠诚度高，从哈尔滨到珠海，跟着老板，九年没跳过槽。都有标注，好的，再见。

惠成功看手机，迅速来到郑秋冬身边，小声：熊总回家了。

郑秋冬一惊：你怎么知道？

惠成功递上手机，声音更小：路口小卖部的大姐刚发的，您看。

郑秋冬看，脸色越发不好。

贾衣玫、马小红关注这边。

郑秋冬：车钥匙。

19. 街道　日外

郑秋冬开着车，电话响，关机扔在一边。

20. 十字路口　日外

郑秋冬的车驶来，堵车，他很焦急地等待。

郑秋冬将车开进辅路，停下，匆匆下车，朝前走去。

21. 小区门口　日外

郑秋冬进来。

22. 楼门口　日内

电梯口，竖着个牌子：“电梯故障，抢修中。”

两个穿工作服的工人在电梯口忙着。

郑秋冬快速走来，见此状况，直奔楼梯口。

23. 楼梯　日内

郑秋冬大步快上。

24. 郑秋冬家门外　日内

郑秋冬从楼梯口走了出来，气喘吁吁。看着家门，竟变得犹豫起来，在门口听了听，开始踱步。

郑秋冬停止踱步。

25. 郑秋冬家　日内

门慢慢打开，郑秋冬看着安静的客厅。

门口旁边，一双休闲鞋倒放一只，一个旅行箱，箱上搭着熊青春的外套。

郑秋冬摸摸它，看看厨房、卫生间的方向，没人。

他轻轻走向卧室。

卧室，郑秋冬推开卧室的门，看到熊青春在床上酣睡，地上是脱下的衣服、浴巾。

郑秋冬看了看，关上门。

郑秋冬坐在沙发上，看着茶几上熊青春的拎包、吃光的盒饭塑料盒、插着吸管的奶盒、手机、墨镜、插着耳机的 iPad。

他慢慢把墨镜放进眼镜盒，塑料餐盒、奶盒放进垃圾桶。把手包敞着的拉链拉好。最后他拿起了手机。

手机屏亮了，郑秋冬的手指挪到通话键上，试图打开看，手指停在空中，最终没有点开，而是用手轻轻擦拭着屏。

茶壶、茶杯热气腾腾。郑秋冬倒出琥珀色的茶汤，端坐、慢饮。

插着耳机的 iPad，郑秋冬把耳机塞在耳朵里，听到的是詹姆士 · 布朗特的“Sun On Sunday”。

郑秋冬闭眼听着，突然睁开了眼睛。

郑秋冬推开卧室的门看，熊青春还在大睡。

26. 超市　夜内

郑秋冬推着小车在买菜、挑鱼、选肉。

27. 郑秋冬家厨房 / 卧室 / 客厅　夜内

郑秋冬在菜板上轻轻切着姜丝，调着芡粉，水池里淘着米。

厨台上几个盘子里，已经码齐了菜、肉片、闸蟹，用料有葱段、姜丝、红辣椒、香葱节、枸杞等。

灶上，一个锅里滚开的骨汤，一个锅里清炖的黄鱼。

卧室里，熊青春还在睡着，郑秋冬蹲在一边看着她。

第20集

1. 郑秋冬家厨房 / 卧室 / 客厅　夜内

卧室里，熊青春还在睡着，郑秋冬蹲在一边看着她。

郑秋冬盖着薄毯在沙发上睡去。

惠成功轻轻开门，看见睡在沙发里的郑秋冬，看见门口的行李、外套。

看了眼厨房，厨台上是没有下锅的菜、鱼、肉、调料，整齐码放着。

惠成功近前看了眼睡去的郑秋冬，轻轻去了自己的卧室。

昏暗的客厅，宁静。

2. 城市外景　清晨

空镜头。

3. 郑秋冬家　晨内

郑秋冬醒来，看见惠成功在面前摆放早餐。

郑秋冬起来，小声：我来，你去公司吧。

惠成功：今天有两份合同要签。

郑秋冬：中午我们去公司。惠成功轻轻离开。

郑秋冬看着卧室门，一脸困惑。他过去轻轻推门看，床上已经空了。

他诧异地一把推开门，这时身后传来熊青春的声音：醒了。

郑秋冬回身，看见手拿浴巾，头发湿漉漉的熊青春。

郑秋冬努力放松：吓我一跳，什么时候醒的？

熊青春努力地笑着：刚醒一会儿。

郑秋冬：你真行，睡了 20 个小时。

熊青春淡淡：这么久。说着擦着头进了卧室。

郑秋冬跟着进：饿了吧，想吃什么？

熊青春没说话，放下浴巾，凝视着郑秋冬。

郑秋冬笑了笑：想吃什么……还是想说什么？

熊青春迟疑一下：我们……（她嗓子哑了，使劲咳了一下）我们分手吧。

郑秋冬被冻住了。

熊青春眨了眨眼，也不会说话了。

郑秋冬来到床边：这几天你去哪儿了？

熊青春：北京。

郑秋冬：去北京为什么不说呢？

熊青春无语，转身回到客厅，一屁股坐到沙发里，使劲揉着脸，低头不语。

郑秋冬来到卧室门口，看着她。

熊青春深呼吸：我们不适合过一辈子，分手吧。

郑秋冬愤怒：你是神？你能看出两个人一辈子该怎么过？

熊青春：别这么吼我，秋冬，这是个痛苦的选择，但不是个坏选择。

郑秋冬坐到她身边：你说好就好，你说不好就不好？我看不是我们不合适，而是英国那人回来了。

熊青春意外，疑惑地看着郑秋冬。

郑秋冬指着 iPad：詹姆士 · 布朗特，跟他一起从英国来的吧。

熊青春点头承认。

郑秋冬：要跟你恢复……

熊青春点头。

郑秋冬：你去北京就是去见他？

熊青春摇头，起身进卧室，接着又回到客厅，拿着手机回来：他就在杭州。我去北京是想去找到罗伊人。

郑秋冬诧异。

熊青春：可惜，没找到，三天三夜都没怎么睡。哦，她出了次车祸，晚上车翻出公路……别担心，我见过她的医生，她伤得不重，已经出院。出院之后她就消失了，没人知道去哪儿了，你俩真是一个路子的。

郑秋冬：你找她干什么？

熊青春没接话茬：我找到那个钟律师，她跟罗伊人也联系不上。我还见到了山谷的孟董事长，他是最后见到罗伊人的，他也联系不到她。

郑秋冬再问：你找罗伊人要干什么？

熊青春：我想叫她回来，跟你好。

郑秋冬爆发：你有毛病吗，熊青春？你自己过得还不清不楚呢，你还要安排别人的生活。

熊青春非但没有生气，反而轻松一笑：你看，一说到她，你就进入反常模式。你俩是有可能达到一体同心的境界，我们不能。上次一起吃饭，眼神一扫，我就觉得你俩比咱俩缘更深。

郑秋冬走向熊青春：你少给我装神弄鬼。如果不吃那顿饭呢？不要给你旧情复发找理由，要是你那个英国人不回来找你，你会这样说吗？你会觉得你比罗伊人适合我一百倍，不是吗？

熊青春避开站在面前的郑秋冬，来到沙发前，整理着郑秋冬昨晚用的薄毯：要是没有那顿饭可能什么都不会发生。反正我就是觉得你跟罗伊人在一起跟和我在一起是不一样的。

郑秋冬怅惘：别故弄玄虚，把自己亏欠的挂到罗伊人的账上。我不会为什么、为什么不停追问你的，你说分手那就随你，我骨子里还是清高的，也不会对你死缠烂打，放心好了。你要是已经动心要走，那就什么都没了。

熊青春：你跟我的情分说得清，跟她的道不明，承认不承认是你的事。说得清的是情，说不清的是缘，情浅缘深，跟我和凯文杨一样。只是你比我仗义，罗伊人找上门来，你拒她留我，谢谢，给我好大的面子……我不如你，我跟着直觉走了，就像一条傻狗，只认一个人。这次再见到凯文杨，我必须承认，我跟你不如跟他更顺心。

郑秋冬：你跟他更顺心，就非得说我跟罗伊人也顺心，这样你就心安理得了，就解脱了是不是？

熊青春也急了：你让我说完好吗？

安静。

熊青春口气又下来了：对不起，凯文杨回来找我，一见面，我就知道完了，我扛不过去了，大学时候的那些影子……唉——对不起，我没你那么大的定力，我想我要是走了，不该留你一个人，罗伊人明明是来投奔你的，而且是落魄的时候，就因为我，她就走了。我要找到她，带回来。

郑秋冬：只管走你的，后事我自会料理。

熊青春没再说话。

郑秋冬掏出车钥匙：你收拾东西吧，我就不看着了，车停在超市对面路边。

钥匙丢在茶几上。

郑秋冬转身出门，熊青春：哎……跟到门口。门被重重关上。

4. 街道　日外

郑秋冬在人行道上走着。

5. 另一街道　日外

郑秋冬走着。电话响，接听，喂，对不起海总，我家里出事了，您委托的事我单方面终止了，对不起……请息怒，对我来讲这就是大事，天大的事，能原谅最好……那就谴责吧，再见。

6. 街道　日外

熙熙攘攘的人流，郑秋冬踽踽独行。

7. 十字路口　日外

郑秋冬在路口等绿灯。

他看着长长的斑马线出神，一声汽车笛声过后，郑秋冬觉得耳鸣，他摸了摸耳朵，耳边响起了熊青春变形的声音：第六感告诉我，会有不期而遇的事或人来打搅我们，就在最近……我要到法喜寺给咱俩烧炷香，最近有点背，许个愿转转运……凯文杨回来找我，一见面，我就知道完了，我打不过去了。

红灯变绿灯，人们过路，郑秋冬没动，他看着对面过来的行人，产生幻觉。

熊青春挎着一个帅哥迎面走来。

熊青春挎着另一个帅哥迎面走来。

……

郑秋冬扶着灯杆，痛苦地慢慢蹲下。

过路的行人中，凯文杨西装革履地经过他，停下：先生，您怎么了？

郑秋冬没抬头：没事，头晕，谢谢。慢慢起身。

凯文杨扶着他走过马路：先生，需要叫 taxi 吗？

郑秋冬：不用，一阵过去了，谢谢你。

过了马路，二人分道扬镳。

8. 街道 / 郑秋冬家　日外内

郑秋冬走着，停下，打电话。

熊青春已经打起两个纸箱子了，在使劲拖地，接听电话：喂。

开始两个人都没有说什么。

郑秋冬淡淡地：你可以叫小惠、小贾帮你收拾。

熊青春放下拖把，无力地坐在纸箱子上：不用，都收拾完了，没什么可收拾的，都是你的。

郑秋冬：什么时间坐下来算算账，你的 50% 你带走。

熊青春伤感：好的，我的 50%……减去最早的那 20 万，剩下的我带走。

郑秋冬眼眶湿润：好吧。晚饭还等你吗？

熊青春的眼泪潸然而下：不等吧，你们一起吃……你怎么跟公司的人说这事？

郑秋冬：没想呢，就说你走了呗，他们都年轻，不会把这种事当事的。

熊青春呜咽：他们怎么这么狠……我对他们都挺好的啊。

郑秋冬听出她在哭，心酸：不说了，我让他们算账，等你电话。

电话断了，熊青春从抽泣到放出声地哭，直至最后号啕大哭。

（特技，从熊青春慢慢拉开——拉至室内全景——拉出窗外——城市全景——全景转移俯拍降下——推至写字楼——推至窗口——德仁公司室内。）

9. 德仁公司　日内

空空的公司，只有郑秋冬一个人坐在这里。

10. 图书馆　日内

一排排高大的陈旧木制书架，林拜在书架中搜索书，抽出其中一本翻看。

熊青春后景出现，看着他。

林拜不经意间看到了她，从上衣口袋里拿出一个书签夹在书中，拿书朝熊青春走来。

熊青春：你手机没接，你的 researcher 说你来这儿了。

阅读区域大桌边，这里没有几个人，林拜和熊青春。

熊青春痛苦：面对面谈过两次，电话里谈过两次。我都是斩钉截铁地，没给他挽留的余地。

林拜：怕他一挽留，你就会犹豫。

熊青春：我会疯的，毕竟我是跟前男友走了，我还有寄托。他是被我抛弃了……他会这么想的，无所寄托，会比我难受得多。找你是想让你这几天多陪陪他，多说说离开我这种人的好处，多说说祸福相依的道理，我走了，未来是敞开的，他该亢奋。

林拜看着熊青春，眼中有不满：他受的打击多，应该挺得住。不过，我的态度是次要的，可我必须表达，因为你这个决定对我是有影响的。

熊青春：您说。

林拜：我没看到在你和郑秋冬之间出现过什么负面的东西，自私、猜忌、外遇、黄赌毒，都没有吧。你俩也会调节，日子过得也不平庸。可就是……无疾而终，这样的分手最让人崩溃，没有道理了。我会帮他化解郁闷，但实不相瞒，我鄙视你这种选择。

熊青春低着头：可以鄙视，离他而去，我也不是单纯快乐的。人心就是这样，骗不了自己，对于将来来说，我今天想离开，并且离开了，就是对我们两个人的最大负责。他的痛苦只是暂时的。

林拜一笑：其实就是你移情别恋了，不必附加太多的意义。

熊青春：也对，就算是移情别恋了吧。聚和离都是感情驱使，开始有道理，停止也有道理，分分合合，芸芸众生也都差不多如此。

11. 街边洗衣店　日内

郑秋冬拎着两件西装进来：干洗，熨烫。

凯文杨跟来，在门外观察着。

服务员打开服装袋：有卡吗？

郑秋冬：有。递过一张单子：取这件，上周洗的。

12. 公园　日外

郑秋冬提着洗衣袋懒散地经过，凯文杨从后面过来打招呼：你好，郑秋冬先生吧？

郑秋冬站住，看着他。

凯文杨：公司的人说你去洗衣店了，不好意思，我是凯文杨，可以谈谈吗？

郑秋冬恍然，眼神不甚友好。

13. 公园某安静处　日外

二人站着。凯文杨：青春不让我见您，可我还是来了。我想向您道歉，我们都离不开她，结果是有一个人不得不难受。

郑秋冬强硬：你先伤害她，又伤害我，我俩可都没伤害你。熊青春那是一个大活人，你不想要就扔一边，想要就抓过去，完全无视别人的感受。

凯文杨有点蒙：郑先生您怎么说我都可以，跟她分手是伤害了她，我错了，现在我要改正错误，可改正错误却要伤害到您。

郑秋冬：你要说什么？是要道歉吗？

凯文杨：是的。

郑秋冬：那大可不必，你跟我够不着，不必向我道歉，就像我不必向你祝贺一样。我理解的情场是，无三角，不爱情。人都抢走了，为何还要道歉？你在英国接受的高等教育，这就叫绅士吗？

凯文杨无语。

14. 德仁公司　日内

一场激辩在三个年轻人之间进行。

惠成功：呸，这叫什么绅士？这叫败坏绅士的名声。郑总和熊总一起创业，一起吃苦，说不好听的，睡都睡那么长时间，说不定孩子都有好几个了，熊总整这么一出，这叫什么呀，这不就是 no zuo no die。

贾衣玫：郑总人是不错，可熊总有她的自由呀。凯文杨在英国，是大公司的合伙人，人也帅，熊总被吸引很正常，少说 no zuo no die，我最烦这句话。

惠成功：帅有什么用？

贾衣玫：对不帅的人来说，帅永远都没用。

马小红：别吵了，我觉得惠哥说得有道理，女人朝秦暮楚，会成习惯的，不好。

贾衣玫诧异地看着马小红。

15. 图书馆　日内

林拜："朝秦暮楚"这个词我绝不会说。说到自由，你今天接受他是你的自由，没错；他跟你拜拜的时候，他是自由的，你有吗？没有。我无意纠缠你俩的事情，只是想提醒你要照顾郑秋冬的感受，要找到最好的方式，减少他的痛苦，对得起那段生活。

熊青春争辩：我是想努力做到最好……

林拜稍有严厉：你没有，你去北京之前在机场给他打电话，我就在他身边。你不说你去哪儿，也不说什么时候回，而是让他去猜、去恐慌。我告诉你，那天他疯了。

熊青春眼圈红了，委屈：我就是想找到罗伊人，想跟她好好谈谈，让她回到秋冬身边，我觉得他俩合适，我又不知道该怎么跟他说……

林拜：最初你敲他那笔钱的时候，是智慧的、周密的。现在却不知道怎么说了？

熊青春哀求：心乱了，时过境迁。

林拜：别介意，刚才的话有些尖刻。分手这种事，也就当时算是个事，慢慢就什么都不是了。

16. 公园　日外

郑秋冬：我的态度很简单，我不接受你的道歉，也不赞赏这种做法。熊青春选择谁由她个性决定，你我该干吗干吗。说完把衣袋递给凯文杨：她洗的衣服，你带回去吧。

凯文杨：还是你给她吧，她不让我见你。

郑秋冬：可你就是见我了，你愿意对她说谎吗？

凯文杨无语。

17. 德仁公司　日内

惠成功：正因为我不愿意对郑总撒谎，才很晚回去，进卧室就睡觉。

马小红：你早就觉得熊总有情况？

惠成功：我不说，是想给她机会。

贾衣玫：惠主任，要是林拜的特慧专猎请你去做办公室主任，你会不去吗？你会说去了就不忠诚吗？

惠成功支吾：有些事情你还没弄明白。

贾衣玫：不用弄明白，我就是觉得郑总太可怜了。

18. 图书馆　日内

熊青春带着泪：有些事情我自己还没弄清楚，我才要求他别跟我联系。我……林拜，你今天为什么这么冷冰冰？

林拜：这样结束得快，拖泥带水是折磨。

熊青春：也是，痛、快总是在一起的。我要离开杭州，还可以跟你联系吗？

林拜摇头：完全可以，要是只为打探他的消息，就没必要了。

熊青春：为什么这么说？

林拜：因为 game over（旅游结束）了。

19. 德仁公司　日内

贾衣玫对惠成功叫喊：闭嘴，你胡说。

惠成功：你做了，就不要怕说。

马小红“啪”地一击计算器：安静——

20. 公园　日外

凯文杨接过熊青春的衣服袋：我下个月带她回英国，如果你去英国，可以跟我联系。

郑秋冬：谢谢。

凯文杨真诚地：如果你用君子手段，把我的女人夺走，我虽然痛苦，但我会接受你的道歉。

郑秋冬：别逗了，你那是不爱她。

21. 德仁公司　夜内

惠成功在电脑前操作着，贾衣玫、马小红在一边看着。

惠成功问：合伙人出资数额、方式？

贾衣玫看着手里的材料：没问题。

惠成功问：利润分配，亏损分担。

贾衣玫指着屏幕：没问题，她在备注里已经注明了。往下拉，总额减去 20 万，对，就这儿，减去 20 万之后，余额就是熊总的。

马小红不解：这 20 万是什么钱？是罚款吗？

惠成功神秘地：他俩以前……熊总好像骗过郑总一笔钱，就 20 万。

贾衣玫拍打惠成功：别瞎说。接着核，固定资产清算这栏也没问题。

惠成功继续操作电脑：其实不想在税费上做手脚，就不会有乱七八糟的问题。他俩又是好说好散，能有什么问题？

马小红：是呀，熊总也没想过要离开郑总，账本一直这么规范，要是早有准备的话，这账一挪一动……哎，那 20 万是怎么回事？怎么骗的？

惠成功：好像在他俩认识前……

贾衣玫“啪”地把材料拍在桌上：想熬夜是吧？帮两位老总分家，看见了吧，这有一摞材料今儿晚上核对。不八卦行吗？

惠成功：好好，熊总走了，贾总来了，干活。

贾衣玫乐了：少瞎说啊。

22. 郑秋冬家　夜内

郑秋冬把熊青春的大小各种镜框、化妆品、内衣、鞋子统统装在一个大纸箱子里。

郑秋冬坐在沙发里发呆，看见落地灯开关上绑着的小小挂坠，上前摘下来，扔进纸箱。

郑秋冬不经意地从后背拿过一个心形靠垫，抱着。忽然他低头看靠垫，起身放入纸箱。

郑秋冬觉得疲惫，闭着眼轻摇脖颈，忽然停止，从脖颈上取下一个红线连着的玉石小项坠。

看着。

敲门声，郑秋冬起身开门，他以为是惠成功：又没带钥匙？

门打开，熊青春站在门口：我明天就走了。

郑秋冬回到客厅，熊青春进了屋，关门，环视房间，看见了纸箱子：怎么处理？

郑秋冬：不知道。

熊青春看见郑秋冬手里攥着的红线，过去轻轻拽出来：在台湾。

郑秋冬：分手真是麻烦事，这么多东西……

熊青春把小项坠装进自己口袋：丢得越干净越好。这些天我很不舒服，心里一直有你。舍不得这段日子，以后可能再遇不到你这么百依百顺的人了，一想起还觉得温暖，没白过一场，谢谢。

郑秋冬：彼此彼此。小惠给你转账了吗？

熊青春点头。

郑秋冬：数额对吗？

熊青春点头：可以慢慢转，我不急用，公司需要钱。

郑秋冬：公司也没什么需要的，又不买房子了。

熊青春一笑了之。

郑秋冬：那 20 万我留下了，是我借的，总要还的。

熊青春：应该的。

郑秋冬：别老站着，坐吧。

熊青春缩了缩肩膀，好像冷：不了。不来又想来，来了又觉得不该来，真怪。

郑秋冬：都是这样的。

熊青春：我觉得我被你改变了好多。

郑秋冬：我又何尝不是？都跟以前不一样了，但你还有没变的。

熊青春：什么？

郑秋冬：不按常理出牌，重大决定总是出人意料。

熊青春明白他的意思：对不起。

郑秋冬：在北京认识的时候，你为什么有魄力，编那么大一张网呢？

熊青春：因为那时候你叫覃飞。

郑秋冬一怔：覃飞，好像很久以前的人，有点穿越……都快忘了。

熊青春一笑：其实时间并不久……

这时电梯铃响，门口传来脚步声，接着又安静下来。

熊青春：是小惠。

郑秋冬小声：不是。他过去听着门外的动静。

敲门声，郑秋冬开门，门口是林拜。

林拜放松：我猜你就没睡呢。一步跨进屋，看见熊青春，他一愣。

熊青春：这么巧。

林拜笑呵呵：巧嘛，秋冬，我是受人之托，来安慰你的。

熊青春：你们聊吧，我走了。说着过去抱起地上的大纸箱。

郑秋冬：你别啊，我明天就处理。

熊青春：解铃还得系铃人，我帮你处理吧，劳驾开门，再见林拜，帮他找个好的，比我好的。

林拜：我会尽力的，再见。

郑秋冬出门送熊青春，林拜等着。

23. 电梯口　夜内

电梯门打开，一个很年轻的男子在里面背朝熊青春在抽泣。

熊青春一惊，进入电梯，郑秋冬要跟进，熊青春伸手拒绝：不用送了，他在楼下。

郑秋冬指着大纸箱：怎么处理？

熊青春：一把火，拜。

郑秋冬撇嘴一笑：拜。

电梯门关上。

第21集

1. 郑秋冬家　夜内

林拜半担心半调侃：为什么受伤的总是你?

郑秋冬揉着胸口：哥们儿这回伤大发了。

林拜：你呀，要么不伤，要么重伤。

郑秋冬苦笑，靠在沙发里闭上眼睛：伤一伤，欲死欲哀。

林拜安慰：养一养，否极泰来。

2. 街道　夜外

车内，凯文杨开着熊青春的车。

熊青春忧伤的表情看着窗外。

iPad 耳机，连线，耳塞在她耳朵里，詹姆士·布朗特的“Sun On Sunday”。

熊青春看着手里的小项坠，不禁泪流下来。

镜框里，往昔的影像一一晃过，她有些不能自持，用心形靠垫捂在脸上。

凯文杨慢慢抓过她的手，亲吻着。

3. 郊外空地　夜外

大纸箱和一些镜框、靠垫等杂物在燃烧。

熊青春的面庞被映得通红。

凯文杨坐到她的身边，她把头靠在凯文杨肩头，看着火在烧。

熊青春的眼中，火光在跳。

4. 机场　日外

British Airways（英航）的飞机高高升起。

5. 德仁公司　日内

郑秋冬看着 British Airways 官网中文“信息”中“我们的时刻表”。

我们的时刻表

飞行目的地和飞行时间

郑秋冬一脸惆怅。

海珊在惠成功引导下出现：郑总，谢谢了。

郑秋冬回头，起身：您好，海总，对不起，最近……

海珊：知道了，知道最近你不容易，才要来感谢你。祝小美已经在我那儿上班了，人很不错，业务也强，比我老公不差，谢谢你的推荐。

郑秋冬有些不解：祝小美，已经通过你们面试了?

惠成功谨慎地：是这样的，郑总。知道您最近心情不好，我就把总监的事接过来，帮您做了祝小美的面试和背景调查，海总上周给她发了 offer，人已经上班了。

郑秋冬有些恍惚，看着桌面的日历：已经三周了？

海总笑眯眯，示意惠成功回避一下，惠成功离开。海总神秘的表情：郑总，商海沉浮，情海不测，总会遇到坎坷，你好像准备不充分啊。

郑秋冬：是，总会有不测，没人能把什么都准备好的。海总还有什么想说的，请赐教。

海珊：赐教不敢当，郑总，我们是君子之交，话说在当面，您不介意吧？

郑秋冬困惑：请讲。

海珊：您别怪我，我想把惠成功同志带到我公司去，可以吗？

郑秋冬傻了：怎么回事？

海总：惠成功同志更适合在海珊贸易发展。

郑秋冬咬着牙：惠成功，给我出来。

惠成功从办公室隔断里出来，仿佛变了一个人，整洁的西装，整齐的发型，笔挺的身材，闪亮的皮鞋、公文包：郑总。

郑秋冬傻了。

惠成功：郑总，不是我落井下石，真都是巧合。您说过，在职场错过机会就是惩罚生命。

郑秋冬凝视着惠成功，突然仰头像是在想什么：今天上午刚发的工资，是吧？

惠成功：是的，谢谢您给我加了奖金。

郑秋冬：你早就决定了要走，只是在等这个上午是吗？

惠成功：不完全是，即使是，我知道您也不会因此指责我，都是血汗钱。

郑秋冬：跟公司的合同呢？

惠成功：已经过期九天了，您太忙。

郑秋冬看看海珊，再看看惠成功：走吧。

惠成功退了两步，向郑秋冬深深一个大鞠躬。

郑秋冬微微点头，转身，走到自己的座位，坐下抬头看，办公室已经没有人了。

熊青春留下的空座位，惠成功的空座位。

郑秋冬倍感孤独。

6. 某休闲场所　日外

郑秋冬和林拜走来，林拜：依我看，走了是好事，这是你换代升级的好机会。

郑秋冬懒散地：人都走了，还开什么店呀。

林拜：约你出来就是想跟你说，我这儿有专业人士，要考虑吗？

郑秋冬自顾自地：我算见多识广的人吗？

林拜：你不算还有人能算吗？

郑秋冬：想一想真没劲。

林拜：无论如何都不该说这种话，你又没失败，财务数据、业绩显示都是上升的。只不过是走了个女人，丢了个助手。

郑秋冬没再说话，二人落座，不远处有个年轻人田尧坐在那里。

林拜跟田尧眼神交流一下，林拜问郑秋冬：猎聘网你熟吧？

郑秋冬无精打采：猎聘网，以前接触过，帮过我。

林拜：对，你帮他们做过一个行政总厨的飞单。

郑秋冬一怔，瞥了林拜一眼：特工。

林拜挥手，田尧走过来：郑总您好。

郑秋冬一愣，握手：你是……猎聘网的？

田尧点头：对，我听戴总提过您，我叫田尧。

林拜：坐吧，我想介绍你们重新认识一下。郑总，田尧在猎聘网工作四年了，他现在想去创业型的公司，公司也支持他，我本来想把他招到特慧去，索尔没点头，来你这里，你有兴趣吗？

郑秋冬苦笑一下，打量田尧。

田尧：我在猎聘网做过四年，给两位咨询顾问做过三年 AC，给特慧、新人品格都做过兼职，也帮企业、政府招聘做过面试官，我在猎聘网内部的猎头评价体系中，评价很高的，业务评估都在简历里，刚发您邮箱了。

郑秋冬轻轻点头：好吧，林经理推荐的人，我一定会重视。

林拜示意田尧可以走了，田尧起身礼貌地：再见郑总，林哥。

三人寒暄，田尧离开。

郑秋冬：这几天睡不好，一闭上眼睛，就听到蜜蜂嗡嗡的叫声，一团一团的黑影在这儿晃，还有古怪的场面，就像《德伯家的苔丝》里出现的那种巨石阵。

林拜看着可怜的郑秋冬：Stonehenge，英国鬼影。解梦的人会说，你还受着与英国相关的牵绊，其实就是忘不了熊青春；而我的分析是相反的，熊青春正离你越来越远，在你的经历中，这次不算什么，很快就会忘掉。

郑秋冬显然被说动，正直身体，拉了拉肩背：真的？

林拜：真的，时间是一个伟大的作者，它必将写出完美的答案。好像是这样说的吧，忘了这是谁的话。这个田尧明天就去上班吗？

郑秋冬：好的。

林拜高声大喊：好的。你该这么说。

郑秋冬一笑。

7. 特慧专猎　日内

林拜口述，一个年轻女助理在飞快记录：候选人该是什么样的人呢？一般会依据第三方测评系统进行评测。特慧专猎是以 CIA 派往德国的间谍评价体系为基础进行评价的。但是，判定候选人是否为理想的目标，对候选人进行面试时，基于咨询师的经验对候选人做出全面评价。

林拜一边口述，一边注视着会议室的门，门内有隐约的叫喊声传出。

姑娘专注的目光看着林拜，手在飞快跳跃。

会议室的门开了，一个老板模样的男人怒气冲冲出来，此人中年有力，却拄着拐杖，嗒嗒作响，很有范儿。在秘书的陪伴下他大步流星地朝外走去，索尔、袁昆恭敬地陪着出来，送出门去。

袁昆向林拜做个手势，示意马上回来。

林拜对助理：先到这儿吧，一会儿把昨天整理出来的给我看看。

助理收拾电脑：好的，您要茶还是咖啡？

林拜：咖啡。看到一脸严肃的袁昆朝他走来：两杯。

大落地窗前，林拜和袁昆端着咖啡进入。林拜：听索尔说过，具体的一点都不清楚。

袁昆眉头紧皱：这人就是南国时创集团的幕后大老板涂方至。

林拜：哦，大老板，跟火气成正比。

袁昆：他一直想挖一个人，一个很特别的人，去他那儿做 CEO。

林拜：一直，是什么意思？

袁昆：一直就是已经挖很久了，没挖动，那个目标人就是不松口，开始没觉得多难，白忙活了两个多月，耽误很多时间，才觉得有点难度。

林拜：他自己看好的人？

袁昆点头：垂涎已久。

林拜：跟咱们的大合同签了？

袁昆扭头看着林拜：三个月前就签了，deadline（最后期限）快到了。

林拜：跟我说这话什么意思？

袁昆小声：索尔急了，总部也重视这个案子，上周四已经提出 additional budget（追加预算）了。哥们儿以前失手过，但没觉得有损声誉。这次不一样，一旦失手，就让人看热闹了。

林拜试探：不能在索尔面前失手？

袁昆使劲点头：不能。可以想象，要是失手，发往美国的绩效管理报告会怎么写，索尔对我有成见，总部的职位评估肯定受他报告的影响。

林拜担心：离 deadline 还有多少天？

袁昆盘算着：20 天吧。

林拜意外，扭头看着袁昆。

袁昆恳求的眼神：死马当作活马医，想想办法。

林拜轻轻点头。

8. 小剧场　日内

20 多个孩子和 20 多个家长坐在剧场里看儿童剧《三只小猪》。

罗伊人在台下给孩子们发海绵球。

于成飞在认真而夸张地演着大灰狼：我要看看我最先能吃到哪只小猪，啊哦，来了一只，好极了，我可以吃这只。

罗伊人回到侧幕，操作电脑，音乐起。

大灰狼轻轻绕到小猪后面，自言自语：我可以吃它了。

台下的一个小朋友高喊：不可以——

大灰狼把台上的一个海绵球踢向观众席，狰狞地：啊哈，谁说不可以吃？

孩子们都喊：不可以，不可以。

一个孩子把海绵球扔向大灰狼，大灰狼发怒，捡起海绵球，跳起来又扔了下去。

结果招致很多的孩子一起往上扔海绵球：就是不可以，打死大灰狼，就是不可以，打死大灰狼。

大灰狼也往下扔海绵球。

孩子们离开座位冲向台口，跟大灰狼对扔。场面十分热闹。

家长们都笑得前仰后合。

罗伊人在侧幕处看得心花怒放，眼睛里闪着泪花。

剧场已经空了，罗伊人和工作人员在摆置景片，于成飞端着盒饭过来，递给罗伊人：累吧。

罗伊人接过盒饭：开心呀。

于成飞把一个塑料袋放在她面前：我号叫之前，音乐早了一点点。

罗伊人做出 OK 手势：放心，不会再有第二次。

于成飞：抓紧时间吃，过 20 分钟就是下一场。说完往台口走去：灯光师傅，来一下。

罗伊人吃着盒饭，打开塑料袋，里面是一个橙子，拿出来，是一个已经切成八瓣的橙子，顶端有一点连接着，托在手里像一枝开放的花。

罗伊人扭头看着于成飞。

于成飞在角落处一边跟灯光师傅聊着，一边光着膀子，简单擦洗着身子。

罗伊人低头慢慢吃着饭。

9. 剧场门口　夜外

于成飞的小货车。他锁上后门，往驾驶室走，罗伊人坐在副驾，头戴着五彩的假发。

车前，一对夫妇带着两个小孩等在这里，丈夫看到于成飞便带着孩子走来，孩子手里还捧着一束鲜花，丈夫：你好，于成飞先生。

于成飞：你好。

孩子把花献给于成飞：叔叔辛苦。

于成飞感动，接过鲜花：不辛苦，宝贝，你喜欢看叔叔的演出?

罗伊人在车里看着这边。

来人：于先生，我们连看了你们三场演出。

于成飞：谢谢捧场，太谢谢了。转身向货车：罗罗，这两个孩子连看了三场，拿小礼物。

罗伊人从车上跳下来，拿着两件手偶送给孩子：谢谢小宝贝们。

来人：是这样的，我是做文化产业的，这是我的名片。

于成飞看着名片：幸会了，乔董事长。罗伊人凑过来看着：您对我们这台戏有兴趣?

乔董事长摸着孩子的头：很有兴趣啊。

于成飞看着罗伊人。

10. 写字楼走廊　日内

郑秋冬和林拜走来，郑秋冬：这次面试我安排田尧主持，我们旁观。

林拜：是你招兵买马，当然你说了算。

这时，贾衣玫匆匆从后面赶来：郑总好，林经理好。二人点头让过。

面试现场——会议室门口，西装革履的田尧、制服套装的马小红等在这里，臂弯中夹着记事本，脖子上挂着考官牌。郑秋冬和林拜过来，互相打招呼，郑秋冬拍了田尧一下：加油，看你的了。说完和马小红进了会议室。

林拜小声叮嘱田尧：让你主持，也是对你的面试，别想一鸣惊人的事，顺其自然就行。

田尧：放心。

11. 德仁会议室　日内

布置成面试现场。郑秋冬、田尧和一中年文人模样的人做考官，贾衣玫记录，马小红在为应聘者调试着放投影的电脑。

郑秋冬和林拜坐在一边监试。

投影灯光柱在变幻，细微的尘埃在光中飘悬。投影设备发出轻微的“嗡嗡”声。

田尧大方轻松：应聘者蒲渐，首先我代表德聚仁合欢迎你来面试。

蒲渐起身对帮着调试电脑的马小红：可以了，谢谢。然后一边对考官说着谢谢，一边鞠躬。

田尧：现在面试开始。你简历中的亮点是校园招聘板块，请你仅对这一板块，做重点介绍，让我们知道，你就是我们需要的人。

蒲渐操作着电脑，准备投影：好的。投影屏幕投出精致的 PPT。

蒲渐从容自如：校园招聘的模式很多，主要是因为用人单位罕见地多样化，最亮丽的风景就是大中小型国企和大中小型民企，包括外企和国家事业单位都高度集中。我亲历过四届校园毕业招聘，这一板块的特点是：时间紧、范围广、简历多、经验少，原始手段还在使用，高科技手段也大显神通。请看表一。这是一家 IT 企业的招聘流程，三年来，我根据上百家企业的校园招聘流程总结出来的。

田尧没抬头：上百家，有具体数字吗？

蒲渐看了看参考本：是 117 家。他操作电脑：就是这 117 家企业的名称。

PPT 上显示：

拓达科技有限公司、恒普有限公司、斯维尔科技有限公司、光迅科技有限公司、天隆科技有限公司、深蓝宇科技有限公司、泰豪科技有限公司、威尔达科技有限公司、创惠科技有限公司、智恒达商贸有限责任公司等等。

田尧：据我所知，在这个环节中，是有更智能化的手段的。

蒲渐信心十足：考官所言甚是。请看这是我为适应校园招聘的需求研发的，用来对人才进行初步筛选的软件，人才测评软件简便、快速、客观、全面，特别对远程人才测评可以实现异地考评，使得通过因特网或局域网进行快速人才测评有了规范。

田尧和中年考官偶尔记录着。

郑秋冬跟林拜窃窃私语着。

田尧严厉质问。

蒲渐认真回答。

PPT 在流转。

中年人在问，蒲渐回答。

一个白领女孩：我的业务强项是网络招聘。在美国网络招聘早纳入 E 化管理，最大特点是空缺岗位可实现全球征选……

田尧跟女孩辩论着。

贾衣玫快速记录。

马小红给流泪的女孩递上面巾纸。

郑秋冬和林拜捂着嘴打哈欠。

田尧在慷慨激昂地说着。

12. 游泳馆　日内

郑秋冬游到岸边，上岸，来到躺椅边盖上浴巾躺下，林拜已经游完在这儿休息了。

林拜的浴巾盖着身体和脸：听你的呼吸，再游两千米没问题。

郑秋冬微微喘息：身体还行，就是有点恶心。

林拜打开浴巾，露出脸来：你对田尧印象如何？

郑秋冬：我对他印象一直不错。

林拜：今天应试的这几个呢？

郑秋冬：那个叫蒲渐的不错，务实不花哨，那网络招聘的女孩也可以，我打算要了。

林拜：失去树木，得到森林。走了熊青春和惠成功，得到的却是更好的。队伍充实了，我也好跟你谈谈下一个问题了。

郑秋冬扭头看着他。

林拜：南国时创集团知道吗？

郑秋冬努力回忆：有印象，总部是不是在杭州，也做进出口贸易，去年在上海自贸区也注册了。

林拜小意外：没错，这你都知道？年底就要上市，几位风投大佬的名号大得吓死人。

郑秋冬轻敲脑门：这家董事长的女秘书是我读 MBA 的同学。

林拜：是吗？我怎么不认识？

郑秋冬：叫孙什么美，她人很少去，挺漂亮，都说是整的，我对南国时创的印象从她那儿来的。

林拜：那太好了。是这样的，南国的老大涂方至认准了一个人，这人在北京，非要我们将此人猎到他家做 CEO。

郑秋冬：非要拿下？那就是他已经考察完了，省你们的事了，你只管去十八相劝，把他劝来。有什么难的，南国时创的 CEO，世上谁人会拒绝……（郑秋冬觉得不对）什么意思，真被拒了？

林拜点头。

郑秋冬：是个什么人？

林拜：国家干部。

郑秋冬沉默。

13. 桑拿间　日内

郑秋冬和林拜裹着浴巾蒸桑拿。

林拜：这人叫曲闽京，是清华管理学博士，哥大 MBA 毕业。早年治学成果丰厚，后来从政一帆风顺，仅用了八年时间，就做到北京经济产业开发区副区长，政绩评价很好。主要负责辖区的综合经济管理、计划指导，协调发改委跟银行、金融、保险方面的工作。

郑秋冬：涂方至怎么看上的这个曲，曲什么？

林拜：曲闽京。他们是大学同学。那大学没什么名头，是省二类。毕业后涂方至下海做生意，曲闽京去清华读研，各行其道了。只不过涂方至一直很关注这个老同学，也很了解他的专业特长。

郑秋冬：曲现在顺风顺水，官场得意，南国时创要拿出多少钱，他才难以拒绝？

林拜：袁昆早就跟他接触过，当时报的是年薪 200 万，被拒绝了。

郑秋冬一惊：200 万拒了？

林拜点头：剩下现在这个烂摊子，袁总不死心，还想换人再试试。

郑秋冬：这案子何必找猎头，涂老板亲自去说、去砸钱最好，老同学嘛。

林拜：这个涂老板是个神人，他提出了一个奇怪的条件，不能让曲闽京知道要猎他的人是这位老同学。

郑秋冬：这条件有必要吗？怕被拒绝了太难堪？

林拜：难堪只是其一，其二是他不想让曲闽京为难，用涂方至的话说要让他公平选择。

郑秋冬：说不说还有什么区别吗？要猎曲闽京，一定要提到用人企业，提到南国时创，曲闽京还不知道涂方至？

林拜：南国时创目前还在涂方至父亲名下，公开资料还看不到涂方至的名字。

郑秋冬：既然人家都无条件拒绝了，你给我说这事，什么意思？

林拜：这是单大生意，袁昆虽没做成，但又不死心，我想让你做，让德聚仁合做。

郑秋冬坐了起来：200 万人家都拒绝了，南国那边没再提高价位？

林拜笑：行，你是没一句废话。提高了，提到 260 万了。

郑秋冬：为什么找到我？

14. 自助餐　日内

郑秋冬、林拜穿着洗浴套装在吃自助餐。

林拜：特慧的北京总部就注册在这个开发区，在人家地头开公司，还去人家家里猎副区长，让地主知道，怕惹麻烦。把你推在前面，即使得罪当地政府，也是你们德仁得罪的，你们在北京又没分号。

郑秋冬：时限呢？

林拜指点着郑秋冬：都是腰眼上的问题，袁昆浪费了很多时间，现在只剩 19 天了。

郑秋冬撂了刀叉：逼我上刀山呀！19 天，19 天，我连这个曲闽京的基本作息还弄不清楚呢，另请高明吧。

林拜没接话茬：如果你这次行动成功，260 万的 12%，你的酬金是 31.2 万。你不是从零开始，袁昆前面已经做了很多工作，至少资料是丰富的。

郑秋冬：如果完不成呢？酬金？

林拜：那就只拿定金咯，2%，每天报销 800 元的票据。

郑秋冬：我得琢磨琢磨，听着不太靠谱。

林拜：还是被钱打动了吧。我建议你先去北京，躺在舒适的酒店里琢磨，想接这活儿，立马就开工；不想接这活儿，可以马上回来。在这儿琢磨，等你琢磨过来，也就没时间了。

郑秋冬还在犹豫。

林拜：北京那边有总部的人配合你，全当实习了。表面上你是德仁的人，实际上你干的活儿是特慧专猎高级顾问才有资格接的单，你必须有欲望去试一试。

郑秋冬打定主意：好吧，我接。

林拜摆弄了一下手机，发出信息。

郑秋冬手机响，接起看。

林拜：你的机票，下午 2 点 10 分起飞。时间很紧张，你还要收拾东西。

郑秋冬看着短信：机票都买好了，你还跟我假模假式地商量，够阴的你。

林拜看表：头等舱，袁昆说表达歉意。

郑秋冬：什么歉意？

林拜：法资银行那事。

郑秋冬：他认错了。

15. 德仁公司　日内

郑秋冬给员工开会，参会的有贾衣玫、马小红、田尧。

郑秋冬：今天下午，我去北京办点事，公司的事暂时由田尧负责。

田尧：郑总，我这刚来，还都不熟悉……

郑秋冬：贾衣玫，你是老员工，要多多协助田尧。马小红你也是，遇事多请教。

贾衣玫：放心，家里您只管放心。

马小红：郑总放心。

郑秋冬：这种安排在以往是不可想象的，刚来的人就主持工作，闻所未闻。

田尧：是啊，郑总，我心里也直打鼓。

郑秋冬：别担心，没什么。猎头的工作特点就这样，有这么发达的通信手段，去北京就跟在这儿坐着是一样的。我仔细想过，没有什么事是我必须待在这儿才行的。

贾衣玫：您去北京是做什么？能问吗？

郑秋冬：帮特慧打一单，他们没做成的一个项目。委托书明天上午发过来，还有定金，记着，没收到就催。

田尧记在本上：知道了，定金数额呢？

郑秋冬：委托书附带合同，合同上有。收到委托书也发一份给我。

田尧：知道。

贾衣玫担心：您一个人去行吗，需不需要个助手？

贾衣玫的关心有点出乎意料，郑秋冬：那边派助手。

贾衣玫：我觉得您好像还没休息过来。

郑秋冬：我没那么脆弱呀。

16. 郑秋冬家卧室 / 客厅　日内

郑秋冬在快速往一个旅行箱里收拾衣物，从衣柜最里面拽出一个系着口的布袋。

打开布袋，是那本《挪威的森林》和罗伊人的旧照片镜框。郑秋冬有所感慨，把书放进了旅行箱里，擦了擦照片镜框，放回衣柜。

这时，郑秋冬听到客厅传来开房门锁的声音。

客厅，惠成功开门进来，张望。

郑秋冬知道是惠成功，没吱声，继续收拾衣物。

惠成功来到卧室门口，看见郑秋冬。

郑秋冬没回头：拿东西？

惠成功毕恭毕敬：就剩一点了。

郑秋冬没再说话。

惠成功：您要出门？

郑秋冬“嗯”了一声。

惠成功：我走，不是因为您对我不好，而是我真想体验一下跳槽是什么滋味。

郑秋冬：体验到了？

惠成功：嗯，跳一下的好处是，自己都不得不重视自己，有进步很快的感觉。

郑秋冬继续收拾：跳槽容易上瘾，当心跳槽综合征。

惠成功：跳这一次，我理解了猎头的很多价值理念，每个人都在最能体现自身价值的位置上，这个社会就是文明社会，反过来，就是反文明。

郑秋冬拉上旅行箱拉锁，乜眼：跳一次就悟到这等深度，再跳两次就成社会学家了。

惠成功认真：郑总，我不值得您讽刺。您说，熊总为什么离开您？

郑秋冬愣：想过，还真没想得太明白，你说为什么？

惠成功：我想明白了，跟我应该一样，想体会跳槽的滋味。

郑秋冬乐了：哦，你是怎么发现的？

惠成功：熊总喜欢有激情的人，您跟熊总刚认识的时候，您是有激情的，现在英国那个有激情，您没了。罗伊人来找您，都没点燃您的激情，熊总只好跳槽到凯文杨那儿去了。

郑秋冬：闲下来的时候，我会琢磨你的高见，如果像你说的那样，我没激情了，那是我的悲哀。以后的日子可能就暗淡无光，谢谢提醒。

惠成功坐进沙发，似乎打算长聊：郑总，我想跟您说说罗伊人，这个女人的优雅外表下有一颗驿动的心……

郑秋冬：小惠，我要去机场，你慢慢收拾，这次收拾完，拜托你把钥匙交给公司的田总。

惠成功起身眨着眼睛：田总？这么快？

郑秋冬拉着行李朝门口走：是呀，在你成为惠总的前一秒钟，你突然走了，去体会跳槽的滋味了。郑秋冬开门：临走前把水电煤气都关掉，像以前一样，再见。

门关上了，惠成功念叨：惠总，惠总，啊——一拳打在墙上。

17. 机场　日外

飞机呼啸着钻入天空。

18. 首都机场出站扶梯　日内

郑秋冬拉着行李，走在出站扶梯上，打电话：我到了，你在几号出口？

19. 首都机场 × 出口　日外

一个年轻人等在这里，郑秋冬出来打量：小金吗？

小金上前接过郑秋冬的行李：我是小金，您是郑先生？

郑秋冬：我是。你好。

小金打开车后备厢，把手里的钥匙交给郑秋冬：这是车钥匙，油是满的。这是酒店房卡，登记的是您的名字，这上面写着的。小金把郑秋冬的行李放进后备厢：房间写字台上有个卷宗袋，里面有您需要的文字资料，鼠标旁边有个 U 盘，里面是您需要的电子版资料。酒店里中餐、西餐、健身房都有，您的用餐、健身费用计入房卡即可。床头柜台灯边上有个名片，是我的，需要帮助，打那个电话即可。

郑秋冬查看着车钥匙、房卡：知道了，谢谢。

20. 长安街　日外

字幕：2014 年 北京

郑秋冬开车穿行其间。

建外 SOHO、建国门、中粮广场、恒基中心一一掠过。

郑秋冬看着熟悉的街景，耳边飘过那些荣辱交织的画面和声音。

郑秋冬情绪略显激动，打开收音机。收音机：太平洋的暖湿气流吹去了京城雾霾，吹去了金融硝烟，2014 年首届北京大学经济经营方略 EMBA 总裁高级研修班再度开课。在这个历史拐点上，让我们会聚在中国现代思想发轫的百年名校——北京大学，聆听大师们对当下时局的剖析以及企业家们的应对良策。

郑秋冬听着，嘴角直撇。

21. 普通街道　日外

郑秋冬的车在车流里缓行，经过小路口，红灯亮。他耐心等着。

车窗外，是苹果森林儿童剧场的演出海报。

罗伊人背朝马路在张贴海报，于成飞在给贴好的海报拍照。

郑秋冬看了一眼罗伊人的背影。绿灯亮，开车驶过。

22. 酒店房间　日内

郑秋冬站立扫视房间。写字台上放着卷宗袋、U 盘。床头柜上的台灯边放着名片。

郑秋冬在写字台前看着文字资料，文字资料很多，还有照片若干。

曲闽京开会的照片。

曲闽京视察工作的照片。

曲闽京获奖的照片。

曲闽京在国外戴博士帽的照片。

曲闽京一家三口下车、行走等显然偷拍的照片，照片中文静的妻子和 11 岁的女儿。

郑秋冬注视着照片中的妻子、女儿。

23. 开发区机关餐厅　日外

郑秋冬开车停下，小金迎上：曲闽京刚进去。二人朝餐厅里走去，郑秋冬：他是这儿的大领导，最好不要直接称呼他大名，给他个代号，曲……别针，他的代号叫别针吧。

小金：好的，代号别针。

24. 开发区机关餐厅　日内

买饭口。郑秋冬和小金在窗口打饭，眼睛看着另一方向。

曲闽京和一个同事在餐厅一角吃饭。

托盘上，铲上一方米饭。

托盘上，一勺菜倒了上来。

一碗汤放在托盘上。

25. 开发区机关餐厅　日内

餐桌。吃饭的人不少，郑秋冬和小金坐在了离曲闽京不远处。

郑秋冬小声：你跟别针见过面吗？打个照面也算。

小金：没有，我就是给袁昆袁副总做了两个月助理，帮着整理材料，跟别针当面交流都是袁副总进行的。

曲闽京边吃边和同事交流。

小金：他是金融专家，结识的人多是与金融相关的。跟他说话的是财经大学的教授，是别针的金融智囊人士。

郑秋冬：他们会说什么呢？

小金：不好说。现在有个新情况，比袁总来猎他的时候更有利。

郑秋冬：什么情况？

小金：开发区区长要去市里，别针参加了开发区区长竞选，袁总来的时候，他晋升区长的机会很大，所以没给袁总好脸。昨天我从内部得到的消息，考察的结果，他的胜算变得不大了。

郑秋冬：竞选区长的事我一点都没听说。

小金：那就对了，袁总要是把这事告诉您，您一准就不接这活儿了。别针是个对做官饶有兴趣的知识分子。

郑秋冬悟出：古来有之，是这样的。他要是落选的话，还真是个机会。他社交怎么样？材料里讲得很笼统。

小金看了眼曲闽京的方向：他本身是个很值得研究的矛盾体。骨子里是知识分子，严谨、清高、按规律办事。可又对行政工作感兴趣，很像现在的大学校长，喜欢名利两全。社交是他的短板，不爱主动跟人交往，应酬不多。据说去市里开会，市长开玩笑说他是西山红叶——又红又冷，相对又红又专来说。

郑秋冬：那是他太太吧，比照片显年轻。

不远处，曲闽京和夫人离开餐桌，在窗前说着什么。

小金：对，是他太太。少见，他太太很少来单位找他。他太太叫谭絮，市外事局的翻译，父亲是著名作家谭扶桑。

郑秋冬：哦，谭扶桑的千金这么年轻。

小金：老来得女，据说别针走仕途，谭家父女都不支持，书香门第，不太看好权势之类的东西。

郑秋冬看了眼表：他们的女儿呢，这时候应该放学了。

小金：应该在他太太的车上，刚从学校接出来。今天雾霾重，报的是 300 多，他女儿有呼吸道疾病，PM2.5 超过 200 的时候，会呼吸困难、恶心、皮肤过敏。我问过给他女儿看病的医生，医生说他女儿因常年去医院看病、打针，心理上都有些畸变。

郑秋冬惊讶：11 岁的孩子心理会有什么畸变？

小金：对医生会厌烦、逃避。他家有一点很不像高学历家庭，经常为孩子的事吵架，邻居都知道。

第22集

1. 机关停车场　日外

郑秋冬和小金从车里看着外面。

外面，曲闽京夫妇不高兴地走来，走到离郑秋冬车很近的车位，开开车门，戴着口罩的女儿抱着大书包下了车，向妈妈挥手，跟着爸爸朝办公楼走去。

郑秋冬：他区长落选的消息可靠吗？

小金：严格来说，没下文就不叫可靠。但是开发区建投集团一把手展天啸已经开始办交接了，不出意外新的区长应该是他。

郑秋冬看着车窗外。

父亲领着瘦弱女儿的背影。

郑秋冬略有所思。

2. 酒店房间 / 后台化妆间　日内

郑秋冬翻着手机里的通信录，直至翻出罗伊人。

后台化妆间，有几个人从化妆箱里往外拿东西。三把椅子连成一张简易床，罗伊人趴在上面，于成飞给她轻轻捏腰。于成飞：嘚瑟吧你就，那袋服装足有50公斤，你扛，你逞什么能呀。

罗伊人不服：闭嘴吧你，烦不烦呀，嘚啵一天了，我以前又不是没扛过。

于成飞好脾气：扛过还伤成这样，你这弱柳扶风，晚上演出怎么办？（说着撕下一贴膏药，准备贴）是这儿吗？

罗伊人手机响，她看了眼挂在墙上的外套，手机在外套里，她：快贴呀。没事的，就是“嘎嘣”抻了一下。（说着扶着腰起来）少说几句吧，快去找电工，让他把一、二号音箱再垫高半米，这剧场不拢音。

罗伊人从外套里拿出手机，一下怔住，侧脸看于成飞，他也在看着她。

罗伊人：看什么？

于成飞：别乱动，求你了，我叫了专治跌打损伤的中医，一会儿就到。

电话在响，罗伊人：我接电话，哪儿都不去。

于成飞乐呵呵地做了个夸张的动作，走了，罗伊人接电话：喂。

郑秋冬意外：真是你呀。

罗伊人：不是我是谁，你给谁打电话呢？

郑秋冬：我是给你打的，可我听说你的电话早就没人接了，我这是试试看。

罗伊人恢复了柔弱的本性：怎么想起来打电话了？

郑秋冬：我来北京办点事。

罗伊人：你来北京了？

郑秋冬：对呀，真拿我当杭州人了，我可是有北京户口的。

罗伊人想了想：旅行结婚？

郑秋冬一下没了词：不是，工作的事。

罗伊人有了笑脸：有什么事呢，还是例行问候？

郑秋冬：想说例行问候，可确实有事，也许你能帮上忙。晚上一起吃个饭？

罗伊人：不行，我晚上有演出。

郑秋冬意外：演出？演什么出？

罗伊人：儿童剧，一时半会儿说不清楚，演出后可以见个面，我请你消夜，你住哪里？

郑秋冬：我住东三环这边，是接待方安排的。

罗伊人：东三环，你的事急吗？

郑秋冬：比较急。

罗伊人：你要急的话，那你来找我，我在西单这边演出，宣武门内大街，地铁4号线宣武门站，特方便，一会儿我把地址发给你。

郑秋冬：好吧，晚上见。

罗伊人：晚上见，9点到就行。挂了电话，她看着手机屏幕发呆，手机上显示的来电人名是“挪威的森林”。

郑秋冬倒在床上，枕头边上抄起《挪威的森林》看着。

3. 小剧场　夜内

《三只小猪》在演着，一只小猪在稻草的房子里躲藏着，于成飞饰演的大灰狼在稻草房边嚎叫着。小朋友们在尖叫着，打死它——

罗伊人穿着小猪的演出服在侧幕操作电脑，播放音乐。于成飞下场来到她身边，手搭在她的肩头：怎么样？

罗伊人：很好，这套低音很饱满，没以前那种嚓嚓的杂音。

于成飞轻敲她头顶：我问的是我演得怎么样？

罗伊人撒娇：你就问怎么样，没有主语好不好。

舞台监督：二位准备，准备，该你们上了。

于成飞拿起罗伊人的猪头面具要给她戴上，她脖子边搭下一缕头发，于成飞帮她捏起来，捋到脑后，利索地从自己头上揪下一根发卡，给她别住散发。

罗伊人能感受到，有些羞涩，转身，于成飞看着她，给她戴上猪头面具。

罗伊人没动，于成飞戴上自己的狼头面具，狼上前用狼嘴亲了猪脸一下。

猪脸下，罗伊人发出嘻嘻的笑声。

剧场台下，孩子们尖叫的声音，门口，郑秋冬出现，他看着舞台上的演出。

舞台上演出在进行，三只小猪都进了石头房子。

郑秋冬看着。

演出最后高潮，参演人员跳起舞来并取下各自的面具，于成飞摘下面具，第一只小猪摘下面具，第二只摘下，第三只摘下，露出罗伊人。

郑秋冬惊讶，鼓掌。

于成飞手拉罗伊人向前一步向观众鞠躬，然后深情对视。

郑秋冬感觉到什么。

4. 剧场过道　夜内

郑秋冬等在这里，工作人员在往外走。

过道尽头罗伊人扶着腰匆忙拐出，于成飞叫住了她，二人说着什么。

郑秋冬看着。

罗伊人没看到远处的郑秋冬。

于成飞把罗伊人头上的发卡拿下来，又帮她捋了捋头发，别上发卡，轻抱一下。

郑秋冬看到这一幕，退回到阴影里，向门口走去。

5. 剧场门口　夜外

郑秋冬等在这里，罗伊人兴高采烈地出现：你一直在这儿？前台给你留票了。

郑秋冬细细看着她：进去了，看了个尾巴，很棒。

罗伊人：想吃什么？

郑秋冬想了想：簋街。

剧场门内，于成飞看着外面。

郑秋冬和罗伊人上了出租车，离去。

于成飞看着。

6. 簋街　夜外

沿街的红灯，往来的人流，堵塞的交通，一片热闹景象。

7. 某店　夜内

一大盆麻辣小龙虾。郑秋冬、罗伊人剥着吃着。

郑秋冬：很难想象一个蹦蹦跳跳的你，好像年轻了好几岁。

罗伊人：演这种剧压力又小，又好玩。我也没想到这把年纪了还能上台演戏。

郑秋冬想了想：那个男演员，演大灰狼的那位，很有喜感。

罗伊人抬眼专注地看着郑秋冬：为什么会注意他？

郑秋冬：没有为什么，就是看见了。

罗伊人笑：他是业余爱好者，这个班子就是他搭起来的。

郑秋冬：业余的，很会演嘛，他主业是干什么的？

罗伊人：开饭馆的。

郑秋冬：他对你是不是，啊，最后谢幕的时候，小眼神很放电呀。

罗伊人有点不高兴，认真：对，他是我现在的男朋友，认识不久，很普通的人，普通人挺好，优秀人才跟我八字不合，受用不起。

郑秋冬尴尬：是吗，你看我这眼光还是够犀利吧，你早说一声，该请他一起吃了。

罗伊人：你跟我还用这么客气吗？再说他挺小心眼的，见了你，还不知会怎么想呢。说你的事吧。

郑秋冬有点恍惚：我的事，还那样，你走之后公司人员变动很大，两个老员工走了……

罗伊人：你怎么了？你见我不是有急事吗？

郑秋冬：哦，走神了。不好意思，走神了。我的事是这样的，我来北京是要做一个猎头项目，目标人选是一位官员，经济开发区的副区长。乱七八糟的我就不说了，现在有个环节需要弄清楚，这个人参

加了开发区区长的竞选，现在上面应该有结果了，不知他晋升区长的希望大不大。

罗伊人：如果能晋升，就很难猎到，如果落选，你就能借着他失落的劲，拿下。

郑秋冬点头：跟聪明人打交道就是舒服，不如以前辣了。

罗伊人：我叫的是微辣的，吃完，我再叫最辣的。我能帮你做什么？

郑秋冬：有官方关系的话，帮着问问他的区长有没有戏，早一天知道，我这边就早有准备。

罗伊人掏出手机，打开联系人：这人叫什么名字。

郑秋冬递上手机：曲闽京，拗口的名字，这三个字。

罗伊人看着，拨电话。

8. 篮街路边　夜外

郑秋冬和罗伊人等在这里，一出租车开来。

郑秋冬给罗伊人开了后车门，自己抬脚要上，犹豫，关车门，开前门，坐进副驾。

9. 街道　夜外

出租车行进中。罗伊人：猎头还有猎官员的？

郑秋冬：早就有，现在更多了，反过来也有，现在政府找猎头公司招聘也挺常见的。

罗伊人：哎，忘问了，熊青春怎么样？

郑秋冬掩饰：还那样，挺好的。

罗伊人：结婚了吧，上次去的时候不是说马上吗？

郑秋冬：还没呢，忙过这阵再说，这儿拐弯吗？

罗伊人：直行。这时电话响，罗伊人看：你的消息。

郑秋冬回头看，罗伊人接听：刘姐，方便，您说。嗯，是吗，嗯……她听了好一会儿：好的，再见，谢谢刘姐。

罗伊人挂断电话：你的这位曲闽京，是谭扶桑的女婿啊。

郑秋冬：哦？对了，文艺女青年都喜欢谭扶桑。我那正事怎么样？

罗伊人：我是谭扶桑的脑残粉，中学就看他的《冬雷》。你的正事是这样的，曲闽京的区长梦正式宣告没戏。

郑秋冬喜上眉梢：确切？

罗伊人：确切，新人选都有了。

郑秋冬：从长远来看，没戏对他是大好事。（自言自语）幸运之神在靠近他。

罗伊人：新区长可能是开发区建投集团老总，姓展，这人我认识，我这朋友说，这个新区长跟曲闽京一直就很不对付。

郑秋冬意外，转而露出惬意：是这样啊。不怕烧错香，就怕拜错庙。看来我找你找对了。

罗伊人：这个曲闽京也不简单。

郑秋冬：泛泛之辈我能猎吗？

罗伊人：这朋友说，曲闽京以前在国外学术期刊上发表的文章，都是超高水平的。

郑秋冬认真地在手机上记着这些：你说的这些，我的资料里都没有。

罗伊人：不管你能不能猎成，结果一定要告诉我，我感兴趣。

郑秋冬：一定。

罗伊人：为什么还不结婚？

郑秋冬：你为什么还不结？

10. 医院儿科诊所　日内

医生在给曲闽京的女儿曲云筝看病，曲妻谭絮陪在一边。

医生：可以确认是过敏型哮喘，前段时间身体好转跟空气质量好转有关。这段时间雾霾又重了，所以就……不过您女儿属特禀体质，对雾霾天的反应确实比一般孩子严重。

谭絮：不会是食物或者药物的过敏？

医生：不是。PM2.5、SO_2 污染物的浓度是导致儿童哮喘、肺炎的主要诱因。

谭絮焦虑：空气、雾霾，真让人没处躲没处藏。

女儿指着嗓子，细声细气：妈妈，有痰。

医生指着角落的垃圾桶：吐那儿吧。谭姐，你没想带孩子出国呀？

谭絮：老曲和我都是公职，唉，没辙。

医生拿出桌上的一份杂志：这个你拿回去看看吧，你看这儿，导致儿童肺功能减弱的主要致病因素为 SO_2，注意这儿，女性儿童更容易受到影响。医生着重强调了最后一句话，并且指着她女儿。

谭絮一脸愁容：怎么办呀。云筝，以后别再去打球了，空气这么差。

医生：打什么球？

谭絮：高尔夫，她舅舅喜欢打，常带她去。

医生：她的户外运动一定要慎重，先看天气数据，PM2.5 超过 100，千万不要去。

女儿弱弱地：我没什么别的爱好，就喜欢高尔夫。

11. 医院门口　日外

曲妻带着女儿出门。

郑秋冬和小金在车里看着。郑秋冬：时间有限，不能老这么远距离观察，我需要机会接触到这些人，曲闽京，他太太、女儿都可以。

小金为难：很难，这家人有一共同毛病，内向、清高。

郑秋冬：他家保姆为什么解雇的？

小金愧色：不知道，不好意思，我一直没重视他家保姆。他家有分工，女的晚上陪孩子做作业，曲闽京去外专所资料室查资料，说是查资料，经常是坐那儿发呆。

曲妻的车启动，郑秋冬跟上：发呆？避开老婆孩子，找个安静地方，把心里的紧张情绪释放出去。

小金：您说的是官位悬而未定的紧张。

郑秋冬：没错，图书馆读书？官已至此，他不可能还有心思研究学术。

12. 街道　日外

车内，曲妻：云筝，妈送你去学校，放学爸爸来接你。

女儿点头：妈妈，哮喘会死人吗？

曲妻：不会，瞎琢磨什么。

13. 酒店房间 / 特慧专猎　日内

郑秋冬一手操作电脑一手在打电话：鲜事网上有一篇展望巴西世界杯的专访，采访者是娱媒主笔冯眷眷，冯眷眷是贵夫人吧。

林拜：是啊，你不忙正经事，关注我老婆干什么？

郑秋冬：我干的就是正经事，你太太采访的嘉宾叫野鹤，专做自驾游、户外探险，我需要你太太把这人介绍给我。

林拜：野鹤，笔名吧。这是什么人？

郑秋冬：曲闽京的妻弟，谭鹤。

林拜有些明白：小舅子，你那边进展怎么样？还剩 18 天。

郑秋冬：20 以内加减法我会，我需要见到这个野鹤，恳求贵夫人帮我接上头。

林拜：好，我这就给她打电话，她就在北京。

14. 图书馆阅览室　夜内

曲闽京在外文阅览室阅读、抄录。

15. 图书馆外路边 / 郑秋冬酒店房间　夜外

车里，小金在观察亮灯的阅览室，灯逐一熄灭。

小金看表，9 点。

门口，曲闽京拎包出来，步行离开。

小金打电话：离开了。准时准点，没变。

郑秋冬：好的，早点休息吧，以后资料室就不用去了。晚安。放下电话，他继续看电脑中一篇文章，题目："南国时创集团——上海自贸区之明珠"。

郑秋冬看得很认真，电话响，一看是冯眷眷，急忙接听：嫂子，我是郑秋冬，哦，跟您说了，给您添麻烦了，明天？我没问题呀，啊，您已经约好了？牛。

16. 高尔夫场　日外

休息区。郑秋冬和冯眷眷在阳伞下喝着茶。

冯眷眷：这人特逗，是公子哥那款的，专爱些稀奇古怪的玩意，黑胶、酒店房卡、米其林餐厅的菜单、车轮毂、麻将之类的，他那儿的麻将还有希伯来文的呢。

郑秋冬：爱玩。

冯眷眷：对，4A 级顽主。

郑秋冬：谭扶桑的杂文里写过这小儿子，从小叛逆，中学就离家出走了。

冯眷眷笑：他亲口对我说过，他自己以前有多不是东西。早年的登记表上，父母那栏填的都是双亡，他是孤儿，多二呀。

郑秋冬苦笑。

冯眷眷：人还不错，很不羁的那种，很坦诚，那是他的车，他来了。

一辆古怪的越野车快速开进了高尔夫球场，在一个空车位上一个急刹。

冯眷眷：这岁数了，还耍酷呢。

野鹤和外甥女曲云筝下车，曲云筝背着球包，已经换好打球的衣服。野鹤跟教练交代几句，教练带着女孩去打球，野鹤朝冯眷眷招手，走了过来。

郑秋冬的眼光一直注视着下场去的云筝。

冯眷眷小声问郑秋冬：你见他的目的我怎么介绍？

郑秋冬：不用介绍，坐下以后，就没您的事了，嫂子，我自我介绍就行，剩下的事本就该是我的。谢谢，您的任务完成了。

野鹤走到近前伸手：美女，还战斗在八卦第一线呢。

冯眷眷：必须的，只有到你不耍酷的那天，我才会退休。介绍一下，郑秋冬，我老公的同事，从杭州来。这位野鹤，刚才说的那些靠谱不靠谱的事都是他干的。

二人握手，野鹤从肥大的裤兜里抽出户外专用的水杯：你好，郑先生，请坐吧，我喝水，你们喝什么？

郑秋冬端着茶杯：就它了。

冯眷眷：主要是郑先生跟你聊，我就不掺和了，下场比画比画。

冯眷眷离开，野鹤看着郑秋冬：这个冯眷眷呀，老把事情弄得神秘兮兮的，我问她什么事，她就是不说。

郑秋冬：不怪她，是我怕我这嫂子说不清楚，就让她别说，我自己跟您说。

野鹤看着郑秋冬：从杭州来，还真猜不出来什么事。

郑秋冬：简单地说，我是为你姐姐、姐夫和外甥女来的。

野鹤变得认真，摊着的身体收了起来。

郑秋冬：我是做猎头公司的，猎头公司您了解吗？

野鹤深深点了一下头：了解了解，我一发小在光辉国际，十年了。

郑秋冬：我是为特慧专猎服务的。

野鹤：特慧，我也听说过，美国公司。

郑秋冬意外：谭先生涉猎广泛呀，那就好谈了。我在为一家拟上市公司寻找 CEO，这家公司前景非常可观，业务从深圳、上海辐射全国和海外。对方很欣赏你姐夫的专业才干，希望他能去高就。我做了一些了解，在你姐的家庭中，对职业选择、子女教育、未来设计这些，他们夫妇都有一点分歧，一直以来也没能化解。我想这并不是他俩谁对谁错的事，关键是没有一个十全十美的方案摆在他们眼前，这个方案就是发展和生活结合的规划。我知道在谭家，你和你姐关系最好。

野鹤又靠了回去：这事呀，这事你恐怕要翻车，没戏。

郑秋冬：为什么？

野鹤：曲闽京要想当专家早就成大家了。基辛格说过，权力是最好的春药。

郑秋冬：这药不是每个人都能消受的。我不怕翻车，即便四脚朝天我也想试试。你姐夫的工作由我来做，我想从您这儿了解的是，你姐对改变现状会不会更感兴趣。我再多啰唆几句，你姐在外事局，曾是最年轻的副译审，一直很忙。她很想多一点闲暇时间陪陪女儿，做作业、打打球，但做不到。她羡慕大学里的寒暑假，去年、今年她两次提出想去师大外语系执教，那边有意接收，可单位没批准，她很难过，是这样的吧?

野鹤：这些我真不知道，她跟我从来是只说好的，不倒苦水。她想教书这我知道，也想有时间陪闺女。

郑秋冬：您这外甥女喜欢打球，喜欢户外，可她的身体您一定知道，北京这天气……对过敏性哮喘、慢阻肺，甚至尘肺病影响很大，特别对儿童。深圳是中国空气质量特好的城市之一。

野鹤又恢复到懒散的样子：做猎头还管这些婆婆妈妈的?

郑秋冬：只要对客户有好处，我们什么都管，责任有边界，但没尽头。我对于把最恰当的服务带给最需要的人，是有成就感的。不知道你有多久没看到你姐的笑脸了。

野鹤：小姐身子丫鬟命，她那婚姻有问题。嫁的时候，是嫁给一知识分子、学者。嫁过去以后，知识分子变成了官员，这不是坏事……可是家庭氛围、社交圈子大不一样。就跟开车一样，在平原开得好好的，你非得上高原，往 4000 米海拔上跑，那还不抛。

郑秋冬：您的分析太准确了，不是人人都适合官场的，那是有政治才华的人施展拳脚的地方。你姐夫该去适合他才华的舞台。

野鹤：他永远都觉得自己是正确的，说什么，没用。有句话怎么说，你永远都叫不醒一个装睡的人，就是他。哎，做猎头的不都是偷偷摸摸的吗，你怎么开门见山，直接跟我说要拿下曲闽京?

郑秋冬：实话实说，我的时间很紧。成败由不得我，由效率决定。

野鹤：我不看好谁能改变他的主意。不过，当猎头一定是个好玩的事，像 CS，反恐精英。

郑秋冬：那我现在需要你搭把手，开启穿墙模式。

野鹤：我不掺和她家的事，兄弟你死了那心吧。曲闽京很可能又要高升，你用什么能打动他?

郑秋冬口气神秘：高升未必。我希望谭先生能介绍我跟你姐姐认识，我发誓，我只做对谭家有好处的事。我这所说的好处，包括深圳大学外国语学院的一份执教 offer，外加观澜湖高尔夫俱乐部少年培训的一个名额，免费的。

野鹤认真地打量郑秋冬。

郑秋冬起身走了几步，停下，看着远处打球的曲云筝。

郑秋冬随着她的动作，伸手模仿着击球，用力一挥。

17. 街道 / 特慧专猎　日外

郑秋冬开着车，戴着耳机在给林拜打电话：我现在还拿不到更详细的履历，我相信凭南国时创在深圳的公关实力，加上袁昆的能力，一个教师资格不难拿到吧。这不是潜规则，人家十年前就是韩素音翻译奖的获奖者。

林拜翻看着几张资料：他太太这边是空白，看来袁昆以前就没想过这条线索。

郑秋冬：不管袁昆。首先谭絜是个优秀的翻译，口笔译技能都一流，35 岁就是副译审，在外事英译方面还有论文。谭扶桑大师的女儿，家学又好。对，这都是基本条件，我相信还会有更好的条件，我在争取跟她见面。

林拜边听边简单笔记：我回头知会袁总，你跟曲闽京有接触吗?

郑秋冬：还没机会，我在想办法，这一切都需要时间。

林拜：总部的小金怎么样？

郑秋冬：非常好，我很喜欢这小伙子。不过你那边要是没有非你不可的事，我希望你过来，咱俩搭档，有些事也好商量。

林拜琢磨：这事你最好直接给索尔打电话。

郑秋冬：明白，要的就是你的态度。

林拜：扯句闲话，见到罗伊人了吗？

郑秋冬一怔，摸着额头：怎么回事？有点蒙，你就不能铺垫一下再问吗？见了，真是为工作，托她打听开发区换届的事。去你的吧，她又有男朋友了。

林拜：哇，一个对现实绝望到什么程度的女人，才会这么随意打发自己呀。你俩真是钗头凤的缘分。她又找了个什么奇葩？

郑秋冬面露痛苦：一个演喜剧的人。

林拜：喜剧？你没想跟她再……

郑秋冬忽然想起什么：想过，世上没有后悔药，啊呀，纠结死了……不说这些了，说起她我有主意了，再见。我的建议你好好考虑，来跟我搭几天，你们还能夫妻团圆，再见，不说了，哥们儿茅塞顿开了。

郑秋冬的车在路口掉头。

袁昆经过林拜，林拜收拾记录的纸张：看看这个，郑秋冬从北京发过来的。

袁昆看着：另辟什么蹊径呢，谭絮，谭絮是谁？

林拜：曲闽京的夫人。

袁昆：哦，好像是这名，著名作家的千金。曲云筝，谁呀？

林拜：这个千金的千金。

袁昆：云筝，像个法号。

林拜：有件事需要南国时创出面搞定，看这页。涂方至既然神通广大，就先请他搞定这单人事项目吧。

袁昆：现在大学任教要有刚性条件。

林拜：什么刚性条件，看看人家这资历，高碳钢的刚性。

袁昆琢磨：迂回，郑秋冬喜欢这路数？

林拜：不糊涂，有思路的人。

18. 苹果森林儿童剧场门口　日外

郑秋冬的车停在这里，人在车里张望着剧场门口。

于成飞穿着大灰狼的衣服在剧场门口跟几个带孩子的家长说话，做各种鬼脸、夸张的姿势跟孩子们一个个拍照，他很有耐心，笑容也很和蔼。

郑秋冬看着于成飞，下车朝他走去，走了几步他停住，看着于成飞。

孩子和家长走了，于成飞看了眼郑秋冬，进了剧场。

郑秋冬在门口犹豫着。

罗伊人一脸不快地出来，似乎刚吵了架。一看见郑秋冬忽然又满面春风：怎么在这儿等，不给你说

去对面吗？

郑秋冬：我刚到。

罗伊人拽了一下郑秋冬过马路：我时间不多，晚上还要演出。

19. 咖啡馆　日内

咖啡馆空空如也。一角落，郑秋冬没坐，而是来回溜达着。罗伊人坐着，轻搅咖啡。

郑秋冬神情略有不安：我的时间不多，没有机会接近他，想来想去就这一种办法，快而直接。

罗伊人：这种桥段不就是美国电影里间谍用的嘛。

郑秋冬：可能吧，灵感都是说不清楚源头的，美国电影那是戏说，我可是实干。

罗伊人琢磨：这种事，百分百该是你那位熊青春施展才华的机会。

郑秋冬掩饰：她呀，关键时候也不灵……需要心理素质好的。

罗伊人笑：她的心理素质不够好吗？能瞒天过海，做那么大一局，从你这个视金钱如生命的人眼皮子底下抠走那么一大笔钱，心理素质还不够好吗？

郑秋冬：她现在……远水解不了近渴。我想起来了，这个方案的灵感根本不是从狗屁美国电影里来的，是从你这儿来的，真的，你这儿，就从你在台上演戏这儿来的。

罗伊人看着他：从我这儿来的。（又看了眼手机，叹气）你这计划像个阴谋。

郑秋冬耐心：不是阴谋，是智慧，需要你跟我配合，不是，是需要你的帮助。你知道，在北京我再也找不到另外一个人了。这活儿是有钱的。

罗伊人看着郑秋冬：多少？

郑秋冬：2 万，但是得事成之后才能拿到，我知道这钱你不放在眼里。（郑秋冬忽然来了情绪）你知道吗，伊人，这个计划在我脑子里一出现的时候，我就激动了，不管结局如何，仅就过程来看，我都觉得……

罗伊人：别忽悠我了。每次被你说服，我都觉得委屈。

郑秋冬诚恳：你答应了。但凡有我一个人能完成的方案，我绝不会劳驾你。刚才在剧场门口，看见你那位……说实话，他很辛苦，我心里挺不忍的。

罗伊人侧脸看着郑秋冬，眼中有委屈：知道就行。他是粗人，不挑剔我。我是担心你家的熊，别公私不分，把你一口吃了。

郑秋冬长叹，嘟囔：不提她，不提她吧。（电话响，他看一眼，接听）喂，谭哥你好，是吗，时间没问题，请你姐放心，我会为她一家高度负责任的。当然，这是职业操守，再见，再次感谢。

郑秋冬看着手机，感慨：是我运气好，还是人品好啊，抱着一丝希望去求人的事，人家还都答应了。

罗伊人：包括我？

郑秋冬：当然。

罗伊人轻敲桌面：不要激怒我。你来找我办事，还只抱一丝希望呀？太生分了吧？

郑秋冬：我错了。

20. 苹果森林儿童剧场门口／德仁公司　日外

郑秋冬和罗伊人走来，他上了路边的车，跟罗伊人挥手告别，做出打电话的手势。

罗伊人轻轻点头，回身进了剧场。

第23集

1. 苹果森林儿童剧场门口／德仁公司　日外

郑秋冬和罗伊人走来。

罗伊人：到了，走了。

郑秋冬跟罗伊人挥手告别，做出打电话的手势。

罗伊人轻轻点头，回身进了剧场。

郑秋冬正要开车，想起什么，打电话：喂，小贾。

贾衣玫：郑总，你在哪儿？

郑秋冬：我还在北京，公司怎么样？

贾衣玫：还好，田经理带来个客户，他们的需求跟我们的数据库很匹配，好做一些。

郑秋冬意外：是吗，什么客户？

贾衣玫：叫海铂资产管理（杭州）公司的，交单做渠道的中管三个，做拓展的也是三个，我和马小红，还有那个新来的蒲渐，都在忙。

郑秋冬满意：那就是说田经理还可以。

贾衣玫小声：不错，这两天忙不过来的时候，惠成功还下来帮忙呢。

郑秋冬听着：他那是帮你的忙。

贾衣玫：郑总，请不要这样讲，我把这些跟您汇报，也是想为大家释放一点压力。这两天都是连轴转的。

郑秋冬恍然：哦，辛苦了，注意身体。

贾衣玫微微温和：我们还好，抱团取暖还有个照应。您一个人孤身受累……要小心。

郑秋冬：知道了，谢谢。再见。郑秋冬挂上手机后，才觉得这个电话有点异样。

贾衣玫的忧虑被一丝淡淡的满意覆盖了。

2. 面试考场外走廊　日外

“面试考场，保持安静”的牌子竖在门口。

走廊里椅子上坐着四五个年轻貌美的女孩。

3. 考场内　日内

袁昆主持着面试，一个考官一个记录员分坐他两边。

女孩米娜在回答问题：……虽然我是学表演的，没学过人力资源，但是我有过观察生活的练习，喜欢体察人生百味。我认为，不管什么职业，做到家，都是在人和人打交道中完成的，所以情商是成功的关键。不知道，我这样回答考官能不能满意。

考官互相看了看，袁昆：好的，辛苦了！下一个。

4. 电梯　日内

电梯门开，袁昆进来，一脸疲倦。电梯行进一会儿，门开了，考生米娜进来，小孩子似的：哎，考官您好。

袁昆抬头：你好。

米娜：我今天有些紧张，没让您满意是吗？

袁昆：没有，我认为你表现得很好。

米娜灿烂地笑：那我就准备来给您拎包喽。

袁昆：这不是我一个人能决定的。

米娜一下变得很成熟：玩笑，看把老师吓的，老师您千万别在意。（电梯门开，米娜）老师辛苦，拜拜。出去了。

袁昆：拜拜。电梯门关上，袁昆有些恍惚，抽着鼻子，似乎闻到什么味。电话振动的声音，他懒懒地掏出手机看。

屏幕显示：郑秋冬。

5. 写字楼走廊　日内 / 街道　日外

袁昆疲惫地走出电梯：喂，秋冬。

郑秋冬穿行在街道的人流里：袁总，您现在方便说话吗？

袁昆：方便，什么事？

郑秋冬：曲闽京这边的工作我已经铺开来做了，现在有几线作战的问题，我需要帮手，就这十几天，费用可以从项目薪酬里出。

袁昆停下脚步，拐到安全通道出口：需要什么样的帮手？

郑秋冬：能一起商量方案，也能开展行动的，说白了，我需要林拜，我知道他最近不忙。

袁昆思考着，踱步。

郑秋冬：袁总，您在听吗？

袁昆：我在听，你跟曲闽京接触了吗？

郑秋冬：没有，有个接触计划，要马上实施，有点冒险，所以需要林拜。

袁昆：我需要向索尔请示。

郑秋冬：行，但希望能快，我等您的消息。

郑秋冬结束通话，抬头，看到“野鹤自驾娱乐会所”，推门没推动，按门铃。

6. 会所内　日内

野鹤一身美国军人式的休闲穿着，带着郑秋冬走来，小声：我这姐姐什么都好，就是优柔寡断，黏血质的嘛，跟她慢慢聊，我就不陪你们了。

郑秋冬：太谢谢了，谭哥。

野鹤爱搭不理地：给你们牵线，并不是说我就支持你挖墙脚的计划。这几年，我姐对我那姐夫有些失望，你们猎他，没准能让她发现她老公身上一些闪光的东西。

郑秋冬：正是这样的，我们……

野鹤晃着脑袋捏着脖子：废话不说，那边走，右拐就是。

郑秋冬往里面张望。

郑秋冬和谭絮。女儿云筝在后景处写着作业。

谭絮口气轻柔：来的路上我有些后悔，也许不该来，一是我对你毫不知情，二是我们家庭状况不错，我没有想改变它的强烈愿望。

郑秋冬已经把 iPad 从包里拿出，放在一边，偶尔看一眼，似乎上面有他的谈话大纲：那为什么没掉头回去？

谭絮：可能因为我那个弟弟太能忽悠了，我想听听。

郑秋冬笑：也可能是您内心深处还有求变的愿望。

谭絮凝视郑秋冬：我会对女儿的将来有各种预想，她能不能开心，能不能健康。清新的空气，优质的球场，这是她舅舅的原话。

郑秋冬：这话是我对他说的。

谭絮：是吗，那你是对的。其实我想过，有一个又干净又安静的城市，我带女儿去那儿生活，挺好的。她爸爸这边忙他的，现在交通方便，聚一聚也容易。

郑秋冬：我猜这样的想法您已经有很久了，可经过权衡利弊最终放弃了，成了空想，因为现实的牵绊太多。要想这一切成为现实，需要条件。首先您丈夫需要有个平台，体现他的价值，别人难以替代的那种价值。副区长的职位虽说不错，但很多人都可以来做，对他不够独特。而一家大型上市公司的 CEO，胜任者微乎其微。您丈夫是你们的家庭支柱，他的发展空间，就是您家庭的发展空间，安全感、幸福感也在其中。其次是您，在中国，中年母亲大都是为子女而活的，这是国情不必避讳。您丈夫如果成为南国时创集团的 CEO，您即便没有工作，生活也不会受影响，会拿出更多的时间精力给孩子。如果您还有职业需求，恕我直言，那时候它仅仅是精神需求了，这就更好了，那里有大学执教岗位愿意接纳您，稳定而不繁重，您可以陪孩子，也可以帮丈夫翻译资料。一家三口每个人都必定会有更好的境遇，比现在。

谭絮在听的过程中渐渐进入：这需要做太多太多的工作，我不理解，你这么做值得吗？

郑秋冬：不值得我们为什么要做？我们是职业经理人，曲太太，这个项目的本质，我们比您和您丈夫看得更清楚，这必定是一个三赢的项目。

谭絮一丝苦笑：做比说难百倍。

郑秋冬：甚至千倍，所以才需要我们。

7. 台球厅　日内

袁昆和林拜在打球。袁昆站在一边：索尔同意你去。

林拜瞄准击球：郑秋冬没说是个什么样的计划？

袁昆：口气神秘，我不好多问。你比我了解他，他属于稳健型的吗？

林拜想了想：稳健加冒险。

袁昆上手击球：稳健加冒险，这是什么搭配，红配绿。

林拜：他喜欢险中求胜，我对他的计划有兴趣。

袁昆：我也颇感神秘，你去？

林拜上手击一翻袋球：看这球了。

"啪"地一击，球两次反弹，翻进中袋。

林拜：六折的头等舱，好像还有。

8. 会所内　日内

谭絮和郑秋冬的对话在继续。

谭絮：即使我可以考虑您的建议，她爸那边很难考虑的，你有想过吗？

郑秋冬自信：当然有，但我想……

谭絮：千万别指望我，我去劝，只能起相反的作用。

郑秋冬：我知道，没想让您去劝他。他正在努力往前走，这种努力其实在心理上是在较劲，他想用仕途成功，作为个人抱负，证明自己给您、给您父亲看。所以让您去劝，一定会适得其反。您丈夫的工作放心由我来做，我只是想征询您的意见，如果一切就像我描述的一样，您愿意接受一家迁往深圳的结果吗？

谭絮为难：如果像您描述的一样，我……郑先生我现在不好表态，我们只见这一面。

郑秋冬：当然当然，这是很大的事，决定未来，甚至后半生的重大决策，必须要考虑清楚，但别花太多精力去想住房、搬迁、安置这些小事，那边已经有完善的解决方案。说着他推过 iPad：您看看这个。

谭絮看着 iPad 里的别墅、配车的照片，一张张。

郑秋冬：您可以实地考察，再挑选。这些体现的是诚意，是对曲先生价值的认可。

谭絮看着，忽然：有件事您还不知道，这是个很关键的因素。他参加了下届开发区区长的竞选，如果他能胜出，唉……要是落败……

郑秋冬：要是落败，据我所知会被竞争对手排挤甚至羞辱，我听区机关的老人说，他跟竞争对手以前有过节。

谭絮：老曲在他们面前还有种优越感，说话伤到过那些人。

郑秋冬：是呀，学者型官员自尊心更重，一旦受到排挤、冷落……

写作业的女儿有些咳嗽。

谭絮看一眼孩子，无奈的眼神：他想的肯定是成功。这事我不敢多想，骑虎难下的境地，很窘迫。

郑秋冬：他本人对竞选的成败有什么样的预感？

谭絮：开始很乐观，最近又焦虑起来。假装不关心、不在乎，我知道他是不想把焦虑传染给我和孩子。

郑秋冬看了看表：孩子该去打球了，我开车送你们过去，顺路。

谭絮意外地看着他：我家的事你都弄得这么清楚？

郑秋冬：要想把事情做到最好，就要做很多准备。如有冒昧请原谅。

9. 街道　日外

郑秋冬的车驶过。郑秋冬开车，谭絮和女儿在后座。

郑秋冬逗孩子：云筝啊，这名字我猜是你妈妈给你取的，对不对？

女儿：不对，是我姥爷起的，我姥爷是作家，叫谭扶桑，你难道不知道我姥爷吗？

郑秋冬：当然知道，我知道你姥爷的时候还没有你呢。

谭絮看着手机，对女儿：话这么多，注意嗓子。

女儿使劲清着嗓子：你看过我姥爷写的书吗？

郑秋冬：当然看过。云筝，我问你一个问题，什么叫“老鹰球”呀？

女儿惊讶：啊——这都不知道，Eagle 都不知道，那你就更不知道 Double Eagle 了吧，双鹰球，你知道吗？

郑秋冬夸张地：还能 double 啊，我倒，真不知道了，你给我讲讲。

谭絮看着手机：筝筝，我们不能去球场了。（转而对郑秋冬）前面上四环走学院路，回家吧。医生说

PM2.5 超过 100，她这身体就不适应户外了。

女儿开始咳嗽，谭䌷叹气：一说天气她就条件反射。

郑秋冬：我咨询过过敏学专家，云筝这种呼吸道过敏反应，须离开污染地区，等成人后器官都发育成熟，就会好的。

女儿停止咳嗽：哪儿会好？

郑秋冬：在中国有个城市，有最好的空气，最好的高尔夫球场，它一年四季……

女儿笑了：观澜湖，是深圳。

郑秋冬：恭喜你，都会抢答了。

女儿十分开心：耶——

谭䌷勉强一笑，把水壶递给女儿：喝水。

10. 苹果森林儿童剧场　日内

空空的舞台，演出已经结束了。

于成飞在跟赞助商乔董事长交谈，乔董事长：这次的款项主要想投到服装和布景上，为巡演做准备。

于成飞：要是再能招两三名能唱能跳的演员就好了。

乔董事长赞成：得多少钱？便宜的那种。

罗伊人一身很文质彬彬的便装肩搭一包，项间一条深色丝巾，像个大学生模样从后台过来：乔总好。

乔董事长：罗小姐辛苦，刚演出完，收拾得这么漂亮，你们要出门？

罗伊人莞尔一笑：出去一下。

于成飞酸溜溜：她一个人出去。

乔董事长笑嘻嘻对于成飞：不打搅你俩了，我闪。说完离开。

于成飞看着罗伊人：去哪儿？

罗伊人：去见个朋友。

于成飞：还是那个杭州来的？

罗伊人点头：别多想，最后一次，帮他个忙。

于成飞哈哈大笑：老朋友了，怎么能最后一次。说着从兜里拿出一个精致的楠木手串：乔哥刚送的。说着给罗伊人戴上：嘿，合适，比着你手买的。

罗伊人：你别装，要是不高兴我就不去了。

于成飞：是已经答应好的吗？

罗伊人：是。我那天问过你，你同意的。

于成飞笑：答应的，那就该去，衣服都换好了，去吧。

罗伊人轻贴了他一下，走了。

于成飞看着她背影：哎，带钱了吗？

罗伊人没回头，举手表示 OK。

于成飞傻笑，也比画出 OK 手势，自言自语：OK。

11. 曲闽京家厨房 / 客厅　日内

曲闽京在厨房炒菜，电话响，一看，关上火和抽油烟机，接通电话：齐主任，回来了。

齐主任 OS（下同）：没有，还在市府会上呢，会议是三天。曲区长，咱们的国家金融安全 IC 卡和密码应用专项资金已经通过了，论证会刚结束，向您先报个喜。

曲闽京并不惊喜：我早说过，一定会通过的。还有什么？

齐主任声音压低：昨天晚上，我给会务组送材料，遇到了王秘书长，我以您的名义请他来开发区检查工作，这么说主要是想探探换届后您的安排，他一定知道内情。

曲闽京来了兴趣：那是，他说什么了吗？

齐主任：王秘书长很高兴，让我给您带好……

这时，家门打开，谭絮和孩子拎着书包和球包进来，曲闽京示意有重要电话，关上了厨房门。

女儿进了卧室，谭絮看着厨房里的丈夫。

曲闽京的形体语言明确表现出他在说着秘密的话，时而紧张，时而放松。

谭絮从自己的包里取出一个大信封，向丈夫示意一下，放在餐桌上。

电话终于打完了，曲闽京面带轻松端着菜出了厨房，看着大信封：什么？

谭絮：*Fortune*（《财富》）的退稿。

曲闽京急忙打开看：退稿？怎么没有 chief editor 的意见。

谭絮：主编根本就没看到你的稿件，Rodgers 的意见在你的邮箱里。说他有些失望，没向主编推荐。

曲闽京顿时很蔫：他有什么资格说失望，会不会没看懂？

谭絮给丈夫倒了杯水：责任编辑怎么没资格说，他说有些错误甚至是幼稚的，说你的学术积蓄正在透支。

曲闽京露出无奈，心虚地辩解：他没看懂。

谭絮：你文章第二节专门论述证券投资，举例举的是麦道夫案，但是你引用 SEC 的诉讼词是有误的，而且有两处。这是 Rodgers 在电话里跟我说的，给你的 E-mail 里会说得更详细，他一定看懂了。闽京，你现在不比年轻时候，精力有限，什么都想占着，都想做到拔尖，很难了。别再自己骗自己了。

曲闽京把手里的材料一卷，塞进垃圾桶，情绪很不平静。

女儿出来：爸爸，下次打球你陪我去吧，人家都是爸爸陪着的。

曲闽京看了眼女儿：去，写作业去。

女儿：写完了，你可以陪我去吗？

曲闽京有点不耐烦：爸爸忙，去不了，洗手准备吃饭。

女儿：舅舅说你不忙。

曲闽京发火：他说不忙就不忙了，就他忙，满世界越野。你的体质不适合户外运动，不知道吗？

女儿被呵斥愣了。

谭絮过去揽住女儿：洗手去。

曲闽京有些后悔，追上几步，拽住女儿：对不起，爸爸不该冲你发火。

女儿眼中有泪：洗手。女儿去了洗手间。

谭絮：11 岁了，她跟你撒娇的日子没有几天了。

曲闽京眼眶湿润：别，千万别……

12. 曲闽京家　夜内

餐桌边，一家三口在吃饭，谁也没话。

曲闽京吃完了，从垃圾桶里抽出塞进去的资料，装进公文包，过来从后面亲了女儿的头顶。女儿没转身，而是放下筷子，伸手摆了摆示意再见。

曲闽京出门，妻女还在吃饭。

13. 小区的小路　夜外

曲闽京慢慢走来，心情很不好。

电话响，接听：徐秘书……已经吃完了……回访的事是吧，回访应该是同级别的领导对等回访……对对，咱们现在没有区长，只能等新区长产生后才能安排回访。好的，再见。

曲闽京仰头看一轮明月，轻舒双臂：起舞弄清影，何似……苏东坡。

郑秋冬在不远处的车里，用微信：他出来了，不着急，安心吃你的饭。我在车里等你。

14. 某餐馆　夜内

罗伊人面前的餐桌摆着碗筷，样子是刚吃完饭。

她在对着小镜子化妆。

手机闪烁，拿起听微信，回话：就在附近吃饭，说实话，有点紧张。

15. 图书馆　夜内

曲闽京在翻看厚厚的外语字典。

一个人悄悄过来，绕到他面前确认，然后靠近小声：曲区长。

曲闽京有点惊着：小侯，你怎么在这儿……

小侯：曲区长，我和太太在楼下遛狗，看您上来了。

曲闽京：有什么事吗?

小侯左右打量：曲区长，给您开了两年车，小侯佩服您的人品，不搞歪的邪的。您知道吗，展天啸为了得到区长位置，背后没少给您下家伙。建投集团车队有我朋友，他们都知道您跟展天啸是水火不容的死对头。

曲闽京打断：死对头谈不上。谢谢你，不多说，不多说，小侯。

小侯：我走了，留神小人。再见。

曲闽京看着小侯消失，有些恍惚。

16. 图书馆楼下　夜外

罗伊人和郑秋冬在车里等着，罗伊人看表。

手表指针指向 9 点。

17. 图书馆阅览室　夜内

墙上的大钟指向 9 点。

曲闽京收拾东西起身。

18. 路边　夜外

罗伊人和郑秋冬起身下车，郑秋冬把一摞纸质资料交给罗伊人。然后把车钥匙交给罗伊人：别紧张。

19. 图书馆阅览室　夜内

曲闽京将外文字典、书籍等等还给工作人员。

20. 图书馆电梯　夜内

罗伊人进了电梯，按了按钮 3，按钮 3 的边上显示“资料馆”“阅览室”等字样。

罗伊人手抚胸口，慢慢呼气。

电梯门开，罗伊人抱着资料出去。

21. 图书馆阅览室　夜内

曲闽京拿回证件，回到自己的桌边，拿起公文包。

22. 图书馆楼下　夜外

郑秋冬看见阅览室的灯一个个熄灭。

他也深吸一口，再使劲吐出。

23. 图书馆电梯　夜内

罗伊人躲在角落里，紧张地观望外面。

电梯门打开，曲闽京进入。门即将关闭的时刻，罗伊人从不远处跑来，高跟鞋“嘎嘎”作响，叫着：电梯，等一等。

曲闽京摁住电梯门，罗伊人匆匆进入：谢谢。

曲闽京关门，看了罗伊人一眼。

罗伊人似乎不舒服，想吐，单手按着胸口，接着手里的资料滑落一地，双手捂住胸口，身体靠着电梯慢慢向下滑。

曲闽京：这位女士，你怎么了？

罗伊人脸色苍白，“啪”的一声，车钥匙落在曲闽京脚下。

曲闽京上前扶住她：你怎么了？喂喂，姑娘，能听到我说话吗？

罗伊人坐在了地上，呼吸紧促，微微点头。

曲闽京蹲下摸罗伊人的额头。

这时，电梯门打开了，曲闽京按着开门钮，对外：有人吗？有人吗？

一个保安过来：哎呀，曲区长，这是怎么了？

曲闽京：你来，先把她抱出去。

保安上前抱起罗伊人出电梯，曲闽京捡起地上的资料和车钥匙。

24. 一楼大堂　夜内

曲闽京抱着乱七八糟的资料和自己的公文包出了电梯，问保安怀里的罗伊人：你的车呢？

罗伊人微微睁眼，虚弱地抬起手指了指门口，又落下了。

25. 图书馆楼门外 / 机场高速　夜外

曲闽京率先冲了出来，用车钥匙试着找车，保安抱着罗伊人随后而出。

罗伊人的车灯一闪，曲闽京：快这边。放到车后座。

曲闽京打开车门，保安把罗伊人塞进后座。曲闽京有些焦灼，找出电话：姑娘，能听到我说话吗？

罗伊人显然好了一些，微微点头：能，我车钥匙呢？

曲闽京：在这儿。你这会儿不能开车，坐这儿别动，我马上打 120。

罗伊人动了动：没事了，不用打了，医院就在对面，我可以开车过去。

曲闽京：危险，你这身体怎么能开车。

罗伊人强行下车，扶着车来到驾驶门外：就几步，没事，谢谢这位先生。

保安：这位是区长。

罗伊人诧异：谢谢区长，放心吧，应该没问题。

曲闽京看着晃晃悠悠的罗伊人：等等。说着把副驾驶的门打开，把资料和自己的公文包放进去：你上车吧，我送你过去。

虚弱的罗伊人头靠在车沿上：谢谢。

曲闽京对保安：你跟我一起。

保安直摇头：我没还到点。

曲闽京：你把她扶进车。说着过来和保安一起扶罗伊人进了车后座，他迅速进入驾驶室，车开走。

郑秋冬从黑影里出来，看着远去的车，又看了眼表。

手机闪烁，接听：到了？

林拜在机场高速的车里：到了，你那边怎么样？

郑秋冬：有惊无险。今晚内容很多，我很晚才能回去，你先回家跟嫂子报到，明天咱们电话联系。

林拜好奇：先透露点。

郑秋冬：一两句说不清，见面再说吧。

林拜：不管结局如何，袁昆那边已经绷到极限，即将受不了了。

郑秋冬：为什么？

林拜：时间呀，十几天……还有，用他的话说，颇感神秘。

郑秋冬车去的方向：万里长征，这才第一步呢。明儿见。

26. 医院走廊　夜内

曲闽京等在急诊室门口，手里拎着公文包。

走廊尽头，郑秋冬跑了过来，跑到急诊室门口，探头往里看：直子。

医生回头：请门外稍等，问题不算严重。

郑秋冬退了回来，曲闽京：您是这位罗小姐的男朋友？

郑秋冬：是，您是打电话的那位先生？

曲闽京：我是，她晕倒在图书馆的电梯里，可能是血糖低吧，一会儿你听听大夫怎么说。好，你来了，我就走了。

郑秋冬皱着眉头：曲区长？您不是曲区长吗？

曲闽京：我是，你是？

郑秋冬来劲的样子：您一定不认识我，我以前在山谷金融做过人力资源，您去视察过，还为我们解释过区金融办的服务承诺。

曲闽京想起来了：哦，山谷上市后体量更大，国际企业了。你还在山谷吗？

郑秋冬：我已经离开了，我现在杭州，这次回来是受公司委派。

曲闽京看表：哦，时间不早了，我该回去了。

郑秋冬：您住哪儿？我送您，您帮了我这么大的忙。

曲闽京客气：不必，举手之劳。你还是照顾你女朋友吧，再见。

曲闽京匆匆离开。

郑秋冬看着背影：再见。罗伊人从后景的急诊室出来：走了？郑秋冬回头：走了。

罗伊人走，郑秋冬跟上。罗伊人：你不是说 30 秒就能搞定吗？没戏吧。

郑秋冬：谁说没戏，演出才刚刚开始。请你消夜。

罗伊人停下：算了吧。我的任务完成了，希望能帮上你。您得为您那熊青春守身如玉，孤男寡女的，我就不跟你消夜了。回去……我还有另一个，不好太潇洒。

郑秋冬：好，车钥匙呢，我送你。

二人上车，罗伊人突然：刚才你叫我什么？在走廊里，直子？

郑秋冬点头：没敢叫真名，突然想起这个名字。

罗伊人：讨厌。

27. 酒店郑秋冬房间　夜内

电脑上是南国时创总裁涂方至的照片和采访文字。

郑秋冬在操作电脑，敲击几下键盘，拿起手机，找到林拜的名字，点开说着微信：我知道现在你小别赛新婚，不想多打扰，只提一个要求，如果不是禁忌的话，把南国时创老总涂方至的电话给我，我得跟他直接联系，老从袁总那儿绕来绕去，麻烦。如果有禁忌不许我知道，请直接告诉我。

郑秋冬放下电话。电话接着就有回声，郑秋冬嘟囔：这么快。一看，是熊青春的微信，眉头紧皱，点开听：嗨，一句也不回复呀，看来你对我有深仇大恨。我对英国还是蛮适应的，在伦敦找了个华人机构，做留学中介。你还好吗？昨天白天看到罗伊人的照片，晚上梦到她跟你在一起，会是真的吗？希望是真的，我喜欢她。看看邮箱里，有几款剑桥男包，都很温馨，喜欢哪一款，给你寄过去。

听微信的同时，郑秋冬已经进入邮箱，看见几款剑桥男包。最后是一张熊青春和罗伊人的合影（在上次吃饭时拍的）。

郑秋冬看着，那首 *Sun On Sunday* 飘然而至。

郑秋冬起身踱步。

他去到卫生间，看着镜子里的自己。

他打开水龙头，冲着头。

手机响，头发湿淋的郑秋冬听着林拜的微信：经请示，你可以直接联系涂方至。电话一并转发给你。

郑秋冬来到门口，看了看门外，走廊空无一人，他反身回去打电话，输完号码，深呼吸，吐气，拨通，紧张等候。

电脑上画面又转回到开始涂方至的照片和采访文字上。郑秋冬：喂。是涂方至涂总吗？

对方 OS：我是。

郑秋冬：我是特慧专猎的咨询顾问，郑秋冬。

涂方至 OS：我知道，袁昆刚才跟我说了，什么事？

郑秋冬：我跟目标人已经接触上了，现在需要您给予一项帮助……说着郑秋冬进了卫生间，关上了门。

鼠标在电脑屏幕上运动着，打开一封 E-mail，出现一张照片，黑白的，年轻的曲闽京身着运动服，抱着一个足球，笑得很灿烂。

渐黑。

28. 街道　日外

郑秋冬和林拜走来，郑秋冬：我把他太太介绍给你，你落实外语学院和孩子高尔夫培训的事。早上我微信都发给你了。

林拜担心：你跟她不熟悉，刚接触上就换我，她心理上会接受吗？

郑秋冬：我解释过，她知道我一个人忙不过来。她人很和善，就是有些优柔寡断。

29. 酒店走廊　日内

郑秋冬和林拜走出电梯，径直往前走。

林拜：住房面积和薪酬跟她提过吗？

郑秋冬：都说了，她在这方面是满意的。

林拜：核心利益，是她老公过去后的待遇和未来的上升空间。

郑秋冬：以及对这两点的保障。

30. 酒店行政酒廊　日内

郑秋冬和林拜进来，看到窗口处的谭絮，她明显精心收拾过，头发、衣着、服饰都有明显变化。

郑秋冬小声：精心收拾，还有淡妆，可能会跟你深谈。

二人向谭絮走去，谭絮起身，彬彬有礼。

郑秋冬：你好，谭女士，让您久等了。

谭絮：没有，我也是刚到。

郑秋冬介绍林拜：这位是林拜，林先生，我的同事，您放心，林先生做人力资源比我时间还久，在做人做事上都是可靠的合作者。

谭絮看着林拜，声音轻柔：你好，林先生。

二人握手寒暄，林拜：你好，谭女士，我见过您的照片，您本人比照片更显得亲切。

郑秋冬：请坐吧。

大家落座。林拜：谭女士不必有任何顾虑，做我们这行的，有我们高标准的职业操守，我会用保护自身利益的力量保护您的利益和相关秘密。

谭絮看着林拜：谢谢，你们很职业，在陌生人之间，很快能建立起信任感，我相信你们是说到做到的人。

31. 四合院　日外内

这是个老旧的院落，迎面是一家餐馆，招幌上写着“于氏私醢小厨”。

偶有白衣厨师和用餐的客人穿行在院里。

于成飞跟表妹走来，小声：我没时间打理，店你先帮我管着，账面一定要清楚，我这段时间去外地演出，你多操心。

表妹：表哥，你就放一万个心吧。

于成飞：那偷菜刀的厨子又回来闹事了吗？

表妹：他敢？

32. 四合院房间　日内

于成飞进来，罗伊人在对着电脑写着什么，他凑过来：写什么呢？罗伊人：给小朋友回信，这个乖乖太逗了，非得跟你要一只小猪去哄她睡觉，不去她就不睡。

于成飞：累都累死了，还有心思写信。跟罗伊人亲热，罗伊人扭着身子躲：别呀，回信呢，哎呀，就差一点了。

表妹撩帘进来，风风火火：哥，快快，那个大导演又来吃饭了，这回你可以敬他酒了。

于成飞精神：华导！说着蹿出了门。

表妹对罗伊人：我哥要上大银幕了，那导演要找他演喜剧。

罗伊人说着：祝他红遍大江南北。

表妹：您吃什么，嫂子。

罗伊人：鸡汤，葱油饼。什么嫂子，别瞎叫。

表妹坏笑：好嘞，鸡汤，葱油饼，一会儿给你送来，嫂子。

罗伊人抬头，已经没人了。

33. 曲闽京办公室　日内

曲闽京打电话：还是别打听了，这种事我看得开，该谁上就谁上，争是争不来的。好谢谢，再见。挂了电话。

敲门声，进来。

郑秋冬斜背一包进来：您好，曲区长。

曲闽京诧异，回忆着：哦，你是昨天晚上那个……

郑秋冬：对对，我叫郑秋冬，特意来感谢您的。说着他从包里往外掏东西。

曲闽京急忙：哎，住手，小郑，什么东西，千万别往外拿，不用拿，没什么可谢的。

郑秋冬拿出一个绒布包着的方物，里面似乎是本书。

曲闽京眼睛紧盯着那东西。

郑秋冬：是这样的，我没您的电话，就冒昧上门拜访，请原谅。

曲闽京看着那绒布包，有戒备地：坐，我的时间不多，不用客气。

郑秋冬：不客气。我昨天晚上回去，在朋友圈里发消息，说遇到了您，好几个朋友还都知道您。曲区长，十一年前，我就拜读过您在 *Journal of Finance*（《金融学期刊》）上发表的论文，阐述银监会对国有商行应有的监管机制。好像那年银监会成立。

曲闽京渐渐消除戒备，甚至赞赏：好记性，一点没错，你在什么地方读到的？

郑秋冬回忆：在……在我当时实习的佰利经贸，佰利有 *Blackwell-Synergy*（期刊网络平台），我在那里面读到的。

曲闽京满意：十一年，时间都去哪儿了。

郑秋冬：您后来做行政了，就不怎么写那种学术文章了，站在专业角度看，挺可惜的。

曲闽京：是有些可惜，一心不可二用。

郑秋冬：我的朋友圈里还有一位，听说我见过您，就给我发了这个。他端起手上的布包。

曲闽京下意识背过手：你打开，这是什么？书吗？

郑秋冬：是风华正茂的您，值得珍惜，巧得简直让人做梦都想不到。

曲闽京很感兴趣，抱着胳膊，笑眯眯地端详那布包：风华正茂，让我看看。

郑秋冬把布包放在茶几上，慢慢掀开，露出一个镜框。

第 24 集

1. 曲闽京办公室　日内

相框内是意气风发的曲闽京抱着足球，风吹散他的头发，他朝镜头微笑。

曲闽京的表情顿时凝固了，他慢慢走过来看着，看着：哪儿来的？我都没有。

郑秋冬：您的一个老同学，摄影爱好者，我跟他在深圳认识的。

曲闽京坐下，感触：老同学……拿起照片端详着，眼眶中竟然有了泪光：这是……这是……他叫什么名字？

郑秋冬没直接回答：这是您 19 岁的时候。您这位老同学说，在这张照片里，您的青春风采、过人才华、俊朗形象都得到完美展示，希望我送给您，让您能青春重返。

曲闽京有些激动：谢谢，这人是谁？

郑秋冬：微信名叫“鞭指云端”。

曲闽京摇头：我没加入任何朋友圈。

郑秋冬：真名叫涂方至。

曲闽京困惑：涂方至、涂方至，是我大学同学吗？

郑秋冬不解：是呀，您不记得这个涂方至吗？

曲闽京摇头：哪个 tú？

郑秋冬：糊涂的涂，您不认识？

曲闽京努力回忆：我们那届人多，喜欢摄影……姓涂的，别的系的吧，我那时候踢球，认识我的人多，我认识的人会少一些。

郑秋冬觉得奇怪：那是有可能的，他说您那时候是明星人物，很多人认识您。

曲闽京看着照片，沉浸其中：一眨眼就老了，请你一定要转达我对他的谢意，这个太珍贵了。

郑秋冬：一定的。接着转换话题：还有曲区长，我多句嘴，我在网上看到介绍您的信息，您还参加这次换届的区长竞选了？

曲闽京言不由衷地：哦，也是老领导的建议，对我来说重在参与，学以致用嘛。至于结果，我也不愿多想，哈哈。

郑秋冬挠头：李明义书记好像就是分管开发区的吧。

曲闽京像被过了电似的，认真看着郑秋冬：是明义书记分管，你认识明义书记？

郑秋冬的表情有些没把握：是不是呀，好像是，他太太在粮食局吗？

曲闽京：没错呀，从开发区过去的。

郑秋冬：那就是，是我女朋友的闺蜜，就您昨天在电梯里见到的那个。

曲闽京神情严肃，没说话。

郑秋冬：这个书记分管开发区之前，是不是还管过人事？

曲闽京怀疑的眼光：你怎么对这摊事儿这么熟悉？

郑秋冬：我以前在山谷做人力资源，始终关注这类事，这个李书记对这次换届结果应该会起到作用吧。

曲闽京怀疑：应该吧。你是从昨天晚上开始关注的？

郑秋冬率真地点头：只要我感兴趣的事，就会往深处琢磨。一起竞选的还有建投的展……

曲闽京：展天啸。

郑秋冬点头：这个人活动能力很强。

曲闽京起身，慢慢离开郑秋冬，离开一定距离后，他回头打量郑秋冬：你有备而来。

郑秋冬：想为您做点事情，也报答您对我女朋友的帮助，突击了解了一些。

曲闽京警觉：你是哪个单位的？杭州是吧？

郑秋冬：对。是一家人力资源顾问公司。曲区长，您以前的学术成果，给我留下了很深的印象，昨天晚上偶遇是缘分，在朋友圈里听到您的好口碑，请相信我，我可以帮您询问一下李书记的爱人，放心，这会是绝对保密的。

曲闽京满面疑虑地坐回到自己的办公椅上，郑秋冬说这番话的时候，他看着郑秋冬，轻轻拉开侧面抽屉，拈出一张名片看着。

名片上是：特慧专猎（杭州）人力资源咨询公司，杭州办公室副总经理袁昆。

曲闽京看了看袁昆的名字，看向喋喋不休的郑秋冬。

曲闽京：贵公司的名称是？

郑秋冬急忙递上名片：哦，杭州德聚仁合人力资源顾问公司，不管我们做什么，我愿意帮您这个忙。

曲闽京“哦”了一声，把袁昆的名片塞进抽屉，接过郑秋冬的名片，面带威严：德聚仁合。哦，人事安排的事你绝不能打听，要相信组织。谢谢你的好心。

郑秋冬满脸失望：哦，不客气。

曲闽京：请吧，我马上有个会。

郑秋冬臊眉搭眼地拿起沙发上的包：再见。

曲闽京：不送。

2. 区政府大院　日外

郑秋冬走来，他用手机的拍照功能监视着后景的办公大楼。

手机屏幕，办公大楼上曲闽京的窗口，他站立窗前的身影很清晰。

郑秋冬拿下手机，有信心的眼神。

3. 曲闽京办公室　日内

落地窗前，曲闽京一脸严肃，俯视着下面的郑秋冬。

郑秋冬的名片在他手中。

相框中，年轻的曲闽京。

曲闽京的手拿起桌上的座机，拨了内部号：小赵，去年李书记牵头开会讨论上市公司蓝皮书，你还记得吗？那好，我记得山谷集团的代表跟你很熟是吧，哦，什么关系？那就好，是这样的，你让他帮忙查一个人，这个人叫郑秋冬，以前在山谷人力资源部干过，对，查查这是个什么人，后来何去何从。

4. 某咖啡馆　日内

林拜坐在靠窗的位子上，查看着笔记本电脑。

窗外，谭綮从一个政府部门模样的院门口出来，朝咖啡馆走来。

林拜看见她挥了挥手。

谭綮匆匆进来，表情稍为冰冷：我只有一个小时，一会儿有外事活动。

林拜操作鼠标没看她：接待大曼彻斯特郡市长代表团，一点半降落，从香港过来的。

谭絮有些意外，坐下：说你们的事吧。

林拜把电脑朝向谭絮，他起身讲解：你看，这是深大外语学院的教学大纲，听辨练习、笔记法、意群划分这都是预科内容，属选修范畴。往下这两大部分口译核心、口译进阶都是必修的，高翻理论、WTO 法导论这几部分是你的强项，却恰恰是那边需要的。

谭絮接茬：谁说这是我的强项？

林拜耐心：谭女士，我们职业本质是帮助别人，提高自己。每做一单，我们都要做好多功课。你去年夏天给交师大外语学院的材料上就是这样写着的。

谭絮不打算继续这个话题：动力这么大，报酬很丰厚吗？

林拜：我们的报酬是甲方提供给你老公年薪额度的30%，哦，这部分是对方付，不是从你老公薪酬里出。

谭絮似乎有点兴趣：去深圳的话，他的薪酬是多少？

林拜：他的薪酬是个体系，年薪 260 万，完税的，这是底薪，还要加补助、保险、假期、奖金……怎么，郑经理没跟您说过？

谭絮有些惊讶，摇头：没问。

林拜诧异：您也太超然了，薪酬水平该是最先提出的问题。

谭絮还在惊讶中：我一直没关注薪酬的事，我的直觉是你们成不了。

林拜：应该关注，我们会朝成的方向努力。薪酬的事我同事会跟您更详尽地介绍。您时间仓促，我抓紧时间介绍一下去深圳的四大好处。

谭絮开始认真听了。

林拜：一、除了大学教职外，南国实创集团还有自己的职业培训学校，英语口语和金融英语是重要的两部分。分管培训的副总已经清楚地答复我，他们欢迎您去兼职。每年授课四次，共六周，在规定时间内自行安排，薪酬比外语学院常规标准高 45%。

谭絮再次意外，她看向窗外。

林拜：二、我要说一下您女儿曲云筝打球的事。

谭絮感兴趣。

5. 野外河边　日外

罗伊人站在齐腰的草丛中，戴着耳机举着话筒在录河流的声音。

河边石头上，于成飞在用手机拍罗伊人。小厢车停在路边。

6. 山谷　日外

罗伊人戴着耳机立着话筒，在录山谷中呼啸的风声、天空清冽的鸟叫声。

于成飞在不远处的小帐篷前，一边用酒精炉烧开水泡茶，一边用炭火烧烤各种串品。他惬意地看着远处的罗伊人。

罗伊人坐在草地上吃着烧烤。

于成飞刚接完一电话，回到罗伊人身边。

罗伊人：录的这些声音，在以后的剧里可能会用上。

于成飞：罗罗，剧可能演不了多久了。华导这次拍的是喜剧，副导演说挺适合我这种草根形象的，可能我有戏。

罗伊人：在哪儿拍？

于成飞：国内部分在云南，国外部分在泰国和印度。

罗伊人：好事，今年你会时来运转。知道吗，跟各种传媒相比，电影是媒体系统的高端运作，电影在上游，一旦上了大银幕，下游媒体都会成为它的宣传介质。

于成飞似是而非地点头：我要是真火了，好运就是你带来的，你当我的经纪人吧，肥水不流外人田。

罗伊人：等你火了再说。

于成飞：你说你喜欢普通人，真不盼我火？

罗伊人：那会是什么样，会变得天翻地覆。

于成飞：走一步看一步吧，哎，我想请那个郑秋冬吃顿饭，他走了吗？

罗伊人愣：不知道，为什么请他？

于成飞：不为什么。现在流行把前后任男朋友都扯到一块儿去，这叫任性，找那种女神范儿的。

罗伊人：我没那么贱，你就别自取其辱了。那家伙你三头六臂也应付不了。

于成飞：我就想在他面前宣示主权，你是我的了，别瞎琢磨了。

罗伊人忧伤涌来：甭宣示，他没戏。

于成飞：真要上电影了，去云南去国外拍戏那么长时间不在北京，我不放心。

罗伊人叹气：于成飞，你不理解什么叫丧家犬吗？一捧稻草就有归属感。

于成飞立即求饶：好好好，不请丫吃，不请丫吃。罗罗，我求你，以后不许再说我不了解你这种话。我相信他在你这儿什么都不是了，你见他就因为你同情他，不得不帮他。

罗伊人噘嘴：知道就好，以后只要我不提他，你就不能再提他。

于成飞腾地站起来夸张地跺脚敬礼：Yes，Madam.

罗伊人看着他，微笑：我有担忧，我觉得你演喜剧电影，能火。

于成飞：真的！突然做中弹状，直挺挺地趴在地上。

罗伊人平静地看着。

7. 开发区政府会议室 日内

有八九个人参会，都是中年干部模样的人。

主持人在发言：我知道，现在外面有各式各样的传言，有的还有鼻子有眼，把展天啸同志和曲闽京同志各得了多少票都贴在网上了，这种传言能信吗？显然不能，还有人说，谣言就是遥遥领先的预言，那就更是无稽之谈了，这是对我们组织程序的无知。

曲闽京低头听着，看见裤兜里的手机闪亮，他好似随意地拿出手机，放在腿边，看着短信：我在楼下，有急事求见。郑秋冬。

曲闽京起身倒茶，经过窗口，看见楼下的郑秋冬在路边站着。

曲闽京倒水思索，关上手机。

8. 楼下路边 日外

郑秋冬等在这里，左右张望。

9. 曲闽京办公室　日内

曲闽京在文件上签名，秘书等在一边，签了五六份后，秘书走了，曲闽京急忙走到窗前，看着楼下的郑秋冬。

10. 楼下路边　日外

郑秋冬打电话，回答是：您所拨打的电话已关机。

郑秋冬失望至极。

11. 曲闽京家　夜内

谭絮和女儿在吃饭，曲闽京已经吃完，碗筷留在桌上。他在一边安装一台进口的空气净化器：这个型号的，四五个小时就能把咱家的空气过滤一遍，功率也不算太大，就 24 小时开着。说着又拿出一个空气检测仪：这是检测效果的，这是 PM2.5，这是 PM10，这是甲醛，这台设备效果怎么样，一目了然。

曲云筝吃饭，有气无力地：有噪声。我的卧室里能安个没噪声的吗？

曲闽京耐心：我上网再给你找个功率小点的，放卧室。

女儿：要是去个没雾霾的地方就好了。

安静。

谭絮：换届的事有消息吗？

曲闽京：有传闻，谁知道真假呀，也没找谈话。

谭絮：什么传闻？

曲闽京：我都懒得说，你也没必要知道。

谭絮略有所思：科委的宋笑调去海南了，技术委员还保留，专职做她的总工程师。

曲闽京：专职，羡慕了？

谭絮：说不上羡慕。只是替他儿子高兴了，元宝喜欢潜水。

曲云筝：香水湾、亚龙湾，都是海南的高尔夫场，舅舅说以后带我去。

夫妇二人听了这话，无奈对视一眼。

曲闽京安装完了净化器，打开，来到女儿身边：这台效果肯定好，吃完了写作业。说完曲闽京穿鞋，拎包出门。

12. 图书馆阅览室　夜内

曲闽京身姿疲惫地进来，坐在老位置上，不经意一抬眼，看见不远处在看书的郑秋冬。曲闽京一惊。

郑秋冬抬头看见了曲闽京。

曲闽京满面疑虑地起身朝他走去，郑秋冬慢慢起身。

阅览室只有两三个外人，工作人员在玩手机。

曲闽京来到郑秋冬面前，小声但有力度：你来这儿干什么？

郑秋冬：我在等您。

曲闽京看看周围：没完没了了？

郑秋冬委屈：就几句话，曲区长。

曲闽京离开阅览室，郑秋冬跟上。

13. 某视觉不错的空间　夜内外皆可

曲闽京有些生气：我一整天没接你的电话，你就该知道我的态度了。

郑秋冬：我知道，可是这件事对你太重要，您帮助过我朋友，我不能袖手旁观。

曲闽京：你对我的兴趣让我感觉很不舒服。

郑秋冬面露惊讶：对不起，这是我没想到的。

曲闽京：我现在告诉你了。

郑秋冬：曲区长，您现在的处境很不好，事情已经发生了，甚至都结束了，只不过您还不知道。

曲闽京平息情绪：你只想告诉我我的处境？

郑秋冬：对，还有建议。

曲闽京观察四周：请吧。

郑秋冬：换届的事在开发区还没完成，在上面已经结束了，新的区长是展天啸。

曲闽京脸色难看：这不算是新闻。

郑秋冬：算新闻，以前一直是传闻，我这次跟您说的是板上钉钉的事实。新区长办公室正面墙上将装饰丈二整纸的书法："静以修身，俭以养德。非淡泊无以明志，非宁静无以致远。"现在展天啸在找书法名家给他写呢。他在建投的秘书邱明不能带来，已经安排好去处了，马上就公布结果，他们知道该是善后的时候了。

曲闽京：邱明安排到哪儿了？

郑秋冬：大项目办，副主任。

曲闽京叹气：传言还是接近真实的呀。

郑秋冬：曲区长，新的班子上台后，您的位置也会变动，这您知道吗？

曲闽京意外，看着郑秋冬：怎么变？

郑秋冬：上挂下挂的选择都有，你很可能离开现在的职位。

曲闽京：新班子不希望我在这儿。

郑秋冬：您不想躲开吗？我得到的消息就是这样的，有关方面很快就会跟各位谈话。曲区长，提前一分钟知道内幕，您就可以提前一分钟做出反应。我今天急着见您就是为这事，人都会关心前程，希望您早做准备。

曲闽京眼神充满怀疑：打探这些很费周折，打探这么多与你无关的破事，花那么多心血，为什么？

郑秋冬：找对了人打探并不难。我可以不告诉您这些，可是一想到，您被谈话之后或者被宣布履新的时刻，您毫无准备、瞠目结舌的样子就觉得酸楚，所以想跟您说。

曲闽京盯着郑秋冬看，突然：我不信，我质疑你的动机。

郑秋冬吓了一跳。

曲闽京忽然竟又笑脸相对：你在为谁做事我不知道，但你在这个时候出现绝不是偶然的。你对我所说所做的一切都是精心设计的，是不该在你我两个陌生人之间发生的。无论你怎么掩盖，我都不信。

郑秋冬惊讶：甚至连我想帮您，都不相信？

曲闽京：只要能知道为什么想帮我，那什么都可以相信。

郑秋冬想了想，没开口。

曲闽京：因为我帮了你女朋友？因为 *Journal of Finance* 的论文？还是所谓我同学给你的照片？

郑秋冬：曲区长，刚才您说我所做的这些是要付出心血的，我就满足了，至于你质疑还是感激，我都不会在乎。我也不会因此判定您是否值得信任，我会一直信任您，再有新的发现我还会尽快转告。再见。（说完转身就走，走两步停下，转身）有个善意的提示，可以考虑换个地方去干。凭我对您的了解，曲区长，您是为大格局而生的人。

曲闽京：等等，这话才是你的终极标靶吧。

郑秋冬浅笑：是不是的重要吗？您真不必绷得这么紧。再见，晚安。

曲闽京看着郑秋冬消失在夜色中，表情凝重。

14. 某小摄影棚　日内

一场采访正在进行，背景艺术体文字："国企改革巡礼"。

一个神气十足的国企领导在接受年轻女记者的采访，他就是展天啸。

展天啸：国企办社会是困扰中国国企全面融入市场的重要因素，这一点我们也认识到了。从去年开始，我们建投的医院、学校、菜市场等社会职能已移交地方。"三供一业"已经列入开发区今年的改革要点。

郑秋冬和林拜在他侃侃而谈期间，从暗暗的一边出现，林拜看来认识那个挂着牌子的中年记者，他小声介绍着郑秋冬。

郑秋冬和那记者握手，一并注视着采访区灯光下的展天啸。

年轻女记者问：国企员工持股以前多次提出，又多次被叫停，有人说您，展天啸董事长最适合回答这个问题。展总，你怎么看国企员工持股的改革话题？

展天啸：确实，国企员工持股，多次被提出又多次被叫停。其实员工持股的理念，已经得到了市场的积极认可。今年仅在上市公司层面，就有超过 30 家企业推出员工持股计划，我相信在观望中蓄势待发的也为数不少。

郑秋冬和林拜听着，郑秋冬一直用手机写着什么，又拿给中年记者看，中年记者看了看，把微信发了出去。

面对着展天啸的女记者看到手机上的微信，回头看了看中年记者，中年记者微微点头。

展天啸回答完问题，看了看表：还有一点时间，还有问题吗？

女记者：展总，听说您即将离开建投集团，成为地方领导。对于离开熟悉的企业，主政一方，您有什么样的执政理念？

展天啸面带微笑：这个问题嘛，哈哈，你们的节目什么时候播出？

女记者：下下周的周六晚 8 点，国企改革巡礼。

展天啸自信：现在谈这个问题还有些早，不符合组织程序，到节目播出的时候，你应该就知道了。确实，领导企业和主持地方工作是不一样的，但是管理理念是一样的，要按科学办事、按规律办事……

郑秋冬和林拜在暗处打量着谈笑风生的展天啸。

郑秋冬跟林拜耳语。

15. 摄影棚门口　日外

郑秋冬和林拜走出来，郑秋冬：新晋区长的喜悦已经溢于言表了。

林拜：想摸摸曲闽京的底吗？

郑秋冬：什么意思？

林拜：让新闻部再采访一次曲闽京。

郑秋冬略有所思：好主意。

这时，展天啸和女记者、中年记者一起出来，还有记者跟着拍照。

中年记者对女记者：露露，你带展总去二楼小餐厅，展总，我这边说几句话马上过去。

女记者和展总离开。

中年记者：怎么样？是这意思吗？

林拜点头：谢谢。

中年记者：别客气，展天啸要高就的消息你们也知道？

林拜：已经是板上钉钉的事了吗？

中年记者：我是跑口记者出身。定了，开发区区长，等组织部葛副部长回来就公布。

郑秋冬：最早会是什么时候公布？

中年记者掐算着时间：两周，最多两周。

郑秋冬和林拜眼神交流。

16. 曲闽京家　夜内

曲闽京靠在沙发里，表情呆滞。

郑秋冬的声音还在缭绕：换届的事在开发区还没完成，在上面已经结束了，新的区长是展天啸。新班子上台后，您的位置也会变动，您很可能离开现在的职位。曲区长，您是为大格局而生的人。

台灯下，一家三口的照片。

17. 林拜家　夜内

林妻冯眷眷端上两碗馄饨：简单吃点吧。

郑秋冬接过：嗬，消夜能端上馄饨来的老婆，就可以称贤妻了吧。

林拜：你再表扬，她下次就给你上卤煮了。

二人吃着。

冯眷眷：不能白吃，一会儿你把熊青春浪漫的事给我喷一喷，我手下团队要拍微电影。

林拜：人家秋冬心窝子还流血呢，你就拿人家的事八卦，过于迫不及待了吧。

郑秋冬：也没啥可说的。嫂子你要想听，我可以讲。

冯眷眷：不是我们八卦，可以拍成正剧的。秋冬，你别听林拜瞎白话，现在文学没有任何主义了，你俩这就是中国版的《白夜》呀，陀思妥耶夫斯基啊，哪有比你这更好的真实案例能诠释幻灭的？

林拜打趣问郑秋冬：听明白了吗？

郑秋冬：基本。

冯眷眷看着这俩人：两个坏人，不理你们了。说着进了另一房间，能听到隐隐的电视声。

两人坏笑。林拜摆弄鼠标，看着笔记本：谭絮的心理比较简单，随从。她能做到不反对就很好了，关键是曲闽京。

郑秋冬：对，让他打心眼里认同去南国比留在开发区好，而且好很多。

林拜：这个认同需要两个具体部分，一是留在这里将会有多糟糕，二是去了深圳将会有多美好。

郑秋冬：前一部分基本上摆在他面前了，很大可能他将被边缘化，看表面他将信将疑，但内心一定很悲观。后一部分我还没露。要露就彻底暴露猎头身份，当面锣对面鼓地去做，我担心吓着他。

林拜：担心也没用，总得挑明，时间不等你。

郑秋冬：主要是我还没找到他心里那条缝，上市公司的 CEO 对谁都有吸引力。对曲闽京有什么与众不同的意义，这需要发现。从证监会 IPO 预先披露来看，这一批企业南国实力最强，招股说明书最完备，而且是唯一一家将金融板块标注出来进行强调，独立讲故事的企业。

林拜：曲闽京是金融专家，他去了，那就成长了翅膀的 CEO。

郑秋冬：知识分子总会端着一点的，也应该。他们需要实惠，也需要面子。

林拜：给实惠使笨劲就行，给面子就需要技巧了。

郑秋冬：太对了，这个技巧有两个方面，一是涂方至老躲在暗处已经没意义了，曲闽京说并不认识他。所以该出来的时候，还需他出来三顾茅庐，老板自降身段，求贤若渴。这是我说的 A 面。B 面是帮他把开发区的局势看透，在新一届班子宣布之前，提前递交辞呈，保持自身的尊严，免得之后离职，被人说成负气出走，小肚鸡肠。这是另外一面。

林拜寻思：递交辞呈这一步很难。让他见老板相对容易，可以制造契机。

郑秋冬：我想好了，我身份公开之后，只要曲闽京有进一步接触的意思，就安排涂老板跟他见面。这最能让他感受到新东家的诚意。

林拜摇头：不妥，你这是把咱们的工作扔给雇主，挖曲闽京是咱们的事。

郑秋冬：咱们当然也要做工作。你看啊，上市后的南国，曲闽京可以把互联网金融事业部直接纳入他的管辖，实现他的网络金融梦……

林拜：如果上不了市呢？他一定会问这个问题的。

郑秋冬：这应该是涂方至回答的问题，必须有承诺，股份、分红。我记得在袁昆的那版计划书中提到过，好像就是年薪加分红。

林拜点头认可：时间不多了，如果想赶在开发区新班子宣布之前谈下曲闽京，那就要一天当三天用了。

郑秋冬神情严肃：在他怀疑我的时候跟他摊牌，不妥啊。

林拜：现在重中之重不是研究曲闽京，而是要研究南国时创，发现这个公司最独特的地方，展现给曲闽京，让他和南国时创彼此感到离不开对方，这才是关键所在。

郑秋冬陷入思考。

这时，另外一屋里传来冯眷眷爽快大笑的声音，郑秋冬诧异地看着林拜：看什么呢，乐成这样？

林拜：电视综艺。

郑秋冬：听这笑声，我都替你感到幸福。

林拜：这话我信，罗伊人、熊青春都没我这位好养活。

郑秋冬泄气：哦，又回到这儿了。

18. 街道　夜外

郑秋冬开着车。

19. 苹果森林儿童剧场　夜外

郑秋冬的车经过这里，他停了下来，看着门口的海报。

《不要脸》的歌声飘然而至。

20. 街道　夜外

郑秋冬开车行进，好像想起以前的什么，脸上露出浅笑。

21. 酒店房间 / 浴室　夜内

郑秋冬泡在浴缸里，闭眼养神。微信提示音，他没睁眼，伸手去摸放在马桶水箱上的手机，点开看，是熊青春的微信，熊的声音：嗨，北京时间 11 点了，应该还没睡吧。给你代购的包收到了吗？怎么也不回个信呀，我是寄到公司去的。

郑秋冬回复：收到三天了，贾衣玫说她已经回复你收到了，你还给我发微信，什么意思？骚扰我？当心凯文杨那间谍吃醋。谢谢，不用再买东西了。

又收到微信，熊大笑的声音：哈哈哈哈，他现在越来越像间谍了，你知道美国 Area 51 的 Groom Dry 吗？

郑秋冬回复：请不要跟我说英文，OK？

熊回复：讨厌，就是美国的 51 区。凯文杨他们竟然在秘密招收顶级黑客，要入侵美国 51 区马夫湖中心秘密档案库。

郑秋冬：你都知道了还叫秘密呀，拜托这种事以后不要告诉我，免得被追杀。祝他顺利，拜拜！放下手机，他闭上眼睛，水蒸气在立案前蒸腾。

罗伊人、熊青春两个女人的音容笑貌交互闪现。

郑秋冬的脸慢慢没入水里，久久没有动弹。

22. 开发区办公楼会议室外走廊　日内

会议结束。领导们端着水杯，拿着笔记本朝外走着，曲闽京也在其中。他闷头走着，一个秘书模样的人赶上他，小声：曲区长。

曲闽京回头：赵秘书。

秘书把他引到僻静的地方，声音更小：您让我打听的事，有结果了。

曲闽京一怔。

23. 曲闽京办公室　日内

曲闽京在电脑前坐着，秘书弯着身子在给他点击、打开、链接着什么，一边操作鼠标，秘书一边说：山谷的结构今年开始调整，过去是网点办事处结构，现在转换成大区结构。我认识的这人是北京大区人力资源部的老人，话是可信的，看这儿。

赵秘书在电脑上找到了什么，曲闽京凑上去看。

电脑屏幕上显示出以下文字：

山谷商务，铁面人信息采集发布系统。

2012—2013 年度第三次发布

黑名单之 BJ1403 号，姓名郑秋冬，曾用名覃飞。（注：覃飞是 BJ1403 号冒用的人名，被冒用者覃飞已于 2013 年 5 月去世，身份、履历完全被郑秋冬复制、利用。）

罪名：提供伪造文件，编造虚假履历，骗取职业机会。

提示：该人的信息数据已收入多家信息库。

该人已于2013年10月13日被劝离本公司。该人拥有北京大学MBA学历，以覃飞的名字覆盖其传销、被判刑的履历。

2013 年经 Terry&Whitman International（特慧专猎咨询服务公司）推荐进入我司金融 HR 部门，任职薪酬规划总监。

2013 年 9 月曾在《面试官》杂志夏季刊上，发表《非绝对公平》一文，署名覃飞。

……

曲闽京看了一眼：给我看这些干什么，这个覃飞是谁？

赵秘书没有说话，点出一张郑秋冬的照片，有意味地看着他。

曲闽京突然明白了，他惊讶：他是……郑秋冬？

赵秘书点头，曲闽京急忙看下去。

看了一会儿，他抬起头，思索：什么目的呢？

赵秘书：还有。说着又点开一个“首开建投”的官网，在“企业领袖”一栏中点出“展天啸”，又在展天啸的友情链接中发现一组照片，是展天啸视察工作的各种照片，还有生活照，其中竟然有一张展天啸跟记者打招呼，郑秋冬就在画内的照片。

赵秘书：是这个人吗？

曲闽京傻了：他的人。

24. 街道　日外

谭絮开着车，手机响，女儿云筝看：妈妈，你的短信。

谭絮：念给我听。

女儿：尊敬的谭絮女士，我们收到了您投递的求职申请。经对您的专业能力、学历履历的考察，我们正式向您提出试讲邀请。邀请函及详尽说明已发到您的邮箱，请查收，并及时回复。深圳大学外语学院。

正赶上红灯，谭絮停车，拿过手机看。

女儿兴奋：妈妈你在深圳求职了？

谭絮看着手机：没有，这是别人弄的。

25. 曲闽京家　日内

谭絮开门迅速奔向茶几，打开沙发上的笔记本。

女儿拿过墙角的一根球杆比画着：妈，你真想去深圳？

谭絮忙活着：也不是，就是有些人……太热心肠。

女儿不高兴：爸爸不想去。

谭絮有些无奈：妈妈也就说说而已，爸爸喜欢北京，咱们哪儿都去不了。

终于，电脑屏幕上出现了谭絮的收信，一封名为“外语学院试讲邀请函”的文件。光标移动，打开文件。

女儿：妈妈，我问个问题行吗？

谭絮看着电脑：你问吧。

女儿认真：我为什么总是玩不够呢？

谭絮抬头想了想：因为玩是快乐的。不光是你，所有孩子都爱玩，所有大人也都爱玩，爱玩是人类的天性。

女儿：你和爸爸为什么不爱玩？

谭絮一时回答不了。

屏幕上是观澜湖高尔夫球场的画面，一行文字：观澜湖高尔夫球少年班介绍。

谭絮难过：爸爸妈妈以前是爱玩的，可惜已经不会了……

26. 开发区政府小会议室　日内

两个干部模样的人在跟曲闽京谈话，一个在往小本上记着什么。

曲闽京：无论在什么职位上，无论做什么，我吧，很简单，其实就是想发挥自己的专业优势，不会多想什么，也可以跟各种人合作。

领头的干部点头：对基层工作有什么想法？

曲闽京困惑：基层？我……能发挥专业优势就行，这里，开发区不就是基层吗？

领头的干部：当然是，哦，您讲的对我们很有启发。好了，曲区长，今天呢，我们就是一次例行谈话，听听您的想法。例行的，不代表任何态度，请不要想得太多。谢谢您了。

三人起身握手，曲闽京忧心忡忡：不会多想的，绝不会多想的。

第 25 集

1. 曲闽京办公室　日内

曲闽京坐在椅子里，琢磨着，手机响，看。

是一行短信：曲区长，可以见个面吗，有要事相商。郑秋冬。

曲闽京起身，一脸愤怒，看着手机来回溜达。

2. 街道　日外

曲闽京开车，后座是放学的女儿。

女儿：今天为什么你来接？

曲闽京：妈妈要接待外宾。

女儿：爸爸，什么叫试讲？

曲闽京：shìjiǎng？哪两个字？

女儿：考试的试，讲话的讲。

曲闽京：哦，这两个字。试讲就是，人家不知道你讲课、演讲的水平好不好，先让你试着讲一讲，人家一听，哎，就知道你讲得好不好了。这就叫试讲，试着讲一讲。

女儿：那妈妈能试讲好吗？

曲闽京困惑：妈妈不用试讲，她的水平大家都知道了。

女儿：深圳有个大学就不知道，让妈妈去试讲。

曲闽京：什么？

3. 曲闽京家　日内

曲闽京在电脑上查看邮件，看到了"外语学院试讲邀请函"和"观澜湖高尔夫球少年班介绍"。

女儿在后景写作业，托腮看着爸爸：我觉得是好事。

曲闽京一脸惊诧，想了片刻，掏出电话，找到郑秋冬的短信"曲区长，可以见个面吗，有要事相商。郑秋冬"，点开回复，输入着内容。

4. 茶馆　日内

郑秋冬看着茶单，曲闽京从外面进来，一副尽在掌握的表情。

郑秋冬起身：曲区长，坐，您喝什么茶？

曲闽京接过郑秋冬递上的茶单，放在一边：随便，我买单。

郑秋冬一愣，觉得对方情绪不对：好吧，听您的。

曲闽京看了看茶单，对服务员：一壶铁观音，这款。

服务员退下。

曲闽京：你短信说有要事相商，我想听听你的要事是什么。

郑秋冬：曲区长，我首先要向您表示歉意。

曲闽京：别这么说，咱们也没见几面，一直客客气气的，何来歉意？

郑秋冬：如果有人对您隐瞒了什么，甚至为了好的目的借用了谎言，看在他怀揣善意而来的分上，您能原谅他吗？

曲闽京：当然，你不会是在说你吧？

郑秋冬：我是在说我。

茶上来了，郑秋冬对服务员：我们自己来，你忙你的去吧。服务员离开，郑秋冬一边洗茶倒茶一边说着：曲区长，我这边得到了确切消息，听了会让您失望，这次换届，您的愿望实现不了了。

曲闽京平静：概率又叫或然率，我不失望。这种事本来就很正常。在人事变动面前要是没有颗平常心，那就是没活明白。组织有组织原则，我说过，不希望你为我打探这样的消息，为什么总是乐此不疲？

郑秋冬：实话实说，这是我的责任。曲区长，我是杭州德仁猎头公司的职业经理人，您一定知道深圳的南国时创这个名字吧。

曲闽京深奥地笑着：说实话了。我什么都知道，南国委托特慧专猎找过我。

郑秋冬神秘：可现在很多因素都发生了变化，您太太的工作，孩子教育，特别是待遇方面，南国方面在您的薪酬结构上有了大幅度提高。

曲闽京突然表情严肃：一切就到此结束吧，覃飞先生。

郑秋冬被这句话说傻了。

曲闽京鄙视着郑秋冬。

郑秋冬眼睛里露出惊惧的光：覃飞……你这是……

曲闽京：一开场就幼稚可笑，我本不想揭穿这场无聊的闹剧，可是你死缠烂打，没完没了啊，竟然蒙骗到我老婆孩子头上，逼着我不得不做出回应，就为这么个区长职位有意思吗？

郑秋冬：曲区长，您这话什么意思，我不明白。

曲闽京发怒：你不明白哪句话？

茶馆里的人都吓了一跳。

曲闽京说着掏出一张照片扔在桌面上：把我当傻瓜了是吗？这个，你明白了吧？

郑秋冬慌乱地拿起照片看。

那是展天啸出摄影棚时拍到的照片，后景正是郑秋冬。

郑秋冬恍然：曲区长，这是误会。

曲闽京：还有意思吗？再这么玩下去还有意思吗？别跟我说误会，你是什么人你心里最清楚，我提醒你，不要跟你自己闹误会，骗人骗己，我既然说出了覃飞这个名字，你就该知道这意味着什么。我不希望再见到你，离我太太和孩子远点。再骚扰她们，我立刻报警，然后会发生什么，你比我清楚。

郑秋冬彻底没词了，他呆呆看着曲闽京。

曲闽京喝下一整杯茶，掏出钱包，扔下 200 元：我不知道你的真名叫什么，回去转告展天啸，如此下作，我以前高看他了。说完走了。

郑秋冬想站起来，身体却像被抽了筋似的，他扶着腰，使劲站，最终没站起来。

曲闽京的那句话余音绕梁：我既然说出了覃飞这个名字，你就该知道这意味着什么。

郑秋冬直勾勾地看着曲闽京去的方向，良久，慢慢趴在桌子上，双肩微微抽动。

茶馆的工作人员不知所措地看着他。

5. 立交桥上　黄昏外

郑秋冬木然地站在栏杆边。

脚下车流如织。

两个戴红箍的老太太，远远地盯着他。老太太甲对乙：40 分钟了。

黄昏，郑秋冬还在站着，一动不动。

两个老太太和一个片警过来，片警：你好。

郑秋冬谁也没搭理。

片警：需要帮助吗？一切都会过去的。

郑秋冬还是没动。

6. 派出所　夜外

片警带着郑秋冬和罗伊人出来，对罗伊人：有什么烦心的事，帮他化解化解。但愿我们的担心都是多余的，再见了，郑先生。

郑秋冬的手被警察握住，他说：真的，我就是想吹吹风。

片警笑了：我信我信，再见。

郑秋冬转身走了，罗伊人跟上，看着手机：等等，林拜马上就到。

郑秋冬意外：他怎么知道的？

罗伊人：警察也给他打电话了。

郑秋冬喊：有毛病啊，吹吹风呀。

罗伊人仔细看他的眼睛：你哭过？

郑秋冬：没有。

罗伊人有些心疼：你以为我会信吗？

7. 餐厅　夜内

郑秋冬、罗伊人、林拜在吃饭。

郑秋冬慢吞吞地吃着，在想着什么。

罗伊人：以前的事曲闽京是怎么知道的？

林拜：肯定私下查过，他是个多疑的人。

罗伊人：知道他查过，可他是怎么查到的呀，覃飞的事本身就没多少人知道，能把覃飞跟你连在一起的就更少了。

郑秋冬茫然自语：知道就知道吧，既然做了，有什么怕的。

林拜拍了拍他，以示安慰：他有他的资源，总会有办法的。查也不是坏事，说明他对你认真了。只不过查出来的这些个太负面了。（说着他拿起那张照片）太喜剧了，你成了展天啸的人了。

罗伊人：费了这么大劲，都成无用功了？

林拜：可以宣告结束了，目标人一旦跟你对立起来，你拿他就无计可施了。

郑秋冬缓过神来：你的意思是我们该撤了？

林拜：我看到了你的实力，这次只是运气差点。

郑秋冬放下碗：在我的计划表上，这次任务还没结束。

林拜意外：你想干什么？继续？

郑秋冬：没有理由停下来呀。

罗伊人：你已经是骗子了，你是他竞争对手派来给他挖坑的。

郑秋冬：事实上我不是来挖坑的，误会总能解释清楚。就算我以前是骗子，现在不是了，这又怎么了？

林拜示意罗伊人不要跟他争执。

郑秋冬平静下来，拿出手机看着，对林拜：在我的备忘录上，我跟曲闽京夫妇应该还有一次综合阐述的机会。

林拜：你自己想想，这个机会还有吗？

郑秋冬：应该有。曲闽京现在处境很不好，只是他自己不知道，或者知道又不想承认，我必须告诉他这个现实，还要让他承认。不管我最终能不能把他猎走，这件事我必须要做到底。刚才我被打蒙了，这会儿一下清醒了，如果这时候放弃，我们就成了平庸的大多数，不可以。既然指望运气差到家了，那就试一试勇气，不然我跟你俩都交代不过去。

罗伊人：你跟我不用交代，希望你从这件事上快走出来。

郑秋冬：这件事正在进行中，我不想走出来。

林拜：秋冬，不要说气话，现在我很难想象你跟曲闽京面对面的情形，有的误会永远都不会消除的。就算你能努力消除它，有机会去做你的综合阐述，时间呢，合同只剩七天，impossible mission（不可能的任务），没有时间了。

郑秋冬：要是不去想结果的话，我觉得还有很多时间。我现在不再想怎么能猎走他了，只想消除他对我的误解，让他确信我的善意，最终对我有中肯的评价，承认我是个尽职尽责、全力以赴的人就行了，没有其他奢望。

罗伊人看着林拜：也许可以试试。

林拜看着罗伊人，挑起拇指：只有你了。

郑秋冬：不做到这一步，我都恍惚……我是不是个真骗子。

罗伊人：变态，心理阴影。

8. 发布会现场　日内

会场雅致、干净。俊男靓女都是身着正装。

素雅的大背景板上的文字是“邦安富（东亚）Networks 科技园区发布会”。

背景板前，孟董事长和曲闽京交换合同文本，握手。掌声响起，闪光灯闪烁。

孟董事长示意工作人员拿过话筒，请曲闽京讲话。

曲闽京高兴：我就讲一句话，感谢孟董事长把山谷科技园项目拿到我们开发区来，我感到很荣幸，我相信，这项引进必将是双赢的、前途无量的工程。谢谢。

曲闽京再次跟孟董事长握手。

9. 开发区政府餐厅　日内

曲闽京和孟董事长自助餐，孟董事长：土建、给排水、暖通、施工这一块让下面人沟通就行，您就不必再费心了。

曲闽京：已经开了两次会，人都已经安排了。到这一步我的使命就完成了。

孟董事长：哪能，还要经常来指导工作呀。

这时罗伊人从外面走来，孟董事长看见，招手：伊人，来来来。孟董事长，这是我一妹妹，听说今天能见到您，非得来，崇拜您，说要跟您见个面。

曲闽京看到罗伊人，一时没认出来：您妹妹。你好，你好，我又不是明星，有什么好崇拜的。

罗伊人：要是明星我就不想见了，曲区长。

孟董事长：吃了吗？

罗伊人摇头。

曲闽京觉得她面熟。

孟董事长：我给你盛饭去，想吃什么？

罗伊人：随便。

孟董事长走了，罗伊人微笑着看曲闽京。

曲闽京看着她：我们在哪儿见过吧？

罗伊人笑：专家楼，电梯里。罗伊人做出晕倒的样子。

曲闽京想起来了：哦，你就是那个晕倒的……突然，他觉得不对了。曲闽京站了起来，看着罗伊人，又看着远处的孟董事长。

曲闽京：那个郑秋冬是你的男朋友吗？

罗伊人摇头：他那时候非常想认识你，苦于没有机会，求着让我去帮他。

曲闽京警觉：你们给我演戏？

罗伊人：曲区长，郑秋冬是我很好的朋友，我了解他。前天您当面揭了他的老底，他很痛苦，说痛不欲生也不为过。

曲闽京：他以前的那些事你知道吗？有的会吓死你。

罗伊人：我都知道，还有展天啸的那张照片。曲区长，一个过去犯过错误的人，现在真心想做正经事，真心想做，不然不会这么痛苦。您大可原谅他一回。

曲闽京神秘地：他想认识我的最终目的，你知道吗？

罗伊人摇头：他说这是绝密，担心稍有不慎会伤害到您。

曲闽京诧异。这时孟董事长端着饭菜过来，推给罗伊人，看着两个稍显尴尬的人：聊得怎么样？

曲闽京没说话，只是笑眯眯地看着罗伊人。

孟董事长：我得赶飞机了，再见曲区长，工程剪彩的时候，您一定要来视察啊。

二人握手，曲闽京：好的，孟董事长，您慢走。

10. 某僻静处　日外

罗伊人和曲闽京。

曲闽京：他太异想天开了，想把我挖到一家民营公司去，这怎么可能？

罗伊人：这得看您的意愿了。还有，我来不是想帮郑秋冬做说客，只是想消除那张照片的误会，这误会太大了，简直是南辕北辙。他跟展天啸从不认识，那天他想接近展天啸，了解他对换届的态度，被记者抓拍到的，那是他跟展天啸唯一一次见面。

11. 野鹤自驾娱乐会所　日内

林拜和谭絮。林拜：从履历上看，他很可怕，其实不然，我了解他，他是想做成事的人，你这边看到的也都是井井有条的推进。

谭絮：你们也是，大处考虑得那么细致，用人却这么随意。老曲是那么正统的人，你们却派一个这样的人来，不管怎么解释，他对这种人也不会有好感。

林拜：你们的不满我完全理解，但我还是为曲区长和小郑惋惜。我做了这些年猎头，成败的案例都有，猎成的，至今没有一个当事人后悔，没猎成的，却总有人表示遗憾。我们作为局外人，站中间看两端，利弊、高下看得还是客观的。小郑是个优秀的职业经理人，他的眼光、判断还是值得信任的。

谭絮看着林拜，将信将疑。

12. 某僻静处　日外

罗伊人对曲闽京：那算是一次卧底的派遣，他可以轻而易举地从那家银行复制出数据，交给上线，拿 18 万走人，可他还是拒绝了，他不在乎外面怎么看他，他在乎自己对自己的评判。他向我承认，确实动过窃取数据的念头，文件都打开了，工具都准备好了，最后他还是终止了。您知道吗，在他递交辞呈的时候，他的这项秘密使命还没有一个人知道，是他自己过不去自己的坎。

曲闽京怀疑：罗小姐讲的是郑秋冬，还是竹林圣贤呀?

罗伊人：曲区长，您可以从那家银行官网上查到，2013 年杰出职员奖颁给了谁，颁奖关键词是什么，这样的人至少值得信任一次。您是高级管理者，对人对事一定有自己独到的见解。人习惯用道德衡量人性负面有多恶劣，而不是去判断正面有多了不起……

13. 曲闽京办公室　日内

（罗伊人的台词延续到本场渐弱，与郑秋冬的声音渐强衔接。）

曲闽京点开电脑中“法兰西共和国地中海银行”的官网主页。搜索框内输入“郑秋冬”三个字，跳出“2013 年杰出职员奖”，点击红色的 MV 标识，弹出郑秋冬发表获奖感言的画面。

郑秋冬：谢谢各位给予的掌声。在我的成长过程中，有过迷失的时候，有过不能分辨光荣和耻辱的时候。好在后来我走出了迷失，决心做一个明辨荣辱的人。据我所知，这个证书在地中海银行已经有 50 年的历史了，获得它的人刚到 300，我的证书编号是 302。我知道它不是奖励我做了多少贡献，而是奖励我没有为个人获利而背叛大家。在今天，很少有人因此而获奖了，很少有人愿意舍弃利益而捍卫名誉了，这是风气，可我不想随波逐流。谢谢总部从价值观上对我的承认，我对这个证书的另一种理解是：总部想给我提供一个职业亮点，让我在离开这里后，能凭这份好的履历，尽快找到一份工作。谢谢你们展示的人道主义情怀，谢谢总部，谢谢各位。

曲闽京被郑秋冬的讲话打动，起身踱步，抬眼看见郑秋冬送他的那张照片。

14. 曲闽京家　日内

曲闽京回来，看见妻子陪孩子在写作业。见丈夫回来，妻子叹气：你说“春天的夜晚，一个人怀念家乡”，吟出两句古诗会是哪两句？

曲闽京：“举头望明月，低头思故乡”，这难吗？

谭絮把孩子的作业递给曲闽京，曲闽京看：打叉了。问孩子：正确答案呢？

孩子：“春风又绿江南岸，明月何时照我还。”

曲闽京诧异：不写这句就算错？

孩子点头。

曲闽京大喊：荒唐。

女儿吓了一跳，妻子使劲拍打他一下：干吗你？

曲闽京面露无奈，上前抚摸着女儿的头，想说什么却开不了口，最后憋出一句：想吃什么？爸爸给做。

女儿看着妈妈：可以吗？

妈妈点头，女儿从书包里拿出一个简易的奖杯给爸爸。

曲闽京：哇塞，什么奖这是？

女儿：训练营推杆比赛，第二名。你也不去看，你要去看说不定我就得第一。

谭絮看着丈夫。

曲闽京无语：我做饭。

谭絮：出去吃吧。对女儿：我和爸爸说几句话，你写完作业，我们出去吃。

女儿低头写作业，曲闽京攥着奖杯跟妻子进了书房。

15. 曲闽京家书房　日内

曲闽京和谭絮进来，他似乎感觉到了什么，妻子关门。

曲闽京：出什么事了？

谭絮：下午李书记接待夏威夷科技团，对方领队提出，等从成都访问回来想参观你们开发区，李书记第一时间把展天啸召去二号院，让双方见面，交流参观事项。你不必再等结果了。展天啸如果只是企业一把手，不可能参与这样的接待。新区长一定是他。

曲闽京假装轻松地笑，用手擦拭着奖杯的表面：早有传闻，还有人说我要下放去做科技副县长。

谭絮：你真觉得无所谓？还是怕我担心，装轻松？

曲闽京：谭絮，有些事可求，不可强求。咱们谈恋爱那会儿还有人在追你，乔小梁，还有你爸那学生，得有几个吧。我出国前，要是坚持必须结婚的话，可能你会被吓跑，那样我们今天不知道会是什么样。我没强求结婚，后来你是我的了，可我当时很想结完婚再走的，我怕我一走你就是别人的了……说远了，我的意思是，有些事可求，但不可强求。退一步海阔天空。

谭絮：是退一步，还是不作为？

曲闽京：什么意思？

谭絮同情地看着丈夫：现在这样是你以前想要的吗？

曲闽京伤感：日子总不会比想象的更好，不光日子，什么都是。

谭絮：比不上想象的好，要是比现在的好呢？

曲闽京似乎明白妻子的话，一沉：我知道，有人背着我在接触你，他们也接触过我。

谭絮：至少现在我感觉不错。

曲闽京：我怕是个阴谋。

谭絮：图什么呢？

曲闽京：你怎么想的？

谭絮：如果一切都跟他们承诺的一样，会比现在好，对你，对这家。

曲闽京：如果不呢？

谭絮：所以我觉得，你该跟他们进一步接触，你逻辑性强，其实就是要弄清楚一点，会不会出现“如果不”这个局面。

曲闽京似乎心动，小声：他们跟你透露过具体的吗？

16. 某餐厅　夜内

曲闽京夫妇和孩子在吃饭。

谭絮：住房、医疗、保险、年薪这些条件，还有带薪休假这类格式化条款，跟国外规模公司 CEO 级职位相比，高出 12%—14%。关键是他们对你的专业发展规划很细腻。现在都是利诱至上，100 万不行就 200 万，200 万不行就 500 万，股市上有的是钱，谁会在你个人规划上用心，在你老婆孩子上用心。

曲闽京平淡：这些都是投资，另类利诱。

谭絮：可事实是你现在的处境让你不开心，以后可能会更严重。为官理念不一样，挤在一起消极的东西多于积极的，耗什么呢？加上我也觉得不开心，单位家里两边都忙，孩子也不开心，她这种体质……晚上睡觉咳嗽得越来越厉害。

曲闽京看着女儿闷头吃着东西，摸着她的小手。

曲闽京疑惑：他们说没说过，为什么看上我了？以前杭州有猎头接触过我，被我拒了，现在又来了。

谭絮：那个姓林的说，是南国老板点名挖你，他对你的综合能力有过跟踪观察。

曲闽京摇头：跟踪观察？我怀疑这说法，眼下这局面看不清，是个谜团。（转对女儿）云筝，你想去哪儿？

女儿：空气好的地方，医生说的。

曲闽京：国家干部跳槽去民企，这种事放在以前是有些大逆不道的。

谭絮长舒一口气：Times flies. 12 年前你回国，在同学会上喊的这句。现在还是正确的，时代正在改变。

曲闽京：这种事别人会怎么看？

谭絮：别人是谁？

曲闽京无语。

谭絮：怎样有利于发展，资源就会怎样配送。

曲闽京：这也是他们说的吧。

谭絮点头：说得有道理啊。你可以多走一步，听一听他们对这个 CEO 是怎么解释的，就会知道他们为什么看上你。

曲闽京声音压低：实质接触，消息一旦传出去呢？

谭絮抬眼看丈夫，有点没底：他们不会这么不专业吧？

曲闽京：要是被录音、被录像呢？

谭絮觉得有点瘆人：你是这么想的？

曲闽京：他们人员构成很复杂，那个郑什么还有犯罪前科，一点防范也没有那怎么行。

谭絮两难：又不是偷鸡摸狗……唉，不防也不行，你说你是不是有点动心？

曲闽京：好奇，还有，我多少能感受到他们的诚意，只是……这种级别的挖人，一般都是 Top5 的大公司做项目，像 Korn Ferry（光辉国际）、Heidrick Struggle（海德思哲）。这个德聚什么的去年刚成立，就是个铺子，鬼知道靠不靠谱。

谭絮：展天啸应该快就任了，我不想看到你每天苦着脸去上班。

曲闽京沉默。

谭絮：至少我的工作、孩子的学校他们都落实了，短时间做到这些，至少证明很有实力。

曲闽京好像下定决心：可以试试，但需要保密，别说是我同意的，就说是你非要我陪你去，这时候绝不能放低姿态。

谭絮没作声，想了想，拿起手机去了僻静的角落。

女儿看着爸爸——曲闽京看着远处的妻子——谭絮对着电话在说着什么。

女儿玩着爸爸的手机：爸爸，我为什么总是玩不够呀？

曲闽京：不光你，都一样，正常的人都玩不够。

妻子还在通话，朝他这边比画出“OK”的手势。

17. 酒店房间　日内

郑秋冬在窗前来回走动着陈述，林拜盘腿坐在床上，手端一盘水果用牙签扎着吃。

郑秋冬：必须找个带投影的场所。你推荐的这两个地点条件很好，就是太开放，私密性不够，从停车场到 16 楼，至少上百只眼睛会看到他，那会显得我们重视度不够，毕竟他是体制内干部，忌讳要多一些。

林拜：昨天你没说投影的事，你用投影放什么？

郑秋冬：PPT。

林拜意外：你什么时间做的 PPT？

郑秋冬：睡不着觉，每天都会做一点。

林拜佩服地看着：你不进步谁进步？地点的事别着急。（说着掏出手机）我再搜搜。

郑秋冬：我觉得谭絮弟弟那家高尔夫球场还行，里面有很私密的空间。

林拜：没去过，那当然好了，曲闽京在小舅子的地盘上，心里会更放松。

郑秋冬：就那儿了，一会儿我跟那家伙联系租房。

林拜：租了还要布置，里面什么样我们都不知道。

郑秋冬：当然了，一定要按我们的要求布置，而且还要快，曲闽京今天答应，说不定很快会后悔。

林拜：我马上去租投影设备。

郑秋冬：不光设备，沙发、茶几、茶具、茶叶、茶点、烧茶壶和水，窗帘颜色、空调温度、卫生间的陈设、熏香的味道等等，这些细节一样重要，甚至比 PPT 更有亲和力。

林拜：曲闽京喜欢什么茶？

郑秋冬：安溪正枞，他喜欢用盖碗泡。

林拜用手机记着：谭絮喜欢什么香型的精油？

郑秋冬：迷迭香，这个我一点都不懂，你呢？

林拜：熏香呀，几乎懂。

郑秋冬：你得请你夫人帮忙，她懂。

林拜逗他：她，你怎么知道她懂？

郑秋冬：她在网上写过，她去法国帮朋友买过，还发表过评论。

林拜夸张地看着他：这你都知道？我老婆喜欢什么香型？

郑秋冬想了想：薰衣草。

林拜愕然：好吧，继续。

郑秋冬：采购、布置的工作量很大，让总部的小金他们做点什么？

林拜想了想摆手：一概不用，一字不提，绝对保密。说着开始用手机编辑信息：OK，还是我通知谭絮，让她弟弟找房子。

郑秋冬还在想着什么：有一点我大不理解。曲闽京认准我是展天啸的马仔，还知道覃飞，臭骂我一顿，这事就过去了？这个结不是那么好解吧，就凭他老婆吹吹枕边风，我就不是骗子了？

林拜：你觉得，他对你的怀疑解除得太轻易了？

郑秋冬：没错，这里少了环节，应该还发生了我们不知道的事，他不会这么不可理喻呀。

林拜意味深长地看着郑秋冬。

郑秋冬：看我干什么？你见过他？

林拜：不是我，是她，女她。

郑秋冬试探：罗伊人？

林拜点头。

郑秋冬乐了，接着又觉得不对：那也不对呀，她跟我是一根绳上的蚂蚱，曲闽京怎么会相信她呢，那天的戏是我俩联袂出演的。

林拜：伊人的面相、人品比你好吧。

郑秋冬：那是，我是十恶不赦。

林拜：伊人的人缘比你好吧。

郑秋冬：啊，人见人爱。

林拜：关键是，她给曲闽京讲了个故事，看了段视频，曲闽京才改变了对你的看法。

郑秋冬：什么故事？

林拜：你在地中海银行卧底的故事。

郑秋冬：视频呢？

林拜：获奖感言，有链接的。

郑秋冬恍然：明白了。就是说，人还是要干好事的。

林拜：当然。哎，熊青春拜拜的事，你为什么不告诉她？

郑秋冬：你装糊涂吧，人家有男朋友，而且是红尘看破后的患难之交，我怎么说？我说熊青春已经离我而去，这不找事吗？

林拜：一个信息而已，没有任何附加。如果她是因为看到你跟熊青春幸福恩爱而心灰意冷，找个老实人托付一生，无欲无求了呢？

郑秋冬不太有底气：那又有什么不好呢。

林拜：看着旧爱找到真爱，真是心如止水？

郑秋冬伤感：说没感觉那是骗人，说感觉多强也不是。修成的缘分抢不来，我俩只能阴差阳错了，罗伊人注定是我的病，成不了我的人。

林拜挠着额头：她去云南了，我差点把你跟熊青春的事说出来，今天通话的时候。

郑秋冬：说也不会有意义，只会加一堆不舒服的心理垃圾。

林拜：那人去云南拍电影，她去探那个人的班，起飞前让我告诉你，曲闽京答应了再见一面。

郑秋冬自言自语：谢谢她。

林拜：你俩这算什么，做情人的命。

郑秋冬情绪低落：要说情人，也就是同情的人吧。（他叹气，话题一转）哎，你跟你太太是情人夫妻那类的吧。

林拜：哟，这你也知道，我老婆总觉得我像她情人。

郑秋冬闭上眼睛，嗅着空气：你多骚呀。

林拜抬手一扔，一片火龙果贴在郑秋冬的脸上。

18. 某高尔夫会所　日外

欧洲城堡式建筑，树荫掩映。

19. 会所内某房间　日内

林拜和野鹤架着梯子在安窗帘，窗帘素雅洁净。

林拜给打包的沙发打开包布。

野鹤调换房间的灯泡，打开感觉亮度。

林拜安装投影仪、投影幕。

野鹤询问林拜，在茶几上摆设茶具。

林拜点燃熏香，闭眼闻着。

20. 酒店房间　日内

郑秋冬在修改着 PPT，精心设计幻灯片动画。

精心制作着“上交所创业板发行股票正常审核状态企业基本信息情况表，深圳南国时代创新股份公司”。

修改着“南国时创集团的企业文化”。

修改着“CEO 职责”。

1. 企业管理、工商管理、行政管理等相关专业

2. 接受过 MBA 职业培训，接受过领导能力开发、战略管理、组织变革管理、战略人力资源管理、经济法、财务管理等方面的

3. 8 年以上工作经验，5 年以上本行业或相近行业管理经验，2 年以上高层管理经验

4. 具有卓越的领导能力、人际交往和社会活动能力

5. 善于协调、沟通，责任心和事业心强

修改着“定期向董事会报告业务情况”。

修改着“对外签订合同或处理业务”。

修改着“提交年度报告”。

……

第 26 集

1. 酒店房间　日内

手机响，显示是罗伊人的微信。点开，听。

罗伊人：我到云南了，曲闽京改变对你的态度了吗？

郑秋冬回复：改变了。答应再见一次面，成败在此一举，无论结果如何，感谢你！

罗伊人：为什么感谢我？

郑秋冬：别瞒我了，林拜都给我说了。曲闽京是个老辣的人，把我老底摸得清清楚楚，那几天我真绝望了。

罗伊人：有什么可绝望的，不就猎个人嘛。曲闽京发短信给我，说是你的获奖感言击中了他。善有善报，要谢就谢你自己吧。

郑秋冬感动：好，不言谢了，晚安。

刚放下电话，电话又响，是林拜的视频。疲惫的林拜：布置得差不多了，你看看。

手机镜头慢慢移动，展示着房间陈设。

郑秋冬：室内温度？

林拜：24℃。

郑秋冬：窗帘颜色不错，跟他家客厅的很像，费心了。

镜头里出现了电脑连接的投影仪。郑秋冬：投影试过吗？

林拜：试过，没问题。

郑秋冬：很好，我看着都想过去坐坐。辛苦了，大哥。

林拜出现在镜头里：拜拜，睡去。

郑秋冬走到衣架边，看着整洁的皮鞋、挂在衣架上的熨好的西装、挑好的领带、手表、电脑、数据线、激光笔。

2. 高尔夫球场　日外

安静，满眼苍翠，偶尔传来清脆的击球声。

整个场地没有客人，只有谭絮的弟弟野鹤在漫不经心地练习一号木开球。

郑秋冬的车从林荫道上缓缓驶出。

野鹤看了眼车，看了眼表。

车在会所门口停下，郑秋冬、林拜下车，远远地向野鹤招了招手。

野鹤挥了挥杆。

3. 会所内房间　日内

郑秋冬嚼着口香糖，他把电脑接上投影仪，调试着。

林拜点燃香熏蜡烛，从窗帘缝隙看着外面：应该到了。

4. 高尔夫球场　日外

远处，曲闽京的车从地平线下冒了出来。

野鹤看见，停止挥杆，看着。

曲闽京的车慢慢驶来。

车内一身打球服装的曲闽京和谭絮。

谭絮看到不远处郑秋冬的车：他们已经到了。

曲闽京朝野鹤方向开去，警觉地张望：先不过去。

车停在场地边，谭絮背着女儿的球包和女儿下车，朝野鹤走去。

曲闽京下车，慢悠悠地打开后备厢，拿出他的球包。

5. 会所内房间　日内

郑秋冬和林拜凑在窗缝处看着外面。

曲闽京朝球场走去。

郑秋冬：还是不放心，不敢直接过来。

远处，曲闽京夫妇跟野鹤说着什么，不时朝这边看看。

林拜看着：没办法，这是视频监视下的社会，小舅子会告诉他这儿没别人。

野鹤摆着手，示意没来别人。

郑秋冬：你没跟小舅子说跟他姐夫谈什么吧？

林拜：没说，没说他也应该能猜个八九不离十。过来了。

曲闽京夫妇朝这边走来，野鹤带着外甥女在打球。

郑秋冬慢慢合上了窗帘，把嘴里的口香糖吐在纸里，包起，闭上眼睛，像是对自己，小声：打起精神，奥斯特里茨，成败在此一战。

林拜：我锁定他眼神，内心有变化，给你即时建议。

郑秋冬梳理着头发，OK 的手势。

门。

走廊传来脚步声，缓缓地由远及近，尤其是女人的高跟鞋声。

门。“当当当”。

林拜前去开门，郑秋冬来到门口。

门开了，曲闽京夫妇略矜持地站在门口。

林拜：请进，曲区长、谭老师。

曲闽京夫妇进来，扫视着房间。

郑秋冬把手伸向曲闽京：曲区长，谢谢您能来，没把我一棒子打死。

曲闽京握手：不客气，你女朋友怎么没来？

郑秋冬：她去云南了，对不起，她不是我女朋友，普通朋友而已。

曲闽京一怔：普通朋友？她怎么肯为你做那么多事？

郑秋冬：她热心肠。

林拜倒好茶，把盖碗递给曲闽京：曲区长，这茶喝得惯吗？

曲闽京接过闻了闻，品一口：喝得惯，红芽歪尾桃，很不错的。

谭絮接过茶，嗅着空气：这屋的香熏是一直有的，还是你们选的？

林拜：这是郑经理专为您选的，他在您微博里看到您喜欢迷迭香香型的香熏，这茶也是，“宾至如归”

说来容易做到难。

谭絮和曲闽京诧异地看着郑秋冬。

郑秋冬：二位请坐吧。曲区长，展天啸那张照片的事是个天大的误会，事实是林经理有个同学在电视台，他们做节目有个采访计划……

曲闽京放下茶碗：不说这事，罗小姐跟我解释过，这也太巧了。进入正题吧，不过有言在先，我只是陪太太来听讲，想听听你们是怎么研究我的，并没有想离开现职的意思。

郑秋冬：知道。我想先从南国集团开始，看看它是个什么样的企业，前景会怎样，您和南国集团彼此有多适合。请看。

郑秋冬打开投影，上面是一张 PPT 表格。

郑秋冬：证监会发布的 11 家 IPO 预披露企业名单，南国时代创新股份公司拟在上交所上市。从已披露的招股书来看，它的主承销商和法人股东……

曲闽京举手：这些我都研究过，企业前景、项目题材都不错，主营收入也稳定，过会应该不是问题，不用介绍了。我想知道网上看不到的。你可以重点介绍金融战略，这是他们未来的主战场，现在从公开媒体上看到的不多。

郑秋冬：好的。南国时创目前的实质举措几乎都是 IPO 之后的战略。这是在整合旗下四方面资源的同时，全新的南国将推出的南国金融云服务。请看，这是九家知名金融产品解决方案提供商，因目前特殊时期，企业名称暂时隐去，南国与他们的战略合作方案已经完成。基本合作内容是为各种金融机构提供 IT 资源和互联网运维服务，银行、基金、保险、证券等等都涵盖其中，并提供与南国关联的第三方支付平台的标准接口和沙箱环境。请看这个图据，南国的布局已经渗透到对安全系数要求极高的金融领域。

林拜专注曲闽京的反应。

郑秋冬：仅从这一方面来看，框架大于内容，显得笼统，南国请您出马的理由似乎不够充分。请看这边。

林拜给谭絮续水。

曲闽京开始关注。

郑秋冬：在中国，很多城镇中小银行、基金、证券机构都没有四大行的实力，很难独立提供高级别互联网金融服务。OK，南国金融可以为他们实现网上交易支付的功能，模拟数据显示，支付下乡的速度远远超出传统预期。

曲闽京：基层构思呢，比如农村、乡镇。

郑秋冬更换 PPT：这正是我要介绍的，区域银行实现快速低成本网上交易，一下打通了农村电子商务发展的瓶颈。农乡富是南国金融下的二级平台，它专注农村乡镇垂直互联网金融平台，是集 P2P/P2C 模式、众筹模式、资产处置模式于一体的中介平台。业务主体是供应链金融和合作金融，这项业务马上就将开展起来。

曲闽京：具体的开展计划？深入县、乡、村的思路？

郑秋冬：计划、思路都已经有了，但还没有最合适的统领者、执行者。

谭絮看了眼曲闽京，曲闽京声音降低：那就说思路吧。

郑秋冬：在未来的两到三年，加大投资，建立 500 至 800 个县级运营中心，一万个乡镇联络点，五万到八万个村级服务站，这一思路与三、四线城市的拓展在战略上是并行的，基础的人才团队和业务骨干已经完成招聘，只等统帅到位上马。

曲闽京听得投入：加大投入是什么概念？50亿？100亿？

郑秋冬：所以说南国现在需要您，很多金融理念、战略还需要论证。蓝图是宏伟的，但绘制还没有完成。

林拜凝视着曲闽京，片刻起身，过来给郑秋冬倒水，小声：该谈海外了。

郑秋冬：在秘密开始的海外布局中，南国与一家位于加州山景城的美国互联网企业，24小时前达成合作意向，该企业到今天为止，已经拿下美国22个州的金融业务执照，这一步骤还将继续，六个月内有望全美执业。南国将通过股权收购的方式接入美国的金融产品比价服务，帮助用户购买理财、保险等产品。以美国金融产品比价服务为介质，在欧洲有望实现为用户提供超过120种互联网金融产品的比价服务，保证欧洲用户通过互联网或手机可以低价买入，不仅金融产品，甚至酒店预订、交通工具票务预订，都可以享受该互联网的比价服务，南国将是站在他们背后的大股东。

曲闽京：ECB（欧洲央行）有个网银监管的一致性呼吁，由此衍生的“初始国”规则，他们知道吗？

郑秋冬感到诧异，敬佩地点头：对，它替代了“注册国和业务发生国”的旧游戏规则，他们知道。看来曲区长虽然身陷庞杂事务，依然眼观欧美大局，南国的人确实好眼力啊。

曲闽京：南国认为我有能力掌管这样的大盘，根据何来？

郑秋冬：来自一个故事。

曲闽京夫妇显然来了兴趣，倾听。

林拜看到这一细节，从腿的一侧，朝郑秋冬竖了下拇指。

郑秋冬看到了他的鼓励，继续：去年在旧金山，南国的老板在酒会上见到了一个叫贾马尔的人，那是在Lending Club年庆会上，这个贾马尔向南国的老板提到了您。贾马尔，曲区长有印象吗？

曲闽京听到贾马尔有反应：当然，哥大的校友，昆西·贾马尔，Lending Club发展他做出很大贡献，谢谢他还记得我。

郑秋冬：那天巧得很，在同一场合，保圣娜负责北美的一个人力资源顾问，叫康平川介，他就把……

曲闽京诧异地张大了嘴。

郑秋冬：您想起来了。

曲闽京：去年还来过北京，在开发区住了一段时间，我接待的。

郑秋冬：对，日本财界团访华。在那样的场合，两位不同寻常的人都说起了您，让南国的高层不得不诧异，因为他们去美国的目的，正是想找到偏强金融的CEO。那位雄心勃勃的创业大佬回国之后，第一件事就是找您，直到现在。

曲闽京没再说话。

林拜其间密切关注着曲闽京的反应，起身再次给郑秋冬倒水，小声：别停，追问。

郑秋冬：我说了这么多，曲区长还有什么想进一步了解的吗？

曲闽京沉吟片刻：你说的这些是你学的专业吗？

郑秋冬：学过一些，但没这么具体。

曲闽京：功课做得不错。坦率地讲，你让我对南国产生了兴趣。

郑秋冬：谢谢曲区长认可。我觉得促使您产生兴趣还离不开一个客观条件，尽管您现在很不想提及它，但我想再做一次表述，这个客观条件就是您在开发区面临的现实，这里现在气候土壤都在变，变得渐渐不适宜您了。班子变了，排名、人事、分管都将面临新的布局，包括对您可能的新安排，全市三位挂职科技副区县长两年任期都到了，下周回来述职述廉，他们的继任者会是谁？

谭絮看了眼丈夫：别小看传言。

曲闽京抱着双臂看似很平静：我想的不是这些，我还不是那种庸俗的人。

郑秋冬：为官一任，都希望大有作为，都希望获得晋升，这是人之常情，也是官场的活水之源。可对您来讲，失去这次机会，或许意味着会失去很多，包括失去了在 *Fortune* 上发表学术文章的能力。我们，包括您太太和所有关心您的人在内，担心不久之后，一个不起眼的学术机构，一个 90 后的小编辑对您说，对不起，以后请不要再向我们投稿了……这不是危言耸听，后生确实可畏，尽管十年前您就在 *Journal of Finance* 发表文章。曲区长，有的退步是不能接受的。在这里我和我的同事、您夫人、南国集团都在呼唤金融的曲闽京、学术的曲闽京、创业的曲闽京能满血回归。

郑秋冬再次将 PPT 换页，上面是教室讲台：这对您的家庭也是一个很大的改变。谭老师以现有职称平调深大外语学院，从坐班的现状中解放出 60% 的时间，这对于孩子和您都是十分珍贵的。说到孩子，我想说说她的特禀体质。郑秋冬更换 PPT 画面，请看这是近三年深圳和北京空气质量对比，小云筝的体质和她对户外运动的喜好，这些……我就不用说了。总之，您现在面临的是一个有百利而无一害的人生选择，请曲区长和谭老师慎重考虑。260 万年薪先不去说，未来的南国集团确实是一个大好平台，机会真是难得。曲区长，您可以仔细考虑，但要早下决心，现在信息渗透很快，我们跟南国签约的时间只剩五天了，确实面临着前功尽弃的风险。一些嗅觉灵敏的猎头公司已经开始介入，还有至少四到五家基金管理公司、券商投行的高级管理团队开始向南国投送资料。其中包括香港汇丰的 Michel Gun。Michel Gun 曲区长是认识的，他也是您在哥大的同窗。

曲闽京诧异地点着头。

郑秋冬语重心长：我现在理解什么叫同侪压力了。如果曲区长有进一步接洽的愿望，南国的老总随时可以来北京跟您单独面谈，那时候，所有的承诺都将以文件、合同的方式确认下来。

曲闽京站起身来，面色凝重，慢慢走到窗前。

窗外隐隐传来孩子的欢叫声，他撩开窗帘，看到场地里，女儿和舅舅在说笑。

谭絮想说什么，林拜轻轻摇头。

郑秋冬看着曲闽京的背影，他有些紧张，拿激光笔的手在颤抖，地面上的激光点在颤抖，郑秋冬额头上的汗。

曲闽京回头，露出强作的轻松：可以见一面，广交朋友嘛，时间你来安排。

郑秋冬紧绷的神经一下松开了，不禁长舒一口气。

林拜也惊讶。

曲闽京似乎有些不安。

谭絮走到曲闽京身边，用手轻轻摩挲着他的后背：别紧张，别紧张……

郑秋冬眼眶不禁湿润，一手抖动衬衫，释放里面的热气，一手擦汗。

林拜默默过去，慢慢关掉投影开关，收拾着郑秋冬的笔记本、数据线……

郑秋冬松了松领带，对曲闽京：安排好了，我们通知谭老师。

谭絮看向丈夫，曲闽京微微点头。

6. 机场　日外

大型客机正在降落。

7. 机场接机大厅　日内

涂方至拄着拐杖走来，两名西装革履的秘书陪同。

郑秋冬和林拜恭候在这儿。

林拜对涂方至：涂总，我们是特慧专猎的，在深圳跟您见过。

涂方至满意地看着，伸出拇指：见过是吧，一级棒，你就是郑秋冬？

林拜指着郑秋冬：我不是，这位是郑秋冬。

涂方至拍着郑秋冬肩膀：你敢半夜三更打我的电话，一级棒。

郑秋冬：这个案子是林拜和我一起合作的。

涂方至看着林拜：都比袁昆强，他该给你们打下手了，哈哈哈。

8. 郊区公路　日外

高级商务车行驶着，后面跟着两辆黑色高级轿车。

商务车内郑秋冬向涂方至介绍着：涂总，咱们现在去延庆，我们选定的是一家山区的农家乐。时间定在周末是因为曲闽京平时太忙，没有整块的时间。

涂方至：周末在农家乐见，是曲闽京的主意吗？

郑秋冬：他倒没有强求，是我们觉得安全比什么都重要，他不是一般的目标人，我们必须为他着想。

涂方至侧身，认真看了郑秋冬一眼。

郑秋冬：涂总，在整个过程中，我和林经理有一点不解，一直很受困惑。

涂方至：什么不解？

郑秋冬：既然曲闽京是您同班同学，为什么我说您名字他却一点不记得？

涂方至：哦，这事呀复杂了。我祖籍是广西平南，太平天国豫王胡以晃，听说过吗？

郑秋冬：石达开的战友。

涂方至再次看了眼郑秋冬：对，胡以晃就是平南人。我老婆是广东雷州人，这两个毫无关系的地方，可都有个共同点，而且根深蒂固，就是同姓的人不能通婚，是姓名的姓，不是性别的性哦。老风俗，两个家族的人很坚持的。我太太和我都姓李，我本来叫李佩乾，这个名字曲闽京一定知道，赔钱，赔钱，这名字做生意也忌讳，所以三年前，我就连名带姓一起改了，跟娘家姓了，既为我老婆，也为做生意。听明白了吗？

林拜恍然：明白了，涂总现在这名字是请大师起的吗？

涂方至大笑：林经理，你还没看出来呀，我就是大师呀，我自己给自己起的，涂是娘家大姓，涂方至，难得糊涂，方能之至啊。

郑秋冬：我说呢，我猜曲闽京一定把南国集团研究透了，也没发现涂方至是何方神圣。

涂方至哈哈爽笑：意外收获，我可不是故意躲他呀，意外收获。

9. 山村／停车场　日外

商务车停了下来，郑秋冬、林拜陪着涂方至下了车。

林拜：涂总，前面这家都收拾好了，您先休息一下。我们去看看曲闽京。

涂方至挥着拐杖：我不累，到这儿了就不用再等了，直接，我去见他。

郑秋冬严肃：不行，涂总，您现在还是我们的客户，目前的安排还要听我们的。

涂方至似有不快：好，好，那就听你们的。

郑秋冬对林拜：你先陪涂总，我过去看看。

10. 农家乐室内　日内

林拜陪着涂方至进来，农家乐的房间布置得像一个化妆间，带灯管的镜子、吹风机、润肤洗面用品一应俱全。

洗剪吹人员齐备。

林拜指着镜子前的椅子：涂总，请。

涂方至：什么意思？

林拜：您现在代表的是我们的客户方，为了最完美的效果，我们需要做好一切准备。

涂方至看着一边备着的锃亮的皮鞋和熨好的西装：打扮我？

林拜：都是定制的。

涂方至这会儿终于收起了嘻嘻哈哈的样子，敬佩地看着林拜：我心生敬意，听你们的吧。

涂方至坐下，理发师把白布围上。

林拜拿走拐杖：涂总，一会儿见面，这个就不带了吧，太盛气凌人了。

涂方至斜眼看着林拜：过分！

11. 农家乐院落　日外

角落里房东在烤全羊。

郑秋冬端着一个塑料箱进来，放在房东身边：都是酒，我告诉你这些酒的名字。

12. 农家乐室内　日内

曲闽京和谭絮等在这里，女儿在吃嫩玉米，看电视。

透过窗户，看见郑秋冬跟房东说完，径直进屋：曲区长、谭老师，久等了。

曲闽京看着院外：不客气，从机场过来，就你一个人？

郑秋冬：涂总一会儿就过来，他一来，我们就回避了，你们就可以畅所欲言，无禁区地谈。

曲闽京：他可以全权代表南国时创？

郑秋冬：绝对可以。

曲闽京：可他并不是南国时创的法人。

郑秋冬：南国时创集团的法人现在是他父亲李扶楠，南国集团是他父亲和他一手创立的，真正的经营权在他手里。这位涂方至还是您大学同学，你们还可以叙旧。

曲闽京：你说过一次，我一点都不记得了。

郑秋冬：因为他以前不叫这个名字，涂方至是他后来改的。他之所以没有以老同学的身份出面请您，是怕让您为难，也怕被您当面拒绝。他这些年一直在关注您，可以说是最了解您的人，所以我们就省略了一切考察，也没有第二、三人选的预案。

曲闽京很感兴趣：改过的名字，究竟是谁？

郑秋冬：一会儿他来了，您就知道了。他为了不让您为难，一直没透露原名，应该是个很好的合作者。

曲闽京显然很纠结：我们同学做生意的很多，会是谁？这时候跳出个老同学，让我好紧张。

这时，院门打开，林拜陪着修整一新的涂方至及一拎包秘书大步进来。

郑秋冬：他来了。说着往外走，曲闽京夫妇也跟着出来。

13. 农家乐院落　日外

涂方至迎面遇上从屋里出来的郑秋冬、曲闽京夫妇。

涂方至上前握住曲闽京的手：闽京，没想到吧？

曲闽京：佩乾。是你呀，你可太能藏了。我说呢，我跟南国老板素昧平生，他为什么这么看好我，原来是你呀。

涂方至：是的，挂名的是我老爹，我是真正的老板。哈哈哈。这是曲夫人吧，你好啊，我大他一岁，就叫你弟妹吧。

谭絮：你好，涂总。大家寒暄握手。

一旁的郑秋冬、林拜满意地看着眼前热闹的一幕。

郑秋冬：各位领导，请里面坐吧，我们就不进去了，你们谈。

林拜对曲闽京的女儿：云筝，跟我们去吃冰激凌，好吗？还有蛋糕。

女儿看了眼妈妈，妈妈：去吧，听话。

郑秋冬对秘书：有需要打电话。

涂方至拍着郑秋冬和林拜：谢谢了，剩下的事交给我了，你们是我见过的最专业的猎头，谢谢。

曲闽京只是朝这边轻轻点头表示敬意。

隔着窗户，涂方至和曲闽京夫妇喜笑颜开地说着。

与窗口画面相叠化的画面：

一、年轻的曲闽京、涂方至和同学们身穿运动服驰骋绿茵场。

二、浴室里，曲闽京、涂方至等同学用脸盆互泼水。

三、宿舍走廊，迎面走来女生，曲闽京、涂方至等男同学，用脸盆挡着下身，跟她们打招呼。

四、曲闽京、涂方至等同学跟其他人在打架。

五、图书馆，涂方至跟一女生套磁，人家起身离开，曲闽京捂嘴在笑。

黄昏，房间已经亮了灯。这时的气氛就不再是欢快的了，而是严肃认真的。

桌上摆好打开的笔记本，涂方至指着电脑说着什么，曲闽京夫妇在看在听。

夜晚，室内灯光通明。

曲闽京在讲着不开心的事，夫人边说着还抹着眼泪。

涂方至秘书从包里拿出一些纸质文件，给二位看着。

14. 另一农家乐　夜内

郑秋冬和林拜不安地等着，曲云筝在吃蛋糕，看着电视上的高尔夫比赛。

郑秋冬无聊，问曲云筝：这个，世界上最好的女高尔夫球员是谁?

女孩目不转睛看着电视：劳伦娜·奥查娅。

郑秋冬蒙，看林拜。

林拜迅速打开手机，搜索：叫什么?你肯定说错了，我们怎么没听说过?

女孩：我没错，她以前在观澜湖拿过冠军。

郑秋冬看着林拜，林拜边查边苦笑：对，叫劳伦娜什么?

电话响，郑秋冬急忙看：是房东，喂，谈完了吗?开饭了?要酒了吗?什么酒?太好了，上烤全羊。

林拜停下手，紧张地看着他。

郑秋冬脸上露出微笑，挂了电话：他们要了香槟，香槟——

女孩被叫喊声弄得莫名其妙。

林拜保持沉稳：胜利在望。

郑秋冬激动，茫然看着电视上，空中飞行的小小高尔夫球：这个摄影师真了不起，球那么小，抓得真准。

女孩扭头看着他：猎头是不是……就是这样的?

郑秋冬盯着小姑娘：对，你说得很好。

林拜看着手机，假装早知道：哦，你说的不就是劳伦娜·奥查娅，我早就知道，那个墨西哥人嘛。

女孩：少来，你刚查的。

15. 曲闽京农家乐 / 郑秋冬农家乐　夜内

嘭的一声，香槟打开。

一桌丰盛的农家菜，还有烤全羊。秘书给每只香槟杯里倒上。

谭絮惊叹：太不可思议了，农家乐还有 Dom Pérignon（唐培丽农），Baccarat（巴卡拉）的香槟杯!

曲闽京看着：还真是，怎么会有这些?

涂方至把倒好酒的酒杯递给曲闽京夫妇：这说明此次会面注定是值得庆贺的，不然农家乐怎么会有香槟呢。来干杯!

三人碰杯，干杯!

曲闽京品着香槟：这酒不会是农家乐的，存放得很好，应该是猎头公司那两个家伙准备的。

涂方至：一定的，两个专业 HR，做事周到，逻辑内行事。

吃着全羊。

曲闽京：你这次委托的猎头公司很不可思议。我算了一下，从这个郑秋冬和罗小姐第一天跟我接触到今天，也就是两个多星期。而这两个星期里几乎每一步都是障碍，我感受得很清楚，你真是找对人了，他们全力以赴了。我们的员工要都这样干，何愁蓝图不成真啊。

涂方至已经拨通了电话：喂，小郑，我跟闽京已经谈完了，很顺利，你们过来一起喝一杯吧。

郑秋冬：涂总，我由衷为你们高兴。今天是你们老同学叙旧的时候，也是一起开启未来的时候，我们就不过去了，你们尽兴吧。以后喝酒的机会有的是，祝贺！

涂方至无奈：那好吧，等一等。（说着他把电话给了曲闽京，曲闽京接过电话）谢谢小郑，你很了不起，误解这么深，你还能促成今天这局，我佩服你。

郑秋冬：曲区长过奖，我没您说的那么睿智，委屈谁都有，但不能因小失大，您说呢？

曲闽京：是这个理。哦，顺便问一下，我们这儿的香槟还有香槟杯是哪儿来的？

谭絮似乎更在意这个问题。

郑秋冬：是我们提前准备的，预计这会是完美的一天，有了香槟才会记忆深刻，不留遗憾。

曲闽京感触：谢谢，不多说了，我相信你会事业成功。再见。（说完挂了电话，感慨）他们说不过来了，把时间留给我们，还说了些祝福的话。

谭絮：这香槟……

曲闽京：确实是他们早有准备。

谭絮给大家倒香槟，感慨：我以前觉得做猎头就是挖墙脚，这俩人还很靠谱的，做事入情入理。

曲闽京一饮而尽，对涂方至：这次跟猎头这几番交手，留给我印象深的是两句古诗，“疾风知劲草，智者必怀仁”。

涂方至：哈哈，弟妹，闽京诗兴大发了，趁他还在兴头上，我来安排一下，下周末你们一家三口去深圳考察，去公司看看，还是那句话，不管你们喜不喜欢，南国就在南国。

曲闽京夫妇举杯：谢谢。

16. 高速公路　日外

商务车、曲闽京的车、涂方至随从的车，一行四辆车驶来。

商务车里，涂方至对郑秋冬和林拜：没想到要费这么多周折，好在有个满意的结局，曲闽京对你们的评价很高。

郑秋冬：那我可以理解成他已经答应了。

涂方至：这么大的事，急不得呀，现在需要的不是结果，而是态度。

林拜：涂总，我只想问一句，曲闽京做出实质性的承诺了吗？

涂方至：没有直接承诺，这算不算呢？他说他早就想换个活法，现在该是下决心的时候了。他说他身处在巨大的失望中，迎面却飞来了更大的希望。这算不算承诺呢？我认为这就是承诺，他的心已经生出翅膀来了，飞是挡不住的了！谢谢二位，你们的任务完成得很精彩，猎头教科书也不过如此了。

郑秋冬、林拜满意的神情。

曲闽京的车内，后座的女儿问妈妈：去了深圳，我们是不是要学粤语？

谭絮：不用，香港都说普通话了，就别说深圳了。

曲闽京开着车，得意：哎，云筝，爸爸会说粤语呀，可以教你。

女儿不信地看着妈妈：说几句我听听。

谭絮：你爸说胡话呢，他哪会粤语。

看得出曲闽京心情十分好，他用粤语唱着《千千阕歌》：徐徐回望，曾属于彼此的晚上，红红仍是你，赠我的心中艳阳，如流傻泪……

车队在快速行进中。歌声在空中飘扬……来日纵使千千阕歌 / 飘于远方我路上 / 来日纵使千千晚星 / 亮过今晚月亮 / 都比不起这宵美丽 / 亦绝不可使我更欣赏 / 都洗不清今晚我所想……

车队转过山弯，眼前是城市全景。

第 27 集

1. 酒店郑秋冬房间 / 电影拍摄现场　日内

郑秋冬在收拾着东西准备离开，衣物放进拉杆箱，最后还剩下耳机，他拉开行李箱侧兜塞进去，看见里面《挪威的森林》的书脊。

郑秋冬犹豫了一下，拨通电话。

片场，罗伊人看着于成飞跟一女演员演爱情喜剧，眉目传情之际，一盆水从头顶泼下来，浇得他和女演员成了落汤鸡。

华导大喊：停，换衣服再来一遍。眼神不要太含蓄，要狗血的，粗俗的，不够电光石火，"咔咔咔"那种。导演开始跟两个演员说戏。

罗伊人看了眼手机，匆匆去了僻静地方接听电话：喂。

郑秋冬：你那边干什么呢，这么热闹？

罗伊人：云南探班，在他拍电影的现场。

郑秋冬：电影？进步神速呀，从儿童剧到演电影了。

罗伊人：怎么想起打电话了？

2. 首都机场候机厅外廊 / 拍摄现场某处　日外

郑秋冬拖着行李走来，通过耳机在通话：我今天要回杭州了，跟你说一声。

罗伊人关心：哎，那事最终结果怎么样？你回去是凯旋还是落荒而逃？

郑秋冬真诚：你是幸运女神，有你保驾，当然是凯旋。谢谢，真心的。

罗伊人惊诧：真的，哎哟，那区长不苟言笑的样子，我以为他铁石心肠呢，你们真行。不错不错，终于见到你做成了件大事。

郑秋冬：终于？我混得也太惨了。不过这次这案子几乎把我练残废了，也是差一点就溃不成军了，有几天也是咬牙硬扛，算了，不表扬自己了。伊人，再次感谢。

罗伊人：别客气，咱俩谁跟谁呀。快回杭州吧，在北京累了 20 多天，回去让熊青春好好伺候伺候你。

郑秋冬低落：伺候啥呀，一直没跟你说，我跟她已经分手了。

罗伊人意外：你说什么？

3. 飞机　日内

郑秋冬：我和熊青春已经分手了，四个多月了，她人已经去英国了。

罗伊人茫然：为什么没说。

郑秋冬：怎么说？到这年龄了，也不觉得一次分手是多大的事，到处絮叨给人听，就像孩子撒娇邀宠。

罗伊人一丝失落：你被女人惯坏了，莫名其妙地爱面子。

郑秋冬：这样说我真觉得委屈，我的感受是相反的，是我总把女人惯坏。

罗伊人：为什么要加个"总"字，别包括我，你没惯过我。

郑秋冬难过：不包括，不包括，我是让你大受委屈的人。空姐经过，示意郑秋冬关机。

郑秋冬：要起飞了，到杭州再说。

4. 杭州机场 日内／某拍戏现场 日外

郑秋冬戴着耳机走出机舱，经过通道：……我就是觉得，对一个女孩说我跟女朋友分手了，就有向这个女孩表白的嫌疑。

于成飞依然在后景拍戏，抱着一女演员转圈。罗伊人小声调侃：你就这么吝啬，表白的嫌疑都不愿暴露？你就不能让人家心里满足一下了？

郑秋冬：不是，我……

罗伊人笑：不逼你了，“吭吭哧哧”的倔老头。哎，分手原因呢？

郑秋冬：因为她前男友杀了回马枪，死灰复燃，带她去英国了。

罗伊人感触：死灰还能复燃，真稀罕。

郑秋冬：我总能遇到真稀罕的事。

罗伊人：五脏六腑都伤透了吧？

郑秋冬：有一阵儿。

5. 街道 日外／拍摄景地厢车 日内外

出租车内，郑秋冬看着窗外纷繁的街景。

罗伊人在厢车里，膝头是一本名为《青春咖啡馆》的书，她扭头看着窗外，于成飞跟女演员拿着剧本在对戏，分享着一只橙子。

（以下为二人的OS）

郑秋冬：分得太突然，也没多少依依惜别，她整个状态都是很决绝的。

罗伊人：她越决绝，越说明她心里疼得厉害，不忍逗留，假装决绝。

郑秋冬感受到这句话的弦外之音：你说的那就是对的。别老说我了，该说你几句了，珍惜眼下这位喜剧……他叫什么名字？

罗伊人笑：就叫他喜剧吧，这名字他一定喜欢。

郑秋冬：好吧，喜剧这哥们儿挺朴实的，你以前大江大海大码头的多累心啊，现在这种闲适的生活养人啊。

（于成飞和女演员试着亲密的戏，女演员比画着抽他耳光，他夸张地倒地。）

罗伊人看着，笑了，略有苦涩：我也这么认为。我想过，如果他愿跟我过，这辈子就他了，死活走到底。

郑秋冬难受：你一直有勇气，只是用情过深也会受伤……哦，打断一下，那钱我该还你了，一共两笔，一笔30万，给了熊青春的20万，她已经还我了。一笔是我离开北京的时候那20万,一共50万，你给我个账号。

罗伊人：我离开“高官”，下嫁平民，你担心我日子揭不开锅？

郑秋冬：那倒不是，是该还了。只要这钱还在我这儿，什么时候想起来，我都觉得心里不清净。伊人，这两笔钱跟我的命运密切相关，我敬重它，所以我要还，你要收，你收了我的感受会好很多。

罗伊人略有失落：好吧，这更像一次了断，一会儿微信给你一个账号。

郑秋冬听了这话，一愣。

6. 德仁公司　日内

田尧、马小红、蒲渐列队鼓掌，郑秋冬走进公司：为什么鼓掌？

田尧：走了这么长时间，回来了，欢迎啊。

郑秋冬满意地打量四周：各就各位，坐吧，别弄得跟官场似的。

他跟田尧握了握手：工作日记我每天都看，说实话我挺失落的，哦，我不在的时候你们做得这么好，我是不是该退休了？

贾衣玫抱着一摞文件从里间出来，一身靓丽得体的衣服：您退了能去哪儿，还不得来公司喝茶？

郑秋冬被贾衣玫晃了眼，她的样子让他有些欣赏：你……没去韩国吧？

贾衣玫撇嘴乐而不语，收拾着桌面的文件。

郑秋冬：既然还要来喝茶，那就不退了。说实话，不管走到哪儿，看到自家的官网就觉得亲切。你们九天内，能猎到四名拿 ICA 证书的资深教师，两个星期里，能说服舒荔科技接受企业教练，这都是了不起的业绩，而且高难度。

马小红：公司还上了 CBD 局域网导航首页呢。

郑秋冬看了眼田尧，田尧点了点头。

郑秋冬：辛苦了，大家付出了太多，就该得到相应的回报。我决定，年终奖金……我还是先核算一下绩效吧。

大家乐。

贾衣玫给郑秋冬端上茶：郑总，现在能说您去北京做什么了吗？

田尧：是呀，走的时候说是秘密，回来后再说，现在总可以说了吧。

郑秋冬：还不能解密，现在还没有最终完成。但是，我可以负责任地说，不久的将来，你们会听到一个……至少让你呼吸紧张的故事。

马小红：是你亲身经历吗？

郑秋冬：当然，还有林经理。

贾衣玫：有罗小姐吗？

郑秋冬一怔，田尧、蒲渐不明白地看着大家。

贾衣玫：对不起，怪我瞎问。

郑秋冬恢复正常，有气无力地：有。

贾衣玫、马小红意外：真的？

郑秋冬点头，贾衣玫露出不快的眼神。

7. 郑秋冬办公室　日内 / 特慧专猎的办公大厅　日内

郑秋冬在电脑前忙碌着，贾衣玫进来，抱着很多邮件：都是您的。

郑秋冬过来：都是什么？

贾衣玫指着分开的一部分信件：这都是垃圾信件。这个应该是熊总从英国寄给您的。

郑秋冬打开邮件，是几件 T 恤衫。

贾衣玫看着郑秋冬，眼神有点暧昧：熊总还是挺惦记您的，好看。

郑秋冬把 T 恤衫放到一边，拆看别的邮件：惠成功来过吗？

贾衣玫娇嗔：偶尔来，电梯里常见面。（*声音变小*）有机会您能跟他谈谈吗？

郑秋冬：我，谈什么？

贾衣玫：叫他别再来找我了。

郑秋冬认真：上班时间他也敢来？

贾衣玫点头。

郑秋冬：胡来。上班时间出来……我跟海总说一声，非炒他鱿鱼不可。

贾衣玫诧异，匆匆：不用那么狠吧，我回去了。

郑秋冬看着邮件：等等。（*说着拿起那几件T恤衫*）送给田经理。

贾衣玫拿着离开，郑秋冬觉得有什么不一样，他抽了抽鼻子似乎闻到什么味。

电话响，接听：你什么时候回来呀？

特慧专猎的办公大厅，年轻的女职员们在小声打着电话。

林拜来到一角落小声，抱怨：已经回来了，是呀，本来是想过了周末再回来，袁昆非得催我回来。

郑秋冬：出什么事了？

林拜：没有，他从涂方至那边听到消息，曲闽京的事基本落定，他心里不平衡。

远处，袁昆在训斥一个女职员。

郑秋冬：说什么了吗？

林拜：能说什么呀？他没办成的事你办下来了，他就是再不平衡也得由衷地为你喝彩呀。晚上，涂方至召集大家吃饭。袁昆过来了。

袁昆朝这边走来。

郑秋冬：吃什么饭？

林拜恢复了正常声音：不知道，语气很兴奋，好像曲闽京的事大局已定，说要庆贺。袁总说了你一定得来。

袁昆：是郑秋冬，一定得来。

郑秋冬：好的，一定来。

袁昆：我们过去接他。

林拜有些犹豫：我跟袁总过去接上你一起去。

郑秋冬：袁总在你身边，我听到他的声音了，OK，一会儿见。

林拜和袁昆正要走，迎面走来了索尔，索尔对林拜：嗨，林拜回来了，辛苦辛苦。

林拜：还好，结果好，就什么都好。

索尔：是的是的。（*看了眼袁昆，对林拜*）见到郑秋冬代我向他问好，有机会一起喝咖啡。

林拜：一定转告。

袁昆表情僵硬。

8. 电梯里　日内

林拜和袁昆。

袁昆不屑地说：我没拿下曲闽京，索尔一定认为我会嫉妒郑秋冬，昨天开导我，说要好好总结经验。笑话，换手如换刀，像郑秋冬这样初出茅庐的，一般都会有好运气。

林拜只好顺着他说：曲闽京这一单，虽说郑秋冬很能撑，但也确有运气帮忙。比如，正赶上曲闽京仕途受挫，孩子的体质对北京的气候越来越不适，他太太很紧张。

袁昆：关键是老同学见面，这是最重要的人情砝码。这些索尔从来都视而不见。

林拜安慰：别多想了，美国人跟咱们思维方式不一样。

9. 写字楼大堂　日内

郑秋冬匆匆走来，看见不远处贾衣玫端着盒饭在跟惠成功争论。

惠成功拽住贾衣玫：再听我说最后一句。

贾衣玫撩着胳膊：放开，我不听。

郑秋冬走来：惠成功，你要干什么，大庭广众的。

惠成功一看是郑秋冬显然害怕了，放开贾衣玫愤愤要走。

郑秋冬：你站住，我告诉你，惠成功，你再这样纠缠下去，就不是你跟她之间的事了，就是我跟海总之间的事了，你要考虑后果。

惠成功一脸的不服，梗着脖子走了。

贾衣玫看着郑秋冬：您吃什么，我去给您买。

郑秋冬看着惠成功的背影：不用，我出去吃。他竟然这么投入？

贾衣玫无奈：昨天下班，他还去我住的地方，堵在门口等我。

郑秋冬惊讶，电话响，接听：好，我马上出来。（郑秋冬对贾衣玫）别紧张，我来解决。

贾衣玫担心：您可千万别跟他……他不配。

郑秋冬：放心，是和平解决。我去见个客户，这事回头再说，你上去吧。

贾衣玫可怜的样子，走了几步回头，莞尔一笑：谢谢。

郑秋冬恍然。

10. 街道　日外

车内，郑秋冬、林拜，袁昆开车。

袁昆欣赏地：这么说你太太也帮了不少忙？

林拜：她就是牵线搭桥，引见了曲闽京的小舅子，不算什么事。

郑秋冬：别这么说，关系的价值是不能被轻描淡写的，在中国，人跟人之间的事，妙就妙在牵线搭桥的情理上。

林拜：秋冬那个朋友罗小姐其实帮了很大的忙。

袁昆：了解了解，那个传说中的罗伊人，有机会一定见见。秋冬，你现在也单身了，你们不能重修旧好吗？

郑秋冬没说话。

林拜打破尴尬：嗨，这种事呀，随缘。

郑秋冬：她已经有男朋友了。

袁昆：哦，抱歉，这么不巧。

11. 高档餐厅的大包间　夜内

郑秋冬、林拜、袁昆在沙发区喝茶聊天。

涂方至的秘书过来：涂总从机场往这儿赶，可能会耽误点时间。

林拜：没事，让他别急，我们聊天等他。转而对郑秋冬和袁昆，继续他们的话题：政府现在对人才流动也是开放态度，不再是雷文刚进中国那时候了。

郑秋冬：还是开明了，现在官员被民企猎走的案例网上很多，我们跟远望调查在做这方面的大数据，敢猎官员，退回十年，完全不可想象。

袁昆：政府猎头这块现在势头也很猛，真是全球人才招募，NESC（国家高级人才寻访中心）的数据库强大得难以想象，还有红卡工程。政府也看明白了，你猎走我的人，我就再找更新更好的，有了进进出出的新陈代谢，政府的机能势必随之强大。

郑秋冬：从发展来看，政府用的人多，一定是受益方。

这时门开了，涂方至进入：对不起，来晚了，看看我带来了什么礼物。

说着，曲闽京夫妇出现在门口。

郑秋冬和林拜惊了，开始鼓掌，大家跟着鼓掌。

郑秋冬：曲区长，您今天应该在那边上班的，不是说好周末过来吗？

曲闽京：你们用心良苦，加上涂总热情召唤，我昨天早上正式递交了辞呈。

郑秋冬、林拜和袁昆都目瞪口呆。

谭絮笑：你们怎么这样啊？

郑秋冬、林拜无话可说，只好使劲鼓掌，大家鼓掌。

曲闽京很激动，跟郑秋冬和林拜拥抱。

饭菜已经摆好一大桌，曲闽京端酒起身：我今天反客为主，先敬各位一杯，我的事让大家费心了，还有袁总，当初也是我不开眼呀，多多包涵。

大家都起身，袁昆：哪里哪里，结果好就是大好，祝闽京兄在深圳、在南国时创能一展抱负，助涂老板的南国走向辉煌。

曲闽京：谢谢，干杯。

大家喝酒，坐下。

曲闽京：谭絮，你帮大家满上，我再敬一杯，给秋冬小弟。

郑秋冬起身：为什么要单敬我？

曲闽京：在我们办公楼对面的茶馆，那天我对你说了很多过分的话，说你是骗子，还说要报警，后来听服务员说，我走后你哭了，不好意思，这是多大的误会呀。

林拜、袁昆、涂方至意外。

郑秋冬接过酒：曲老师，只要想做事，个人的委屈就在所难免，我一贯要求自己，委屈要快快忘掉。其实我还想说，我还很感谢您呢。

曲闽京：不要感谢我，是我语出伤人啊。

郑秋冬：不，覃飞那个名字我过去确实用过，您那天说得没错，我以前确实犯过大错，也留下了没完没了的后悔。正因为这样，我才知道一次选择有多重要，人总有一时看不透的时候，总有要人帮忙的时候，特别是在重大选择的当口。

曲闽京笑：我一通乱骂，转身就走，你肯定觉得此人无情无义，凉透了心。

郑秋冬：误解当然可怕，但我也怕您一走，就再也见不到面，那我在您那儿就永远是个骗子了。我只有尽最大努力说服您，接受南国的邀请，那样我还有机会向您澄清自己。那时候帮您就是帮我自己。如果做不到，骗子就骗子吧，如果能成功，怎么被骂就都没意义了。

涂方至：也就是说，到了那个关头，你不是为南国猎他，而是为你的名誉而战。

郑秋冬：是这样的，为名誉而战。

涂方至起身：什么都不说了，来，一起为缘分干杯。

大家喝酒。

谭紥喝下饮料，对郑秋冬：什么时候罗小姐去深圳，我请她吃饭。

郑秋冬一愣：好，我一定转达。

12. 德仁公司　夜内

贾衣玫眉飞色舞地说着，好像与对面的人交谈，其实是对着一免提电话：……当然了许会长，在我们德聚仁合的人才库里，最丰富的资源就是金融和财会领域的，对对，这是我们的主板。我们的顾问队伍，也是业内公认的崛起的新军，对对，您知道我们郑总，太好了……

田尧关了电脑，一边收拾桌面准备下班，一边看贾衣玫兴致勃勃打 CC。

当贾衣玫说完：我们长期关注贵协会的成员构成，非常欣赏贵协会坚持中高端的服务定位和用人文化……嗯嗯……

田尧自言自语：您看我们是否可以尝试合作？

贾衣玫：您看我们能不能尝试合作，许会长？

田尧满足一笑，自语：怎么合作？

贾衣玫：怎么合作，嗯，我听着呢。

田尧自语：贵协会所有注册会员的名单是否可以给我公司一份？

贾衣玫：很简单，贵协会所有注册会员的名单是否可以给我公司一份？

田尧：停顿，五秒钟，再见。

贾衣玫果然，叹气：不客气，再见，许会长。然后一脸沮丧地挂了电话。

田尧收拾完，安慰贾衣玫：小贾，保荐代表人是很敏感的群体，他们压力大，戒备心重，又是年检当口，要有耐心。Cold Call 最忌讳的就是急于求成。

贾衣玫点头，似有心事。

田尧：下班了，一起走吗？

贾衣玫下意识看了眼郑秋冬的空空的办公室，摇头：您先走吧，田经理，我再待会儿，把电话记录整理一下，回去也没事。

田尧：注意休息。明天见。

贾衣玫：明天见。

田尧离开，贾衣玫独自来到窗前，看着灯火通明的城市夜景。

车水马龙的街道。

贾衣玫看着手机，手机屏幕上是郑秋冬位置的跟踪显示。

13. 街道　夜外 / 德仁公司　夜内

郑秋冬在出租车里打电话，显然喝酒了：……我也头晕，好久没喝这么多了……谭絮最后敬的那杯就不该喝，她搞外事接待的，能喝。哦，水满了，那你好好泡澡吧，不说了。

郑秋冬挂机看着外面，面带酒劲。

红灯，车停，郑秋冬看着高楼上德仁公司的灯还亮着，诧异，打电话。

贾衣玫接听，稍有激动：喂，是郑总啊。快步走到窗边，观察楼下街道。

郑秋冬：你怎么还在公司？

贾衣玫想了想：有几个电话录音，我把文字整理出来。还有个新拓展的客户，他说晚上联系我，可我记得他没有我手机，只有办公室座机，没事，再等等。

郑秋冬：哦，早点休息，别累着。

贾衣玫：谢谢郑总关心，我只是偶尔忙一下，您是天天这么忙，更得注意休息，身体比什么都重要。

郑秋冬挂了电话，想了想，对司机：师傅，您就停这儿吧，我下车。

贾衣玫看着手机上，郑秋冬的车停了下来。

贾衣玫快速跑到窗口，侧脸往下看。

楼下，郑秋冬匆匆从街道走来，进入大厦。

贾衣玫立即紧张起来，闭上眼睛，呼吸急促，片刻，睁开眼睛。快步走向办公桌，打开电脑，掏出小包里的化妆品，细心化妆。

脱下外套，露出香肩。

14. 电梯间　夜内

郑秋冬在闭目养神，身体微晃。

睁开眼，看见镜子里的自己，醉眼蒙眬的样子，浑身一哆嗦。

拍打自己的脸。

15. 卫生间　夜内

郑秋冬在使劲洗脸、漱口。睁眼看着镜子里的自己。

16. 德仁公司　夜内

贾衣玫打开咖啡壶。

贾衣玫在电脑前假装写着什么，听着门口的动静，整个空间内一点动静没有。

她停下手，扭头狐疑地看着门口。

安静的门口。

“啪嗒”一声，咖啡壶停止工作。

贾衣玫吓了一跳。

郑秋冬的投影出现在门口的墙上，逐渐靠近门口。

冒着热气的咖啡流入杯中。

贾衣玫看见了门口的影子，她迅速戴上耳机，调整身姿，十个手指在键盘上飞舞着。

屏幕上随即出现：

phone-call recording

Number：c3—jym

德仁：你好，许会长，我是德仁猎头的贾衣玫，在会展中心我们交换过名片，还记得我吗？

许会长：你好，你好，迷人的贾小姐，一目成梦呀，我一直在等您的电话。

……

贾衣玫在敲击键盘，眼睛通过玻璃杯的反射，瞄着门口。

郑秋冬出现在门口。

贾衣玫感到了他的存在，手在空中停顿了一下，敲击了音乐控制的按钮。

帕胡德的长笛曲《卡门间奏曲》飘然而至。

郑秋冬轻轻推开门，往里走，不知为何一下停了下来，站在原地观赏着贾衣玫。

贾衣玫敲击着键盘，感受着侧后方的目光。

音乐飘过，撩过头发的手，圆润的肩头，大雁一样张开的双臂。

郑秋冬看着，有点目眩，用手罩着眼睛。

贾衣玫起身去取热气袅袅的咖啡杯，她品着咖啡，知道背后不远处就是郑秋冬。

郑秋冬的手落下，看着贾衣玫修长的背影。

这时，他似乎觉得有点不合适，开始往后轻轻退去。

贾衣玫往回走，一抬头吓了一跳，“啊”地尖叫一声，咖啡杯掉在地上。

郑秋冬急忙变退为进，急忙过去：吓着你了吧，见你太投入，没想打扰你，烫着了吗？

贾衣玫搭着郑秋冬的肩，抚摸着腿：没事，也不出点声，吓了我一跳。郑总，您不是有应酬吗，这么晚了，怎么又回来了？

郑秋冬：路过。你这边还没忙完？

贾衣玫从角落拿出墩布，拖地：完了，录音刚整理完，客户电话估计今天来不了了。

郑秋冬去接墩布：我来吧……

贾衣玫极其柔和：不用，累一天了，您回去休息吧，喝酒了？

郑秋冬点头，看着贾衣玫电脑屏幕：整理出来给田尧就行，你这是必须加班，还是在躲惠成功？

贾衣玫没说话。

郑秋冬：他还经常去你那儿等你？

贾衣玫收了墩布：偶尔吧。

郑秋冬整理着衣领：收拾一下，我送你回去。

贾衣玫：你喝酒了，不能开车。

17. 街道　夜外

出租车内，郑秋冬和贾衣玫坐在后座，沉默。

郑秋冬看着贾衣玫放在腿上的双手。

贾衣玫看了眼他，郑秋冬不好意思地笑了笑：酒不是好东西。

贾衣玫：酒为什么不是好东西？

郑秋冬想了想：因为有酒精。

贾衣玫：没有酒精人还会喝它吗？

郑秋冬闭上眼睛靠着后背：那就是喝水。

贾衣玫扭头看着郑秋冬起伏的肩头，咽动的喉结。

贾衣玫慢慢抬起手，靠近着郑秋冬的脸，就在即将靠上的时候，郑秋冬发出了重重的鼾声。贾衣玫的手停下了。

车停，郑秋冬没醒，贾衣玫下车对司机：开到××小区，叫醒他就行。

贾衣玫看着熟睡的郑秋冬，轻轻关上车门。

车启动，郑秋冬睁开眼睛，看着贾衣玫孤单的背影。

郑秋冬呼吸紧促，摸了摸刚才贾衣玫几乎触摸到的脸。

18. 郑秋冬家／贾衣玫住处　夜内

郑秋冬出浴室，穿着睡衣来到电脑前。

看见手机提示灯，看，是贾衣玫的微信，轻柔湿润的声音：郑总，到家了吗？车一走我就后悔了，您睡着呢，我怎么就让车走了，该送您回去的，我真糊涂。现在外面这么乱……收到微信请务必回个信，免得我一夜自责。

郑秋冬感触，回复：已到家，晚安。

贾衣玫住处，这里是个合租的单元房。

贾衣玫用药水泡着脚，看着手里的微信，恨恨咬着牙：就这么简单，多写几句话你能死呀。（点开微信，像变了个人似的温柔回复）到家就好，早点睡吧，不用回复了，晚安。

一个女孩气鼓鼓地回来了：哟，衣姐回来了。

贾衣玫打量女孩，抱起床边的小猫，大姐大的样子：耷拉个脸给谁看，怎么了？

女孩用一只手“啪啪”打着另一只手：就是贱就是贱。

贾衣玫明白：又输了？把水倒了。

女孩端起洗脚器去洗手间倒洗脚水：那个彭村村搬回来了，她被男人甩了。情场失意，手气巨旺，要七对上七对，要杠花开杠花。我打出三张就听牌了，倒霉，到了还是抓干了，两次。

贾衣玫指了指门口：拖鞋。输了多少？

女孩给她鞋，一脸沮丧：500多。

贾衣玫起身：走，我去给你打回来，记住，就说输的是我的钱。

19. 某单元房　夜内

一看就是女孩的合租房，有些凌乱，女性的味道很足，客厅和中间摆着一张麻将桌，三女一男（黄毛）在打麻将，两女一男在一边看着。

彭村村穿着暴露，也是一副大姐大的样子，在打麻将：老娘被整蛊，人财两空，再不赢点钱，还让不让人活了。白板。

贾衣玫和那姑娘推门进来，贾衣玫竟然操着一口方言：哟，村儿回来了，好久不见。

在座的女孩见贾衣玫来了，纷纷起身打招呼：衣姐、衣姐来了……

彭村村似乎也怵贾衣玫，抬了抬屁股：是呀，回来几天了，让开，坐这儿吧。

旁观的一女孩让出自己的椅子：衣姐您坐。

贾衣玫拍了拍一旁观的刺青男孩：搞定那翘屁股的瑜伽教练了吗？

男孩摇头：搞个鸟哇，那家伙对男人没兴趣。

贾衣玫意外，坐下：拉拉呀，你好苦逼，利仔。对一打麻将的女孩：下一圈我上，你歇会儿。

女孩看了她一眼，有点不情愿：我输着呢。

贾衣玫笑着，胡噜着那女孩的头：输多少算我的。说着把钱包放在桌上。

桌上其他三个人，停了下来，看了她一眼。

贾衣玫已经上桌了，大家都飞快地出牌，不时互相瞥视几眼，气氛稍有紧张。

东风、发财、九饼，碰，南风……

女孩给贾衣玫放上咖啡。

彭村村：少少输钱了，让衣姐报仇来了。一万。

贾衣玫恨恨地看了眼叫少少的女孩：少少，这么玩下去你就要被约谈了，很危险。那是我让她给我办美容卡的钱。

黄毛男孩坏笑：不用办卡，去我店做头不要钱。

彭村村逗：白做？

男孩色眯眯：白做，当然不行了，只要做一次美容，就一起……

贾衣玫：闭嘴。不占衣姐便宜你会死呀。（她摸了一张牌，“啪”地拍在桌上）臭嘴，报应到了，门清自摸混一色，一家160，480，给钱。

第 28 集

1. 德仁公司　日内

田尧在白板前给贾衣玫、马小红、蒲渐开会，白板上写着“客户机密”“职业操守”。

田尧：……在一系列保密措施中，猎头专员在向客户递交材料的过程中，代号是隐藏人名、电话、核心内容的保密形式，向下属猎手传达信息时，代号更是重要的加密方式。这个问题先过去，下面说说，职业操守……

郑秋冬拎包进来，田尧停下课：郑总早上好。大家：郑总早上好。

郑秋冬的眼神和贾衣玫的眼神对上，贾衣玫一丝媚笑，不易察觉。

郑秋冬移开视线：早上好。（看着白板，认真）职业操守比挣钱还重要，改正错误的成本太高，周期也长，所以尽量别犯错误。（眼神再次和贾衣玫的眼神相遇，他有点心虚）……要记住。朝自己办公室走去。

大家都面面相觑，贾衣玫平静：茶歇?

2. 郑秋冬办公室　日内

郑秋冬进来，打开电脑，从提包里拿出手机，看着。

贾衣玫探头进来：郑总，茶还是咖啡?

郑秋冬拘谨，竟然是错误的发音：咖啡。

贾衣玫一愣。

郑秋冬更正，这次发出正确的声音：咖啡。

贾衣玫点头退出。

郑秋冬开始工作，电脑屏幕上出现：“‘AA’级信用企业申请”。

贾衣玫的声音：咖啡。

郑秋冬抬头，贾衣玫的咖啡已经放在手边：还有什么事吗?

郑秋冬看着贾衣玫：从北京回来，我觉得你好像变了。

贾衣玫：哪儿?

郑秋冬：说不好，状态?

贾衣玫笑：我一直这样，没觉得变。可能以前您没正眼看过我，印象总是模糊的，现在难得正眼看，模糊变清晰，就觉得变了。

郑秋冬认真地盯着贾衣玫看着：也许对，这样看一个女下属是不是不礼貌?

贾衣玫低头：还有什么事吗?

郑秋冬：没了。对不起，是我的潜意识出了问题，觉得你像一个新人，刚来的。

贾衣玫开玩笑：我好惨，这么长时间都白干了。我去了。

郑秋冬：去吧，哎，你昨天晚上听的音乐，是什么?

贾衣玫：一会儿我发给你。说完离开。

郑秋冬茫然。

电脑提示，有邮件进来，郑秋冬打开，是来自贾衣玫的邮件。

郑秋冬戴上耳机，点开音乐，是那首《卡门》间奏的长笛曲。

电脑上的画面是卡洛斯·绍拉的电影《卡门》中的画面。

郑秋冬的视线越过电脑，透过百叶窗，看到玻璃墙外面的贾衣玫。

郑秋冬眼睛特写。

3. 电梯　日内

电梯门开，郑秋冬无精打采地进来，电梯里还有几个人。他转身面朝电梯门站着，背后传来：郑总，你好。回头看，是惠成功。

郑秋冬看着惠成功，不友好地：你好。又转过脸去。

靠近电梯门的一个年轻人对惠成功：惠总，明天谁送您去机场？

郑秋冬听到“惠总”二字，不由得又慢慢回头，看了眼惠成功。

惠成功：小韩已经安排了。郑总，我有件事想跟您谈谈。

郑秋冬冷着脸看他。

4. 大堂　日内

电梯门打开，郑秋冬和惠成功出来，惠成功让别人去外面等着他，他跟着郑秋冬来到大堂一角落。

郑秋冬：你先说还是我先说？

惠成功毕恭毕敬：当然您先说了。

郑秋冬：好，你听好，以后少去骚扰贾衣玫。

惠成功委屈：我没骚扰她，郑总，我只不过是追求她，她是我见过最可爱的女孩。

郑秋冬：追求，人家不同意，你晚上还去堵她，死缠烂打没完没了，这就是骚扰。

惠成功委屈：郑总，您也谈女朋友，哪有一追就答应的，总得有些推推就就吧，在她有男朋友之前，我应该有权利追求她的。

郑秋冬脸色不好看了：你已经影响她工作生活了，她现在下班都不敢早回家。

惠成功真诚：她有的时候下班晚，我也不放心，陪她回去，这就叫骚扰吗？

郑秋冬被噎住。

惠成功觉得说重了，不语。

郑秋冬：以后你不用不放心了，有人会送她的。

惠成功诧异地看着郑秋冬：什么意思？

郑秋冬：她已经有男朋友了。

惠成功困惑：谁，她没说呀，谁……会是您吗？

郑秋冬突然爆发，吼道：你是谁，你管得着吗？

惠成功被吓了一跳。

郑秋冬控制住情绪：我说完了，该你说吧。

惠成功恢复了平静，就像什么也没发生那样：鑫海融生物要挖我过去，做 HR 总监助理。

郑秋冬惊讶：鑫海融？

惠成功：他们可能会向您了解我的过去，核对履历，到时候还请您美言。我是您的学生，以跟过您为骄傲。

郑秋冬被惠成功的谦虚弄得有些被动：我会的，也应该。
惠成功：谢谢，我要说的说完了。
郑秋冬：你要声称是我学生，我就要给你一句忠告：频繁跳槽，害人害己。
惠成功露出一丝冷笑：领教了。转身而去。
郑秋冬有些失落，田尧经过：郑总，那不是公司以前的小惠吗？
郑秋冬：是他，他要去鑫海融做 HR 总监助理。
田尧：他很会推销自己，在这个大厦里已经很有名了。鑫海融这么大的企业，对他未必是好事。
二人走着，郑秋冬：没发现他心这么大，你说贾衣玫为什么不答应他？
田尧笑看郑秋冬。
郑秋冬有些内怯，看了眼表：哎哟，来不及了。赶紧离开。

5. 特慧专猎会议室　日内

林拜、袁昆、索尔以及三位高大上的中年男女对坐。
袁昆和对面的一代表低头在合同上签字。
互换签字完成，索尔鼓掌，大家跟着鼓掌。
黄总起身：特慧专猎是我们的福地，袁总，希望这仍然是一次愉快的合作。
大家都起身，袁昆很大气，一一握手：合作愉快，我们也有同样愿望。
对方把合同放进手提包：袁总随时可以去公司考察，我们有专门的接待。
袁昆：黄总放心，一定要去的，我必须对这个职位有详尽了解。
黄总：那我们就静候佳音了。
袁昆：放心，我代表特慧专猎作出承诺，此单重托，袁昆一定不辱使命。
索尔送客人出门，袁昆得意对林拜：入行十几年，这是我最初的客户，现在都是外资 PE 基金的合伙人了。
林拜看着合同：宏深资本，真敢逆势而动。Portfolio Manager。
袁昆：投资组合经理。
林拜：这单不好做，太大，以前做过比这个更大的单吗？
袁昆想了想，摇头：有差不多的，这是最大的。
索尔回来，关上门，坐下，想了片刻，严肃地：袁经理，我想说几句话。
袁昆：请讲。
林拜：那我先走。
索尔：不，林经理，你也一起听听，我要讲的是大家的事。
林拜再次坐下，看着在收拾合同的袁昆。
索尔：宏深资本是 PE 基金行业的龙头，他们继续找到特慧专猎，是因为我们的行业威望；找到你，是因为你杰出的口碑。在恭喜你之前，我有义务提醒你，曲闽京的案例不能再发生了，这次你必须成功。
袁昆不快，但依然微笑着：我知道，我希望总经理尽早忘记曲闽京案，我有更多的案例是成功的。
林拜感觉到二人的语锋。
索尔：我忘记容易，你别轻易忘记，那是教训。最后我还是要恭喜你，600 万年薪加分红的超级大单在国内是少见的，祝你成功。

袁昆：谢谢。

6. 袁昆办公室　日内

袁昆和他团队的三个年轻人（两女一男）在开会，其中一个就是米娜，每人手里几张纸。

袁昆：条件描述和范围分析都在你们手上了，各位，一战成名的机会就在眼前。艾玛你还是负责数据库，杜比你的网络查找和顾问咨询。米娜这回你跟着我先走访雇主，具体地了解职位需求，我忙不过来的时候，你替我跑腿。明白了吗？

三人整齐地：明白了。

7. 郑秋冬办公室　日内

郑秋冬在忙着 AA 级人力资源服务机构申请。

一、项目背景

人力资源服务对促进劳动力供求均衡、减少劳动力市场摩擦、降低劳动力交易成本、促进劳动力合理流动等方面具有重要作用，为促进就业做出了重大贡献。

二、服务宗旨

德聚仁合人力资源咨询公司秉承服务、尽力、守信用的宗旨，严守行业规范和职业道德。

贾衣玫拿着张纸进来，让他签字。

郑秋冬签完字：今晚你还加班吗？

贾衣玫笑：你要是送，我就加班。

郑秋冬一时不知道该怎么回答：我跟惠成功谈了，让他别再纠缠你了。

贾衣玫：但愿能管用。说完出去了。

8. 德仁公司　日内

贾衣玫把那张纸交给了马小红：复印存档吧。

马小红挪动鼠标，小声：晚上一起吃饭吧，这家豆捞打四折，看看，这么多海鲜。

贾衣玫看着：没问题，我请你。手机响，看。

是郑秋冬的微信：晚上我送你。

贾衣玫抬眼看去，郑秋冬就像没事人一样，穿过大厅出去了。

贾衣玫感到很幸福，晃着手机对马小红：真不凑巧，晚上不能一起吃了。

马小红：讨厌，跟谁呀？惠成功？

贾衣玫羞愠：跟他？拜托了好不好，比他高大上 120 倍左右。

9. 热带景致　日外

字幕：云南，昆明

10. 拍片现场　日外

拍片现场情景，罗伊人穿过拍摄区，进入不远处的房车。

11. 房车里　日内

房车里，罗伊人在摆放着她和于成飞的碗筷饭菜。

于成飞带着头破血流的妆坐在这里，疲劳的样子，看着饭菜：吃不下。

罗伊人：想吃什么？不卸妆了？

于成飞摇头：接戏，想吃……牛肉汤泡饵，祥云街那家的。

罗伊人起身：我去给你买。

于成飞拉住她：不用你亲自去，让助理去。

罗伊人：我让小乐送快递去了。

于成飞拿起碗筷吃了起来：那就不买了，就吃这个，舍不得你跑腿，这饭挺好吃。

罗伊人摸了摸他的头：我闲着也没事。

于成飞：明天我杀青，你闲着没事想想咱去哪儿玩，云南以前没来过。

罗伊人想了想：以前做公司的时候，我的财务总监是个女的，她老公就在云南，哎哟，美死你了，他家是做葡萄酒的。

于成飞瞪大眼睛：真的？在哪儿？

罗伊人翻看手机：前几天在朋友圈里还看见了呢，乡下，叫什么河谷，一听就想去的那种地方，她老公家族的葡萄园，风景特漂亮。

罗伊人在翻看手机，于成飞在吃饭，车外女主演经过，跟他相视一笑。

副导演进来，恭敬地：成飞老师，可以拍吗？

于成飞恼：没看还在吃着呢？

副导演：对不起。退下。

罗伊人：你去拍吧，我慢慢找，那两口子都很棒，都是留美的……看，这是那大姐晒的照片，这么大的葡萄园，多漂亮呀，还有酒窖，一会儿找给你看。

于成飞看着手机，满意：就去这儿了，你跟这大姐赶快联系，我明天早上一场日出的戏，完了咱们就走，叫什么河谷？

罗伊人看着手机上的小字：红河的干热河谷，弥勒，听听这名，弥勒。

于成飞吃完，起身出门：已经喜欢上这儿了。我拍去了，你跟大姐联系，问问怎么走。

于成飞离开，罗伊人打电话：喂，葵姐，好呀，我是伊人，啊，怎么会呢。老夏一出事，那电话我就不用了。不不不，我再也不想开公司了，您太贵了，也请不动您啊。哈哈哈，励志是无奈选择，我们都够坚强，都够……当然要乐观。当然想了，您现在在哪儿？嘿嘿，我就在昆明，没想到吧，可以去看您吗？哈哈，一定的，明天见！

12. 特慧专猎会议室　日内

林拜对着袁昆团队的两个年轻人：受袁总委托，本案前期的信息搜集、分析，暂由我来带领二位，袁总去香港做职位调研。我们双管齐下，这样效率更高。等袁总回到团队，还是由他带领大家。还有什么不明白的吗？

两个年轻人：没有了。

林拜对男青年：杜比，你先说。

U 盘插入电脑。

投影机投出一个候选人的履历和背景调查，照片上西装革履的中年人，配以文字说明。

杜比：邱悦正，1967 年生人，香港大学经济学博士。2009 年至 2014 年在美恩资本做金融顾问。我的理解是，本案急需的其实是一个 GP（普通合伙人）团队的核心成员，我在尽职调查中，着重考虑的是，他们团队是新组合，经验和稳定性有一定缺陷……

林拜打断：有的机构恰恰喜欢投新团队。国外成熟的 PE（股权投资）基金管理人团队，按“2+20”的规则拿管理费，注意，不设高额年薪的。基金到期，业绩完成，才抽提 20%。你还没研究透宏深的职位描述，他们需要的应该不是你说的这种人，而是与 LP（有限合伙人）协调沟通，并能督导向国外 LP 提供英文投资材料的人选。他们的职位要求第四点强调“有国际知名投资公司高层经验者优先”，为什么？

杜比试探着说：从基金规模考虑，可能需要的是 LP 的代言人。

林拜认可地点头：这就是为什么要开出 600 万年薪加分红的原因。

杜比和艾玛在听。

林拜：他们 GP 团队以前与美元基金相关的成员都单飞了，这些人有自己的募资逻辑和圈子，宏深急需的是这样一个人。

杜比：明白。

林拜：继续说。

杜比对着投影上的中年人资料：我这边网络筛选的结果，暂时产生了四个候选人。第一个，就是这个邱悦正，第二位叫邓云梯……

13. 停车场　日外

郑秋冬提包左右张望着走来，进了车，继续张望，打着车，闪动大灯。

贾衣玫从一处闪现，径直走来，匆匆上车。

二人并排坐着，沉默，能听到远处的滴水声。

郑秋冬：这样是不是有点像间谍？

贾衣玫张望外面：间谍太高档了，更像偷车的。刚才马小红找不着钥匙，我等了一会儿。

郑秋冬看着她：这一带熟人太多，想吃什么？

贾衣玫：都行。

郑秋冬看了贾衣玫半天。

贾衣玫紧张，低着头：别这么看，我心都快跳出来了。

郑秋冬困惑地直摇头，自言自语：太奇怪了，以前是怎么回事呢？

车离开。

14. 餐馆　夜内

郑秋冬和贾衣玫在吃饭。

贾衣玫轻轻品着汤，怯怯的样子：这顿饭算是约会吗？

郑秋冬：要不就算工作，咱俩说了算。

贾衣玫挑衅：你是老板你说了算呀。

郑秋冬：那就算约会，又不收最低消费。

贾衣玫羞涩一笑，从包里拿出一精致的小礼品盒。

郑秋冬：什么？

贾衣玫递上：去年你过生日的时候，我想送给你的，表太贵我送不起。可又怕熊总不高兴，想来想去没敢拿出来。

郑秋冬打开包装，是一款表带：哦，这牌子的，也很贵呀。

贾衣玫放松了：在包里放了大半年，不知道该怎么办，给还是不给，纠结得要命。

郑秋冬：这回怎么拿出来了？

贾衣玫：你说算约会嘛。

郑秋冬愣住，摘下手表，跟表带靠在一起：好看。

贾衣玫接过去，打量着，又从包里取出独眼镜，戴上，再拿出精细的修表锣刀、放大镜、游丝镊子、小毛刷、吹子，开始换表带。

郑秋冬惊着了：你会搞这个？

贾衣玫低头忙活着：别乱叫，跟我住一屋的女孩男朋友是修表的，昨天教我的。

郑秋冬：放了一年，为什么昨天才教给你。

贾衣玫忙着：我就觉得你快要约我了，赶紧学会。

郑秋冬一脸诧异：是吧，以前的你是不是你的双胞胎姐妹？

贾衣玫麻利地操作着：我是女汉子。

郑秋冬：看不出来。

贾衣玫：因为我隐藏得好，我觉得在 CBD 开工的白领都必须会隐藏自己，不然没法活。她表带换好，递过来，麻利地收拾工具。

郑秋冬接过表：谢谢，不可思议……一会儿送你回去，我可以去看看你住的地方。

贾衣玫笑点头：不行。我们那儿有个小姐妹认识你。

郑秋冬：怎么可能，谁？

贾衣玫：特慧专猎的，她说她见过你，在特慧，她是袁昆的 researcher。

郑秋冬意外：是吗？袁昆有两个女助理，叫什么名字？

贾衣玫：米娜。

郑秋冬：有点印象，你以前没说过这人。

贾衣玫：她去了也没多久，以前一直在演微电影。

郑秋冬好奇：你跟她关系怎么样？

贾衣玫：很好啊，影视学校的同学。

郑秋冬想了想：要是这样的话，你要记住，她跟你说什么那是她的事，你要留个心眼，不许跟她谈咱们德仁的事，这是有禁忌的。

贾衣玫点头：可能遇到米娜，你还送我吗？

郑秋冬：送，送到楼下，就不上去了，袁昆的人还是有点不便，你能理解。

贾衣玫：送到楼下，我就很满足了。

郑秋冬亲切地：说说，你怎么想的，带修表工具来？

15. 宏深资本会议室　夜内

宏深资本是宏深二期股权基金的投资方，会议室很高大上。

很多资料整齐码放在办公桌上，袁昆和米娜在翻阅。

米娜把咖啡放在袁昆身边：袁总，休息一会儿吧，您已经工作 12 小时了。

袁昆没理她，在一张纸上画圈，放在右手边：企业文化这一部分字号太小，放大复印，带回去。

米娜点头，端过手头资料：袁总，您看，他们总裁对中国市场的评价，需要保留吗？

袁昆看了一眼，一把放在自己的左边：这是格林斯潘时代的评价，现在是伯南克时代了。米娜，记住我的一句名言，前任的话屁都不如。宏深的总裁已经换过三年了，这种资料就别再让我看了。

米娜耷拉着脖子：对不起。

16. 贾衣玫住处楼下　夜外

郑秋冬的车驶来，停下。副驾驶上的贾衣玫解开安全带，试问：我下车了？

郑秋冬看着她，笑：注意点。

贾衣玫开门，没下车：你是不是还不适应？

郑秋冬：不适应什么？

贾衣玫：一种关系保持久了，变一下还真不容易，比如，男老板和女下属。

郑秋冬：主要是因为你来这么长时间了，我们一直那样说话的，现在这样……是有些穿越。

贾衣玫：但愿别是你一时空虚，寂寞上头，要扶墙没扶着，一把搭住了我。

郑秋冬：真要是那样的话，我比你还可怜。

贾衣玫：就怕你拿我找熊青春的感觉。

郑秋冬埋怨的眼光：又说这种话。回去吧，别老钻牛角尖了。

贾衣玫下车，手机响，看了一眼：米娜的微信，袁昆又把她骂了，就我那小姐妹，啧啧，小可怜，他们在香港。

郑秋冬：袁昆不像是爱骂人的人呀，在香港干什么？

贾衣玫：我从来不问。昨天下班坐地铁，她说，袁昆接了个巨大巨大的单。

郑秋冬有兴趣：巨大的？

贾衣玫“嗯”了一声。

郑秋冬：厉害，回去吧。

贾衣玫试问：我关门了？

郑秋冬“嗯”了一声。

贾衣玫把车门关到一半，见他人没任何反应：晚安。

郑秋冬扭头朝她笑了笑，没说什么。

贾衣玫慢慢关了车门，然后示意落下玻璃，玻璃落下后，贾衣玫：要是在国外，我俩现在这德行的，都得去看心理医生，超扭曲。

郑秋冬叹气：确实。

17. 贾衣玫住处　夜内

贾衣玫自己笑嘻嘻地进了房间，脱去外套，照着镜子傻乐。

同屋的女孩少少跟在后面推门，探头：回来了。

贾衣玫朝她招手，少少过来：衣姐，这么高兴啊。

贾衣玫正要说什么，彭村村、打麻将的女孩、黄毛男孩等几人进来，一看就像有什么事。

彭村村神秘地笑：你给咱们姐妹争了脸面，是第一个被人开车送回家的，括号，出租车除外。他是干什么的？

贾衣玫得意：你们都看见了？

众人点头。

贾衣玫：小老板，做公司的。

黄毛男：做什么公司的？你帮着给小弟猎一猎头呗，推荐推荐，我能干什么你都知道。

贾衣玫：有多远滚多远，人家是混 CBD 的，就你这烂仔样，也喊猎头？

彭村村对黄毛：闭嘴吧。然后对衣玫说：我们都出息不大，都是在自己队伍里找来找去，同乡同事的上不了档次，你是第一个走出去找男人的。用居委会沈伯母说的，谈的是跨阶级的恋爱。为大家开了个好头。

少少：有一就有二，我也要找个小老板谈一谈，坐坐奔驰宝马。

黄毛兴趣来了：到拼颜值的时代了，我也算小鲜肉吧，有人见人烦的女老板，你们可得推荐给我，我不会白让你们推荐的。衣玫，那种人 CBD 多吧？

贾衣玫：你们玩你们的，别跟我捆绑。我是谈情说爱要死要活的，跟你们打算卖身求生的不一样。离开家的时候，我发过誓，不混出人样来宁可去……死容易，从小地方来闯大城市的人，死比活容易多了。

彭村村很消沉：我没那么文明，不管干什么，能一天比一天好，我就干，死也干，反正不干也是死。

贾衣玫也低落了：不管怎么说，总要谈一次像样的恋爱，尤其是女孩子，在大城市里。

少少：你大学的时候，不是谈过吗？

贾衣玫：大学谈的都是荷尔蒙。

18. 云南弥勒　葡萄酒庄

风景秀丽的红河干热河谷。

罗伊人、于成飞一身旅行打扮，跟着葵黄一边拍照，一边游览着葡萄园。

来到一高处，葵黄：现在你眼力所及的葡萄园都是他家族的。

罗伊人：葵黄姐，你老公家族真是土豪，老霸气了。

于成飞：有那个品种吗？就是欧洲人带过来的，现在在欧洲都绝迹了的，在这里还保留的那种。

葵黄：Rose Honey，玫瑰蜜，有，那边一直到河谷，有两千多亩玫瑰蜜。

于成飞：晚上可以喝到玫瑰蜜吗？

葵黄：当然。

于成飞一下拦腰抱起罗伊人，旋转：啊——我不走了。

罗伊人在笑。

葵黄看着，也在笑，脸上露出一丝困惑。

19. 酒庄某餐厅　夜内

一面墙上，是陈修风家族的照片，老人孩子女人的合影，陈旧发黄的、黑白的、彩色的满满一墙。

罗伊人端着红酒杯在看照片，视线最后落在了葵黄和丈夫陈修风的一组合影上，年轻时的生活照，突出的一张是他们年轻时在国外的合影。

葵黄肩上搭着深色披肩从一边走来，罗伊人：这是在哈佛？

葵黄：是，快 20 年了。

罗伊人：看过一本画册，专门介绍剑桥城的这种褐石建筑，很大气，我们现在的建筑……两个人都直摇头。罗伊人：陈老师年轻时很帅呀。

葵黄笑：是吗，当时还是挑的不帅的。

两个女人笑。

罗伊人：这次见不着陈老师，太遗憾了。

葵黄和罗伊人走向就餐位置，葵黄叹息：他去杭州陪他父亲了，老爷子得癌症快不行了。

罗伊人：看到你在朋友圈里发的了，那些江湖大师千万别信。

葵黄伤感点头：他们无耻，我们不能无知，什么大师，不人不鬼的。我公公就喜欢这儿，一直住在这儿，上个月病情反复，才回杭州住院。我这边等这批起泡加酵母，封了桶就过去陪他们。

罗伊人看着葵黄，变了话题：你不做金融投资，成葡萄酒的行家了。

葵黄：差不多。她压低了声音：哎，这个演员小朋友，什么时候认识的？

罗伊人：他，不到半年，你觉得怎么样？

葵黄观望左右：谈恋爱，首先要知道自己是什么样的人，才能知道要找什么样的人。

罗伊人：你是说我找错了？

葵黄：看着不怎么登对。

罗伊人伤感：累了，也看透了，人能对我好，不登对就不登对吧。帅哥大款高官公知都不缺女人，妹妹我有过头破血流，就不凑那热闹了。

葵黄：帅哥也有忠贞不贰的，看我老公，20 年了。

罗伊人：忠贞归忠贞，安全系数绝不如我这位吧，快负数了。

二人笑，于成飞湿着脑袋，穿着拖鞋走过来，刚洗了澡的样子。

葵黄看到了他，挥了挥手，用对讲：可以开饭了，上我醒上的那瓶酒。

于成飞来到桌边，坐下，感慨：哪哪儿都舒服，浴室也舒服，葵大姐，我们能住着不走了吗？

葵黄：人是风月动物，住久了也闷得慌。陈修风说，在弥勒经常梦到杭州，到杭州就老梦到弥勒，人就是这么一种动物，贪。

罗伊人：不过也是，陈老师这么叱咤风云的金融大咖，说退出就退出，相忘于江湖且大度潇洒，很难的。

葵黄：他是孝子，母亲走得早，陪他好老爸是第一位的。等老人走了……他还会复出。不过现在他也没闲着，正跟意大利银行，还有一家上海投资机构鼓捣葡萄酒基金呢。他这人对看得见的钱，一沓一沓的没什么兴趣；迷恋的是数字的钱，资本游戏。融资三五个亿，提不起神，几十亿上百亿的听了才来精神。（其间插入墙上陈的照片）

盛着酒的醒酒器、酒杯配餐开始上来。

于成飞开玩笑：修风大哥需要马仔吗？我来。

葵黄打量着他：别，我有个舅爷会面相，我偷过师。你面相不凡，会成大明星的，真的。下亭短上亭长，必为宰辅侍君王，若是庶人生得此，金银珠玉满仓箱。我这舅爷靠看相养活一大家子十几口人呢。

于成飞对着罗伊人，孩子似的：听听，听听，罗罗，你就等着给我理财吧。

大家笑。

于成飞指着墙上的照片：刚才我看了，陈大哥好帅呀。

照片——意气风发的陈修风和葵黄。

20. 德仁公司　日内

郑秋冬进门，跟贾衣玫的眼神对上，又移开，走向自己办公室。

田尧：郑总，有个人要见您。说着递上一个名片：做离岸贸易的，说是曲闽京介绍来的。在会议室等着呢。

郑秋冬意外，看着名片：香港的。对马小红说：咖啡。

21. 会议室　日内

咖啡冒着热气。

董威廉跟郑秋冬握手：我叫董威廉，曲闽京先生介绍我来的。他说你是最好的猎头。

郑秋冬：请坐，董先生。

董威廉：我们 Jokartan 创业投资是做离岸贸易的，注册法域是英属维尔京群岛。想找一位离岸金融行家设计协议控制模式，职位名称叫金融投资总监。VIE 结构，郑先生熟悉吗？

郑秋冬：略知一二，我们这边叫可变利益实体。您的客户要求？

董威廉从包里拿出厚厚两本资料，整整齐齐：英文的需要吗？

郑秋冬拿过中文的看：不需要。董先生普通话这么好，在内地时间不短了吧。

董威廉一下放松了，靠在椅子里喝咖啡：我不是香港人，我就北京人，宣武的，陶然亭。

郑秋冬看着资料：是吗，可惜呀，宣武区已经没了。哦，香港人民币离岸市场，董先生一定很了解。

董威廉一副大爷模样：发展太快未必乐观，我们很关注上海人民币离岸的前景。

郑秋冬看着材料：董先生您是我们愿意合作的客户，这么详尽的文案省了我们很多事。

董威廉摇头晃脑，伸着懒腰：其实我什么都不懂，只懂一点，找最专业的人做最专业的事，花多大的钱都值得，越省钱越愚昧。

郑秋冬：高见。可以留在我这儿吗？我要全部看完才能给您答复。

董威廉：没问题，我等你的电话。

郑秋冬：一定尽快，您放心。

董威廉起身：郑先生，您是喜欢吃的人吗？

郑秋冬热情：我，蛮熟的。

董威廉收拾东西：给推荐个用晚餐的地方吧，小资一点的，请女士。

郑秋冬认真地：我想想，我想想，那就是不吃口感吃品味的，董先生，我给您推荐三个地方，您来选。

22. 特慧专猎会议室　日内

林拜、袁昆、米娜、杜比、艾玛。

袁昆一脸不屑地看着投影上的各种男人的资料和照片，抬手关掉投影，不耐烦地摆了摆手，意思是让三个年轻人走人。

三个年轻人低头耷眉地离开。

袁昆苦笑：一群蠢货，被钱惊着了，年薪 600 万的人都不知道去哪儿找。

林拜：急不得，都有起步的阶段。比上次我看的那组好多了。

袁昆小声：公司的人都知道这个 case 了？

林拜：岂止公司，波士顿在内部 BBS 上也匿名公示了。你现在是大咖 Jeremy Yuan。

袁昆意外：什么时间的事？

林拜：美国时间昨天下午，这一周你就是高大上的典型。

袁昆搓着手：索尔这是在给我……加油呀。

林拜：别给自己压力就行，这么大的单，公司也掩饰不住自豪啊。

袁昆扭头看着他：你得给我最好的建议。

林拜：不能过于依赖 LinkedIn 和数据库，所谓 Fresh Search，甚至要从最新建立的社会关系开始，你的思路要往人上调整，而不仅仅是资料、数据。曲闽京的案子症结就在人、情、心上供热不足。

袁昆看着林拜。

林拜掏出一个 U 盘：我这儿有两个目标。

第29集

1. 特慧专猎会议室 日内

林拜掏出一个 U 盘：我这儿有两个目标。

袁昆接过去，插在电脑上：真是兄弟，谢谢。

林拜：未必能入你的法眼，但肯定比他们找的靠谱。

2. 德仁公司 / 郑秋冬办公室 日内

郑秋冬放下董威廉的材料，看着外面员工们都在吃饭。

贾衣玫最近的服装很是吸睛，人也婀娜许多。她精干的一面已显露出来，此时在向蒲渐指指点点，蒲渐端着饭点头称是。

马小红拉着她分享一份好菜。

贾衣玫不时往郑秋冬这边瞟一眼。

郑秋冬的手机提示音，拿起看，是罗伊人的，听。罗伊人的声音：我的一个朋友在云南做红酒，今天回杭州。于成飞同学古道热肠，非要给你送箱红酒，托我这位朋友，是个大姐，带给你，一会儿我把地址电话发给你，你自己去取吧。

郑秋冬的手机又响，看，屏幕上是一个地址，一个葵黄的电话号码。

郑秋冬酸溜溜：好的，谢谢你男朋友，终于找到靠谱的人了。

放下电话，郑秋冬感到寂寥。

罗伊人的回复：你也赶紧找个靠谱的吧。

郑秋冬手指随便动了动鼠标，一组罗伊人过去的照片出现在屏幕上。

贾衣玫朝这边走来，郑秋冬赶紧关掉画面。贾衣玫推门探头：不吃了？

郑秋冬：没胃口，我出去一趟。

3. 别墅区 日外

葵黄和郑秋冬。郑秋冬的车停在这里，葵黄从别墅出来，拿着车钥匙：进来喝杯水。

郑秋冬：不了，葵大姐，我要马上回去，公司还有事。

葵黄打量着郑秋冬，小声：天壤之别。

郑秋冬：啊，什么？

葵黄：哦，伊人早就跟我说起过你，比我想象的成熟。说着打开自己车的后备厢，里面有两箱红酒和两提七子饼茶。

郑秋冬急忙：我来，葵大姐。他过来搬着红酒，然后又把茶拎到后备厢：您认识伊人很多年了？

葵黄：我以前是她公司的财务总监。

郑秋冬一愣：在北京的时候？

葵黄笑：对，中保传媒。她给你的钱都是从我这儿走的。

郑秋冬也笑了：不好意思。

这时，陈修风戴着耳机站在一独轮电动车上过来了，一身高档的运动服，斜背一运动包，显然是运动后归来，风流倜傥的样子：美女，饿了。你好。

郑秋冬好奇地看着陈修风：你好，陈老师吧。

葵黄：我老公，陈修风。这是小郑，罗伊人的朋友。

二人握手，陈修风看着郑秋冬车的后备厢，陈修风：这是世界上最好的葡萄酒，喜欢喝再来拿，伊人的朋友，就是我们的朋友。

郑秋冬：陈老师，您跟我见过的做金融的，大不一样。

陈修风：我已经不做金融了，现在是医院的专业陪护。他的电话响：对不起。掏出手机看：对不起，我接个电话，急事。

郑秋冬：您请。

葵黄过来：这酒最好的不敢说，但是他家的产品，保证绿色、安全、真葡萄汁。喜欢就可以来搬。放心，除了产地产区，所有流程都按法国 AOC 的监管条文执行的，嗨，我成推销员了。

葵黄说话期间，陈修风在不远处背着身打电话，一口流利的英语。郑秋冬警觉地看着：陈老师英语真棒。好的，喝完了我就再来您这儿搬。说着上了车：我就不打扰陈老师，先走了。

这时，陈修风又换了一种语言，继续说，好像还有点发脾气。

葵黄：走吧，又不知道跟谁发脾气呢。

郑秋冬打着车：葵姐，陈老师这说的是什么语呀？

葵黄小声：阿拉伯语，骂人呢。

郑秋冬的车启动了，但是他的眼睛一直在陈修风激动的背影上。

4. 街道　日外 / 于成飞的餐馆　日内

郑秋冬开着车，戴着耳机打电话：她老公是什么人？我断断续续听到几个人名就觉得此人绝对非同一般。

罗伊人在安装空气净化器：什么人名？

郑秋冬：Stephen Schwarzman，还有 Michael Chae。

罗伊人：不明白，什么意思？

郑秋冬：Schwartzman 呀，黑石集团董事长史蒂夫・施瓦茨曼，给他打电话。Michael Chae，黑石集团亚洲大区 PE 的业务主管，都是大佬啊。这位陈大哥是什么来路？

罗伊人：别说，你这人嗅觉还真够灵敏的，这大哥，我就不多说了，他叫陈修风，你网上查一查吧，他可不一般，说句俗得掉渣的话，那履历是相当惊艳的。

郑秋冬：别再刺激我了，说说，他现在是干吗的？

罗伊人：现在好像是闲人，他爸病了，可能快不行了，辞了职回家陪老人。

郑秋冬：以前是干什么的？

罗伊人：你又犯病了，就别打他的主意了，人家是人尖，那种稀缺人类。你是逮着谁就想猎谁是吧？

郑秋冬着急：你要急死我呀，快说说，简单说说。

罗伊人只好边想边说：他和他太太都是哈佛的，好像在瑞银中国工作过几年。中间我不知道怎么回事，有个高原基金，是中德合资的，看中他的证券背景，就把他猎到高原（中国），做战略投资，那是一家私募股权公司。我当时也挖过他，通过葵大姐，没挖动。他很有金融天赋，属于点石成金那类吧。再后来他们内部一批人嫉妒他，利益集团也排挤他，大老板还暗中查他。他很失望。正好这时候他父亲不行了，他就赌气离开了高原集团，销声匿迹有一年多了吧。

郑秋冬：他很有名？

罗伊人：业内当然，资深的人力资源顾问应该都有他的资料。

郑秋冬：我怎么没有？

罗伊人毫不留情：因为你土气呗，这么高大上的资源都没有存储，还出来混什么呀？

郑秋冬：嘴下留情，我服你，不说了，回去查一查。

郑秋冬的车飞驰而去。

罗伊人放下电话，于成飞进门，一脸喜气：罗罗，宋水晚上来吃饭，刚来电话定的位，一起吧。

罗伊人试着空气净化器：这么大的明星屈尊到这儿来吃饭。

于成飞：哎，你好像不是很激动啊。

罗伊人笑了：我被人哈到天上飘了好几年，现在我不会哈任何人，什么大领导、大老板、大明星、大师的，统统玩儿去。

于成飞尴尬：咱不哈她，就是吃顿饭。

罗伊人：可以，我不会为难你的。

于成飞：你真谁都不哈？

罗伊人笑：我就哈你。

5. 郑秋冬办公室　日内

郑秋冬搜索到了陈修风，看着，一脸的惊喜。

6. 林拜办公室　日内

林拜在用视频跟冯眷眷聊天，冯眷眷：……那件一万多的，我也穿不下去了，老公对不起，又胖了，呜呜呜。

林拜：胖了正好，做好生孩子的准备。

冯眷眷没当事：别闹，真的？

这时袁昆敲门进来：林拜，你别说，你的 referral（转介）靠谱得很……嗨，弟妹好，你老公很能干。

冯眷眷：袁总好，不耽误你们了。

林拜：我可是认真的哟，好好考虑，拜拜。关了视频，问袁昆：靠谱吗，哪个更靠谱？

袁昆：那个叫陈修风的最好，哪儿找的？

林拜：有人选就得了，问这么多干什么？

袁昆笑：资源保护，你不能走，得继续帮我做这个案子。

林拜：不行，我必须退出，曲闽京案子之后，你需要发出自己的声音，以正江湖视听，我再掺和其中很不得体。

袁昆看着林拜：我只问一点。

林拜：说。

袁昆：怎么跟他联系？

林拜：你看我的资料，最晚的信息就到 2013 年 9 月，我也不知道他现在在哪儿。

7. 医院病房　日内

陈修风守在病床前，床上是一个枯瘦的老人。

贾衣玫若无其事从走廊经过。

陈修风靠在椅子里，闭目养神。

贾衣玫用手机偷偷拍他。

8. 德仁公司　日内

郑秋冬和田尧对着电脑在看陈修风的资料。田尧指着电脑：就这两条，一是美中拓展基金外方总经理，还有这只私募，高原投资，客户一定喜欢，他人在哪儿？能撬得动吗？

郑秋冬神秘地：闲着呢。

田尧乐了：怎么会？

郑秋冬看手机。

屏幕上贾衣玫发的陈修风闭目养神的几张照片，郑秋冬继续：这样，你去 Jokartan 跟董威廉进一步沟通，未来三年他们在内地离岸贸易的拟投资规模、项目名称，这些他们都没写清楚。小格局陈修风肯定看不上。

田尧：我觉得这事有蹊跷，董威廉既然做离岸为什么不注册香港，既然有融资计划怎么可能……

郑秋冬：还用问？Jokartan 资金背景肯定来自香港，没法离岸，董威廉只是出面的人。你要跟董威廉多多交流，了解那边的高层构成、信誉评价，尽量准确预估这个总监的职位风险，我们要为双方负责。

田尧点头离开：我去了。

郑秋冬关上文件，退出 U 盘。

贾衣玫进来：照片看到了？

郑秋冬：看到了，孝子病榻前潜心修行，凤凰涅槃的故事。看来零散的消息还都属实。他抽出 U 盘走到贾衣玫面前，贾衣玫含情脉脉：什么事？

郑秋冬把 U 盘给她：整理出来，越快越好。

贾衣玫接过，郑秋冬离开。

9. 路边　日外

贾衣玫抱着电脑等着，米娜从远处过来，端详她：猛一看漂亮了，仔细一看……嘿，你怎么了，变样了。

贾衣玫：怀春了。去你家吧，我那儿太乱。

米娜：先去吃甜点吧，我发现一个好地方。

贾衣玫摇头：我没时间，去你家简单吃点就行，我还有活儿呢。

米娜：好吧，我给你煎鱼排，香港带回来的。怀什么春了？

贾衣玫笑而不答。

10. 米娜住处　日内

贾衣玫在电脑前忙碌。

米娜在厨房里切西蓝花：我给你做银鳕鱼西蓝花沙拉，可以吗？

贾衣玫：可以。BVI 是什么缩写？

米娜：不知道，复制粘贴搜索，我最讨厌缩写。

贾衣玫操作着：离岸公司是什么意思？

米娜：鬼知道，复制粘贴搜索呀。

贾衣玫：搜索出来也看不明白，咱都做不了大生意，没那根筋。

米娜：只要能嫁一个做大生意的不就行了吗？

贾衣玫：光有钱还真不行，一肚子坏水，外面胡搞的都是有钱人，有的还把小三小四领回家一起过。这种人我宁肯不嫁，气不死也恶心死。

米娜额前头发耷拉着从厨房出来，半举着湿的双手：帮我弄下头发，那儿有发卡。

贾衣玫停下手里的活，从一个精巧的烟灰缸里挑出一个发卡，给米娜别住散发。

米娜无意间看到贾衣玫的电脑：嚯，这帅哥这么牛，长河高原投资顾问。

贾衣玫没太在意：公司新项目，我们老板春风得意，在北京做了一单大的，南国时创知道吧，给他们猎了个 CEO。

米娜一直凝视着屏幕：我知道，我们袁总没搞定的，你家郑总整了一堆俗手烂招就搞定了。

贾衣玫关心：俗手烂招，真的？他没说过，什么样的俗手烂招？

米娜：不知道……我听说你们郑总很花心的，是吗？

贾衣玫不高兴：都是你们袁总瞎说的，臭嘴。他那人人品就有问题。以前在珠询人力干的那些糗事你都不知道吧？还有，你去特慧之前，他让我们郑总从一家国外银行帮他盗数据，郑总没搭理他，还不许我们对外说这些事，维护袁昆的名声，他倒好，说郑总花心，什么人呀！

米娜被贾衣玫一串唇枪舌剑说蒙了：玫玫，你怎么了？怪我多嘴，又没有外人，说他人花，你多留点神……要么就当玩笑一听一乐，值得愤怒吗？

贾衣玫被说得有点尴尬，拿起手机：充电器呢？

米娜：卫生间，吹风机边上。

贾衣玫拿着手机去了卫生间。

米娜好奇地看着电脑里陈修风的资料，滚动鼠标看，露出惊讶的表情。

贾衣玫回来，米娜迅速给页面复位：你这台电脑好几年了吧，该换了。

贾衣玫黑着脸：不换就是不换，你有钱你换。凭什么说他花心呀。

米娜愕然。

11. 特慧专猎会议室　日内

袁昆、索尔、宏深的黄总。

黄总：袁总知道外商“意愿结汇”的含义，试点区域内的可以 100% 结汇。这也是我们着急的原因。

袁昆从容不迫，自信潇洒：在合同时间内我会找到你们满意的人选。

黄总似乎有些不快：宏深的四期募集即将开始，需要操盘的备胎，我希望袁总尽快提供理想的候选人。说完起身，客气地向索尔打了个招呼，离开。

索尔看着袁昆：你是这里的资深顾问，我相信你。我可以对总部保持沉默，但不能一直沉默。宏深资本的代表，昨天访问波士顿，签署了战略合作伙伴的备忘录。

袁昆抬头看着索尔：人选我有，奇怪的是找不到这人在哪儿。

12. 特慧专猎会议室　日内

林拜和袁昆在进行面试，一中年主持人坐在中间，米娜记录。

风度翩翩的面试者：……协助北美优质游艇完成融资后的五年，一直在多伦多雪杉金融投资做对冲基金。在加拿大，我的同龄人做到这点的很少，从分析员一路苦熬过来本身就是资历。而且 PM（Product Portfolio Manager，*产品组合经理*）的分红很厉害，碰到大市好的时候，干几年就可以退休。

林拜和蔼可亲：为什么不继续干下去？

面试者：太太和孩子希望回来发展，我很在意她们的感受。

林拜：干几年退休了，陪她们回来不更踏实吗，一劳永逸？

面试者犹豫：每个人的想法不一样，你说的可能更务实，我要呵护家人的感受。

林拜跟各位考官眼神交换，袁昆对面试者：谢谢温先生光临，今天的面试就到这里，三天之内，我们一定给您回复。

面试者彬彬有礼，一边将材料放进干净的公文包，一边起身：不客气，各位考官辛苦，再见。

林拜手机振动一下，偷眼点开一看，琢磨着，然后对面试者：温先生，顺便问一下，您在多伦多的时候，管理着两个部门，下属一共有多少人？

面试者已经快到门口了，停下来，想了想，回身：直接和间接的都算上，42 个。

林拜客气地：就这些，真没了，请慢走。

面试者彬彬有礼地出去了，袁昆看了一眼米娜，米娜也出去了。

屋里安静。

袁昆转向中年人：杨主任，您先说？

杨主任拿起面前的两张纸：还是按我公司的规矩来，我不发表任何口头意见，意见都在这儿，签名在这儿。我复印一份给你留下。

袁昆：理解，您一贯这样，请吧。复印完留给米娜，她会带您去财务结账。

杨主任向林拜点头离开，袁昆关门，有些喜形于色：最后这个温，还不错吧。

林拜看着材料：背景调查有点简单。

袁昆不在乎：调查公司明天就送补充材料，这应该是一个标准线上的人选。比那个陈修风不差，当然，略差一点。

林拜没说话，看着手机：不能骗自己吧。

袁昆：当然陈修风是要好一些，人我还在找，但要做好备选，这个温也是宏深的菜。

林拜：我不想给您泼冷水，袁总。这个温捷说大市好的时候，分红很高，干几年就可以退休，这话没错，完全可能的，但他为什么不干下去？

袁昆：他好像回答了，家人更重要。

林拜拿出手机，点开一页：我最后为什么问他，以前的下属有多少人。因为我刚刚接到我老婆一个微信，这个温捷回国的真正原因是被老东家解雇，解雇的原因是……您想知道吗？

袁昆嘲笑他：这么问有意思吗？

林拜：印象深。因为他监听同事和下属的电话。

袁昆拿过手机看：可靠吗？

林拜：我老婆在加拿大的八卦闺蜜发来的。

袁昆看着手机，还是不屑：他也不算顶层高管，能监听几个人？这一般也是职务责任，属上级指派，考察忠诚度等等吧，不必小题大做。

林拜不卑不亢：项目是您的，我只做参谋，主意您拿。但监听行为可算职业道德严重失信，践踏合作精神，踩红线的谋利者，大忌，他就是点石成金的 PE 天才，也不能推荐给客户，推荐也行，必须带着污点推荐。这跟被监听者多寡没关系。

袁昆不服：惠普电话门举世震惊，但主谋的当事人最终还会被委以重任，我的客户只在乎能力，不在乎别的呢？

林拜苦笑：那我就恭喜您了。

13. 走廊　日内

林拜从会议室走出来，闷闷不乐，米娜等在这儿跟他打招呼，林拜点头后拐弯消失。

袁昆也出来，一脑门子不愉快。

米娜小声：袁总。

袁昆瞥一眼：没事了，可以回去了。

米娜拿出一个 U 盘：你想找的那个人，我找到了。

袁昆轻蔑地看着她：什么人？

米娜崇敬地：陈修风。

袁昆一愣。

14. 特慧专猎会议室　日内

袁昆看着陈修风的资料，很认真。

米娜忐忑不安，心里没底。

袁昆看完，假装不在意：怎么发现的？

米娜：德聚仁合的那个 researcher，是我闺蜜。

袁昆难以置信：郑秋冬的手下，他们也 focus（聚焦）这个人了？你闺蜜还说什么了？

米娜：没说什么，他们刚接的 case（案子），客户是做离岸贸易的，签没签我没问，需要问吗？

袁昆看着电脑，决心鼓励一下米娜：米娜，你在进步。聪明的人品质各不相同，但是他们都有无师自通的天分。你已经具备了基本职业嗅觉，我祝贺你。

米娜激动：谢谢袁总，你说我还需要再向她打听什么吗？

袁昆板着面孔，摇头，然后全神贯注地再次看着屏幕：这不好，猎头这行是有行规的，他们走在了我们前头，口中夺食会被人不齿的。何况那姑娘还是你的闺蜜。

米娜不说话了，一脸的惭愧。

袁昆拍拍米娜：行规归行规，让我再想想。说着他弹出 U 盘：我拿回去用一下。

米娜犹豫的表情立即变得开心，使劲点头。

15. 袁昆办公室 / 甜品店　日内

透过窗户，看见林拜穿过办公区，推开袁昆办公室的门，神情一丝不快：什么事？

袁昆笑着迎上来：还生气呢？温捷的事你说得有道理，我决定不予考虑了。坐。

林拜：我没有生气呀。

袁昆：没生气更好。二人落座沙发。

袁昆：猎曲闽京的案例已经整理出来，明天输入资料库。我再一次看案例，就觉得对郑秋冬有些愧疚，毕竟帮了这么大的忙。

林拜：这好说，您再有项目可以交给他做，他们拓展能力跟您这边没法比。

袁昆：我想说的就是这个，现在宏深资本这个案子我就想带上他。

林拜：好事呀，他手头的项目手下都能帮着做，他一定也愿意跟您合作学习。

袁昆：不谈学习，就说合作，我跟他的合作，将来我们特慧的案例记录里就会这样记录，某某某猎案，是由特慧专猎和德仁合作，郑秋冬先生从中起到了什么什么样的作用。中英法德四国文字的历史记录，世界同行都可以看到。

林拜承认地点头：这对德仁的发展意义重大。

袁昆：也算我对他完成曲闽京案的再次答谢，你帮我跟他谈谈？

林拜起身：没问题，马上联系他。

袁昆谨慎地：注意，开始先只谈意向，不涉及具体的。我们跟宏深资本是有保密协议的。

林拜：别把我当三岁的孩子。

林拜离开，袁昆陷入思索，电话响，走到办公桌接听，口气亲切：米娜呀，忙什么呢？

甜品店内，米娜在打电话，后景处，贾衣玫在吃着甜品。

米娜小声地：郑秋冬确实是在猎陈修风。

袁昆：甲方是什么人？

米娜：注册维尔京群岛的离岸公司。

袁昆：职位，年薪？

米娜不好意思：不好再多问了，人家毕竟是我姐妹，套多了不合适。

袁昆：对对对，做人要仗义。米娜，你已经做得很好了，那就先到这儿吧。

米娜：再见。说完回到贾衣玫面前：不好意思，破电话没完没了。

贾衣玫打量着米娜：有男人了？

米娜一愣：没……你是怎么看出来的？

贾衣玫：我是孙悟空，火眼金睛。

米娜不安：你还看出什么了？

贾衣玫：妖精。

米娜紧张。

贾衣玫哈哈大笑起来。

16. 餐厅包间　夜内

郑秋冬，林拜，袁昆。

袁昆和林拜在沙发区小声说着什么，空的餐桌边，郑秋冬在看着面前摆着的一些资料。

林拜和袁昆不时看着郑秋冬，郑秋冬看着材料，不时停下来想着什么。

郑秋冬：德仁的职责只是参与讨论和分析？

袁昆：对，所谓德仁其实就是郑总你本人。

郑秋冬：我知道，其实这哪叫合作呀，这就是袁总好心拉兄弟一把，给个彩头。

林拜：这对发展中的德仁很重要的。

郑秋冬满意：好，我签，跟着特慧学能耐，向袁总拜师学艺。

袁昆一招手，服务员端着托盘过来，后边跟着米娜，托盘上边是一支签字笔、一个 U 盘盒和三杯香槟。

米娜拿起签字笔：郑总请。

郑秋冬看了眼米娜，稍有迟缓，随后就拿起笔签了字。然后把文件交给袁昆。

袁昆微笑着：郑总是如此爽快的人，以前还没发现呢。说着把文件交给米娜。对服务员：可以上菜了。然后把托盘里的 U 盘盒交给郑秋冬：这是相关人选的详细资料，不着急，最早下周等我通知。

米娜离开。

郑秋冬看着 U 盘：好的，我等您通知。

袁昆把香槟递给郑秋冬和林拜。

林拜跟郑秋冬开玩笑：我是中间人，有什么好处别忘了我。

郑秋冬开玩笑：袁总一定付你不菲的佣金了吧。

大家一乐。

袁昆举杯：来，祝贺秋冬加盟，祝合作愉快！干杯！

郑秋冬、林拜：干杯。

17. 郑秋冬办公室 / 街道车内　日外

郑秋冬在打电话，贾衣玫在复印东西。

郑秋冬：一个朋友送给我的西班牙火腿，还有奶酪，这些搭你们家的葡萄酒一定是绝配。对对，我这会儿正好没事，给您送过去，请您和陈老师品鉴一下。

葵黄在车里：哦，老陈一定高兴，我在去机场的路上，没这口福了。

郑秋冬：您去哪儿？

葵黄：去云南，那边技师忙不过来，老陈现在分不了身我就多跑跑了。

郑秋冬：陈老师现在在家吗，我把东西送过去？

葵黄：这个时候应该在医院，他爸明天放疗。

郑秋冬：哪家医院？

18. 医院门口的街道　日外

郑秋冬的车驶来停下，他拎着一大袋子东西下车，抬头看了眼医院。

正要过马路，突然看到急匆匆赶来的袁昆。

郑秋冬抬手打招呼：袁总。袁昆风度翩翩，脚步匆匆，没有听到他的声音，从不远处径直走进一家咖啡馆。

郑秋冬没当事，从斑马线过了马路，过去之后，顺眼一瞥那间咖啡馆，不禁大惊失色。

咖啡馆靠窗的位置，袁昆落座在一个人面前，解释着什么。

那人竟然就是陈修风。

郑秋冬被定在原地，片刻，他错开半步，让一个灯杆挡住自己。

郑秋冬露出半张脸看着，一脸困惑。

这时咖啡馆内，米娜出现，袁昆做着介绍，她与陈修风握手，然后坐在了袁昆身边。

陈修风和颜悦色地跟俩人说着，气氛轻松。

郑秋冬看着意外凑在一起的三个人，一脸茫然——狐疑——惊愕，他迅速离开这里。

迅速过马路。

迅速上车，掉头，驶离。

郑秋冬一脸的不可思议。

19. 郑秋冬办公室　日内

郑秋冬匆匆走来，打开电脑，快速从包里翻出袁昆给他的 U 盘，哆哆嗦嗦地插到电脑上。

焦虑地等待。

贾衣玫已经跟着他进来了，站在门口：怎么了？

郑秋冬：没什么。我想自己待一会儿好吗？

贾衣玫噘着嘴出去了。

片刻，电脑上跳出了陈修风的照片和简单的生平资料。

郑秋冬身形颓然，走到一个角落，掏出电话，拨打：见个面吧……不行，我就是当电灯泡，我也要见你，再不说我就爆炸了。

20. 林拜家　夜内

林拜和郑秋冬在桌边饮酒，林太太在厨房忙碌着。

郑秋冬：怎么会有这么巧的事？

林拜也一脸困惑：我也是第一次遇到这种事，不知道该怎么解释。

郑秋冬：我不想阴谋论啊，可没法儿解释，现在的陈修风是那么边缘的人物，我跟袁昆怎么会同时发现，太奇怪了，他是怎么发现陈修风的？

林拜：跟你实话实说，陈修风这个人选是我推荐给他的。

郑秋冬意外，看着林拜半天：你知道这个人？

林拜：以前我跟陈修风打过交道，次贷危机的时候，瑞银中国的一干中层都是特慧专猎打包招聘的，陈修风当时在瑞银，我给北京的老大做 AC，跟陈修风没少打交道。后来还联系过。就这两年断了，但我知道他在杭州。

郑秋冬还是怀疑：你什么时候把他推荐给袁昆的？

林拜：月初吧。

郑秋冬将信将疑：要说你推荐给他的，我心里还好受一些。要不就差这么一步，太纠结了。

林拜：他能这么快找到陈修风，一定也下功夫了，我一直在找他，也没下落。

郑秋冬：这单是 600 万年薪加分红，是吗？

林拜点点头：不能再说了，这是他的秘密。

林太太端着清蒸鲈鱼上桌：尝尝，清蒸鲈鱼，我娘家祖传的绝活。

郑秋冬尝了一口，点头：不错，拾一句流行的牙慧，糯。

冯眷眷坐下，郑秋冬给她倒酒：能喝吗，嫂子?

冯眷眷：一点点吧，一会儿看电视去。哎，有罗伊人的消息吗?

林拜对郑秋冬认真：你永远不要小看一颗八卦的心。

冯眷眷：问问怎么了，人家秋冬都没说什么呢，用你来堵我嘴。

郑秋冬：就是，嫂子，只管问，您想问什么?

冯眷眷：你们还有联系吗?

郑秋冬：有，现在的男人不都是前女友吐槽的垃圾槽嘛。

林拜碰杯问太太：喝酒，下一个该问熊青春了，是吧?

冯眷眷撒娇一笑，摸着老公的脸：熊青春还好吧?

郑秋冬：联系不多，好像很忙。她那个做间谍的老公据说在搜集51区的情报，她在帮着找黑客，顶级的，凯文·米特尼克那级别的。

冯眷眷感兴趣：猎黑客，够酷，猎头还能搞情报?

林拜：你把猎头理解狭隘了。斯诺登知道吧，他就是情报承包商的外包产品，在美国，政府用人和外包公司之间的桥梁，就是猎头公司。斯诺登怎么来的，就是政府情报部门要用人，就找到猎头公司，猎头公司再找外包公司，外包公司再找临时雇员来干活，斯诺登就是这么个临时雇员，一个电脑小工。

冯眷眷诧异：熊青春在英国做情报承包商?

郑秋冬：类似的吧，好像，肯定没博思艾伦这么大，这么有名。

冯眷眷好奇：哎，要是她再回国找我们玩，我们能跟她接触吗，会不会被那个那个监控?

林拜煞有介事：肯定被监控啊，谁接触她，有关部门就请谁去喝茶。以后熊青春这种人连提都不能提。

冯眷眷：真的?那还是说罗伊人吧。她有男朋友了吗?

林拜看表：眷眷，别扒了，你听《跑男妈妈去哪儿》开始了。(里间的音乐声骤起)

冯眷眷：好了好了，不多问了。抱着碗去里间了。

电话响，郑秋冬看手机，是微信。他看了眼林拜，回微信：我在林拜这儿，回去再通话。

林拜看了眼墙上的钟：这点儿了，还认识我，谁?一定不是袁昆。

郑秋冬觉得有点说漏：不是。不自然地笑了。

林拜瞪大了眼睛：女的。

郑秋冬点头。

林拜凑上前：不是罗伊人。

郑秋冬点头。

林拜：更不可能是熊青春。

郑秋冬点头。

林拜仰面思索：本地的?

郑秋冬点头。

忽然，冯眷眷的房间里传来她哈哈大笑声：太逗了。

郑秋冬吓了一跳。林拜：我都习惯了。

郑秋冬：别问了，跟嫂子学的，不八卦，毋宁死。

林拜凝视着他：别打岔，这不是八卦，这是算卦。排除完毕，那就只有一个人了，是她。

郑秋冬估计林拜猜对了：没错，就是她。

林拜：什么时候开始的？

郑秋冬：就是从北京回来以后。别跟盲人占卦似的，咱俩说的是一个人吗？

林拜老谋深算地一笑：就你刚才看微信那偷鸡摸狗的眼神，错不了。身边的人，熟人，下属，错不了的。

郑秋冬笑了：也就只有她了，你别装得跟神算子似的，是个人都能猜到。

林拜眯着眼，深奥的样子：合适吗？

郑秋冬：不知道，但确实有点感觉。

林拜：早在熊青春时代，这姑娘就……姓贾是吧，就暗恋你，终于熬走了前任，苦哇。

郑秋冬：没你说的这么玄。（他似想起什么）不说她吧，没完没了的话题。你说那个陈修风，你找了他一年都没找到，袁昆怎么几天就跟他一起喝咖啡了？

林拜：这事我真没多想。（突然林拜敲了一下桌子）你往下怎么办？是自己干下去，还是跟袁昆合作？陈修风可只有一个。

郑秋冬：我正纠结这事呢，必须放弃一头。要是没昨天的合同，跟袁昆或许还能争一争，现在可好，有口难言。

林拜想了想：你那边离岸公司出不到 600 万的价，你跟袁昆争意义不大。我建议，你主动放弃，完成跟袁昆的合作，胜券大，给公司攒口碑，还有 30% 的提成，是上策。

郑秋冬无意间看到桌边放着的一支签字笔，那跟袁昆签字时用的笔一样，郑秋冬打量着那支笔。

餐厅里托盘上的那支笔，米娜给他递过的笔，米娜的眼神。

郑秋冬自语：只有受益者才知道真相。

林拜：阴谋论的典型句型，我认为是巧合，别强迫自己逢赌必赢。

郑秋冬：昨天签字的时候，袁昆领的那个小助理叫什么名字？

林拜：米娜，怎么了？

郑秋冬一愣，手机响，是微信，他回：我在 ×× 新苑二号楼，喝酒了，过来接我。

郑秋冬一脸愕然，喃喃：不会吧。

第 30 集

1. 街道　夜外

贾衣玫开车，郑秋冬坐在副驾驶，表情严肃。

贾衣玫：吵架了？

郑秋冬没有说话，贾衣玫：出什么事了？

郑秋冬：先别问，让我在脑子里再捋一遍。

贾衣玫沉默。

车驶过空阔的街道。

2. 郑秋冬住处楼下　夜外

贾衣玫开车过来停下：现在说吧。

郑秋冬端详着贾衣玫：上去吧，给我烧杯咖啡，慢慢说。

贾衣玫似有意料，心领神会的样子。

3. 郑秋冬家厨房　夜内

咖啡机打泡，发出呼呼的声音，贾衣玫持杯等待，不时侧身看一眼客厅里的郑秋冬。

客厅，餐桌边，郑秋冬还在思索，不时在纸上画着箭头。

贾衣玫端着两杯卡布奇诺过来，坐在对面静候。

郑秋冬抬眼看着咖啡。

贾衣玫：想好了吗？

郑秋冬：想好了。我把自己当成侦探了，一直在想你是怎么进入公司的，来的前前后后都做过什么，我们这种关系是怎么演变的。

贾衣玫糊涂：这有什么好想的？

郑秋冬渐渐温和：是啊，想了半天，我也觉得没什么好想的。知道吗？我今天去见陈修风，发现一个人早我一步到达。

贾衣玫意外：谁？

郑秋冬：袁昆。

贾衣玫：真的？

郑秋冬点头：开始我以为是走漏了消息，刚才林拜说是他推荐的陈修风。

贾衣玫意外：林拜也知道他！

郑秋冬：知道，但他并不了解最近两年的陈修风，一直没联系。我问你，你整理陈修风的材料，那个叫米娜的知道吗？

贾衣玫想了想，不禁叫出了声。

郑秋冬诧异：她知道？

贾衣玫点头：那天我要整理规范文本……哎呀，我啥都没想，就觉得我住的地方乱，去了米娜家……她看到文件了，我一点都没想到要保密……

郑秋冬冷静：放松放松，从那天以后，她会有时间复制你电脑里的东西吗？

贾衣玫想：有，她做饭，我下楼取过一个快递，没关电脑。

郑秋冬：上下楼大概要用多长时间？

贾衣玫一脸懊恼：快递车不让进园，至少要五六分钟。复制个文件不成问题，你怀疑米娜偷给……

郑秋冬给她递上咖啡：没根据，这只是我的推理。

贾衣玫突然起身：你一路不说话，是不是想过我会是故意给他们透露消息？

郑秋冬：说实在话，这是我最担心的，这比泄密还可怕。这一路我在想，如果你是别人的内线，相处这么久，你不会没有纰漏的，不会总这么真实。

贾衣玫小得意：你确定我是真实的。

郑秋冬点头：你要是问我为什么能确定，我可以告诉你，我心动过。你要是别人内线，是逢场作戏的话，我一定会感觉到做作的，不会想去欣赏，这是我最信任的直觉，我可以说……

贾衣玫被郑秋冬说得激动，她过来轻轻抱住他：当然，我当然是真实的……

郑秋冬慢慢抬手，抱住她的腰。

4. 陈修风家　日内

这是个装修讲究的别墅，沉稳、典雅、不浮华。

客厅，沙发区，陈修风戴着眼镜在看文件，袁昆在一边等候。

米娜看着周围的各种西式陈设品、中式古董码放得错落有致。

钢琴上摆放着鲜花花瓶，墙壁上是陈修风夫妇年轻时的照片。

米娜看着其中一张，有些惊讶，走过去，细看，回头，看到袁昆。

袁昆正注视陈修风看文件，一脸的焦虑不安，忽而看到米娜看着他的眼睛。

袁昆挑了下眉：怎么了？

米娜用手指了指照片。

袁昆起身溜达到钢琴边，看着照片。

照片上，年轻时的陈修风和葵黄朝气蓬勃。

陈修风的声音：那是我们年轻的时候。

袁昆：光彩照人啊。

陈修风放下了手里文件，扭头注视这边。

袁昆看着照片：确实有几分相像。

陈修风：什么意思？你说的是……这时米娜正好回头看陈修风，头发甩起，眼神明亮，面带微笑。

陈修风一下愣住了，他慢慢起身过来，看着米娜，又看了看照片：太穿越了。

袁昆也觉得米娜像照片里的葵黄：您太太这时候多大？

陈修风：24 吧。

米娜：这是在哪儿？

陈修风：在云南，这是我爷爷留下来的葡萄园。陈修风有些兴奋，专注地看着米娜。

袁昆注意到了。

米娜娇羞地看着陈修风：陈老师，我给你们煮咖啡吧。

袁昆：米娜的咖啡技艺是一流的。

陈修风：好，好。

沙发区，陈修风看着手里的文件，袁昆开始谈工作。

袁昆：关于您我们做了很多功课，虽然蛰居一年，您对外还保持着高度关注。外资 PE 基金的 Portfolio Manager（证券投资经理）您做过，也管理过这样的团队。我不多解释，如果您觉得 600 万年薪加分红不够称心，我可以再跟客户谈。

陈修风摘下花镜：我从来不想挑挑拣拣，那不是我的风格。说着他指着文件不经意地：这儿有个手误，不该是 Arbitration，仲裁，甲方想用的是 Arbitrage，套汇，手误。

袁昆顺手拿起笔潇洒地在文件上画了个圈。

陈修风继续：你们时间充裕吗？

袁昆谦恭地：我们最近的时间都是为您保留的。

陈修风：好，我们先不说这单生意，我想先介绍一下我和我夫人，免得大家花太多的时间在试探摸底上。

米娜端上咖啡，陈修风闻到，回头：好味道。

米娜俏皮地日式女佣的姿态，鞠躬：（日语）谢谢。

陈修风接过咖啡，不禁多打量米娜一眼。

袁昆看在眼里：陈老师，您继续。

陈修风：我离开高原集团的时候，我太太也从高盛辞职，陪我回云南老家。她在高盛做了四年金融分析师。去高盛之前，她在华盛顿，在卡莱尔见习实物资产投资，每天跟我念叨的都是鲁宾斯坦、索罗斯这对听着头晕的名字，她拿到 CFA（特许金融分析师）特许状的时候才 29 岁，是做事业的一把好手。

米娜凝视着陈修风眼神迷离。

陈修风：离开高盛的时候，她挣的钱就够我们生活一辈子了。注意，我说的生活，不是那种紧紧巴巴的生活，而是每年两次旅行度假的生活，想一想就很惬意的生活，我爸爸说她是小富婆。她很厉害吧，而我那时候账户上的钱，至少是她的 50 倍，是 50 个小富婆，何况我们没有孩子，不存在泽被后世的焦虑。我的话袁先生知道什么意思了吧？

袁昆点头：不要拿 600 万年薪加分红来诱惑您，钱就是狗屎。

陈修风：不不不，做金融的人对钱不该这么不敬，说狗屎太粗鲁，应该说就是，屎。

三人一愣，接着哈哈大笑。

米娜眼前一亮。

陈修风：所以我要对您说 no，袁先生的一片好意我心领神会。可是，袁先生，人各有志，所规不同，陪着父亲走好最后这段路，这是谁也不能改变的主意，实在抱歉，您只好另请高明了。

袁昆一副隐忍的表情：陈老师先不急于做最后决定，听我说啊，即使不缺钱，也鄙视世俗的高大上，可陈老师，您大风大浪的也过惯了，一年时间豹隐秋雨，权当休养生息，要在这安静的 house（房子）住着，久了，不寂寞吗？

陈修风笑了：事很多，不会的，寂寞怕我，总是躲着我走。好像只有当初收到高考录取通知的那天，狂喜之后，我明显感到了少年寂寞，后来再也没有过了。

袁昆快哭了：我理解，我理解……陈老师，但是您不认为这个基金投资组合经理的职位，很合适您吗？

陈修风：我如果说是的话，你岂不更难受，如果说不是的话，是我在撒谎。他转向米娜：姑娘，咖啡煮得很好，真的。

米娜被意外夸赞，有些慌乱：是吗，谢谢……

袁昆立即：那就再给陈老师煮一杯，我也来一杯。米娜欢快地把空杯放在托盘上，去了。

袁昆：陈老师，不说我们的事了，我再考虑考虑……哈哈，这姑娘跟嫂子长得真有几分神似啊，嫂子也很厉害呀，听您刚才这么一说。

陈修风点头：她事业做得风生水起的时候，我说了一声回家，她二话没说，就跟我走了。她的厉害是在这儿，哈哈，这算是传统美德吧。

米娜厨房露头：陈老师，您要跟上杯一样的吗？

陈修风有点恍惚：啊，一样的。米娜一笑缩回了头，陈修风拍着脑门：哎，袁总，这姑娘叫什么名字？

袁昆压低声音：米娜。

5. 郑秋冬办公室 日内

郑秋冬一边给鼠标换电池，一边对贾衣玫：说到家，这一切都是怀疑，没有铁证证明米娜偷了资料。

贾衣玫：这两天太纠结了，不愿见她，不知道该用什么态度对她。

郑秋冬无奈：衣玫，一丝一毫都不要流露你的怀疑，做一如既往的朋友。

贾衣玫眉头拧着：说得容易。

郑秋冬耐心分析：听我说，陈修风这个项目对他们是大案子，整个团队一定会忙得不亦乐乎。你说你是米娜的树洞，她以后无论向你怎么吐槽，只要提到陈修风案子的细节，那就说明她不避讳你，资料就不是从你这儿盗走的。相反如果她受累受委屈，回来对你却一字不提，甚至故意躲着这个话题，那就说明她心里有鬼。

贾衣玫：我该怎么办？

郑秋冬：还是那句话，做一如既往的朋友。

马小红推门：郑总，时间到。

6. 德仁会议室 日内

郑秋冬在白板前，白板上写着“Jokartan 创业投资→离岸公司。法域 B.V.I。金融投资总监”的字样。以及“候选人，1 陈，2 章，3 范”。

在座的有田尧、贾衣玫、马小红、蒲渐。

郑秋冬：从曲闽京案例，到这个 Jokartan 创投，我们的委托方层级在慢慢变化，它推动我们必须作出与变化相适应的规范改革。希望不久，德仁不再接手年薪 50 万以下的项目了。

各位下属欣然点头。

郑秋冬：下面就说这个项目的进展。他在“1 陈”上打了个叉：比较而言这是最理想的人选，很遗憾，别人抢先了。

田尧：郑总，抢先了，我们也可以跟进，他们的客户未必比我们的实力强大。

郑秋冬：没错，我想过这些，但是我们的对手是朋友，是曲闽京案的发包方，曲闽京项目是我们公司的经典案例。我们怎么跟进？

田尧：竞争本就是同行之间的事，不该是我们选择放弃，而应该挤进去，让候选人“1 陈”做出他的选择。

郑秋冬笑了：说得好，可现在离曲闽京项目太近了，我们和特慧还是蜜月期，诸多不便。至少要隔一段时间来淡化见利忘义的色彩。

田尧：您跟特慧真有解不开的缘分。

贾衣玫喝水，被呛着，马小红给她递纸。

郑秋冬：还有个致命伤就是，我也陷在他们的团队里了，不能明修栈道，暗度陈仓，就是这样的。这事会后再解释。郑秋冬点着白板：不多废话。这个“2 章”和“3 范”的背景调查还没上来，但莱利咨询说，莱利咨询是北京的一家调查公司，这个调查公司说……

他说着，在“2 章”上画了个大圈：这个人在海淀康易投资做总经理的时候，遇到跳槽高就的机会，就立即扔下手头的项目，绝情辞职，致使老东家即将完成的并购流产，现在这家公司只有母女两个人和一个小门脸。他要是心怀仁义，晚走半个月，这家公司今天就是一家上市公司的子公司。这种忠诚度为零的狠主，能力越强，贻害越大。

田尧：简历很漂亮。

郑秋冬：归根到底，我们的客户用的是人，而不是简历，我没见过愿意把不良记录写在简历上的人。郑秋冬在“2 章”上慢慢打了个叉，又用笔圈住“3 范”：然后说这个，十佳投资经理人之一，油研基金创立时 30 岁的元老，典型的少年得志。资历老、学历高、职位高，业内口碑很好。但这都是表面文章，我研究其四年业务，决策、创新、应急三方面的能力平平，公司的利润，基本是靠行业垄断地位产生的，他这个十佳经理人是要打问号的，体制内的专家绝非个个都是曲闽京。

田尧拿出一张纸：我这边还查到，他曾因涉嫌关联交易被约谈过，但都过关了。还有证据显示他有家庭暴力的前科，街道妇联当面提出过警告。按照以往的准则，他基本被 pass（淘汰）了。那就掉头来，再考虑这个“1 陈”。

郑秋冬深吸一口气：这个陈……田尧，我说过暂时打住，我们还要继续检索。

马小红：LinkedIn（领英，全球知名职业社交平台）提供的资讯不断会有新变化，我们可以不断去试。

田尧：如果特慧猎不走这个陈呢？机会不就是我们的了，我们可以一边物色别的目标人，一边关注特慧。

贾衣玫：特慧即便失手，我们也未必能拿下他。他父亲患了绝症，也许他会等到……人走了之后，才做新的决定。

郑秋冬轻拍桌子：这个 case 是对我们以往 BD 最好的检验，人选空白，不及格呀各位。

贾衣玫、田尧、马小红面面相觑，蒲渐正襟危坐，认真的样子。

郑秋冬：知耻而后勇，散会。

7. 咖啡馆　日内

袁昆和米娜。袁昆闭眼揉着太阳穴：你是不是说过，你会算命？

米娜：没说过呀，我可能说过我认识一个大师，懂些四柱八字这类的……

袁昆：你说为什么我今年总是被目标人拒绝呢？

米娜天真：这就算拒绝吗？我还以为这仅仅是开始呢。您以前讲过，顶级赌场 VIP 公关接待，会持续关注一个大客户十年的全球行迹，最终请来一赌，不枉十年心血。

袁昆看着米娜，满意地点头：不错，你真是天天在进步。袁昆琢磨着，好像忽然想起什么：哎，米娜，如果这个陈修风是单身，且对你又有情意，你会考虑跟他好吗？

米娜看着袁昆：几乎会的。

袁昆：为什么说几乎？

米娜羞涩：47岁，稍大了一点点。

袁昆思考着，表情神秘：上帝让你像他年轻的太太，或许就是一种暗示，暗示那种超凡脱俗的默契。

米娜不明白他的意思：什么意思？

袁昆：凭直觉，我认为这个陈修风不会被撬动了，可我又不死心。他或许会成为很好的朋友……他对你发出了讨好的信号，你没感应到吗？

米娜有些诧异，羞涩：会吗？袁总你不是开玩笑吧。

袁昆摇头。

米娜复杂的表情，想说什么，几次开口没说出话来。

袁昆：这个城市里活着的900万人口，什么人该被别人养活，什么人该养活别人？年轻的时候都没有定数，慢慢发展，有沉有浮，就有结果了，沉和浮是怎么决定的，那是靠运气和搏杀来决定的。女孩子尤其要把握时机，你学过表演应该知道，成为明星的那几个人，天生就比别人强吗？

米娜：比她们拼命的多的是，我给她们当过替身，危险的、滚楼梯的、挨耳光、尸体什么的我都演过。

袁昆：她们风光背后付出的你知道吗？

米娜恍然：你不会是说让我……

袁昆：他是我们的猎物，他很骄傲的样子，激起我些许斗志，我相信拿出你的所有资本，一定会驯服他的。

米娜焦虑：我明白您的意思，袁总。可是陈修风是有家室的。

袁昆：你还是没明白我的意思，我不是说你如何嫁给他，而是说……我问你，全国在猎头公司做researcher的女孩有多少？

米娜：无数。

袁昆：谁应该干出来？谁是天生的consultant（顾问）？没有。都要靠自己。

米娜：我当然希望能干出来，让爸爸妈妈放心，让同龄人高看一眼。

袁昆：那就要比同龄人付出更多。

米娜咬着嘴唇，犹豫着。

袁昆：要是最终能拿下陈修风，close case的时候，我会在案例报告封面上也署上我们两人的名字，是袁昆、米娜两个人的项目。

米娜异样的眼神。

袁昆：fee（报酬）我们可以四六开，你拿四，我拿六，五五开也可以，关键是你要能迈出那一小步，人生就上了一个大台阶。

米娜下了决心：我懂您的意思，袁总，我可以试一试。

8. 索尔办公室　日内

林拜和索尔，索尔：我不好过问太多，怕袁总多心，但是我要掌握进度。你最好帮我从侧面了解一下。

林拜点头：索尔，为什么我最近总打不起精神来？boredom（无聊），emptiness（空虚）。

索尔：是不是因为没有大项目？

林拜摇头：不是，有找我的，我没兴趣接。

索尔：为什么？

林拜：因为……我在咨询你，你又把问题还给我了。

索尔：不不不，林拜，我是想问你为什么不想接项目，而不是问你为什么打不起精神。

林拜想了想：好像是……无趣，没有冲动，没有做事情的激情。

索尔困惑：你最想干什么？

林拜：我想想啊，怎么说呢，我是想做饭、种花养鱼、生孩子。

索尔眉飞色舞：好啊，为什么不呢？

林拜叹气：是呀是呀。事业、生活这他妈是哪个王八蛋划分的呀。

9. 医院走廊　日内

陈修风从病房出来，拎着个垃圾袋，抬头看见等在不远处的袁昆。陈修风把垃圾袋放进垃圾车里，朝袁昆走过来，友好地：怎么还来？

袁昆：担心，过来看看。

陈修风：请这边来，我有几句话要说。

10. 医院楼梯口　日内

陈修风和袁昆来到楼梯口，这里安静没人。

陈修风：袁总，您每天过来陪我，我很感动也很感谢。但是我要明言相告，我肯定不能接受您的职位推荐，不是因为600万年薪加分红少，而是未来我有我的规划，不会为其他所动。看着您白白为我耽误这么多时间，我于心不忍，所以我要说这番丑话，您为我设计的未来我丝毫没有心动，我们的想法南辕北辙，我不会答应。您的职业经验可能告诉你，越是这时候越要坚守，精诚所至，金石为开。您会坚持多久我不知道，但我郑重告诉您，放弃吧，我这是为您负责，赶快去做新人选的规划，以后的时间很长，我们还是朋友，谢谢对我的器重，再见。

陈修风用拳轻轻击打了两下袁昆的胸口，走了。

袁昆眼里露出绝望。

11. 医院走廊　日内

陈修风从楼梯口走来，看到郑秋冬在父亲病房门口，拎着火腿和七子普洱，朝里张望。

陈修风走近他：来了。

郑秋冬把手里的东西给了他：路过，老爷子怎么样？

陈修风：还那样。

这时袁昆从后面走来，面带职业微笑，郑秋冬正好背对着他，他对陈修风：那我就回去了。

郑秋冬应声回头。

袁昆一愣：郑总，怎么是你？

郑秋冬：哦，我来看看陈老师。

袁昆一脸狐疑：好，你们聊着，我先走了。

袁昆走了不远，郑秋冬从后面追上来：袁总，别误会，我跟陈老师以前就认识。

袁昆微笑着：是吗，多久以前？

郑秋冬：也没多久，但一定是在您给我他的资料以前。

袁昆依然笑着：不用解释，我相信你在他身上没有项目。

郑秋冬愣住，袁昆离去。

12. 林拜办公室　日内

林拜在跟冯眷眷视频聊天，冯眷眷兴奋，语速较快：当然了，北京每天都有新闻，哦，对了，你知道吗，罗伊人的男朋友，那个叫于成飞的家伙，可能要大火了，他的新片物料在几大网络平台都投放了，原作的脑残粉据说有 6000 万呢，铺天盖地，还冒出好几个粉丝团上街拉票……罗伊人这家伙你发现了没有，真是旺夫……

林拜：别瞎说，什么旺夫，一个不在人世，一个还在大牢里呢。

这时透过玻璃，林拜看见袁昆在走廊里，指着杜比和艾玛的鼻子大发雷霆，说的什么听不到，但能看到袁昆很生气。

林拜把手机镜头转向走廊：看得见吗，袁昆在大发雷霆。

冯眷眷：什么呀，看不见，他为什么大发雷霆？

林拜转回手机对着自己，小声：接了一大单，要黄。

冯眷眷：不管他，哎，老公，罗伊人找的人都不会是无名之辈，你不觉得她神奇吗？

林拜：郑秋冬不是无名之辈吗？不说这些八卦了，老婆……林拜沉吟半天。

冯眷眷：什么事？别吓唬我，你没这么严肃过。

林拜：我想要孩子。

冯眷眷意外，愣住：你不是说你不喜欢孩子吗？早就说给你生，你不想要，现在怎么又想要了？（接着她竟然抽泣起来）以前怀了你不要，要是要了现在也上学了……你可真够讨厌的。好好……我一定给你生，林拜，我马上就锻炼身体，不熬夜了，你也要锻炼身体，不许熬夜哦……

林拜被太太感动：我听你的，锻炼身体。

冯眷眷：多跟好人在一起，少跟小人在一起，给孩子攒人品嘛，袁总我就觉得……

林拜凑在手机前：他这人确实有问题……

这时袁昆推门进来：林拜……

林拜吓了一大跳，腾地坐了起来，手机掉在桌子上，他急忙抓过来关掉视频：什么事？

袁昆开始是一张严肃的脸，他觉得林拜的反应有些过分，径直坐在边上的椅子里，片刻之后，似乎是装出的和善，撇嘴笑：手忙脚乱，不至于吧，不就是女人吗。

林拜掩饰：现在的女人真是……太开放了，什么事？

13. 公园　日外

安静的公园，林拜和袁昆穿着运动服、运动鞋慢跑着。

袁昆：是这样，陈修风的 case 不顺利，方案要调整。我让杜比和艾玛暂停手头的事，AESC 在广州有个保密隐私培训，我让他们去参加了。还有，很遗憾，我要清理门户。

林拜意识到要发生什么事，注视他。

袁昆：我要把郑秋冬踢出我的团队，他是你的朋友，对不起。

林拜意外：什么，出什么事了？

袁昆：这个人无论怎么装扮，邪恶本性已经深入骨髓。

林拜急了：好了，不说这些吧。究竟出什么事了？

袁昆：他吃里爬外，跟陈修风私下接触。

林拜震惊：你确定？

袁昆：我在医院亲手抓到了现行，算确定吗？

林拜：他们以前就认识，往来也正常。

袁昆：不要替他解释，作为朋友你做得已经够好的了。据我所知，他在拿到我给他的资料后，迅速带着项目去猎陈修风的。

林拜：他不是那样的人，地中海银行的事你该了解他。

袁昆：人心隔肚皮，此一时彼一时。听到的、看到的我都不信，我只信抓到手上的。我决定了他必须出局，而且不能触碰陈修风。

林拜：这个决定有点轻率。

袁昆一愣：林拜，你跟他是朋友，跟我也是朋友，不想让你为难，一切我来处理，这事起于我，也止于我，我不能让你里外不是人。朋友之间不光是分享，也必须有分担。

林拜渐渐冷静下来：会弄清楚的，这事不进行三方对质就这么决定，太不像你一贯的风格了。

袁昆：我像傻子一样蒙在鼓里，被他拉开了几条街，还顾得上什么风格。

林拜：他秘密接触陈修风，是什么项目？

袁昆：不清楚，是香港一家离岸公司的。

林拜无奈：既然都这么明确了，你就决定吧，我保留异议。

沉默。

林拜：我多问一句，陈修风这个人你怎么这么快就能找到的？他在市面上没什么线索。

袁昆看着周围：是你想知道呀，还是有人托你打听？

林拜诧异，笑：有人托我打听，为什么这么问？袁总，你确定有人也在关注陈修风？

袁昆手摸着脖子：林拜，我们都是特慧的人，是一个阵营的。既然你问到了我怎么找到他的，好，我告诉你。他归隐了，确实不好找。但我有个朋友，是做人才挽留管理的，他人脉很广，你把陈修风的资料交给我，我交给他，他就帮着找到了。

林拜哦了一声，看着袁昆在叙述。（林拜 OS）他在撒谎，简直跟 *Lie to Me* 描述的一模一样，手会不自然地摸脖子，典型的机械反应。手指着左边，眼睛却看向右边。嘴角两边下撇，对自己的话不抱信心。陈修风的下落很可能是从郑秋冬那边偷过来的，在中国，传言都不是空穴来风。

（袁昆如 OS 的反应，无具体台词。）

袁昆最后的声音：……OK，林拜，猎头只为三方负责，用人方、被猎者和我们自己。这都是常识、小儿科，我不想跟你说教，能做到三赢就是全赢。在这个过程中即使伤害到三方之外的第四方、第五方，也是误伤。猎头丝毫不伤害他人利益，可能吗？

林拜不想再说下去了：不说了，当心吸凉气肚子疼。

林拜慢慢跑了起来，袁昆从后面看着，跟着跑了起来。

林拜思索的表情。

14. 西餐厅　夜内

袁昆和米娜。米娜闷头吃着牛排，有些不好意思抬头。

袁昆：陈修风看你的眼神都带着温度，你只要稍微主动一丁点，他必定就范。

米娜还是没抬头，慢慢咀嚼着。

袁昆：他是非同寻常的人，多相处，本身会受益无穷。

米娜低头小声：是我受益，还是您的项目受益？

袁昆温柔地：不是我的项目，是我们的项目。

米娜抬起头，眼角有泪珠：陈修风拒绝了您，您很愤怒，我看得出来。

袁昆有些感动：我愤怒不是因为他拒绝，而是因为他的傲慢。

米娜看着袁昆：袁总，别往心里去，公司事多，您操心也多，再为这种事生气，不值。

袁昆：我内心很强大的，不用安慰我，米娜。我突然发现，你是这么可爱的姑娘。

米娜意外，继而理性：您不必用这样的话感动我，我是成千上万的女孩中普通一个，我的斤两我清楚，但我愿意为将来拼一次命，没得选择。我答应您，去勾……说勾引不好听，去喜欢陈修风……您千万别再说我可爱，您要真觉得我可爱，还让我去喜欢陈修风，我会觉得您太实用了。

袁昆真诚：这正是抉择的痛苦。做还是不做，掌握在我们手里，可我们又不得不去做坏的选择，生活从来就是这么复杂。

米娜：不复杂，我理解您，陈修风这单你被推在风口浪尖，败不起。

袁昆使劲点了下头：知我者，只有你。

米娜感动：要真能帮上您，也算证明我这个小虾米的价值。

袁昆眼神温柔：我也心有不忍，投鼠忌器呀……

15. 贾衣玫住处楼下　夜外

郑秋冬的车驶来，停下。贾衣玫坐在副驾驶没有说话。

郑秋冬：怎么了？

贾衣玫看似无意：咱们的事，你什么时候跟公司的人说？

郑秋冬为难：随时都可以，就是公司内部发生这样的事，对周围影响不好。

贾衣玫：周围是谁？

郑秋冬：现在的公司管理，对办公室恋情，特别是上下级之间是有些忌讳的。

贾衣玫：我理解的忌讳是，已婚的上级用权力潜规则年轻的下级；还有急于出位的下级，为受重用，不惜献身上级；还有重复无聊的工作让人厌烦，同事之间无暇审美，生血生肉的，红杏出墙找找刺激。这些都是办公室恋情的忌讳，我跟你的不是，我对你没有一点附加的期待，只要一颗心。

郑秋冬慢慢趴在方向盘上嘟囔着：你是这么想的，你误解我了……

贾衣玫怜爱地抚摸着郑秋冬的脖子：我错了，不该催的。放心，我怎么都行，陈修风的事你压力大，我的话别往心里去。说完俯身亲了下郑秋冬放在方向盘上的手，下车。

郑秋冬缓缓抬头看着车外。

贾衣玫的背影。

16. 贾衣玫住处走廊　夜内

贾衣玫进了走廊，看见门口坐着一个落魄的男子，后脑勺敲击着门。

贾衣玫经过，生气地看着男子。

男子不友好地看着她：看什么看？

贾衣玫站住，左右看了看，咬着牙：孙子，是跟我说话吗？

男子扯着嗓子：你是谁呀？没见过帅哥吗？

贾衣玫一脸不屑：一摊屎。

离去。

第31集

1. 贾衣玫房间 夜内

贾衣玫进来，彭村村和少少紧张地躲在屋里。一见贾衣玫回来就放松了。

贾衣玫：走廊那人是谁呀？

彭村村：我前前男友，名字都记不住了。

贾衣玫抱起床边的小猫：找你干什么？

彭村村急得快哭了：赌博输了，来要钱。我不敢出去，他会武术。早就跟我没关系了，凭什么跟我要钱，就觉得我好欺负。

贾衣玫变了脸：真没关系了？

彭村村：真没了。

贾衣玫：你不欠他钱？

彭村村：不欠，我发誓。他还欠我 4000 多呢，纯粹一流氓。

贾衣玫大姐大的样子：那就好，我来。少少，给利仔、黄毛他们打电话，都叫过来，不能老是吃饭喝酒打牌，有麻烦得随叫随到。

少少"哎"了一声，去一边拨电话。

彭村村担心地：你想怎么着他？

贾衣玫喝了口水：让他走。

2. 贾衣玫住处走廊 夜内

男子坐在地上，靠着门，还在用后脑勺碰门，侧眼看走廊另一头，呆住。

走廊远处，（快速）贾衣玫抱着小猫大步走来，身后是彭村村、少少，左边是高大的利仔，右边是强壮的黄毛，后边还有两个刺青的男子，箭阵编队，气势汹汹，目光逼人，充满杀气。

一行人来到男子面前，男子干脆躺在了地上：你们想干什么？

贾衣玫用头示意少少：电梯。

少少"噌"地蹿出去。

男子看着一双双俯视他的眼睛，对彭村村：我对你好过。

彭村村：逼着我跟你堂叔睡觉，叫对我好？

男子突然抱住彭村村的腿：真没钱了，帮帮我，再也不赌了。

少少的画外音：衣姐，电梯到了。

贾衣玫低沉地：扔出去。

四个大汉上来，抓起男子就举了起来，朝电梯走去，男子眼巴巴地看着彭村村：再也不赌了，我真的再也不赌了……

电梯门关上的声音。

彭村村忽然担心：他腰椎间盘突出，不会出事吧。

贾衣玫大喝：彭村村，你个贱女。

彭村村低头离开，这时，米娜出现在贾衣玫身后，轻声：衣玫。

贾衣玫听出是谁，没回头，低头问：有事吗？

3. 贾衣玫住处　夜内

贾衣玫的卧室，一张床上挤着她和米娜。

米娜：像我们这样的女孩，什么时候能在这个城市里混出头来。

贾衣玫：一、好好干活，成为有用的人，有用的人，对谁都有用。二、用心待人，只有对你有好感的人，才会帮助你。三、嫁一个靠谱的男人。我们自己的本事不够，需要他们帮着。

米娜愧疚：你说我是用心待人的人吗？

贾衣玫觉得这话有点怪，想了想：当然。

米娜坐了起来：衣玫，我做过对不起你的事……

贾衣玫似乎明白，沉默了片刻，制止：米娜，别往下说了。我问你，你做的那件事对不起我，那对你有好处吗？

米娜想了想点头。

贾衣玫追问：好处很大吗？

米娜：可能很大，对我的上司、我的公司都有很大好处，我是一时鬼迷心窍了……

贾衣玫：别再说了，永远也不要告诉我那是件什么事，不然我们连朋友都没得做了。米娜，你记住，只要对你有好处，就不是对不起我的事，我们是朋友。

米娜点头，用被子捂着嘴，“呜呜”地哭了起来。

贾衣玫侧身躺着，没有安慰她，兀自也流着眼泪。

4. 郑秋冬家　夜内 / 袁昆办公室　夜内

郑秋冬身体疲惫地进来，靠在门上喘息着。

郑秋冬在卫生间慢慢洗着脸，抬头看着自己。

沙发里，他穿着睡衣在看电脑，电话响。

显示是袁昆。

郑秋冬立即坐直了身子：袁总，有什么吩咐？

袁昆面无表情：秋冬，林拜今天跟你联系了吗？

郑秋冬：今天，没有。

袁昆：是这样的，我想了一天，做出了一个决定，希望你能理解。

郑秋冬意识到什么：什么决定？

袁昆：在医院看到你跟陈修风单独接触，而且是在拿到我给你的资料后，我不得不往最坏处去想，我决定把你从我的团队里拿出去。希望你能理解。

郑秋冬：袁总，您误会了，我跟陈修风以前就认识。

袁昆：那就是我的错了，我要是知道你们以前就认识，就不应该把你拉进来。现在回到从前，我们都不要多想，秋冬你能理解我吗？

郑秋冬痛苦：理解。可是我想解释……

袁昆：不早了，休息吧。解释多了可能会加深误会，解除合作，并不是证明我怀疑你，只是程序上的规避。

郑秋冬忍着：好吧，我不解释了。

袁昆：我相信，离开我的团队后，以你的人品，是绝不会把陈修风作为你的猎头目标的。再见。

电话挂了。

郑秋冬僵住了，慢慢抄起电脑，使劲摔在地上。

5. 陈修风家　日外

别墅的院子里，有花有果树。陈修风在修剪着，听到汽车鸣笛声，抬头看，米娜从出租车上下来了。

陈修风高兴地走过来，看着后面：就你一个人？

米娜可爱的样子：嗯，我不是谈工作的，看，我是来给您推荐咖啡的。说着拎起一个大购物袋：代购的，四种口味都不一样。

陈修风笑：一样不一样，得看跟谁一起喝。今天打扮得楚楚动人，不会是袁总使的美人计吧。

米娜一时愣住，接着掩饰地笑：陈老师，没您这么夸人的，我平时就这么穿。

陈修风：哈哈，我把他伤害了，他没跟你说吗？

米娜认真：没有，您真要是伤害了袁总，那我希望我来您这儿的事，他不知道。

院子空地，树荫下的小桌，水果，茶点，咖啡。

米娜和陈修风坐在藤椅里品着咖啡。

陈修风品了一口：苦味够，酸感稍欠，这应该不是最正宗的蓝山，但一定是牙买加产的。记住，最好的蓝山不在牙买加，而在日本。

米娜点头：我在书上看到过，日本人都包了。这您也知道？

陈修风爽朗地笑了：我是去过牙买加的，餐厅里有几张照片就是在蓝山咖啡园拍的。

米娜善解人意地递给陈修风一张餐巾纸，他会意地擦了擦嘴角。

米娜：您对味道敏感，是不是跟家学有关？葡萄酒也很在意细微的口感。

陈修风竖了下大拇指：正是。说着他用牙签给米娜扎了块水果。米娜接过，一边吃着，一边看着陈修风品咖啡的认真劲。

米娜：我有个客户是省立医院的领导，您父亲的病需要什么帮助吗？

陈修风：谢谢，不用，上帝说不需要了。晚饭有安排吗？

米娜摇头。

陈修风：可否赏光在这院子里跟我一起烤羊排，还有红酒。

米娜像是被烤化了，拄着额头笑着：我好像只能同意。

6. 陈修风家院子　夜外

灯光朦胧，月色撩人。烧烤炉上冒着淡淡的烟，陈修风在烤羊排，递给米娜，米娜吃着，把红酒递给陈修风，二人喝酒。

二人有说有笑，一幅清新舒适的情景。

7. 陈修风家门口　夜外

出租车停在这里，陈修风送米娜出来：谢谢你陪我半天，欢迎再来。

米娜：跟您聊天，学到很多东西，还有美味，太爽了。以后我一定经常来打扰您，您可别嫌烦哦。

陈修风：风轻云淡，月光美人。神仙也不会烦的。哈哈哈。

来到车边，米娜被说美了，慢慢回身，伸手跟陈修风拥抱，陈修风没有拒绝，但是也没有上手，只是单手轻拍几下：慢走慢走。

米娜靠在陈修风胸口，抱得很轻，觉得他没有抱自己，放手上车：再见，陈老师。

陈修风：你喝了酒了，直接回家吧。再见。

车走了。

8. 街道　夜外

米娜坐在出租车里，似乎有所心动，想着想着羞涩地笑了起来。

9. 郑秋冬家 / 林拜办公室　晨内

卧室，郑秋冬睡着，手机响了，是视频通话的声音。他睁开眼睛，从床头柜上拔下充电器，拿起手机看：林拜。

他搓了搓脸，点开视频，看到了林拜。

林拜努力辨认着郑秋冬所处的环境：不会吧，没起床呢?

郑秋冬：嗯，天亮才睡着，什么事?

林拜：袁昆昨天晚上给你打电话了?

郑秋冬：打了。

林拜：你怎么想的?

郑秋冬：昨天晚上很难受，怎么都想不开。我最怕别人瞧不起了，翻腾了一夜。这会儿好些了，我理解他。

林拜：他知道你也在猎陈修风。

郑秋冬：他是随便一说吧。

林拜：不，香港离岸公司，说得很清楚。

郑秋冬意外：这他都知道? 看来我想简单了。

林拜：往远处看，我认为这是好事，省得误解上再加误解，最后变成解不开的疙瘩。

郑秋冬：确实，我也这么想，谁都难免被人怀疑，我又不是圣贤。

林拜：即便你退出了，也不能猎陈修风了。

郑秋冬：应该是吧。我尊重袁昆，离岸公司那单，我另找别人吧。你有人推荐吗?

林拜想了想：我有，我是及时雨宋江。

10. 德仁会议室　日内

郑秋冬和林拜面对一台电脑，电脑上是一个人的照片和资料。

林拜介绍着：东方投资转投实体以后，高管层进行调整，这个卞崇就被调整出来了。

郑秋冬拖动鼠标看着：离岸金融这块，好像欠缺经验。

林拜：董威廉要的是能把控国内市场投资的人，又不要做币种、做豁免权的人，有运作经验就可以。

郑秋冬犹豫。

贾衣玫端着托盘进来，上面是两杯柠檬水：林总，郑总。

林拜看着贾衣玫，又看郑秋冬。郑秋冬：看什么看？

贾衣玫：还有什么事吗，郑总？

郑秋冬笑：我们的事都给林总说了。

贾衣玫不好意思地笑了。

林拜看着贾衣玫：竟敢泡老板呀，好大的胆。

贾衣玫调侃：老板有魅力，没办法。

三人笑。

林拜对郑秋冬：我太太快过来了，到时候一起吃饭吧，你得把小贾正式介绍给我们。

郑秋冬：必须的，你太太又要来了？来回跑够辛苦的。

林拜：这次来就不走了。哎，可能真是老了，我突然想过过真正的家庭生活。

郑秋冬一怔：不是老了，是活明白了。

贾衣玫：你们聊，有事叫我。

郑秋冬点头，贾衣玫退出。林拜：她好像还没摆正位置，在下属和女朋友间扭扭捏捏。当然这不怪她，要怪只能怪你，还偷偷摸摸保着密呢？

郑秋冬点头：不好开口哎，公司内部禁止恋爱的规矩是我立的，这不是自毁长城吗？

林拜试探：那就等等再说。说点陈修风的事？

郑秋冬：我总觉得被袁昆羞辱了一把。

林拜：说羞辱，太严重了吧。知道吗，那个陈修风啊，袁昆很可能拿不下来了，他助手说他在做修正报告呢。

郑秋冬：被拒了？

林拜：别拿我当内线。

郑秋冬想了想：无论我这边的结果是这个卞崇，还是陈修风，我都要感谢你。我对陈修风这个人极感兴趣。

林拜指着电脑：你现在时间有限，陈修风没把握。这个卞崇很抢手，你要一松口，马上就有人接手。

郑秋冬担心：离岸金融比较特殊，我得为客户负责。

林拜试着：你来安排一次面试呢？

郑秋冬：让他们定夺。也好，就按你说的办。唉，我是一个不负责任的人吗？

林拜：真诚的虚伪。

11. 德仁公司　日内

郑秋冬匆匆进来，对田尧：通知董威廉，新的 candidate（候选人）通过审核，可以安排面试。

田尧记在台历上：九重科技的网络 CEO 说，他们的校园招聘可以外包给我们……

郑秋冬：当然接下来。（然后对在打电脑的蒲渐）蒲渐，校园招聘的事你最清楚，九重科技这边，你来帮田经理做。

贾衣玫和马小红过来，给郑秋冬看文件签字，郑秋冬看着。

这时，林拜出现在公司门口，扯着嗓子：我走了，郑总。

郑秋冬抬头，意外：哎哟，你还没走。

林拜一脸认真：没呢，这就走。过两天我请你和小贾吃饭，小贾，你想着提醒他啊，走了。不送啊。

林拜带着一脸坏笑消失了。

郑秋冬、贾衣玫、田尧、马小红、蒲渐都愣在当地。

大家互相看着。

贾衣玫看着郑秋冬。

郑秋冬干咳两声：我正要宣布呢，林总的话大家可能没听太明白，我再正式宣布一下，我跟贾衣玫正式谈朋友了……

贾衣玫女主人般地看着大家。

田尧、马小红瞪大了眼睛，蒲渐本来用牙签剔着牙，看到她的眼神，急忙掉转牙签抠着耳朵。

郑秋冬在宣讲着什么。

田尧在忙着敲打键盘，屏幕上是乱码。

马小红在忙着装订，蒲渐在听电话，大家都在偷眼看着郑秋冬，郑秋冬还在解释着。

贾衣玫笑眯眯地看着大家。

（不同日，服装可变。）

一间办公室的玻璃门上，“洽谈室（1）”的字样被磨掉。

同样的地方正被喷着三个字“财务部”，喷好，工人对马小红：可以了吗？

马小红看着三个字：可以了。二人离开。

财务部的门打开，装束干练的贾衣玫出来，神情严肃，随后出现的是一脸幸福的米娜。二人耳语后米娜匆匆离开。

不远处，郑秋冬在跟董威廉在一个白板上图解着什么，正好看到窃喜离去的米娜，和一脸困惑的贾衣玫。

贾衣玫朝他点头，示意他过来。

郑秋冬看着贾衣玫的表情，觉得有事，慢慢走了过来：什么事？

贾衣玫小声：乱套了，米娜跟陈修风偷偷好上了。

郑秋冬惊讶，沉思片刻：色诱。

12. 郑秋冬办公室　日内 / 财务室　日内 / 陈修风别墅　日夜内外

（注：本段落是ABC三场对剪，形成场景跳跃、台词连续的叙事效果。三场单写单拍，要出场号，后期上台处理。）

A. 郑秋冬和贾衣玫前后进入办公室

郑秋冬：怎么回事？

贾衣玫：米娜亲口说的。

郑秋冬怀疑：会不会是她一厢情愿，白领女焦虑重，见到魅力男容易产生妄想，经常自己骗自己。

B. 财务室　日内

米娜幸福地：一切来得突然，只是缘自一杯咖啡。

贾衣玫诧异：陈修风可是有太太的人。

米娜沉醉：所以说突然嘛，我对他本来只是敬重，可接触多了……说不清楚，他身上有一种精品荷尔蒙……有湿度也有温度，你可能真不懂。

贾衣玫不屑：勾搭有妇之夫，你可要留出自保的余地，他答应你了？

米娜幽怨：这种事永远没有答应，都是默契，跟谈情说爱完全反着来的。

贾衣玫：他都说什么了？

米娜想了想：他说遇到我，有一种迷路的感觉。

贾衣玫无奈：他也太装了，听不懂。那你跟他，看着我，你跟他到什么程度了？

米娜笑：啊哈，我猜你就惦记这种事。

贾衣玫：少来，我是替傻丫头你惦记的。记住，男人对小三，就只有这种事。

米娜：该有的都有了，都不是孩子。你知道吗，我跟他太太年轻的时候有点像。

贾衣玫撇嘴：他说的吧，钓鱼的开场白，男人试水小姑娘都这套，老俗的桥段了。

米娜认真：不是，我见过他太太年轻时的照片，真的很像，我们袁总也见过。

贾衣玫：你来找我就是想说这些？

米娜：我动真心的那一刻，首先想到的是要跟你说，就想告诉最好的朋友。

贾衣玫：这事你们袁总知道吗？

米娜点头，接着摇头：不知道……让他知道好不好。

C. 陈修风家院子　夜外

院子里，小桌上烧着火锅，摆着红酒，盘里是各种涮食，一枝玫瑰花插在桌缝里。

陈修风穿着干净的白衬衫，头发松散，转着手上的红酒杯，凝望着：遇到你我有种很复杂的感觉，像是小时候在干热河谷的老家迷路一样，知道害怕，但也不想喊人求救，一路迷糊着走下去，不久，会在一个出乎意料的地方，又看到熟悉的地方。

米娜躺在躺椅里轻轻晃动，性感迷离，眼前的玫瑰在陈修风和她之间移来移去。

米娜满意：你们老派文人都爱享受压抑，终究还是要找到回家的老路，不敢一条路走到黑。

陈修风：是不敢。我 20 多岁的时候，也嘲弄四五十岁的人，你呀，也会有这天的。

米娜下了躺椅，从身后双臂搭靠在陈修风的肩，脸贴着他的头：我不想看你皱眉，不想看你为难，更不想影响你的家庭。有一段跟你在一起的记忆，我就很满足了。

陈修风回头，四目相望，陈修风攥着她的手：人为什么明明知道是错误的事，还要去做？偷偷地、冒险地、舍生忘死地去做？

米娜的脸贴着他：我能感受到，说不出来。您说为什么？

陈修风：因为忍不住。

二人亲吻。

13. 郑秋冬办公室　日内

贾衣玫：你觉得袁昆被陈修风拒绝，不服，用米娜色诱，他设计的？

郑秋冬：反正我的第一感觉不是情之所至，节奏太快了。

贾衣玫点头：还有个可怕的事，陈修风的资料可能就是米娜从我电脑里偷走的。

郑秋冬惊异：怎么可能？

贾衣玫：她好像有些后悔了，想向我承认，又不好意思，没直接说出来。

郑秋冬神情凝重，离开贾衣玫，走到窗口，看着外面的工作人员，分析道：那就更可怕了，袁昆把我招进他的团队，再踢我出局，都是设计好的，这样我就不能再碰陈修风了。

贾衣玫觉得不可思议：阴谋？费这么大劲，袁昆这个级别的人，不至于吧。

郑秋冬：利益到了，什么都至于。偷资料的事米娜到底也没承认？

贾衣玫：几乎就要承认了，我没让她说下去。年轻女孩混职场都不容易，就是做了投机取巧的事也是被逼无奈。不是她的错，只怪我太大意，没有保密意识，放过她吧，账记在我头上，不会再有下一次了。

郑秋冬：我不是这意思，衣玫。这个陈修风，本来也是我想猎的人，袁昆偷得先手，但被陈修风无情拒绝，600 万的大单呀，他会死心吗？这个时候米娜说跟陈修风好上了，就很值得怀疑。如果她接近陈修风背后有推手，那必然是袁昆，那就叫色诱。

贾衣玫：就是色诱又能怎么样？就是袁昆强买强卖又能怎么样？陈修风红杏出墙，米娜想出位，在我看来都是孤男寡女的一时之需，天天都发生的事，你想怎么样？

郑秋冬：我不想管别人的事，但袁昆把我玩了，我不开心。他思考片刻：还有个不开心的原因，是我对陈夫人心存敬意，说不出为什么，跟葵老师见第一面的时候，就有种亲近感。

贾衣玫酸溜溜：那还用说，罗伊人介绍的朋友嘛。

郑秋冬抓住贾衣玫的手：好了，胡思乱想控制不了，可别胡说乱说。昨天熊青春今天罗伊人，有劲吗？

贾衣玫撒娇：有劲，不说米娜的破事了，你说，以前的人都是匆匆过客，我才是真爱。说呀。

郑秋冬回避：她们连匆匆过客都不是，什么都不是，你才是真爱。

贾衣玫满意：爽，这话受用，知道未必由衷，但听着还是蛮顺耳的。我真这么觉得的。

郑秋冬：觉得什么？

贾衣玫眼神真诚：我们互为真爱。

郑秋冬：互为，互为。哎，说真的，米娜跟陈修风的事，你要替我打探，这不是玩笑，我有预感，这是一个很大的阴谋。

贾衣玫有些紧张：会吗？

郑秋冬：直觉，拭目以待吧。

14. 特慧专猎会议室　日内

袁昆和索尔面对宏深基金的人力资源团队，分列两边，皆西装革履，气氛严肃。

前面出现的黄总：正因为我们跟特慧是战略合作伙伴，两相信任，所以才一直没做通牒式提醒。

袁昆：我们收到了你方的回复，正在逐条分析。

对方：不用分析，简单说，三个候选人，我们认定的只有陈姓候选人，另外两个都 pass 了。

袁昆打起精神：那也好，简单了。我就集中精力拿下这个陈，放心，会有个理想结果的。

黄总严肃：我期待这样。今天见二位老总，是想提醒贵方，我们的战略合作伙伴不止特慧一家，有人排着队等在宏深门外，随时准备鸠占鹊巢。

袁昆不服：我善意提醒黄总，我们之间是有合同的，合同是有条件的，条件是有期限的，期限还没到，怎么能这样说话呢？

黄总起身：袁总说到期限，我感到欣慰，我们就等待这个期限吧。再见，Mr.Sol。

对方三个人一行出了门，袁昆有些尴尬，看着索尔，正要说话，索尔轻轻摆摆手：总裁的 E-mail 说，信任你，看结果。你这单是特慧今年大中华区的第一大单。

袁昆还想说什么，索尔起身走了，到了门口：我也研究了陈修风，做海外 PE 组合，他确实是理想人选。

袁昆孤零零地一个人站着，慢慢收拾电脑，电脑上出现了陈修风的照片。

15. 林拜家　夜内

郑秋冬、贾衣玫、林拜夫妇围在餐桌前，吃着饭。

郑秋冬诧异地：生孩子？

对面的林拜夫妇一致点头。

贾衣玫：怀孕了吗？

林氏夫妇一致摇头，面带微笑。

郑秋冬看着贾衣玫，贾衣玫被看毛了：看我干什么？你们生了自己带吗？

林氏夫妇点头，林拜：她这回来了就不走了。

贾衣玫看着冯眷眷：好羡慕你呀，冯姐。

冯眷眷逗她：这有什么羡慕的，你要是手脚麻利，先斩后奏，生米熟饭，暗度陈仓，说不定走在我前面呢，是吧，秋冬？

郑秋冬装傻：啊，林拜，这菜不该加老抽吧，色太重。

林拜：这叫重色轻友，我就好这一口。

16. 医院住院部门口　夜外

袁昆和米娜在车里，看着陈修风抱着一卷薄被出了楼门，行色匆匆上了自己的车。然后想起什么，又掉头回楼里。

米娜看着有些心疼：谁能想到他还有这么落魄的一面。

袁昆：做金融的都是最现实的侏儒，难得他还有诗人情怀。落魄是暂时的，等他父亲走了之后，他还要杀回到资本世界去的。

米娜担忧：他会不会从此……就像武侠书里说的那样，被锁琵琶骨，武功尽废？

袁昆：我给你吃颗定心丸吧。他即使这样了，还和合伙人操盘一只葡萄酒期权私募基金，资金规模 13 亿人民币。去年市场不算好，还取得了 14% 的回报率。

米娜钦佩地：赚钱的天才。

17. 林拜家　夜内

贾衣玫和林妻在另一房间，不时传出电视声和说笑声，餐桌边剩下郑秋冬和林拜。

林拜压低声音：米娜承认好上了？

郑秋冬也压着嗓音：吞吞吐吐是这个意思，我担心是袁昆的美人计。

林拜思考：最近他跟米娜是有些神秘，袁昆的压力很大，杜比和艾玛，他另外两个 researcher 都被打发到外地培训去了。美人计、色诱，听着有点像谍战。

郑秋冬：如果这事属实，就太卑劣了。

林拜严肃：听着很夸张，但未必不可能。为什么跟我说这些？我跟他可是一家人。

郑秋冬：一家企业的，又不是穿一条裤子的。

林拜：你不会是想通过我打探他们的情况吧？

郑秋冬：不敢奢望，但如果能，当然更好。

林拜担忧：就算能证实袁昆让那小妖精勾引陈修风，她跟他也勾搭成奸了，那袁昆就一定能获取陈修风？未必吧。话说回来，就算袁昆拿下陈修风，内幕秘闻没人知晓，从结果来看，那也是最成功的行业案例。

第32集

1. 林拜家　夜内

郑秋冬：成功的背后是什么鬼才知道呢。如果坐实袁昆用女人做诱饵，我就不能袖手旁观，这事跟我有关系。

林拜一愣：你被他耍了，不服？那又能怎么样？

郑秋冬：我要搅局，这么干，不行。

林拜正眼看他。

2. 医院住院部门口　夜外

袁昆和米娜还在车里观察。

米娜兴奋：……照您这么说，陈修风有那种天才交易员的嗅觉？美国有个做能源的家伙，三十几岁就退休的，他们是一类的吧？

袁昆：约翰·阿诺德。他们是一类的。他出来了。

陈修风这时又出了楼门，一个年轻的女护士随他出来有说有笑，陈修风则低头不语，拿着两本书匆匆朝自己的汽车走去。

米娜嫉妒：看那个小贱人的样。

袁昆：吃醋了？

陈修风在车门口跟护士说着话。

米娜扭捏：他要是跟我约会了，您以后怎么办？就能把他猎到手？

袁昆：一个人仅仅红杏出墙，还不足以被利用。但是红杏出墙一旦变为道德丑闻的话，那就势必给人揪住辫子的机会。

米娜困惑：怎么成为道德丑闻？

袁昆：你闯过影视圈，还不懂吗？艳照门没听说过吗？

米娜惊讶：啊，拍照？袁总，这种事我可不能干。

袁昆没有回答，看见陈修风把小护士打发走，开门，上车。

袁昆启动汽车：所谓清白，就是做了，但没人知道。所谓丑闻，就是做了，但被公众知道。丑闻在被公开前就客观存在了，但属于从没发生过的事。米娜，富贵险中求。

米娜还是惊讶着。

袁昆的车跟着走了。

3. 林拜家　夜内

林拜和郑秋冬小声说着。

林拜：我跟袁昆是一家的，跟你是朋友，我必须把自己划成中立的人，不参与他的所谓阴谋，更不会参与你的搅局，说实在话，你都不该让我知道。

郑秋冬：这事不会给特慧专猎带来好处的。

林拜真诚：在这个行当里，你这种搅局行为几乎得不到任何人的支持。

郑秋冬：如果有一天，媒体曝出来，有人拿着偷拍的裸照或者不雅视频，敲诈陈修风，陈修风不堪重压跳楼自杀，你会觉得这花边新闻很刺激，对特慧很有好处，是吗？

林拜诧异，看着郑秋冬。

郑秋冬：别忘了，陈修风这个名字，最早是你推荐给袁昆的。

林拜愣住。

这时，林妻瞪着惊讶的眼睛跑过来：知道吗，知道吗，罗伊人的男朋友，成影帝了，快来看呀。

贾衣玫也跟着露出头：是叫于成飞吗?

林拜想回避郑秋冬：好像是这名，我看看。说着进了那间屋子。

郑秋冬独自一人，有些惆怅。

贾衣玫进屋又回来，关心：你怎么了?

郑秋冬：吃撑了。

4. 街道　夜外

车内袁昆和米娜。

米娜电话响：完事了，我去医院接你吧。

陈修风 OS：我开车了，居酒屋见吧。

米娜：好的，我一会儿就过去。挂了电话，转对袁昆：有些不忍心，他挺天真的。

袁昆：你真信吗?

米娜心虚：能鼓励鼓励我吗?

袁昆打起精神：还是那句老话，这个城市里几百万像你这样出来混世界的人，凭什么你脱颖而出?你也见过那些开豪车住豪宅的同龄人，风光背后发生的事，你知道吗?恐怕想都不敢想。此时此刻，想跟陈修风同床共枕的有的是，就像刚才那小护士，但有这种机会的只有你。这是抢都抢不到的机会。

米娜声音小了：我怕……动真心。

袁昆哈哈大笑：入戏很快嘛。

5. 日式居酒屋　夜内

陈修风在小酌，米娜进来，坐在他身边，拍拍他的脸：嗨，看你累的。

陈修风把手搭在她肩上，欣赏地看着她：有点。

米娜轻松：我可以去医院帮你照顾老爸。

陈修风：拉倒吧，你去，我爸一个仰卧起坐就起来了。

米娜：那多好。

陈修风：好什么，接着必定是个平摔，就咽气了。

米娜嘿嘿直笑：你真逗。

6. 德仁会议室　日内

这里正在面试卞崇。

卞崇隔桌面对的是郑秋冬、田尧、董威廉、一中年人。

卞崇一副不屑的样子，在回答问题：这一点我很清楚，按照《离岸银行业务管理办法》的规定，你们说的这类账户视同境外账户，并不受国家的外汇管制，不受强制结汇的限制。我本人最熟悉的业务是，境内出口商和国外进口商的贸易，有一种最简捷的方式把货物从国内出口地直接交运国外进口地。

田尧看了眼郑秋冬，郑秋冬做出暂停的手势。

田尧：休息一下。

7. 办公室外走廊　日内

郑秋冬和董威廉走来，郑秋冬：目前这是最合适的人选。

董威廉：我还是喜欢人选一，那个姓陈。我们在自贸区的业务量很大，需要有领袖气质的，这个人看着轻飘飘的。陈，真的没机会了？

郑秋冬：情况复杂，即使有机会，也需要很长的时间。

董威廉：我可以加钱。

郑秋冬：不是钱的事，有人出到年薪 600 万加分红。

董威廉愣住。

郑秋冬：你说卞崇轻飘飘的，那是他的习惯做派，他能力很强的。以前的同事和下属，评价他做事细腻，团队意识强。要不要你可想清楚，毫不夸张，我这边一撒手，他就被别人抢走。

董威廉沉默，郑秋冬掩饰着焦虑，等待。

董威廉终于：明天上会讨论面试结论，发不发 offer，最迟后天见。

郑秋冬松了一口气：尽管放心，这个卞崇适合做离岸。

董威廉：那个陈，你也要给我保持着，这种人我这儿总会用得上的。

郑秋冬：不瞒你说，我对那家伙也很有兴趣。

8. 陈修风别墅门前　日外

郑秋冬的车驶来停下，他拎着一根羊腿下了车，摁门铃，开门的是穿着大方的陈妻。

郑秋冬：哎哟，葵老师，您怎么回来了？

葵黄：小郑，我来接法国酿酒顾问，明天就回云南。进来吧，这是什么？

郑秋冬：客户送的宁夏滩羊，给陈老师的。

9. 陈修风别墅　日内

陈修风给郑秋冬递过咖啡：我做的手抓羊肉是一绝，可惜，晚上要去医院。

郑秋冬：以后有的是时间，我愿意等。咖啡不错。

陈修风：是吗？说完看表：不行了，我要去医院，葵黄，小郑你们聊吧。

葵黄从内间拿着丈夫的外套出来，给他穿衣，把手机放进他口袋，把车钥匙塞进他的手里：手机给你打振动上了，别老关机。

陈修风恭恭敬敬地点头称是。

郑秋冬看着默契的一对夫妇。

陈修风朝郑秋冬摆了摆手：谢谢你的羊肉，你们聊。说着出门了。

郑秋冬：再见，陈老师。

葵黄的手机响：小郑你坐，我接个电话，一会儿跟你谈点事。

葵黄在书房打电话，说的是法语，意思是：晚上我请您吃杭州菜，明天中午一起去昆明，期待您参观我们的葡萄园。

郑秋冬在客厅喝咖啡。他注意到墙角处并排放着三个大小不同的台式旧电脑机箱。

葵黄从书房出来：法国酿酒顾问，很有名的，米歇尔·罗尔，行业内都知道他。

郑秋冬：请就要请高手，这是真理。

葵黄：相当于你们猎头界的光辉国际、海德思哲那样的名号。

郑秋冬：世界前五的水准。

葵黄：修风说有猎头公司在接触他，是你们吗？

郑秋冬：不是，我对陈老师有过想法，还没行动，就被另一家同行抢先了。

葵黄无意间在沙发缝里发现一根彩色的手链，捏起来看了看。

郑秋冬看着，没说什么。

葵黄随意将手链放在一边：他父亲现在这个样子，谁猎他他都不会去的。

郑秋冬：我能理解。葵老师，您和陈老师这是收藏旧机箱吗？

葵黄看着角落的机箱：嗨，你说那一堆，都是以前换下来的，刚收拾出来，想找人把里面硬盘重新备份一下。这次没时间了，下次回来再说。

郑秋冬：以前没备份过吗？

葵黄：应该有过，还是怕有遗漏，再备份也不是坏事。

郑秋冬：您和陈老师都太忙，我那儿有人，您要不介意，我可以帮您整理，您太忙就别操这心了。

葵黄：是吗，太好了。

10. 陈修风别墅门口　日外

郑秋冬和葵黄抱着机箱放进车里。

11. 郑秋冬家　夜内

旧机箱接着新的硬盘，郑秋冬在备份文件，其中有陈修风和葵黄年轻时的视频、照片。

看得出他们以前的恩爱情谊。

12. 北京城市　日外

城市全景空镜头，含地标性建筑。字幕：北京

13. 某豪华酒店　日外

于成飞戴着墨镜从里面出来，身后跟着两个拎包的助理。

几个影迷冲上来：于成飞，于成飞合个影吧 / 我爱你。

于成飞做出喜剧的反应，正要上等着他的商务车，有记者扛着机器追上来：成飞先生请等一等。

于成飞的助理拦住记者，他迅速上了车，离去。

14. 街道　日外

车内，罗伊人和于成飞，罗伊人的身份相当于经纪人。

罗伊人递上药片和水，摸着于成飞的额头：还烧吗？

于成飞吃下药，喝下水：好多了。

罗伊人心疼：晚上跟华导吃饭就别再喝大酒了，明早 9 点有采访，要上镜的。

于成飞不耐烦：又是早上，不能安排下午吗？

罗伊人拍了他一下：下午你要是不打高尔夫，可以安排到下午。

于成飞孩子似的：哎，可以安排到高尔夫球场呀，采访打球两不耽误，早上还能睡个懒觉。

罗伊人：你怎么这么健忘，阿文在那儿要跟咱们谈手机代言的事。

于成飞：嗨——我这暴脾气，就不能睡个安稳觉了。

这时他的手机响，他看了一眼，顺手塞上耳机，点开听着，一个女生的 OS：飞飞，昨天约会的事，好像被人拍到了，我的经纪人说，有狗仔队跟网络联系了，他的内线看到照片了，怎么办，这事捅出去，一定上头条，你刚拿影帝，我怕对你不利。

于成飞有些惊讶，慌乱，斜眼看着罗伊人：再说……忙着呢。

罗伊人在这个过程中，一直在操作着手中的 iPad，最后看到了内容，才开始说：后天拍完旅游节的宣传片，中午去香港出席皇名映像发布会，之后，你就可以有三天的休息时间。

于成飞安下神来，抓过罗伊人的手亲着：宝贝，还是你心疼我，给我挤出休息的时间。

罗伊人满意：少来啦。

15. CBD 写字楼外　日外

陈修风的车停在这里，他一边朝外张望着，一边在打电话：还是你来杭州吧，葡萄酒基金消息利好，初酒的橡木桶样本出来了，期货价已经定了，值得 100% 以上的回报期待。这只基金我是不会出意外的，不说了，来杭州吧……

米娜从大楼里出来，朝这边走来，陈修风落下车窗，向她打招呼，米娜过来上车。

上了车的米娜打量他：又熬夜了？

陈修风：还好，昨天晚上进 ICU 了，勉强多睡了一会儿。

米娜关心：心情糟透了吧。

陈修风勉强点了点头。

米娜：老人受罪了，您太太……回去了？

陈修风：回去了，她比我忙。

16. 特慧专猎袁昆办公室　日内

袁昆站在窗前，看着楼下陈修风的车离开了。

17. 特慧公共办公区　日内

林拜也在窗前看着下面发生的一切，他想了想走了出去。

18. 特慧专猎开放区　日内

年轻的 researcher 们在忙着打电话，操作电脑。

林拜走来，遇到袁昆经过，林拜：袁总，米娜呢？

袁昆迟疑：哦，有个 BD，去送材料，找她有什么事吗？

林拜：哦，没什么，她说过有家酸汤鱼特好吃，我想问问在哪儿，老婆想吃酸汤鱼。

袁昆逗他：这可是大事，我帮你问。说着打开手机：你真是模范丈夫。哎，造人计划怎么样了？

林拜：进行中吧。

袁昆电话接通：喂，米娜，你跟林经理说过的一家酸汤鱼在哪里？哦，好的，好的。她一会儿把地址发给你。林拜伸手要袁昆的电话：我问问就行，不用发。

袁昆挂上了电话：啊，断了，等她发给你吧。

林拜明白：好吧。

19. 米娜的房间　日内

米娜带着陈修风进来，陈修风看着：闺房呀。

米娜一下投入他怀中，眼神酥软迷离：你太累了，需要放松放松。

20. 郑秋冬办公室 / 化验室　夜内

郑秋冬在跟葵黄通过微信视频交流。

屏幕中的葵黄穿着白大褂，在化验室：嗨，你不知道，修风是很性情的人，去年离开高原基金，并不完全因为他父亲的身体，他父亲是原因之一，他离开也是有负气撂挑子的成分在，毕竟他是那只基金的创建功臣。

郑秋冬：看来我还是不够了解陈老师。

葵黄：他很简单，藏不住什么，慢慢你就了解了。哎，你最近跟罗伊人有联系吗？

郑秋冬稍有迟疑：没有，我有女朋友了，是我的同事。

葵黄收住笑脸：我就问问你跟她联系了没有，你说你有女朋友了，什么意思？

郑秋冬：不是那意思。

葵黄：我可以负责任地说，你心里有鬼。

郑秋冬：怪我怪我，怪我太神经质了。

这时，两个穿白大褂的人从葵黄后景出现，一个外国人拿着一只烧杯，里面是三分之一的葡萄酒，身后跟着一个中国人，来到葵黄的身后：葵老师……

葵黄对镜头：我要工作了，备份两版当然更好，硬盘你先帮我保存着，再见。还有，转告你那个猎头朋友，不要再打陈修风的主意了，他今年不可能去做什么 Portfolio Manager，再打他的主意就是互相耽误时间。拜拜。

郑秋冬对着屏幕：拜拜，葵老师。葵黄关掉了镜头。

郑秋冬琢磨着，突然，门推开了，贾衣玫匆匆进来：知道了吗？

郑秋冬被吓了一跳：知道什么，月黑风高夜，别吓唬我。

贾衣玫趴到电脑前，双手忙着操作：头条八卦，罗伊人的男朋友，那个喜剧明星，叫什么飞的，劈腿被狗仔队拍着了。

电脑屏幕上，一组于成飞跟一女子（云南拍戏的女演员）亲密的照片，有夜景的亲吻照，有裸露的洗温泉的照片。

有罗伊人穿过记者群被追问的照片。

头发凌乱，用手遮挡着面部，但露出惊恐眼神的罗伊人。

郑秋冬愣住。

贾衣玫没觉得尴尬：演艺圈就是乱，罗伊人这次是无辜的，她这是什么命呀。这时她的电话响，一看：米娜的。接听：喂，又找我当垃圾桶了……

郑秋冬看着屏幕上罗伊人的照片，神情复杂。

罗伊人的眼睛。

郑秋冬的眼睛。

“啪”，屏幕黑了，郑秋冬的手指慢慢从开关键上落下来。

贾衣玫对着电话，一脸诧异：……真的，是吗，我不相信，我不相信……好吧……

挂了电话，看着郑秋冬一一关灯。

贾衣玫靠近他，亲昵地轻擦他的手背：替她难过。

郑秋冬：有点，她这命……其实她就是懒，想找个可以依靠的男人，文艺女摊上侠客的命，逃不脱风口浪尖的命。你看这些年……

郑秋冬意识到一时忘情：算了，哎，你刚说谁，米娜的电话？

贾衣玫理解：好，那就先不谈罗伊人吧。米娜电话说，她已经坠入情网不可自拔了，真心的。约我见面，估计又是一顿掏心掏肺刷幸福感。

郑秋冬想了想：我可以跟你一起去吗？

贾衣玫：你非得掺和这破事？

郑秋冬勉强做出嬉皮笑脸的样子。

贾衣玫：还是你对那小妖精有兴趣？

郑秋冬关上最后一盏灯，屋里黑下来。

他揽住贾衣玫的腰：我这儿有个妖精，就不会惦记别的妖精。

贾衣玫慢慢搂住他，下颌贴住他的脖子，湿润的声音：我是妖精吗？

郑秋冬亲着她脖子：……狐仙。

21. 咖啡馆　夜内

米娜夸张地倒吸一口冷气：啊——不会吧，玫玫！

贾衣玫和郑秋冬坐在她对面，两张幸福的笑脸，贾衣玫把胳膊搭在郑秋冬脖子上：事实就是这样的。

米娜跳起来，扑过来使劲拥抱贾衣玫：我要为你哭，玫玫，你终于出手了，郑总是我们那一群researcher的唐僧肉，太好了，让你搞到手了。

郑秋冬听着觉得不舒服：什么叫搞到手了。

米娜：这就叫搞到手了，林经理知道吗？

郑秋冬：知道。

贾衣玫：我们呀，最早告诉的就是他，还去他家吃过饭呢。

米娜：袁总知道吗？

贾衣玫脸色微变：我们不能见谁都说这事吧，毕竟是办公室恋情。

米娜兴奋劲忽然被什么打断了，退回到自己的座位：嫉妒你。

贾衣玫：嫉妒什么呀，你不是也找到真爱了嘛。

郑秋冬观察米娜。

米娜羞涩：我说真爱了吗？

贾衣玫拿出手机：证据，想听吗？比真爱肉麻的话还有一大堆。

米娜急忙捂住脸：别别别，玫玫，给我留点面子。

郑秋冬：米娜，真爱这年头可不好找。出来闯荡，都会有漂泊感，找到真爱的时候，是第一次获得安全感，再往后就是有了家，一颗心才算真安稳下来了。

贾衣玫甜蜜地：找到真爱是第一步。

米娜一丝忧郁，叹气：可惜，什么都好，就是他……有老婆。

静。

郑秋冬：我知道，陈先生一直是袁总的猎头目标，你怎么敢动老板的蛋糕？

米娜有点意外：开始是……怎么说呢，也算是故意设计的……我发现，感情开始的时候经常会有污点。我并不完全是因为袁总……哎，怎么说呢，袁总可能没想到，600 万年薪加分红没能打动陈修风，他怕失去这个优质资源，希望我能性感一下，让他动心，这样就能保持他们之间的往来。

郑秋冬假装恍然大悟：是啊，太戏剧化了，开始是这样的啊，你这不成女特工了嘛，女克格勃，哈哈，那一开始就算是任务了。

米娜真诚：算是任务，可那种虚情假意的时间不长，我就发现……不对，我不能骗自己，因为心会狂跳。

贾衣玫：弄假成真了。

米娜：他那人真的很有魅力，我们生活中见不到，像是剧本里的男神。博学不卖弄，正经又不装大尾巴狼……

郑秋冬：他对你承诺过什么吗？比如对他太太怎么办？

米娜脸上掠过阴云：他好像很爱他太太。

贾衣玫：那还不是装大尾巴狼，跟你都……还很爱他太太？你俩不会是在飙戏呢吧，别以为你学过表演有优势，有种男人天生就会演。

米娜：根上是我的错，现在一点演戏的成分都没有，我就是爱他，有就可以，不考虑将来。

郑秋冬：这样你可就辜负袁总了，他给你的使命怎么办？

米娜：现在陈修风不会听我摆布，我也不想摆布他。袁总猎他去一家大型外资 PE 基金，这是件好事，他可能一时心乱，没想清楚。以后我要帮他促成这件事，也算为袁总为公司做了业绩。

郑秋冬：这一步一步走下去，都要有精妙的设计，袁总跟你要时时沟通，不然你会迷失方向。

米娜：你是说我太年轻？

郑秋冬：我们都太年轻。

米娜笑了，有点不好意思：袁总说，我只负责谈情说爱，把陈修风变成财年业绩的事交给他了。

贾衣玫：米娜，你被人当枪了。

米娜淡淡一笑：当刀我都不在乎。

郑秋冬感到不安。

22. 云南葡萄园　日外

黄昏，如诗如画的田园。

葵黄从葡萄园走来，走到一棵大树下，树下摆放着茶几、藤椅，有茶壶茶杯。

罗伊人戴着一顶雅致的帽子，坐在藤椅里看《伊斯坦布尔假期》。

罗伊人看了眼葵黄，笑了一下。葵黄坐下，喝口茶，拿起茶几上的一本外语书，封面一看就是关于种植葡萄的。

外语书里面，夹着的是于成飞劈腿的消息剪报。

葵黄侧眼打量着罗伊人。

夕阳西下，俩人什么也没说，看着书。

23. 云南温泉　夜外

葵黄把一盘水果放在温泉池边，拿走登载于成飞劈腿照片的报纸，离开。

罗伊人躺在池里，耳朵上戴着耳机，隐隐传来的歌声是《不要脸》。

歌声悠悠，水声潺潺，罗伊人闭着的双眼里流出两行泪水。

24. 林拜家厨房　夜内

林拜在炒菜，妻子进来，看着他笑。

林拜假装害怕，转身背朝妻子，颠勺炒菜。妻子凑到他耳边说了什么。

炒锅当地掉在灶台上，回头惊喜：真的？

妻子点头。

林拜伸手摸了摸妻子平平的肚子，一脸疑惑。

妻子一直在身后的手举着怀孕试纸停在他面前。

试纸，色带。

林拜惊喜：有了。

25. 特慧专猎大厅　夜内

大厅很暗，林拜快步走来，掏钥匙打算开门，发现大门没锁，推门进来：谁在呢？说着打开大厅的灯。

寂静的大厅，没人回答。

林拜看见袁昆的办公室还亮着灯，走近，透过百叶窗的缝隙，看见袁昆在办公桌前坐着，桌上摆着手机、耳机。他手里正在摆弄着一个白色的烟感报警器。

林拜敲门。

听到里面是拉抽屉关抽屉的忙乱声，接着，袁昆 OS：请进。

26. 袁昆办公室　夜内

林拜推门进来，看到的竟然是袁昆手里拿着手机在看什么，手机还连着耳机。

那个白色的烟感报警器不见了。

林拜诧异：还不走，假装勤奋，给索尔留个好印象？

袁昆笑：不想动，你回来干什么？说着他收拾手机，却发现连着手机的耳机另一端被关在抽屉里，他只好拉开抽屉拎出耳机，耳机线已经破皮了。

林拜看着，还在想刚才看到的烟感报警器，想起敲门后抽屉的乱响声：回来取点东西，你什么时候走？

袁昆：没事再待会儿，忙去吧。

林拜觉得奇异，扫视周围，看见袁昆办公桌下一个比鞋盒稍大的快递包装盒，盖子是敞开的，上面

缠着胶带，贴着投递单，他和蔼地走近袁昆：是不是宏深资本那单，不顺？

袁昆做轻松状：怎么说呢，目前是不顺，总会解决的。郑秋冬那边有什么反应？

林拜：很难过，还用说吗，我做了说服工作。

袁昆：事后我会向他解释的，毕竟我不知道他也要猎陈修风，公事公办。

林拜：他能理解。一边说，一边看着被抽屉挤掉皮的耳机线，扫视周围，也见不到那个烟感器：如果需要我帮忙，只管说，我现在什么单都不想接。

袁昆：是啊，你消沉了，为什么？

林拜：懒惰呗。不打搅了，我拿点东西就走。你也早回去，晚上不走，就让我想到加班，想到加班，就想到奋斗，想到奋斗，就想到被老板一次次地忽悠。你已经是老板了，不必奋斗了……再见。

袁昆起身陪送：我算什么老板，说说懒惰的事，为什么？

林拜开门：没什么，这把年纪了，总觉得奋斗于我如浮云，拜拜。

袁昆：拜拜。

林拜走时又看了眼桌边的包装盒。

27. 林拜办公室　夜内

林拜拉开抽屉，拿出几本孕妇必读的书、食谱、防辐射服之类的东西，拿出一个大纸袋都装了进去。装完之后，他坐了下来，头脑中又闪回了刚才的画面。

想象中：袁昆听到敲门声，迅速收拾烟感报警器，放进抽屉，然后迅速拿起手机，关上抽屉，挤住了耳机线。袁昆没注意到耳机线被挤，抬头：请进。然后是微笑。

林拜琢磨着，听到外面有关门声。这时手机响，接听：马上回去，想吃点什么？早都买好了，一会儿带回去。拜拜。挂掉。

说着他把防辐射服拿出来，拍了张照片，发走。

28. 特慧专猎大厅　夜内

林拜走来，看到袁昆的办公室已经黑灯，他略有所思地离开。

来到大门口前，他关了灯，正要锁门，看到门口的大垃圾桶，走过去看，伸手拿出一个快递包装盒，就是袁昆办公室那个。

他觉得暗，拿到电梯厅前看投递单上的地址，又从盒里找到一张简单的保修单，他看着。

这时，电梯“叮”的一声响，林拜抬头看，电梯从一层开始上升。

林拜觉得不对，他迅速掏出手机，拍摄了包装盒外的投递单，又拍下那张保修单。然后快速把包装盒扔进了垃圾桶。接着关上灯，锁好门，赶到电梯口。

电梯门打开，袁昆出来：哟，还没走？

林拜按住电梯：这就走，怎么又回来了？

袁昆下意识看了眼垃圾桶：取点东西。

林拜：快点去，我等你。

袁昆：不用，你先走，我还要等一会儿。

林拜：那好，拜拜，晚安。

袁昆：晚安。

林拜吹着口哨，电梯门关上。

29. 特慧大厦门口　夜外

林拜坐在自己的车里，看着大门口。

一会儿，袁昆出来，手里拎着那个包装盒，放进自己车的后备厢，开车离开。

林拜一脸困惑地看着。

30. 林拜家　夜内

手机屏幕上，那个包装盒的照片。

一双手在键盘上敲击。

鼠标在电脑屏幕上移动，点击。杭州私家卫士电子公司。

点击产品一栏，出现分类——公共场所产品和秘密监控产品。

林拜琢磨着，点击秘密监控设备一栏，出现手机、吊灯、镜框、台灯、花盆、书籍、小雕塑、玩具、挂钟等各式产品及文字说明。

林拜耐心寻找，脑海中再次闪过烟感报警器。

他从手机里划出那张保修单的照片，看着 MJS Ⅱ型烟感监视器，在搜索栏里输入该型号，回车。

跟袁昆手里那个一样的产品出现在屏幕上。

林拜来了精神，点击“详细说明”——

该产品适应于秘密安装，不易发现，尤其适合各种高档酒店，餐厅、卫生间、客房、走廊，被称为“捉奸神器”。镜头的前镜片呈抛物状向镜头前部凸出，是一种焦距在 6—16mm 之间的短焦距镜头，根据光学成像原理，短焦距镜头才能呈现出大视场的监控效果，其三维视角可达到全景视角。

提示：还有录音功能哟！

林拜看着。妻子从后面出现，穿着孕妇服：像孕妇吗?

林拜回身看：像炒菜围裙，你肚子还没鼓起来。

妻子：看什么呢?

林拜立即关闭窗口：我找孕妇必用的一些东西。

31. 云南葡萄园　日外

空镜头。

32. 某房屋　日内

窗外就是葡萄园，这里是葵黄和罗伊人居住的地方。

罗伊人在竹椅里看书，葵黄进来，放下草帽：老陈来电话，说向坚强的罗伊人致以军人的敬礼。

罗伊人苦笑：我是真想不明白，我该怎么过。

葵黄：受伤的天鹅，你是想在这里待下去，还是想跟我回杭州?

罗伊人：你要回去?

第33集

1. 某房屋　日内

葵黄：那法国人来了，我就能自由一阵儿了。修风那边太累，回去我也能替换他一下。

罗伊人：你可是说我愿待到什么时候就待到什么时候的。

葵黄：可以呀，司机、厨师、阿姨都有，吃住都在这儿，也方便。我就是担心，我走了你能待得住吗？

罗伊人看向窗外——葡萄园。

葵黄：就你现在这状态，我不放心，跟我回杭州吧，待烦了再回来。

葡萄园边，一个外国人在向她挥手。

2. 葡萄园　日外

一条公路从葡萄园旁边穿过，一辆商务车停在这里。罗伊人往后备厢里放着拉杆箱、双肩背包等出门的行李，一个小伙子往后备厢里搬葡萄酒箱子。

不远处，葵黄在跟一个外国人交流着什么。然后挥手告别，朝罗伊人走来：走吧。

3. 云南地域风貌的公路　日外

商务车在行驶中。

车内，罗伊人、葵黄在座。罗伊人看着葵黄：笑什么？

葵黄：罗尔让我安慰你，说男朋友离开是好事，说明一定是没有爱了。

罗伊人无精打采：谢谢他。

葵黄：他说他心目中的东方女神，就是你这样的。

罗伊人笑：请同情一个被抛弃的 loser（失败者）。

葵黄：不开玩笑，真的，他说他爱上你了，随时等你验货收货。

罗伊人苦笑不语。

葵黄：到杭州打算怎么过，听我的安排还是你自己安排？

罗伊人：孟总有家酒店式公寓，我可以住那儿。

葵黄一撇嘴：总有贱男在身边，孟自静家大业大不住白不住。我有个朋友，开了家咖啡馆，人不多，你一定喜欢。

罗伊人：你怎么知道我不喜欢热闹，在你眼里，我就是个离群索居的幽灵。

葵黄逗她：不是一般的幽灵，是打着文艺腔，穿古典拖地长裙的幽灵。

罗伊人笑：恶心，那不是我，是你。

葵黄：哎，我给你说过吗？郑秋冬又有新的女朋友了。

罗伊人：什么意思呀，葵姐，你现在怎么这么八卦？

葵黄：错了错了，算我多嘴。

沉默片刻。

罗伊人侧脸：什么时间的事？

葵黄豪放地哈哈大笑起来。

罗伊人：讨厌，我就多余问。

4. 飞机场　日外

蓝天白云，飞机起飞。

5. 这是一个奢华的房间　日内

袁昆从挎包里拿出一个包装盒，打开包装盒，里面是前面见到过的烟感器。

他抬头看屋顶，屋顶上，有一个跟他手里拿的很像的烟感器。

他放下手里的烟感器，蹲下，打开一个拉杆箱，拉杆箱里一个小五金箱，打开，里面是各式各样的五金工具。

袁昆挑了一支电笔、一个螺丝刀、一个尖嘴钳，起身。

袁昆脱了鞋，站到大床上，仰头打量着屋顶的烟感器。

烟感器——闪烁的红灯。

6. 青山绿水间的疗养院　日外

露天凉亭，陈修风陪着干瘦的父亲，父亲在吃饭。一个护工站在一边。

父亲很虚弱：疗养院好，比医院好。

陈修风：雇了两个护工，轮班，您有事只管吩咐他们。

父亲慢慢咽着饭、汤。

陈修风：难得您喜欢，我朋友说，您爱住多久就住多久。

父亲：云南那边怎么样？

陈修风：葵黄今天回来，那个法国团队过去了。

父亲：降水 300 多，好年份……

陈修风看着护工把父亲推走，走向自己的车。

车里，米娜等在这儿。

陈修风上车，抚摸着她的头：谢谢，他很喜欢这儿。

米娜：那就好，算我没白忙活。

陈修风着车：谁帮着找的这个地方？不会是袁总吧？

米娜：不是，是他又怎么样？

陈修风：他对我不错，可我并不想跟他发生联系。

米娜：跟他没关系。

陈修风启动车，离开。

7. 会员制酒店房间　日内

手机地图显示着陈修风车的方位，箭头在移动。

袁昆放下手机，来到窗前，看着陈修风的车从不远处驶过。

袁昆匆忙收拾东西。

8. 酒店停车场　日内

袁昆把拉杆箱等放入后备厢，看到陈修风的车驶来。

二人下车，米娜挎着陈修风，小鸟依人地走向车库出口。

陈修风似有不安，竖起领子，左右张望。

袁昆从反光镜看着，他俩消失，立即给米娜写文字微信——钥匙在前台。

发出。

9. 会员制酒店豪华房间　日内

米娜开门进来，瞟了一眼烟感报警器，陈修风随后进来，对房间很意外：嗬，什么客户，奖励你这么高级的房间？

米娜：就我说的去纳斯达克的那家网络公司，每年十天，不住白不住。

陈修风：喜欢你的男人看来不少。

米娜上来抱住他：可我喜欢的只有一个。我想这是我们最后一次在一起了。

陈修风：怎么这么说？

米娜：你太太要回来了。

陈修风收敛了轻松的笑：你让我明白了中年危机是什么。

米娜用遥控器关窗帘：是什么？

陈修风：想扔的不敢扔，想要的不敢要。

米娜把他拖到床上：还说不敢要？

陈修风紧紧抱住她，吻着脖颈。

米娜看着房顶的烟感器。

10. 酒店隔壁房间　日内

袁昆耳朵贴墙听着隔壁微弱的声音，然后打开手机，操作一会儿，竟然看到隔壁房间的视频。

米娜和陈修风滚在床上。

11. 德仁大厦　门口

贾衣玫开着一辆新车，驶来停下，郑秋冬下车，林拜等在这里。

郑秋冬：什么事电话里不能说？

林拜向贾衣玫打着招呼，她把车开走了。

林拜：换新的了？

郑秋冬：她坚决要换，去哪儿？

林拜拽郑秋冬走向大厦：去你办公室，她是得换，要是我我早就换了。整天开着熊青春买的车，能舒服吗？

郑秋冬：以前开得挺好的。

林拜：以前？那是她还没站稳脚跟，没换车的权利。现在正是时候，我看出来了，她在主导着你俩

的进展节奏。

郑秋冬不服：你凭什么说她是主导？

二人进了大厦。

12. 电梯　日内

电梯门开了，郑秋冬、林拜进来。

电梯上升。郑秋冬小声：什么事？

林拜没说话，用眼神瞟了一下电梯顶的探头。

郑秋冬看了眼探头，神情有变，预感到了严重的事态。

13. 郑秋冬办公室　日内

郑秋冬关闭百叶窗，一脸困惑：偷拍设备？

林拜在电脑前忙着，忙完，指着手机里的图片，电脑里的图片：你看，就是这款。

郑秋冬过来看着电脑。

烟感器及文字说明。

郑秋冬：捉奸神器。

林拜：你担心的色诱加上这个神器，我的想象力有点不够用，你呢？

郑秋冬：那就要盯住米娜。

贾衣玫回来，诧异：哎哟，神神秘秘的，怎么了？

郑秋冬若无其事：没什么，你联系一下米娜，问问她在哪儿，林拜找她有点事。

林拜愣，胡乱点了点头。

贾衣玫看着两个严肃的男人，没多问，拿出手机拨号，听：关机了。

林拜看着郑秋冬。

14. 酒店豪华房间　日内

浴室传出淋浴声，米娜裸露着肩膀躺在床上。

米娜凝视着烟感器。

15. 隔壁房间　日内

袁昆看着手机回放，志在必得的样子，跟画面里的米娜打了个招呼，关机，端坐着。

16. 酒店豪华房间　日内

穿着整齐的陈修风向米娜告别：我先走了。

米娜已经穿好，站在窗前：去接太太。

陈修风：飞机快到了。

米娜深情：房卡我留在前台，你爸的疗养院这么近，你来这儿休息也方便。放心，我不会打扰你的。

陈修风为难：把房退掉吧，不会再来了。年纪大了，即使想解放天性，也没有彻底解放的能力了，只是发现得太晚。再见。

陈修风走了，米娜慢慢开始抽泣。

17. 咖啡馆　日内

贾衣玫匆匆推门进来，看见了眼睛哭红的米娜。

贾衣玫坐下：找你半天也不开机，怎么了？

米娜想说什么，流泪乞怜，扯着嗓子：哎……衣玫……你的好命能匀我点吗……

贾衣玫看了看周围：小声点，要不我走了，哭哭啼啼的干吗呀，要我陪你哭呀？

米娜摇头：别，陪陪我。

贾衣玫：那好，你不能这么哭了，出什么事了？

米娜伤感之至：他老婆回来了……他去机场接，我偷偷跟着去，躲一边都看见了……他乐得屁颠屁颠的。

贾衣玫埋怨的眼神：做猎头的都该懂个理儿，要知道被猎对象究竟想怎么个活法，有时候多少钱都没用，有时候再真诚也白搭，人家不想要那种活法。陈修风你有多了解？

米娜纠结：你是说我没戏喽？

贾衣玫：游戏也是戏，就看你是玩家，还是玩具。

米娜紧张：我傻乎乎的，肯定是玩具。

贾衣玫：说到家，我不赞成你这种玩法，这是什么呀，小三儿呀，里外不是人。

米娜不服：你这么看是你的事，你有郑秋冬。我要的是富贵险中求，爱拼才会赢。

贾衣玫无奈叹气：这是被洗脑的誓词。

米娜又流泪。

贾衣玫：拿着青春赌明天，既然想明白了，何必还流泪？

米娜捂着嘴：我就是受不了，刚和我……就去接太太，我成什么了。

贾衣玫同情，眼圈也发红了：是你自己愿意的，还是袁昆逼你这样做的？

米娜一愣，使劲摇头：……说不清了。

18. 酒店豪华房间　日内

袁昆拆下假烟感器，重新安上原来的。

19. 酒店大门口　日外

陈修风的车驶来，停下，罗伊人和葵黄下车，酒店领班带着行李员：是罗小姐吗？

罗伊人打开后备厢：我是。

领班和行李员往行李车上搬行李：你的房间是我们吕总亲自安排的。

罗伊人：谢谢。转对陈修风：谢谢陈老师亲自接送，你们快回去吧。

陈修风东张西望，有点不安：哪里哪里，小罗你客气，你也住这儿？然后对妻子：这地方好，离爸的疗养院也近，就在山那边。

罗伊人对葵黄：我是闲人，待得住，您忙您的，没事过来喝茶。

葵黄：在这儿住烦了告诉我，咱再换个地方。一个原则要记着，不要自寻烦恼，怎么舒服怎么来。

罗伊人笑：葵姐，你拿我当玻璃人了。

20. 酒店地下车库出口　日外

袁昆开着车从出口出来，缴费。

21. 酒店大门口　日外

罗伊人跟葵黄告别，跟着领班进了酒店，陈修风和葵黄跟她告别上车。

袁昆的车经过这儿，他很意外，竟然看到了陈修风。

陈修风没有看见袁昆，夫妇二人上车离开。

袁昆看到罗伊人的背影进了酒店大门。

22. 咖啡馆／包间　日内

袁昆匆匆穿过走廊，进了一个包间，包间里面坐着米娜，她神情沮丧。

袁昆坐下，拍拍她的头。

沉默。

米娜抬头，眼中有泪：拍到了吗？

袁昆：拍到了。不能对不起你的付出。

米娜：你答应我的，还都算数吗？

袁昆：当然。

米娜：我可以看看吗？

袁昆严肃：从心理学来说，你绝不能看，看一眼，一生都挥之不去。我马上要做技术处理，给你的声音和整个人打上马赛克，谁都不能辨认出来。

米娜委屈地说：我该做的都做完了，剩下的该你做了。你发过誓，只一个版本，绝不复制，要保护我的声誉。

袁昆：当然。

23. 郑秋冬家　夜内

他打开一个烟感器的包装，跟袁昆那个一样的，看着使用说明。

厨房里，贾衣玫在做蔬菜沙拉。

手机响，郑秋冬接听：我是，哦，班德银行的事田经理给我说过，旗舰行的行长不是一般的 case，我不能随便说，这样吧，您还是跟田经理联系，等银行方面的代表来中国了，我们再落实好吗？好，再见。

郑秋冬放下手机，撕开烟感器的不干胶，踩着椅子上了餐桌，贴在房顶。

贾衣玫看着，不解：烟感报警，安也得安在厨房呀，安这儿算什么。

郑秋冬在烟感器下摆弄着手机，看见了自己。他把手机给了灶台边的贾衣玫：你看着啊。

贾衣玫看着手机：看什么？

郑秋冬快走到客厅烟感器下，对着镜头：哈喽，看傻了吧？

贾衣玫看到手机里的郑秋冬，她意外，跟着过来：怎么回事？为什么要装这么个东西？

手机屏幕上是她和郑秋冬两个人的画面，贾衣玫指着烟感器：监控镜头。

郑秋冬点头。

贾衣玫：什么意思，你要监控我？

郑秋冬上了餐桌取下烟感器，略有所思：谁也不监控谁，就是好玩。哎，米娜跟陈修风开房，是在哪个酒店？

贾衣玫：我没问，恶心，陈修风衣冠禽兽，提上裤子就去接太太去了。

郑秋冬：问问她，我想知道，再问问房间号。

贾衣玫诧异：嗅淫，以前没觉得你这么重口味。

郑秋冬搂住她嬉戏：都会变的，嗅淫，谁发明的词儿？

24. 会员制酒店　日外

酒店停车场，郑秋冬的车停下，观察。

后景，罗伊人在远处下了出租车，款款地走向酒店。

25. 酒店大堂　日内

郑秋冬问前台服务员：我要接待一个重要客户，他指定要住后楼 2008 房间，请问这间房空着呢吗？

服务员查看电脑：对不起先生，2008 已经被订走，直到下个月 7 号。

郑秋冬嘟囔：会不会是我朋友订的……订房的是袁先生吗？

服务员客气：对不起，我们客人信息不便透露，您问问您的客户。

另一个服务员甲过来：2008 好像退订了，早上贵宾部有电话，我查查……

郑秋冬等待。

服务员甲看了电脑：对不起先生，2008 已经退订了，早上刚通知的，这位服务员刚接班，不知道。

郑秋冬：太好了，我想先看看房间。

26. 酒店房间　日内

服务员打开门，郑秋冬进入，抬眼看烟感器，一模一样的。

郑秋冬警察般地巡视着，突然：马桶每天都消毒吗？

服务员被问蒙：什么？哦，消，每天都消。

郑秋冬指着烟感器：灵敏吗？

服务员更傻：啊，这个……不知道，这个是检查火灾的，不太用。

郑秋冬：我们老板很在意这些，我可以上去看看吗？

服务员为难：这个……怎么看？

郑秋冬已经脱了鞋上床了。

服务员欲拦已迟：先生您……急忙掉头去关门。

郑秋冬用手轻轻触碰烟感器，不料竟掉了下来，仅以电线与房顶相连。

服务员：哎哟，这是……

郑秋冬看着电线洞口周围，有一圈不干胶的粘揭痕迹。再看烟感器。

闪回一：郑秋冬家，他揭开烟感器不干胶的瞬间。

闪回二：郑秋冬家，他把烟感器拽下房顶后，房顶上留下的一圈不起眼的粘痕。

郑秋冬明白了，对服务员：看看，这么松能灵敏吗？

服务员一脸困惑：这些平时不检查的。

郑秋冬下床穿鞋，意识到问题的严重性，对服务员：赶紧报修，小毛病。

27. 酒店电梯　日内

电梯在下降，郑秋冬在电梯里思索着。

电梯门打开，有人进来，郑秋冬没在意。进来的竟然是罗伊人，罗伊人看到是郑秋冬，愣住：秋冬？

郑秋冬转脸，大惊：嘿——伊人，你怎么会在这儿？

罗伊人：真是你，我怎么就不能在这儿？

郑秋冬意外之喜悦溢于言表：我不是这个意思，什么时候来杭州的？

罗伊人：昨天。（*她捏了捏他的头发*）你还用发胶，哦，没有，好有型啊。

郑秋冬：从不用那东西，你住这儿？

罗伊人点头：是啊，来看个朋友。还记得葵黄姐吗，给你送红酒的。

郑秋冬：记得，我们现在经常联系。

罗伊人：我是来看她的，小住几天。

郑秋冬想起了于成飞的事，叹气：你呀。

28. 酒店大门　日外

郑秋冬和罗伊人走出来。

郑秋冬打量着罗伊人：你跟喜剧演员的事地球人都知道了，现在怎么样了？

罗伊人没说话。

郑秋冬：演艺圈嘛，劈腿的事总难免，你怎么着，是忍了，还是一刀两断了？

罗伊人苦笑着：你是在跟当事人说她走麦城的事呢，没有同情心也就罢了，我怎么觉得你是在跟我分享一段别人的花边新闻呢？

郑秋冬觉得她不高兴，认真：我错了。想起来了，叫于成飞是吧？一刀两断。

罗伊人看着郑秋冬：一刀两断，你了解我。

郑秋冬：了解，眼里不容沙子。又来杭州……疗伤的。

罗伊人看着郑秋冬：讨厌，什么叫又呀。疗伤，上次我来杭州，你也说过这句话。

郑秋冬：因为我老受伤，是遍体鳞伤的老伤员，知道疗伤对活命来说是必需的。

罗伊人：别跟我装沧桑，你哪回不是一受伤就找个新的填房，导龙入海、引火归无，还疗伤呢。

郑秋冬：哎哟，你现在这嘴生冷不忌啊，导龙入海，这话是你该说的吗？太不淑女了。

罗伊人任性：谁淑女呀，我现在唇枪舌剑，逮谁伤谁，你留神啊。

郑秋冬：我你只管伤，就怕你伤不到，皮糙肉厚了。

29. 茶馆　日内

郑秋冬和罗伊人。

郑秋冬：我跟葵姐解释过，想猎陈老师的不是我们，是别的公司，实话实说，是林拜他们公司的人，但不是林拜。

罗伊人：既然想猎人家，就该想方设法讨好人家，让人家讨厌是不会有好结果的。

郑秋冬：我也挺纳闷的，猎头做到他们那个份上，都会很得体的，绝对不会让陈老师有一点反感。

罗伊人：葵姐很反感那些人，她自己说的。

郑秋冬想了想：或许另有缘由。

罗伊人：什么缘由？

郑秋冬：还没有找到确切的证据，不知道该不该说。

罗伊人：婆婆妈妈的，那个熊青春为什么离开你，就是受不了你婆婆妈妈的。

郑秋冬：哎哎哎，罗伊人，她为什么离开我我都不清楚，你怎么会比我清楚？

罗伊人想了想：哦，不对，那是钟淮兰的男朋友，记错了。你说你的，另有什么缘由？

郑秋冬：不讲道理，我不想说还逼着说……算了，给你说了吧。一定是女人的那种直觉，葵姐的第六感遥感到了危险信号。

罗伊人用异样的口吻：不会是她老公红杏出墙吧？

郑秋冬：很复杂，这里面有个圈套。

罗伊人紧张：你说清楚，葵姐的事我不能袖手旁观。

郑秋冬：这件事开始很简单，就是一个年薪 600 万的猎头项目……

30. 疗养院 / 袁昆办公室　日外

阳光和煦，陈修风夫妇坐在草坪上，地上放着饮料等。

老父亲盖着薄毯在不远处的轮椅里打盹。

葵黄和声细语：你拒绝了不要紧，猎头公司也都能理解。关键是你怎么拒绝的，是客客气气的，还是像离开高原（中国）那样，说一通伤人的话？

陈修风：无冤无仇，我怎么会说伤人的话呢？肯定没说。给你打电话的是什么人？

葵黄回忆：他说姓袁，说话慢条斯理感觉很稳重。我以为是郑秋冬的人呢。

陈修风不安：他还说什么了？

葵黄：就是猛夸那边的 employer（雇主），说提供的职位最适合你，希望我能劝劝你。

陈修风：你怎么说的？

葵黄：我说你的事一直是自己拿主意，让他直接跟你谈。成就成，不成就是没缘分。

陈修风：他怎么说？

葵黄：他怎么说，没再说什么。哦，还说他的助理负责跟你接触，工作的事可以先放一边，先培养感情，成为朋友，以后合作的机会多着呢。

陈修风听了这番话，不安，不由得坐直了身子：他还说什么了？

葵黄摇头。

陈修风正要说什么，电话响，看，脸色有些变：这么巧，那个姓袁的。起身拿着电话去一边了。

葵黄过去给轮椅掉了个方向，给打盹老人掖了掖毯子。

角落处，陈修风在打电话：谢谢袁总关心，那两只葡萄酒基金都是合伙人帮我打理，我现在琐事太多，也没心思管那些了。

袁昆口气神秘：我有朋友在基金管理部，内部消息能早点知道。都是朋友，应该的。

陈修风：太谢谢了，让您一直惦记。

袁昆：没什么，陈先生不必客气。哦，对了，我听米娜说您太太回来了？

陈修风紧张，看着远处的妻子，妻子在看一本葡萄酒的杂志。

陈修风：回来了，云南那边找到了帮手，她回来帮帮我。

袁昆：米娜建议，我们应该请您和夫人吃顿饭，您看怎么样？

陈修风不知道该怎么说了，汗下来了：哦，这，现在，不太方便，我父亲身体情况不好，离不开人。

袁昆：那就改天，陈先生，其实什么都好说。哦，宏深资本的黄总昨天问我，说您拒绝宏深是不是嫌钱少，可以商量的。

陈修风有些为难：袁总，这话实在让您……这样吧，您可以把黄总的电话给我，我帮您回绝，省得您开口，伤了你们的和气。我说过跟钱没关系。

袁昆：我是这么说的，可是米娜跟他汇报说的是可以商量，说是您说的。

陈修风一惊：是吗？那是米娜记错了吧，我怎么可能说过。

袁昆：我也是这么说的，米娜你是不是记错了？可是米娜说她记得很清楚，时间地点都记得，还有录音录像。

陈修风一下傻了，他躲到离妻子更远点的地方，坚持强硬口吻：不会的，米娜在你身边吗？我问问她。

袁昆：这会儿不在，她长假去外地潇洒去了。陈先生您问她什么？

陈修风：问她我在什么地方说过可以商量的话。

袁昆：我这儿有份备忘录，我找找，她走前留下的，在这儿……哈哈，我念给您听啊，她说在富龙大酒店B座，财富中心2008房间，这是什么地方？您去过吗？

陈修风彻底傻了：不可能……米娜现在在哪里？

袁昆：很远，也不开机。她真不重要，小人物，我们可以谈谈吗？

陈修风回头看着安静的妻子、打盹的老人：可以谈。

31. 林拜办公室　日内

林拜在电脑上看着“孕妇大课堂”的课程安排，一边打电话：课程还行，这上边说怀孕十周起就可以跟班上课，你还早呢，不同孕周有不同的课程，网上可以报名，你看看吧。

林拜透过百叶窗，看见陈修风进了公司，在一个年轻人的引导下，进了袁昆的办公室。

他注视那边。

透过百叶窗可以看见袁昆起身跟陈修风寒暄，然后窗帘被拉掉，年轻人出来。

林拜想了想，对电话：不聊了。起身出门。

32. 袁昆办公室　日内

袁昆心情沉重：米娜太年轻，胆子大想得少，网络上那些偷拍官员开房、偷情，狗仔队拍明星劈腿之类的视频太多，她可能受了影响，觉得好玩，真是无知者无畏，我想她不会有什么恶意。

陈修风依然保持高冷的范儿：电话一直关机，是在躲我呢。

袁昆：都在找她，宏深资本也在找，她甚至可能跳槽去那边，那边要投资影视，那是她的理想。

陈修风无奈，有汗：你找我谈什么？

袁昆沉着地：喝茶，陈先生，叫您来就是想说这事的。那姑娘害怕了，您跟她的那段视频她不知道该怎么处理……

陈修风有点慌乱：我不相信有什么狗屁视频，那东西现在在哪儿？

袁昆瞬间变得无比威严：在我手上。我保证仅此一份，绝无复制。

敲门声。

陈修风吓了一跳，起身：会是她吗？

袁昆温和地安慰他：陈先生，让您受惊了，事情到了我这儿，一切就都到头了，放心。起身，轻轻拍着陈修风的肩：喝茶。说着去开门，门外是林拜，袁昆不知该怎么办，想打发他回去：我这边遇到点……

林拜瞥见颓然的陈修风：哎哟，陈先生呀，还记得我吗？说着就进屋了：我是林拜，1998 年特慧给瑞银搭干部框架，我是桑萍总监的助理。金融街吃饭您给我们讲超主权货币。

陈修风勉强应付：记得，你也在这家公司？

袁昆：哦，最早就是林拜林经理把您介绍给我的。

陈修风怀疑地看着林拜：是吗，你怎么会记得我？

林拜：印象太深刻了。

袁昆：这些以后再说，林拜，陈先生跟我正在谈一些细节上的……

林拜知趣：不好意思，打扰了，告辞。哎，袁总，米娜去哪儿了，也不开机。

袁昆、陈修风都是一怔，袁昆：找她有什么事吗？

林拜：没什么，还是那家酸汤鱼，地址一直没发给我。再见陈先生。

陈修风有气无力：再见。

33. 走廊　日内

林拜走来，想了想，走向电梯，按了下行键。

34. 德仁所在的大厦大堂　日内

林拜从外面进来，郑秋冬和贾衣玫从另一方向过来。

贾衣玫看见了林拜：林拜哥。林拜回头：正好，找你呢。郑秋冬：什么事？

林拜看了眼贾衣玫：上去说吧。

35. 电梯　日内

电梯上行，郑秋冬、林拜、贾衣玫在电梯里。

郑秋冬：是不是……他看了眼电梯内的探头。没再说。

林拜：也就是……也看了眼探头。

电梯开门，有人进来，关门。

片刻沉默。

惠成功的声音从郑秋冬身后传来：郑总您好。

郑秋冬吓了一跳，回头：小惠。

惠成功点头：林总好。

林拜：你好你好，小惠，好久不见了。

惠成功：小贾你真是越来越美了。

贾衣玫：谢谢。

第 34 集

1. 电梯　日内

惠成功伸手，边上的人给了他名片夹，惠成功抽出递上：我上个月去了彤嘉云科技集团，做 HR 总经理，这是我的名片，希望以后能有合作。

郑秋冬、林拜、贾衣玫稍有诧异。

惠成功看着贾衣玫，大度地：我以前真是太迟钝了，郑总千万别介意啊，你又给我上了一课……什么时候喝你跟郑总的喜酒呀？

贾衣玫尴尬：快了，一天比一天近了。

林拜咳嗽起来。

郑秋冬盯着惠成功：没出这个楼，连跳三级。你很会进步啊。

惠成功又从边上的人包里取出一本书，递上：我的拙作。

郑秋冬、林拜、贾衣玫更加诧异，接起看。

书名《跳槽——跳成首富》。

林拜瞥了一眼：太有理想了。

2. 郑秋冬办公室　日内

林拜惊讶：你确定他拍到了？

郑秋冬：基本确定，就是不知道米娜知不知情。

林拜恍然：我说呢，陈修风这么骄傲的人，怎么可能主动跑到公司去见袁昆呢。

郑秋冬：他的状态怎么样？

林拜：霜打的茄子。

郑秋冬：那就是说，正戏已经开始，袁昆手握艳照，开始跟陈修风谈生意了。

林拜质疑：不不，他想拍和已拍到本质不同，你怎么能确定袁昆拍到了他想要的视频？

郑秋冬想了想：你还是知道得越少越好，毕竟你们是一个公司的。林拜，事情到了这个地步，很可能会出大事，我建议你退出，千万不要再参与了，你已经做到问心无愧。老婆怀孕加上一家团聚，过你想过的日子吧。

林拜轻松地：什么意思？你怕我成吃里爬外的人。

郑秋冬：当然，吃里爬外，内奸，犯上作乱，嫉贤妒能都是给你准备的，我不能让你为我出头。无论怎么说袁昆是你们的头儿，他在为公司利益冒险。

林拜：我并没有参与的愿望，也希望你设想的这场阴谋无疾而终。袁昆作为行业楷模、我年轻时代的偶像……能发乎情止乎礼，不踩红线，我希望。

郑秋冬：不是所有人都能按希望做事。

林拜：也不是所有罪过都需要制裁。

郑秋冬：你真这么想吗？

林拜：这不重要，我有几斤几两？你以为米娜是被逼着去陪客户上床吗？你以为袁昆是绑架陈修风，而不是努力把他推上事业顶峰吗？

郑秋冬：你到底想说什么？

林拜：以前我以为女人实在走投无路了，为了活命，为了孩子，不得已卖身求生……其实不是，为一部手机，为了攀比，或者是领导的赞赏，也会的，很可怜。

郑秋冬：我明白你的意思，你说我在管闲事，装天使。应该戴上眼罩什么都没看到，即便看到了也假装没看到。这简单，我能做到。我在监狱里过过这样的日子。

林拜：我不是这个意思，换个角度看，这也许对三个当事人都是好事，你想过没有。

郑秋冬：因祸得福是可能的，但不能因此就喜欢祸。祸就是祸，福就是福。

林拜：要是一切都发生了，跟预料的一样，你打算怎么办?

郑秋冬沉默片刻：我不想告诉你。

林拜愣：还没想好?

郑秋冬：想好了，当色诱还是预感的时候，我就想好了。

林拜：好吧，无论是出于你的建议还是职场规矩，我都得退出。我前面说的话，只是给你的提醒，并不说明我是你的对立面。

林拜说着朝门口走去：就按你想的去做吧，祝你好运。

郑秋冬：还是祝陈修风好运吧。

3. 德仁公司　日内

林拜从郑秋冬办公室出来，脸色凝重，跟贾衣玫和其他人打着招呼离开了。

贾衣玫在跟马小红商量什么，见林拜走了，就去了郑秋冬办公室。

4. 郑秋冬办公室　日内

贾衣玫进来：把我支出去，你俩嘀咕什么呢?

郑秋冬平静：没嘀咕什么。

贾衣玫：不可能，林拜脸色那么难看。

郑秋冬没接话茬，指着电脑：电视台采访田尧的照片怎么还没放到主页上?

贾衣玫凑到他面前，把手机放在桌上，手机桌面是她和郑秋冬的亲密照：放上去了，Sir，五分钟前。哎，你俩是不是嘀咕米娜的事?

郑秋冬若无其事地拿起贾衣玫的手机看着：俊男靓女呀。不是，那事跟我有什么关系?

贾衣玫：哎，你不是一直关注这事吗?上床的房号都打探清楚了。

郑秋冬看着手机：陈修风老婆回来了，这就叫好雨知时节，当春乃发生，应该都结束了。

手机上出现了米娜的手机号。

郑秋冬看着。

贾衣玫：米娜动真心了，现在痛苦着呢，人躲在海南。袁总不让她开机，只能深更半夜开机跟我聊几句。陈修风就是那种人面兽心的家伙。

郑秋冬看着米娜的电话，手指在桌面上轻轻写着什么。

5. 袁昆办公室　日内

陈修风在电脑上看完最后的视频，眼神暗淡。

袁昆拔下跟手机连接的数据线：现在的年轻人就是荒唐的一代，什么都觉得好玩。幸亏知道害怕，交到我这儿来了。

陈修风脚下已经是一堆面巾纸了，他还在擦汗：你说过我们是朋友。

袁昆：当然。

陈修风：既然是朋友，你就当着我的面，删除它。

袁昆真诚地：可以，请您来就是想说这事。删除它容易，米娜要是跟我要怎么办？

陈修风：我可以给她钱，多少都行。

袁昆摇头：我不同意这样做，如果给钱的话，我和她就涉嫌敲诈。

陈修风：你说怎么办？

袁昆思索：她说她爱上您了，死心塌地。这个年纪的女孩子，陷进去就不容易出来，疯狂起来犹如洪水猛兽。您可以用别的方式给她补偿，做个了断。比如说，接受宏深的职位。

陈修风愣。

袁昆：米娜是这一单的第一 researcher，如果您接受这个职位，米娜无论在经济上还是在事业上都会上一个巨大台阶。她会从灵魂深处感激您，一定的。您要真能帮她伸把援手，也不负她用情一场啊。

陈修风犹豫。

陈修风：怎么能保证一了百了？

袁昆：她惹麻烦，是我带兵无方，我可以写个保证书，锁在您的抽屉里。

陈修风怀疑地看着袁昆。

袁昆很关心：您要是还为难，咱们还可以再想别的办法，猎头是三方愉快的事，我实在不忍心看您为难的样子，好像也没有更好的办法了。

陈修风彻底蔫了：让我再考虑考虑。

袁昆仗义地：可以，一切都依您，只管放心，局面至少还控制在我手里。

陈修风起身离去，离开时还是偷眼看着那桌上的手机。

6. 路边电话亭　日外 / 袁昆办公室　日内

一个戴头盔的民工手里拿着电话亭的电话听筒，林拜用手挡着键盘，输入号码。输入完了，把一张纸交给民工。

袁昆办公室，他还在看手机里的欢爱视频，电话响，陌生号码，犹豫，接听：喂。

民工看着纸条，口音有点重：袁昆，给你一个忠告，必须尽快中止你在做的事，敲诈是危险的，你已经被人盯上了。

袁昆一惊：你是谁？

民工：偷拍的事是你让那姑娘做的，你要为结果负责。（然后对林拜）可以了吗？念完了。

林拜"啪"地拍断电话：谁让你说最后一句了？

袁昆愣神看着手机。

林拜扯过纸条，给了民工 100 块钱。

袁昆在窗前踱步，看着手机号码，打回去。

电话亭，电话在响。

一个中学生经过，看着电话，张望四周，没人，于是接听：喂。

袁昆：刚才这个电话给我打过，我没接到，请问您这是哪里？

学生：哦，这是 ×× 路公用电话亭，叔叔，我是路过的，这里已经没有人了。

袁昆：谢谢了，小朋友。祝你考试顺利。

袁昆放下电话，打开百度地图，查到 ×× 路。

思索。

7. 杭州机场 日外

米娜戴着墨镜，拉着拉杆箱行色匆匆地走出人群，对耳机：我出来了，你在哪里？

郑秋冬 OS：我看见你了，往前走，看到我的车了吗？

路边，郑秋冬的车闪了闪大灯。

米娜迎车走去。

8. 山路 日外

郑秋冬的车经过。

9. 山顶 日外

车停在一边，郑秋冬和米娜。米娜略显憔悴，但还轻松：袁总给我放长假，免费在海南玩两周。

郑秋冬：无功不受禄，他为什么给你这么大的礼物？

米娜犹豫：既然给了礼物，就说明我是有功的。别多问，问了也没答案。

郑秋冬：你为什么提前回来？

米娜：是你电话要我回来的，神神秘秘的。

郑秋冬：谁信呀，我有那么大的魅力，说让你回来你就回来。

米娜突然变得严肃：开玩笑，你是我闺蜜的男人，危险品。随后放松地：说实话，实在没心思玩。提前回来的事替我保密，我还不想去上班。

郑秋冬：既然是潜回的，放心，我不会告诉任何人。为什么没心思玩了？

米娜好奇：你在电话里说的那些保证都是真的？

郑秋冬：当然。

米娜：你说事态严重，指的是什么？你是不是知道些什么？

郑秋冬：是。

米娜：知道什么？

郑秋冬：财富中心 2008 房间的事。

米娜脸色大变，怨恨地直视郑秋冬片刻，突然狂躁地跳着喊着：胡说，我根本就不知道你胡说些什么。我要走，你送我下去，不然你就是绑架。

郑秋冬断喝：安静。我要是说陈修风自杀了，你相信吗？

米娜身体瞬间凝固，愕然的双眼：什么时间？

郑秋冬平静：明天，也许后天。

米娜缓过一口气：请你不要用这样的方式吓唬我，拜托。

郑秋冬：你没心思玩，急着回来，是为他担心吧。

米娜失望：你是怎么知道的？

郑秋冬：已经发生的事，谁都改变不了。如果你心存敬畏、心存怜悯的话，以后的事是可以改变的。

米娜：谁出卖的我？袁总？还是陈修风？

郑秋冬：谁也没有出卖你。陈修风曾经是我要猎的人，这一点你和袁总都很清楚。我敬重陈修风，也质疑袁昆对我的态度，我只是做了该做的调查，没人出卖你，这些都是我调查发现的。

米娜突然捂着脸哭了起来，蹲在地上，开始抽泣。

郑秋冬：你跟陈修风在那间屋里发生的事，是次要的。还有更可怕的。

米娜中止了哭泣，仰头看着郑秋冬，绝望的眼神，叫嚷：你还知道什么？

郑秋冬看着米娜，慢慢也蹲了下来，震惊的眼神：我本来只想问你一句，知道不知道那个烟感报警器的秘密，你的眼神告诉我，你是知道的。

米娜呆滞的目光：衣玫知道吗？

郑秋冬：怎么会告诉她呢？你们是闺蜜，我必须帮你留住面子。

米娜眼神空洞，看着他，突然放声大哭：呜呜呜，不是我，我被魔鬼附体了……

山风嘶鸣，林海波动。

10. 陈修风别墅　日外

别墅院落，葵黄在院子里浇花草，袁昆和陈修风在屋里密谈。

袁昆压低声音：陈先生，我知道您面临的压力，我是想帮您安度这场危机，您怎么能倒打我一耙。

陈修风：我不明白袁总这话的意思。

袁昆：昨天我接到一个电话，指责我敲诈您，说偷拍的事是我指使人干的。这事没人知道，只有您知道，这不叫倒打一耙吗？我是好意啊。

陈修风慌张：不可能，我傻成什么样呀，给你打这种电话？

袁昆狐疑：不是您亲自，是雇人打的。不是吗？

陈修风：你是什么意思我不清楚，电话不是我打的，也不是我找人打的，咱们两个一定有一个是脑残，这种事我怎么可能再告诉别人？

袁昆想着，觉得陈修风说得有道理，侧脸打量他，又皱眉思索。

陈修风：但偷拍的事是不是你设计的，你是最清楚的。

袁昆笑了：你想多了。

葵黄从窗外：修风，高枝锯呢，储藏室没有啊。

陈修风：在车库吧。

葵黄：你帮我找找去，我腾不出手来。

陈修风不快：没看见有客人嘛。

11. 陈修风别墅门口　日外

袁昆的车停在这里，袁昆在陈修风的陪同下出了陈家。

袁昆：宏深资本又催我了，他们就是赏识您。再说这也是对米娜的适当补偿，别让她觉得鸡飞蛋打，一怒之下做出荒唐事，后悔可就来不及了。

陈修风一直捏着手表在上弦：你在逼我。

袁昆话里有话：您总要做出选择。真羡慕您有个能干的太太，温馨家园，值得珍惜。

陈修风愤怒：不送了。转身回去。

袁昆：不客气，您时间不多了，再见。

陈修风脚步戛然而止，给手表上弦的手凝固住。

12. 咖啡馆　日内

安静，人少。罗伊人款款走来，坐在葵黄面前，打量她：怎么了？

葵黄：老陈最近有些不正常，那个猎头又来家里了。

罗伊人：不喜欢他就下逐客令，有什么难的。

葵黄：那人说话做事也很得体，彬彬有礼的，我也不好说什么。

罗伊人：陈老师怎么不正常了？

葵黄担心：说不清楚。

罗伊人试探：老爷子又进了ICU，压力肯定很大。

葵黄：压力以前也有，这次我的直觉是不一样的。喝茶都紧张，手是凉的，眼神躲避我，话也少了。

罗伊人继续试探：会不会是猎头公司那边……让陈老师很为难？

葵黄困惑：不应该呀，行就是行，不行就是不行，老陈一贯是痛快的。大家都客客气气的，他们总不能威逼利诱吧。

罗伊人故意笑嘻嘻地：不会是因为……女人吧？

葵黄脸色一下暗淡：很像，也有些迹象。我捡到过一个手链，肯定不是我用的。我假设过，如果是因为女人的话，我宁可不知道。

罗伊人：躲不是办法，感情的事就是这样，迎着简单、躲着复杂。退一步讲，男人出轨可不可以原谅，取决于他在你心中的位置。

葵黄眼圈发红：位置很高，当然能原谅。是不是我有妄想症？

罗伊人感动：都是假设，陈老师不会的，他是我们心目中的情感楷模。说着看门口：一会儿郑秋冬过来，说帮您拷贝的硬盘，给带过来。

葵黄：哦，对，我都忙忘了。你们见面了？

罗伊人：就在我住的酒店偶然碰到的，太巧了。哎——什么眼神呀你，真是碰巧遇到的。不许撇嘴，真的……哎，他来了。

葵黄收起怀疑的表情。

郑秋冬匆匆进来，来到她们桌边，坐在罗伊人边上：葵姐，您好。

葵黄：你好。

郑秋冬从包里拿出一块硬盘：全都拷贝完了，绝无遗漏。

葵黄接过硬盘：谢谢，谢谢。

郑秋冬看了眼罗伊人：怎么样，陈老师还好吗？

葵黄：怎么回事，他成大熊猫了，你们都关心他，也没人问问我好不好。

郑秋冬：陈老师只要好了，您就不会有问题。陈老师如果不好，您肯定也就不好了。

葵黄忧虑：他呀，最近是有点问题，我也问不出来，问多了他就说得了抑郁症，这不胡说八道吗。

郑秋冬跟罗伊人再次眼神交流。

葵黄的电话响，看：云南那边的。说着起身去一边打电话。

罗伊人小声：她还不知道。

郑秋冬：不能让她知道，也不能让陈修风知道我们知道这事，面子。

罗伊人：就当没有发生过。时间不能拖太久，只有尽早了结，才能避免关联事情发生。

郑秋冬：在这件事上，最早我是想保持沉默袖手旁观的。

罗伊人：为什么改主意了？

郑秋冬：两个原因，一是袁昆设圈套玩儿我，我不能不反击。二就是因为葵大姐，我喜欢葵大姐的人格魅力，人到中年还那么单纯豁达，满怀善意。我觉得你到了她这个年纪，就会是这样的人。

罗伊人：你不是蔑称我高冷文艺女青年吗？这会儿又不是了？

郑秋冬：现在是，我说你以后是那样的。他指了指葵黄那边。

葵黄在不远处打电话的高兴神态。

罗伊人看着她，小声：她已经有不好的预感了，只是不敢承认，一边猜测一边说自己有妄想症。太天真了。

郑秋冬看着葵黄：你说，人为什么会有保护别人的冲动？

罗伊人：因为人性。

郑秋冬：可这种冲动也只是偶尔才会有。

罗伊人：因为自私呗，也是人性。

13. 医院走廊　日内

陈修风戴着脖套，靠在椅子上打盹。

女护士过来，耳边小声：陈老师，有护工在，您回去休息一下。

陈修风神经兮兮：哦，没事，这儿好，在这儿睡得踏实。

女护士被他吓了一跳，觉得他怪异，皱着眉头走了，陈修风正要闭眼，突然睁大了眼睛。

走廊尽头，米娜戴着口罩、墨镜寻寻觅觅着过来，还不时地扒在其他病房门口往里看。

陈修风起身，架着膀子朝着米娜走去，米娜发现，掉头就跑。

14. 医院楼梯　日内

米娜刚跑进楼梯，陈修风戴着脖套就追了上来，愤怒地扯下口罩、墨镜：给我站住，你这些天躲哪儿去了？究竟想干什么？

米娜惊慌：求你不要这么凶，不要这么凶。

陈修风扭曲的神态：你来干什么？你知道发生什么事了吗？

米娜：我……不知道，啊，知道。我就是想来看看你，我对不起你，不知道你会出什么事。（说着一把抱住陈修风）我就是想看看你，一直惦记你。

陈修风使劲推她：放开，松手。米娜被推开，靠在墙上，惊讶的大眼睛。

陈修风：那些视频我都看到了，我被你毁了，你……跟袁昆是不是一伙的？

米娜哭了，点头：对不起。无论发生什么事，我都愿意跟你在一起，我担着，我坏……你清白。

陈修风愣住：我不清白，也不想跟你在一起。

米娜哭着：我真心爱你，我可以去找你太太把话说开，不为难你。相信我，我会比葵黄做得更好。

陈修风惊恐地看着她：要是那样，我就亲手宰了袁昆，死在你们特慧门口。

米娜：不要，要是你的前半生被毁了，以后我愿意陪你。

陈修风尖叫：滚——别逼我杀人。

米娜惊恐的眼睛。她迟疑片刻，跑下楼梯。

陈修风颓然坐在地上。

片刻，葵黄找来，推开走廊门张望，看到了陈修风，急忙上前拽他：哎，找你半天，怎么坐在这儿，快起来，哪儿不舒服吗？

陈修风起身，紧紧抱住葵黄。

很久。葵黄：你怎么了？

陈修风慢慢放开：是有点累了。

葵黄：别有事瞒着我，我扛得住。

陈修风一笑：你就爱多想。

15. 特慧专猎会议室　日内

袁昆、索尔面对黄总等宏深资本的代表。

袁昆：可以说成功在即，面试日程也都确定了，你们准备 offer，然后就可以签约。一周之内解决。

黄总：面试结束可以直接签合同，我们信任陈修风，不用发 offer。

袁昆：逼签？不行，他是我的 VIP 客户，必须走规范程序。（说完，袁昆打开文件夹，把一张纸推给黄总）这是日程。我没超过您给我的期限。

黄总拿过纸看着，露出满意的笑。

索尔高兴：陈修风一直是想自己做，理想远大。只有袁总才能把他拿过来，交给你，不会再有第二个人能做到的，值得祝贺。

袁昆自信满满：谢谢 Mr.Sol，这是实话。

16. 走廊　日内

索尔跟黄总等人告别，林拜拎着两个纸箱从外面回来。

索尔：这是什么？

林拜：不好意思，别人送的。鸡蛋，山里散养的鸡下的蛋，绝对绿色。

索尔：这个呢？

林拜：走地鸡，也是山里的。四只，送你一只，煲汤绝佳。

索尔：谢谢，做你老婆是个幸福的事。知道吗，袁总大功告成了。

林拜：什么？

索尔：宏深资本的事袁总搞定了。

林拜诧异：签了？还没面试吧。

索尔：马上的事。

17. 特慧专猎会议室　日内

林拜推门探头，吹了声口哨。

袁昆在看文件：嗨，进来。

林拜进来，不自然的笑容：祝贺，索尔说陈修风的案子完成了。

袁昆：一直是秘密运作的，现在可以说差不多了，还不能说完成。

林拜：那只是时间问题，不愧猎神，怎么就搞定了呢？

袁昆淡淡一笑：猎其所长，抓其所短。对你我不想隐瞒，有些特殊手段。

林拜一副猜测的神态：现在还不便多说。

袁昆：是的，最近有人在背后作梗，企图阻挠本案的推进，我已经接到匿名电话了。

林拜放松：这再正常不过了，这么大的单，没有下黑手的就不正常了。（他突然）日程定了？

袁昆把纸推给他看：我信任你。

林拜的手停在桌面，把纸又推了过来：我还是不看了吧，免得成为局内人。

袁昆：我一直视你为局内人，这个案子开始你还参与了。

林拜：不不不，我一定就是局外人，这是你们团队的蛋糕。我只是好奇，陈修风的态度怎么就 180° 大转了呢？

袁昆：暂时保密。

林拜：我猜猜，嗯，你说的抓其所短，什么意思？

袁昆得意：别猜了，底牌是用来震慑的。猎头这行不就是让人心动嘛，心动，人必定会动。手段是会常变的，唯宗旨永恒。

林拜：要是我，山穷水尽了，除了对他威胁恐吓，一定束手无策。

袁昆开始一愣，接着得意，指着他：只想把家建成温柔乡的人，必定束手无策，因为你已经没有斗志了，我也打过败仗，但我的战斗精神一直没被击垮。

林拜：哪天面试？

18. 陈修风家　日内

罗伊人、葵黄在聊天，电视开着在播新闻。

葵黄忧虑：明显比以前严重了。他没朋友，又不爱说话，有事憋在心里，迟早憋出毛病。

罗伊人：有种愧疚心理，当事人会用折磨自己来表达忠诚悔悟，陈老师对您有敬重之心的。

葵黄苦笑：是我太敬重他。

电视正在播新闻，突然：据大华夏娱乐网报道，著名喜剧明星于成飞和曾经劈腿的女演员楚休终于修成正果，在巴厘岛向楚休单膝跪地求婚。从照片来看，楚休下腹微隆，孕味十足。莫非又是一出挟天子以令结婚的苦情剧？真是原配不知何处去，新人依旧笑迎风啊。

画面上配以相应的几张图片。

罗伊人静眼观看。

葵黄一直慌乱地在找遥控器，终于找到，关上了电视。

安静，尴尬。

葵黄：别看你这小清新的样，真够皮实的。

罗伊人面带酸涩：不说我吧。葵姐，你跟陈老师结婚 20 年了，知道 20 年是什么婚吗？

葵黄想着：20 年，不知道，水晶婚？不是……

罗伊人：是瓷婚，陶瓷的瓷。

葵黄有兴趣：有什么讲头吗？

罗伊人：我不知道正解是什么，我理解的瓷婚是，很珍贵，易碎，需要细心呵护，像优质的年份酒，很醇香，但要条件苛刻的酒窖保存。

葵黄感慨：20 年……7 年叫痒，20 年叫中年危机，还真有这危机。

罗伊人突然一拍沙发：哎，我们搞个纪念活动吧，20 年瓷婚纪念，冲冲喜，也掸掸我的晦气。我张罗，你给我个拟请的朋友名单，山谷地产在杭州有场地，让孟自静董事长免费提供，你们陈氏家族提供红酒，让郑秋冬找靠谱的婚庆团队，怎么样？陈老师一定高兴，说不定老爷子哈哈一乐病就好了，陈老师又青春焕发了呢。

葵黄：能行吗？别心血来潮。

罗伊人：我什么时候心血来潮过？朋友名单可以是全球范围的，机票让山谷地产包，给他们做广告。拍摄权卖给卫视的婚姻栏目。

葵黄：得了，我可没劲这么折腾。

罗伊人：好，严肃的事，不能弄成生意，咱关着门自己搞。

葵黄：抽风，你来劲了。

罗伊人兴奋地起身，摸外套口袋：用不着跟你商量，也用不着你干什么。电话呢，跟你商量是白耽误工夫，现在就打电话，本姑娘好久没这么兴奋了：喂，孟总。

葵黄看着她：这是活过来了。

第35集

1. 楼顶天台　日外

郑秋冬和林拜登上天台。

郑秋冬警觉地张望周围。

林拜不屑：不至于吧，也太谨慎了。

郑秋冬放心了：这儿安全，说吧。

林拜：我都不敢说了，你这一通东张西望，把我都看毛了。

郑秋冬：袁昆偷拍这事，我不知道你有什么感觉，反正我有心理阴影。整个 CBD 这些水泥垛子里，谁知道藏着多少摄像头、录音机，稍有不慎你的话可能就被泄露出去，你是无间道背叛团队，按职场伦理你受千夫所指，我是为你好，我没事的。

林拜：怕我臭名远扬不齿于同类，谢谢。

郑秋冬：这些我必须考虑。除非你不是特慧的人。公司时代，利益当先，道德肯定要让路给戒律的。现在不毛了吧，什么事？

林拜：陈修风马上要面试，面试是走过场，接着 offer，就签合同。

郑秋冬意外：够快的，真是捣鬼有术也有效。说陈修风面临身败名裂的境地，一点都不为过，他不得不从，是枷锁上身不得不从。我跟米娜见过面，她都承认了。

林拜疑问：那视频呢，她看到过？

郑秋冬摇头：她哪有看的心情。只有找陈修风才能证实，如果有，他一定已经看过，他是最重要的观众，可我实在不想让他知道我们知道这事。

林拜：没时间了。

郑秋冬：就算能证实视频存在，又能怎么样？报警？

林拜一愣：不行。

郑秋冬：对，至少我做不来。还能怎么样？

林拜：有一招或许可以。我了解袁昆的心理。他成功早，有优越感，习惯被人尊敬，在乎名声。利弊判断很精确，善于权衡。他的短板是不够自律，没有远见。你要是直接跟他见面，挑明已掌握全局，捅破这层窗户纸，开门见山，劝他放弃，这种事知道的人多了，价值就会降低，他也不想被更多人知道。我估计他第一时间不会示弱，但他会谨慎考虑得失。中止的可能性是有的。

郑秋冬没底：一直习惯对他仰视，当面摊牌，我心理上短一截，会别扭，效果好不了。

林拜：你心虚，怵他？

郑秋冬：当然，毕竟是杰出前辈，年纪也差不少。

林拜：这就看你怎么调整心态，我记得你有一门本家功夫，曾经靠它行走江湖。

郑秋冬想了想，笑了。

林拜：把死的说成活的，看家的手艺不能丢呀。

郑秋冬自言自语：行吗……思索着，视线看向远方。

2. 米娜住处　日内

米娜泪水涟涟的可怜模样。

郑秋冬：我马上要去见袁昆，最终的结果可能会让你人财两空，我先说声对不起了，无论怎么样都做不到两全，希望以后有机会能补偿你。

米娜弱弱地：我无所谓，你要能帮陈修风从袁昆手心里逃出来，是好事。

郑秋冬：那些视频在袁昆手里，你能睡得好觉吗？

米娜又凄然了：每天都做噩梦……可他向我承诺过，绝不会让任何人……

郑秋冬：国际猎头协会是有职业道德公约的，特慧专猎的中层以上，都是对公约宣誓过的，宣誓就是承诺，但他已经践踏了公约准则，背叛了最大承诺，你还会信他对你的承诺吗？

米娜无奈：我是个小人物，把我弄得臭了，对他也没什么好处。

郑秋冬：你没想过离开这个圈子吗？

米娜：我要有本事，不会有今天。离开去哪儿混？会饿死街头的。

郑秋冬：不想再做回老本行，去演戏，去发挥你的强项？

米娜眼睛一亮：想，也就是想想而已，没机会。

郑秋冬：如果有机会，你又成了大明星，那些视频可就非同小可了。

米娜一愣。

郑秋冬：告诉我，怎么能证明那个视频的存在？

米娜想了想：陈修风看到过，他亲口说的。

郑秋冬来了精神：真的，他怎么说的？

米娜：他说他看过那段视频，问我和袁昆是不是一伙的。他一定看过，不然他不会变成一个疯子。

郑秋冬：这就是我最想确认的。

米娜：这很重要？

郑秋冬：很重要。嗯，你又见过他？

米娜点头：在医院，我控制不住自己，我已经被他……就像衣玫爱你那样。

郑秋冬：这是断头路，不能再走了。

米娜：不走怎么知道断头，我还想跟他太太谈，用我的方式解决。无论最后是什么结果，我绝不会提出用钱摆平的。

郑秋冬愕然：你要这样做，没人能拦得住，但我可以把话先撂在这儿，不要和走投无路的人一起在悬崖边跳舞，不是同归于尽，就是自取其辱。

米娜倔强地看着他。

3. 郑秋冬家　夜内

郑秋冬在几套西装中挑选着。同样挑选着领带、手表。

（郑秋冬旁白：袁昆是讲究穿着、讲究仪表的人，是不输气场的强者。如要战而胜之，必须要从点滴做起，让他感到他面前的人，是底气十足的人，是比他更强大的人，不然将会被他轻易吞噬，落得凄凄惨惨戚戚的境地。郑秋冬，你要打起精神，战而胜之。）

4. 德仁公司　日内

（旁白延至本场）郑秋冬穿着上述服装，坐在公司一边，一个洗剪吹团队在给他梳理，吹风。

贾衣玫、田尧、马小红、蒲渐不解地看着。（旁白结束）

完毕，杀马特掀去围裙，郑秋冬起身，伸手，贾衣玫给套上西装，伸出一只手，蒲渐递上包。马小红给他戴上手表。

贾衣玫困惑：究竟去哪儿，捯饬成这样？

郑秋冬朝外走去：谈生意。

5. 特慧专猎办公区 日内

电视屏幕上，一个衣冠楚楚的中年外国人（总部总裁），面对镜头说着。

公司的高级顾问——五六名中年男女——十名左右年轻男女 researcher，索尔、袁昆，以及助手杜比、艾玛等人兴高采烈地在听。

电视中总裁用英语：宏深公司的总裁告诉了我这个好消息，这是特慧的光荣，我想提前对袁昆先生表示祝贺，最后他竟然用中文：袁昆先生，你是中国年轻人学习的楷模！

袁昆用英语：谢谢总裁早到的鼓励，我会更加努力，加油！

总裁：再见。鼓掌。

电视内外，掌声四起。

袁昆得意，索尔忧虑。

林拜推开公司的门，看到这一幕。他有些忐忑，看了眼手表。

6. 街道 日外

郑秋冬开着车，神情平静。

7. 袁昆办公室 / 陈修风家 日内

袁昆得意地打着电话：我在想，宏深的面试现场，应该是你光彩照人的舞台。

陈修风郁闷，压着声音：现实容不得盲目乐观，未知比残酷还要可怕。外资 PE 这两年新出台政策多，我并非很熟悉，说不定面试会砸锅的。

袁昆严肃：别吓唬我，陈老师，砸锅就等于拒绝合作，没有商量，结果同样不堪设想。

陈修风强硬：要实事求是，什么结果都是可能的。

袁昆咬着牙，但口气温和：陈老师，能成全十个好人，别激怒一个坏人，您是爱惜羽毛的人，千万别遭遇没有退路的疯子。

陈修风：我没有羽毛，我是衣冠禽兽。

袁昆：不能这么说，您是我要猎的，是最抢手的人才。要不我让米娜从海南回来，陪您说说话，平复一下心绪，准备面试。

陈修风不屑地：别跟我说她在海南，你俩连统一口径都不会，米娜来医院找过我。

袁昆诧异：她，回来了？

8. 林拜办公室 日内 / 街道 日外

林拜透过百叶窗看到袁昆在办公室打着电话。

林拜也在打电话：总裁从波士顿打来可视电话，预祝他成功，这下他彻底没退路了，就是个困兽。明天他将是特慧全球 3300 多位员工的楷模。

郑秋冬开着车，戴着耳机通话：这不是逼着他铤而走险嘛。林拜，适可而止就行了，让你退出，你也答应了，为什么又跟我说这些？

林拜：替他想想，他以后怎么办？

郑秋冬：这时候我没法替他想什么了，你们这总裁太孩子气了，offer 都没见到，怎么能提前祝贺呢？

林拜：你能不能先别见他，推迟摊牌行动。

郑秋冬：见他是你的主意，现在又说不见。林拜，他拿我当猴耍的时候，你想过我以后该怎么办吗？我不是非要以牙还牙，但总该表达真实态度吧。还有陈修风夫妇，人家老人躺在医院，不知道哪天就撒手走了。袁昆凭什么非逼着他去做他不想做的事呢，说到家不就是名利吗？我就看不惯他流氓假仗义这套，太欺负人。

9. 袁昆办公室／陈修风家　日内

袁昆：好在就干三年，三年后我一定给您找到更理想的去处。

陈修风冷冰冰：谁的理想？我一向都是自己找工作。

袁昆不耐烦：好，您是抢手货，怎么说都行。不说废话，面试、入职的时间表您都看过了，我现在听您最后的决定。

陈修风苦涩：我这边老婆、老人、我本人，还有个无辜的米娜，都成了你的人质，我还能做什么决定。

袁昆得意：别这么说，包办婚姻不人性，但也有幸福美满的。

陈修风：有道理，但得能忍。

10. 林拜办公室　日内／街道　日外

林拜：我只想听你最后的决定。

郑秋冬：我已经快到了。

林拜看见袁昆放下电话，轻松地伸着懒腰：他好像胜券在握，不知道即将小鬼拍门。

郑秋冬：我力求最温和的结果。

林拜：最后那个红绿灯，掉头回去，还来得及。

郑秋冬的车穿过十字路口：刚过去，都来不及了，该发生的都是躲不开的。

郑秋冬的车行驶在大街上。

11. 大厦大堂　日内

郑秋冬推门进入。

12. 电梯　日内

门开，郑秋冬进入。

13. 特慧专猎　日内

郑秋冬推门进入。

14. 林拜办公室　日内

林拜透过百叶窗看到郑秋冬。

郑秋冬朝他这边看了一眼，径直走向袁昆办公室。

敲门，进入办公室。

林拜紧紧盯着袁昆办公室的窗。

百叶窗落下。

林拜离开窗户坐到座位上。

15. 袁昆办公室　日内

郑秋冬：袁总，没有预约就登门拜访，请恕我冒昧。

袁昆觉得郑秋冬与以往不太一样，好奇地起身过来：秋冬，怎么了，这么客气？坐。

郑秋冬坐进沙发：袁总，我知道您正忙着宏深资本的大单，箭头直指陈修风。

袁昆纳闷：对你来说这是公开的秘密，想说什么，直说好了。

郑秋冬：陈修风夫妇是我的好朋友。

袁昆意外：是吗？杭州太小了。我跟他太太不熟，跟修风兄处得还是蛮开心的。

郑秋冬：那就好，不绕圈子了，我就直说吧。

袁昆觉得不太对劲，打量着郑秋冬：直说。

郑秋冬：陈修风今年一直不愿意出山，陪完父亲，他们夫妇有自己的发展计划。您最初跟他接触，他也拒绝了，后来怎么又答应了呢？

袁昆挑逗口吻：谁说他答应了？

郑秋冬一愣。

袁昆：谁？陈修风，还是林拜？

郑秋冬：宏深资本那边不是铁板一块，也有我的朋友。

袁昆赏识：反应够快，保护消息源。继续。

郑秋冬：您还没回答呢，陈修风怎么就答应了呢？

袁昆：最初拒绝不意味着会永远拒绝。这道理不用我讲，你猎曲闽京不就是吗？坚持、耐心、真诚加上智慧就 OK 了。

郑秋冬：但我知道，您的手段很刁钻。

袁昆觉得不对：什么？这句措辞冷僻，没听清楚。

郑秋冬：您的手段很刁钻。

袁昆凝视郑秋冬片刻：清楚了。×× 路电话亭的那个电话是你找人打的？

郑秋冬：不是。我从没做那种事。

袁昆：好，不啰唆了，把你最后那句话说出来，你找上门来想干什么？

郑秋冬：我希望您放弃陈修风，让他们过他们想过的日子，做想做的工作。

袁昆沉默，突然勃然大怒：郑秋冬，你算老几？我的项目你也配指手画脚？看在林拜的分上我给足了你面子，曲闽京的案子我做了一半，留给你捡个便宜。现在这个陈修风项目又来指手画脚，你想干什么，不就是想抢人吗？来，放马过来，我倒要见识见识你的能耐。

郑秋冬异常平静：袁总息怒。您误会了，我不是想抢人，即使想抢，我也会在规矩中下家伙，不会不择手段。最初陈修风确实是我的目标，但很快你就用你的智慧，把我的手脚捆住了，我认输，他不再是我要猎的人了。

袁昆傲慢地：那就更让我费解了，你凭什么让我放弃他？

郑秋冬：简单说，我就是看不下去了。

袁昆：太平盛世有什么看不下去的？别太装了。

郑秋冬有点生气：您要说我装，那是您的事，我不这么认为。去地中海银行卧底的事，您就耻笑过我，我忍了，可是……

袁昆把腿架到桌上，很不屑地：好了，话不投机半句多，你可以走了，我不会放弃陈修风的，OK，态度够鲜明吧，受不了。

郑秋冬面有怒色：你不该打断我的话。

袁昆：滚出去。我没时间听一个大牢里混出来的人渣，在这儿跟我讲该怎么样，不该怎么样。你以为西装往身上一套，我就看不到你骨子里的寒酸？剪剪头吹吹风你就能藏住心里的猥琐？你差得还远。你这种人我见得多了，但没见过敢对我指手画脚的。消失，快从我面前消失。

郑秋冬被激怒：我来是想和谈的，没想到你敬酒不吃。婉转的话我准备了很多，现在不想说了。我可以消失，但消失前必须把该讲的讲完：一、用米娜设套色诱陈修风的阴谋马上中止。二、偷拍的视频必须销毁。三、不得再以此要挟陈修风入职宏深。

袁昆面色僵住。

郑秋冬：不然，即使敲诈罪不能成立，在猎头行里你也别想再混下去了，再见。

袁昆疯狂：慢。（快速来到郑秋冬面前）诽谤我，你竟敢诽谤我！什么色诱？什么偷拍？什么要挟？这都统统是什么鬼话？郑秋冬，你必须给我说清楚。

郑秋冬：我是想说清楚的，是你不让我说。

袁昆强压怒火：现在可以说。

郑秋冬：陈修风是林拜向你推荐的，但他的详尽资料林拜并不掌握，是你的助理从我公司的电脑中偷走的，过程你清楚。要说竞争陈修风，你占不了我的先手，这一点你很清楚。所以你给我下套，让我进入你的团队，再把从我这儿偷走的资料，作为秘密让我看到，让我哑巴吃黄连，退出对陈修风的竞争。看在特慧、你和林拜都帮过我的分上，我接受出局的结果。本想躲在暗处偷师学艺，领教大名鼎鼎的袁总施展职业才艺，没想到却看到了不堪入目的丑剧。陈修风的拒绝，让你很没面子，600 万年薪加分红的大单，成与不成有着天壤之别，事关你的江湖地位。当时陈太太远在云南，你怂恿米娜乘虚而入，搞定陈修风，这一步对米娜的演技来说并不难。陈修风入套之后，你网购了杭州私家卫士电子公司的 MJS Ⅱ型模拟烟感监视器，安装在财富中心 2008 房间，让米娜带陈修风来开房，你在隔壁用远程监控客户端拍摄下来，接下来的简单，就是要挟了。无法想象那场敲诈是怎样进行的，但我看见从那天起，陈修风就变成丢了魂的人，父亲病危、偷腥被拍、上门敲诈，这一切他根本无法应对。我同情他太太，葵大姐善良、单纯，前两天我见到她，她说她很害怕，她丈夫在偷偷浏览国外的自杀网站。那一瞬间我决定不能袖手旁观，即便作为猎头同行，也得跟你谈谈禁止游戏的法则。

袁昆从惊异回到冷静：说得很像那么回事，有什么证据？

郑秋冬：我没把你看成为非作歹的恶人，所以针对你的手段还是温和的，不像呈堂证供那样拿出来就让你哑口无言，自己抽自己耳光说我糊涂我糊涂，明人不用细说。

袁昆忽然冷笑：把自己说成天使，无私无畏，帮人解难。有意思吗？

郑秋冬：有。

袁昆：有个屁。刚才你说漏了嘴，在猎陈修风上，我占了先手，你得不到了，就要让我也得不到。我能洞悉你阴暗的心理，妒贤嫉能，损人不利己。

郑秋冬：这么说也好，有因有果，省得说我装。

袁昆：你记着，今天你上门找事是要付出代价的。我不怕你威胁，也不在乎你编的什么色诱、敲诈的故事，在没有证据的情况下，你要胆敢在陈修风案子上再做手脚，当心意想不到的后果。

郑秋冬：看来袁总真不是白给的，我以为把那些烂事摆在面前，你会惊慌失措，没想到你还这么能硬撑死扛，还警告我。既然你不接受客气的解决方式，好，咱们走着瞧，我就不信世风日下能到这种地步，干了那么多坏事的人，会是最后的赢家。告辞。

郑秋冬转身出门。

16. 林拜办公室　日内

林拜看到郑秋冬气鼓鼓地走出袁昆办公室，公司员工跟他打招呼，他不理睬。

17. 袁昆办公室　日内 / 疗养院　日外

袁昆愤怒地站在原地，压制着怒火。突然想起什么，慢慢走到窗前，从百叶窗的缝隙往外看林拜。

林拜在他办公室电脑前不紧不慢在操作着。

袁昆迅速反身回到案头拨打手机。

疗养院院子外，陈修风和葵黄坐在椅子里，看着不远处护工在喂老人吃饭。

米娜躲在远处看着这一幕，眼圈红红的，电话响，急忙躲到角落里接听。

袁昆眼里：米娜，你回来了，还是在海南？

米娜紧张：我……回来了，没来得及向您报告，袁总。

袁昆意外，口气温和：我希望马上见到你。还有，给我你的账号，宏深项目的奖金打给你。

米娜：没有 offer，没有 close care，哪来的奖金？

袁昆：这都不是你该考虑的。

18. 德仁公司　日内

大家都忙碌着，透过财务室的玻璃，可以看见贾衣玫跟马小红在电脑前交流着。

开放区域，田尧跟另一客户在白板前交谈：所有人的待遇一样，转正满半年享有五天带薪年假，满一年享有十天带薪年假。白板上写着“风控部专员”“催收团队 × 人”“五险一金、定期体检”的字样。蒲渐在一边听着记着。

郑秋冬从外面进来，神情凝重地快速穿过开放区，直奔办公室。贾衣玫、田尧、马小红、蒲渐注视着他。

咖啡机跳起。

马小红把咖啡给了贾衣玫，贾衣玫放下手里的文件，跟着进去。

19. 郑秋冬办公室　日内

郑秋冬脱去西装外套、领带，解开衬衣纽扣，喝咖啡。

贾衣玫：有必要这么神秘吗？

郑秋冬：衣玫你知道，有些事没做成之前，我的习惯是不说的。

贾衣玫：公司的人，连续两个星期在加班，你是不是该为大家做点什么？

郑秋冬恍惚：是吗，抱歉。最近有些心不在焉，别多想。

贾衣玫委屈：可我忍不住多想，以前你跟熊青春不是这样的，你会跟她商量，跟她开玩笑，也允许她早上睡懒觉，她发脾气，你还会哄她。我怎么就不能受到这样的待遇……

贾衣玫流下了眼泪：这段时间忙得跟机器人一样，你这边连句暖和话都没有，如果是熊青春，你不会这样。

郑秋冬意识到近来的疏忽，上前，从后面抱住贾衣玫：说得对，我做得是有些过分。

贾衣玫：我不要你说这样的话。求着男朋友关注自己，这已经够失败的了，何况还哭哭啼啼。我就是觉得委屈，我见过你怎么对熊青春的，给我的……一半都没有。

郑秋冬放开她：提醒得好，衣玫，我是有些顾此失彼。你不舒服都怪我，给我点时间，求你了。

贾衣玫笑了：别说得这么可怜，不说了，我就这样，说出来就好了。提醒你一下，你不觉得对公司员工有些怠慢？

郑秋冬琢磨她的话。

贾衣玫：公司业务量增长很快，工作密度和时长都在增加，吃苦受累可以坚持，你不该视而不见，他们需要安慰。

郑秋冬感悟她的话：你也是当家人了，给我推荐一种安慰方式。

贾衣玫：从最简单的开始，一起吃顿饭。

郑秋冬：好，你安排。

20. 陈修风家　日内

罗伊人在用手机给葵黄展示一个中型宴会厅的视频：……装修不错，你看这边还有个小台，投影幕布可以从上面降下来，是 180 寸的，音响效果也很不错，我都试过。

葵黄听着，露出满意的神情。

刚睡醒的陈修风从楼上下来，无精打采，衣服头发都有些乱，见到罗伊人，回避不及，只好强打精神：哟，伊人来了。

罗伊人：陈老师好，午休是好习惯。

葵黄：你看，结婚 20 年庆典，这地方不错，小罗找的。

罗伊人：陈老师，今天我要给您录一段 VCR，必须配合。

陈修风意识到自己的形象：蓬头垢面的，我去收拾收拾。离开。

罗伊人压低声音：他老实交代为什么这么低迷了？

葵黄冷冷地：懒得问，肯定就是让那家猎头公司搞的。（*接着变得更小声*）物业的人跟我说，我在云南的时候，那家猎头还专派女业务员来，陪他吃饭、喝茶，我回来了，他们就不派了。

罗伊人安慰：不光猎头，女公关嘛，做哪行的都有用这招的，单从这点上就能看出公司的德行。陈老师同意去了？

葵黄：最近跟那边接触得多，我问过他，可能要去吧。

罗伊人担忧：哦，就是去，也该是高兴的事，不该是现在这样子。

这时，收拾整洁的陈修风出现了：葵黄，20年是不是叫瓷婚？

葵黄：对呀，不错，你还知道瓷婚。

陈修风：小罗，你看这样行吗？

罗伊人欣赏：您穿什么都上镜，关键是要放松。

房间某处，三脚架上的5D相机，陈修风面对镜头，罗伊人坐在镜头后面，手拿一张纸。

陈修风回忆着：我们读大学的时候，学校是明令不许谈恋爱的，比现在的中学还要严，我跟葵黄是前后桌，而且有个共同的时代习惯，写日记，每天做完功课后，会留在教室写日记，经常就只剩下我们俩人……

葵黄在沙发边听着，遐思状。

21. 公园　日外

安静的角落，长椅上，袁昆和眼圈发红的米娜，米娜戴了个眼镜，腿上放着她的拎包。

袁昆还是老板的样：早回来为什么不汇报？

米娜：汇报了您会骂我的，我就是想见陈修风……假戏真做了。

袁昆：你的任务已经圆满完成，不要再感情用事了，继续往里掺和会坏大事。说着袁昆从包里取出两沓现金：拿着，就不往账户里打了。

米娜：引陈修风上套的钱？我不想拿。袁总，说实话，这件事我后悔了，我是被您洗脑太想早早混出来……魔怔了，您把那视频毁掉吧，我求您了。

袁昆：你说什么呢，米娜？生逢乱世，做事的标准没有好与坏，只有成与败。只要能成功你就没得选择，必须做下去。伤害了别人，事后我们可以一起去忏悔，去做善事来补偿内疚，但是事情必须要善始善终，停，还不如不做，不能惩罚年轻的上进心。什么叫有“志者事竟成”，就是要么不做，要么不休。拿着。

袁昆抓过米娜的拎包要把钱放进去。

米娜拿包站了起来：不，我知道您能说下天来，但今天您就真把天说下来，我也不拿这钱。我宣布，退出您的猎头团队，退出特慧专猎公司，我要跟陈修风在一起，我要对他说“对不起，我爱你”。而且，我不许你再逼迫他，你再逼迫他，我就报警。

袁昆严厉：你疯了，米娜，这样激情盲动到头来会竹篮打水一场空，什么也得不到。即使你爱陈修风，也得从长计议，把他猎到宏深，你再逐渐去接近。靠一时冲动扑上去，弹回来的不会是狗屁爱情，只会是人财两空。

米娜激动，几乎是叫喊：我不听，我不信，我不改了，就按我的主意去做，谁也不要拦着我。

米娜跑了，袁昆把钱装回包里，感觉到事情复杂。

22. 某餐厅　夜内

郑秋冬、贾衣玫、田尧坐在桌边，服务员在上菜。

田尧打电话：菜都上齐了，再不来我们就开吃了。好的，我们等你们。放下电话：他俩五分钟就到。

贾衣玫看着手机，手写回着微信：米娜回来了，约我吃饭。

郑秋冬哦了一声，问田尧：卞崇的后续调研做完了吗？

田尧：上周就做完了，就等董威廉从澳洲回来，他签了字就能入档。

郑秋冬听着。

贾衣玫吃惊：哎呀，米娜辞职了。

郑秋冬意外：是辞了，还是打算辞？

贾衣玫：已经辞了，好像是，又出什么事了。说着拨通电话去了一边。

郑秋冬琢磨着，马小红和蒲渐来了：郑总，不好意思，堵车。

郑秋冬看着不远处的贾衣玫：你们来了，她又忙了，吃吧。

马小红：不急，等等贾总，哦，对了，有您的快递。说着她从包里拿出一个精致的信封给郑秋冬，然后开始给桌上的杯子倒饮料。

郑秋冬打开看着，贾衣玫心事重重地回来坐下。

郑秋冬：你看，陈修风和葵大姐结婚 20 周年要办个纪念活动，请柬，还有你的大名。

贾衣玫看着，忘了心事，抿嘴一乐。

郑秋冬：好，都齐了，吃饭之前我就讲一句话，这段时间我有些分心，外边的事忙得多，大家受累，这顿饭算我补偿大家的辛苦，多谢。来，干杯！

大家喝饮料。

郑秋冬：来，来，边吃边聊。

大家开始吃。

郑秋冬：借这个机会，也跟大家声明一下，以后公司的业务，我在的时候我负责，我不在的时候，由贾衣玫主持，她由财务总监晋升为副董事长。

大家鼓掌、碰杯，说着祝贺的话。

贾衣玫赔着笑脸，说着谢谢，喝下饮料。

田尧：请贾董发表就职演讲。

鼓掌。

贾衣玫开始还有点羞涩：谢谢，郑总的信任。

大家哄地笑了：客气什么 / 郑总举贤不避亲 / 贾总，以后多多栽培……

贾衣玫不好意思：好像总得说点什么，太突然，没什么准备，你怎么事先一点都不跟我通个气，讨厌。她打了郑秋冬一下。

郑秋冬：你不会抱怨我太独裁了吧。

贾衣玫一笑，接着变成有些公事公办的口气：我就简单说三句吧。一、公司业务量增加很快，以后再这么熬夜肯定不会持久，所以我决定要招入新人，两到四人。业务方向以后再细论，但专业的财会人员是第一位的，尽可能早日到位。二、要改变以前的财务管理方式，把财务管理纳入企业管理的机制，这要等财务人员到位后再确定具体的。三、新人到齐以后，新老员工要做新的责任划分，为以后可能调整的薪酬制度做好准备。就这三句，其他的没想好呢，说完了。

郑秋冬听傻了。

大家都听傻了。

贾衣玫：看我干什么，吃饭。

郑秋冬：你真是毫无准备，随想随说的?

大家眼巴巴地看着贾衣玫。

贾衣玫：是呀，随想随说的，可这些问题我已经考虑很久了。

田尧：屈才了，贾总，我要把你猎到年薪百万的企业去。

贾衣玫看着郑秋冬：我要是干不好，不许对我发脾气。

郑秋冬：衣玫，你别太拘谨，我今天宣布这事，最主要的是想给你一份生日礼物。

贾衣玫一愣。

郑秋冬朝远处一挥手，两个服务员推着生日蛋糕小车过来。

大家都意外，鼓起掌来。

生日歌的广播响起。

贾衣玫热泪盈眶，上前紧紧抱住郑秋冬：谢谢，我忘得干干净净。

更多的客人也为他们鼓掌。

郑秋冬、贾衣玫含泪向大家鞠躬致敬。

第36集

1. 特慧专猎门口　日内

一个快递员等在这儿，林拜从里面出来，签字接收了一个邮件，撕开，里面是一个请柬。

袁昆从外面匆匆回来：宏深的代表来了？

林拜：啊，在会议室等你呢。哎，陈修风夫妇的，你收到请柬了吗？

袁昆凑过来：什么请柬？

林拜：结婚 20 年，瓷婚庆典。

袁昆看着：好啊，跟宏深的合同一块儿办，双喜临门。

林拜：宏深的代表脸色可不太好。

袁昆变得严肃：催催催，催命的鬼。说着进了公司大门。

林拜看着他，又看着请柬，嘟囔：怎么还有这心情。

2. 特慧专猎会议室　日内

宏深的代表老黄等三人隔着桌子跟袁昆对峙。

静。

老黄：时间表是你排的，一推再推也是你提的，我们对你几乎失去耐心了。

袁昆依然从容：他们夫妇在准备 20 年的结婚庆典，我想总该给他人道的迁就吧。

老黄：我们不像是合作伙伴，像是对手，在找对方软肋。

袁昆自信：这不是事实，黄总，希望就在眼前，伸手都能摸到，你们现在最最正确的心态就是，相信我。

3. 咖啡馆　日内

贾衣玫和米娜。

米娜：思念是一件折磨人的事，没有一点幸福。

贾衣玫：好男人有的是，非得一棵树上吊死。

米娜：没有比他更好的，既然要找棵树，何必不是他呢。

贾衣玫：他们马上要搞结婚 20 年纪念，夫唱妇随的好着呢，你还往里插，这叫什么，这叫危险的关系。

米娜：结婚纪念？我怎么不知道？我才不管呢，爱谁谁。

这时，郑秋冬匆匆进来，坐在贾衣玫边上，对米娜，定睛端详：最近还好吧。

米娜情绪低落：还那样，你懂的。

郑秋冬回避了她的眼神。

贾衣玫对郑秋冬：米娜想来咱们公司。

郑秋冬意外：什么，我们公司？

米娜：郑总，不会瞧不起我吧？

郑秋冬：你别多想，米娜，让我想想。米娜，我觉得猎头这个行当不适合你，你还是该做回老本行，去演戏，你有这方面的才华。

米娜：演戏不成，才跟着衣玫学做这行，德仁不要我可以直说。再说了演戏必须去北京，这哪有戏演。

郑秋冬：是去北京呀，北京那边……

米娜：我哪儿也不去，这里有陈修风。

郑秋冬一愣：真还这么想？

米娜坚定地点头。

贾衣玫：我丑话说在前头，怕你是竹篮打水一场空。

米娜：袁昆也这么说。

郑秋冬：你不是辞职了吗，怎么还见他？

米娜：我警告他，不许再碰陈修风一根寒毛。

郑秋冬：你傻不傻呀，还警告他，他是老江湖，就是碰陈修风了，你能怎么样？要命的东西在他手上，你这样做只能让他加大力度，加快速度去逼迫陈修风就范。你还警告他，幼稚。

贾衣玫有点糊涂：哎，说什么呢？什么要命的东西？

米娜生气起身：为陈修风我尽力了，幼稚就幼稚吧，我比不过你们这些老油条。你也说过要帮助陈修风，你做什么了？

米娜说完就走了。

4. 咖啡馆门口　日外

米娜匆匆出来，郑秋冬随后追出：米娜，米娜，别生气，我问你，你哪天见的袁昆？

米娜：昨天。

郑秋冬看着她的包：见袁昆的时候也带这个包了吗？

米娜看着手里的包：带了，怎么了？

郑秋冬拿过米娜的包，打量着。

贾衣玫也跟了出来：你们干吗呢？

郑秋冬：这包给我吧。

贾衣玫打了他一下：没正形，她是我闺蜜，你要干吗？

米娜：什么意思？

郑秋冬看着包。

5. 陈修风家别墅区　日外

袁昆开车过来，陈修风等在路边。

袁昆下车：什么意思，在这儿谈？

陈修风：在这儿说吧，实不相瞒，在我太太眼里你不是很受欢迎的人。

袁昆一笑：她是对的。不能再拖了，宏深逼我逼得厉害，您也口头答应过，今天必须给我明确交代。什么时间签合同，面试都可以免了。

陈修风：我对宏深很反感，你跟他们说过吗？

袁昆警告的口气：没有，这不重要。我在您太太眼里不受欢迎，这也不重要，重要的是我很想见见您的太太，要个她的邮箱，给她发点幽默的家庭录像，男主演她一定眼熟。

陈修风：何必两败俱伤。

袁昆低声嘶喊：我不希望两败俱伤，我要的是双赢。他收住了情绪，尽力平静：哦，对了，听说明天是你们结婚 20 年的纪念，邀请那么多亲朋好友也不发我个请柬。

陈修风：是她跟她的闺蜜在搞，我不管。凭我对她的了解，她是不会发给你的。

袁昆：可我不能缺席呀，这是大事。你是我的重要客户，我还要给你们送份大礼呢。

陈修风紧张：明天你最好别出现。

袁昆：那要看我的心情，我的心情掌握在你的手上。

陈修风无奈地看着袁昆。

6. 婚庆宴会厅　日内

郑秋冬和罗伊人。

罗伊人：总共也就二十几个人，葵姐不想大搞。从门口签到，这边是饮料和茶点。

郑秋冬：视频播放需要提前试一试。

罗伊人：还有两段音乐没铺好，请的技师都在机房忙着呢，今天晚上就能来试。

这时，罗伊人的手机响，低头看：葵姐说袁昆见了陈老师，说明天他也来。

郑秋冬：坏了，这事他怎么知道的？

罗伊人：葵大姐没说，会出事吗？

郑秋冬：不知道，这家伙总这样，自信得一塌糊涂。哎，你真把杭州当家了，白吃白喝的，不打算回你们北京了？

罗伊人：你当初为什么逃出北京？问这个问题有意思吗？

郑秋冬：不是这意思。怎么说呢，有一种心理暗示，我就是觉得你要是回北京了，就说明你好了，恢复元气了；你要老躲在这儿，就说明你一直伤痕累累。是这意思。

罗伊人：完了，照你这逻辑，我快要不治身亡了。

郑秋冬：怎么讲？

罗伊人：我近期不打算回北京，想在杭州找份工作，你说这伤得多重呀。

郑秋冬：真的假的？你这神经兮兮的样子，想起一出是一出，你说你能干什么呀？

罗伊人板脸：郑秋冬，我可是做过大型传媒公司老板的人耶，年营业额 18 亿，手下 600 多人，在北京 CBD 有两层楼的办公区，你想见我还得提前预约，你该记得呀，我能干什么？你可太健忘了。

郑秋冬：好好好，我说错了，你什么都能干，好吧。行，卤水点豆腐，一物降一物，你就对我有本事，你要是对别人也这么横，也不至于被伤成这样呀。

罗伊人生气：你管得着吗，你的良心都被狗吃了。我来杭州这么多天了，跟只流浪猫似的，你明明知道我难受，不安慰一句也就算了，还说这样的话伤我，你还有人性吗？

罗伊人的眼圈红了。

郑秋冬不说话了，抓过她的手，晃了晃：好了，都怪我。想找什么工作，让林拜找。

罗伊人甩手：不用，我自己也能。

7. 郑秋冬家　夜内

贾衣玫在镜子前比试一套衣服。

郑秋冬在看电视，心不在焉的样子，《不要脸》的歌声飘然而至。

贾衣玫过来：明天穿这件?

郑秋冬：好。

贾衣玫：你怎么了?

郑秋冬：明天，在宴会上能见到一个人，到时候介绍你们认识，你别表现得太意外，先给你说一声。

贾衣玫：谁呀?

郑秋冬：罗伊人。

贾衣玫：以前见过，你们一起吃过饭，还有熊青春，我去送车钥匙。

郑秋冬：是吗?

贾衣玫：匆匆忙忙，一分钟不到。

郑秋冬：以前身份不一样，这次要着重介绍，贾衣玫，我女朋友。

贾衣玫：于成飞劈腿的事太恶心了……她又受伤了，又来了……

郑秋冬：别这么看我，跟我可没任何关系。她是陈修风太太葵黄的老朋友，葵黄以前在她公司做过财务总监，CFO。现在是闺蜜。

贾衣玫淡淡一笑：她这人太奇葩了，总是这样，在北京受伤，来杭州撒娇。

郑秋冬：这件好看，特显身材。

8. 某会所　日外

空镜头。

条幅高悬："庆贺陈修风先生、葵黄女士结婚二十周年"。

9. 宴会厅　日内

陈修风和葵黄跟几个同龄的男女在合影，显然是老同学。

还有人在支摄像机、升降机。

罗伊人在一边调试放投影的电脑。

林拜夫妇来了，跟陈修风夫妇交谈，然后走向罗伊人。

林拜握手：今天要看你的电影。

罗伊人跟林拜握手：一段影像而已，不算电影。嫂子，我又看到您的营销故事了。

冯眷眷：哎哟，女神呀，还看我那八卦呀，哈哈哈。

罗伊人打量她的肚子：几个月了?

冯眷眷：还不到三个月呢。我可以约你个访谈吗?

罗伊人：我? 别别，我没啥好访的，我建议您访一访葵姐，那可是有故事的人，是让八卦都苍白的人。

冯眷眷认真：对呀，我怎么忘了她呀。

罗伊人：我可以帮你们约时间，她一般不……罗伊人的眼睛在门口定住。

林拜、冯眷眷回头看。

郑秋冬和贾衣玫十指相扣着进来，签到。

郑秋冬向门口的陈修风夫妇介绍着贾衣玫，贾衣玫把手里的鲜花献给葵黄。

罗伊人勉强一笑：那家伙来了。

林拜向郑秋冬招手。

郑秋冬、贾衣玫看见他们走了过来。

林拜注意到罗伊人看他们的眼神，小声：他女朋友，你以前见过吧。

罗伊人：那次我光注意熊青春了，有她吗？

林拜：不记得了。林太太快速：那次她出现过，来送过东西。

郑秋冬、贾衣玫来到罗伊人面前，郑秋冬：介绍一下，罗伊人，葵姐的好朋友，贾衣玫，我女朋友，也是我公司的副总。

二人握手：你好。你好。

罗伊人：这么漂亮的女朋友，好有艳福。

郑秋冬转问林拜：是在夸我吗？

林拜：好像是夸你俩呢。

贾衣玫：伊人姐，我在网上见过您的照片，很漂亮，本人比照片还要漂亮。我发现您特别会穿衣服，搭配都很舒服。

罗伊人：谢谢，多公平呀，开始夸我了。

郑秋冬指着电脑：都调试好了？

罗伊人：好了。

大家都在台下就座，台上的主持是郑秋冬，陈修风夫妇在他身边，背后的投影上是："陈修风先生、葵黄女士结婚二十周年庆典"。

郑秋冬：各位至爱亲朋，来自五湖四海。今天是陈修风先生和葵黄女士结婚 20 年的庆祝活动。

这时门开了，袁昆捧着花出现，看着台上，笑着打了个招呼，在一个空位上坐下。

陈修风夫妇有一丝不快的反应。

林拜看到，有些意外。

罗伊人观察着。

郑秋冬继续：在这里我要向提供场地的山谷商务表示感谢，对前来报道的网站表示感谢，感谢你们的光临，感谢你们的善意。下面首先请今天的男主角发表感言。

陈修风看了眼袁昆，来到话筒边：20 年不容易，看到外地赶来的老同学、老同事我很激动。这个活动是我太太的主意，我们没有孩子，相互把对方当半个孩子来养，一路走来我感到很幸福。

这时，门又开了，进来的是精心打扮的米娜。

郑秋冬一惊。

陈修风一惊。

葵黄注意到这个人，关注。

林拜看见，跟太太耳语。

袁昆也感到意外。

陈修风不知道该说什么了，对太太：我说完了，老伴儿，你说吧。

掌声。

米娜正要坐下，看到边上竟然是袁昆，小声：你来干什么？

袁昆看了她一眼，没理她。

郑秋冬眼神示意贾衣玫，贾衣玫来到米娜这边，坐在她一旁。

葵黄：他平时挺能说的，这回怎么说半截不说了。我知道该说什么，就怕说不好。20 年是不容易，本来没打算搞这个活动，我得感谢我这妹妹罗伊人和……是她动员我并且帮助我张罗的。今年，我跟修风遇到的麻烦多，老人还在医院里，他一直过得不开心，伊人说 20 年搞个庆典，冲冲喜，就是这样的缘起，谢谢了，好妹妹，谢谢秋冬。

当说到罗伊人的时候，袁昆和米娜，还有些葵黄的同学都朝这边关注地张望。

葵黄对郑秋冬：下边交给你了。

郑秋冬：好。请二位暂时下边就座，下面先请大家看一部小电影，是关于我们二位主人公的爱情、生活和事业的。

窗帘落下，大厅里暗了下来。

罗伊人操作电脑，投影伴随着音乐出现。

首先出现的画面是两张小孩的照片，一个男孩，一个女孩。

旁白音乐起：今天所说的爱情，原本并没有这个名字，而是叫命。两个陌生男女之间产生故事的概率几乎为零，如果这个零改变了，那就是命的作用。如果改变得持久而焦灼，难分你我，那就是被称作爱情的那种命运所致。

随着音乐旁白，陈修风和葵黄年轻时的照片、视频被一一展现，发黄的，黑白的，学生模样。

旁白继续：今年是陈修风先生和葵黄女士结婚的第 20 个年头，这些影像记录了他们一路风雨、半生求索的 26 年。1984 年，他们走进了同一所大学。

贾衣玫看了眼米娜，米娜面带自信，看得认真。

大学集体的合影，合影背后的同学名单，名单上陈修风和葵黄的名字，几本陈旧的日记本和钢笔，打开的日记本，等等。

葵黄叙述的镜头：读大学的时候，我是孤独的，没有哪个男生会多看我一眼。那时候我对他很有好感，可追他的女生很多，我知道没戏，就只能假装对他反感，说些不屑一顾的话，即使那样，也难免要偷看他几眼。单相思加上假清高，那一份苦情啊，怎一句落花流水了得。一直撑到大三，我纠结到了崩溃的地步。就在那时候，他跟外语系的女朋友分手，落单了，我警告自己，再不下手就真的没机会了。

老同学们面带微笑地看着。

旁白：1986 年 9 月的一天，葵黄的日记这样写道：今天是在农场的最后一天，趁晚上聚餐多喝两杯白酒，壮壮胆，不管三七二十一，跟他说开了拉倒，死而无憾了。

陈修风叙述的镜头：结果那天晚上她喝醉了，醉得烂泥一样，什么也没来得及表白，就睡死过去了。但她抓我的手抓得很紧，一直不放开。我在她宿舍，坐在她床边看了她一夜。天亮的时候，她突然松开我的手，好像是说让我走，可她没醒。我憋了一夜，跑到外面上厕所。一出门我惊呆了，农场的大片向日葵突然都开了，满眼的金黄莫名其妙地感动着我，我蹲在地上就哭了起来。

向日葵开放的画面。

叠画着一个青年学生奔跑的身影、流泪的双眼。

袁昆打量着坐在侧面的葵黄和陈修风。

罗伊人看着米娜和贾衣玫。

郑秋冬注视着袁昆、陈修风、葵黄、米娜。（快甩）

葵黄感触：他跑回宿舍把我叫醒，眼睛里还有眼泪，惶惶地拽着我下楼，去看农场百亩盛开的葵花，他颠三倒四地说，归宿啊、葵花啊，葵花是他的归宿，不许我跟别人好，只能跟他好，吧啦吧啦很多。怪吧，我那天多喝酒是想向他表白，可是喝醉了，倒落得他向我表白，追与被追颠倒过来，这 20 多年，就这一天之差，让我占足了心理优势。后来有两首歌我什么时候听，都觉得是在说我，什么时候听都热泪盈眶，一首叫《我是一只小小鸟》，还有一首叫《野百合也有春天》。

葵黄已经泪光闪烁。

郑秋冬带头鼓掌，掌声。

贾衣玫鼓掌，米娜微笑着也表示一下。

旁白：大四那年，葵老师在实习机构的保荐下，获得了去哈佛留学的资格，那个年代，公费留学哈佛，机会堪比黄金贵重。可是她放弃了。

某女同学叙述：……葵黄跟我说，她不能自己走，舍不得修风，以后有机会两人一起去。老师说她傻，可把我感动得酸溜溜的，妒忌她……真的，陈修风那么杰出，那么帅，为他放弃再多，都值。

米娜看着陈修风夫妇，微笑渐渐收起。

郑秋冬观察着袁昆，二人眼神相遇。

陈修风叙述的镜头：葵黄做出这样的决定，让周围如花似玉的女生都目瞪口呆，真的，她们只能敬而远之，只能把她和我剩在众目睽睽之下。我当时就想，必须要成就点什么，回报这个有情有义的女人。

葵黄幸福地拍了拍陈修风的肩。

米娜看见。

罗伊人观察米娜。

哈佛大学的画面，年轻的陈修风和葵黄在校园里的合影，跟外国同学的合影。陈修风和葵黄在客轮甲板上的合影，地中海风光的图片和视频。泛黄，陈旧的。

旁白：两年后，他们携手走进哈佛。1994 年，在做葡萄酒生意的陈家赞助下，他们去欧洲旅行结婚，在地中海的客轮上，他们宣誓福祸相伴，共赴白头。那天，著名的马耳他会谈就在三海里外的另一艘客轮上。

葵黄：那两年，生活即是幸福。从没想到过人生会有不幸。哈佛毕业，他去了摩根，摩根正计划向中国发展。我赋闲在家很想生个孩子，可一直都没成功，我俩一起去做体检，两天后他下班回来，满脸沮丧，说他患先天性生精障碍，终身不育。

旁白：不能有自己的孩子了，幸福一下被浸泡到冰冷的水中。

林拜拉过妻子的手。

郑秋冬看了眼贾衣玫。

另一同学：陈家是名门望族，对孩子的期待可想而知。

葵黄：那是一段连续失眠的日子，我想，如果不能生育的不是他而是我的话，我会怎么选择，舍得离开他，让别人来延续陈家的香火？他会挽留我吗？不敢设想。多亏是他，他要是因此提出离开我，我绝不答应，我有陪他到底的信心。

陈修风：那年冬天纽约很冷，在中央公园滑冰场，在已经不存在了的世贸大厦观光平台，葵黄像神父一样，给我讲了很多启发心智的话，人生短暂，得到一个一心为你的老婆，还有何求？

罗伊人的眼神看到了郑秋冬。

旁白：爱情既然是神话，就会散发出永无尽头的魅力，2002 年陈修风出任中美合资基金的中方经理，夫妇二人回到了故土。一次偶然的体检，葵黄发现了一个让她灵魂出窍的事实，她竟然也不能生育。

泪水涟涟的葵黄对着镜头：看着体检报告，我真是沮丧啊，整个人都萎缩掉了。我想我跟老陈怎么都这么倒霉，怎么都会有生育障碍。胡思乱想了一夜，我突然想到他也许没事，是健康的，很可能是被以前医院搞错了。我就托纽约的朋友去西奈山医疗中心查底。果然，他真是健康的。我当时一下就愤怒了，找律师要起诉那家医院。我接着打电话给他，他当时在海南，在“博鳌亚洲”。

葵黄激动：电话通了，我说他听，听完了，他沉默，沉默了一会儿，我突然脑海里炸响了一个惊雷，我一下就明白了，他是知道的，他早就知道真相，他是健康的，有生育障碍的是我……我的天哪，从 1992 年到 2002 年，他编织了这么大的一个谎言，置自己长子长孙的家于一旁，只为了把我留在身边，而且是有尊严地留着，得你如此，我复何求？

葵黄泪流满面：什么叫丈夫？我第一次理解他所包含的顶天立地的意义。十年时间里，我获得的庇护，是生灵界最高级的，只要回忆起，每一寸光阴里都藏着人性的光彩。我感谢 1986 年那片突然盛开的向日葵，让我得到这样一个人。

众人皆眼中有泪。

林拜给太太擦泪，罗伊人用纸巾拭泪，贾衣玫给米娜递上纸巾拭泪。

袁昆脸色开始不好看。

陈修风的采访：她疯了，说要来海南，我说别来，就两天会，我后天就回。她非要来，来了就说：我知足了。离婚，你是陈家的独苗，找个年轻漂亮的，去延续家族的香火吧。

米娜终止了擦泪的手，凝神谛听。

罗伊人 OS：您怎么回答的？

陈修风：我什么也没说。晚上吃饭我劝她喝酒，她又喝多了，醉了，又是攥着我的手睡了整整一夜。第二天醒来，我让她看我红肿的手，跟她说：看你有多怕失去我，回家吧，别再提离婚的事了。

很多人露出善意的笑容，掌声响起。

贾衣玫看了眼米娜，米娜似乎看得投入。

林拜朝罗伊人悄悄竖起拇指，罗伊人微微一笑，看着袁昆方向。

视频中，罗伊人 OS：葵姐怎么说的？

陈修风：她说，不，她想在海南玩几天。

葵黄和陈修风在海南游泳、潜水、吃椰子的视频和照片。

旁白：十年，一个美丽的谎言，见证了他们至尊至圣的情感殿堂。

画面上出现一个中年女子，现场发出唏嘘声，显然这些都是老同学。

中年女子：嗨，葵黄、修风你们好，在场的同学们你们好。我在乌鲁木齐带外孙呢，五个月了，好玩极了，刚睡着。哈哈，你看我不仅结婚生孩子早，我女儿也早，遗传。46 岁做外婆，都想不到吧，哈哈哈。在你们 20 年婚庆的时刻，我要告诉所有人一个秘密，我又要结婚了。

大家轻轻鼓掌，议论纷纷，表示赞许。

葵黄和陈修风感到意外，看着罗伊人。

郑秋冬在角落，赏识地、忘情地看着罗伊人。

贾衣玫无意间看到，有些失落。

郑秋冬意识到什么视线移开。

中年女子口气轻松：老彭去世八年了，我在很长时间不能从悲情里走出来，甚至到了抑郁求死的地步。能走出那片死黑的阴影到今天，我感谢每一位鼓励过我的人，特别要感谢两个人，一个是我的女儿莎莎，她生下了一个新生命，让我想长生不死，陪伴她们。另一个就是你，葵黄。

台下一片诧异的声音。

每个人都看向葵黄。

中年女子对着镜头拿出两张 A4 纸：这是这些年你发给我的邮件，罗小姐要我录 VCR，我整理出来一部分。在这里，我想念给你和修风，念给同学、朋友们听，葵黄，你是一个有使命感的传道士，我珍惜你的苦心善意，以这种方式感谢你们，作为我给你们 20 年婚庆的礼物。

掌声。

中年女子开始念：2008 年 7 月 11 日。爱妃你好……哈哈，葵黄一直这么叫我的，我叫她宝钗，都有典故，不说这些，我念了：爱妃你好，你的邮件让我很不安，老彭走了一年多了，你竟然还在说想跟他走的糊涂话。他若阴间有灵，会心疼你的，你忍心吗？你开心，他才开心，他开心才能一路走好。莎莎 15 岁了，你要为女儿留一份乐观豁达，别忘了你还是一个母亲，你的态度将决定莎莎少年回忆的色彩。

继续，叙述的口吻：2008 年 10 月 21 日，谢谢爱妃的重阳糕，今天收到了，正好是重阳节。想起一件事，2004 年重阳节，我还在香港，修风在北京筹建一只私募。有天晚上，我接到北京警察的电话，说修风出车祸了，让我马上去北京。我心里“咯噔”一下，对方口气很沉重，没安慰我，也没介绍伤情，更没让修风跟我说话，我料定凶多吉少。飞到北京是深夜 1 点，我害怕得浑身发抖，不知道为什么脑子里老在想，他走了，一定是他走了，如果他走了，我该怎么办，他希望我怎么做，怎么照顾他父母，合伙的朋友怎么善后，墓地选在哪儿等乱七八糟的。最终，我进的不是太平间，而是急救室，见到他的时候，他朝我笑，我一下瘫在地上，扯着嗓子喊：你不能死，你要是死了，我就跟你一起走。跟你现在一样，全然没有了之前的理性，这件事让我对生死的事有过长时间思考。

中年女人口气开始投入：爱妃，生是偶然的，死是必然的，我们对死亡的态度还不够公平，悲伤中藏有错误的态度。老彭离开这么久，在他生前，你对他那么好，没有愧疚，那就很值得欣慰了。

中年女人，慈祥地看着镜头，渐渐动情：我后来对修风说，我每天都告诫自己不留遗憾，怎么能不留遗憾？就是对爱人对亲人努力爱护，如果他们明天走了呢，我就再没爱护他们的机会了。做到无愧于爱人很不易，正因为不易，做到了才能换得心安。爱一个人，本是只想给予，只要他得到了，我就会像宠物一样快乐，然后才是天长地久的奢望。可他走了，再也得不到了，我们的爱就可以停下来了。

中年女人开始动情：你爱的人走了，你要想让他一路走好，真想让他在天国安息，那好，你就好好活着，就像他还在你身边那样活着，就像喝醉酒就能握住他的手那样活着，爱你的人之所以是爱你的人，是因为他即使走了，也是爱你的人。只要你活得好，他就会感到幸福。

中年女人已经泪水涟涟：再说了，你还有女儿莎莎，将来还会有外孙，而我呢，我和修风呢，什么也没有啊。你要是再这么萎靡不振，就没脸再见那些比你人生缺憾更大的人，比如我和修风……爱妃，求你了，要珍惜，世界无末日，未来有美好！我和修风以修行之心祝福你走出阴影，或许会有新的爱情、新的婚姻。冬去春来，万物生长，阳光普照，三代同堂……

中年女人念不下去了，抽泣着：谢谢，葵黄，谢谢，修风，我又要结婚了，千里之外，祖孙三代，祝你们 20 年，30 年，40 年，百年好合……

掌声。音乐起。

陈修风和葵黄起身拥抱在一起。

大家起立，鼓掌。

米娜也跟着起立鼓掌，忽然意识到什么，哭号着冲出会场。

大家都愣了，安静。

葵黄看着，不解。

贾衣玫跟过来轻轻拥抱一下葵黄，小声对葵黄：……太感动，没事。说着跟跑出去。

郑秋冬、罗伊人、林拜夫妇再次鼓掌。

袁昆表情复杂。

陈修风、葵黄向大家抱拳致敬。

10. 宴会厅外面　日外

陈修风跟几个同龄人告别，打招呼。

葵黄在不远处跟女同学说着什么。

袁昆走向陈修风，眼神阴郁：陈老师，找个僻静地方单聊聊。

陈修风跟着袁昆走到边上的小树林边：我想好了，没什么可聊的了。

袁昆揉了揉眼睛：感人的故事。别忘了您是答应过我的，不能把我逼得走投无路。

陈修风：我是在什么情况下答应的，你清楚。

袁昆凶相露出：真不考虑后果?

陈修风：无非是身败名裂。

袁昆着急：但另一个选项明明是荣华富贵。我并不是逼您上刀山下火海，陈老师，那可是多少人求之不得的职位呀，比您以前的职位发展性都要好呀。

陈修风：可我不情愿，这理由是没有交换条件的。

袁昆拿出手机：这里面有什么你可是知道的。

这时，郑秋冬出现了：哟，你们在这儿呢。

第37集

1. 宴会厅外面　日外

袁昆拿出手机：这里面有什么你可是知道的。

这时，郑秋冬出现了：哟，你们在这儿呢。

陈修风有些紧张：你们聊，我还忙。说着离开了。

郑秋冬看看没有人了：袁总，都这时候了，还不收手，那就欺人太甚了。

袁昆轻蔑：我希望永远不再见到你这种小丑一样的人。

郑秋冬：不要以为用米娜色诱陈修风，你拍摄下来，就能成为要挟陈修风的撒手锏。

袁昆：告诉我为什么不能？

郑秋冬：真要上了网络，他身败名裂了，你也逃不过问罪。

袁昆晃着手机，得意：好无知，随便捡个手机发到朋友圈里，活色生香的，那还不风靡全国。鬼知道它从哪儿来？问谁的罪？

郑秋冬笑了，走向不远处的商务车，打开车门，后座的纸箱上放着米娜的拎包。

袁昆看，疑惑不解。

米娜的包已经过改造，logo 的部位，巧妙地被挖出一个洞孔，朝着袁昆这边，并不十分明显。

袁昆惊讶。

郑秋冬从包里拿出小摄像机给袁昆看，再从内衣领口取下话筒：米娜的这个包该记得吧，在 ×× 公园，你跟她谈了什么，记得吗？

（闪回：袁昆想伸手拿包，想把 2 万块钱放进去，米娜起身摁住，没让放。）

袁昆愕然。

郑秋冬：所以说，你绝逃不过问罪。

袁昆脸色难看：够狠。

郑秋冬指着包：这部机器拍摄的东西，是没有任何意义的。只有当你拍摄的东西流传到媒体上的时候，它才具有绝对的杀伤力，而且仅对你一个人。所以说，要是想保护好自己，就一定不要让你手里的录像泄露出去，怎么让你自己安全，销毁它。你说对吧。

袁昆愤怒：你这种人，活不好的，即使活好了，也活不久。

郑秋冬：诅咒我，说明你没招了。我不相信，你真愿意跟你这样的人打一辈子交道，而不是我这样的。

袁昆：一个历史污点狼藉的人，想洗白自己，就拼命立功赎罪，不惜损人不利己。你错了，你是没有主子的罪人，立再大的功，也没有受赏的地方，精神永远是在押的，一生也挤不进高贵的殿堂，死了心吧，你是赎不了罪的。

郑秋冬：你别给我扮演圣人，我不是你的信徒。污点是不好，但它可以督促它的主人，直至把它清洗干净，我可以，陈修风可以，你也可以。

袁昆无语，手机在手上慢慢翻转着。

林拜和夫人出现在不远处，林拜喊：哎，你们这会儿谁走呀，我们搭车。

郑秋冬平静地笑着，似乎什么都没发生：袁总马上就走，搭袁总的吧，我还得收拾收拾。

袁昆也会来事，笑脸灿烂：OK，跟我走了。说着，袁昆拍了拍郑秋冬：算你狠。朝林拜夫妇走去。

郑秋冬看着他的背影，长舒一口气。

2. 贾衣玫宿舍　日内

米娜趴在桌子上，擦着眼泪。

贾衣玫在一边，大姐大的口气：早就让你打住，让你打住，不听。现在知道什么叫撞南墙了吧，知道什么叫死去活来了吧，知道什么叫飞蛾扑火了吧，不知死的小花痴。

米娜委屈：我都心碎成这样了，你怎么还骂我呀，也不安慰安慰我。

贾衣玫塞过纸巾：记住，90% 的安慰都是假话，不要也罢。现在怎么想？

米娜泪汪汪：我退出，裸退，太没意思了。那破电影看得我一个劲地绝望，衣玫姐，你说他俩是不是在秀恩爱？他们真有那么相爱吗？

贾衣玫：就算没有，打个对折你也插不进去。退一万步说，即使他们分开，你插进去，跟陈修风那种假洋鬼子过日子，他们的圈子你搞得懂吗？在那些留洋的太太团眼里，你就是小三，一个身体，一团年轻的肉，她们矫情着呢，动不动就说外语，资本啊，风投啊，融资啊，你听着蒙，看着傻，怎么进去的还得怎么退出来，迟早的。

米娜：我懂，我退出，我就是想大耳光抽自己。我怎么那么傻呀，看那电影还瞎他妈受感动，还觉得他们很般配，你说，衣玫姐，我是不是缺心眼？

贾衣玫认真：缺是缺了点，不过这都不重要，年轻人嘛，做不成的就叫傻，做成的就叫勇敢。

3. 酒店门口　日外

陈修风夫妇、林拜来送罗伊人。

林拜和门童把拉杆箱和好多礼品袋装进后备厢。

罗伊人看着后备厢：本打算只是小住，没想到耽搁这么久，行李多了这么多。

葵黄：不久，不久，我们希望你永远在这儿住下去。

罗伊人：这次来杭州有留恋的感觉，与以往不同，谢谢你们热情款待。

林拜：你是受欢迎的，伊人，说这些就见外了。你那小电影一定要复制一份给我，留作纪念。

陈修风：他们搞艺术的人有句话是怎么说的，影像的力量，是吧？

罗伊人：好像是吧，时间太仓促，完全可以更好。她说着不时观望路口。

林拜明了：你快上车吧，他可能来不了了。

葵黄想了想：走吧，我送你去机场，看来你还没习惯孤独。郑秋冬有他的难处，新情旧爱他怎么能摆得平呢。

林拜：还是姐姐的话一针见血，就是这个意思，再见吧。

罗伊人对葵黄幽怨：你该说，没人愿意炒我这盘冷饭。姐夫，葵姐可以送送我吗？

陈修风笑：必须的。

罗伊人向二位男士说着再见，眼睛还是望着路口，失落的情绪。

林拜向她摇了摇头，表示遗憾。

罗伊人眼中似有泪水，苦苦一笑：我根本就没想等他。说完进了车。

陈修风对林拜说：有首歌是怎么唱的，“我将真心付给了你，将悲伤留给我自己”。这姑娘就是这样的人，对我而言善莫大焉，我感谢她。

林拜明白他的意思：是啊，“过而能改，善莫大焉”，我们都感谢她。

陈修风觉得林拜话里有话，侧脸看他，林拜看着远方。

车启动开走。

陈修风尴尬，看向四周。

林拜：别回头，郑秋冬就在后面的车里。

陈修风一愣。

二人后面的远处，郑秋冬在车里看着罗伊人的车消失。

眼角，一颗泪溢出。

车驶离。

陈修风没回头，看着天空的云：从可爱的北方匆匆奔南国，同我一样，像放逐的囚徒。

音乐起，邓丽君《爱的箴言》：“我将真心付给了你，将悲伤留给我自己，我将青春付给了你，将岁月留给我自己。我将生命付给了你，将孤独留给我自己……”

4. 街道　日外

葵黄的车经过街道。

车内，葵黄：郑秋冬没来说明什么？

罗伊人显然心情不好：说明什么？

葵黄：说明他心里有你，大大地有。

罗伊人：要是来了呢？

葵黄：来了，就是一次普通告别，和大家一样。没来正说明心有纠结，别装傻，你是最会读心的。

罗伊人：解密别人大脑里的秘密，多可怕的事，我可不敢。

葵黄：电影里那句旁白是谁写的，就是“爱情既然是神话，就会散发出永无尽头的魅力”。

罗伊人：是他，旁白撰稿都是他。

葵黄：撰稿是他，音乐是你，结构是他，剪辑是你？

罗伊人点头。

葵黄看着手机：你俩真是天作之合。葵黄忽然：哎，伊人……接着又中止了话题。

罗伊人：说呀，什么事？

葵黄翻看着手机，接着看向罗伊人：商务部一朋友说，2015年是“十二五”规划的收官年，智囊分子群勾画了明年中国投资路线图。说到资本投资，我有个想法，突然冒出来的。

罗伊人：什么想法？

葵黄犹豫：让我想想。葵黄眯眼想着，手指在空气里偶尔比画一下。

罗伊人看着她：神婆婆。

葵黄似乎想好了：你、郑秋冬、林拜都是做事的人，又是不错的朋友，凭直觉我觉得你们可能形成很特别的组合。你做过中保那样的大公司，也熟悉资本运作这块。郑、林也都是经营能人。你想不想挎刀做一大局呢，整合一个人力资源的盘子，将来拉大佬来并购，或者 IPO。

罗伊人专注地看着葵黄：我想消停。

葵黄调侃：仙儿，没事业、没男人，想消停，太早了。

罗伊人撇嘴：这两年全国人民谈上市，我不爱跟风。

葵黄：不做算了。我拉郑秋冬和林拜来做。

罗伊人扭头，使劲看着她。

5. 机场咖啡馆 日内

广播里不时传来登机的通知。

罗伊人在一张餐巾纸上写写画画：您说的路线图不就是这样吗，先引进一个 CFO，做起德仁两年利润，稀释融资，引进大佬券商进场重组，要么走并购，要么走借壳，要么独立 IPO，最终是要挂上去。

葵黄：能做上去为什么不，你们都是以一当十的干将。

广播声，通知某航班登机。

罗伊人听着，拨打电话：小姐，我已经订了 × 航 ×××× 次航班，我想要改签到两小时以后，都行，对，罗伊人，身份证号码是……飞机从头顶飞过的轰鸣声。

葵黄：做不同的行当，有不同的眼界。我觉得可干。

罗伊人面有难色：做这么大的局，难处不完全在操作上，关键还是人的问题。

葵黄：郑秋冬的女朋友，是吗？你不好往深处掺和。

罗伊人：郑秋冬不管找什么样的女朋友，都不会接受我的存在。

葵黄：因为你确定他心里有你？

罗伊人埋怨：葵姐，又说这种话，女人不都这样吗？

葵黄：有的改变表面上看是你造成的，但关键作用是内在的，你们两人心里的秘密起着决定的作用。我也喜欢贾衣玫，但是他们长不了，他们不是一路人。郑秋冬将来要是成为身家几十亿的上市公司老板，他会有什么样的变故，爱什么样的女人，谁能预料，神仙也不能。你要躲，那是你有心病。

罗伊人：你太逗了，我推迟了航班，不是想跟你谈饮食男女。

葵黄：当然，我回去再咨询一下老陈，这事有思路的，可做。

罗伊人在打电话。

罗伊人和葵黄在吃饭，边吃边说。

6. 机场咖啡馆 夜内

罗伊人和葵黄还在对着笔记本电脑说着什么。

屏幕上是“综合评估，重组，中介机构”专业说明。

罗伊人跟葵黄在争执着。

屏幕上“增资扩股、股权转让”法律说明。

罗伊人和葵黄有说有笑。

7. 飞机场　夜外

夜航的飞机升上天空。

8. 郑秋冬家　夜内

贾衣玫在厨房刷碗，郑秋冬在擦桌子。

贾衣玫：我注意到最后很多人都在擦眼泪。

郑秋冬：现在是怀疑的时代，人情寡淡，有点温暖的、人性的东西人们就受不了。

贾衣玫：幸亏米娜知难而退，你说，她要是踢馆砸场子，撒泼打滚儿，葵大姐那种文化人不得疯了啊。

郑秋冬：葵大姐啊？未必，你看她那样，能是会疯的人吗？该是谁的就是谁的，米娜就是跳楼都没用。

贾衣玫想了想，试探：那小电影是罗伊人一个人做的？

郑秋冬笑了：哎——终于问到这个了……

贾衣玫掩饰：去，我不是这个意思嘛。

郑秋冬：不管是不是，总想问一问，是吧？

贾衣玫噘嘴：既然说到这儿了，问一问，那又怎么样？

郑秋冬：主要是她做的，我出了一些主意。

贾衣玫吃醋：猜就是这样的，有个瞬间，你看她的眼神就是不对，你承认不承认？

郑秋冬被说到痛处，掩饰：这取决于你看我的眼神对不对，你要是觉得我根本就不该看她，别说一个瞬间了，一万个也有，在你眼里我只要看她，就一定不对。

贾衣玫：也许你就不该让你的现任女友见到你跟罗伊人在一起。

郑秋冬：那我俩不就成偷偷摸摸了吗？

贾衣玫：非得在一起不可吗？

郑秋冬：算了，我不说了。他开始拖地。

贾衣玫：这个 20 年结婚纪念，是你们故意策划的？

郑秋冬：为什么说故意？

贾衣玫把餐桌上的半杯茶拿给郑秋冬，过来接过拖把，开始拖地：因为有袁昆，有米娜，还有陈修风出轨的事，你们看不下去，又无力制止，才想到这样一个技巧。

郑秋冬：也不完全对。我觉得猎头这行当是个江湖，朝廷可以奸佞当道，江湖不能没有规矩。好人被坏人逼得跳楼，真货被假货逼得跳水，这是一出演了 30 年的国民悲剧，我跟袁昆斗这一次，不过是意气用事而已，但打我骨子里来说，我是有英雄情结的，路见不平总想拔刀相助。当然，是他犯我在先。

贾衣玫：你这么说，我就能理解了。

郑秋冬：真能理解？

贾衣玫：能，我能理解的就是，话题绕开罗伊人，去谈江湖英雄什么的。

郑秋冬：衣玫，别傻。你胸怀是大器量的，不要追着烦恼跑。

贾衣玫坐回到沙发上，感叹：我来这个城市五年了，熬过五年紧张的日子。当初的理想是站住脚、成个家、落户口，现在一样也没实现，反而越来越紧张了。

郑秋冬：现在比以前好多了，怎么会越来越紧张？

贾衣玫：我发现我不会谈恋爱，为什么我们跟别的恋人不一样，我不会撒娇，不会讨巧，不会拿捏情趣，不会让你牵肠挂肚。

郑秋冬：不，衣玫，你很好了，是我做得不够，你身上有很多罗伊人不具备的东西，我很清楚。

贾衣玫一下抱住郑秋冬：不管你信不信，我比她俩都更爱你。

郑秋冬抚摸着她的头。

9. 特慧专猎会议室　日内

宏深资本的三个代表一脸严肃地歪坐一边。

袁昆、林拜以及一个陌生的中年女子歪坐另一边。

索尔坐在主持的位置。

桌面的文件摆放有些凌乱，看来刚刚经过一场激烈的争论。

没人说话。

林拜观察对方的主要人物。

对方的人在观察袁昆。

袁昆脸色很差。

索尔斜眼看着手表，等待结束。

对方主要人物，起身慢慢把几份文件摞在一起，然后突然加力，开始撕，边撕边往天上扔，朝袁昆：你欺骗了宏深资本，我会到波士顿总部投诉你。

说完三个人一起愤怒地离开。

会议室一片狼藉，安静。

只剩本方四个人。

索尔：一小时后，宏深就会解雇他。

林拜按动桌面呼叫器。

袁昆看着索尔：我被一个穷凶极恶的家伙疯狂阻止，只差半步。

索尔：干掉他。培训课上你是这样教育学员的。

中年女：宏深要是战略性退出的话，我这边以母基金为主搭建的团队，很可能也要泡汤。

林拜：你们到什么程度了？

中年女，埋怨地看着袁昆：马上就要签合同。

保洁员从门口露头：有什么需要的？

林拜：打扫一下。

索尔等人陆续出去，只剩林拜和袁昆，林拜起身也要走。

袁昆：你知道围绕着陈修风发生了什么事吗？

林拜：不知道。

袁昆：知道米娜为什么离开吗？

林拜：不知道。

袁昆：知道郑秋冬最近都干了些什么吗？

林拜：不知道。

袁昆突然跳起来，咆哮：他一直在跟我作对，而且手段极其卑劣，没有这个混账王八蛋，陈修风早就拿下了。

林拜淡淡地看着袁昆：有多卑劣都给他爆出来，让他没脸见人。

袁昆欲言又止，表情很纠结：林拜，无论走到哪儿我们都是兄弟，知道我现在在想什么吗？

林拜看着他：辞职。

袁昆：这个……你认为是时候吗？

林拜点头：稍纵即逝。我是觉得，传出去会很好听。

袁昆看着他：也显得大气。

林拜：哦，这倒不重要，能解脱出来，何必陷在其中。猎场那还不大了去了。

袁昆有点颓：我再想想。

林拜：无论去还是留，我觉得陈修风专案必须从深处反思，表面看来是手段问题，本质上还是构思的问题。

袁昆琢磨片刻：哎，不对，你还是什么都知道？

林拜已经离开。

10. 德仁公司　日内

田尧在跟一个客户对着电脑商议着什么。

马小红在打电话：这个财务报账岗的职责，主要是负责初审费用支出是否符合国家财经法规，是否符合该银行自己的规定；负责录入财务报账业务……

蒲渐在起草一份文件，文件抬头是“德聚仁合咨询服务公司是如何通过年检的”。

郑秋冬和贾衣玫进来，径直进了郑秋冬办公室。

11. 郑秋冬办公室　日内／山中茶舍　日外

郑秋冬、贾衣玫进来，手机响接听。贾衣玫往电壶里加水，烧水。

郑秋冬看着电话：林太太的。喂，嫂子，你怎么有闲空了。

冯眷眷和两三位朋友躺在竹椅里喝着茶，肚子微隆：我什么都没有，就是有闲空。我问你呀，你跟那个叫米娜的姑娘还有联络吗？

郑秋冬看了眼贾衣玫：有啊，她跟我们衣玫是闺蜜。

冯眷眷：我知道她俩是闺蜜。是这样的，我们网站在拍一部网剧，大部队从北京拉到这儿了，女二号吸毒昨天被带走了，刚拍三天就遇到这种事，制片人急得直挠墙。米娜演过戏，也够漂亮，死马当活马医，你叫她来救个场呗。

郑秋冬：好事呀，我现在是她的经纪人，找我算找对了，请剧组马上发套剧本来，我把邮箱发给您，我看一眼，以最快的速度回复您，行吗？

冯眷眷：这么复杂？还要看剧本，现在不都是闭着眼瞎拍吗？哈哈哈。

郑秋冬：艺术创作是严肃的事。我了解这姑娘，很有表演天赋。您让我看眼剧本，再给她点启发，说说戏，保证出彩。

冯眷眷认真：这话我信，陈修风的那个小电影感动死我了，好，我马上让制片人发给你剧本。挂上了电话：给她经纪团队发个剧本吧。

制片人诧异：还看剧本，哎妈呀真够能装的，不是业余演员吗？

冯卷卷：是呀，业余演员，可她有专业经纪团队呀，那姑娘漂亮。

制片人为难：没剧本咋整呀，大纲行不？

郑秋冬放下电话，接过贾衣玫递上的茶：跟米娜联系一下，好机会，有部网络剧要找她。

贾衣玫：22 楼的财务公司想跟你谈业务代理的事。

郑秋冬：这事现在不必考虑，你说，米娜现在还想演戏吗？

贾衣玫拨着电话号码，话里有话：你这人真是热心肠，自己公司的事不必考虑，专心为没关系的人找活干。

郑秋冬笑：你不能什么醋都吃呀，米娜是你的朋友，在陈修风的事上也帮过我，举手之劳嘛。记住，善搭人脉，这才是公司的经营之道。

贾衣玫：就会说。这时她的电话通了：宝贝，忙什么呢？

郑秋冬手机响，林拜微信声音：马上见个面，有重磅新闻。

郑秋冬一怔。

12. 咖啡馆　日内

郑秋冬和林拜。林拜：袁昆递交辞呈了。

郑秋冬意外：什么时候？

林拜：刚刚，人还在索尔办公室呢。

郑秋冬担心：公司会让他走吗？

林拜：应该会。宏深资本的 HR 老总已经被解雇了。特慧在陈修风这件事上丢大份儿了。

郑秋冬略有遗憾：这结果有点惨淡，没想到。好在袁昆不愁下家。

林拜：你有愧疚？

郑秋冬：一点点，跟我想的结局有出入。

林拜：可以了。罗伊人走前跟我深谈了一次，说在陈修风的事上你做到了最大限度的全赢。最大之处是陈家于无声处度过危机，“于无声处”，这是她的原词。二是智慧地阻止了袁昆的道德绑架，“道德绑架”，也是她的原词。三是陈修风、米娜都以为他们的出轨行为没人知道，隐私还是隐私，悔恨慢慢消化，最大限度地保留了自尊。她概括说，这是一次你个人政治上的巨大成功。

郑秋冬：个人政治？新鲜词，怎么解释？

林拜：危机、利益、人际、阴谋，这么多要素都具备了，而且真相仅被一个人控制着，这个人还看似是局外人，这个结构就很具备政治色彩了。

郑秋冬：得了，你就别过度解读了。袁昆是自己要走的，还是被迫的？

林拜：双方共识，离开对谁都好。

郑秋冬情绪黯然：在一个地方待不下去……那种滋味我知道……

林拜看着他：真不用为他担心，他会把自己当金人一样推销出去的。

13. 索尔办公室　日内

索尔和袁昆。索尔抱臂站在窗前，袁昆在沙发里，寂静无声，二人的眼光都盯着办公桌上的传真机。

传真机。

袁昆：那边现在是晚上 10 点。

索尔看表：还差几分钟，Schneider 是守时的。

安静片刻。

突然电话响，索尔接听，接着传真机工作起来。

袁昆起身紧张地看着索尔。

索尔抽出传真纸，看，平静地：总部同意你离职，感谢你为特慧做出的贡献。

袁昆接过传真看，苦笑：Regret，我能感受到总部在抱怨，我怎么就不能失手一次。

索尔：这儿就我们俩人，袁昆，陈修风的案子，失手的核心原因是什么？我会保密的。

袁昆想了想：因为爱情。

索尔愣住：什么？

袁昆：爱情。

索尔不解：听起来很难让人相信。

袁昆：索尔，我绝不会说我是无能的，更不会说我输给了谁。我给你说的是人人都能接受的答案。除此之外，要么是子虚乌有，要么就是真正的秘密，永远见不得天日。再见。

14. 郑秋冬家　夜内

郑秋冬、贾衣玫、米娜在吃饭，喝着红酒。

郑秋冬：我看了大纲和人物小传，你演的这个角色戏不是很多，但演好了会很讨巧，这人物是一个爱情的坚守者，总在重复一句台词，“因为仅有，必须死守”。她经过十年奔走申诉，终于赢得恋人被无罪释放的结果。等在监狱门口见面的时候，她的恋人已经叫不出她的名字了。

贾衣玫：苦情戏。

米娜：我担心演不好。

郑秋冬打气：放在以前，你演起来可能会吃力。但是现在不一样了，我相信在经历了陈修风之后，对不起，我也不想再提他，但为了你对角色的理解，我还必须要提他。现在的你，对情感的理解和表达一定大大超出你自己的意料，对“因为仅有，必须死守”的爱情态度肯定有了更刻骨铭心的理解，不是吗？

米娜心虚：也许。

贾衣玫：米娜，我相信你。有时候女人被对方接受了，反倒不知道该怎么办。只有在被放弃、拒绝的时候，才会疼得死去活来。

郑秋冬感受到这句话的含义，看了贾衣玫一眼。

贾衣玫：你已经很强大了，一定能演好。

米娜举杯，泪汪汪：谢谢，这几个月，我有种半生已过的感觉。如果许愿都能兑现的话，我就虔诚祝愿，米娜，苦尽甘来吧。

贾衣玫被感动，眼含热泪：一定的，公平再少，总会有一点的。

郑秋冬一拍桌子：干杯，米娜，加油。

三人碰杯，一同：加油，加油，加油。

15. 街道　夜外

米娜走来，掏出手机看，发现陈修风的微信，听。

陈修风 OS：米娜，恳求你接受我的忏悔。我知道，对你的伤害是忏悔不能减轻的。这段时间，我是在恐慌、羞愧和悔恨中度过的，人到中年犯下这种错误，接受怎样的惩罚都是应该的。可是你还这么年轻，以后还那么漫长，你带着我造成的伤害会走多久，我不知道，但真诚希望越短越好。希望你不要怀疑人心向善，不要怀疑爱情美好，不会的。这是一个怯懦者的忠告，献给勇敢的你。

16. 陈修风别墅　夜内外

陈修风在昏暗的屋里，用抹布轻轻擦拭装着夫妇二人照片的镜框。

透过窗户，看到院子里灯光明亮，葵黄陪着一个中国女子和一对外国男女在品着红酒，议论着什么，笑声朗朗。

陈修风看着外面，面露欣慰。

17. 街道　夜外

米娜走来，说着微信：陈老师，您好。我是年轻，但已经不是孩子了。受伤的痛苦我可以承受，也可以复原。我想说，我们从开始就是平等的，所有的结果我们都应该平分，您没有义务比我承受更多的悔恨和羞愧。那天的那个小电影让我明白了一个道理，爱是无私无悔的，至少我现在还做不到，但我信任未来。我走了，有一丝抱怨，但绝没有仇恨。希望您坦然心安，堂堂正正，一直帅帅地走下去，永不再被别的女人拿下。再见，祝福您和葵大姐——我曾经最最嫉妒的女人牵手一生，幸福白头。

18. 陈修风别墅　夜内外

陈修风在听上面那段微信，眼中泪光闪烁。

院子外，葵黄和朋友们谈笑生风。

19. 街道　夜外

米娜从手机的微信通讯录中，调出陈修风的名字。

按下“删除”——“确定”。

路灯下，米娜使劲抱着双臂走来，忍不住极度伤心，趴在灯杆边，号啕痛哭。

一辆警车驶来停下，一个女警察过来跟米娜说着什么，米娜不管不顾地哭着。

女警察回到车里，拿出一沓纸巾，塞在米娜手里。

警车离去，米娜的哭声还在盘旋。

20. 郊外　日外

空镜头。

21. 郊外山清水秀处　日外

帐篷搭在草地上，郑秋冬和贾衣玫穿着休闲，一个在烧烤，一个在开饮料，准备野餐。

贾衣玫倒好了饮料，打开 iPad 听着音乐，音乐还是帕胡德的长笛曲《卡门》间奏。

地上铺着布，贾衣玫躺下，听着音乐：秋冬，过来。

郑秋冬：烤煳了。

贾衣玫：不管，煳了就煳了，过来。

郑秋冬把肉放在一边，过来。

贾衣玫：你听，这长笛的声音就是我，我来这个城市的时候就是这样，一个人，孤孤零零，竖琴的声音是我的脚步，听，胆小谨慎的样子。接着听，单簧管的声音，这是你，你来了，我们变成两个人了。

郑秋冬：为什么喜欢这个音乐？

贾衣玫：好听。

郑秋冬：你知道卡门是什么人吗？

贾衣玫：知道一点，说爱就爱得死去活来，说不爱就扭头去另觅新欢。我不是那样的人，我也不喜欢那样的人。

郑秋冬：有人说，女人喜欢被几个人同时爱着，喜欢享受不同风味的殷勤。

贾衣玫笑：是殷勤还是烤肉？

郑秋冬也笑了：都一样。

贾衣玫手机响。

第38集

1. 郊外山清水秀处　日外

贾衣玫手机响，看，关上了音乐：田尧的，喂，田经理，在一起呢，方便，你说吧……好讨厌呀，周末都不给我们个二人世界，给你。

贾衣玫把手机递给了郑秋冬，郑秋冬接听：哎，田经理，什么事？地中海银行，当然记得，当然记得了，毕经理，你们现在在哪里？那你们过来吧，要说安全，这里最安全。

贾衣玫攥拳做出抗议的表情。

一辆轿车从远处开来，郑秋冬看着，贾衣玫噘嘴埋怨：猎头，总是忙在周末。

田尧陪着地中海银行的毕经理从车上下来。

郑秋冬上前跟毕经理拥抱：毕经理，好久不见，谢谢您还惦记着我。

毕经理：不是我，是加斯东，记得吗？加斯东先生已经主管中国区了。

田尧插话：毕先生已经是杭州分部的主任了。

郑秋冬诧异：毕主任，高就了。哈哈哈。

毕主任、郑秋冬在大树下的靠椅上交谈，贾衣玫和田尧在烤肉。

贾衣玫看着：周末也不消停，真想把那家伙拉过来，架在火上，烤了。

田尧：不切，直接烤？

贾衣玫：还有你，上来先烤你。

毕主任和郑秋冬。

毕主任：你给一家 offshore……哦，离岸公司猎过一个叫卞崇的人，是吧？

郑秋冬：公司叫 Jokartan，经手人叫董威廉。

毕主任：加斯东跟卞崇有过合作，他们对你都说了不少好话。

郑秋冬：是吗，这算是给我做好事的奖金，谢谢他们。

毕主任：你知道，地中海在人力资源方面有固定的合作伙伴，但效率不够……

郑秋冬：不够好，还想尝试新的合作，比如跟我这样有口碑的人合作一下。

毕主任：是这意思。

郑秋冬：说吧，毕主任咱们算知根知底的了，请直说。

毕主任：好，很简单，你也知道，地中海一直在推广自创模式的个人银行业务，现在我们要上个台阶，建立个人银行的旗舰店，北京支行，向你征询的是支行长人选。

郑秋冬没说话，起身溜达着。

不远处，贾衣玫和田尧在观察，猜测。

田尧：提出任务，很有难度，起身思考。

毕主任还坐在椅子上，比画着在说。

贾衣玫看着，分析：无耻吹捧，没你郑秋冬干不成的事。

郑秋冬回头跟毕主任说着什么。田尧：该谈钱了吧。郑秋冬看了眼这边，田尧：钱少了，怎么养活这么漂亮的女朋友。

毕主任也看了眼这边，跟郑秋冬说了句什么。

贾衣玫：哇，果然是美女耶，大美女耶。

郑秋冬还在说。

田尧：啥美女呀，天天去韩国，整容整的。

啪，贾衣玫给了他一巴掌，二人自娱自乐。

郑秋冬和毕主任。郑秋冬：好吧，周一请您把职位说明发过来，我们还需要进一步了解贵行的战略思路，特别是在个人银行方面。

毕主任：我们这边会有专人接待你的团队。

郑秋冬：我们的目标分析有些烦琐，最终的寻访建议书未必跟你们希望找的人完全一致。

毕主任：这都正常，到时候你跟我们 HR 的高管去碰就是了。

郑秋冬：OK。合同的事由贾经理，哦，就那边那位，也是我女朋友，她会跟你们接触细节。你们地中海这单就算我接了。

毕主任看着贾衣玫那边：女朋友，哦，眼熟，你在地中海的时候她开车来接过你，见过几次。

郑秋冬：错了，前女友，那是前……短头发的，这个，长的。

毕主任尴尬：前面的？是吗？还是这个好，比前一个漂亮。

郑秋冬：还行吧，跟她你千万可不能提那人。

毕主任小声：我懂，吃醋。我老婆更过分，一起上街我都不能乱看，中年女的都不行。

郑秋冬：那也太严格了，老年的呢？

2. 特慧专猎　日内

七八个中年人，十几个年轻人在开会。

林拜、索尔在场。

一中年知性女：袁昆离职后，杭州办公室的副总经理一直空着，今天我代表大中国区总裁席云普先生宣布，即日起，特慧专猎中国区杭州办公室副总经理由林拜先生担任。

大家鼓掌，索尔跟林拜握手。

林拜小声：你也不说一声。

索尔：此前一分钟还是秘密。祝贺。

闪光灯。

林拜举手对大家示意。定格。

3. 林拜新办公室 / 韩国某处　日内

（注意：这是此前袁昆办公室，略有调整。）

小工在门口更换着“林拜副总经理办公室”的双语牌子。

林拜端着整理箱，小心翼翼地进来，张望。

另一个小工在收拾电脑：林总，全部更换过了。

林拜纠正：林副总，去吧。

林拜打开电脑，看着桌面他和夫人的合影，露出满意的样子。

手机响，看，罗伊人的名字。点开。

罗伊人 OS：祝贺啦，林拜，荣升副总，加入企业高管。

林拜大惊，急忙回微信：几分钟以前的事，你怎么知道的？太神了，你在我们公司有线人？

等候时刻，手机响了，林拜没接，盯着来电显示看了片刻，显示是：私人电话。

林拜接听：喂。

（首尔某处外景，声音切入）

罗伊人：祝贺，林总，我是第一个来电祝贺的吧？

林拜不解：伊人呀，你太神了吧，你这是在哪儿？

罗伊人：我在韩国呢，来谈点事。

林拜：是工作？

罗伊人：算是吧。

林拜：什么工作？你的工作我很感兴趣。

罗伊人：也没什么，尝试一下资本运作，一朋友整合一家合资企业，我跟着看看。

林拜：韩国、资本、整合，啧啧，你不会无声无息的，一定的。

罗伊人：那就看运气吧。

林拜：哎，你怎么知道的，我这刚高升，连太太还不知道呢。

罗伊人：这里是首尔啊。

林拜：不会吧，难道你闲着没事搜索我名字玩？

罗伊人：当然不会，但最近经常要搜……糟糕，我说漏嘴了，暴露了一个秘密计划。

林拜得意：暴露了吧，什么计划？交代吧。

罗伊人：可以告诉你，但你要发誓，只能你一个人知道，暂时不能说给任何人，包括你太太和郑秋冬。

林拜想了想：那我还是不知道吧，底线太高，本人素质较差。

罗伊人笑：晚了，你现在已经退不回去了，只能听。

林拜：啊，好家伙，赖上我了，甩都甩不掉啊。

罗伊人：不是开玩笑，林拜，你是老大哥，我们不是外人，我是认真的。真的有个计划，格局还比较大，暂时一定要保密，电话里不便多说，明天我回北京，你要是没有很急的事，最好能来趟北京，我们见个面。这计划跟你有关系，我回北京有急事，不能去杭州见你。还是你来吧，这事算不算秘密，你参不参与，就由你来决定了。你只需要保密两天。

林拜有些发毛：气氛足够了，至少你已经吊足了我的胃口。

罗伊人：这仅仅是开始，你要是忙明天来不了，我这边完事，下周可以去杭州，你决定，是你来还是我去。

林拜查看另一手机日历：你要这样说的话，那我就不得不当绅士了，我看看，明天……可以，但我必须当天去，当天回，一个下午够吗？

罗伊人高兴：足够。大哥就是大哥，我明天中午 11 点落北京，我们下午 1 点见，具体地点我微信发给你。

林拜：好吧，神秘到迫不及待的地步了，我都不会联想了。

罗伊人笑：CIA？

林拜：有点像，CIA 对克格勃。

罗伊人：太落伍了，克格勃早就没有了，现在改叫俄联邦安全局。

林拜：那好，不聊了，我得订机票了。

罗伊人：不用你订，刚刚给你订好了，× 航 ×××× 次航班，明天上午 9 点 55 起飞，你去机场取票就行。

林拜诧异：不会吧，你有我的身份证？

罗伊人轻松地：不就是身份证号嘛，你真健忘。我在中保的时候你不是跟我签过一项目的外包合同嘛，乙方那栏里就是你的大名和身份证号，我能查的，你是不是以为我很蠢很笨呀？

林拜：不敢不敢，说你蠢笨的人那得有多蠢笨呀，打死我也不说。明天见。

罗伊人：还是那句话，我们见面前，这事谁也不要说。

林拜：两个字，O、K。

4. 德仁公司　日内

贾衣玫把几份装订好的文件发给田尧、马小红、蒲渐等人，大家认真翻看。

郑秋冬来到中心位置。白板上写着“资产业务审批，信贷风险控制”“不良资产”“催收、保全、化解”的字样。

郑秋冬也拿起一份文件：这是一份加密的职位介绍，那几处删除的关键词是银行的要求。这些大家会后再看，先听我讲。我们公司小，平时分几个团队，遇到大单项目，就只能合并成一个了。大家马上要研究的是私人银行业务，目前只有我和田经理稍微熟悉一些。这回也是各位的一次学习机会。我给大家分析一下甲方提供的职位描述。“一”就不说了，是基本要求。从“二”开始，二、负责本支行贷款、承兑及其他资产业务审批，信贷风险控制。做好本支行不良资产的催收、保全和化解工作。

郑秋冬点着白板上的字：首先我给大家介绍一下，什么叫“资产业务审批，信贷风险控制”。

5. 林拜新办公室　日内

林拜对着电话跟太太视频聊天。

视频中的林太太瞪大着眼睛：你事先一点都不知道？

林拜：一点都不知道，本来想逍遥自在地陪着你把孩子生下来，现在看来又要忙活了。

林太太：不好玩，你一忙活我就觉得精神空虚，早出晚归，周末加班。

林拜：哦，我明天去北京，上午 10 点的飞机，晚上就回来。

林太太：你看看，真没劲，薪水涨了多少？

年轻女助理艾玛敲门，进来：林总，德仁的郑先生来了。

林拜意外：他……请进。然后对着视频：宝贝再见，不说了，郑秋冬来了。关上视频。

郑秋冬和贾衣玫进来，贾衣玫还捧着一束鲜花：祝贺了，林总。

郑秋冬打量着办公室：袁总变林总，不错嘛。

林拜：这是逼着我干活呀，坐。

二人在沙发区坐下，艾玛拿着一个空花瓶进来：有水了。贾衣玫：谢谢。把花插在里面，摆在一个合适的位置。

郑秋冬小声：袁昆去哪儿了，还没消息？

林拜摇头：他不会立即入职，怎么也得沉一沉，精心擘画一番的。

郑秋冬：哦，地中海银行还记得吗？

林拜：当然，怎么了？

郑秋冬：你在 LinkedIn 上的候选人、线人数量是我的十倍，这可是你自己说的。

林拜：我说过，怎么了？

郑秋冬：那你得帮我个忙，急茬。

林拜：那是我一年前说的，这一年你像疯狗一样进步，我像蜗牛一样懒惰，你还信十倍的话，就是你在撒娇了。

贾衣玫：我们第一层级的 candidate 肯定不如您这儿厚实。

林拜：混合双打，夫唱妇随呀，说吧，要找什么人？

郑秋冬轻轻一按手机：发给你了。

林拜看手机，小声念叨：哦，北京支行行长……英语法语……外资行经历……最后一句他提高了声音：最好在内地做过中资或外资行的业务领导工作。够苛刻的。

郑秋冬：这是我们公司今年最大一单，我必须做成。

林拜：我明天去北京，回来再说吧。

郑秋冬：去北京，什么时候回来？

林拜看了眼贾衣玫：晚上就回来，一个朋友约谈点事。

郑秋冬看了眼贾衣玫：林总一上任就忙了，从逍遥骑士变成比券商还忙的人了，看来我们是要靠自己了。

林拜：去你的，我并没拒绝。一个现代人得到的 80% 的帮助来自他 20% 的朋友，我们彼此都是那个 20%。

郑秋冬赞赏地：有高度，有情义。

贾衣玫：嫂子怀孕不方便，需要我去做什么，只管吩咐。

林拜笑了：不就求我推荐人嘛，至于吗，俗。花不错。

郑秋冬：看在花的分上，你可别剥夺我们庸俗的权利。

6. 电梯里　日内

郑秋冬、贾衣玫两人。

贾衣玫：晚上一个小姐妹过生日，我去我那边住。

郑秋冬：随你，不过房租那么贵，还用交吗……

贾衣玫：早都付过了，房东也不会退的。再说乱七八糟的东西太多，你那儿也放不下，等我处理了再说。

郑秋冬：需要去买个蛋糕吗？

贾衣玫：可以呀。

7. 德仁公司　日内

所有人都在电脑前忙碌着。

郑秋冬和田尧看着一个 iPad 在耳语着，贾衣玫斜挎着包从财务室出来：我先走了。

郑秋冬把车钥匙给她：慢点。

贾衣玫接过钥匙离去，郑秋冬对田尧：她有个朋友过生日。

田尧指点着 iPad 继续：从数据库和专业网站来看，支行长比想象的好找些。你看这是咱们官网发布职位公告后的反馈。

郑秋冬看着：微信营销平台，这是新领域吧。

田尧：对，发展很快，这种平台的概念很好，你看登录进去，微菜单、微网站、微简历、微订单，信息不重复，匹配率很高。

郑秋冬看着。

8. 贾衣玫住处　日内

电梯口处堆满了家具，显然有人在搬家，贾衣玫从外面走来，按电梯，看着这堆家具。

电梯门开了，贾衣玫进去。

另一电梯门开了，惠成功带着两个小工出来，指挥他们搬家具：先搬这个，你，这个。

电话响，惠成功对小工：搬上去先放走廊，别往屋里搬。

他到一边接听电话，竟然操着粤语：您好，宋副市长……了解，当然了解。背景调查具体项目有身份、学历、家庭、健康、资格认证、职业经历、诉讼记录、离职原因等等，共有 21 个小项……放心，包在我身上了。

9. 德仁公司　夜内

天已经黑了，办公室里灯火通明。

外卖送来了咖啡，每人一杯。

公司员工除贾衣玫、郑秋冬外，大家都在电脑前忙着。

10. 郑秋冬办公室　夜内

马小红敲门进来，递给郑秋冬一份几页纸的文件：郑总，这是我和蒲渐从专业论坛和行业协会搜集的信息。

郑秋冬看着，意外：怎么会，这么多招分支行行长的？银行这是要铺天盖地啊。

马小红指着一处：网络银行的年薪都到了 1000 万了。

郑秋冬看着，翻页。

马小红：这是行业 QQ 和 MSN 群里的信息反馈，这是 LinkedIn 的。

郑秋冬看着：你们晚上加个班，把能整理出来的简历整理出来，明天我见地中海的人要用。

11. 贾衣玫住处　夜内

关着灯，房间很暗。

贾衣玫、彭村村和一两个年轻男女在给少少过生日，餐桌上是吃剩的火锅和插着蜡烛的蛋糕。

少少合掌在许愿。

大家在唱："Happy birthday to you. Happy birthday to you..."

少少吹灭蜡烛。灯亮，大家鼓掌。

贾衣玫给少少一个红色手绳，系在她手腕上：少少，本命年了。该是你妈给你的，她一天到晚在地里忙，顾不上你，我这当姐的管这事了。

少少感动地看着手腕，突然哭了起来：衣姐，什么时候我们能混出头来呀，岁数越来越大了……

彭村村也受感染：我都出来七年了，讨厌少少，惹我难受……

贾衣玫：哭什么？少少。你们不知道吗？杭州这么大，中国这么大，容不下打工的一滴泪，一个字就是拼，咬着牙拼，咽着血拼，拼到拼不动了，就看看手里拿到了什么，拿到的那些，就是我们的命。

大家沉默。

贾衣玫拿起切蛋糕的塑料刀：少少，生日快乐！谁都不许哭。

12. 电梯口　夜内

贾衣玫送一个小姐妹到电梯口，对后面的彭村村和少少：收拾一下，9 点黄毛他们来打麻将。

电梯门开了，里面有几个人，那小姐妹进电梯：衣姐再见。

贾衣玫：再见，桃子。

电梯门关上，突然被一只手拦住：衣玫。

贾衣玫抬头看，竟然是惠成功。贾衣玫：哟，你怎么会在这儿？

惠成功出来，电梯下行。惠成功四下张望：我又换公司了，租这儿的房子，离公司近，怎么会这么巧。

贾衣玫打量着他：你故意的吧。

惠成功：对天发誓，不是。

贾衣玫狐疑地看着他。

13. 德仁公司　夜内

郑秋冬坐在田尧的位子上，田尧、马小红围拢在一边。

郑秋冬看着电脑，费晓琪的资料、照片。

田尧：这个费晓琪的学历和职业经历都很符合，只是性取向有些……甲方在这方面没有特殊说明。

郑秋冬：这不算什么，性取向可以在调查表备注栏加个提示。

翻页。

赵见蜓的资料、照片。

田尧：这个赵见蜓是最完美的候选人。地中海银行的所有条件，他不但都具备，而且都优于基本要求。

赵见蜓的照片。

郑秋冬看着：这么优质的资源，怎么找到的？

田尧：马小红上午往金融论坛群里推送了一组信息，下午 4 点就有人把他推荐出来。现任城商银行钱江开发区支行长。这是履历。

郑秋冬看着：这么看着是合适，真实度会是什么样呢？

田尧：这组履历是从证券业协会拷贝下来的，证监会网站下有链接，同样的，应该非常可信。

郑秋冬专注地看着电脑，眼睛累，揉着眼睛：IIF，什么意思？

田尧用鼠标比画着：这是赵见蜓的英文履历，IIF 英语全称在这儿，就是国际金融协会，总部在华盛顿。这个埃里克·赵就是赵见蜓的英文名字，1999 年开始帮着 IIF 做成员国的业务培训，这是他在韩国做资产配置培训的时候网上记录的履历。

郑秋冬：怪事，还是匿名推荐？

田尧：对，可以查到最终的 ID，需要吗？

郑秋冬：不用给调查公司付冤枉钱了，追查半天，十有八九是网吧。条件太好，点对点绝对匹配，有点不真实。会不会是这个赵见蜓匿名自我推荐的呢？

田尧：有可能，我研究了他最近的微博，他喜欢写这些东西，还有一批粉丝，里面能读到一些对现在职位，还有领导不满的情绪。这、这都是他最近发的。

郑秋冬看着：详细做好背景调查，这人比前两个人选显然要合适，严格保密。

田尧、马小红：明白。

14. 飞机头等舱　日内

飞机还没起飞。林拜从包里拿出书《风投对话融资》放在座位上，把包放进行李舱。

有乘客经过，他闭目养神。

"是林经理吧。"

林拜睁眼，竟然是葵黄，起身：哎哟，葵大姐，你也坐这趟？

葵黄示意她的座位就在后面一排：这么巧，我就在那儿。

林拜帮葵黄放着行李：前两天我太太想约您看电影，我跟陈老师联系，陈老师说您去云南了。

葵黄：对，那边的事开始多了，做酒就这时候忙。昨天临时回来取点东西，去北京。你去北京公干？

林拜：没什么事就是那个……他突然想起这事要保密：就是……要见个人，业务 BD……嗨，也没什么事。

葵黄看到他座位上的书：哎，你也开始研究资本这块了？

林拜：哦，一直是业余爱好，跟您和陈老师没法比。

葵黄：想做这行吗？

林拜苦笑：水太深，玩不起。不过，做猎头这么多年了，也有些烦，怎么干都觉得没劲。

葵黄看着他，似有意味。

15. 机场　日外

飞机起飞。

16. 机场高速　日外

林拜在出租车内，问司机：师傅，北京的雾霾还厉害吗？

师傅：什么叫"厉害吗"，您把那"吗"字去掉，正好。

林拜：还很厉害呀。

师傅：麻烦您再把地址说一遍，好吗？我这人德行不错，记性不好。

17. 会所　日外

一处极其不显眼的会所，在绿荫掩映下。

林拜拎着包，下了出租车。

会所门口，一个别致的音箱发出声音：欢迎林先生光临。

林拜一怔。

玻璃门，徐徐打开。

林拜看到头顶一个探头，他对着探头挥了挥手：你好。

18. 会所内餐厅　日内

服务员领着林拜来到餐厅。

林拜看到了等在这里的罗伊人，她的身边还有一个拉杆箱、小包、帽子、外套。

罗伊人温和地迎上前：欢迎啊，林副总经理。

林拜看着左右：别提那个。怎一个神秘了得呀，从你约我，到这一路走来，直到走进这间屋子，神秘到牙齿了。

罗伊人：借花献佛，这是朋友的地方，先吃饭，饿了吧。说完对旁边的服务员：上吧。

林拜看着拉杆箱：刚从韩国回来？

罗伊人：比你早到半小时。老北京炸酱面可以吗？

林拜：要是再带碗面汤、两瓣蒜就更 OK 了。

19. 庭院喝茶处　日外

林拜和罗伊人，罗伊人对服务员说：这儿没事了，你去休息吧。

服务员鞠躬离开。

林拜看着寂静的四周：面也吃了，茶也喝了，你这手锣穗响了半天，闺门旦总该上场了。说吧，到底是个什么样的秘密计划？

罗伊人认真：实话实说，林拜，你对你的现状满意吗？

林拜：什么意思？

罗伊人掂量着用词：你刚刚成了副总，本该恭喜的。可我想，机会来得就算快，三年后你副总的那个副字去掉，成了杭州分部的林总，No.1，你能心甘吗？进一步说，你能赢得更大信任，成为特慧在中国的合伙人，甚至成为中国区总经理，算做到头了吧。面对那种状况，你能满意吗？

林拜沉吟：你这话我都不知道该怎么接，不管你是什么意思，我想真要有那天的话，跟理想状况比，可能会是六分满意，四分遗憾。

罗伊人：四分是什么？

林拜：怎么说呢，农民工和大企业 CEO 有天壤之别，但也有个共性，就是都是打工的，为酬金而干。严格地说都是被钱使唤的，不是使唤钱的。你明白我的意思吗？

罗伊人点头：接着说。

林拜：做猎头这么多年，见过的大咖也不少，那些大咖有的我没兴趣，有的我很羡慕。关键一点是，为谁打工，我喜欢为自己，为别人，即使再成功，也总有遗憾。

罗伊人：说白了就是想当老板，干自己的事。

林拜：对，挺俗的吧，人人都想的事。

罗伊人：你觉得郑秋冬呢？

林拜有些糊涂：他？这话突兀，我有点接不上了，伊人，你在考察我呢？好，我就顺着你的问题走，我想，郑秋冬应该也想当老板吧，不是想，他已经是老板了，谁都想说了算。你葫芦里到底卖的什么药？

罗伊人含蓄地笑着：你包包里是不是有本《风投对话融资》？

林拜愣。

罗伊人：你要是想在这方面发展，我愿意帮你。

林拜：是有，我彻底糊涂了。

服务员出现：罗小姐，客人到了。

罗伊人：请过来吧。

接着，服务员回身带着葵黄出现了。

罗伊人微笑地看着林拜。

林拜一看，傻了：葵大姐。

葵黄：你好，林总，仅仅是巧合，别以为是阴谋。

林拜还是一头雾水，指着自己的胸口，对罗伊人：产生幻觉了，詹姆斯·邦德。

罗伊人笑得很甜蜜。

葵黄：林拜嘴很严，他说来北京是来做个 BD 项目。

林拜猜测：这是一局？

20. 林间小径　日外

林拜、罗伊人、葵黄并肩走来。

葵黄：事后我和伊人想，既然大家都有可靠的人品，又知根知底，都有心做事业，能力不成问题，为什么不一起做件事呢？

林拜看着两个女人。

罗伊人：葵姐给了个远景规划。

葵黄：你们应该先有一个自己的实体，共同拥有，股份制的。再凭能力、资源寻求更先进的平台，引入资本市场的活水，做出优质业绩。

林拜：做什么呢？

葵黄：就做人力资源，猎头这行很有特点，做好了定会有人追捧。

林拜：追捧怎么理解？

罗伊人：投资、整合……你不是想当自己的老板吗？你想过当上市公司的大股东吗？

林拜愣住。

葵黄温和地：这是个一到两年的规划，分三步走。你们需要信心、耐心、平常心，有兴趣听下去吗？

林拜缓过神来，谨慎地：葵大姐，您说的你们是指谁们呢？

21. 幽静露天阴凉休息处 日外

椅子、小桌、饮料、果盘，罗伊人、林拜在听。

葵黄：Everybody，任何人。但是主要角色是你们，你、伊人、郑秋冬以及你们未来的合伙人。

林拜看着她俩：你们是不是都想好了？

罗伊人：有一种说法，如果施工图纸指示得足够清楚，一群孩子就可以安装起波音飞机。

林拜显然来了兴趣：洗耳恭听。

罗伊人：我先讲概要，如果你有兴趣听细节，就请葵大姐做阐述。

林拜点头。

罗伊人：首先，你要辞去你的职务。

林拜一愣：继续。

罗伊人：在协商好你应得股份的前提下，加入郑秋冬的公司。

林拜：继续。

罗伊人：进入后，向郑秋冬提出上市的设想。

林拜：我提？

罗伊人点头：我们也可以一起提，他答应最好，如不答应你就要说服他答应，也就是说，他答应得答应，不答应也得答应。

林拜：凭我对他的了解，他会乐得屁颠屁颠的，不会不答应。

罗伊人：那样最好。规范公司事务，像会计、法律、税务这些方面，到时候会有专业机构来帮助你们的。

葵黄：包括做上市推荐人的投行。

罗伊人：你们的努力加上我们的工作，业绩、利润，包括最后的估值一定值得期待。

林拜：这事跟你们有什么关系呢？又是远景规划，又是细节设计？

罗伊人：如果两年后你们被并购上市，说不定购买方就是我们呢。

葵黄：那不就成一家了嘛。

林拜恍然：不会吧，你们……真是这么设计的？

葵黄：是的，现在你会觉得虚，只是概念，但从路线图上看，是完全可以实现的，只是需要时间，把好的内容装进去。金融中介这块你是了解的，资本做推手，暂时是幕后推手。这种案例我以前做过。

林拜看着天：我想做。

罗伊人开心：太好了，我就想听到这句话。在杭州见到的你，都是安居乐业、油盐酱醋的居家男。那不是真正的你，我不信你会变成逍遥自在的仙人。你是混得实在没意思了，什么都不如陪老婆生孩子好玩了。

林拜还在感慨中：这个计划要是能实现，不枉一生。我回去就跟秋冬商量。

罗伊人：这件事对他暂时最好保密，一步一步来。既要做好公司，也要过好生活。

林拜困惑：对他保密？这计划恐怕寸步难行。

罗伊人：将来的发展设想不用保密，要保密的只是我和葵大姐与这事有关。

林拜琢磨：嗯，为什么要保密？

葵黄打断跟林拜握手：那好，我先走，明天回云南，晚上要见个朋友。小林，公司运作这块我比你熟，有什么事可以一起商量，别介意。

林拜握住她的手：葵老师，要请教的太多太多，谢谢您。转向罗伊人：你什么时候走？

罗伊人：也是明天。

林拜困惑：你们是来给布置任务的？

22. 机场　日外

飞机起飞，飞向天空。

罗伊人旁白：林拜，你问我为什么要保密，我猜你心里是有答案的，并等着我去附和。你要认为我是不忘旧情，那你就错了。我这两年就像一只被枪声惊掉魂的兔子，随时会撞死在某个树桩上。来到杭州我得到了宁静，得到了喘息，陈、葵的爱情故事暖化到我寒透的肠胃。要做你们上市，是因为我愿意跟你、郑秋冬、葵大姐和陈老师在一起。如果有了共同的利益，那就会有共同的方向，志同道合，何乐而不为呢。（延至下场）

23. 开阔的公园草地　日外

一架民航从天空飞过。

树下，罗伊人低头编辑着手机微信。（上段旁白延续至此）

手机屏幕上出现林拜的名字。

罗伊人手指轻轻一点，发出。

罗伊人沿着小径慢慢走去，一对年轻人出现在身后，手机里传出《不要脸》的歌声。

歌声缥缈，阳光闪烁。

罗伊人回头寻望。

24. 草坪（幻觉）　日外

学生时期的罗伊人和郑秋冬携手而来，走向罗伊人。

罗伊人朝他们招手。

郑秋冬身边的姑娘变成了贾衣玫。

罗伊人笑容凝固。

25. 地中海银行会议室　日内 /CBD 某角落　日外

四个人在开会，毕主任、HR 卢主管、中年女士及一个老外。

四个人无声地看着各自手头的资料，翻页几乎都是同时的。

最后看完，彼此互看一眼，也没说什么，分别在材料上匆匆写上自己的名字。

HR 主管收起四份材料放在毕主任面前，随后大家离开。

毕主任看着每份材料上，赵见蜓的名字下面都被画了圈圈，不同的签名。

一工作人员敲门开门，身后是郑秋冬。

郑秋冬：毕主任，会开得这么快。

毕主任收拾起材料：请坐。我的任务已经完成，剩下的事 HR 的卢主管跟你们谈了。

HR 部门的卢主管靠在椅背上，有点牛气：这个人选非常合乎我们的条件。

郑秋冬：我想也是的。

卢主管起身，懒散地翻着资料：创新实干型的。密歇根大学安娜堡分校、MFE（金融工程硕士），这是我九年前填报申请过的，一模一样。

郑秋冬意外：这么巧?

卢主管：巧吧！可惜，最终没被录取。她一挥手，以示不谈这个话题了：这个赵见蜓的学历、专业都是镀金的，但我们更看重的是他的任职经历和在职业绩。

第39集

1. 地中海银行会议室　日内 / 某角落　日外

郑秋冬谦逊：我们德聚仁合总是把最合适的人选摆在 HR 主管面前的。

卢主管不屑地笑了笑：这个嘛我在网上做过调查，德仁一直是专业运作，向你们致敬！可是，郑总，有个问题不知道您深入考虑过没有？

郑秋冬认真：什么问题？

卢主管手指轻轻点击着材料：赵见蜓 40 多岁了，也很有魅力，算是金领阶层吧，为什么一直是单身？

郑秋冬一愣：单身？注意过这个点，不过，卢主管，这个……跟职位有消极关联吗？

卢主管看着郑秋冬，傲慢：也许没有。郑总，一桌人一起吃饭，有说有笑，其中一个人你一直不认识，也没说一句话，那并不耽误您吃饱喝足，但那不证明您不想知道他是谁。

郑秋冬：有道理。

卢主管：你们接触得怎么样？

郑秋冬电话响，看：对不起，跟他有关的。说着接听：田经理，怎么样？

CBD 某角落，田尧：刚通过电话，你猜怎么着，完全出乎意料，他的态度好得吓我一跳。

郑秋冬面露喜色，接着收起：是吗？怎么说？

田尧：答应见您，可以面谈，但强调这不代表他想跳槽的态度，只是业务了解。不错了，仅次于赤裸裸了，这态度已经相当不错了。

郑秋冬：明白，怕我们知难而退，留联系方式吗？

田尧：留电话了，前面用的是秘书电话，不能再用了，这回留的是私人的。

郑秋冬：知道了，注意保密，不多说了。挂了电话，转对卢主管：卢主管，我的助理在跟他接触。

卢主管有些冷漠：他态度怎么样？

郑秋冬一脸愁容：不乐观。但这是我们的事，您放心好了，还有，他现在在城商银行的年薪是 160 万，你们拿出 200 万打他的话，优势可能不那么明显。

卢主任傲慢：但我们的发展性好，论中国高净资产消费群体的个人银行业务，无疑我们是龙头，他去北京支行干，未来三年可能会发生的事，谁能想得到？郑总，做你们这行的，对候选人的未来设计应该比金钱更重视吧。

郑秋冬：这么简单的道理我当然懂的。但卢主管没发现，这个人对个人发展设计得很严格吗？从就读的大学到毕业后选择的实习机构，从学术文章发表的刊物、时机和话题，到进入瓦乔维亚银行做零售代理，看得出他是个大局观很好的人。回国后，他首先选择的是零售银行业务部，然后跳槽来城商银行主抓网点规划的理财产品，直至今天做到支行长。他 41 岁，前 30 年都在念书，做到这地步只用了 11 年。我确信，未来规划的课程不用我给他讲，他极有可能会讲给我和您听。

卢主管愣愣地看着郑秋冬：喝茶，还是咖啡？

2. 德仁公司　日内

贾衣玫、马小红、蒲渐在电脑前忙着。

贾衣玫指挥马小红操作：先分出英国和美国两阶段，对，从本科开始，把剑桥这部分复制粘贴过去，放在巴克莱银行前边。对，把赵见蜓的名字后面加上括号，写上他的英文名字 Eric Zhao。然后读研，复制粘贴过去，再后来1998年到2000年，在巴克莱实习，对。她看着手里的纸，低头问蒲渐：这段怎么翻译？

蒲渐：他发表在《大西洋周刊》的论文,《危机余波：惠誉评级机构的三点错觉》。

马小红：求求你蒲渐，你就一次都翻译出来吧，这段履历没有中文的，翻译软件又老出错。

贾衣玫：马小红说得有道理，你知道我们多希望英语比你强，可惜……

这时，田尧匆匆进来，走向贾衣玫这边：这个赵答应见面，痛快吧，完全出乎意料。

贾衣玫看着另一张纸：有什么意外的，这不正合乎你的分析吗，他推出的线上产品屡被上级叫停，内部作风保守，他渴望寻找更开放的发展平台。

田尧：那也是支行长呀，装一装，矜持一下，提提身价，让我们再热烈追求一阵，是吧，他可好，大姑娘找花轿，急着嫁人。

贾衣玫：往往是越高端，越坦诚，是不是我们保守了？郑总呢？

田尧：去远东银行了。田尧指了下电脑：去见赵见蜓以前的领导，他是从远东跳槽到城商银行的。

贾衣玫：了解，官拜零售银行主管。

3. 青山绿林中的办公场所　日外

小桥流水，绿树红花相掩映，隐约可见一办公场所。

郑秋冬和一位文气的中年男士交谈走来，在廊子边坐下。

郑秋冬：当初应聘为什么看好赵见蜓？

中年男回忆：有几个原因，主要的还是他在美国、在瓦乔维亚银行的实践经历，他在好几个州都做过零售代理业务。

郑秋冬：在你这儿两年半表现怎么样？

中年男：很不错，要不怎么可能33岁就做零售银行主管呢，一只敏感的猫。

郑秋冬：猫？

中年男：猫，每个人都会有对应的动物。

郑秋冬：那又为什么跳槽了？

中年男：你是做这行的，还能为什么，不满现状呗。

郑秋冬意外：是猎头操作的？

中年男：应该不是，他有个很苛刻的母亲，在中学做了十多年的教导主任。那老妈的指挥棒指到哪儿，儿子就必须跟到哪儿。她为儿子的进步和发展可没闲着，后来找到了一个学生家长，在城商银行做领导的，他就跳那边去了，先做网点规划部主任，2013年吧，就当上支行长了，也够快的。

郑秋冬：是个能人，外语水平很高。

中年男：那是，他在国外生活了15年左右，英语、法语、西班牙语都没问题。

郑秋冬满意，打量着四周：现在银行都在这种地方办公了。

中年男：受互联网公司的影响，那些人太会享受了。鲁镇峰会的时候我看他们PPT上的办公场所，嗬，都是仙境里呀。对，鲁镇峰会的时候，我还见过赵见蜓，情绪不好……是不是他主动找的你？

郑秋冬：说实话，真不是，是我们发现了他。还有，他一直单身的事你在意过吗？

中年男人想了想：没必要吧，现在单身的多了，我没在意。

郑秋冬：你觉得他单身会是因为什么呢？瞎猜啊。

中年男：猜不出来，我还单身呢，44，比他还大 3 岁呢，你说为什么？

郑秋冬哈哈笑了：我怎么这么没出息，老想结婚呢。

中年男认真：你结婚了？

郑秋冬：没有，可我不能没有女朋友呀。

中年男：废话，你以为我们没结婚，就是挂墙上的腊肉啊。赵见蜓身边的女人……知道什么叫花团锦簇吗？

郑秋冬哦了一声：（日语）是这样啊。

4. 城商银行赵见蜓办公室　日内 / 街道　日外

赵见蜓背影在接电话：就是个普通见面，何必这么躲躲藏藏的！

田尧开着车戴着耳机在通话：这是我们的职责，赵行长，人多眼杂，必须有所防范，我们不想给您带来任何不便。

赵见蜓看着窗外的车流，背影：即使不做得这么神秘，我也相信你们是专业的。

田尧开车：我们只做我们该做的，不是秀，赵行长请理解。

赵见蜓：好吧，你说，怎么见面？

田尧把车驶向路边：我在停车，马上就把地址截图发给您。

赵见蜓的手机一声响，看了片刻，诧异：搞什么鬼，齿科诊所！

5. 青山绿林中的办公场所　日外

郑秋冬等在路边，贾衣玫开车过来，郑秋冬上车：见面的事怎么样？

贾衣玫把手机递给郑秋冬：安排好了，这是田尧发的。

郑秋冬接过看，车启动开走。

6. 皓佳口腔　日内

这是一个有顶级设施的齿科诊所。

田尧跟诊所主人刘姐在交谈，田尧：刘姐，最多两个小时，不会有什么麻烦吧？

刘姐：不会的，我们是会员制的，诊疗都是提前预约，今天一天都没人。我老公还说谢谢你呢，要不是你把他推荐给烽讯，他哪会成上市公司的股东。

田尧：互惠互利嘛，要没有你老公，烽讯的 IPO 也不会那么顺利。我老板来了。

玻璃门外，贾衣玫的车停下，郑秋冬和她下了车，有些困惑地打量着诊所这边。

田尧出门挥手，他俩朝这边走过来。

郑秋冬走近，小声：什么路数，找了这么个地方？

田尧：里面谈吧。

郑秋冬、田尧、贾衣玫依次进入诊所。

田尧介绍：这位是刘姐，这位就是郑总。

郑秋冬和刘姐互相问好，刘姐：这边。说着带着他们朝里面走去，拐弯上了楼去。

田尧：我在这儿等他。

拐角处提示牌：“VIP 休息区”。

7. VIP 休息区　日内

这是一个奢华的休息区，墙上装饰古典风格。有沙发、茶几、音响、餐饮柜台，酒茶饮料码放整齐。陈设庄重，家具高档。

刘姐开门，郑秋冬、贾衣玫进来，打量四处。

郑秋冬意外地：别有洞天呀，不错，刘姐，窗帘可以关上吗?

刘姐手握遥控器：可以。

窗帘关闭。

郑秋冬走到餐饮柜台，看着上面的几种茶壶、咖啡壶等用具：用这套瓷茶壶茶杯泡茶可以吗?

刘姐：当然，想喝哪种茶?

贾衣玫从包里拿出一盒茶叶：我们朋友爱喝这种。

刘姐接过去：好，我到外面给你们泡，等你朋友来了，泡好端进来。

郑秋冬：谢谢。

刘姐：不客气，田经理是我老公的恩人。

8. 皓佳口腔　日外

皓佳口腔门外，赵见蜓的车到了，他没下车，而是狐疑地观察着门脸。

田尧走了出来，径直来到赵见蜓车旁，微笑。

赵见蜓的车玻璃落下一段：田经理?

田尧：对，德仁的。

9. VIP 休息区　日内

两杯茶热气袅袅。两声关手机的声音。

郑秋冬和赵见蜓都把关掉的手机放在茶几上。

郑秋冬口气温和：见过赵行长的照片，再见本人，更觉得绅士风度是拍不出来的。

赵见蜓笑得很舒服：谢谢，郑先生是行家，第一句赞美不温不火。

郑秋冬：哪里，是实话。

赵见蜓端杯品了口茶，一小愣，闻了闻杯口，又品了一口，看了眼郑秋冬。

郑秋冬也端起杯子喝了一口：是不是味道不对赵行长的口味?

赵见蜓：台湾膨风茶?

郑秋冬：好像是台湾的，您喝得惯吗?

赵见蜓看着茶杯：这是我最爱喝的一种茶，这么巧。我们也许有缘分，郑先生，咱们是不是可以化繁为简?

郑秋冬：这当然以您为主，我习惯跟舞，应该适应您的节奏。

赵见蜓：好，两个问题，一、怎么找到我的？二、为什么觉得我是可以被挖走的?

郑秋冬诧异：您对去哪儿、去做什么没兴趣吗?

赵见蜓：那是另一方面的问题，我想先了解你们，如果你们靠谱，你们给我提供的职位就一定靠谱。反之，那就不用谈了。

郑秋冬明白的神态：赵行长是如此化繁为简的风格，好。我先回答第一个问题，我们是从相关的网络论坛中发出了一组信息，很快得到了关于您的推荐资料。我们的候选人搜集有很多手段，专业论坛、群，只是其中之一。

赵见蜓：是什么人推荐的？

郑秋冬：是匿名的，我最初的感觉可能是您自己发的。

赵见蜓：现在为什么不这么认为了？

郑秋冬：不知道，好像您不至于这样做。

赵见蜓：确实不至于，太耍小聪明了。

郑秋冬：第二个问题，为什么觉得您可以被猎走。因为您来城商银行已经八年，在支行长的位置上做了两年，这两年是您最没有成就的两年。做行长前，您主抓网点规划的时候，落实了很多行之有效的措施。与数据统计相关的商圈研究法、差异化渠道的概念、网点标准化运营制度等等吧，您一直在施展拳脚。可当了行长就不一样了，开会多，应酬多，保守的声音多，被约束得多了。您推的支付、融资、投资的线上系列产品被叫停。您在微博上流露了很多不满，甚至可以说是反感，一句“在上不犯下”足以看出您对高层的失望。所以，您一定有要离开的愿望。

赵见蜓品着茶：看来这茶叶也不是巧合，你是做足了功课。

郑秋冬给他倒茶：赵行长，地中海银行您一定是了解的，我想给您介绍的是它最有特色的个人银行业务。

赵见蜓露出意外的眼神，前倾身体：我专注这一领域已经 14 年了。

郑秋冬：对，1998 到 2000 年在巴克莱实习的时候就开始了。

赵见蜓有点不安：你们还了解些什么？

郑秋冬：关于您的，几乎一切。

赵见蜓眼中一丝焦虑：那好吧，还是说地中海银行的事吧。

10. 皓佳口腔门口　日外 / 毕主任办公室　日内 / 林拜家　日内

贾衣玫和田尧等在树荫下，贾衣玫：这个人的面相不错，有安全感。

田尧：他这个积极主动的劲儿，挺意外的。

这时他俩的电话同时响了，贾衣玫：不会吧，同时耶……林拜的，你是谁的？

田尧嘘了一声：毕主任的。两人分头去安静的地方打电话去了。

贾衣玫接听：林总，什么吩咐？

林拜：什么情况，秋冬电话也不开机？

贾衣玫：他正跟候选人见面呢，关机了。

林拜：哦，什么候选人？不会是你们让我推荐的那单……什么支行长？

贾衣玫：就是，没想到这么顺利。

田尧：郑总正在跟他面谈，关机了。

毕主任：哦，有进展。德仁效率就是高，我没什么事，就是想再跟郑总重申一下，我们对那个赵，Eric Zhao 很感兴趣。

贾衣玫跟林拜通话：最主要的是他不太想在那儿干了，想找新的平台。

林拜：好事呀，那今晚上秋冬还不得几度从梦中笑醒。晚餐有安排吗，一起吃吧。

贾衣玫：那得看他谈得怎么样，有没有心情。哦，谈完了，都出来了，一会儿我让他给你打过去，拜拜。

口腔诊所门口，郑秋冬陪着赵见蜓出来，赵见蜓走向自己的车，朝田尧和贾衣玫微微点头。进了车，朝郑秋冬摆了摆手，车离开了。

贾衣玫、田尧走向郑秋冬。

田尧：怎么样？

郑秋冬：马上联系毕主任，他要见加斯东。

贾衣玫：加斯东是谁？

郑秋冬：地中海的大中国区总裁。

贾衣玫惊喜：答应了？

郑秋冬开机：九成。

贾衣玫跟田尧兴奋击掌：耶！

田尧去一边打电话，贾衣玫：林拜约吃饭，你给他回个电话。

11. 日料馆子　夜内

刺身拼盘上来了，郑秋冬和林拜开始加芥末。

林拜：小贾怎么没来？

郑秋冬难掩满意的神态：测评指标、评估报告、补充的背景调查，一堆的事，马上要见那边的法国老板，要协调时间地点……进度太快了也不适应。

林拜：别说卖乖的话了，想笑你就笑出来。

郑秋冬：不是卖乖，真是已经习惯被拒绝了，哪单一开始不是从拒绝开始的，然后再吭哧吭哧做工作，血汗钱嘛。突然遇到个你情我愿的，节奏加快，是不太适应。

林拜：幸亏我没给你推荐，要不然你哪能遇到这么合适的人。

郑秋冬：不管，反正你欠我一次，会让你还的。

林拜：哎，瞎问一句，你就这么埋头苦干，想没想过以后你的德仁再怎么发展？

郑秋冬：以后，当然要招人，扩大规模，仿照国外的体例建制进行管理。

林拜：然后呢？

郑秋冬：成规模以后再建分公司，其他城市建办公室，就像光辉、海思那样。

林拜：然后呢？

郑秋冬：再然后，没想那么远呢，我也没想建成更大的规模。

林拜：引进资本，合伙人制，研发系统，打造品牌，加大网络投放，组建更专业的团队，引进最好的 CEO、CFO，德仁的办公室要走向大江南北，进驻各大城市的 CBD。

郑秋冬停下手里的筷子，凝视着林拜：什么意思？

林拜：走资本市场的路子，以上市为目标。

郑秋冬没再说话，喝酒，慢嚼着寿司。

林拜：说话呀。

郑秋冬：怎么突然提起这个话题？

林拜犹豫：在北京，跟一个朋友聊天，受到启发。

郑秋冬似乎疲劳，揉着额头：太庞大，路也太漫长，做账、查税、焦虑、失眠、谢顶、热锅上的蚂蚁，我见过那些跟 IPO 拼命的创始人团队……想一想头都大，要持续爆发式发展，规模才能做大，也就到此为止，往后就没什么思路了。

林拜：思路要让专业的人来提供，我们只是猎头而已。你要是答应，我回去就辞职，加入德聚仁合的创始人团队。

郑秋冬意外：真的假的？刚提了副总。

林拜：即使做老总也没什么劲，我这半年为什么晃晃悠悠不干正事，我一直没琢磨透，现在我恍然大悟，就是觉得没劲。打工的人多少都会感到压抑，时间久了就变态，会有一种无聊感，我叫它无兴趣病，我就是这种。

郑秋冬：人真能发现自己变态？

林拜得意：智者自知，精英和白领是有区别的。说精英的时候林拜拍着自己的胸。

郑秋冬：好吧，算你是变态精英吧。那么资本市场，你有兴趣？

林拜：大有。

郑秋冬笑了：让你这么一忽悠，弄得我还真有点晕。

林拜：我们是研究人才的专家，我们需要的人在哪里，我们最清楚，把他们请来，跟我们一起做事，让他们和我们一起成为亿万富翁，就这么简单。

郑秋冬：我最多想过被人收购，成为上市公司的合伙人，再没多想。

林拜：先认真思考我的建议，一定要认真。

郑秋冬琢磨：你北京的朋友是什么人，让你醍醐灌顶？

林拜凝视他：以前的客户，做投行的。

郑秋冬电话响，接听：明天？那哪来得及呀，得先跟赵见蜓协商时间……什么，好吧。挂了电话。嘟囔着：这生意越来越好做了。

林拜看着困惑不解的郑秋冬，问：怎么了？

郑秋冬：明天客户要见候选人，候选人也同意，成了。60 多万的单，天上掉馅饼。

林拜：好事来得太容易，常会有别的含义。

郑秋冬：别瞎说。哎，你真能辞职，来我们公司？

林拜：前提是你要同意我对未来的设计，还要给我合适的股份。

郑秋冬用审视的眼光看着林拜：你觉得我变态吗？

林拜：肯定。

郑秋冬：为什么？

林拜：因为你这么问。

郑秋冬想了想：确实。

12. 德仁公司　日内

田尧在电脑上填写着一个 Excel 表格——“德聚仁合咨询背景调查表”。

双手飞快打字。

在“工作职责、教育经历、薪资水平、下属评价、离职原因、沟通能力、影响力、说服力、人际关系、团队合作方面”等格子里填写着内容。

贾衣玫在打字，屏幕上是“地中海银行咨询服务委托表”。

双手飞快地打字。

蒲渐也在忙碌着打字，他所做的是将署名 Eric Zhao 的英文论文，翻译成中文。中文题目是《危机余波：惠誉评级机构的三点错觉》。

双手在飞快地打字。

马小红戴着耳机在听着电话录音，往电脑里输入文字。

耳机里传出电话采访的女声：……赵见蜓是我当时的主任，他不仅在理财产品销售上很优秀，也是这方面培训的高手……她按下暂停键飞快地打字。

大家聚在一起商量着。

大家吃着泡面。

大家以不同的姿态忙碌着，有的在复印，有的在装订，有的在给一份一份材料装袋。

13. 德仁公司　晨内

大家趴在各自的桌上睡着了。

14. CBD 露天停车场　日外

郑秋冬的车驶来，一脸困倦的贾衣玫已经等在这里，她把一个印着“德仁咨询”字样的文件袋给了郑秋冬：这是赵见蜓的材料，一式五份，这是电子版。她给了他一个 U 盘：我给大家放假了，都累趴下了。

郑秋冬接过东西，放进车里：受累，你也回去休息吧，眼皮都抬不起来了。他轻轻拍着贾衣玫的脸。

贾衣玫打着哈欠：下午赵见蜓和银行的人见面，地点定了吗？

郑秋冬：定了，就在地中海银行会议室。

贾衣玫：你需要人手吗，我睡到中午就可以。

郑秋冬抓过贾衣玫的手：好好休息吧，别操心，我都安排好了。

贾衣玫：我就是爱操心的命。

15. 地中海银行会议室　日内

银行大中国区总裁加斯东在认真地看着材料。

看了片刻朝旁边的毕主任点了点头，毕主任轻轻地走了出去。

16. 电梯里　日内

只有郑秋冬和毕主任。

毕主任：加斯东对这个赵见蜓有莫名其妙的好感，下午见面他没问题吧？

郑秋冬：没问题，3 点，卢主管接他到会议室。

毕主任点头：你总是安排得很周到，哦，加斯东只问了一个问题。

郑秋冬：什么问题？

毕主任：这位赵先生为什么是单身？

郑秋冬：奇怪？法国总统还单身呢。

毕主任琢磨着：你比我的回答好。

郑秋冬：你怎么回答的？

毕主任：我说，也许年轻时感情受过刺激，太俗了，是吧？

郑秋冬笑了：毕主任，这种回答含负面信息，做猎头的绝不会这么说。

17. 德仁公司　日内

郑秋冬回来，看到田尧乐呵呵地在看电脑：哎，你怎么没休息，衣玫不是给你们放假了吗？

田尧：刚睡醒，睡不着了，太逗了。

郑秋冬侧身看了眼屏幕。

电脑上是于成飞演的喜剧电影。

田尧：这个于成飞太有喜感了。

郑秋冬想起了罗伊人，没说什么，回到自己的办公室。

18. 郑秋冬办公室　日内

郑秋冬坐在办公桌前，略有伤感。

《不要脸》的歌徐徐飘过。

门开了，贾衣玫穿着靓丽地出现：你怎么了？

郑秋冬回过神来：哦，发呆呢，几点了，怎么不多睡会儿？

贾衣玫：五个小时，睡够了。

郑秋冬打量她：这衣服好看。

19. 自助餐馆　日内

郑秋冬、田尧、贾衣玫各守一盘自助餐。

郑秋冬：公司未来发展你们有什么设想？

贾衣玫：招人，做细分工，扩大业务范围，我早就提出过。

田尧：扩大是必须的，关键是怎么扩大。

贾衣玫：怎么扩大？

田尧：如果我们这算是总部的话，这里扩大的同时，还要在别的城市建立德仁的分部，首先是北上广，猎头公司都是这个模式。

郑秋冬：有人提出奋斗两年，做成上市公司，你们怎么看？

田尧和贾衣玫意外，沉默不语。

郑秋冬：是觉得好主意，还是觉得不靠谱？

田尧：Impossible mission，想想而已。

郑秋冬笑：不可能完成的任务，你呢？

贾衣玫：我不敢想很远的事，绞尽脑汁能想到的也就是多进人，健全各个部门，特别是财务。有梦想是好事，要是靠自己不能实现，一定就是痛苦。

沉默片刻。

郑秋冬：如果选择上市这条路，我们能做的事我们做，我们做不了的事，就请专门的人来做。有的梦想，可以让别人帮我们实现。

贾衣玫低头吃着。

田尧小心翼翼：郑总，我并不反对这种设想，反正总是要干活的，一步步来嘛。我记得有个不上市军团，也都是顶级企业……它们有充分的不上市理由，好像是说上市未必是好事。

贾衣玫脸色有变：我本来想的是招人来干活，你这样的话，招来的都是指手画脚的，我们成什么了……

郑秋冬：你们是不是担心自己的利益、地位被外来的人……

贾衣玫发力抢白：那是你想多了。

郑秋冬意外地看着她。

田尧和稀泥：太突然，以前没往这方面想过。是不是该多咨询咨询？

郑秋冬：有道理。嘿，我以为你俩会举双手赞成呢，这成反对派了。

贾衣玫和田尧异口同声：没有啊，我们就是……

郑秋冬手机响，看，显示是毕主任。

郑秋冬打开看，兴奋一拍桌子：妥了。

贾衣玫吓了一跳：怎么了，不能好好说。

郑秋冬：赵见蜓和地中海银行的老板谈得很愉快，你们一夜没白忙活，明天赵见蜓就递交辞呈。

贾衣玫努力表现出高兴：真是……太值得……祝贺了。

20. 林拜办公室　日内

林拜在对手下两个女孩训话：一般来讲，给客户提供 3 名候选人，你们要提供给我多少人选？

一女孩怯怯地说：10 到 15 个。

林拜：丽萨，你说。

叫丽萨的女孩小声：12 到 15 个。

林拜：现在呢？

两个女孩低头不语。

林拜：我希望你们知耻而后勇。

两个女孩互相对视一眼，突然齐声高喊：加油。向林拜鞠躬，离开。

电话进来，林拜接听，愉悦：哦，陈老师您好，是呀，好久不见，您和葵大姐还在云南吗？（接着他露出惊愕神情）什么时间？

21. 街道　日外

郑秋冬开着车，边上是贾衣玫，二人都穿着黑色衣服。

贾衣玫手上拿着两朵白纸花。

贾衣玫：老人家多大岁数？

郑秋冬：70 多吧，1941 年生，74 了。陈老师说过，他父亲是偷袭珍珠港那天出生的。

贾衣玫：走了也好，生不如死地活着，对谁都是折磨。陈老师和葵大姐也算解脱了。

郑秋冬：猎头们又该像苍蝇一样扑上来了。

贾衣玫：那个袁昆有消息吗?

郑秋冬摇头。

22. 陈修风家　日内

一个简易的灵堂，摆放着陈父的遗照。

郑秋冬、贾衣玫把手里的花放在灵位前，随后是林拜、冯眷眷。

陈修风和葵黄站在一边。

凭吊后，大家坐到沙发区，沙发边上还有几把椅子，大家分坐。

葵黄给大家倒茶：这是他爸爸藏的普洱，老房子里找到的，味道很好。

陈修风：你们别这么沉重，老爷子一觉睡去就没再醒，至少走得不痛苦。

郑秋冬：有什么需要我们做的吗？有外地来的亲戚朋友，我们可以帮着接送。

葵黄：现在的专车服务都很到位，不用费心了。电话响，葵黄一看，显示是罗伊人的。

葵黄看了眼郑秋冬：你们坐着啊。急忙到里间接听去了。

林拜对陈修风：您和葵大姐还要回云南?

陈修风：回去有个下葬仪式，现在简单，入宗祠不用立牌位，把照片摆上就是了。

林拜：然后呢?

陈修风笑，看着郑秋冬和林拜：什么意思？你们还要猎头?

林拜看了眼郑秋冬：知道您面前都是阳关道，只是好奇，您的下一站会是哪儿?

郑秋冬关注地看着陈修风。

这时葵黄从屋里出来，站在一边听着。

陈修风看了眼她：可能会和一家法国公司一起推出一到两只葡萄酒基金。不图大，图个心情愉快。

贾衣玫问葵黄：葵大姐，您跟陈老师一起?

葵黄笑：你说我还有别的选择吗？不得不比翼双飞。

贾衣玫手机响，去一边接听。

葵黄：前两天，一个美国朋友，在华尔街做金融投资的，做得很大，拉他去做 CEO。他把人家回了，最后缀了两句诗，还是汉语的，“不见五陵豪杰墓，无花无酒锄作田”。人家老美特认真还找人翻译，之后明白他不想去的意思了，就给我发了一个邮件，意思是说，他尊重老陈的选择，但是给我一忠告，出于对家庭的负责，最好带他去看心理医生。

大家笑。

贾衣玫回来：你们聊着，我先走一步，约好去银行查未达账单。

郑秋冬：那我也走吧。

贾衣玫：你们多坐会儿吧，这时候家里怕冷清，车钥匙给我，你坐林哥的车回去。

23. 陈修风别墅门外　日外

葵黄陪贾衣玫出来，说着应酬的话，贾衣玫上车离开。

24. 别墅区内小街道　日外

贾衣玫开车拐过来，经过一路口再往前走，出现了一个禁行标志。

她掉转车头，路边一保安经过，贾衣玫摇下玻璃：先生，出口怎么走？

保安：往前走再左转，遇到一个花坛再左转就是大门口。

贾衣玫：谢谢。正要开车走。忽然看到不远处的一片树木花开茂盛的地方，罗伊人斜背个包，拿着手机在拍着鲜花，很认真的样子，边上放着一个拉杆箱，箱子上还有花边帽子。

贾衣玫很诧异。

（闪回，葵黄刚才接到电话去里间。）

罗伊人拍完，坐在一张长椅里，看着手机里的照片。

贾衣玫想了想，拨通电话：小红，你在银行附近找地方先吃饭，我晚到一会儿，到了跟你联系。

挂了电话，贾衣玫下车，朝罗伊人走去。

罗伊人抬眼正好看见走来的贾衣玫，诧异地站起来。

贾衣玫：你好。

罗伊人：你好，这么巧。

贾衣玫想了想：我走错路了，在那掉头的时候看见你，我还以为我看错了呢。你这是刚下飞机？

第 40 集

1. 别墅区内小街道　日外

罗伊人：陈老先生去世了，葵姐说觉得冷清，我来陪陪她。

贾衣玫：哦，葵姐有您这样的闺蜜真棒，那您怎么不进去？

罗伊人掩饰：哦，在路上我跟葵姐通话，听到家里好像客人不少，我想等一会儿，马上就吃午饭了，等客人走了我再进去，省得打一串招呼，握手寒暄了。哦，原来是你们呀？

贾衣玫想了想：伊人姐，也许是我想多了，您别介意。刚才我看见葵大姐去屋里接了个电话，现在，我猜应该是您打的。我想葵大姐一定会说家里的客人是谁，那些人都是您的老熟人，没必要刻意回避，您要回避的应该就是我了。

罗伊人淡定一笑：也不完全对。其实无论内心还是表面上的尴尬，我都想回避，这也包括周围人的感受，当然最在乎你的感受。

贾衣玫有感触：谢谢，您会把我放在眼里。

罗伊人：别这样说，小贾，我凭什么不把你放在眼里。你这么说这么想，对自己的心理暗示就不太好。

贾衣玫：我知道自卑是可怜的，没人愿意，只是不得不。伊人姐，您的经历很丰富，做过大公司的老板，也过过无依无靠的苦日子。有种女人，无论如何都会有完美未来，因为有很多高大上的人愿意保送她们。还有一种就没这么幸运，未来一点点的价值，都要用血汗去换，我们打工的苦孩子就是这样……

罗伊人：小贾，你要说什么，是我哪里做得不对吗？

贾衣玫：我也不知道……我就记得当初，熊青春跟郑秋冬好的时候，您来过一次，后来不知道怎么着，她就走了。我跟他好了之后，就逼着自己别去想那事，一想就觉得瘆得慌，上次见到您，不知道为什么，我一下就联想到玛雅人，预测世界末日的……

罗伊人不高兴：小贾，不要说了，你的意思我明白。我早就被人妖魔化过，可我不是妖魔。有人说我可怕，那是因为他们对自己的不幸，既没有勇气面对，也没有脑力反省，昧着良心说是别人给他们带来了厄运，自己敞着伤口招摇过市，扮演无辜者，索要同情，却把舆论指责强加到我头上。我有逆来顺受的习惯，相信清者自清，不爱为此争辩。但现在我就要说不了，老当别人的垃圾桶，我自己都觉得自己恶心，我要说出真相，你们的问题就是你们的问题，不可嫁祸于人。光天化日之下，如果说真有妖魔，那就是把好人妖魔化的那些人。熊青春对郑秋冬是彻头彻尾的背叛，与我罗伊人何干？

贾衣玫一副委屈的神情，一时不知道说什么，转身朝自己的车走去。

罗伊人同情地：小贾。

贾衣玫停下，顿了顿又折了回来，眼睛里已经含着泪水：伊人姐，我是揣着300块钱来闯杭州的苦孩子，今天有的一点一滴都不容易，郑秋冬是我全部的寄托……我希望您别再跟他见面了，求您了，行吗？

罗伊人同情：不要这么说，靠乞求得到的，都是别人不需要的。郑秋冬是什么，是你真爱的那个人，还是你在这个城市生活下去的必需品？

贾衣玫犹豫着：当然……是我爱的人。

罗伊人：话说到家，你不是不放心我，你是对自己没信心。你见过他跟熊青春在一起，也想象过他和我在一起的样子，你忍不住想比较。怎么比，都觉得他对你不如对别人好。

贾衣玫：不是我有错觉，事实就是这样的。

罗伊人：真要是这样，那就是你俩的悲哀。

贾衣玫：我觉得他心里还有你。

罗伊人诧异：你一定还觉得我心里也有他。

贾衣玫微微点头：是这样的吗？

罗伊人：不是……你信吗？

贾衣玫苦笑：至少我愿意信。

罗伊人：小贾，我不能白长你几岁，经历过大喜大悲，总会得到些活命的感悟，我可以告诉你。女孩子，幼稚的成本很高，最好能在恋爱的年纪结束它，不然就会把大好时光和无数的机会都赔进去，最多换得几声同情，等回过神来，眼角就满是皱纹了。我说的幼稚，有很多种，其中就有自己骗自己。

贾衣玫：人不幼稚，就没有真正的恋爱。要是骗骗自己心里能落个踏实，骗就骗了。

罗伊人：既然能落个踏实，为什么还觉得他心里有我？

贾衣玫不说话了。

罗伊人：小贾啊，至少不能骗自己。

罗伊人手机响了一声，看了一眼：他们都走了，我要去葵大姐家了。

贾衣玫：你还没答应我呢。

罗伊人：答应什么？

贾衣玫：不再见他。

罗伊人眉头一皱：这种专对第三者的限令，我不能接受，也不相信做这种承诺能保证什么。要是你觉得一直没得到他全部的话，有个危险的可能，你得注意。

贾衣玫：什么危险可能？

罗伊人：你们彼此不适合。我只是估计，别介意。

贾衣玫愣住。

罗伊人戴好帽子，拉着拉杆箱离开。

贾衣玫看着罗伊人的背影，神色不安。

2. 陈修风家　日内

罗伊人把一对发亮的文玩核桃和一顶鸭舌帽放在遗像前，双手合十：您喜欢的，可惜来晚了。

鞠躬。

葵大姐拉着她来到餐桌：简单吃点吧。

餐桌上是两碗面条和两盘小菜。

二人端起碗，吃着。

葵黄：汇银创投基金的那个梁总一会儿也过来，在北京你们没见成，正好在这儿见一见。

罗伊人：专程为我这事来的？

葵黄：也不是，他跟修风的父亲有交情，都是五道口的，过来看一眼，我说正好，你们见一见。我在他们公司还兼着财务顾问呢。

罗伊人：他助理不是说，他们北京分部都满员了吗？

葵黄：是啊，是我们太僵化了，伊人，你为什么非要回北京？如果不回去呢？

罗伊人：什么意思？

葵黄：汇银总部在杭州，要人，你能在这儿干几年吗？

罗伊人意外：在这儿？没想过。

葵黄：没想过不要紧，现在想也来得及，我还没想过去云南种葡萄呢。

罗伊人：有点突然。

葵黄：你先说说，北京有什么好的？对你。

罗伊人：什么也没有。

葵黄：还是。汇银创投环境很好，企业文化开放，作风很优雅温和。业务凝聚的基本是高端客户，我可以让梁总帮你选择个好的团队，好的经理人……

罗伊人：你成猎头了。

葵黄：要不是修风他爸这时候走了，你也不会过来，梁总也不会见到。老爷子偏爱你，人都走了，还给你个逃离苦境的理由。

门铃响了，葵黄：他来了。

门开，陈修风陪着梁总进来，梁总：小葵你好，你好。

葵黄：你好帮哥，请里面来。

这时罗伊人迎出，微笑看着来客：你好。

葵黄：啊，我给你们介绍一下，这位是罗伊人，我闺蜜，以前在中保做过董事长。老爷子走了，过来陪陪我。这位是梁总，汇银创投基金的老总。

梁总彬彬有礼，握手：中保！久仰久仰，在下梁帮。

3. 德仁公司财务室　日内

贾衣玫郁闷地坐在桌前，眼中有泪，隔着玻璃，她看着外面的郑秋冬跟田尧嘀嘀咕咕说着什么。

手机响。

是惠成功的微信：好消息！！！

贾衣玫眉头皱起，把手机扔在桌上。

4. 德仁公司　日内

郑秋冬和田尧看着电脑，商议着什么。

背后传来了赵见蜓的声音：郑总，你们好啊。

郑秋冬和田尧回头，看到乐呵呵的赵见蜓。

郑秋冬意外：赵行长。

赵见蜓上前跟他俩握手：我已经递交了辞呈，来跟你们告别。

郑秋冬和田尧跟他握手，郑秋冬：法国人也会高效，太快了，什么时候去北京上任？

5. 德仁公司财务室　日内

贾衣玫也看见了赵见蜓，她用纸巾擦了擦眼睛，起身。

6. 德仁公司　日内

郑秋冬对赵见蜓：赵行长您出现得正是时候，我和田经理正在网上给您选礼物呢。

赵见蜓意外：给我的礼物？太客气了，该我送你们礼物的。

贾衣玫出了财务室，朝这边走来。

田尧指着电脑：您看，我们刚选定这个。

屏幕上是一个很时尚的墨镜。

赵见蜓端详着：我喜欢，谢谢了。

田尧：这边坐吧，赵行长。三人走向沙发区落座。

赵见蜓：我今晚就去北京拿 offer，还要知会法方北京支行的高管，很快就回来，做这边的述职。然后才是真正的就职，等我回来吧，我请大家吃饭。哟，小贾，你好。

贾衣玫走近：看赵行长这么轻松，我猜应该都很顺利吧。

郑秋冬回头：赵行长已经递交辞呈了，今晚去北京拿 offer。

贾衣玫：恭喜您，如果每一单都像赵行长这么痛快，那我们就太幸福了。

赵见蜓：这么快就下决心，跟我早就想离开有关系，但你们能在茫茫人海里找到我，并把一个需要我而我也需要的职位跟我对接起来，说实在话，赢得了我最初的好感，顺利的背后，都是你们的付出。他们总裁跟我聊了两个小时，我一听就知道，你们做了大量功课。

听着赵见蜓这番话，三人觉得挺自豪的。

郑秋冬：其实我们也没想到您会这么快做决定。

赵见蜓笑：我属于冲动型决策那种人，推敲大面，忽略细节。以前……以前也有过教训的，但江山易改本性难移，哈哈哈。

郑秋冬：您这段自评，回头我一定加在您的数据库里。

贾衣玫手机又响，低头看，眉头紧皱。

郑秋冬注意到。

7. 林拜办公室　日内

林拜和索尔。索尔：亿康北京的一个合伙人认定，地中海银行这单是咱们做的。

林拜：他为什么这么说呢？

索尔：他说一定是杭州的猎头做的。

林拜神秘：杭州又不是就特慧一家，我可以告诉你是谁做的。

索尔：谁？

林拜：德仁，郑秋冬。

索尔意外：又是他，林拜，你说，我们能不能把他挖过来？特慧是国际大公司，不是谁想来就能来的。

林拜摇头：不太可能。

索尔：为什么？

林拜：他是有野心的人。

索尔认真：什么意思？

林拜：在我们中国，野心也叫理想，好人的理想叫理想，坏人的理想叫野心。就是想干大事，想当老板去管别人，而不想被别人管。

索尔思索：为什么说他是坏人？

林拜：那倒不是，说有野心符合他这个有野性的人。

索尔：野性吗？他很文质彬彬。

林拜：有句话叫外表斯文，内心狂野，说的就是他这种坏人。

索尔：他的野心是什么？

林拜：也许是想建立一个像光辉国际、海德思哲、特慧专猎这样的国际大公司。

索尔想了想起身，走到门口停下，对林拜：你是他朋友，请你转告他，他的野心可以放到保险柜里了，高兴的时候拿出来看一看，不要每天都带着它。

林拜：为什么？

索尔：因为他的野心永远不可能实现。

林拜：为什么？

索尔：设计创业计划，要从现实开始。索尔说完出去。

林拜念叨着：慢慢来，别急嘛。电话响：喂。

8. 咖啡馆　日内

林拜推门进来，张望，看见了坐在里面的罗伊人。

罗伊人向他打招呼。

林拜：资本运作那事我跟他谈了，他开始很感兴趣，后来一忙就没消息了。

罗伊人：他忙什么呢？

林拜：上个月他放了颗卫星，给一家外资银行猎了一个支行长，很神速，等同行蜂拥而至的时候，他已经 close case，业内很有影响，这家伙在体会成功者的喜悦呢吧。

罗伊人：假模假式地说些压力很大的话，是吧？

林拜：没错，想过平静的生活什么的，好玩极了。

罗伊人停了片刻：我这次来杭州，短时间内就不回北京了。

林拜意外：怎么回事？

罗伊人：葵姐在汇银创投基金给我找了个闲差，在投资部，权当实习了。

林拜看着罗伊人：你俩偷偷摸摸地，到底要干多大的事啊？

罗伊人：也没有啊，别瞧不起我，以前在中保我也做过投资，我们也有基金项目。

林拜：领略过，哪敢瞧不起你呀。

罗伊人：郑秋冬现在需要有人从正面影响他，培养他的战略眼光，制订出具体的远景规划。我不是合适的人。

林拜：这事我好像可以来做，我突然对现在的特慧越来越没兴趣了。

罗伊人：你要能去德仁当然最便利，他需要有个商量大事的人。

林拜看着罗伊人：单想想把一家小公司拖进资本市场，做大做强，就是件很刺激的事，就像山谷的孟自静。

罗伊人：山谷的成长我是见证人，孟自静只擅长做一件事，就是选合作者，选择对的合作方至关重要。

林拜：也要看运气，不是每个流浪汉都叫亨利·亚当。

9. 咖啡馆门口　日外

CBD 高楼林立，底商的一家咖啡店，林拜和罗伊人出来告别，分头离去。

10. 某西餐店门口　日外

林拜朝写字楼走去，经过一个西餐店，无意间发现贾衣玫坐在里面喝着饮料，看着手机。

林拜停下，走过去想打招呼，又想了想，转身离开了。

11. 写字楼门口　日外

林拜来到门口，无意间看见惠成功从不远处一辆高档车里下来，这时的惠成功穿戴已经很高大上了，拎着电脑包朝远处走去。

林拜琢磨着。

12. 某西餐店门口　日外

惠成功进了西餐店，跟贾衣玫打着招呼，从包里取出电脑，二人有说有笑。

氛围轻松。

林拜从拐角处看着这一幕，一脸困惑，看了片刻转身离去。

13. 西餐店里　日内

贾衣玫和惠成功喝着饮料，看着电脑。

惠成功对着电脑解释着：中国人每天上网时间是美国人、日本人的五倍，所以叫“互联网 +”时代，你要能进入互联网公司，就能占据上游优势，你有这么久的 HR 经验，又有会计从业资格证，绝对是优质白领，我保证，你跳到玄妹网工资至少翻两番加股票，主管人力资源业务。他们人力资源队伍根本没成型，你过去真是大有可为。

贾衣玫慢慢翻着电脑页，看着屏幕：这是什么?

惠成功点击：这是你这级别的福利，额外的。你看啊，一、免费学英语、日语，公司出钱请教员。你不是一直想强化英语吗?“二”也行，旅游，夏威夷，一般年轻人不选这个。

贾衣玫看着，犹豫着。

惠成功：你是舍不得郑秋冬?没关系，情侣不一定非要在一家公司，那样反而不好发展。你怎么能拴住他的心?只有进步，不断提高自己，他才有危机感，男人最怕的就是女人比自己强。说白了，恋爱是弱者对强者的投资，结婚就是强者对弱者的占有。

贾衣玫白他一眼：什么乱七八糟的。

惠成功赶紧：不爱听，呸，算我没说。这是互联网平台，你真需要严肃冷静的思考。我保证，这是你 30 岁前最关键的一次选择，去，你就提高一大层次。高考有句口号，提高一分干掉千人，你这一步迈出，甩下的同龄人何止百万。

贾衣玫担忧：除了 HR 经历和会计资格证，我可就没别的优势了。

惠成功：错，首先说，这两项优势已经是极大的优势了，退一步说，没有这两点优势，你还有一个最大的优势。

贾衣玫有兴趣：什么优势？

惠成功：颜值，别忘了你更是一个美女呀。

贾衣玫既高兴又不好意思：去，说谁呢。

14. 一组空镜　日外 / 夜外

都是城市的镜头，日景夜景都有，用作时间过渡。

15. 游泳馆　日内

郑秋冬在游泳，林拜走过来，岸边看着他。

游泳池边，躺椅上。郑秋冬和林拜。

郑秋冬：发展到今天势必要扩大规模，你要是愿意过来，招人、培训这摊子事我就交给你了。

林拜：可以，但要先谈好我占的股份，将来股份制改造，份额决定我的地位。

郑秋冬：当然，你还能再赤裸裸吗？你想要多少？

林拜微笑：不仅作为合伙人，我还应该是德仁的第二大股东。瞧我大局观多好，一点都没想超过你。

郑秋冬看着林拜：我身边那些人可都是创始团队的。

林拜歪头看着郑秋冬：什么意思，他们跟我能比吗？你比我还清楚。

郑秋冬：你精算一百遍了？

林拜：只多不少，在这点上我不会客气，要是贱卖了自己，首先瞧不起我的就是你。

郑秋冬挑逗他：这时候你就不考虑朋友情面了？

林拜一愣，笑了：你会考虑吗？

郑秋冬：不会。

林拜两手一摊：是啊，我也是。这是生意，把生意硬往友情上扯的，就算流氓了。

郑秋冬笑：流氓都算不上，混混儿。说吧，你要多少？

林拜：40%。

郑秋冬一秒钟也没想：不可能，太高。

林拜：一点都不高。你 51%，其他的人分 9%，最合理的配比。

郑秋冬：你连我的主都做了。

林拜：你是大老板，留着脑子给大事做主，这些小事就该我想。

郑秋冬：真的不行，40% 太高。

林拜：这个问题，你应该思考很久再回答我，这么快就回答显然缺乏依据。

郑秋冬：真的太高，我没有思考的依据。

林拜：我给你提个建议，赶紧找专家咨询一下。

郑秋冬：20%。

林拜：真要是这个数合理的话，你会要我吗？

郑秋冬只是笑。

林拜：你不要以为我会提 30% 的折中方案，我不会提的。你说说，我 20%，你多少？

郑秋冬：70%，其他人是 10%。

林拜：你怎么这么土气，地主思维。你是该去五道口买课程了，怎么才能提升股东价值……不说了，你丫北大 MBA 的，什么都懂，装傻。

郑秋冬：我不是没读完嘛。

贾衣玫走来：林总好帅。然后把一手机给了郑秋冬：掉沙发缝里了，找了半天。赵见蜓项目尾款到账了。哦，对了，你看，赵见蜓发的，说谢谢给他的礼物。

手机上是赵见蜓戴着墨镜的半身照，一手指着墨镜，一手竖着大拇指。

郑秋冬看着。

林拜凑上前看：这就是那支行长？

郑秋冬：对呀，人不错。我已经找好下家了，三年后再买一次。

贾衣玫：我回去了，晚饭别等我，我有英语课。再见林总。

林拜：再见。看着贾衣玫走去的背影，林拜故意：哎，你们在富春路的时候，有个男孩后来跳槽了，叫什么？

郑秋冬回忆：那个，叫惠成功。憨厚朴实的投机分子。

林拜：哦，那人现在在哪儿？

郑秋冬：鬼知道，写过本书，叫《跳槽——跳成首富》，不是疯了是什么。哎，20%，好好想想。

林拜：别闹，谈正事呢。

16. 某公司会议室　日内

五六个西装革履的人拿着笔纸在认真地听。

一个中年经理在讲解上市的事，罗伊人随着他讲，更换着 PPT。

投影的 PPT 出现的是“招股说明书的基本原则——三点说明”。

中年经理：比如说咱们康球科技，准备在国内上市，但有外资股发行人，那就有必要编制招股说明书的外文文本。你们应当保证两种文本内容的一致性。

一位听者：我们会努力做到一致性，要是最终发生歧义了呢？

经理：那没办法，只能以中文文本为准了，毕竟我们是国内上市的企业嘛。没有别的问题我就往下讲了。

罗伊人更换 PPT 为“与招股说明书相关的三项规定”。

经理：注意，招股说明书有效日期为 6 个月。

罗伊人认真地听着。

17. 陈家的葡萄园　日外 / 林拜办公室　日内 / 郑秋冬办公室　日内

字幕：云南，红河

陈修风和葵黄从葡萄园中走来。后景处有几个人在商量比画着什么。

陈修风：这个团队不错，我信任，让二叔跟着。我们以后可以少插手了。

葵黄：你是不是歇够了，想干点什么？

陈修风笑了笑。葵黄的电话响，去一边接听：小林呀。

林拜：葵老师，咨询您个事。

陈修风的电话也响了，看了一眼，接听：秋冬呀，什么事？

林拜打电话：我提出 40% 的股份，算不算高？

郑秋冬：算是最重要的合伙人了，但他要 40%，也是有点高吧。

陈修风想了想：是有点高。

葵黄：好像是有点高了。

夫妻二人互看了一眼。

林拜：您觉得多少合适？

郑秋冬：您认为给他多少合适？

陈修风：30% 吧，再多做些咨询。

葵黄：30% 吧，多看看类似案例，30% 差不多。

夫妻二人又互看了一眼。

林拜：明白了，您和陈老师什么时候回来？

郑秋冬：你们什么时候回杭州？

夫妻俩异口同声：计划后天。再次互相看了一眼。

陈修风：再见。挂了电话。葵黄：好的，回去见面聊。挂了电话。

陈修风问：林拜给你打的？

葵黄点头：郑秋冬给你打的？

二人笑，陈修风：你跟罗伊人偷偷摸摸搞的那个 Neptune 开始了？

葵黄认真地：什么？我们什么都没搞！

18. 郑秋冬家　夜内 / 林拜家　夜内

郑秋冬用喷射清洁剂边喷边擦桌子，擦一擦闻一闻，怕留下有不好闻的味道。贾衣玫在厨房刷碗。

郑秋冬：你说，林拜要是来咱们公司，该拿多少股份？

贾衣玫口气抱怨：我拿多少都不知道，他拿多少我哪知道。

郑秋冬感觉到她的不快，耐心：你说你该拿多少？

贾衣玫：你看人家那些夫妻创业的，不都是公司第一、二大的股东吗？

郑秋冬：也不都是，还有妻子不是股东的呢，即便不是股东，一旦，我是举例子，一旦离婚，那妻子也有丈夫股份 50% 的分割权，跟房子汽车一样，有婚姻法的保证。股权安排是公司法意义上的，不是婚姻法意义上的。

贾衣玫放下手里的碗：是呀，既没有股份，又没有婚姻，那我有什么呢？

郑秋冬忍着：你肯定会有股份的，只不过……你肯定希望我们未来的合伙人都是超人，但是超人会提出超人的要求。

贾衣玫：那你想过什么时候结婚了吗？

郑秋冬一愣：你一直没有安全感？

贾衣玫：有安全感就可以不结婚了？

郑秋冬一时无语。

贾衣玫稍有愤怒：我看出来了，你什么都不愿给我。

郑秋冬：我说了，股份一定会有你的。婚姻不是我给你的，也不是你给我的，是我们共同培育出来的……

贾衣玫：行了行了，不用说这些了，你以前靠演讲吃饭，大道理都是一套一套的，总有理，过去有理，现在有理，将来永远有理，我说不过你。在你眼里，我不过是个小职员，拼命干，干下天来，也还是加班、待命，被人叫来叫去的身份，别想有跟你平起平坐的机会。

郑秋冬：你现在在公司的地位还不够高？财务主管呀，你还是小职员吗？衣玫，如果想交流意见，你需要改变一下态度，不能只盯着没得到的看，而不看已经得到的。

贾衣玫不说话，使劲洗着碗，开始流泪。

郑秋冬坐回沙发生闷气。

贾衣玫委屈地洗着碗，哭腔：那是你赏给我的吗？我不胜任吗？不是我用辛苦工作，用我的……我的……感情换来的吗？

郑秋冬：你是用感情在换吗？

贾衣玫突然扔下碗，擦了把手，就拉门出去了。

郑秋冬没动：你想干吗？

贾衣玫没回答，电梯响了，郑秋冬急忙起身追出去。

19. 郑秋冬家门外　夜内

郑秋冬出来：不闹了好不好？电梯关门，传来了贾衣玫带哭腔的声音：我是说自己想说的话，不是闹……

郑秋冬看着电梯楼层数字在变化。

最后剩下个 1。

20. 郑秋冬家　夜内

郑秋冬回来拿起手机，想了想拨打，厨房里，贾衣玫的手机响了。

郑秋冬过去拿起来，出门。

21. 郑秋冬家楼下　夜外 / 林拜家　夜内

郑秋冬出来，四周张望，电话响，接听：喂。

林拜：说话方便吗？

郑秋冬闭上眼睛：方便。

林拜：你咨询了吗？

郑秋冬：咨询了，太高，40% 太高。

林拜：但你说的 20% 也太低了。

郑秋冬：25%。

林拜：30%。

郑秋冬：那好，明天答复，我再想想。

林拜：好，明天谈，你那边起草协议，我这边就起草辞呈。

郑秋冬：就这样吧。晚安。

22. 贾衣玫家楼下　夜外

郑秋冬的车开来，下车。

23. 贾衣玫住处　夜内

少少在跟一个男孩亲热着。敲门声，二人分开，少少开门：郑大哥。

郑秋冬进来四望：你衣玫姐呢？

少少：没回来呀，没跟您在一起？

郑秋冬摇头，拿出贾衣玫的手机：她的，回来给她。出门。

24. 贾衣玫住处走廊　夜内

郑秋冬走来，等电梯。

安全通道的门关闭着，透过门上的玻璃，可以看见外面的楼梯上一坐一站两个人，一个是贾衣玫，一个是惠成功。

贾衣玫抽泣着，惠成功小声安慰她。

郑秋冬好像听到了什么声音，朝安全通道门口走来，这时，电梯门开了，郑秋冬停下，侧耳又听了听，没听到什么，就进了电梯。

25. 安全通道　夜内

台阶上，贾衣玫坐着，目光暗淡。惠成功看着手机，靠墙站在一边。

惠成功念着手机上的笑话：听这个，法律规定：男人 23 岁才能结婚，可是 18 岁就能当兵。这说明了 3 个问题：一、杀人比做丈夫容易；二、过日子比打仗难；三、女人比敌人更难对付。

贾衣玫没有反应，惠成功弯腰观察她的反应，见没反应，继续念：小学班主任问第一位同学，你是什么民族的？同学回答：彝族。问第二位同学：你是什么民族的？回答：二族。

贾衣玫扑哧笑了。

惠成功很开心：你终于笑了。

26. 郑秋冬家　夜内

郑秋冬躺在床上，思索状。

27. 贾衣玫住处　夜内

贾衣玫躺在床上，思索状。

28. 德仁公司　日内

郑秋冬进入，田尧、马小红、蒲渐各忙各的，他看着财务室里的贾衣玫，他走过去：昨晚你去哪儿了？

贾衣玫：回我家了。说着她拿出手机，放在桌上：你刚走我就回去了。

郑秋冬：为什么不给我回电话？

贾衣玫：你也没给我打呀。

郑秋冬生气。

这时，田尧神色慌乱地过来，小声：不好了……郑总，出事了，地中海的毕主任让您用可视电话跟他联络。

郑秋冬：什么事？

田尧声音更小：说了半句，跟赵见蜓有关系，话不太好听。

郑秋冬一怔，出门。

电视连接的可视电话，里面是地中海银行的毕主任，在办公室里，他神情严峻。

郑秋冬等全公司人员都在看。

毕主任：现在我要向你们宣布一个可怕的消息，你们负责推荐的北京支行行长赵见蜓，涉嫌伪造履历、学历造假、学术造假。昨天晚上，本行中国总部已经解聘了他的职务。

郑秋冬、贾衣玫、田尧等人都震惊了。

郑秋冬：不可能，毕主任，有什么证据？

毕主任：目前还证据不明。

郑秋冬反击：荒唐，证据不明就下结论。

毕主任：作为德仁的领袖你要有勇气首先承认失败，赵见蜓本人都已经承认了，还需要再追问证据吗？

郑秋冬茫然：他人呢？

毕主任：我们只管解雇，不管下落。

郑秋冬对田尧：马上联系他。

田尧去一边打电话。

郑秋冬：我问个简单的问题，毕主任，您说赵见蜓已经承认了，但你们总要先怀疑，才能质疑，质疑了他才可能承认，你们是从哪个点开始质疑赵见蜓的，在没证据的情况下？

毕主任冷冰冰地：举报电话。匿名的。

郑秋冬：举报电话说什么了？

第 41 集

1. 德仁公司 日内

毕主任：我不知道，是打给总部 CHO（人力资源总监）的。

田尧过来，神情严肃，小声：两个电话都没开机。

郑秋冬也有些惶惑。

贾衣玫：我去他家接过他，现在去他家，看看他会不会连夜飞回来了。

郑秋冬显出大将风度：等等，都别急。毕主任，您放心，我们立即给你们找新的替代者，随时向您汇报。

毕主任沮丧：不用向我汇报了，加斯东为此已经退出董事会，我也无权过问此事了，以后跟卢主管沟通吧。秋冬，你即使找到替代者，这事就能结束吗？我要是你，这事还远没结束。弥天大谎呀，你们严格的背景调查是怎么做的？不把这件事的真相查到水落石出，就不配再在人力资源这行里混！

屏幕黑掉。

郑秋冬：我会的。他快速拨打着电话朝外面走去：我必须马上见你。

2. 某僻静处 日外

郑秋冬和林拜。林拜吃惊：他自己承认造假！

郑秋冬：是呀，这把玩现了。

林拜：那边怎么处理的？

郑秋冬：连夜解雇。我现在脑袋有点蒙，你得帮我干道私活，找个赵见蜓的替代者。

林拜：材料给我。

郑秋冬：贾衣玫已经发到你邮箱里了。

林拜：已经发了，知道我会不会答应呀，你就发？

郑秋冬：30% 白拿呀，还不赶紧表现。我头有点大，顾不上。

林拜：你顾得上什么？

郑秋冬：我又开始纠结了，学历造假、学术造假，在这个层面的候选人里，我还是第一次遇到，以前做职介这种事多的是。

林拜：不新鲜，帮着雅虎、惠普这种大公司挖人的，都是地球上顶级的猎头，他们也遇到过 CEO 简历造假、选人一塌糊涂的案例。

郑秋冬：不用安慰我，我知道当务之急是什么。

林拜：是什么？

郑秋冬：第一，我要弄清楚赵见蜓的哪部分履历是造假的。第二，是怎么造假的，关键是我们为什么没有发现。第三，造假掩盖了什么。

林拜拍了拍他：好，你踏踏实实地做你的事，找人的事交给我了。

郑秋冬：谢谢。

林拜得意：见外了，我是冲着那 30% 干的。这次佣金还要单谈。

郑秋冬：别太贪婪。

3. 德仁会议室 日内

郑秋冬、田尧、马小红、蒲渐每人一台笔记本在手上，正在开会。

郑秋冬：地中海银行对那个匿名电话也不想多说。应该是赵见蜓得罪过的人，可悲的是这个幕后人，竟然知道我们调查不到的秘密，从揭发赵见蜓的时间节点看，是设计过的，很致命。他人都被解雇了，可我们对真相还是零讯息。零讯息，冷冰冰的词，我们只能从这个零开始倒查。

田尧：跟地中海银行争取，找到那个匿名电话的机主。

郑秋冬：北京的一个公用电话，只打过一次。

田尧：北京的，哎，赵见蜓任职在北京，很有可能是北京的竞争对手，竞争失败……

郑秋冬：别瞎琢磨了，竞争对手要有赵见蜓造假的撒手锏，早就"咔嚓"，还用等到他上任。

田尧摸着头：哦，也是。那顶替赵见蜓的人选我们还要去找。

郑秋冬摆手：不用你忙这事，我已经委托出去了。现在要做的就是，查出赵见蜓履历造假的真相。

马小红：他两次被猎，应该有过严格的背景调查，都没有发现造假。

田尧：一定不是整个履历都造假，毕主任说得很清楚，是学历和学术，更多的履历还是真实的。

田尧：赵见蜓 2005 年回国到今天，只在远东银行和城商银行任过职。我又重新做过调查，结合以前的调查，可以确定他这十年的履历是真实的。造假部分一定出在回国之前。

郑秋冬：查十几年前的真相，不可能吧。如果我们认为德仁是最好的团队，那就要相信我们能做到。

贾衣玫抱着电脑从外面进来，脸色很不安。

郑秋冬：联系上了吗？

贾衣玫不安地点头：这个叫邱丽丽的 2000 年就读于密歇根大学安娜堡分校，比赵见蜓高一届，现在定居墨尔本。这是目前能联系到的唯一一个中国人。

郑秋冬：她怎么说？

贾衣玫：她说 2001 年赵见蜓确实进了安娜堡分校。有过两次中国留学生聚餐，她和赵见蜓有过接触，但不多，对他的印象是活泼、开朗。第二年邱丽丽毕业了，赵见蜓的情况她就不知道了。

郑秋冬插话：再跟这个邱丽丽联系的话，问问她有没有赵见蜓的学弟学妹给推荐。

贾衣玫不太高兴：我还没说完呢。

大家对她的态度都有点意外，郑秋冬一怔：你说。

贾衣玫：有个不妙的消息。

静场。

贾衣玫：赵见蜓在安娜堡分校拿到的 MFE，以及该校网站上 2003 年 MFE 名单中的埃里克·赵，并不是赵见蜓，而是个韩国人。

郑秋冬意外，接着：那不对呀，韩国的赵姓翻译成英文，应该不是 Zhao，常见的是 Zo。

贾衣玫：这个我就不知道为什么了。

田尧：这么说，赵见蜓在巴克莱银行见习的经历和那篇论文，也是那个韩国人埃里克·赵的了？

贾衣玫：既然冒用了他的名号，那韩国人的业绩也自然兼容进来了。

郑秋冬：赵见蜓和韩国人都有自己的履历，盗用别人的，赵见蜓可就有了两个不同的履历了，某年某月某日，他可能在韩国发表论文，同一天他又可能在美国通过求职面试，这岂不漏洞百出，怎么可能？

贾衣玫：其实他复制粘贴韩国人的履历并不多，只有两年时间，就是读 MFE 的后两年。还有，安娜堡分校的官网没有学生国籍的记录。校内的学籍网上可以查到，ZZ 洞察调查机构帮我查了，2003 年的安娜堡分校的埃里克·赵确实记录为韩国国籍，这是复印件和这个韩国人的联络电话。

郑秋冬接过纸看着。

贾衣玫：也就是说，赵见蜓只读了一年，就不见了，根本没有毕业，更不可能拿到 MFE 证书。地中海方面说的履历造假，应该就是这一系列。

郑秋冬惊讶，把纸递给田尧：找个韩语翻译，试一试。

田尧离去。

郑秋冬对蒲渐说：蒲渐，赵见蜓母亲的住址找到了吗？

蒲渐点头：老太太住在 ×× 一家养老院，兼职文史教师。

郑秋冬想了想：你暂时放下手头的事，去这家养老院，争取找个义工的工作，尽量靠近老太太，我估计赵见蜓不会再用老手机号了，要想再找到他，这是个好办法。他是个孝子，一定会去看望老太太。

蒲渐诧异，但还是接受了：好吧。

4. 地中海银行会议室　日内

HR 卢主管和林拜。卢主管：其实我们也不想深究德仁的责任，赵见蜓的造假履历，已经被真实的优质履历覆盖几层了，郑秋冬没发现，我们也没发现。

这时，一个工作人员进来，把三份材料袋交给卢主管，随后出去。

卢主管打开其中一个：上午开会研究过了，您的这三个人选，我们愿意关注的是这份。

林拜看了一眼：以前的花旗深圳区负责人。

卢主管：业绩栏很不错，我方同意安排面试。

林拜：这么急？万一再有造假呢？

卢主管一愣。

林拜：别介意，我这人爱开玩笑。

5. 玄妹网会议室　日内

惠成功和贾衣玫以及玄妹网的年轻帅气的燕老板。

燕老板：惠总推荐了你，我就不得不亲自出面跟你谈。你看，玄妹网的短板你一目了然。看到什么是短板了吗？

贾衣玫：没有人力资源部门，事无巨细都得老板出面。

燕老板：对，缺失人力资源这块，如果健全的话，出面接待你贾小姐的就不该是我这个大老板，而该是那个人。我现在要请你做的就是那个人。

贾衣玫平稳大气：我认为玄妹网虽然处于正常待审阶段，但 IPO 前景是被看好的，人力资源方面怎么会是这样的局面呢？

燕老板：我宁可荒着人事这块地，给英雄留出用武之地，也不愿东拼西凑个杂牌军，那不是办法。我希望贾小姐能在这里大展拳脚，条件待遇惠总都已经给你说了，玄妹一旦成功上市，你的股票……啊，千万富豪是起步。

惠成功一直在一边听着：参照同业的市盈率平均值看，至少 1700 万。

贾衣玫想了想：我有兴趣。

燕老板：明天可以签约吗？

贾衣玫：明天不行，我在德仁还有没了结的工作。

燕老板：做事最好当机立断，思前想后做出的都是坏决定。

贾衣玫：不是思前想后，是要尽职尽责。公司刚做了一单大生意，给一家外资银行猎一个支行长，结果我们猎的人上任后，被客户发现履历造假，解雇了。那人的背景调查是我主做的，现在是弥补阶段，我不能逃避。

燕老板一拍桌子：好样的，我给你的责任心点赞。咱们先草签一份协议可以吗？我等你。

惠成功对贾衣玫：门不会总开着的。

贾衣玫看着他。

6. 某高大上外景　日外／郑秋冬办公室　日内

林拜打着电话走来：赵见蜓的替代者基本搞定了，面试很成功。

郑秋冬：我早就说过，你是我的偶像嘛，好啊，踏实多了，这事太恶心了……不说了，把账号给我，把钱打给你。

林拜：Oh my god，咱俩合作一定永远愉快。还有，你知道吗，罗伊人来杭州了。

郑秋冬：又来了？

林拜：注意，不是过路，而是常住。

郑秋冬诧异：什么情况，她来干什么？

林拜：葵大姐给她介绍了汇银创投基金，她去那儿投资部了。

郑秋冬一脸不可思议：做投行，北京做不了吗，非来杭州？

林拜：陈修风跟梁帮关系铁，有大哥罩着不是好做吗。再说了，在北京过得不舒服的人也不是她罗伊人一个呀，来杭州混的也不是她一个呀，你我不也一样吗？

郑秋冬：哦，这故事挺俗的。

林拜：哎，你到底也没再见到那个履历造假的家伙？

郑秋冬：没，一直躲着不见，我也纠结，他别一时想不开。

林拜：不会的，他最多也就是不好意思。

郑秋冬看见田尧露头朝他急急招手，郑秋冬：不说了有急事，再见。挂了电话，问田尧：什么事？

田尧急匆匆：那个韩国的埃里克·赵联系上了，视频着呢，翻译叫您过去。

7. 德仁公司田尧工作台　日内

郑秋冬和田尧匆匆走来，看见翻译在笑着听屏幕中的人说话。看见郑秋冬过来，翻译小声：太喜剧了，他是个中国人。然后对着屏幕：赵先生，让我们的郑总跟您说吧。翻译起身让出位子，对田尧小声地：开始说了几句韩语，他突然说，我们讲中文吧，吓了我一跳。

郑秋冬坐下，审视着屏幕里的埃里克·赵。

埃里克·赵笑眯眯地鞠躬：您好，郑总，非常荣幸……您为什么这样看着我？

郑秋冬：因为我对您太好奇了，我们面前有个很大的谜团，跟您有关系，希望您能帮我们解开，如果给您造成什么不方便，我们可以计时付费，美元、韩元都可以。

埃里克·赵笑了：好吧，您先说，根据时间事后再说收多少钱吧。

郑秋冬：好的，您是中国人？

埃里克·赵：严格地说我是韩国人，但我父亲是山东人，母亲是釜山人。我出生在韩国。

郑秋冬：我说呢，您那个赵字是 Zhao，而不是 Zo。您在美国读书的时候，认识一个叫赵见蜓的中国人吗？跟您是同学。

埃里克·赵：当然认识，我还记得他的妈妈好像是个老师，能讲英语。

郑秋冬：没错。他什么时候离开安娜堡的？

埃里克·赵：等等。说完离开了镜头。

郑秋冬把电话录制功能打开。

田尧：在韩国出生长大，中文这么好？

翻译：他做生意常年两国之间跑，再说了，他爸在韩国是教中文的教授。

埃里克·赵回来，拿着张照片朝镜头，照片中是年轻的埃里克·赵、赵见蜓，还有三四个男女青年。埃里克·赵指着年轻的赵见蜓：你看，是他吗？

郑秋冬凑上去：是他，好年轻啊。

埃里克·赵：他其实没有读完那边的 MFE，中文翻译叫金融工程硕士，中途就离开了。

郑秋冬感兴趣：为什么离开，去哪里了？

埃里克·赵回忆：2002 年吧，没错，2002 年夏天，他和一个台湾女孩谈朋友，就是这个。说着他指着照片上一个挨着赵见蜓的女孩，但是女孩的脸被边上的人挡住一半，而且还很暗，看不清楚。

埃里克·赵：看不清楚，挡住了，就是这个女孩。那年她毕业要回台湾，她家庭很了不得，生意做得很大，也跟政界有关系。赵见蜓挽留也没能留住，女孩就被两个哥哥带回去了。后来没过多久，赵见蜓很想念那姑娘，就去台湾找她，再也没回来读书。去台湾后，就没消息了。

郑秋冬：那女孩叫什么名字？

埃里克·赵摇头：想不起来了，学传媒的，我跟她很少见面。赵见蜓现在怎么样？替我问候他。

郑秋冬：有机会我一定转达，您跟他没再联系？

埃里克·赵：我毕业回首尔，一两年以后，他从美国给我发过 E-mail。

郑秋冬追问：他没说他在美国做什么？

埃里克·赵回忆：好像是在一个投资银行做分析员，他虽然没有学完，但是他有银行家的天赋。

郑秋冬：再往后呢？

埃里克·赵：再往后就没消息了，我以为他会在美国发展，没想到他回到中国了。

郑秋冬：他一直是单身，会是为什么呢？他一直很听他妈的话，但这件事他一直没有顺从。

埃里克·赵：单身呀，那就是跟台湾姑娘没有结果。也好，他俩不是很般配，地位相差太悬殊，那女孩很有艺术气质，有个绰号叫公主，高高在上的那种。

郑秋冬：赵先生常来中国？

埃里克·赵：自贸协定前去得多一些，现在少一些，多是手下人去了。

郑秋冬：有机会来深圳一定要跟我联系，请您吃饭。

埃里克·赵：好的，也希望能在首尔见到郑先生。

郑秋冬笑：耽误您这么长时间，该怎么付费呢？

埃里克·赵笑了：不客气，见面请我吃饭就是了。说明一下，我向您说的内容我保证都是真实的，我可以负责任。

郑秋冬感谢：我相信是真实的，谢谢赵先生。

埃里克·赵：不客气，再见。

8. 德仁会议室　日内

郑秋冬、田尧、马小红。

郑秋冬：……综合这几天的信息来看，赵见蜓履历造假的底基本摸清了……

这时贾衣玫匆匆进来：对不起，回来晚了。

郑秋冬看着她，没说什么，继续：所谓造假，就是他在 2002 年夏季到 2004 年夏季两年的时间履历是空白的，这段空白，恰恰证明他不可能在密歇根大学安娜堡分校完成学业并拿到毕业证书。所以他要做一段为时两年的假履历，覆盖这段空白。他是个胆大心细的人，利用韩国这个埃里克·赵的英文名字，伪造了毕业证书，且在该校对外的网站上，能查到 Eric Zhao 而没国籍提示的漏洞，最初只是为了在华尔街找家投资银行实习，为将来回国发展铺设真实可信的 IBD（投资银行部门）记号。

贾衣玫：怎么能确定他在瓦乔维亚银行的履历属实呢?

郑秋冬看了眼田尧，田尧：可以确定，因为他就是在这家银行遇到了远东银行的副总裁唐佩哲，唐对赵见蜓很欣赏，回国后就积极运作他进入远东银行的计划，不久赵见蜓就回国进入远东，之后的十年经历都是无可挑剔的。

贾衣玫：这是唐总裁说的?

田尧点头。

贾衣玫问郑秋冬：刚才说的两年空白是怎么回事?

郑秋冬：你来晚了，刚才我们跟韩国的那个埃里克·赵联系上了，他确定认识赵见蜓，也能确定 2002 年夏季他为了女朋友而辍学去了台湾。

贾衣玫恍然：是这样的，有空白，又不能留白，只能造假补上。

郑秋冬：即使造假了，赵见蜓毕竟还是有很强实力的银行家，这些都要加在他的材料里。也许有人愿意忽视造假污点，专用他的银行才能。

马小红：知道了。可是他在美国投行已经做到 front office（管理部门），他为什么不继续做下去，或者跳槽到大摩、高盛去，而选择回国?

郑秋冬声音一下变小：为了他妈妈。

大家变得严肃起来。

郑秋冬：那年他父亲去世，母亲怕影响他上升的事业，没及时告诉他。远东银行的唐佩哲不愧也是位猎头高手，他给赵见蜓发了个邮件，描述了赵母退休后孤孤单单的状况。他用的描述是“坚毅的性格搭着年迈的步履，更因茕茕孑立、形影相吊的身影而倍感苍凉”。孤独的慈母加上优厚的待遇，就在那年，赵见蜓回来了。

马小红听得眼圈有些湿润。

郑秋冬：一个孝子比一份学历可能更显人性的品质，他母亲是个很强硬的人，在他回来之后，一下就变成了温柔慈爱的老太太。为了便于照顾妈妈，赵见蜓在银行旁边买了房子，把老人接过去一起住，他也是为此没找女朋友，也许是因为台湾女同学的刺激，都有可能。直到去年，老人家实在不愿成为儿子的牵绊，就搬进了养老院，赵见蜓几次跪求她回家，她都没答应，但有承诺：等有了孙子，一定回去。

田尧：这些都该记录在他个人信息人品栏里。

郑秋冬：当然，一定会有人更看重人品。

马小红：造假怎么评判？

郑秋冬：跟善良相比，造假离人品的核心更远一些。我宁可相信，至少 50% 的造假是被迫的，无奈的。而 100% 的善良都是自然的，主动的。

贾衣玫有点自责：我想说……这一切，本来是我做背景调查的时候就该发现，过于相信表面文章，没有深究，很遗憾，请大家原谅。

郑秋冬：我们都该反思，不过也别总沉浸在负面效果里。好在我们德仁知耻后勇，做到了亡羊补牢，让一件坏事变成了好事。这说明我们是机制健康、运转合理的团队，是大有希望的团队，你们说说，我们不进步谁还能进步呢？

大家鼓掌。

贾衣玫也在鼓掌，但似有心事。

郑秋冬注意到。

9. 电梯里　日内

郑秋冬和贾衣玫。贾衣玫：你说的那段唐佩哲的话，什么坚毅的性格，什么倍感苍凉，从哪儿知道的？

郑秋冬：他的博客。

贾衣玫：2005 年有博客吗？

郑秋冬：9 月刚刚有。赵见蜓被他挖来远东，他很得意，就把给赵见蜓的 E-mail 贴在了博客上。

贾衣玫佩服地看着他。

10. 露天餐饮处　日外

郑秋冬和贾衣玫在吃便餐，贾衣玫似乎在想什么。

郑秋冬：赵见蜓这单算了结了，可我对他在台湾那两年做了什么，高度好奇。如果不做猎头，我可能会做侦探……哎，想什么呢？

贾衣玫回神：哦，没想什么。

郑秋冬疑惑：不会吧，神志恍惚不是一天两天了。

贾衣玫转移话题：我在想，当初赵见蜓作为候选人，是怎么跳到我们视野里来的？

郑秋冬想了想：不是，你不是在想这件事。

贾衣玫掩饰地笑：为什么不是这件事？

郑秋冬：这只是个问题，而不是心事。你这几天的状态显然是有心事。

贾衣玫沉默，慢慢吃着饭。

郑秋冬：衣玫，你该知道，要做到深藏不露，就要吃下藏都藏不住的苦头。

贾衣玫抬头：我想换个上班的地方。

郑秋冬意外，沉默片刻：已经找好了？

贾衣玫点头。

郑秋冬苦笑：我要是不问，你想什么时候告诉我？

贾衣玫：想等赵见蜓的事彻底完了。

郑秋冬：去哪儿?

贾衣玫：玄妹网。

郑秋冬：条件待遇不用问，我相信你能要到极限，去做什么?

贾衣玫：人力资源总监，他们没有人手，我基本是从零开始。

郑秋冬诧异：记得你说过，不喜欢挑战，只喜欢在安全的地方慢慢发展。

贾衣玫：跟你学了很多，这已经不算挑战了吧。

郑秋冬：最吸引你的地方是什么?

贾衣玫：两点，一是互联网企业，二是即将上市。

郑秋冬一愣：上市?现在什么阶段了?

贾衣玫：已经上会了。

郑秋冬：给你股份了?

贾衣玫点头。

郑秋冬愣住：多少?

贾衣玫犹豫。

郑秋冬及时：算了，没谈好呢吧。接着露出苦笑：我说吧，你会把自己卖个好价钱的。是你自己找的?

贾衣玫：不是，也是一家猎头公司找到的我。

郑秋冬：混在职场，活在猎场。其实，我应该祝贺你。

贾衣玫转移话题：别这么说……替代赵见蜓的人选还没找好，我还能帮你做点什么?

郑秋冬：这话听着像告别。

贾衣玫搭住郑秋冬的手：别瞎想，我只是换家公司，别的都跟以前一样。

郑秋冬酸酸地：会吗?

贾衣玫收回了手：什么意思?

郑秋冬不想再谈下去了：赵见蜓的替代者已经找好了。

贾衣玫有点意外：找好了?

郑秋冬：林拜帮的忙，下午你把钱给他打过去。什么时间过去?

贾衣玫：看这边了，总得找到我的替代者吧，要不谁替你管账。

郑秋冬点了点头，沉默，二人无话可说。

11. 林拜办公室　日内

林拜在打电话：……这种思想落伍了，需要调整，秦主席您听我说，网络安全已经不只是信息系统本身的问题，它已经是要命的运营风险问题。猎一个跟你们集团匹配的安全系统高管，该是个 A 级的项目。

OS：林总，这样说就太夸张了吧。

林拜：毫不夸张，秦主席，网络安全之敌已兵临城下。我马上给您转发一份美国财政部长在得克萨斯银行家协会上的讲话。看看您就明白了。然后咱们谈合作，好吗?

OS：好吧，我也抓紧时间调研。再见。

林拜：再见。

林拜挂了电话，开始操作电脑。敲门声。林拜：请进。

郑秋冬风风火火地进来：林总，你这边什么时候辞职？我那边开疆扩土需要你呀。

林拜：嘘，小点声，这可是特慧专猎的地盘。

郑秋冬不管不顾：我就想挑拨离间，让索尔把你看成奸臣。

林拜：求求你了少爷，小点声吧。又出什么事了？

郑秋冬：贾衣玫要走了，去一家互联网公司做 HR 总监。

林拜警觉：人走了，心呢？

郑秋冬比画着：你是问她的心脏吗？大约在这个位置。

林拜：去，装什么傻，你俩怎么样？

郑秋冬：没说我俩的事，可我觉得有点凉。

林拜：互联网公司的 HR 总监，怎么找到的她呢？

郑秋冬：没多说，只说是猎头公司找的她。那边的申请材料已经上会了。

林拜：都要上市。说句实话，我觉得贾衣玫已经渐行渐远了。

郑秋冬：怎么看出来的？

林拜：她是一心寻求发展的打工妹，是这个城市里压力最大的阶层，一切都是很现实的。跟你好，很难说是出于感情，还是为了生存，不管出于什么，都无可厚非，她们没有选择的权利，只能被选择。骑驴找马一路往上爬，需要一个接一个新的台阶，今天是你，谁是明天？活得苦呀。

郑秋冬：我只是她的驿站，照你这么说。

林拜：看来当事人的感受偶尔比旁观者准确，你说驿站就比我说的台阶更像临时场所。你是理想主义者，她是苦干务实的工蚁，两路人。再说我也没觉得你有多爱她，只不过熊青春突然离开，你一时空虚，需要安慰。

郑秋冬：我并没说我们分手了。

林拜：那是因为她还没找准下家。

郑秋冬看着林拜：你个腹黑男。

林拜看着郑秋冬，眼前闪过贾衣玫和惠成功在咖啡馆的情景：随你怎么说，拭目以待吧。

郑秋冬：不说这些吧，乱七八糟，你就说……他压低声音：什么时候能从这边辞职。这回声音够小吧？

林拜：郑总，您不能让我裸辞吧，我们之间得先签。

郑秋冬看着他，笑。

12. 大厦大堂　日内

郑秋冬从外面进来，穿着简便的蒲渐从后面追了上来：郑总。

郑秋冬回身：蒲渐，你这义工当得怎么样？

蒲渐指了指角落：这边说吧。

二人来到边角处，蒲渐：这几天我跟赵见蜓的母亲接触还算多，她对我也没什么防备。

她说儿子在日本，每天都给她打电话。

郑秋冬：躲日本去了？真的假的？

蒲渐：应该是真的，我趁老太太不注意，看过他的手机号，显示的是境外号码。还有这个。说着蒲渐掏出手机，给郑秋冬看。

手指划过，屏幕上一张赵见蜓母亲的照片。

郑秋冬：这是谁?

蒲渐：哦，不对，这是赵见蜓的母亲。

郑秋冬看着。

蒲渐划着屏幕：往后翻。

郑秋冬看着，手机里是张翻拍的旧照片，一个端庄舒雅的女孩。

郑秋冬：这是谁?

蒲渐：赵见蜓在美国读书时的那个台湾女朋友。

郑秋冬眼前一亮：哦，仔细看看。

蒲渐：老太太给我看老影集，我翻拍到的。

郑秋冬凝视着手机里的女孩。眼前闪过埃里克·赵通过可视电话向他展示的合影中，看不清的女孩。

13. 郑秋冬办公室　日内

郑秋冬在电脑前点击着美国大学实用查询网站，链接到英文网址，进入了密歇根大学安娜堡分校的信息页面，找到了 2002 年设计专业的毕业生名单。终于找到了 Xuanmei Cai，点击进入，是她的照片，下面有一行繁体汉字："再见，星条旗！再见，美利坚！蔡萱美"。

郑秋冬凝视着照片和"蔡萱美"三个字。

他举起手机，拍摄。

14. 郑秋冬办公室　夜内

郑秋冬还在电脑前查找着。

繁体中文链接，进入"台湾霓裳实业（香港）公司"主界面，公司简介，董事长一栏"蔡婉妤"。

蔡婉妤的照片，并不像蔡萱美。

郑秋冬一脸困惑，光标在那张照片上转动着。

电话号码、邮箱、传真等信息。

其中有招聘选项。

郑秋冬点击进入。

高薪招聘丝绸制衣设计师，要求等具体事项。

郑秋冬又返回到主界面，木然地看着屏幕，毕主任的可视电话画面闪过眼前，毕主任：我要是你，这事还远没结束，弥天大谎呀，你们严格的背景调查是怎么做的? 不把这件事的真相查到水落石出，就不配再在人力资源这行里混。

埃里克·赵可视电话画面：那女孩很有艺术气质，有个绰号叫公主，高高在上的那种。

郑秋冬慢慢拿起手机，拍下这一页。

15. 香港　日外

俯拍全景。

字幕：香港特别行政区

16. 香港　日外

街道，主观镜头，缓缓推进。

电话铃声，切入女声 OS：你好，霓裳香港，请问需要什么服务？

郑秋冬 OS：你好，我是杭州德聚仁合公司的郑秋冬，今天早上跟蔡婉妤董事长约好的。

17. 香港写字楼走廊　日内

主观镜头，缓缓推进。（前场 OS 延伸至此）

18. 某奢华处　日外

郑秋冬和蔡婉妤（38 岁）坐在座椅中，面前两杯茶。

蔡婉妤：请喝茶，郑先生。

郑秋冬凝视着蔡婉妤：蔡董事长放在网上的照片不是您本人的吧？

蔡婉妤：郑总观察得很仔细，那照片是家嫂的。

郑秋冬明白地点了点头，他递上一摞资料：从贵公司官网上得知正在招聘丝绸制衣设计师，我是做猎头的，就把资料带过来了。

蔡婉妤看着资料：丝绸设计师，杭州应该是最好的。

郑秋冬：网上的薪酬写的是面议，这三位的建议价位是不是有点高？

蔡婉妤认真地看着，抬头：做猎头的最知道分寸，郑先生要是仅为我们猎个设计师，应该跟人力部门联络，不该直接联络我这个董事长的。

郑秋冬错愕：蔡女士敏锐的洞察力令我佩服，确实另有原因。

蔡婉妤放下手里的材料：这事让我的手下跟你的手下去谈，你的另有原因是什么？

郑秋冬：赵见蜓，蔡女士一定认识吧。

蔡婉妤一愣，显得有些不安：是……是他让你来的？

郑秋冬：不是，我保证我来见您他毫不知情。我可以从头说吗？

蔡婉妤不经意地观察了周围：请讲。

郑秋冬：两个半月前，我们接受了一家法国银行的委托，帮他们猎聘一名支行长，经过缜密筛选，我们选中了赵见蜓先生，他当时是一家本地银行的支行长……

蔡婉妤认真地听着。

郑秋冬说着，观察着蔡婉妤的情绪。

蔡婉妤的情绪渐渐变化，陷入恍惚的回忆中。

周围的环境。

郑秋冬：……法国银行发现他履历造假，他就被解雇了，这也给了我们巨大的挫败感，在还原真相的过程中，发现了他有一年半的空白期，履历造假就是为了掩盖这段空白，空白的起点是 2002 年 6 月，他追随您回台湾，终点是 2003 年 11 月。至于他是在台湾住了一年半呢，还是很快又回到了美国，我们就不得而知了。

蔡婉妤渐渐露出伤感，看着遥远的目标。

郑秋冬：其实赵见蜓专案，在我们这边已经结束，是我个人心有不甘，空白的谜团拆解不开，我就会被好奇心一直折磨下去。

蔡婉妤从伤感中回过神来，打量着郑秋冬：知道网站上为什么不是我本人的照片吗?

郑秋冬摇头。

蔡婉妤：因为我已经死了。

郑秋冬惊愕。

蔡婉妤再次打量周围：换个地方说吧。

19. 景色秀美处　日内外景皆可

郑秋冬和蔡婉妤。

蔡婉妤怅惘：我可以回答你的疑惑，那将近两年的时间，赵见蜓一直在台湾。但我们只见过两面。

郑秋冬诧异。

蔡婉妤：我离开美国的时候，没跟他说不再回去，还是恋爱状态，但是我知道，我的家族绝不会同意我跟他好下去的，一踏上回台湾的航班，我就知道一切都死掉了。

一个助理过来把一个文件袋放在她边上，退下去。

蔡婉妤：回到台湾后，父亲和哥哥把我禁锢在企业里，我被嫁给了父亲的商业盟友，联姻让家族的实力更加强大。我只好告诉赵见蜓，无望的生活已经开始，让小别变成永别吧……

第42集

1. 景色秀美处 日内外景皆可

蔡婉妤：联姻让家族的实力更加强大。我只好告诉赵见蜓，无望的生活已经开始，让小别变成永别吧……

蔡婉妤似有哽咽。

郑秋冬：没想过跑回美国去找他？

蔡婉妤摇头：我没有那么强大。父兄并不是强盗，更没有用铁锁链捆绑我，是我绝望了，感到跟他好下去的难度太大。一走了之可以，但一大家子的人都会伤心的，绝亲逆情我不能做，我也很爱他们，他们宠爱我 20 多年，该是我报答的时候了。

郑秋冬：确实，爱情不该成为践踏亲情的理由。

蔡婉妤：是这个道理，家里定的未婚夫，我现在的老公，我们也很熟悉，谈不上喜欢，但没有反感。直到有一天赵见蜓突然出现，我才明白被爱是多么幸福的感受，我心里还有他。他本来是个白面书生，那天竟然是满面沧桑，老了好几岁，我一下就傻在门口了，我失语了，什么也说不出来，只有抱着他扯着嗓子哭，才能告诉他我其实是很爱他的。我记得他是一脸笑容，但是眼球上裹着很多血丝，我忘了周围还有人，使劲亲他，不敢让他看我的眼睛，我怕被他看出来我已经要背叛他了。

郑秋冬眼眶潮湿。

蔡婉妤：他一直没有流眼泪，我猜想他对把我带回美国是有信心的。晚上，长兄出面，请他吃了餐饭，我知道可能要发生的事是什么，我的家族有帮会背景，我跟长兄说，可以好好劝他回美国，要敢动他一根寒毛，我就死给你看。第二天，家里人把我送回南投大嫂家，学做生意，也算把我藏起来。赵见蜓被送回了美国。

郑秋冬：他回过美国？

蔡婉妤摇头：我太天真了，轻信了哥哥的话，以为他真回美国了。其实他没离开台北，每天还去仁爱路的家等我。直到一个月后从报纸上看到了我在南投订婚的消息……我能想到他有多想见到我，可又不知道我在哪儿，我太让他失望了，我太无情了。一个青年为爱情走过万水千山，却见不到他的爱侣，我就是魔鬼化身……那时正是台风季，想象他一个人在雨中沿街孤独地走，我就知道我犯下了不可饶恕的罪恶，我对自己说，蔡婉妤，你枉为少女谈爱情，你欠赵见蜓一个纯洁的灵魂。

蔡婉妤已经泪流满面，从文件袋里抽出一张旧照片，上面是她和赵见蜓手牵手的照片，背景是安娜堡分校的教学楼。

照片中的青年男女，幸福愉快，阳光自然。

郑秋冬看着，不由得眼角湿润。

他翻过照片，背后一行遒劲的字（赵见蜓温柔的 OS）：每一闪蝴蝶都是罗密欧痴爱的化身。爱你的见蜓。

郑秋冬擦了擦眼角：这些事你是怎么知道的？

蔡婉妤：是怀云法师告诉我的。他来到南投更是无依无靠，内心绝望，生活潦倒，最后他在中台禅寺许了个愿，跑到山里喝下大瓶农药，求一死了之。

郑秋冬听傻了：还有这事？

蔡婉妤点头：是怀云法师和弟子救下了他，他请求出家，法师没有接受。唉，苦命的人，死不成又活不好。

郑秋冬：那他在那边怎么生活？

蔡婉妤：虽然没能出家，但他进了慈善教育志愿团，潜心做慈善，慢慢恢复着被伤害的元气。转过年来我怀孕了，去中台禅寺许愿，没想到竟遇见了他。

郑秋冬也惊异：这么巧？一定是命运的安排。

蔡婉妤：咫尺距离，我在车里看着他和怀云法师说话，但他没看见我。

郑秋冬：有多远距离？

蔡婉妤：很近，开开车窗，我就能摸到他的肩膀。

郑秋冬愕然：最终也没下车？

蔡婉妤：没有。我傻了，额头顶着车窗看着他，不知道如何是好，但我知道绝不能下车见面，大着肚子突然站在他面前，那可不是一句残酷就能道尽的悲剧。隔着玻璃我盯着他的眼睛，心里一下生出绝望的声音，永别吧，还永别不了缘……他的脸很干净，眼神又安详。我明显有冲动想开开车窗抱住他的脖子……佛门净土，悟得真理，以前的应该皆为情，不叫爱，真爱是从念叨永别了、永别的时候才开始。台湾有说法“慈济做功德，中台了生死”，我信。

郑秋冬：也许那一刻，他才忘掉了你，而你就接管了剩余的所有痛苦。

蔡婉妤：真那样我愿接受。后来见到怀云法师，我告诉了他我们的故事，法师也告诉了我赵见蜓的故事，就这样。

郑秋冬长叹一声：这就是你跟他的第二次见面。

蔡婉妤：是的。后来我请求怀云法师，以他的威望和智慧劝赵见蜓回国，赵还有个年迈的妈妈。后来，我老公和我哥嫂答应我的恳求，在中台禅寺门口给他演了一场苦情剧，告诉他我已经死了，来请怀云法师善后超度的。

郑秋冬听着，从手机里调出蒲渐那张照片：这就是他妈妈。

蔡婉妤看着，啜泣：老人家，我害苦您了……我也是孝顺孩子，跟见蜓一样，不能两全……

郑秋冬再次在屏幕上轻轻一划，划出蔡婉妤年轻的照片：老人家一直保存的。

蔡婉妤看着，眼圈又红了，盯着照片，更加伤心：这就是她给我拍的，在安娜堡的校园里。赵妈妈去过一次美国，我跟她相处得很好，她还好吗？

郑秋冬过去，用手指轻轻划着手机屏幕，赵见蜓白头母亲的一组照片。

蔡婉妤一下又伤感：老了，腰弯了，怎么会这么快呀……有条围巾，我还留着呢，是老人家送给我的。

郑秋冬：回去后，我可能还会见到他们的，需要带什么话吗？

蔡婉妤哭了，使劲摇头：死了，就是死了，他有情有义遇到世俗的我，我不死就不算公平，上帝就这么安排的。

郑秋冬：还有，他的生活中有一点常常被人非议——他至今还是单身。

蔡婉妤愣住，突然捂着嘴哭了起来，而且声音越来越大。

郑秋冬站在边上，茫然地看着那张二人合影。

背面的文字：“每一闪蝴蝶都是罗密欧痴爱的化身。”

雷声阵阵，郑秋冬仰望天空。

天空行云，蔡婉妤凄厉的哭声。

2. 空镜头　日外

天空，飞机划过。

3. 飞机　日夜皆可内

乘客们大都睡去，郑秋冬坐在座位上，看着一本书，书名是《匡蒂科规则》。

看累了，他把书放在腿上，轻轻揉着太阳穴。

4. 某奢华场所　日内外皆可

严冰河（约60岁）等在这里，身边是秘书、保镖。林拜匆匆走来：严老板，不好意思，堵车。

严冰河起身跟他握手：要说不好意思的该是我，有事相求，本该登门拜访。

林拜急忙：不客气严老板，我年轻跑跑腿是应该的，有什么事您吩咐。

秘书和保镖识趣地离开。

严冰河：我是念旧的人，以前特慧给我们盛煌猎的人才，用得都顺手顺心，我满意。现在我找你想派个新单。

林拜急忙：严老板，您先别说，免得泄密。是这样的，我马上就要离开特慧专猎，去跟朋友一起做自己的猎头公司，您的新单要是想继续找特慧做，那我就给您介绍新的经理人。要是您对我更信任的话，那可以把单下到我的新公司。您可要好好考虑考虑。

严老板看着林拜：创业?

林拜：算吧，几个朋友，想做自己的事，不想一辈子给人家打工。

严老板：好啊，我创办盛煌的时候，也是这么想的。你们需要钱吗?

林拜：目前还好。

严老板感慨：创业不易，用钱开口，不必跟我这个除了钱什么都没有的人客气。

林拜：多谢多谢，如果遇到麻烦需要帮忙，我第一个就去找您。

严老板：那我就把单下给你的新东家，我认的是你林拜这个人。

林拜会意，双手并拢一拜：那好，您说。

严老板声音变小：盛煌公司在1998年转型期间，就成立了一个专搞情报的部门，当时叫信息组。后来到2006年，我请美国安福利的情报专家波尔来我公司，帮我建立了竞争情报办公室，美国人叫BIO。现在在中国建BIO是时髦的事，如过江之鲫，但是中国第一家BIO是我严冰河创办的。

林拜：您可真有战略眼光，情报部。您接着说。

严老板：我现在的首席情报官叫陈香，从2006年到现在，在这个位置上已经干了小十年，当初很是得力，为公司的海外发展、上市立下过汗马功劳。可是……慢慢慢慢，可能是观念陈旧，也可能是精力不济，总之，现在已经不能胜任这个位置。搞情报的要精力旺盛，思维敏捷，而陈香已经不比当年了……老人说着摇了摇头。

林拜：您想找个更合适的新人，把他替换下来。

严老板点头：暂时一定要保密。

林拜：保密，当然。但应该不包括我未来的合伙人吧。

严老板招手：当然。一个随从过来递上一个化妆品大礼盒：这是盛煌最新推出的极光系列产品，请您太太试用。

林拜接过：严老板，您太客气了，我替眷眷谢您了。

5. 郑秋冬写字楼电梯 日内

电梯门开，郑秋冬拉着小拉杆箱出来。

6. 德仁公司门外走廊 日内

严枫（30岁）在门口向里张望，郑秋冬走来：请问，有什么可以帮忙的吗?

严枫回头：哦，没事，您是这公司的?

郑秋冬：对，有事情里面谈吧。

严枫：没事……我就是路过，你们这是做猎头的，还是做调查的?

郑秋冬：人力资源咨询，主做猎头，也有调查业务。你需要做什么呢?

严枫想了想：没什么，不耽误您时间了，谢谢，再见。说完就走了。

郑秋冬觉得很怪异。

这时，贾衣玫拎着个大塑料袋回来，看见郑秋冬在打量严枫的背影，觉得异样：回来了?

郑秋冬：哦，刚下飞机。他看着贾衣玫手里的大塑料袋：什么呀?

7. 郑秋冬办公室 日内

贾衣玫从塑料袋里拿出一个男士公文皮包和一本很厚很旧的英汉词典：赵见蜓被解雇走得匆忙，这是他留在北京办公室里的私人物品。

郑秋冬打开公文包，里面有个眼镜盒，打开，里面是一副墨镜。

以往有说有笑的赵见蜓又出现在眼前。

打开旧英汉词典，里面夹着一张照片，这张照片跟蔡婉妤给他看到的一样，年轻的赵见蜓和蔡婉妤，二人十指相扣。

翻过照片，背面是一行娟秀的繁体字：“再过十年，我还在你的手中吗?婉妤”。

郑秋冬念叨着：十年，十年生死两茫茫。

贾衣玫：去香港见到你想见的人了?

郑秋冬：见到了。

贾衣玫：怎么样?

郑秋冬：一个很传奇的爱情故事，怎么说呢，一说出来，就会变得俗气。

贾衣玫：那就别说吧，刚才门口那女的你认识?

郑秋冬：哪个?哦，那个，不认识，她在门口探头探脑的，我问她有什么事进来说，她就走了。

贾衣玫：可能是踩点的吧，咱们的招聘启事在网上发出去，报名的很多，我估计她是提前来侦察的吧。

电话响，郑秋冬看，是一段几秒钟的短视频。

内容是赵见蜓经过××养老福利院的大门。

郑秋冬把手机对着贾衣玫：这家伙回来了。

贾衣玫看着：人渣，还好意思回来。

郑秋冬正要说什么，有微信进来，他点开听，是蒲渐的声音：郑总，赵见蜓回来了，今天他母亲上午体检，下午做理疗，他可能会在这儿待一天。您看您要见他吗？

郑秋冬：要见，要见，我马上过去。

郑秋冬没说什么，把公文包、英汉词典放进塑料袋里。

贾衣玫：这种人还有必要见吗？

郑秋冬：我们要是狼的话，也会吃羊的。

8. 养老福利院　日外

养老福利院内，三三两两的老人经过。

一个挂着“福利院国医馆”牌子的小楼。

穿着福利院工作服的蒲渐拿着个大花剪带郑秋冬走来：他刚把老太太送进去，一般理疗时间是一个半小时，不知道他会陪多久……哎，他出来了。

一脸倦容的赵见蜓走出国医馆，在一棵大树下的长椅里坐下，削着一个苹果。

郑秋冬拎着塑料袋正要过去，蒲渐一把拽住他，紧张：郑总，当心，他手里有刀。

郑秋冬一笑，走了过去。

赵见蜓在大口吃着苹果，仰头闭目养神。

郑秋冬来到他身边，他觉得有阴影上脸，僵住，慢慢睁眼看，愣。

手里的苹果滚到地上。

郑秋冬微笑地看着他：赵行长，你好啊。

赵见蜓僵了半天，慢慢站起，张望左右：你怎么……你好。

郑秋冬：不好意思，我是来向您道歉的。如果不是我们把您挖走，也不会发生后来的事，对不起，这都是意想不到的蝴蝶效应。坐吧。

郑秋冬和赵见蜓坐下。

赵见蜓：不，该说对不起的是我。我知道，跟惠普合作的服务机构，因为没能发现李艾科学历造假，三方都损失惨重，市值缩水40%。我玷污了你们德仁的美誉，一切都始料不及。说实在话，我的事业顺风顺水，伪造学历的事我几乎都忘掉了。

郑秋冬：德仁的美誉既要靠业绩靠口碑，也要靠修正错误的能力。我进过大牢，有过比您还不堪回首的过去，但那并不能证明什么。有原则的人，往往是吃过大亏的人，有过教训，才知道红线踩不得。我对您的未来很有信心，也愿意在我们的SAP系统里保留您的资料。

赵见蜓意外：以德报怨……谢谢，我是你们的罪人，惭愧。

郑秋冬拿出公文包和眼镜盒给了赵见蜓，赵见蜓打开墨镜盒，双手颤抖：我辜负了你们的信任。

郑秋冬拿出那本英汉词典，赵见蜓接过去，轻轻抚摸：跟了我二十多年……

翻开，里面是那张旧照片。

赵见蜓眼圈发红，看着。

郑秋冬：这姑娘是谁？

赵见蜓：她叫蔡婉妤，台湾人，我以前的女朋友，在美国的时候。

郑秋冬：她现在还好吗？

赵见蜓眼泪下来：十年前，就死了，死了。

照片翻过背面："再过十年，我还在你的手中吗？婉妤"。

郑秋冬：您一直单身是因为她吗？

赵见蜓：好像是吧。

郑秋冬：为什么说好像是？

赵见蜓：因为在她之后，我交过两个女朋友，一个在美国，一个在深圳。说来很奇怪，只要我一交女朋友，就会做梦梦到她，就会有一只长尾山娘出现，它能说人话，它告诉我说，蔡婉妤还没死。

郑秋冬愕然：长尾山娘是什么？

赵见蜓：台湾特产的一种鸟，也叫蓝鹊，我在台湾见过。我觉得那鸟也许是她在托梦，一想到她或许没死，我跟别的女孩就再也没法好下去了。我知道这都是虚幻的，可它确实成了我的心理障碍，我看过心理医生，医生说需要时间。

郑秋冬感慨：死了，就是没有了。但她在另一个世界应该也能得到你的托梦，如果您能重新开始生活，重整旗鼓再创辉煌，长尾山娘也会告诉她，你过得很好，她一定会很开心，不然她也很苦的。

赵见蜓绝望：我不知道该怎么开始，十年创下的局面，被一通匿名电话彻底摧毁。

郑秋冬：你只是伪造了学历和论文，算什么。我从监狱出来后还伪造过身份呢，在中国最牛的山谷集团做到薪酬总监，可最后还是败露了，被人当众扒得一丝不挂，作为想混职场的我来说，所有正面价值一夜归零，甚至是负数。怎么办？两条出路摆在面前，一个简单一个复杂，简单的就是跳楼，但我总觉得自己杀掉自己是个很滑稽的行为，真要去跳楼，我会笑场的，罢了，我放弃。另一个就是复杂的，那就是活下去，一想到"活下去"这三个字总让我血脉偾张，其实活着不难，难的是有尊严。职场造假败露，我熟悉那种绝望，第一个看不起我们的正是自己，然后才有第二个第三个；活下去也是这样，第一个看得起自己的还要是我们自己，然后才会有第二个第三个，然后才会是所有人。我发誓，在我决定从零开始的时候，我对自己的要求很简单，就是绝不再做违背良心的事，一件也不做，这是必须坚守的底线，直到今天我做到了。

赵见蜓：就是救赎。

郑秋冬：对，赎罪的心理，会给我一种积极的心理暗示，严冬落水，念力会给你上岸的勇气。

赵见蜓拿起自己的东西，捡起那个咬了一口的苹果，向郑秋冬鞠了个躬：谢谢，我会调整过来的。再见。

郑秋冬看着赵见蜓的背影。

9. 大厦林立的 CBD　日外

掌声起。

10. 德仁公司　日内

所有员工在鼓掌。郑秋冬走到大家对面，林拜和大家一起站在一边。

郑秋冬：今天我要做个重要宣布，德仁新的合伙人，也是我们这个行业的杰出代表，我入行的引路人林拜先生加入我们这个团队。

大家鼓掌，贾衣玫也鼓掌，表情复杂。

郑秋冬：林拜先生将出任公司的 CEO，很快我们会引入新的成员，特别是我们的财务总监。下面请林拜先生发表就职演讲。

大家鼓掌。

林拜来到大家面前：我跟大家以前就都认识，今天不过是合作的开始。很快，我会帮着郑总拿出一个公司的改革方案，不久的将来，德聚仁合将面临巨大的变化和发展。

郑秋冬听着，思考着。

贾衣玫听着，心事重重的样子。

田尧、马小红、蒲渐听得似乎还挺激动。

11. 郑秋冬办公室　日内

郑秋冬、林拜。林拜在看材料。

郑秋冬：我对赵见蜓是信任的，不就是学历造假吗，他后来这十年的经历告诉我，能胜任支行长的职位，我们的财务主管他一定也能胜任。

林拜放下材料：我并没有反对，可以启动我们的聘入程序。还有作为行长他可以，作为财务总监还有资质要求的。

郑秋冬拿出另一本资料：我们猎过他，知根知底，看，什么都有，虎妈的孩子往往就是这样，能考试、能评级、能拿证。

林拜看着：我跟他谈谈吧。

郑秋冬：最好能快一点，跟衣玫办好交接，她也要走了。

林拜：我已经看不出来你俩还是一对了。

郑秋冬：是吗？也是，在变凉，好像没发生过什么似的。

林拜：跟她好好谈谈吧。我并不认可所谓丛林法则，但一个外来的女孩，无钱无势，想在这个城市的人海里生存下去，即便用感情做一次交换的砝码，走上一层台阶，我看也是可以理解的。

郑秋冬抚摸着额头：我跟她是怎么开始的呢……好像还有一段长笛曲。

林拜：别回忆了。我敢说小贾在等着你跟她提分手呢。

郑秋冬：不可能，为什么她不提？

林拜：怕伤害你，她有心感恩。你给她的太多，尤其是给了她站稳脚跟的时间，还有再进一步的机会。

郑秋冬：我怎么没有这种感觉呢？

林拜：你在谈情说爱上毫无才华可言。

郑秋冬不屑：怎样才算有恋爱才华？

林拜：跟所有的才华一样，都需要有创造性，有创新精神。最基本的标准，是要有主动进取的举措。你看你，都是坐在家里等人上门，谁敲门就是谁的，这叫什么？这就叫感情幼稚病。

郑秋冬哈哈大笑，收住：你他妈胡说八道……得太有道理了。

12. 养老院某安静处　日外

蒲渐带着林拜来到等在这里的赵见蜓面前，二人握手寒暄着，蒲渐走到一边去。

林拜：赵先生，据我所知，在最近这十几年里，您的人生有过两次低谷，而且都低到起点之下。

赵见蜓坦然：没错，可我的人生波峰也在这个时间段里。

林拜：也许一个支行长的地位，并非您的人生波峰。

赵见蜓愣：林先生的话怎么理解？

林拜：我们设身处地地为赵先生做了一个规划，就您的优势和目前的经济形势来看，您的波峰应该出现在未来几年。

赵见蜓凝视林拜：愿听林先生的高见。

林拜：先从您如何平稳走出眼前的低谷说起吧。

13. 汇银创投大会议室　日内

十几个高端人士在开会，有男有女，罗伊人、梁帮都在。

前面出现过的中年经理：广贤公司所属行业为人力资源服务业，属于国家发改委 2013 年《产业结构调整指导目录》中国家鼓励类行业。由于经济转型升级的推动，人力资源服务行业正在进入发展的黄金时期。我们也是经过长时间近距离考察，选择了这样一个投资方向。

罗伊人手机有微信，悄悄点开看。

林拜：我已辞职，正式进入德仁公司。

罗伊人静静地回：牛，好强大的执行力！！！

中年经理讲完，示意罗伊人，罗伊人拿着材料起身：结合广贤公司运行情况和财务数据，预计公司 2015 年全年营业收入可达 5.6 亿元，营业利润达到 800 万元，2015—2016 年公司营业收入将保持每年 15% 以上的增速，2016 年营业利润预计达到 1200 万元。主办券商认为公司经营状况良好，具有持续经营能力，公司具有良好的投资价值。

梁帮这期间听着，关注着罗伊人，用手机偷偷拍了她张照片，点开葵黄的名字，发出。

14. 德仁公司　日内

贾衣玫在跟大家告别，身边放着一个塑料整理箱，箱子上是她的包。

蒲渐、田尧眼圈发红，马小红已经泪流满面了。

林拜、赵见蜓在一边听着。

贾衣玫：对不起，怪我没收住那份野心，该跟大家说再见了。我感谢所有的人，你们给我的帮助让我终生受用，我爱你们。我后悔为了一张发票跟蒲渐发脾气，对不起，蒲渐，别介意。马小红，谢谢你，听了我上百次吐槽，替我保守了一堆已经没有意义的秘密。我们是姐妹，真想带你一起走。田经理，谢谢您容忍我这个不是女主人，却老耍女主人脾气的人。林拜，在这里让我叫您一声林老师，您的一句玩笑，让我们地下的恋情公之于众，从那以后我就真心热爱公平。赵总监，对您的背景调查出了差错，我一直很自责，这是我的一堂职业大课，我恨过你，我错了，那是因为我不敢恨自己。

每个人听着贾衣玫告别的话，各自不同的反应。

第43集

1. 德仁公司　日内

贾衣玫看向郑秋冬：千言万语，不知道该怎么说，没有你，就没有我的今天。

郑秋冬眼中带泪：应该的。

贾衣玫上前拥抱了每一个人，最后是郑秋冬，贾衣玫热泪盈眶：别怨我，翅膀硬了飞走了。

郑秋冬：不会，既然做这行，我愿祝福你，越飞越高。

大家鼓掌。

贾衣玫擦了把泪，背上自己的包，郑秋冬抱起那个满满的整理箱朝外走去。

2. 电梯里　日内

郑秋冬抱着箱子，贾衣玫用面巾纸擦着眼睛。

贾衣玫：好奇怪。

郑秋冬：奇怪什么？

贾衣玫：咱俩的事算怎么回事呢？

郑秋冬：林拜说得对，我没有谈情说爱的才华。

贾衣玫：树不发芽，不说明树没有发芽的才华，是因为它没有遇到那个叫春风的东西。

郑秋冬：你是说，我们是错误的？

贾衣玫点头：我相信，你遇到罗伊人，一定会才华横溢。

郑秋冬诧异地看着贾衣玫。

贾衣玫：我和青春姐都败给了你心里的那个人。

郑秋冬：这话太夸张，我和她什么都没有。

贾衣玫：我跟她在葵黄姐的小区有过一次直接对话，关于你的。

郑秋冬诧异。

贾衣玫：她就是你的。

电梯门开了，严枫等在门口，郑秋冬和贾衣玫出去，郑秋冬看了眼严枫。

严枫进入电梯。

3. 大堂　日内

郑秋冬抱着箱子和贾衣玫走来，迎面跑来惠成功：郑总，我来吧。

郑秋冬意外，贾衣玫平静地：让小惠拿吧。

惠成功接过整理箱，郑秋冬疑惑地：是你帮她找的那家网站？

惠成功：对，我调查过，衣玫完全胜任那个职位。还有，赵见蜓案的失手，衣玫一直很自责，在我面前嘟囔好多回，为了减轻她这种内疚，我私下做了个特别调查。

郑秋冬：什么调查？

惠成功：你知道是谁把赵见蜓匿名推荐到你们系统的吗？

郑秋冬：谁？

惠成功：袁昆。

郑秋冬大惊：确实吗？

惠成功：您知道是谁又用匿名电话向地中海北京支行举报他履历造假吗？

郑秋冬：也是他？

惠成功点头：九年前他猎过赵见铤，发现履历造假后就放手了，但却一直关注他。陈修风案你挡了他一手，赵见铤案他让你背了口黑锅，扯平了，两清了。

郑秋冬问贾衣玫：你早知道？

贾衣玫也一脸诧异：我不知道。

郑秋冬问惠成功：袁昆现在在哪儿？

惠成功：按旅行社提供的时间表，他正在欧洲旅行，邀请他的公司很多，好像他还没有做最后决定。

郑秋冬一脸困惑：不可思议，本以为早就结束了，这才刚刚看到阴谋的全貌，原来都是局中人。

贾衣玫：为什么不早说？

惠成功：我委托的调查公司连续四天加班，一个小时前刚得到的结果。

郑秋冬看着惠成功：感谢的话不说了，你委托调查公司的费用我可以付。

惠成功：郑总，我是最认钱的人，这笔钱您不用付，我和衣玫都算您的徒弟，希望以后我们公司之间能有更大的合作，赚更多的钱就当是您付的费用吧。

郑秋冬看着他俩，对惠成功：进步太快，说得有道理，合作才有未来。说完转身离开。

贾衣玫和惠成功看着他，惠成功：我以前说什么来着，你们俩没有明天。

贾衣玫：毒舌。

4. 德仁会议室　日内

郑秋冬、林拜、田尧、马小红在面试应聘者。

林拜主考：你应聘人力资源规划，请你谈谈你在这方面的优势。

年轻的女应聘者：我曾经在猎聘网实习过，跟有经验的咨询顾问参与了 16 次对个人、5 次对团队的招聘过程，后来辅助该网站在全国两个城市建立了新的网点办公室……

其间，郑秋冬手机响，看到蒲渐的微信：郑总，有人找。

郑秋冬跟林拜耳语，起身出去。

5. 德聚仁合会议室门口走廊　日内

郑秋冬走出会议室，门口是“面试中，安静”的大牌子。

走廊站着至少三十个衣着整齐，梳妆干净的年轻应聘男女。

郑秋冬穿过他们，赞赏地看着那些年轻人。

年轻人似乎都认识他，纷纷起身向他鞠躬，打招呼，郑秋冬彬彬有礼地回礼。

6. 德仁公司　日内

蒲渐在给三四个年轻人做培训，投影的 PPT 上写着“企业：全面收费模式 + 增值部分额外收费模式”和“LinkedIn 与职业社交”两行字样。

蒲渐：也就是说在职业社交领域，网络猎聘更专注于“职业”，并非“社交”，它成为企业、猎头、个人三方的联络纽带，价值体现为服务性平台，并非信息平台。最近几年电子商务的发展说明，互联网在配搭服务，它不仅通过信息互通盈利，还有服务，它能带来更大的利润。

蒲渐讲的过程中，郑秋冬进来，用眼神问蒲渐：人呢？

蒲渐眼一瞥，让他注意到边角处坐着的严枫。

郑秋冬走过去，严枫起身，二人说了几句，严枫就跟着郑秋冬去他的办公室了。

7. 郑秋冬办公室　日内

郑秋冬看着手里的名片和严枫坐在沙发里，严枫表达得有些困难：我不知道在你们猎头行业里，有没有专做信息资源管理，或者市场战略规划这类人才的。不是教书先生那种纸上谈兵的，是那种……那种人才吧，有实战经验的，您明白吗？

郑秋冬：严小姐，我感觉您一直在绕着弯子说，可能您有难言之隐，不能说得太透，也可能是因为商业秘密，不好多讲。这样吧，我问你答，您要找的人去你们企业后，要做什么具体工作？职位名称是什么？可以说吗？

严枫：当然可以，具体工作是……信息管理，职位名称是……她犹豫片刻终于下了决心：就是首席情报官。

郑秋冬一怔：新成立的部门？

严枫：不，已经成立很久了，我来是想请你们帮我找一个合适的人，把现在的情报官替换掉。

郑秋冬似乎想起什么，走向电脑，看着名片：对不起，严小姐，我可以问问您跟这家盛煌集团是什么关系吗？

严枫：名片上不是有吗？

郑秋冬操作着电脑：有，我看见了。可名片上您只是财务总监，更换情报官似乎不是您的职责范围。

电脑上出现："D-03 案：林拜推荐搜索，盛煌集团董事长严冰河委托，首席情报执行官，现任者陈香 36 岁。"

严枫想了想：盛煌集团您知道吗？

郑秋冬：当然，虽然我不用化妆品。

严枫一笑：别这么说，你家里至少有三件盛煌产品。

郑秋冬：好吧，不争这个，我知道盛煌集团。

严枫：盛煌的董事长您知道吗？

郑秋冬看了眼屏幕上严冰河的名字：当然，我头脑中保存最多的名字就是企业家的了，比如盛煌的严冰河。

严枫：我是他女儿。

郑秋冬一愣，看了眼名片：抱歉，我早该推断到的，严枫小姐。看来您是受父亲的委托来跟我们接洽的。

严枫：不不不，我是背着他来的，这事不能让他知道。

郑秋冬眉头一皱：背着他？难道严老先生不想换掉陈……他叫什么名字，现任的情报官？郑秋冬差点说出陈香的名字。

严枫：叫陈香。

屏幕上，陈香的名字。

郑秋冬不解：替换陈香，要不是您父亲的意思，那就不是以企业的名义了。

严枫：个人名义你们不接单吗？

郑秋冬：您误解了，不是不接单，而是我们如果找到您需要的人，您能完成替换吗？

严枫：到那时候我会跟父亲摊牌，他能答应的。

郑秋冬怀疑：好吧，就算能吧，简单说一说您要换掉这个陈香的理由，好吗？

严枫：他是我未婚夫。

郑秋冬正要提笔做简单的记录，一下就愣住了：我越听越糊涂了，严小姐。

严枫一笑：我从头给你说吧。

8. 园林公路　日外

罗伊人穿着紧身的跨栏背心，半短紧身裤，头戴发带，脸上微微有汗，沿路跑过来。

路边空地，停着她的自行车，她停下来拿水喝。

林拜骑着自行车过来，停在空地上：活色生香啊。

罗伊人回头：嗯？这么巧，你怎么会走到这边来呢？

林拜：巧什么巧呀，我是专门来找你的，电话也不接。你们固定收益部的桑建栋说你在这儿跑步呢，他的车。

罗伊人：哦，你认识他？

林拜：他这活儿还是我给他找的呢。

罗伊人从车筐里拿出外套，穿上：有急事？

林拜想了想：也没啥急事，一是路过，二是嘴贱，想跟你唠叨几句闲话。

罗伊人觉得有点怪，看着他。

林拜：贾衣玫走了。

罗伊人想了想，开口想说什么，止住，突然笑了。

笑了一会儿，林拜：不要用这种笑掩饰心里的窃喜。

罗伊人慢慢停下了笑："醒也无聊，醉也无聊，梦里何曾到谢桥"……我何来的窃喜？

林拜：你看，伤感来了吧。你刚才笑之前，欲言又止想说什么？

罗伊人：我没有呀。

林拜：有，你嘴都张开一半了，又收住了，然后才开始笑的。

罗伊人乐呵呵的样子：就算是那样，我都不知道我想说什么，你知道？

林拜：你想问，是贾衣玫人走了呢，还是她跟郑秋冬分手了，承认吧。

罗伊人苦笑：我说不是，怕你这心理大师太没面子；我说是，就把自己说成无知少女了，承认什么？

林拜一挥手：不承认就不承认吧，在你面前我不怕丢面子。我想说的是，机会！

罗伊人叹气：我就不问你是什么机会了，我明白你的意思。

9. 景色优美的小路　日外

罗伊人和林拜推自行车走来。

林拜：白力勤走了以后，你和郑秋冬本来可以走到一起，你俩也都是这么想的，没想到他进了监狱。他从监狱出来以后，你有了那个夏，等夏没了，你想找他的时候，他有了熊青春。那年你来杭州，是不是想跟他恢复关系？

罗伊人浅笑：拒绝回答，你自话自说吧。

林拜：他和熊青春分开后，我们去北京猎曲闽京，那时候郑秋冬是有心跟你……又是不巧，你又有了那个演喜剧的……真是场喜剧呀，他那个时候很苦恼，这我是看到的。再后来你跟那演员拜拜了，你又来杭州，他又有了小贾。这是造化弄人，这几年里如果有一个时刻，你俩都落单了，而且彼此都知道的话，我相信你们谁也不会做另外的选择。

罗伊人：真是好记性，是我的经历吗？听着跟你的似的。

林拜：我先声明啊，我可不是想当红娘，那太艳俗。我是想提醒你俩，这么多年，你们第一次彼此都是自由身，即便不想立马怎么样，也别再轻易被别人勾搭走，也别勾搭别人。打住，言情部分讲完了，下面汇报工作。

罗伊人：少来，什么工作？

林拜：什么叫少来呀，这可是你跟葵大姐布的局啊，我只是个棋子。

罗伊人笑：好，汇报吧。

林拜：我们马上要扩大规模，将在北上深建立分部。

罗伊人：德仁的 CFO，你找到了？

林拜：当然。

罗伊人侧脸打量林拜：超强的执行力，天生打工的料。

林拜：什么？我是老板了，好不好。

罗伊人清脆的笑声。

二人骑车经过，有说有笑。

10. 林拜家客厅　夜内

郑秋冬和林拜对着电脑在分析。另外房间里传来电视声和冯眷眷的笑声。

郑秋冬：严枫说她这未婚夫过去是个思维缜密、分析能力超强的人。从去年开始就有些异常了，丢三落四，语序倒错，还爱哭，失眠，掉头发。到现在已经变得神志恍惚，一惊一乍的，上周送医院观察休养去了。

林拜琢磨：她是心疼未婚夫，急于找人把他解脱出来，可以理解。可她为什么不跟她老爸商量呢？

郑秋冬：她老爸让我们找人会是为什么？

林拜：心疼准女婿呗，将来别生个傻外孙。

郑秋冬怀疑：那她老爸为什么没给你说陈香是他未来的女婿呢？他们父女俩猎头的理由要是一样，为什么要互相隐瞒呢？

二人无语。

冯眷眷端着 iPad 出现，肚子已经很大了：哎，从中国海外撒娇中看到什么。海外撒娇什么意思呀？

郑秋冬接过 iPad 看：海外撤侨，撤出侨胞。什么海外撒娇呀。

冯眷眷接过再看，哈哈大笑。

林拜也乐：你点开标题看看不就明白了吗，气死我了，八卦魔女，只看标题，把输入看成偷人的也是你。

冯眷眷离开：我乐意，在八卦的世界里空气都是八卦的，拜拜。哈哈哈。接着又神神秘秘地返回来，小声：哎，秋冬，你们工作先搁下，谈点正事。

林拜：拜托好吧，大姐，你谈正事，别吓着孩子。

郑秋冬：嫂子您说，甭理他，我不信您这都是八卦。

冯眷眷：绝对正事，你跟衣玫，嘎嘣儿了？

郑秋冬点头。

冯眷眷：我说吧，林拜你记得吗，上次在电梯里，我是不是说过他俩星座、属相，包括面相都不合，对吧，她真不是你的菜。

林拜：拉倒吧，冯眷眷，电脑算卦你也信？

郑秋冬：让嫂子说嘛。

冯眷眷来劲：你看，人家秋冬爱听，起来，我坐一会儿，你是不是该认真考虑罗伊人了，我偷着给你俩算过，百合。

林拜让了座：还偷着，你高风亮节呀，偷偷做好事，你给咱俩算过吗？说完离开去卫生间。

冯眷眷：去去，你跟伊人该到苦尽甘来的时候了，躲是躲不开的，命。

郑秋冬：躲？我没躲呀。

冯眷眷：去你的吧。你俩呀，以前谈一个分一个，分一个再谈一个，为什么？不就是想强迫自己忘掉对方吗，用新恋情暗示自己，不去想她，不去想他，已经没戏了，随便找个人忘掉她，对不对？那就叫躲。

郑秋冬：不对，怎么叫随便找个人，我可都是认真的。

冯眷眷：是认真的，但是，你认真得过真情实感吗？陈老师20年结婚纪念上，你俩的眼神一对，我都看见了，我相信贾衣玫也看见了，那是毁灭性的，什么叫你的眼神出卖了你的心，就是这。

郑秋冬：我不觉得我眼神有什么特别的。

林拜湿着手出现在一边：你永远不要小看一颗八卦的心。

冯眷眷：谢谢老公挺我，变得够快的，咱家的卫生间相当于超人的电话亭。

林拜对太太：贾衣玫前脚走，你后脚就塞罗伊人，这有违情理。点到为止，去吧，我们还得说工作呢。

冯眷眷满足地起身：真过瘾。进了里间。

林拜小声：对你俩来说，对方就在那儿。与匆匆过客不同的是，在彼此心里，位置从来没有移动过。

郑秋冬指了指电脑：说这事吧，严老板给你开价了吗？

林拜：没呢，马上。

郑秋冬有点走神：这父女俩猎一个职位，还互相瞒着，总得辞掉一边吧，太荒唐了。

林拜：辞哪边？

郑秋冬还是走神状态：我认为罗伊人没有出高价的实力。

林拜盯着他：是严枫，不是罗伊人。

郑秋冬：啊，我说的是罗伊人？

林拜哈哈大笑了起来：你以为你是谁呀，藏不住的。

冯眷眷出来：笑什么呢，笑什么呢。

郑秋冬有点不好意思：不许说，不许给八卦女说。

冯眷眷：不说我也笑，笑完了你再告诉我说。说完哈哈大笑起来。

郑秋冬和林拜看傻了。

冯眷眷：说吧，我笑过了，你们不说也是白不说。

11. 会议室　日内

投影上的 PPT：（主标题）“人力资源的管理和作用”，（副标题）“管理意义、实用功效与战略功效，人力资源的不同模式”。

林拜在讲解着，十几个年轻人在听着，记着。

投影上的 PPT：（主标题）“财务人员与税务知识”，（副标题）“业务合同、发票、会计处理、税务风险”。

赵见蜓在讲解着，四五个年轻人在听着。

投影上的 PPT：（主标题）“着装礼仪，行为举止是重要的商务课程”。（副标题）“身份、场合、规格、态度”。

前面出现过的谭絮衣着典雅、发式讲究，在给十几名年轻人讲解着。

12. 郑秋冬办公室　日内 / 北京 CBD 某空置办公室　日内 / 上海 CBD 某空置办公室　日内

通过电脑屏幕，郑秋冬正在跟田尧进行视频交流。

田尧一边用手机慢慢环绕着拍摄这间空置办公室，一边介绍：这是寸土寸金的北京 CBD 核心区国贸三期的一间办公室。朝向、楼层都很理想，就是有点贵。

郑秋冬认真看着：猎头这行就得哪儿黄金奔哪儿去，有 400 平吗？

田尧：没有，380 平，够用，大厦里配置一流，各种设施一应俱全。

郑秋冬满意：我看可以，你是北京办公室主管，再做做调研，最后还是你定。

田尧笑：独当一面，有些紧张。

郑秋冬：别装了，我知道你一直盼着这一天，加油吧。

田尧：谢谢信任。

沙发处，茶几上，郑秋冬品着茶，跟笔记本电脑里的马小红视频交流。

马小红用手机拍着自己，背后是空置的办公室：……这里是程老师介绍的上海 CBD 陆家嘴，方方面面都很合适，这栋楼里 500 强的企业就有 11 家，将来不出大楼可能就有做不完的生意。

郑秋冬满意：上海是重要阵地，派你过去，先给程老师打一年下手，我们高薪请他来，是因为他实战经验丰富，你要多多请教。明年我们要建立武汉分部，到时候你衣锦还乡，去武汉做主管，怎么样？

马小红：谢谢总部信任。

郑秋冬一愣：是啊，杭州成总部了。

马小红：对，总部，旗舰店。

郑秋冬感慨：对得起时间，我们在进步。

13. 德仁公司　日内

开放区，办公室的布置发生了新的变化，规模显得更大了。

林拜主讲，台下是十个新进的员工，赵见蜓和蒲渐坐在一边。

林拜：2015 年是我们德仁重要的一年，在这一年，我们的战略将发生质变，各位都是专业人士，是通过面试层层筛选而入职的，我相信这种质变会给你们的职业生涯开辟走向巅峰的途径。

14. 某医院住院部楼前　日外

郑秋冬拎着一箱水果走来，来到住院部，停下看了看表。

不远处有几个穿病号服的病人围在一起用 iPad 玩飞机大战的游戏，郑秋冬过去围观。

陈香（郑秋冬不认识）在熟练地玩着，周围的病人发出赞叹：双倍炮弹快吃 / 哇，80 万了 / 快快快，全屏炸弹，大飞机，两架大飞机 / 大哥，好威武哦……

郑秋冬看着，这时一个女护士匆匆跑过来，拍拍陈香：快回去，传达室来电话了。

陈香扔下 iPad 就往楼里跑，一只拖鞋掉了，急忙回头穿上，进了楼。

郑秋冬看着别人继续玩，不时看表。

这时一辆豪车驶来，严冰河在助理的陪伴下下了车，郑秋冬迎上：严总，您好。

严冰河：哦，小郑，林拜没来？

郑秋冬：他现在主抓管理，业务的事我具体负责。

严冰河：那好，上去吧。

15. 医院电梯里　日内

郑秋冬随严冰河走来，严冰河不满的口气：比横路敬二强一些，但还不如个普通人。年轻人还是不堪重负，压垮了。

16. 高级单人病房　日内

严冰河和郑秋冬在医生的陪同下进来。

陈香木然地坐在床边看着他俩。

郑秋冬看到陈香，一惊。

严冰河口气平静：陈香，住得还习惯吗？

陈香无力地点头，有气无力地：下星期还去日本吗？

郑秋冬看到陈香的样子彻底傻了，眼前反复闪过刚才在门口看到的那个活灵活现的陈香。

他把水果放在一边，凝视着陈香。

医生：状态基本平稳，最好先让他渐渐忘掉工作的事。

严冰河对郑秋冬小声：你看，就是这样，你有什么想了解的？

郑秋冬想了想，过去蹲在陈香面前，伸出一只手要跟陈香握手，陈香等了片刻，举起手，停住，挠了挠头，没握手。

郑秋冬凑近盯着他的眼睛：陈香，你好。

17. 德仁林拜办公室　日内

林拜和严枫。林拜：公开能搜集到的资料我们搜集了不少，有些不好搜集的希望您能提供。

严枫：可以。说实话，竞争情报方面的人才不太多。

林拜：我们的收费标准您知道吗?

严枫：郑总给过我参考表。

林拜试探：换掉陈香，您父亲总会知道的，为什么不向他请示?

严枫：等事情有了眉目我再跟他说，现在有点早。

林拜：可是我们的定金是要跟合同一起落实的，老板不同意，财务那边能给您划账吗?

严枫：钱不是问题，我从别的账户打过来。

林拜看着严枫，浅笑：让男朋友失业，有点意思。

18. 德仁门口走廊　日内

郑秋冬眉头紧皱地走来，迎面是正要离开的严枫。

严枫：你好，郑总。

郑秋冬：严小姐，跟林总谈得还好吗?

严枫小声：还好，他这人是不是太看重钱了?

郑秋冬：不是啊，谈到定金了是吧?

严枫点头，郑秋冬：明天要是签合同，那确实就要交订金了。

严枫：钱不是问题。还是那话，千万不能让盛煌的其他人知道这事，有人知道了，我爸就会知道。

郑秋冬愣：哎，林总没说你爸的事?

严枫：我爸的什么事?

郑秋冬立即改口掩饰：没什么，就是你爸是老板，他不知道这事，能行吗?

严枫：你可真够絮叨的，这点破事说了三遍了。

郑秋冬：严小姐，我想知道，陈香是从什么时候变成现在这样子的?

严枫一怔：现在什么样?

郑秋冬：这种木然的样子。

严枫一惊：你见到他了?

郑秋冬掩饰：我……我刚去医院看了他。

严枫努力装得平静：是吗，很意外吧，一个精明透顶的人，会变成那副样子。

郑秋冬困惑：他真的是……（郑秋冬忽然收住了话头）他真的很可怜。

严枫：您要是再去看他，最好先跟我联系，我要是陪您去，他可能还会多说点话。

郑秋冬：我会的。

19. 德仁公司　日内

郑秋冬、林拜、赵见蜓、蒲渐和全体员工在看大电视。

电视内容是，田尧西装革履面对镜头，背后是已经置办起来的北京办公室和五六个工作人员。

田尧：今天北京办公室迎来了第一位客户，是一个地产项目的招聘流程外包。开市大吉，请郑总、林总放心。

电视内容是，马小红白领套装对着镜头，背后是已经置办起来的上海办公室，五六个工作人员。

马小红：程总去亚环制药谈协议去了，他们委托我们提供医学信息联络官、产品注册专员、信息沟通专员、临床监察员、临床数据管理员多个职位的人选，会是一个一揽子协定。总部放心，我们已经旗开得胜了。

20. 郑秋冬办公室　日内

两个新人一男一女，男的叫杨念，女的叫陆雨甜。

郑秋冬坐在沙发上，杨念用笔记本电脑在向他介绍：……这个人选，对国家竞争情报战略和企业竞争情报的应用有深入研究，在三井培训机构，做过企业竞争情报与反情报、情报意识与企业泄密渠道等方面的培训。

郑秋冬看着电脑上的资料：下一个。

杨念让开，陆雨甜坐到郑秋冬边上，滚动鼠标，口齿清楚利索：周霜荷，女，47 岁，1999—2001 年就读于英国苏塞克斯大学科技政策研究所，现任清洁能源风险预控中心主任兼首席情报分析师，曾就职于欧盟工商情报联盟，参与过西门子、ABB 等跨国公司和大中型企业建立及 CI 体系运作。

郑秋冬：CI 是什么？

陆雨甜：CI 就是 Competitive Intelligence 的缩写，翻译成中文就是竞争情报。

郑秋冬：继续。

陆雨甜：周霜荷在 25 年的竞争情报生涯中，有过培训、服务、加工、采集、分析、派遣、推广、干扰等几乎所有领域的实践。

郑秋冬转过电脑，看着。

资料上的照片，中年的周霜荷，稳重、知性。

21. 亚澳清洁能源风险预控中心大门口　日外

郑秋冬的车驶来，门卫：找谁？

郑秋冬：周霜荷主任，电话约好了。

门杆抬起，车驶入。

22. 停车场　日外

郑秋冬下车，张望，一个穿工装的人仰面在一辆车下修车。

郑秋冬：兄弟，周主任办公室怎么走？

车下的人躺在滑板上滑出，她就是周霜荷：郑秋冬先生？

郑秋冬意外，笑：周主任，需要打下手的吗？

23. 周霜荷办公室　日内

这是个简约、时尚的办公室，颇有后现代的风格。

两杯绿茶冒着热气。

郑秋冬：我想先向您简单介绍一下我们德聚仁合。

周霜荷抿了口茶：不必了。

郑秋冬误解：我们在业界口碑和业绩都很突出的。

周霜荷：郑总别误会，我说不必了，不是我瞧不起你们公司。您一定认识瓦林塔·索尔先生吧。

郑秋冬：索尔，特慧专猎的，当然认识。

周霜荷：虽然你挖走了他的副总，但他对您和你们公司的评价还是很高的，特别是对郑总您本人。

郑秋冬意外：谢谢他，您认识他？那您对我们应该很了解。

周霜荷：所以开门见山吧，我真好奇，想知道郑总给我准备了什么样的去处。

郑秋冬：盛煌集团，您知道吗？

周霜荷：当然知道，在这座城市，谁家没有盛煌的化妆品，我一直用它的产品，对它还算了解吧。

郑秋冬：盛煌的顶级品牌和一线产品去年在海外打开市场，而且，明年初他们将收购一个法国香水品牌，开始谋划南美市场，还要在桑给巴尔买下一千公顷的丁香园。盛煌的高层是国内最早重视竞争情报的，这您或许是知道的。

周霜荷：当然。他们的竞争情报部，最早是一个做新闻汇编的记者创建的，姓段，名字记不清了，后来去了国资委，现在这个叫陈香。

郑秋冬：您认识陈香？

周霜荷：谈不上认识，知道这个人。

郑秋冬：盛煌高层认为，他在这个位置上干的时间太久了，在考虑换人。

周霜荷：明白了，他们找到你，你找到了我。

郑秋冬：我们最终选出四个人，比较下来，最合适的是您。

周霜荷品茶思索片刻：郑总，你知道盛煌为什么要换陈香吗？

郑秋冬指着头：他一直承受着很大压力，现在这儿好像有些不太灵光。

周霜荷高深莫测地笑了一下：严冰河是这么跟你说的？

郑秋冬感到了面前这个女人传达的信号，慎重：难道还有什么深意？

周霜荷思索着：上海有家叫丹侬日化的化妆品企业，你知道吗？

郑秋冬摇头。

周霜荷：有的话我没有权利说，我只能说严冰河向你隐瞒了什么。但我有权利说的是，我对盛煌的首席情报官是有兴趣的。

郑秋冬：有兴趣就好说，以后的事由我来运作。

郑秋冬眼前又闪过陈香在医院疾走掉拖鞋的画面。

郑秋冬：还有，陈香现在的女朋友正是严冰河的女儿。

周霜荷一怔：是吗？严冰河的女儿是严家的掌上明珠，让我取代她的男友，我还有好日子混吗？幸亏你告诉了我这些。

郑秋冬：千万不要担心，严冰河的女儿叫严枫，她……或许并不那么喜欢陈香继续干下去。

周霜荷：是这样吗？您能确定吗？陈香这个人有故事的。

郑秋冬：什么故事？

周霜荷笑了，轻松地：您来猎我，郑先生，该是您向我做职位描述，给我介绍我的前任离职或不被重用的原因，陈香的故事该是您讲给我听。

郑秋冬琢磨着：看来我想简单了。你想听听盛煌的报价吗？

周霜荷：那是其次的。只有陈香的情况弄清楚，您的猎头计划才可能往下谈。

郑秋冬一愣：周主任话里有话，好，我愿意试试。

24. 街道　日外 / 德仁财务室　日内

郑秋冬在开车，电话响，按免提：喂，见蜓，什么事？

赵见蜓肩腮夹着电话，在操作电脑：郑总，盛煌那个项目怎么出现两笔入账，一笔是盛煌的账户，另一笔来自一个私人账户，怎么回事？

郑秋冬：哎，应该只有一个，我回去问问林拜吧。再见。

第44集

1. 德仁 CEO 办公室（林拜办公室） 日内

门玻璃上，印着“CEO”。

林拜一边看着桌面的资料，一边在敲击电脑，郑秋冬匆匆进来：林拜，严冰河父女俩做同一项目，我们不能都接着，必须要辞掉一方。

林拜：为什么？

郑秋冬：干一个活儿不能拿两份钱。

林拜：这怎么是一个活儿，明明是两个客户嘛。

郑秋冬：什么意思，装糊涂？你不会是想要一瞒到底，两边通吃吧。

林拜：如有必要的话就必须两面通吃。

郑秋冬坚决：不行，我不同意，这有欺诈的嫌疑。

林拜有点来气：欺诈，你是在说我吗？秋冬，你不该用指责袁昆的口吻跟我说话，你要说有欺诈的嫌疑，那是你还没看到我们做这一行的服务本质。

郑秋冬提高嗓门：谁都会为自己多挣钱找到冠冕堂皇的理由，我不管你说什么，明天我就去把窗户纸捅破，要么严冰河，要么严枫，只能做其中的一单，不能什么钱都挣。

林拜把手中的一沓纸摔在桌上：秋冬，你别忘了，你有替客户保密的义务，为这个义务，你必须要有甘背骂名的心胸，要是你捅破这层窗户纸，往轻里说，你是业余人士，往重里说，你过去的所谓道德至上的自律，不过都是自我标榜。

郑秋冬气得一时无语，愤然转身出门，“咣”的一声，重重地摔门而去。

门上的玻璃，“CEO”三个字母特写。

2. 郑秋冬办公室 日外

郑秋冬郁闷地坐在椅子里，阳光从窗外斜射进来。

杨念和陆雨甜敲门进来，看到郑秋冬不高兴有点不知所措。

郑秋冬：什么事？

杨念示意陆雨甜说，陆雨甜过来，放在桌上一个 U 盘：盛煌公司跟上海那个丹侬化妆品近十年打过四次官司。

郑秋冬无精打采：知识产权，同步模仿。知道了。

二人出去。郑秋冬把脚搭在桌子上，仰头闭目。

片刻，一只手进入画面，轻轻拍了拍他的肩膀。

郑秋冬没有睁眼：也许你是对的，我在反思。

林拜坐在了一边：我不该倚老卖老，别介意。

郑秋冬睁开眼睛，慢慢地：我想明白了，严家父女各有不同的诉求，我们给不同的诉求提供不同的服务，让他们都满意，确实是两个项目，不是钱的事。

林拜：这么想就对了。晚上葵大姐请吃饭。

郑秋冬一愣：好呀，好久没见她了。有个很奇怪的事。

林拜：什么事？

郑秋冬：那个神经错乱的陈香，那个呆若木鸡的情报官，全是装的。

林拜：装的？怎么回事？

郑秋冬：他很正常，玩飞机大战还能玩 80 多万分。你知道，严冰河这么大的老板，那么豪的专车，一进医院大门，就会被认出，然后大门值班室就会给住院部的人打电话通报严老板驾到，住院部的护士就立即通知陈香，接到通知的陈香，无论在做什么，都会立即停止，回到病床上，扮演一个精神崩溃的人。

林拜：病友说的？

郑秋冬：我亲眼看见的，演得很投入。

林拜琢磨：他费时费力做这种投入，何必呢？

郑秋冬：投入跟目的是匹配的，你要是认为他投入大，就说明在表演的背后藏着个同样大小的目的。需要买通值班室和住院部护士台，还有个把医生。

林拜认同：谜中有谜，进入你的猎场了。

郑秋冬突转话题：晚饭我买单，你和葵大姐都别抢。

3. 德仁公司外走廊 日内

郑秋冬从卫生间出来，正好遇到杨念和陆雨甜从外面回来。

郑秋冬：吃完饭了？

杨念：吃完了。

郑秋冬：这样，下午这边没事，我给你们派一个奇怪的活儿，怎么样？

陆雨甜：奇怪的？是在马桶下边装青蛙叫吗？

郑秋冬点头。

陆雨甜得意，对杨念：我猜对了吧。

杨念怀疑：真的吗，郑总？

4. 医院住院部 日外

住院部楼外，杨念和陆雨甜坐在不远处，注视着楼门口。

一个病人出门伸懒腰，杨念掏出兜里陈香的照片对照着看。

陆雨甜：不是呀，差得远着呢。看一眼就记在脑子里，还用老看。不是当间谍的料。

杨念：你是？这叫稳健。

陆雨甜：哎呀，你看，那是那个严……什么吧。

杨念看向另一方向。

严枫下了车，从后备厢里拿出一个塑料袋，匆匆走来。

陆雨甜立即站到杨念对面：叫严什么？我也当不了间谍。杨念假装用手机给她拍照，拍下了严枫走过的镜头，进入住院部。

杨念：叫严枫，我跟踪她进去看看。

陆雨甜：不行，她在公司见过咱俩。

杨念：就那么一晃而过，她能记住吗，她眼睛能扫描二维码？

严枫和穿时尚便装的陈香一起出了楼门。

杨念继续拍：出来了，别动。郑总监视陈香是什么意思？

陆雨甜：不要揣摩上意，执行就是了。

严枫和陈香有说有笑地上了车，陈香上了驾驶员的位置。

杨念问陆雨甜：走了，咱还等吗？

陆雨甜茫然：要是有车就好了。

5. 餐饮街　昏外

林拜的车开来，路边停下，郑秋冬和林拜下车。

林拜张望着：葵大姐说这餐馆是她朋友开的。

二人沿街走来，郑秋冬手机响，看：陌生号，接不接？林拜：垃圾，不用接。郑秋冬嘟囔着：再响三声我就接。

三声过后，郑秋冬接听：喂？我是，您是哪位？郑秋冬的神情变得严肃，示意林拜电话有情况：我在听，您说。郑秋冬在听。

林拜等在一边，用手机输入几个字，然后给郑秋冬看。

手机显示：关于陈香。

郑秋冬点头：我们可以见个面吗？我在 ×× 这边。

6. 典雅的餐厅　日内 / 茶馆　日内

林拜、葵黄在这儿。林拜看着菜单：他说他要是不做猎头的话，很可能就做侦探了。

葵黄在发微信：还有这爱好。

林拜：太有了，刚听说那个情报官的一条线索，立马就约见。

窗外，对面的茶馆窗口，郑秋冬和一个陌生人在交谈。

茶馆，二人在喝茶，郑秋冬和顾先生。

郑秋冬观察周围：顾先生怎么知道严冰河找了我们？

有点痞气的顾先生：在盛煌干过那么多年，总还有朋友的，我走了，朋友还在。

郑秋冬：您说以前跟陈香矛盾很深，原因是什么？

顾先生得意点头：原因嘛，说来话长了，上海的丹侬化妆一直是盛煌的竞争对手，但这家企业的发展很畸形。

郑秋冬认真地听着。

顾先生：有证据表明，这个丹侬化妆的研发经费占比很低，低得几乎为零，但它对外宣称年研发经费是 5000 万，但它公布的采买清单中，没有一分钱购买研发设备，也没与任何研发机构有过交流，所谓 5000 万完全是谎言，是丹侬严防死守的秘密。

郑秋冬：这个秘密是你发现的？

顾先生：对，我有亲戚在那边，吃饭的时候说漏了嘴，说丹侬从盛煌盗窃研发成果。

郑秋冬：你这亲戚还在那边吗？

顾先生：早就离开了，腿被打断了，好歹活了条命。

郑秋冬：也就是说，丹侬根本没有研发队伍，一直靠一条隐蔽的内线从盛煌窃取情报，发展到今天。

顾先生：没错，丹侬的情报来源可能还有别的同行企业，但至少有盛煌，而且这个局面几乎维持了十年，不间断的十年。

郑秋冬：明白了，盛煌的高层有丹侬的内鬼，能接触到企业的核心机密。

顾先生：对，说白了我怀疑内鬼就是陈香。

郑秋冬一惊：陈香对严老板忠心耿耿，女儿都要嫁给他了，你的怀疑是不是太不合逻辑？

顾先生：如果不是陈香，那就是严老板本人，岂不更荒唐？不然这么长时间，人员都换了两轮，情报还能继续外泄……不会是别人，就是陈香。去年我私下调查这件事，没想到刚一开始陈香就知道了，我没太提防他，没过几天我就被盛煌解雇。我给严冰河写过信，他应该知道一些。

郑秋冬：你给老板的信也说陈香是丹侬的商业间谍。

顾先生：对。

郑秋冬琢磨：要是的话，您认为他是最初打入的，还是中间策反的？

顾先生摇头：还没来得及查清楚，我就被……他做出了一个砍刀的手势。

郑秋冬：解雇您的理由？

顾先生：经济问题，挪用公司的……一笔闲置资金。

郑秋冬：您是真挪用了，还是被诬陷？

顾先生：真的挪用了。

郑秋冬：您在盛煌做研发，怎么会接触到这么一笔闲置资金？

顾先生苦笑：人只要有欲念，往往就能做到。我承认那事是我的错，抱了侥幸心理，被陈香一把抓住，踢出山门。

郑秋冬：也不算是坏事，如果不离开盛煌，顾先生哪有现在这么庞大的冷链产业。

顾先生：因祸得福嘛。接着他压低声音：陈香就是丹侬的间谍。

郑秋冬看着顾先生，一笑。

顾先生：笑什么？

郑秋冬：我是多疑的人，不知道您是来提供线索的，还是来扰乱视线的。

顾先生诧异：看来是我错了，在没得到郑先生信任之前，就说了这么多。

郑秋冬看表：别误会，当所有怀疑都打消了，信任就自然而然了。

顾先生环顾四周：我先告辞。

郑秋冬：顾先生，保持联系。

顾先生做出 OK 的手势。离去。

郑秋冬等了片刻，喝了那杯茶，离去。

7. 典雅的餐厅　日内

林拜和葵黄在小声交流着，郑秋冬进了餐厅，来到桌边：葵大姐，不好意思，久等了。

葵黄：哟，来了，没事，你是忙人，坐吧。林拜说你改行做福尔摩斯了。

郑秋冬坐下：要能做真的侦探一定很过瘾。

林拜打量着他：还好吧？

郑秋冬发现对面还多一副餐具：还好，聊了半天间谍……还有人？

林拜有意味地点头。

郑秋冬看着他俩笑眯眯的样，他似乎明白了，一仰头靠在靠背上。

葵黄关心：怎么了？

郑秋冬苦笑：没事，是在汇银做投资的朋友吗？

葵黄：对，叫了伊人，你介意吗？

郑秋冬：不，怎么会介意呢，她还好吗？

葵黄：一会儿她来你可以亲自问。

这时，罗伊人一袭古典雅致的深色长裙，斜挎一包款款走来。

林拜和葵黄看到了她，又看郑秋冬，郑秋冬正好背朝罗伊人的方向，但是他感到了罗伊人在靠近。

郑秋冬没有回头看，而是看着林拜和葵黄，眼神中有点忐忑。

罗伊人走来，向林拜和葵黄摆手打招呼，二人也招手回应。

郑秋冬有些拘谨，"好啊，秋冬"罗伊人的声音。

嘭的一声，手机掉在盘子上，筷子被碰到地上，叮叮当当。

郑秋冬起身，看着神采奕奕的罗伊人。

二人对视瞬间。郑秋冬稍有尴尬：还好，坐吧，怎么回事……大家都跑杭州来混了。

林拜：说明你太招人呗。

罗伊人落座，轻声问葵黄：点菜了吗？

葵黄：点过了。

罗伊人：陈老师怎么没来？

葵黄：跟人谈事去了，我俩可能会离开杭州一段时间，加盟一家酒类运营企业。

三个人都愣住了。

饭菜已经上来了，大家慢慢吃着。罗伊人：酒类运营？去哪儿？

葵黄：在深圳的时间会多一些。第高控股，去年在开曼群岛注册，今年准备在香港主板上市，我们去帮一帮他们。

郑秋冬：能把您和陈老师一起拿下，这是哪家公司干的？

葵黄：看你，就惦记你那点业务。不是猎头干的，是一朋友的企业，要想上市，这边的业务需要我们。

林拜：那我们的计划？

葵黄看着郑秋冬：秋冬，德仁的未来发展，你想听听我的建议吗？

郑秋冬有点困惑：当然。

葵黄：上次你们搞的那个结婚 20 年纪念，给我留下了很深的印象，你们都是做事的人，有能力也有思想。事后老陈提醒我说，你们应该合起来做一件大事，符合你们意愿、体现你们价值的大事，我们可以用我们的资源，帮助你们。

葵黄看了眼罗伊人：伊人你说吧，你也是始作俑者。

郑秋冬看着他们：你们好像都筹划好了？

罗伊人：林拜跟你谈过上市的构思，你也愿意尝试？

郑秋冬点头：当然愿意，但他没说幕后有两位女推手。

林拜：今天核心团队都到了，就这些人。

罗伊人：人力资源这块前景越来越被看好，德仁这两年利润不错，具备引进资本的基本条件。

葵黄：我跟陈老师去第高控股运作上市，也是想为你们，还有他家的酒业下一步发展做准备。

郑秋冬、林拜愣。

罗伊人：我跟梁总汇报过你们公司的情况，葵姐也向他们推荐过，汇银很有投资兴趣。

郑秋冬看着其余三人：时来运转，我终于遇到贵人相助了。

罗伊人：互为贵人，需要互助。

8. 餐厅前台　夜内

郑秋冬结完账走来，这里只剩罗伊人了，郑秋冬：怎么走，哎，他俩呢？

罗伊人：走了，让我送你。

郑秋冬了然一笑：哦，林拜的主意。

9. 街道　夜外

罗伊人的车内。罗伊人开着车：听说你们招聘寻访拓展得很快。

郑秋冬：对，主要是林拜熟悉这块业务。北京、上海、深圳的办公室都开始工作了，很快还要进入七个省会城市。

罗伊人：多好啊……听说你接了个很神秘的单，像谍战片。

郑秋冬：林拜嘴是很严的，怎么跟你什么都说。

罗伊人：不怪他，是我问的。以后汇银要是投德仁的话，我必须关注你们的经营状况。

郑秋冬有点激动：要是这个设计能成真，咱三人联手经营一家上市公司，这故事绝对能上玄幻小说排行榜。

罗伊人：慢慢来，不复杂。哎，你这人怎么这么不靠谱呀？

郑秋冬：怎么不靠谱了？

罗伊人：你跟贾衣玫掰了？

郑秋冬没吱声。

罗伊人：老实巴交的姑娘，你这不是欺负人嘛。

郑秋冬欲言又止。

罗伊人：无言以对了？始乱终弃。

郑秋冬：事实是，始并没乱，终被抛弃，被抛弃的是我。

罗伊人乐了：又是被，两回都是被抛弃。

郑秋冬：笑什么笑，你比我强不到哪儿去。

罗伊人止住笑：讨厌。

郑秋冬：对不起。

10. 郑秋冬家　夜内

郑秋冬从简易的书柜里抽出那本发旧的《挪威的森林》，打开，里面是一张自制的书签，翻过书签，上面是手写的“我爱过直子，如今仍同样爱她”。

茶几，一杯红酒，那本《挪威的森林》。

郑秋冬闭着眼睛在打坐。

11. 街道　夜外

罗伊人开着车，音响里传来的是《不要脸》的歌声。

罗伊人眼角微微湿润，用纸巾轻拭。

12. 德仁公司　日内

格局已经变化，桌子显然比以前增多，排列更加密集。（以前是四张办公桌，田、贾、马、蒲，现在是八至十张。）

更多的年轻人在忙碌着接听电话，敲击键盘。

背景打电话的参考台词一：你好，我这是杭州自动化研究所，我们所有个自动提款机方面的国家专利，想和你们所的连尚易研究员沟通一下，看看有没有合作的机会，请问能让连先生听电话吗？

参考台词二：麻烦您帮我找一下人事部的隋总监，我这边是猎聘网，我们推出了新的广告创意和投放策略，想询问隋总监，贵公司的合约是否续签？

陆雨甜、杨念穿过工作区走向郑秋冬办公室。

13. 郑秋冬办公室　日内

郑秋冬在看手机中的视频，陆雨甜和杨念站在一边。

视频中是严枫和陈香离开住院部大楼的片段。

郑秋冬：还有吗？

杨念过来划了下手机：这是他们回来的，太暗了，看不清楚，又不敢靠近拍，但可以肯定是他俩。

手机上是夜晚的画面，一男一女牵着手经过。

郑秋冬：不错，任务完成得很好。

陆雨甜：郑总，如果给我们配辆车，我们跟踪就可以更彻底。

郑秋冬看着小姑娘：有道理。

14. ×× 现代设计场所　日内外皆可

郑秋冬和严枫：新的人选我们已经有几个了，正在甄选。

严枫：我知道你们有行规，会为客户保密，但我还是想强调，这件事比其他的猎头项目更需要保密。

郑秋冬：放心，严小姐，我觉得您男朋友这种状态，老待在医院里也不好，您可以带他出来散散心。

严枫掩饰：哦，医生说还是在里面待着更好些，尽量不让他出来，免得受刺激。

郑秋冬意识到她撒谎了。

严枫：新人选把关不必太严格，早来早上手，盛煌的规矩多，得进来后慢慢了解。现在我这边资产托管忙得不可开交，招人的事您就多操心了。

郑秋冬：应该的。他突然转移话题：严小姐，上海的丹侬化妆跟盛煌一直有官司纠缠，这是怎么回事？

严枫回避：我是管财务的，法务的事从不过问。

郑秋冬：我网上浏览过，都是诉讼丹侬公司盗窃盛煌的研发成果的。

严枫：都是我们败诉，说这些没意思。郑先生，这跟我的委托有关系吗？

郑秋冬：或许有。

15. 高尔夫球场　日外

林拜和严冰河。林拜：我们找到了四个人选，但是有人担心取代未来的女婿，会给自己以后带来麻烦。

严冰河：我是你说的那样的人吗？

林拜：我们暂时没告诉他们企业的名字。

严冰河严肃：未来的女婿，哼，告诉他们不必顾虑。

林拜：我怎么说他们才能不顾虑？

严冰河认真：就说陈香是被我赶走的，他和我女儿不会有明天的。

林拜困惑：我不理解，您亲口说过，陈香为盛煌的发展立下过汗马功劳，您就这么一个女儿，盛煌的未来您必须倚重陈香的。

严冰河：此一时彼一时了。

林拜：严总，您的这次人事安排是秘密运作的，您女儿一点都不知道？

严冰河叹：一个傻姑娘，不能让她知道。

林拜：我一个朋友是做竞争情报搜集的，他在上海，他跟我说丹依化妆跟您的企业竞争了十几年，两家实力不相上下，研发能力也旗鼓相当，是这样吗？我怎么听说那边有点手脚不干净呢？

严冰河：他们就是贼，是旷世大贼。

林拜：你是不是觉得这个大贼，早在很久以前就把剪刀手伸进了盛煌？

严冰河突然严肃地看着林拜：你是凭直觉，还是听说了什么？

林拜：直觉吧。

严冰河：有证但不坐实，盛煌跟丹依是世仇，你要是能弄个水落石出，德仁公司今年的利润我包了。

林拜觉得问题严重。

16. 高档写字楼大堂　日内

沙发休息区，很安静，人很少，郑秋冬、赵见蜓，还有律师事务所、会计师事务所的代表等在这里，林拜匆匆从外面走来。

看到林拜过来，郑秋冬用微信说：林拜到了，我们的财务总监、律所的代表、会计所的代表都到了，你忙完了就下来，我们在楼下等你。

林拜过来坐在沙发上，跟大家点头：到了。评估公司戴经理来电话，堵车，晚点到。转问赵见蜓：怎么样？

赵见蜓：每财年的基本数据出来了，一会儿要商议改组后建账的细节。

林拜看向郑秋冬，小声：这边来一下。

郑秋冬和林拜去了一个角落，郑秋冬狐疑地：又有什么奇闻？

林拜小声：严冰河好像知道陈香的底细，赶出门去，女儿也未必嫁给他。

郑秋冬一怔：他了解陈香多少？真像外面传的那样，十年卧底？

林拜：他的原话是，有证但不坐实，肯定早就怀疑了，就是拿不到证据。公司还有陈香的死党，还有宝贝女儿做人质，动不得，急死老家伙了。

郑秋冬不服：还没到那种程度吧，要真是急死了，凭盛煌的财力，拿大钱出来，一笔笔狂砸顶级的调查公司，我就不信，证明陈香跟丹侬有关系，或者根本没关系有这么难？几年查不出结果。

林拜不屑地看着他：说得轻巧，嘴皮子一吧嗒，馅饼就从天上掉下来了。能办你来办，严冰河许诺，陈香这案子，如果德仁能查个水落石出，公司今年的利润他包了。

郑秋冬诧异地看着林拜：激我，别拿冰水激我！

林拜：你适合干这事。这边尽责调查马上结束，接着是股权架构调整，你都可以不参加，听听我跟见蜓、罗伊人的汇报就行，专心查你的案子，成了，是公司一年的利润呢，开玩笑。我就不信，一个小陈香，能难倒杭州的福尔摩斯。

郑秋冬好像下定了决心：有句话我跟周霜荷说过，今天当着你面可以再说一次，好，我愿意试试。

林拜郑重地看着他，眼中满是信任。

罗伊人穿着儒雅，匆匆走来：秋冬、林拜、赵总监，对不起久等了。

大家起身来到她身边，郑秋冬：没事，你上边忙完了吗？

罗伊人：完了，证监会的人刚走。

林拜介绍：这二位是，律师事务所的图律师，会计师事务所的侯会计师，评估公司的人在路上，堵车。

罗伊人：不着急，一起上去等吧，有会议室，比这儿方便，法律状态和财务审计咱们分头商议。

一行人跟着罗伊人朝电梯走去。

郑秋冬、林拜拖在后面，林拜小声对郑秋冬：女神范儿越来越足，真的。

郑秋冬用手扇着鼻子，嫌弃地看着他：你吃大蒜了。

林拜：滚，罗伊人怎么看都是你的菜，真的，别端着了。

郑秋冬突然大声：伊人，林拜说啊，你怎么看都是……

林拜一把抓住他，他对林拜：你自己跟她说，林拜有话跟你说。

罗伊人停下等着。

林拜瞬间尴尬，一顿，问罗伊人：你记忆中看的第一部动画片，是不是变形金刚？

罗伊人显然明白发生了什么，摇头：机器猫。但我知道你俩说的不是一回事。

林拜无辜地看郑秋冬。

赵见蜓不明就里：我记得是希瑞。

郑秋冬顺着说：反正我的第一部是丹佛，最后的恐龙。

罗伊人扭头走去。

林拜拍了拍赵见蜓：太认真。走了。

郑秋冬也拍了拍：好财务。也走了。

赵见蜓突然打了个喷嚏。

17. 电梯　日内

郑秋冬、林拜、罗伊人、赵见蜓以及前场的那两个人，依次进来。

罗伊人摁按钮，摁了个 6，摁了个 15：你们先去 6 楼，去第二会议室，有指示牌。秋冬你跟我去 15 楼补个签字。

郑秋冬：又要签字？

罗伊人：一万个签字，这才刚开始呢。就是一份承诺书要法人签字，格式文件。

电梯门开了，大家出去，林拜最后故意地：秋冬，我们在下面喝茶，不急啊。

郑秋冬一推他，罗伊人关门，电梯门渐渐关闭。林拜：哎……你俩挺默契呀。

门关上，二人都笑了。罗伊人一丝羞涩：他算坏人吗？

郑秋冬：跟我比，他是好人；跟你比，他是坏人。

罗伊人嘴一撇：真会说。

电梯门开了，进来的竟然是抱着一个卷宗袋子的严枫，她认识罗伊人：哎呀，罗经理。

郑秋冬意外，但是严枫没有注意到他。

罗伊人：资产管理的事还没完啊？

严枫：没呢，我算领教了，当委托人容易吗？啊——郑总。

郑秋冬：你好，严小姐。

严枫看着他俩：你们认识？

罗伊人点头，郑秋冬：认识，您常来这儿？

严枫指着罗伊人：汇银是我们的券商也是资产管理方，你来有事？还是，哦，您是来找罗经理的？

15 层的电梯门开了，罗伊人：我们到了，再见严小姐，请吧，郑总。

郑秋冬跟严枫：再见，严小姐，我们到了。

严枫：再见，我去 16 层，场外市场部，再见。

电梯关上，严枫琢磨着，掏出手机拨通，电梯门开，她走出去。

18. 电梯外走廊　日内 / 写字楼洗手间　日内

严枫电话：喂，林总吗？

林拜洗完手抽纸擦手：严小姐啊，什么事？

严枫狐疑：我想了解一下，你们郑总跟汇银投资部的罗伊人是什么关系呀？

林拜困惑：哦，他俩呀，严小姐怎么想起问这事？

严枫：没什么，他给我的资料里说，为我选的目标人有一个是个女的，我想他不会想把罗经理猎到盛煌来吧。

林拜：那怎么可能，罗经理也不是做情报这行的，你想多了。

严枫：是吧，我就想问这个，她应该不懂竞争情报的，哎，林总，您也认识罗伊人？

林拜：我们在北京就认识，都是多年的朋友，郑总也是。他俩见面一定是私人交往，不会是猎头的事。

严枫放松，开始八卦：哦，是这样，是我多心了，他俩关系是不是还不一般？

一个男士进卫生间戴着耳机，去了小便池，小声说着电话：我不信，我坚决不信。

林拜离开那人，小声：确实不一般，您看出来了？

严枫：含情脉脉的。

撒尿的男士声音大了一点：别，别呀……林拜小声：别跟别人说啊，我正在撮合他俩呢。

严枫兴趣大增，小声：真的，嘿嘿，我也能帮忙啊。

林拜正要说什么，撒尿男士突然带着哭腔吼叫：你要不信，我开窗跳楼，死给你看……

严枫听到了：谁呀，喊什么呢？

林拜很小声：没什么，我看话剧呢。不再说了，看完演出再联系，再见。林拜出卫生间。

严枫挂机，想了想，往里走去。

19. 城市　夜外

空镜头，灯火通明的城市夜景。

20. CBD 地上停车场　夜内

郑秋冬、罗伊人、林拜走来，林拜开自己的车门，郑秋冬要上。

林拜：伊人，你送郑总吧，我要走反方向，去接冯眷眷，她在朋友家打牌呢。

郑秋冬、罗伊人似乎都明白林拜的意思。

郑秋冬看向罗伊人。

林拜启动车：拜拜了。他的车一溜烟不见了。

罗伊人开开车门：他以前挺含蓄的，现在怎么这么直白。

郑秋冬进了副驾：想象力缺失，他目前智商高开高走，情商持续走低。

21. 街道　夜外

车内。郑秋冬和罗伊人。

罗伊人：你现在猎头的案子，就是给盛煌做的吧？

郑秋冬：对，委托人就是这个严枫。

罗伊人：你这算是泄密吧。

郑秋冬：算。可我觉得你就跟合伙人差不多，照葵大姐说的那样，将来就成了利益共同体。所以，说给你也不算什么。

罗伊人：你来杭州是不是就没换过房子，一直住这儿？

郑秋冬：对。一直想换，一想搬家要费那么多事，懒得动弹。

罗伊人：记得那年你都差点买房子了，是吧，跟熊青春。

郑秋冬转移话题：我觉得你们梁总很关照你。

罗伊人：那是看在葵姐面子上的。一说熊青春就转移话题。饿吗？前面有家店，馄饨不错。

22. 干净的馄饨店　夜内

小店，只有两三个客人，女店员用托盘端来两碗馄饨。

馄饨放在郑秋冬和罗伊人面前，郑秋冬闻了闻：是不错，你常来？

罗伊人看着郑秋冬：只要加班，就会来，回家经过这儿。

郑秋冬：你们加班是家常便饭。

罗伊人：华尔街也一样。你也快了，马上要审计财务报表了。

郑秋冬：我们是规范经营，一直就是一本账的。

罗伊人诧异：是吗，那是小贾管账规范……你觉得熊青春和贾衣玫谁更舒服一些？

郑秋冬：你真不辜负林拜的拙劣安排，非谈这类话题呀。

罗伊人轻轻搅和着馄饨：怎么不能谈了？她俩谁是绿子，谁是直子，谁是玲子？

郑秋冬：我不会照着书上写的去生活，身边出现了又消失的那些女人，在我心里留下两道很深的划痕，一道提醒我，我还不太懂生活；一道提醒我，时间过得太快，想活得再认真一些，都来不及。

罗伊人：记得回父母家，找出大学读的书，就是一串感叹；看到中学用的电子表，就忍不住心酸；发现小学的中队长臂章，不可避免地会是一场大哭。时间是消灭所有人的凶手，但它消灭不了感情。

郑秋冬低下了头：在监狱的时候，我师父说，能忘掉的事，都不是重要的。永远忘不掉的人，或许不少；但忘不掉的爱人，只有一个。这话跟你说的意思差不多。

罗伊人眼眶泛红，看向一边。

小店的电视里，在播放黑白片《卡萨布兰卡》，女店员一边看，一边擦着眼泪。

23. 郑秋冬办公室　日内

郑秋冬在一份文件上签字，秘书等在一边。签完，秘书拿着出去。

秋冬认真地看着电脑屏幕。

电脑屏幕上是一个文章名《丹侬化妆的创始人——刘安》，并附带刘安（60 岁左右）的照片。

郑秋冬看着，点击链接，怎么也点不开。

他想起什么，立即上网搜索《南国纪实》。

网络百科:《南国纪实》是大型报告文学季刊，创刊于 1988 年。创刊者：

上海实业家联合会。

真实性是纪实文学的灵魂。如果是严肃的杂志，那它所说的事就应该存在，并且主要过程应该真实。但是现在，敢于站在风口浪尖上说实话的人与文已经很少了，为了名和利，人们已经向虚伪与矫情让步了，这是报告文学的悲哀，是时代的不幸。

现在的文学也是这样，如果有 300% 的利润，执笔者也敢于冒杀头的风险。所以,《南国纪实》杂志纪实文学的使命就是剥去历史的一切伪装。这些杂志存在的意义，如果是敢说真话的人办的杂志，就是他心中的呐喊。

……

2009 年 12 月 31 日宣布停刊。

郑秋冬在网上查着。1998 年的《南国纪实》1、2、3、4 期都有。1999 年只有 1、3、4 期。2000 年 1、2、3、4 期以及别的年份的都是齐全的。

郑秋冬琢磨着，来到办公室门口，杨念和陆雨甜迅速过来：郑总。

郑秋冬示意他俩进来，来到电脑前：你们看这个《南国纪实》在 2009 年就已经停刊了，它是季刊，全纪实网站上有它 21 年来的所有 84 期的电子版，但是唯独缺 1999 年的第 2 期。你看，就是这。

第45集

1. 郑秋冬办公室　日内

郑秋冬示意他俩进来，来到电脑前：你们看这个《南国纪实》在 2009 年就已经停刊了，它是季刊，全纪实网站上有它 21 年来的所有 84 期的电子版，但是唯独缺 1999 年的第 2 期。你看，就是这。

杨念：有什么吩咐？

郑秋冬：这一期里有一篇报告文学，叫《丹侬化妆的创始人——刘安》，这里有引用，我从这儿发现的。

陆雨甜掏出手机拍摄电脑屏幕：我们可以找个图书馆，找到这一期，然后复印这篇文章。

郑秋冬欣赏：我就是这意思，去吧。

2. 医院停车场　日外

严枫拎着个五彩的便携袋等在这里，郑秋冬的车驶来，停下，拎着公文包下车，严枫走过来，递上那个便携袋：盛煌的最新产品，极光系列，沁白防晒。

郑秋冬：给我的？谢谢，我真用不着高档化妆品。

严枫拉开车门，放进车里：你可以送人呀，不会连可送的人都没有吧。

郑秋冬无奈：谢谢。

严枫：我知道你一秘密。

郑秋冬想了想：没觉得严小姐生活很单调啊。

严枫：什么意思？

郑秋冬：电梯里遇到了我和罗经理，激起您无限想象。

3. 医院走廊　日内

郑秋冬、严枫走来。严枫：一小部分是想象，我也有事实根据。

郑秋冬停下看着她：严小姐受男朋友影响很深，也对情报感兴趣。

严枫：事件要是足够大，记忆就会被迫保存它。那位夏部长，夏吉国出事的时候，有个受牵连的美女，我印象很深。

郑秋冬：还有呢？

严枫：后来跟一个喜剧演员……

郑秋冬笑了，走着：一直以为严小姐是心事重重的，没想到还有心思研究八卦，男朋友的事看来是不太走心呀。

严枫不屑：被我击中软肋了，就这么报复我。

郑秋冬：要是早发现您的情报天赋，我就推荐您接替陈香了。

4. 陈香病房　日内

陈香捧着张 *China Daily*（《中国日报》）在看。

郑秋冬和严枫出现，郑秋冬站在门口，严枫走向陈香：干什么呢？

陈香看着郑秋冬，目光恍惚：你好。

郑秋冬：你好。

陈香对严枫：泛太航空失联飞机上一定有特殊人物。

严枫拿过报纸：别瞎琢磨了，有什么特殊人物？

陈香念叨：携带美国核心机密的，像斯诺登那样要叛逃的人，被中情局发现了。

严枫看向陈香：算是妄想吧。

郑秋冬靠近陈香，眼前闪过陆雨甜手机拍摄的画面，陈香很自然的形态。

郑秋冬问陈香：中情局发现之后呢？

陈香神秘地：这架TP1130的目的地是上海，CIA绝不能让它在中国降落，约翰·布伦南命令美军第13航空队出动F-22，对这班民航实施了迫降。

郑秋冬：迫降在哪儿？

陈香：就在关岛，安德森空军基地。

郑秋冬：抓到那个叛逃者，飞机上还有225个乘客怎么办？

陈香：秘密处理掉，反正飞机是永久性失联。

郑秋冬看着严枫：他的压力不像来自工作，更像来自怀疑。

陈香的十指不经意地同时弹了一下。

严枫正要坐下，身体停顿了一下，没坐：何以见得？

郑秋冬：我接到过一个匿名电话，说有人诬陷陈先生跟丹侬化妆有牵连，盛煌的高层，包括您父亲都有所耳闻。

严枫表情一下严肃起来：诬陷，不能信那些话。我父亲肯定不信，不然早就把他请出去了。跟丹侬有染就是盛煌的仇人。

郑秋冬观察陈香。

陈香似乎没听懂：失联了，一定是永久失联……

严枫轻轻拍拍陈香的头：该吃饭了。

郑秋冬手机响了一声，郑秋冬看，是一张微信图片。

图片是：杨念在图书馆的环境下，胸前展开一本杂志，杂志被展开的页面上写着标题《丹侬化妆的创始人——刘安》。

郑秋冬放大画面，仔细看着。

5. 图书馆　日内

阅览室，郑秋冬匆匆走来，杨念和陆雨甜等在这里。

郑秋冬过来，看着那本《南国纪实》的目录，小声地自言自语：不就是两篇报告文学吗，为什么网上单单没有这期？

陆雨甜：我打电话问过全纪实网站的责编，她说最初的电子版都是全的，排版记录上写的是，2011年上海的丹侬日化董事长建议撤下这期，因为里面有这篇写他的，写得不好，丹侬赞助了一笔钱，双方达成协议，就再也没有这期的电子版了。

郑秋冬听着，眼里露出诧异：你们回去吧，我再待一会儿。

杨念留下一张卡：临时阅览证。二人离开。

郑秋冬翻到《丹侬化妆的创始人——刘安》那页，认真地看着。

郑秋冬看着，从公文包里拿出笔和纸，记录着。

6. 图书馆某处　日内

郑秋冬在复印着那本《南国纪实》，琢磨着。片刻，他拨通电话：你们在哪儿？我请你俩喝咖啡。

7. 咖啡馆　日内

空空的咖啡馆，郑秋冬、杨念、陆雨甜守着三杯咖啡。

杨念：严枫跟医院领导很熟，她带陈香出去看过电影，去酒店开过房。

陆雨甜：在电影院停车场，陈香还帮我倒过车，一点也看不出他有什么不正常，百分百是装的。

郑秋冬喝着咖啡听着：你们找到的那份报告文学，给了我一点灵感。丹侬的老板刘安跟陈香是同乡，都是磐安人，这或许是巧合。刘安的儿子 1995 年病死，器官移植给了他最要好的同学。好，把你们的手机录音功能打开，我要布置新的任务，你俩要去外地做一项秘密调查。

两个年轻人立即打开手机录音功能，摆在郑秋冬面前。

郑秋冬：一、刘安的儿子死后，器官移植给了谁？这对当时当地的同学老师们一定不是秘密，而是尽人皆知的善举。二、陈香考上清华大学信息学院，为什么中途退学，又考取中国科技大学研究竞争情报？他家很穷，供他读书很吃力，他为什么这么折腾？这可能没有别的办法，你们还是要找到他当时的同学。三、或许可以去陈香的老家，见见他的父母，乡下老人，应该没什么防范意识，考验你们寻访技能的时候到了。录音可以关闭了。

两个年轻人，拿起手机关上录音。

郑秋冬：这次行动陆雨甜负责，杨念，你可以做好她的下属吗？

杨念：可以。

郑秋冬：对这次行动有信心吗？

杨念：有。

陆雨甜：吃住行有标准吗？

郑秋冬：当然，有严格标准，都要有发票的。一会儿去财务部取现金和信用卡，已经说好了，赵总监还要给你们上花钱的课呢。

两个年轻人有点忐忑。

郑秋冬看表：遇到什么事，你俩要多商量，再不行就给我来电话。

两个年轻人点头。

郑秋冬：你们先走，我还要再等个客户。

两个年轻人离开。

郑秋冬从公文包里拿出复印的长篇报告文学《丹侬化妆的创始人——刘安》。

周霜荷从外面进来，走向郑秋冬：早来了。

郑秋冬收起复印件：咖啡？

服务员送来热咖啡。

周霜荷：听说您的咨询服务专业是金融，这次怎么又做竞争情报了？

郑秋冬：看来我们是在彼此调查。

周霜荷：我可不是秘密调查，都是公开信息整理。

郑秋冬：公司没有纯粹做竞争情报这行的，我只是想尝试，也想过请人外包。没想到您的资料甲方很满意，我就变成简单牵线搭桥的了，这我还是能胜任的。

周霜荷笑：我就随便一说，并非跟你要答案。

郑秋冬：约您见面是想告诉您，盛煌首席情报官的事正在进行中，别认为我是不靠谱的人，露一面就不见了。

周霜荷：我不会那样想，我知道猎头公司做事都会有头有尾。

郑秋冬：是的，另外，还想跟您做个补充说明。

周霜荷喝咖啡：请讲。

郑秋冬：您说您担心去盛煌取代陈香，会引起老板女儿对您的不满。这个顾虑现在完全可以打消，因为老板的女儿严枫也想尽快找人换下陈香。

周霜荷：这就是你的补充说明？

郑秋冬：不，下面说的才是我的补充。在盛煌内部，围绕着陈香和上海的丹侬化妆确实有些历史矛盾。您也许知道一二，但不想多说，建议我去弄清楚，这样也好，我有义务弄清楚您未来就职的人事环境，理顺那些不和谐的关系；有义务通过盛煌高层给您提供一个平和、纯粹的业务平台。希望您能耐心等待。

周霜荷：谢谢，我预感这会是一次愉快的合作。盛煌和丹侬的商业谍战已经不是一两年了，传言很多，你们不在这个圈里听到得少，我们可没少听，有的惊心动魄，也有的荒唐，但不论怎么传，都是冰山一角，没人能揭开这场情报游戏的真实面纱。

郑秋冬：德仁力争做到，请周主任放心。还有，上次见面，周主任有两句余音绕梁的话，我始终挥之不去，很想再多讨教一次。

周霜荷笑：余音绕梁的话？郑总这么说，让我都对自己感兴趣了，哪两句？

郑秋冬：一句是“严冰河向你隐瞒了什么”，还有一句是“陈香这个人有故事”。我之所以说余音绕梁，是因为您的口气和眼神结合得很含蓄，我揣摩不透其中的含义。周主任，这两句话是什么意思呢？

周霜荷：都是根据外界传言做出的推测，我不能当事实来说。这两句话真没什么特定的意思，如果说有的话，可能就是希望郑先生能对严冰河、陈香感兴趣，进而弄清楚。

郑秋冬：明白了，谢谢您对我默默的支持。

周霜荷：默默的支持？我有吗？

郑秋冬：被盛煌辞退的顾如敏先生您该认识吧，他向我提供了很重要的线索，虽然他说是严冰河身边的人把我介绍给他，但我断定是您告诉他的，他那么说只是不想暴露您。

周霜荷一笑：您有心请我，我有心前往，在这种情况下，帮助您就是帮助我自己。

郑秋冬满意地笑了：Bingo（好极了）！

8. 德仁会议室　日内

投影上是一个 PPT 文件，标题是“企业预挂牌申请材料清单及模板”。

一个大的白板，上面是马克笔手写的字迹“三年财务合并报表”“审阅报告”“¥640”“17 倍 PE”等字样。

罗伊人一手拿马克笔，一手是激光笔，她正用激光笔指点着 PPT：这个主要是我们负责完成，但是委托方法人需要签字确认。

她的身边坐着一位西装革履的人。

郑秋冬、林拜、赵见蜓等两三个人在听。

PPT 换了一页，页面如下：

（一）承诺函

注意事项：（1）此材料需提交纸质版原件；

（2）申请企业应真实完整填写公司名称；

（3）法定代表人签字、加盖公司公章并填写申请日期。

罗伊人：注意事项中的要点是，纸质版原件、公司名称、签字、公司公章、申请日期。

罗伊人还在讲着，郑秋冬听着，眼神有些柔和。

林拜喝口茶看着他，郑秋冬意识到林拜在看他，转脸注视林拜。

林拜看着郑秋冬做出斗鸡眼状，僵尸一般，接着一行茶水顺着嘴角流了下来。

郑秋冬忍不住哈哈大笑起来。

在座的人都愣住。

郑秋冬趴在桌上笑。

林拜用纸巾擦着嘴，认真地：最近怎么回事，老是垂涎三尺。

赵见蜓：最好看看中医，我妈养老院有个老中医，祖辈是御医，宫里的。

罗伊人苦笑：两位老大，有点正形好不好。

林拜推郑秋冬：说你呢。

郑秋冬抬头：他老逗我。

9. 城市夜景　夜外

空镜头。

10. 德仁会议室　夜内

角落堆放着吃剩的盒饭、饮料杯。

赵见蜓在 PPT 前还在讲着，PPT 标题“掌握证监会新三板监管，审核口径和审查要点”，小标题“税务、会计和法律问题等关键处理”。

林拜提问，赵见蜓解答。

大家会议桌边围坐，探讨问题。

墙上钟表，10:20。

11. 街道　夜外

郑秋冬开车，红灯，停车，街道安静没车。

郑秋冬无意间发现副驾上严枫送他的化妆品。

他想了想，掉头，开走。

12. 干净的馄饨店门外街道　夜外

郑秋冬的车驶来，停下，看见了罗伊人的车，观察小店里面。

罗伊人呆呆地坐着。

13. 干净的馄饨店　夜内

服务员端上冒着热气的馄饨，罗伊人低头吹着。

郑秋冬拎着化妆品的袋子坐在她面前。

罗伊人抬眼看见郑秋冬，两眼一下亮了起来，接着又收住了：吃顺口了？

郑秋冬：这个，我用不着。说着把袋子放在桌上。

罗伊人用手指扒拉着看了一眼：前任用剩下的。

郑秋冬苦笑：真没劲。

14. 干净的馄饨馆　夜内

罗伊人的视线看向电视机。

郑秋冬坐在她对面，把化妆品放在桌上。

罗伊人：这么晚了，你要是同情店主，就也要一碗吧。

郑秋冬：我真不饿，那好，服务员，我也来一碗。

罗伊人：真不饿，那你来干什么？

郑秋冬指了指化妆品：路过，猜你会在，也许不会在。还有，我觉得上市的路很漫长，一开始券商诱惑你，说尽好话，不告诉你全部事实，总是走了一步之后，再逼着做一些非做不可的事……

罗伊人：你今天在会议室傻笑什么？

郑秋冬：林拜老扮鬼脸逗我。

罗伊人眼睛一直看着不远处的电视，用食指堵住耳朵：不说实话可以闭嘴。别耽误我看电影。

郑秋冬：什么意思？不相信？

罗伊人：嘘——她放下双手。

郑秋冬随她的眼神看去，小店电视上放着《重庆森林》，影像很差。

郑秋冬：哎哟，重庆森林。他念叨着：一晃 11 年哟，2004 年，咱们在华星影城的小厅。

安静片刻。

郑秋冬：这店主有品位。上次放的是《卡萨布兰卡》，这次是《重庆森林》……

罗伊人：嘘——

不再说话了，二人看了片刻，正好到金城武要离开的时候，郑秋冬看着，随着剧情发展，小声念叨出了那段熟悉的台词：在 1994 年的 5 月 1 号，有一个女人跟我讲了一声“生日快乐”，因为这一句话，我会一直记住这个女人。

随后罗伊人随之往下：……如果记忆也是一个罐头的话，我希望这罐罐头不会过期；如果一定要加一个日期的话，我希望它是一万年。

二人对看了一眼。

店员看了他俩一眼。

郑秋冬：开店几年了？

店员山东口音：一年半。

郑秋冬：山东的？

店员：山东文登。

郑秋冬：你是店主？

店员点头：这店就我跟一个伙计俩人。说完去后厨了。

罗伊人小声：原来是掌柜的呀，他一定认为咱俩是精神病。

郑秋冬：不会吧，他会认为我们跟他是同类。

罗伊人：谁跟谁同类？咱哪有人家活得清心寡欲呀。

郑秋冬感受到她话的含义，弱弱地：教训多了，看得透了，不也会清心寡欲了嘛。

小伙计端上馄饨。

郑秋冬看着，眉头一皱：你还能吃吗？我不饿，半碗就够。

罗伊人摇头：你使劲吃吧，别浪费。

郑秋冬慢悠悠地撕开筷子套，搅着馄饨：浪费，浪费算什么，11 年了浪费的多了，一碗馄饨算什么？

罗伊人目视前方，一动不动。

《重庆森林》还在播放。

15. 馄饨店门口路边　夜外

郑秋冬的车停在罗伊人的车后。

郑秋冬陪着罗伊人走出馄饨店，罗伊人开车锁，郑秋冬快走几步，先给罗伊人打开车门，再打开后门把化妆品塞进去。

罗伊人来到车边，看着郑秋冬。

郑秋冬看着她，没话。

罗伊人缓缓进了车，从反光镜里看着郑秋冬，郑秋冬摆了摆手，走向自己的车。

罗伊人冲着反光镜摆了摆手。

罗伊人的车起步，前行。她发现郑秋冬的车一直跟着她。

16. 街道　夜外

罗伊人的车拐过来，前行。

她发现郑秋冬的车还跟在后面。

郑秋冬开着车，一脸平静。

17. 某小区　夜外

罗伊人的车驶来停下，她看到郑秋冬的车停在不远处，她用手机发出微信：谢谢。

郑秋冬看着她下车，走向楼门口。

郑秋冬收到她的微信看。

罗伊人走到楼门口，郑秋冬的车闪了闪大灯。

罗伊人停下回头，向他摆了摆手。

郑秋冬的车又闪了两下大灯，慢慢驶离。

罗伊人看着，面露伤感。

郑秋冬开着车，面露喜色。

18. 盛煌集团大厦　日外

空镜头。

19. 陈香办公室　日内

郑秋冬随着严枫进入，这是一间布置简洁、色调冷静的办公室。

别具特色的是造型各异的落地灯、台灯、壁灯发出昏暗的光。

郑秋冬观察着缓缓走来：陈香喜欢灯？

严枫点头，并一个个打开灯：他去过世界很多地方，总往回带灯，他以前的房子已经成灯库了。

一排书架占据一个墙面，整齐地码放着中外文书籍。都是关于竞争情报、经济以及著名企业三井、埃克森美孚、皇家壳牌、英国石油、杜邦、孟山都、索尼等各类型的竞争情报。还有一些中情局、军情五处、军情六处、摩萨德、克格勃的书籍，其中一本是彼德·赖特的《抓间谍者》。

郑秋冬单指取下《抓间谍者》，看了眼，又放回去，打量办公室：感觉他很酷。

严枫：他的审美很简约。

奇怪的办公室陈设，有两张办公桌，两台电脑。

郑秋冬走着看着：他一个人办公为什么用两张办公桌？

严枫：在别人眼里他是个有怪癖的人，所谓怪，指的就是这些，别人办公室只有一张办公桌，他有两张，他就怪。别人上下午就用同一台电脑，他用两台，他就怪。我倒觉得他很正常。这张上午用，那张下午用，两台电脑当一台用，换一换座位就换了感觉，挺好的。

郑秋冬也觉得怪：要是上午写一篇东西没写完呢，上下午怎么衔接？

严枫：上午没写完的放到邮箱里，下午用另一台接着写就是了。

郑秋冬恍然点头。

办公桌上有一张陈香和严枫相依偎的合影，二人笑得很灿烂。

郑秋冬：从里到外的甜蜜。他是很阳光的人。

严枫微笑点头：一直都是，也很诙谐。

郑秋冬：一直都是？现在不是了吧。

严枫意识到说漏了：当然。我相信会好起来的，只要你的工作早完成，把他从现在的窘困处境里解脱出来，度个假，好好放松放松，会好的。

郑秋冬看向另一面墙，边角上有一面报纸大小的德国国旗，平展地镶在镜框里。

郑秋冬：他喜欢德国？

严枫摇头。

郑秋冬：德国足球队？

严枫点头。

郑秋冬：确实太牛了，去年世界杯把巴西打成那样。

严枫：他也喜欢德国国旗里的那块黑。

郑秋冬：为什么？

严枫：他说敢把黑色放在国旗上，那是很有高度的构思。

郑秋冬坐在沙发上：好玄妙。您父亲怎么看他？

严枫：过去对他就像对亲生儿子，甚至我偶尔会有儿媳的错觉。

郑秋冬：是吗！过去是那样，现在不是了，你跟父亲交流过陈香的事吗？

严枫叹气：当然交流过，过去还好，他还撮合呢，现在完全进行不下去。他认为我太感情用事，小姐脾气，护着陈香，我认为他听信谗言，中了小人的离间计。

郑秋冬笑了：听着像宫廷斗争。严小姐听说过顾如敏这个名字吗？

严枫一惊，愤愤地：人渣。被盛煌开除的，你怎么认识这个人？

郑秋冬：是他找的我。

严枫不屑：他找你？疯狗，他只会说陈香是吃里爬外的人，是丹侬派进盛煌的卧底，为丹侬化妆盗窃我们的研发成果。

郑秋冬诧异：你都知道？

严枫：唱了四五年的老调，不会有新鲜的。你想想，郑先生，盛煌是陈香的一切，是他创业的地方，是他发达的地方，盛煌未来的掌门人可能都是他，他为什么要吃里爬外？顾如敏说这种话都不过脑子，愚蠢到家。为了说得像真的一样，还制造丹侬那边的人无意间泄露了机密，暴露了陈香，泄露机密的人最后也不知道了哪里，哎呀，无所不用其极。

郑秋冬：这些话你可以不信，你父亲相信吗？

严枫：他本来坚决不信，一笑了之。但随着年纪大了，加上风言风语的时间久了，传了有四五年了，他开始担心。宁信其有，不信其无，慢慢开始怀疑陈香。人就是这样，一旦起了疑心，就会越来越重。实话跟您说，我爸现在也在找人替代陈香呢。打下江山的人，最怕的是江山落入外人之手。

郑秋冬掩饰：有意思，你俩都在找……有件事纯属我瞎猜的，说错了您别介意。

严枫：别客气，您说。

郑秋冬：顾如敏跟陈香一度水火不容，暗地里互相调查摸底，企图搞倒对方，甚至都打到了你父亲那儿了，为什么？真是为了公司的利益吗？还是为了别的什么，比如为赢得严小姐的芳心？

严枫笑了：没有的事。你怎么会往这方面想，我跟顾如敏相互视对方为粪土。陈香是我的初恋，在这方面我简单得只有初中生水平，真的，完全没有你和罗小姐那么丰富。

严枫露出得意的神色。

郑秋冬不好意思：严小姐这话转得……我都接不住了，我们已经是过去式了，既不丰也不富……你这么有情报天赋，真可以接替陈香啊。

严枫笑：讥讽我，您第二次说这话了。郑总，罗伊人是我们的资产管理方，我对她理应多了解，所以打听得就多了一点，别介意。

郑秋冬认真：不会介意的，只是我找严小姐了解陈香是正经工作，谈她就跑题了。

严枫兴趣不减：劳逸结合嘛，最后一个问题，是不是很多人都对她感兴趣？

郑秋冬想了想：她，罗伊人？

严枫点头。

郑秋冬：这道题，我不会做。说完他注意到一个角落处，角落处摆放着四张扑克大小的照片。郑秋冬走近看，那是四个足球运动员的照片，克林斯曼、伯梅（2002年日韩世界杯德国队的后卫）、博洛夫斯基、克罗斯。

郑秋冬：这都是陈香喜欢的球员？

严枫点头：好像是，你也喜欢？

郑秋冬看着：一般。我好像只认识两个，这是克罗斯，这俩不认识，这是克林斯曼，金色轰炸机，做过德国、美国国家队的教练。

照片旁边，摆放着一个很普通的旧台灯，那是一个旧式的学生小台灯，放在一个精美的玻璃罩里。

郑秋冬：这个比别的更特别吗？

严枫一笑：童年记忆。

20. 德仁财务室　日内

赵见蜓通过电脑在跟葵黄视频对话。

葵黄：……既然中介机构都确定了，你们就配合保荐机构制订股改方案吧，德仁的股改应该简单。您是德仁 CFO，证券交易这部分，你跟林拜、罗伊人商量好，主动推进吧，别等郑秋冬了，这方面他不行，让他签字就是了。哈哈，让他一边当侦探一边谈恋爱去吧。哎哟，他不在你边上吧，我别又胡说了。

赵见蜓认真：不在，郑总出去了。上市前的辅导这块主要是证券公司来做，我只负责人员召集和材料准备。

这时，林拜拿着几张纸进来，看到了视频里的葵黄，打招呼：葵大姐好。

葵黄：林总好，哈哈，当爸爸了，好幸福呀，成大忙人了吧，瞧着吧，忙的还在后面呢。赵总监，随后是一系列的证照变更，你要提前准备。

赵见蜓：OK 了，葵大姐。我的问题问完了。该林总了。

林拜坐到了赵见蜓的座位上，赵见蜓拿着一摞材料出去。

林拜：该轮到我了，葵大姐，您别烦，我这儿的问题还挺多。

葵黄：不烦，慢慢说。

林拜：中介机构跟我们之间，关系的主协调人是券商吧。

葵黄：当然，股改的财务顾问嘛，他们为主，你们为辅。哎，我先问句闲话，那俩人怎么样了？

林拜默契地：董事长和券商方面的代表？最近接触颇多。

葵黄：有实质性进展吗？

林拜诧异：葵大姐，你要什么实质性进展？战局的变化完全出乎我方预料，两个情场老兵一起穿越了，变成情窦初开的少男少女，看架势还要从预热开始，一个月后才能牵一牵小手呢。

葵黄听得直乐：我不信，他俩心里都有对方，不好意思说开，是因为做贼心虚，都觉得自己亏欠对方太多。

林拜：我知道郑秋冬亏欠心理很重，以前荒唐过、放弃过。罗伊人活得一直我行我素，有理有据的，有什么亏欠郑秋冬的？

葵黄：你不懂，林拜，罗伊人这个个体是矛盾的，总是在自重自轻之间走极端，她身边一直有男人，但那都是她藏身的掩体，是她得不到郑秋冬的失望选择。她对郑秋冬有过几次希望，就有过几次失望，一犹豫，机会又失去了。她的亏欠是恨自己，恨自己不能再野蛮一些。

林拜：我懂了，我下面要做的就是让他们互相再野蛮一些。统统忘掉亏欠什么的。

葵黄：太对了。

郑秋冬从门口出现：说什么呢？

林拜啊了一声，急忙回头：你怎么……

葵黄看见郑秋冬后，急忙改口的视频：……制作出来的正式申报材料，就可以上报中国证监会。哎，秋冬你好，你们德仁这位 CEO 简直是太认真了，预祝股改成功。

林拜顺水推舟：这都是应该做的。回来这么早呀。

郑秋冬看着林拜，看着电脑视频中的葵黄，满脸狐疑：葵大姐好，你们刚才说的是股改的事吗？

葵黄假装：什么？哟，信号……信号这是怎么了，我看不见你们了，你们还能看见我吗？

郑秋冬回头：不对，你们这是表演……

林拜已经不见了。

郑秋冬回头要对电脑说什么。

屏幕上的视频信号已经断开了，葵黄不见了。

郑秋冬愣着。

21. 德仁公司　日内

郑秋冬从财务室出来张望着找林拜，大家都在忙碌，林拜不见踪影，郑秋冬往自己办公室走，身后有人叫：郑总，我们回来了。郑秋冬回头看。

陆雨甜和杨念疲惫不堪地背着包，拉着拉杆箱回来了，神色稍显狼狈。

郑秋冬打量他们：先洗一洗，吃点东西。

22. 郑秋冬办公室　日内

陆雨甜端着水杯在向郑秋冬汇报，杨念在一边附和，郑秋冬听得很认真。

陆雨甜：陈香和丹侬集团的老板刘安确实都是磐安人，1995 年刘安的儿子刘光明遭遇车祸，当时只有 15 岁，送到县医院的时候已经不行了，临终前他提出要求，要把自己的心脏捐献给陈香。

郑秋冬：为什么捐给陈香？

杨念：刘光明的老师说，他在当地的广播里听到过陈香的事，陈香患先天性心脏病，家境不好，父亲去世得早，只有母亲和外婆陪伴，但他刻苦学习，事迹感人。有慈善组织曾经为他发出呼吁，结果不是很理想。刘光明跟陈香同岁又是同乡，可能是因为这些吧，他就记住了陈香这个名字。

陆雨甜：那时候，陈香等候心源已经两年多，全家人没抱任何希望。刘光明的心脏恰巧又跟陈香配型成功，就这样移植给了陈香。手术在北京做的，当时刘安经营着一家做护肤霜的小型乡镇企业，手术费加吃住行，花光了他所有积蓄，亲儿子死了，他对陈香像亲儿子一样。

郑秋冬：1999 年第 2 期的《南国纪实》里有这段描写。

杨念打开材料：这是当地广播电视报记者写的报道——《一颗爱心的延续》。1995 年 9 月 21 日的。他交给郑秋冬，接着又拿起另一份文件：1998 年陈香考上清华信息学院，在当地引起轰动。陈香的语文老师写了长篇贺信，刊登在《金华学生报》上，这是复印件。

郑秋冬接过看：北京那边呢？

陆雨甜面露难色：北京太大了，花时间很多，收获不大。陈香清华的同学大部分都在国外。我们只跟一个叫余长江的通过电话，他跟陈香同寝室两年。他说陈香上学的时候很活跃，爱运动。他父亲来看过他几次，还请同学吃过烤鸭。

杨念：我们告诉这个余长江，陈香 6 岁的时候就没父亲了，去看他的父亲长得什么样。他说，形象早记不得了，好像是做生意的，有些钱。当时刘安的企业确实发展很快，离开磐安进驻金华了。

郑秋冬：陈香老家去了吗？

陆雨甜为难：离开县城的第一站我们就去了他老家尖山。他外婆已经去世了，他母亲住在上海，什么结果都没问到。

郑秋冬不解：上海？在上海？她唯一的儿子在杭州，而且混得这么好，她却住在上海，一个人？还是改嫁了？

陆雨甜摇头：村里的人也都说不太清楚，好多年了。

郑秋冬陷入思索。

23. 电梯里　日内

叮咚，电梯门打开，罗伊人和一个商务女一同进入电梯，彼此不认识，十分安静。

六层，电梯门打开，一个商务男进来，电梯门开着，原来电梯里的商务女，看到电梯外面一个熟人，高兴地：哎，邱东。说着她高兴地按住了电梯开门按钮。

听到邱东两个字，罗伊人惊了一下。

商务女一脸笑容，出了电梯。门关上了。

罗伊人看着楼层显示器上 6 的数字。

罗伊人焦虑的表情。

罗伊人在抠手。

电梯在上升。

商务男在某层出去了。

罗伊人到了 15 楼，门开了，她犹豫着，没下。按了 6。

24. 写字楼六层　日内

电梯门开了，罗伊人若无其事地走了出来，张望，没人。

在电梯门厅和走廊之间的拐角处，她看到了那个商务女跟一商务男在兴奋地聊着什么。但是那男子只有手臂和公文包能看见，人的身体看不见。

罗伊人停下脚步，张望，好像在寻找什么，慢慢走进走廊。

拐角处，经过两个人的时候，她故作不经意地瞥了那男子一眼。

跟商务女聊天的竟然是一个大胖子。

罗伊人笑出了声，立即捂嘴收住，扭头离开。

25. 电梯里　日内

罗伊人静静地靠着电梯，满足地笑了。

电梯的广告镜框上插着一个彩页的送餐网站的广告，上面有各种餐馆推荐、介绍炒菜的照片，她看着，取下来。

26. 罗伊人办公室　日内

一个中年男子在跟罗伊人解释着一份材料：德仁这里的完善法人结构、盈利模式介绍得很清楚，很好。就是这点，持续增长的潜力写得不够透，融资呀、人才呀这些要点要抓住，要写开。

罗伊人接过材料，看着：好的，胡总，我们再修改。

中年男子：先这样吧，有事只管说，梁总交代要关照你的。

罗伊人：太谢谢了。

中年男子：不客气，你忙吧。再见。

罗伊人：胡总再见。中年男子离开。

罗伊人翻看资料，一女同事：罗经理，到点了，吃饭去吧。

罗伊人看表：不了，我叫餐。

女同事离开，罗伊人从桌面上找到电梯里那张送餐网站的广告，看着，划定一个菜。翻过来看，上面有几个小广告，其中一个是——怀旧电影专场。

罗伊人看着，有兴趣。

电脑屏幕，色彩温馨的广告："杭州佳映 IMAX 影城，温馨小厅——怀旧电影专场"。

罗伊人一边吃着面条，一边看着电脑，慢慢拖动鼠标。

屏幕结合剧照显示：《罗马假日》/《爱情故事》/《甜蜜蜜》/《北京遇上西雅图》/《人鬼情未了》/《诺丁山》/《重庆森林》……

罗伊人看着。

第 46 集

1. 咖啡馆　日内

一角落，郑秋冬、林拜喝着咖啡，郑秋冬不时看表，显然在等什么人。

林拜观察着门口：别老看表，把自己弄得心神不宁的，做这种生意的人是最守时的。

郑秋冬：过了 17 分钟了，还最守时？你对我可从来没这么宽厚。

林拜：总统一号也会误点的，别太苛求。

郑秋冬从包里拿出厚厚的信封，给了林拜：这种交易是拿不上台面的，不过我在《七宗罪》里见到过。10000 块钱换来的别是一份丹侬的员工福利清单。

林拜接过钱：放心，盗亦有道。有部写美国反恐的纪录片，说只要是有监管的社会，就会有监管机构，只要有监管机构，就会有信息存储。这样，一切就简单了，钱，能买到一切想要的信息。为什么？因为监管者是人。

郑秋冬：比如，老去图书馆查阅核研发信息的人，FBI 的人就会去敲他家的门了。

林拜诧异：你也看过。哦，来了。

这时有两个人走了进来，坐在一个位子上，观望。其中一个穿的是印着“上海申花”字样的外套，一个戴墨镜。

林拜小声：蠢货，就怕别人不知道他从上海来。

郑秋冬看着：不是说就一个人吗？

林拜捏了捏信封，装进口袋：等着。说完起身朝进门的两个人走去。

郑秋冬看着他们。

林拜过去跟穿“上海申花”的人握手，那人向他介绍戴墨镜的人。

坐下，林拜伸手要什么，戴墨镜的人给了他一个薄信封，林拜打开要看，被对方劝阻。双方说着什么，林拜只好拿出装了 10000 块钱的信封。

郑秋冬看着他们三人，扭头看着房顶角落的摄像头。

双方开始拆开信封，查看内容，片刻，握手离开，林拜走回郑秋冬对面。

郑秋冬调侃：10000 块钱的发票呢，没给你？

林拜：我不管，赵见蜓又没把钱给我。说完把信封给了郑秋冬。

郑秋冬打开看着，那是一张“丹侬化妆股份有限公司产权转让交割单，股东名单”，看着看着，脸色变得凝重。

林拜看着：靠谱吗？

郑秋冬：这些东西，他们是从哪儿弄出来的？

林拜：废话，股份有限公司在哪儿注册你不知道？

郑秋冬摇头，感叹：真是，什么都敢卖呀。

林拜：先说，有没有用？

郑秋冬：差不多吧，有用。他看了眼天花板角落的摄像头：这种交易违法吗？

林拜：我们肯定不违法，他们有可能。

郑秋冬：换个地方说吧，不舒服，这算黑色交易吧。

2.（带阳伞桌椅的）楼顶天台　日外 / 乒乓球室　日内

林拜擦着手上的水走来，郑秋冬在桌边看材料。林拜：怎么样，有价值吗？先点点儿吃的，你再继续研究。

郑秋冬拿过手机：你点吧，双份的，我跟你一样。说着到一边去打电话去了。

林拜招手叫服务员。

郑秋冬来到天台边上拨通电话。

某乒乓球室，日内，严枫陪着陈香在打乒乓球。

陈香在跟一教练模样的人打着，已经满头是汗了。

严枫坐在一边看着他，眼睛里满是欣赏。

陈香打得起劲。

严枫手里的电话闪亮，显示：郑秋冬。

严枫拿着电话出了乒乓球室。

3.　走廊　日内 /（带阳伞桌椅的）楼顶天台　日外

严枫出来，接通电话：喂，郑总，有何指示？

郑秋冬谨慎：严总，你现在跟陈香在一起吗？

严枫想了想：没有，什么事？

郑秋冬：就一个小问题，你知道陈香的母亲叫什么名字吗？

严枫困惑：这个……不记得了，什么意思？你不会是想找他妈妈来替代他吧。

郑秋冬：不开玩笑，我只想知道他妈妈的名字，也许对你交给我的任务有帮助。

严枫严肃：我的任务跟他妈妈的名字有什么关系？你是不是还是相信那个顾如敏的话，还想查陈香吃里爬外的证据？

郑秋冬：我是想打消这个顾虑，我找的继任者也很介意这点。

严枫生气：郑总，我请你来，是想请你帮助我，做有利于我的事，做让我们放松下来的事。陈香是我男朋友，你总把焦点对准他，这不成了本末倒置了吗？

郑秋冬：我是在做有利于您的事。我只是问一问他母亲的名字，没想到会让您生这么大的气。

严枫火气未消：我对您一直很尊重，一直很友好。可这两次见面，我没听到你说为我猎头做了什么，而是一直在询问陈香的事、顾如敏说什么了、我爸爸说什么了，今天又来问一个不识字的乡下老太太的名字。我真被你整得彻底没电了。

郑秋冬对严枫的火气有些意外：对不起，没想到会让你不高兴。问题我收回。

严枫控制住情绪：他妈妈的名字我真不知道。

郑秋冬：打扰了，我确实一直在为你工作，再见。他思索着走回到桌边。

林拜看着他判断：看来 10000 块钱打水漂了？

郑秋冬：不，很快就水落石出了。

他注意到天台遮阳伞上印着的广告："杭州佳映 IMAX 影城，温馨小厅——怀旧电影专场"。

严枫挂了手机，琢磨着。

陈香一头大汗从乒乓球室里出来，脖子上搭着条毛巾，关心地：怎么了？吵架了？

严枫用一个笑安慰他：没事。出透一身汗，舒服了吧。

陈香侧脸盯着她眼睛看，一副可爱的样子：又是你爸？

严枫摇头，又点头：快去洗澡吧。

陈香：不，有不高兴的事？

严枫：没有，真的。

陈香：你要是想折磨我，你就别说。

严枫皱眉：有人问了我一个很奇怪的问题，没头没脑的。

陈香：什么问题？

严枫想了想：嗯，你妈妈叫什么名字？

陈香脸色一沉：怎么会问这个……什么人，怎么会问我妈的名字？

严枫：那家猎头公司的人，你见过他，在医院。

陈香想了想：郑秋冬？

严枫轻扇他湿的领口，安慰：对。那人最近总是怪怪的。

4. CBD　夜外

亮灯的窗口已经不多了。

隐隐传来足球比赛的呼叫声。

5. 陈香办公室　夜内

那是四个足球运动员的照片，克林斯曼、伯梅、博洛夫斯基、克罗斯。

陈香戴着耳机在电脑前跟一戴面罩的人视频。

对方的声音是经过处理的：你偷看很久了，我们上周就发现了。

陈香：我是研究竞争情报的，你们 K-SKY 团队是访问卡巴斯基实验室最多的团队，而且跟一些恶意软件分析师交往频繁，我料定你们就是黑客团队。

对方：说说您的要求。

陈香：城市视频监控系统玩得转吗？

对方：SSID（服务集标识）和 MAC 过滤？

陈香惊讶：果然。

6. 杭州佳映 IMAX 电影院小厅门外　夜内

小厅门外，一个怀旧电影主题的宣传牌。

7. 小厅　夜内

灯光暗淡，观众稀稀落落，罗伊人走了进来，在一个座位上坐下。

灯灭。

电影 *Ghost*（《人鬼情未了》），开始放映。

郑秋冬抱着爆米花，摸着黑也进来了，在一个位子上坐下。

电影在进行中。

罗伊人擦拭泪花。

郑秋冬擦拭泪花。

电影院里，几对中年情侣，也在擦着泪花。

影片结尾，*Unchained Melody*（《奔放的旋律》）响起。

罗伊人泪流满面，纸巾掉了一地。

郑秋冬胡乱擦泪，爆米花落了一地。

影片结束，罗伊人起身从侧门出去。

郑秋冬去了卫生间。

8. 街道　夜外

罗伊人开着车，泪水汪汪的。

9. 街道　夜外

郑秋冬独自走在人行道上，哼着“*Unchained Melody*”。

10. 干净的馄饨店　夜外

罗伊人的车开来，停在门口，看了一眼。

空空的小店，只有小店主在看电视，电视上看不清楚是什么。

罗伊人失落地开车离开。

11. 郑秋冬家　夜内

郑秋冬衣着不整地睡在沙发上，茶几上是喝空的两个葡萄酒瓶。

12. 杭州 CBD　日外

一组空镜头。

郑秋冬电话中的 OS：丹依股东方面的财务信息呢？

某人电话中的 OS：不好意思郑先生，丹依人事上的事，就刚才说的那些，财务上的事，我真不便多说。

电话挂机的声音。

13. 德仁办公区　日内

郑秋冬匆匆从办公室出来，来到杨念旁边：把手头的事放下，跟我出趟远门。

杨念起立：去哪儿？

郑秋冬：陈香的老家，磐安。

杨念兴奋：现在？

14. 高速公路　日外

郑秋冬开着车：你去陈香老家见到过的人中，谁最好说话？

杨念回忆：刘光明的老师，就是那个去世孩子的语文老师。

郑秋冬：他是刘光明的老师，未必知道陈香家的事。一个在县城，一个在山里。

杨念：那倒是，陈香他们村的，有个大学生村官挺好说话的。

郑秋冬：再见面，他还能认识你吗？

杨念：肯定的，我和陆雨甜还请他吃过饭呢。

15. 高速公路　日外

磐安的路牌划过。

16. 某奢华场所　日内外皆可

赵见蜓跟两个西装革履的商务男在交谈：我建议盛煌作为上市公司，可以考虑参与、参股民营银行，财务投资这块不必说了，关键一点是“产业＋金融”的概念，这是战略选择，是趋势。

后景处，林拜、严冰河经过。

严冰河看了眼赵见蜓：小小的德仁，强大的财务总监。

林拜：谁说德仁小，跟盛煌比，我们只是固定资产少了一些，技工少了些，库存少了些，借贷少了些，十年之后还不一定谁强大呢，严总。

严冰河落座：你们呀，坐吧，乐观的一代。

林拜坐下：互联网时代了，大与小不代表强与弱，别瞧不起德仁，小网店已经让无数大商城休眠了。

严冰河摆了摆手：好斗的公鸡，我只是想夸一下你们的财务总监，不想跟你辩论。我交给你的事忙得怎么样了？

林拜：正在进行中，您是不是嫌慢了？

严冰河严肃地看着林拜：我是怕你忘了。

林拜：对不起，我闻到批评的味道了，您是嫌我们慢了。是这样的，我们忙了些您要求之外的事，绕了个弯子。

严冰河：要求之外的？什么事？

林拜谨慎地：外界有些关于陈香的传闻，偏负面的，我们想落实它，究竟是真是假。林拜等待着严冰河的反应。

严冰河：别这么看我，我这张久经沙场的老脸上，是不会让你看出什么来的。

林拜：您说过，陈香为盛煌立过汗马功劳，也说过，您要把陈香赶出盛煌，他和您女儿之间不会有未来的。这是矛盾的表述，为什么？您知道一些秘密，只是不愿意告诉我们。

严冰河沉默。

林拜：严总，不是我好奇，是因为，这跟您交给我的任务关系密切。

严冰河还是沉默，表情露出痛苦。

林拜换了个说法：好吧，我不问您那些秘密是什么，我只想知道，您为什么不愿意告诉我们？

严冰河有些激动，张嘴动了动嘴唇，似乎说不出话来。

林拜耐心等候：不急，我可以等，我父亲也有不便表达的时候。

严冰河终于：因为……因为什么呢，因为我很爱那个……我的傻女儿。

安静。

林拜似乎明白了：您明明知道陈香有问题，也不敢……不是不敢，是投鼠忌器，太在意女儿的感情，想等个合适的机会，找到合适的理由。

严冰河：红红从小……严枫小名叫红红，从小就娇生惯养，大小姐脾气，有些自私，不是有些，而是很自私，别人怎么敬她、让她都是应该的，她不会敬让别人的……追她的男孩子不少，她没一个看上的，还让人家都很没面子，我一度很失望……就是这个陈香，我也不知道为什么她就看上了，开始的时候追得人家连班都不敢上，宿舍也不敢回……

林拜诧异：看不出来，她是这种火暴脾气。

严冰河欣慰：自我为中心，说一不二。这事后来开始有了变化，恋爱不光让女人变傻，还让她变得大度、无私、忘我，尤其是她懂得了孝顺。有一次我心脏不舒服，在家静养，她跟同学在四川写生。那天我一觉醒来，发现她把四川最好的中医接了过来，坐在我床边等我醒来……陈香说，她说这个世界上她最爱的是我，我一听，眼泪就下来了。我不知道该怎么处置陈香，是因为他改变了她，让她获得了完整的人格……更何况陈香曾经是公司的功臣。

林拜赞许，接着探问：可是商场如战场呀。

严冰河严肃，露出狠劲：既然如战场，那就得找到出手的战机才对。

林拜点头：完全同意，总之必须要解决。那么一个核心问题，关于陈香跟丹侬的传闻，您有证据吗？

严冰河慎重地思考片刻，点头，接着摇头。

林拜笑了：有？还是没有？

严冰河也笑了：我拒绝回答，你还是快给我完成猎头任务吧。

林拜：我会的。严总，您亲口说过盛煌跟丹侬是世仇，我信这话。不过我也看出来了，在您这儿，仇恨是战胜不了父爱的。

严冰河沉默片刻，拍了下林拜：失陪，有个会。说着就离开了。

林拜起身，看着严冰河的背影。

赵见蜓端着茶杯从一边出现：说错话了吧，看把老头气的。

林拜：二选一，赵总监，把儿子送上战场，把女儿送上情场，你选哪个？

赵见蜓：该你选，你马上要当父亲了。

林拜感触：我喜欢女儿，可我不喜欢纠结。

赵见蜓：给女儿当父亲，就等于跟纠结住邻居。

林拜用手指着严冰河离去的方向：就是这意思，老家伙，真伟大。

17. 偏远的山村　日外

郑秋冬的车停在路边，车子已经浑身是泥了。

18. 村里某有特点处　日外

小桌子、小板凳摆放着茶水。

郑秋冬、杨念、村干部三人在喝茶。

村干部：做村干部需要脑子活，这里闭塞，外来信息不多，网络通了，使用得也不是很积极。

郑秋冬：你每天都做什么？

村干部：弄钱，修路，推旅游，卖中药、蘑菇，这儿的特产不少，我开了一家网店，去年卖了小 40 万呢。

郑秋冬敬佩地看着年轻的村干部：向您致敬。

村干部朝远处招手：陈老师来了，她在镇上教了一辈子书。

这时看到一个年轻人陪着一个老太太来了。

杨念掏出手机：可以拍照吗？

老太太（约 60 岁）：按说陈香该叫我表姑的，他爸死得又早，他妈妈经常带他住娘家，两家没什么往来。

郑秋冬：他 15 岁的时候，做过心脏移植手术，你记得那事吗？

老太太：当然了，那是大事，北京记者还来了。孩子命好，遇到善人了。

郑秋冬：给他心脏的那孩子你知道吗？

老太太回忆：报纸上登过，孩子家里是做生意的，那是善人，养出了好孩子，可惜死得早。心给了陈香，上大学的命也给了陈香。不是我们乡的，是县城的人家。

郑秋冬：陈香的妈妈很久没回来了？

老太太：春鹅呀，那是很久了。指着村干部：你可能都没见过。

村干部：没见过，去年登记宅基地的时候回来过，坐的是高级车，我没见到。

郑秋冬：叫春鹅？是春天的春吗？

老太太笑了：就这么叫，哪两个字都不知道，就当是春天的鹅吧。

郑秋冬：知道她去哪儿了吗？

老太太：有人说上海，有人说杭州，不知道。她娘家村里可能有人知道一些。

郑秋冬：她总要有大名的。比如，王春鹅，李春鹅。她娘家姓什么？

老太太：她娘家姓啊，你一定没听说过，申屠，复姓，听说过吗？

郑秋冬大惊：申屠？

老太太被他吓了一跳：怎么了？

杨念也意外：郑总，您认识？

郑秋冬惊魂未定：会不会叫申屠春安。

老太太：大名好像就叫申屠春鹅。

郑秋冬：春安还是春鹅？

村干部：宅基地登记上应有。

郑秋冬：可以看看吗，只是看看。

村干部琢磨：应该可以吧，都在乡上公示过的。

郑秋冬看着杨念：你跟吴村干部去看看那个登记，拍张照片回来。我跟老人家再聊一会儿。

杨念：好的。太神秘了，郑总，你这葫芦里卖的是什么药？

郑秋冬眉头紧皱。

杨念和村干部走了。

郑秋冬和老人还在聊着。

手机微信响，郑秋冬点开看：是一张宅基地登记册，其中“用户册编号”一栏里 47-21-2-8，写着

“已领取”，签名是“申屠春安”。

郑秋冬看得睁大了眼睛。

19. 高速公路　日外

郑秋冬开着车，一直是很兴奋的样子。杨念坐在副驾。

杨念：总觉得您在下一盘大棋，我和陆雨甜身在其中，还做了些事，可就猜不到您要做什么。

郑秋冬激动地摇头：已经都结束了，我发现了一个掩盖很深的秘密。

杨念：真想听一听。

郑秋冬：现在还不是时候。

郑秋冬的电话响，是微信。

郑秋冬：谁的？

杨念看：罗总的。

郑秋冬：说什么？

杨念点开听，罗伊人指责的声音：郑秋冬啊郑秋冬，你说你有多粗心，林拜的太太马上要生产了，你怎么能这么不关心呢，无论作为朋友、合伙人，还是普通同事，你这样做是很不礼貌的，求求你，打开脑洞，拿出些情商来好不好啊。

郑秋冬“啊”了一声，愣住。

郑秋冬的车飞驰而过。

20. 医院走廊　日内

郑秋冬匆匆走来，罗伊人等在这里：还知道来呀。

郑秋冬急促：人呢？

罗伊人：刚推进去了，林拜在里面陪着呢，眷眷要自己生，医生说时间可能比较长，我在那边找了个休息室，他们家里的人都去那儿了。

郑秋冬“哦”了一声：你微信里怎么发那么大的火呀，（模仿她微信口气）你这样做是很不礼貌的。

罗伊人看着他：大吗？

郑秋冬服软：好吧，不大，柔声细气。

罗伊人：你是老板呀，你是掌握全局的人，你的好朋友，你的 CEO，德仁的第二大股东要当爸爸了，你却在大盘山里当你的什么福尔摩斯，合适吗？

郑秋冬：好了，我错了，行了吧。

罗伊人平息了情绪：林拜很紧张。

郑秋冬：他怎么了？

罗伊人：他说他太太连续五天没有跟他讲八卦了，说的都是正经事。

郑秋冬：八卦就像打呼噜，久了习惯了，没有还不行呢。

罗伊人：进产房的时候，他抓着眷眷的手，全是泪。她指了指自己的眼睛。

郑秋冬：没见过他流泪，因为她紧张，所以他紧张，是这意思吗？

罗伊人看着他：人家心心相连。

郑秋冬：我们也是……

罗伊人诧异地看着他。

郑秋冬：为他们紧张。

罗伊人一丝失望：郑秋冬，你真没胆，跟十年前比。

郑秋冬看着地面：抓过来就亲的年代，真就过去了。

罗伊人苦笑着，眼睛里泪水在聚集。

郑秋冬看见，用胳膊肘轻轻碰了她一下。

罗伊人还了一下：别管我。

郑秋冬又碰了她一下。

罗伊人又还了一下：讨厌。

郑秋冬又碰了她一下。

罗伊人破涕为笑，用纸巾擦着眼泪：你烦不烦人呀。

郑秋冬笑了：不烦。

两人笑。这时候，一声婴儿响亮的啼哭充满了整个走廊。

二人兴奋站起，看向产房。

婴儿的哭声。

二人冲到产房门口，罗伊人攥着双拳，朝里面兴奋地喊：冯眷眷好样的，加油！

郑秋冬看着异常的她，忽然眼中有泪——渐黑。

21. 郑秋冬家　夜内

郑秋冬在电脑上查看，电脑上是上海丹侬化妆有限公司网站主页，点击“联系我们”后出现一个对话框。

郑秋冬输入 E-mail 地址。

在内容框里输入：请问，怎样能联系上贵公司的申居春安女士？我是贵公司的用户。

回复：申居女士的电话不便对外透露，请留下您的电话，她可能回复，也可能不回复，祝您好运！

郑秋冬琢磨着，电话响，接听：喂。

对方 OS：请问是郑先生吗？

郑秋冬：我是。

对方 OS：我是申居女士的秘书，请问您找她有什么事吗？

郑秋冬：我就是想向她咨询几个问题。

对方 OS：对不起，申居女士在国外，不便联系。

郑秋冬：在国外，什么时候回来？

对方已经挂了。

郑秋冬看着电话，自信地微笑。

电话响，接听：喂，哈哈，心里美，睡不着吧。等着，我生个女儿，咱们结亲家。啊，不会吧，喝酒，这时候？

22. 安静的酒吧　夜内

林拜和郑秋冬在喝威士忌。

郑秋冬：以后再喝酒，应该全是你结账，你替儿子结，我替女儿喝。

林拜：滚，我请你喝五年，你要也生个儿子呢？

郑秋冬：那就白喝，这算风投呀。不对，今天你怎么还有闲空？

林拜：我也没想到这时刻还有空闲，几个老人围着，还有护士，我插不上手，显得很多余，下来坐坐。

郑秋冬笑眯眯：什么感受？

林拜：开始是紧张，看见孩子的第一眼，想哭，这可是真人哟，摸了摸小手，柔滑得哟，真跟油脂一样，忽然想到，以后每一天都得好好活，时间有加速度，很快就会老的。

郑秋冬感触：恭喜，听你这么说，我都想哭，太棒了林拜，祝贺。

碰杯，喝酒。

郑秋冬：老人都来了，住得开吗？

林拜：谢谢，有你这么精心的安排，当然住得开。

郑秋冬愣住：我？什么安排？

林拜看着茫然的郑秋冬，忽然明白了，他打了个响指：明白了，罗伊人。

郑秋冬：什么意思？我糊涂了。

林拜指着楼上：产科的新产房刚投入使用，伊人给找好了单间，在六层，大的，加两张床的大单间。说是你安排的，不是吧？

郑秋冬摇头。

林拜恍然的劲还没过去：啧，真是很棒的女人。

郑秋冬：她今天骂我了。

林拜诧异：骂你什么？

郑秋冬一摆手：别问了，是大声责骂，骂得有道理，该骂。

林拜笑着看他。

郑秋冬：看什么？

林拜：伊人明明是自己在帮我忙，为什么要打着你的旗号？这叫什么心态？

郑秋冬：什么心态？

林拜：这是典型的依附心态。我跟伊人也是朋友啊，她帮我找医生定产房，在谁眼里看都属正常，可她为什么说是你安排的？

郑秋冬：因为这样说，能看到我们和谐，她心里舒服。

林拜：这是你自己说的，潜台词，她是你的人。

郑秋冬：我帮米娜的时候也是打着贾衣玫的旗号。

林拜一愣：那是应该的，你俩是一家嘛。小贾，还好吗？

郑秋冬：听说还好，真的怎么样，不知道。

安静。

郑秋冬：白天和伊人听到孩子哭的时候，她很兴奋，你听到她大喊大叫了吗？

林拜：听到了，没听清喊的什么。

郑秋冬：她喊，冯眷眷好样的，加油。就跟看比赛的小球迷一模一样，我心头真是一热。

林拜：呸，别装了，还心头一热呢，热了多少回了。你俩也是，这算是什么关系呢？畸形自虐症，这么多年下来，说句不好听的话，一个眼神就可以搬一起住了，还这么扭扭捏捏。

郑秋冬：嘿，白天她骂我，晚上又轮到你了，我是来陪你的，不该成你俩的垃圾桶啊。

林拜突然：你别说话。说完侧耳细听：你听，是不是有小孩的哭声？

郑秋冬仔细听：没有，你幻听了。

二人一笑，碰杯。

郑秋冬：对了，正式宣布，陈香案彻底告破。

林拜一愣：真的？

23. 某会所　日夜内皆可

陈香和刘安（65 岁左右）。

表情抑郁的陈香：我父母村、县一中、我的大学，还有丹依的老雇员，他们都去调查过。有些事是经不住这么查的。是我该离开的时候了，不是我对您的敬爱不像以前，而是我的处境在变，已经走不下去了。爸，您千万别觉得失去了我，要是对我失望，我会难过的。

第47集

1. 某会所　日夜内皆可

陈香急忙纠正：正因为我不是您亲生的，我活着才有了绝顶的追求目标，我高兴，为了实现这个目标，我得到了很多很多幸福。以前我苛求自己一定要感恩、要报答，像亲生儿子一样，现在我已经没有这种苛求了，都已经是了，能给家庭光荣，能给父母骄傲，我们已经血脉相连了。

刘安感动：你怎么说，我都觉得有道理。丹依的每一个人都感谢你。

陈香：不要说感谢，爸，我的这儿，是您给我的，不许说谢。陈香指着心脏位置。

刘安感动：不是我……那是你光明哥哥……香儿，爸爸同意你的选择，丹依也不需要你了，身在曹营心在汉，你好受罪的。我们很想一把把你搂到怀里来，可是你还有那姑娘。

陈香点头：真是让人分裂的选择。

刘安：不要为难，带着严冰河的女儿过你们的日子去吧。想去哪儿，就去哪儿，我支持。

陈香情绪忽然低落，沉默了。

刘安：怎么了？她不要你了？

陈香摇头：她永远不会不要我的，而是我到了该离开盛煌，离开你们的时候了。谢谢您愿意理解我。只是有个遗憾……

刘安：什么遗憾？

陈香：只要我和严枫在一起，就不能让她知道这世界上还有你们，我们跟您和妈就永远不能住在同一屋檐下。

刘安痛苦地看着陈香：你幸福，我们就高兴。你为丹依做出了不可磨灭的贡献。

陈香难过地看着父亲。

一个人过来，远远地向刘安点了点头。

刘安对陈香：醒了，去看看她吧。

陈香穿过整个会所，直到另一端，静静站在走廊里，片刻，推开一扇门。

强烈的光从屋里涌出，照射着他。

刘安看着。

陈香对着屋里：妈……说着走了进去。门关上。

阴暗的走廊。

刘安看着，露出痛苦的神色。

2. 飞行器俯拍的城市街道　夜外

车流。

人流。

（郑秋冬微信OS）：严女士，您明天在杭州吗？如果在，可否于上午9点前往德聚仁合公司，您委托的首席情报官的项目，已经接近尾声，该是我们做全面汇报的时候了。

3. 飞行器俯拍的十字路口　夜外

固定镜头，红绿灯变换，车行、车停。

（林拜微信OS）：严总，我公司董事长郑秋冬先生向我传达，他作为德聚仁合的首席猎头顾问，已基本完成了您的委托，明天早9时，请您前往我公司，由他向您呈交前阶段的调查内容。

4. 街道 日外

严冰河的汽车行驶。

严冰河在车的后座里。

飞行器镜头随车流飞入隧道。

5. 街道 日外

飞行器镜头随车流飞出隧道。

严枫的车驶过。

严枫在开车。

6. 别墅花园 日外

周霜荷用喷壶在浇花。

（郑秋冬微信OS）：霜荷女士，盛煌的项目已经取得实质性进展，我们感谢您这段时间的耐心等候，我们有能力为您提供一个理想的职位，以及与理想职位相匹配的理想环境。德聚仁合的努力正在变成成果，期待着与您共享。恭候您回音的郑秋冬。

周霜荷听着微信，神情认真，严肃。

7. 郑秋冬办公室 日内

郑秋冬在指挥杨念、陆雨甜布置办公室。

8. 林拜办公室 日内

林拜在办公桌上摆上儿子的照片。

满意地看着。

电话响，罗伊人的微信。

林拜回复：决战在即，他可能关机了。

赵见蜓经过：哎，不是给你放假了吗？

林拜整了整领带，认真地：我宁愿换休，今天不比平常。

罗伊人回的微信：我可以去旁听吗？

林拜想了想：可以。

9. 地下停车场 日内

严冰河的车驶来，停下。

严冰河下车。

10. 电梯门打开 日内

严枫进入。

11. 郑秋冬办公室／德仁办公区　日内

郑秋冬、林拜、严冰河、严枫。严氏父女在沙发区，郑秋冬和林拜坐在单椅里（位置再确定）。

大家神情都很严肃，陆雨甜给严家父女放上茶水，离开。

林拜给郑秋冬放了杯茶，小声：罗伊人一会儿要来。

郑秋冬抬眼看，似有埋怨。

林拜小声：烦她？你可以把她轰出去。

安静片刻。

郑秋冬：今天，是德聚仁合向委托人盛煌公司交稿的日子。在这项专案执行过程中，我们本着全方位服务的宗旨，接受了委托方和受聘方的所有条款，这些条款是我本人从业以来的最苛刻条款。

林拜翻看着文件。

严氏父女在听。

郑秋冬：项目执行过程中，核心点很快就落到了盛煌现任首席情报官陈香先生身上，他成为三方都要面对的焦点。

严枫紧张地看着郑秋冬，再看父亲。

郑秋冬：下面我先宣布调查结果，随后再作详细解说，可以吗？

父女微微点头。

郑秋冬看了眼林拜。

林拜示意郑秋冬领带有点歪。

郑秋冬捏住领带扣，一动：我的结论是，十年以来，陈香一直是丹侬的商业间谍。

严枫惊讶，严冰河抓住女儿的手：别紧张，这已经不是第一次了。

林拜观察着。

郑秋冬同情地：对不起，严小姐，请往下听。

12. 陈香办公室　日内

办公室全景，旧式小台灯。

陈香在看电脑，电脑中，一个戴面罩的人用处理过的声音说着：人脸识别搜索是 S-KUN 团队的最新技术，我把识别软件一并送你，全城搜索，监控什么人，想看哪些秘密，随便。双城大厦监控系统是免费礼物，S-KUN 只希望你把使用心得告诉我们。放心，后台操作，监管人一般不会发现。慢慢享受吧。

屏幕上一阵噪波，接着就出现了郑秋冬所在的双城大厦的电梯监控画面。

画面一分为三，是三台电梯的监控画面。

电梯里一些上班的人，门开有人出，有人进。

陈香用鼠标操纵着。

视频出现了快倒的效果，停住，画面中出现了严冰河。

陈香看着。

视频继续快倒，停住，出现了严枫。

陈香凝视，深呼吸声。

13. 郑秋冬办公室　日内

郑秋冬、林拜、严氏父女。气氛严肃。

郑秋冬看严枫：我们几乎同时收到您二位的委托，这种事实在少见，内容也都是找陈香的替代者。让我和林经理费解的是，您二位还都是背着对方在做。

严枫对郑秋冬的结论有些不以为然：德仁对商业间谍的结论是要负责的，郑先生就说实质性的发现吧。

郑秋冬耐心：实质的发现我已经说了，陈香一直从事商业间谍性质的活动。严小姐，我今天的陈述很特殊，心情也很沉重，我希望您能多一点耐心。

严枫诧异：心情沉重？我以为只有我，你也是？

郑秋冬：也是，你会发现一个不一样的陈香。

林拜看了眼严冰河。

严冰河对女儿：听个故事，还当真了？

郑秋冬：对，确实应该换个心态，权当听故事。盛煌最初怀疑内部有人向丹侬泄露研发情报是在2007年。第二年公司成立了BIO，也就是这年，26岁的陈香成为盛煌的首席情报官。半年后，盛煌的唇彩粹透系列一出台，丹侬的高仿同款唇齿相依系列也精彩亮相。两套产品的实验室材质比对完全一致。第二年的彩妆营养系列、精华水的限量版概念又全部被丹侬复制，甚至连新产品的发布会创意——主打北京奥运会，都原样照搬。没有内线拿到核心机密，这都是不可能做到的。产品被模仿，市场被挤占，严总和盛煌高层都很恼火，请律师，请调查公司，开始了长达几年的调查，打了几场没头没脑的官司，最后一无所获，也不能说一无所获，所谓收获只有两条：一是从丹侬内部得到可靠消息，他们的研发经费几乎为零；二是首席情报官陈香有重大嫌疑。再往下，调查就停滞下来了，就没有目标了。形势随后就改变了方向，陈香跟严家大小姐恋爱了，再往后，调查的焦点不再是情报，而变成爱情了。

严枫不屑的样子。

严冰河认真听。

林拜平静的眼神。

郑秋冬：严小姐和陈香的爱情故事就这样开始了。

严枫撇嘴：故事都是这么瞎编的，你说的这是2011年、2012年的事，我跟陈香2007年就好了，怎么能说爱情故事才开始呢？

郑秋冬：太好了，严小姐不提醒我都差点忘了，既然已经好了四五年了，为什么没有谈婚论嫁？30岁了，严总您不急吗？

严冰河笑了笑：这不是个好问题，孩子高兴我就高兴，有什么可急的。

严枫：好了四五年必须要谈婚论嫁吗？

这时门开了，罗伊人轻手轻脚地进来，向大家点头示意。

郑秋冬介绍：不介意吧，罗小姐跟你我两家公司都有业务往来，也关注这个案子，想来旁听的。

严枫向罗伊人亲切示意，林拜示意罗伊人坐到自己边上。

罗伊人：不好意思，你们继续你们的。

严枫对郑秋冬：你还没回答我，好了四五年就要谈婚论嫁吗？

郑秋冬看了眼罗伊人，思绪有点乱：当然不必，但是，怎么说呢……一般来说……

林拜见机行事：一般说来好了四五年，谈婚论嫁的多，不谈婚论嫁的少，都正常，是这意思吧，郑总。

郑秋冬调整过来：对，当然不一定非要谈婚论嫁。但是你俩一直低调的关系，怎么就一下被炒成企业焦点了呢？我的分析是，陈香感觉到公司内部，比如顾如敏阵营的那伙人要查他，给他造成了威胁，严家大小姐当然是最好的挡箭牌，所以，我修正刚才的说法，应该说是高调的爱情故事就开始了。

严枫斜了一眼罗伊人，挑衅：郑总对谈情说爱有权威的话语权吗？

郑秋冬一怔。

罗伊人一怔，似乎明白话题意味，视线挪开。

林拜一丝笑意掠过，偷偷向严枫挑了下拇指。

严枫得意。

严冰河困惑地看着女儿和郑秋冬。

郑秋冬有点语塞：权威的话语权？当然没有，我知道你后面等着我的是什么话，不说了。我还是往下说陈香。说话中间，他看了眼罗伊人。

严枫坏笑。

罗伊人看着稍显尴尬的郑秋冬。

郑秋冬：在那个关键时刻，严小姐保护了陈香，给了他喘息的机会，很快他就抓住顾如敏的经济问题，打了个快速反击，把那个一直跟他作对的小集团彻底清除掉。再往后，怀疑陈香的声音就慢慢减弱了。有一点非常出乎我的意料，我以为盛煌扔出去的大把钞票，早该弄清楚陈香跟丹侬的潜在关系了，可一经调查我才发现，我错了，陈香和丹侬老板刘安的关系竟然没人知道。也许严总早就知道一些，但不是全部，加上心疼宝贝女儿，就不忍心公开。

严冰河正眼看：他们是同乡，这早就知道，能说明什么？你有新发现？

林拜：盛煌退休的调查员宋海宁说，他们查过陈香五年里的通话记录，五年中他没跟任何一个丹侬员工的电话有过联系。

严冰河：即使有，也都是秘密进行的，我们不是公安局，想怎么查就怎么查，请过私人侦探，跟踪呀窃听呀。结果都不了了之，结论，陈香有嫌疑，但找不到他跟丹侬有任何关联，现在我想听的就是你的高见。

郑秋冬：我怀疑您的调查人员都被陈香收买了，有的疑点根本没那么难查。陈香 15 岁那年做过心脏移植手术，这你们都知道，不是秘密。上帝保佑他有这么健康的身体、聪明的大脑。但是，你们谁知道他的心脏源是谁提供的吗？

严枫父女开始认真。

罗伊人听得兴致勃勃。

林拜跟罗伊人眼神交流。

郑秋冬：是丹侬老板刘安的儿子。

严枫、严冰河、罗伊人惊讶。

郑秋冬：这一点都没有发现的话，你们离真相就十万八千里了。

严枫的惊讶变成苦笑：往下说，我看怎么说得圆。

郑秋冬：1995 年，那是一次成功的心脏移植手术，手术的档案，至今还保存在阜外医院的档案柜里。刘安的儿子在 15 岁那年，因一次交通事故……弥留之际他捐献了自己的心脏。在磐安当地、金华地区的教育期刊和报纸上也都有报道，赞扬他的爱心善举。那孩子叫刘光明，刘安的儿子，一个优秀的小足球运动员，德国足球的粉丝，是当年克林斯曼的崇拜者，陈香办公室里有四位德国球员的照片，这四个人看似没有逻辑，其实他们是德国参加近几届世界杯的 18 号球员，是克林斯曼号码的接班人，陈香以这种方式表达着对心脏主人刘光明的怀念。

严冰河低沉：如有证据，请拿给我。

郑秋冬：都会给您的，其实少年刘光明留给陈香的不仅是一颗心脏，还有一盏旧台灯，这盏台灯在陈香心里应该从没熄灭过，这在刘光明语文老师的回忆文章里，在陈香现在的办公室里都可以见到。

郑秋冬：我问过你，为什么他一个人的办公室里会有两张办公桌，你的回答我不满意，我认为一张是他本人的，另一张是他留给心里那个伙伴的。

严枫愣住。

郑秋冬看向严枫：他为什么迷恋台灯，这种解释应该信服吧。

严枫没有任何反应。

罗伊人欣赏地看着郑秋冬。

郑秋冬：刘安是个重情义的人，儿子走了，他就把陈香当亲生的来养。这段历史几乎没人知道，穷乡僻壤出来的小人物，没人会在意的。

林拜把《南国纪实》放在桌面上。

郑秋冬看了眼。继续：刘安是思维缜密的人，但他再缜密，也没有穿越时空的能耐，1999 年他的事业开始发达，《南国纪实》发表过一部长篇报告文学，《丹侬化妆的创始人——刘安》，是写他创业的，那时候刘安不会想到，陈香后来会成为与丹侬集团生死攸关的一枚核棋子。他在那篇报道里，说出来大量后来必须隐藏的秘密。文章中他谈到了儿子的离世给他带来的打击，也谈到儿子把心脏捐给了一个素昧平生的孩子，其中单有一小段，写的是那个接受心脏移植的新生命带给刘安的精神慰藉。这个新生命无疑就是陈香。1999 年后当严老板追着刘安打官司，拉开架子找证据、挖内奸的时候，他意识到这篇老掉牙的报告文学可能会留下陈香的线索，于是他开始消踪灭迹。这个《南国纪实》2009 年就已经停刊，唯一可能阅读到它的平台是全纪实网站。很快刘安就花钱让这家网站撤下了 1999 年的第 2 期，就是这一期。这样，在公共信息平台上，就很难再看到刘、陈二人的关系了。再有个别知道的人，也不会再做横向联系了，他们已经没有来往了。

严枫一直听得很投入，摊手：很新鲜，好像你是目击者。不管真假，我爱听。

严冰河对林拜：刚才说的那些，都有根据吗？

林拜把一个文件袋给了他：可以带回去看。

严冰河打开袋口看了一眼，眉头紧皱：有些也有耳闻。

办公室顶角处，监控探头。镜头慢慢靠近，特技，慢慢走入镜头。

14. 飞速行进的电路信号

15. 陈香办公室　日内

信号冲出屏幕，正对上陈香眯着的眼睛。

他身体松垂，脸色苍白，显得无力，靠在椅子里，通过视频在观看郑秋冬办公室的画面和清晰的声音。

监控镜头的角度是面朝郑秋冬办公室门的右上角。

镜头的画面。

严枫：我只想请您找个陈香的替代者，你这些额外的调查是什么意思？

郑秋冬：严小姐，我找的替代者，人家有个不算过分的要求，就是严总为什么不再信任陈香，替换的理由是什么，我有义务多了解一些，免得继任者重蹈覆辙。我是在找这个答案的时候，发现了他和刘安的渊源。

严枫：那你该把这些发现讲给那个人听，而不是我们。

郑秋冬：我接单那天就问过您，如果您背着父亲更换情报官，他不同意怎么办？您说，到时候会跟他摊牌，要是我不发现这些，您怎么跟严先生摊牌呢？

陈香看着表情凝重的严枫，严枫没接话茬，问父亲：他跟刘安的关系你信吗？

严冰河闭上了眼睛：姑妄听之。

陈香嗫嚅：郑先生，知道得不少呀。

郑秋冬眼神看向罗伊人，罗伊人也在看他。

林拜递给郑秋冬几张纸，郑秋冬看着。

严枫：接着说吧，反正打死我也不信。

陈香迷离的眼神，弱弱地：别傻了，可以信他，可以信。

16. 郑秋冬办公室　日内

郑秋冬继续：说实话，我是同情陈香的。他有很矛盾的一面，没有人能理解，刘安或许是唯一能安慰他的人。这些年他一直在感恩刘家和背叛严家之间经受煎熬，我确信他是有良知的，在荣康心理咨询理疗六个月，一直没有好转，他的痛苦一直在加深，变得更焦虑了。

严枫严肃：痛苦、焦虑，你是在猜测吧，荣康的医生会给你说这些吗？

郑秋冬：开水和凉水浇在一起，不用伸手测试，就该知道那一定是温水。

严枫情绪渐渐激烈，辩解：他是去做过咨询，但并不是因为你说的什么痛苦、焦虑。现在做这种咨询的人很多的。

郑秋冬：可能会是另一种焦虑，但不会跳出我推断的范围。我不相信，一个人在恩人和爱人之间选择必须放弃一方，他会不焦虑，会不痛苦。我相信我的推断是合乎情理的。

严枫激动，大小姐脾气上来了：你的推断要总是合乎情理的话，你今天就不会还是孤家寡人。

安静，大家被严枫的话给顶住了，场面一时僵住。

严枫小声：别太自信。

罗伊人左右看着，有些尴尬。

郑秋冬：现在要说的不是我……

林拜：秋冬，别激动，你让严小姐说完嘛。

郑秋冬向严枫：OK，您继续，那是为什么？他做心理咨询是为什么？

严枫眼中有泪：是因为，我本来不想说的，都是你逼的，你知道吗，你有的时候真的很烦人的。

郑秋冬：有的时候，那是一定的。说吧，为什么？

严枫艰难：是因为……移植的心脏是有生命期限的。

在座的人都无语了。

严冰河凝视着女儿。

罗伊人惊讶。

林拜惊讶，他双手示意郑秋冬，要平静。

郑秋冬感到震惊。

严枫：他一直在感受死亡的靠近，晚上怕天亮，白天怕天黑，这是我们正常人无法理解的恐惧，咨询师说他患上焦虑性神经症，我翻书查过，那就是死亡焦虑。

严冰河握住女儿的手。

郑秋冬有些内疚：对不起，我太粗心了，早该想到的，对不起。还有我可能没说清楚，在调查他的过程中，对他，我一直是有怜悯之心的，他的心脏，我确实忽视了。

严冰河对女儿：你也平复一下。

林拜这时收到微信，看了眼，显得意外，起身出门。

17. 德仁办公区　日内

林拜走出办公室，办公区所有的年轻人都在看着他。

林拜问走过来的杨念：什么事？

杨念小声：大厦安保部的人找您。

林拜朝门口的中年西装男走去，二人嘀咕着。

所有的年轻人看着这边。

林拜跟来人嘀咕了一会儿，那人离开。

陆雨甜过来：林总，我们可以进去旁听吗？

林拜想了想，摇头，回郑秋冬办公室。

18. 郑秋冬办公室　日内

林拜进门。

郑秋冬的眼睛盯着林拜，没从林拜眼睛里看到什么，他继续听着严枫讲。

严枫泪汪汪地在讲：我本来想好了，不管发生什么事情，我都不会把陈香的苦处说出来，他不想让人知道这些，不愿听别人追着他说一堆安慰的话，他最不喜欢被人可怜，因为他童年很可怜，他恨童年。生命无常的人，跟你们想的不一样，这也是他为什么不跟我谈婚论嫁的原因，他永远没有明天，一觉还能醒来，那就是运气好，知道吗？

郑秋冬对这番话有些感触：那是我想简单了，对不起。可是我相信他至今也没解决你和刘安他要放弃谁的问题。

安静。

林拜凑到他耳边，小声：大厦保安部来人说，局域网的视频监控系统显示……

郑秋冬听着，吃惊，小声：黑客怎么会侵入非共享模式的……

林拜听完，摇头：也许不是路过的黑客，而是特意拜访的，会是谁？

大家都不明白地看着他俩。

郑秋冬思索着，两个人慢慢抬起眼睛，看向墙角的探头。

严冰河：发生什么事了？

郑秋冬朝监控探头招手：嗨，早上好，陈香。

大家都看愣。

19. 陈香办公室　日内

屏幕上，招手的郑秋冬。

陈香嘴角抽搐，露出笑意，轻轻抬手，回应一下：嗨，早上好。

屏幕中的郑秋冬再次朝他招手，接着走到自己办公桌前，反转过电脑，面朝监控镜头：想过来吗？我知道，你要想过来是很容易的。

陈香想了想，从桌边拿起一个连线的小探头，卡在电脑显示屏上，拖动鼠标开始视频连接。

20. 郑秋冬办公室　日内 / 陈香办公室　日内

郑秋冬给电脑显示屏加上一个自拍镜头，林拜用鼠标操作着。

严冰河困惑：你们在搞什么鬼？陈香在哪里？

林拜：可能会有人来拜访。

罗伊人过来，小声：他还是黑客？

郑秋冬一手装着自拍镜头，一手指着墙角上的监控探头：他什么都是，大厦的监控系统被人侵入，我们谈话的内容都被人窃听了。

严枫惊讶：什么人？报警啊？

郑秋冬这时闪开身体，让出电脑画面，画面上是一阵噪波：报警，何必呢，都是熟人。屏幕闪烁片刻，接着出现了陈香办公室的背景墙。

严冰河一时没有反应过来：这是哪里？

严枫：哎，这不是……

罗伊人侧脸打量，一头雾水。

这时，电脑上出现了一个人的腰身，随着此人坐下，画面中出现了陈香近景。

严氏父女惊讶，严枫：你怎么从这儿出现了？

林拜也有些意外，罗伊人小声问他：是陈香？林拜点头。罗伊人看着。

陈香低沉的声音：你们好。严总好，红红你好，没想到吧。郑总好，没想到会是这样见面。

郑秋冬：你好，陈香，只要愿意就好，方式不重要。

陈香：说得太好了，那位是林总吧，初次见面，我在等你找到我的替代者呢。你好。

林拜：你好，很快会找到的，放心。

陈香没接话茬：那位姑娘，你就是罗伊人小姐吧，刚才我听到了。

罗伊人：你好，我是。

陈香点头：都在，那就对了，红红，你们一直在谈我，我在听。

严枫睁大的眼睛，脸上布满爱意：你是故意的？怎么会这样？

陈香：我喜欢出人意料，是吧。不想再去医院了，回到自己的地盘，跟灯们在一起。

郑秋冬一直在观察陈香的表情：陈香，我们可以对话吗？

陈香：当然。

郑秋冬：你从什么时候开始窃听我们谈话的？一开始，还是刚刚？

陈香：一开始，严总坐一号电梯，红红坐二号电梯上来的时候，我就开始了，那会儿你跟林总在商量怎么配合呢。对不起，不算泄密吧。

郑秋冬：别客气，那就好，从头开始听的，说明那句关键词你是听到的了。

陈香：听到了，商业间谍。

郑秋冬：你承认吗？

陈香顽皮地一笑：这是老生常谈，我承不承认不重要。关键看严总怎么看。您说是吗，严总？

严冰河：以前都是怀疑，如果像郑总发现的那样，你跟刘安有那样的前史，我就相信。

严枫咬紧牙关：即使是那样的，我也不信。

罗伊人听着，赞赏地点头。

陈香把手放在胸口，深情地：谢谢信任。然后对着郑秋冬：郑先生，我是来听你讲故事的，我说多了没用，请吧，是不是忘了从哪儿开始呢？

郑秋冬：没有，开始的地方很多，无须多想。我在想该在什么地方结束，刑法第二百一十九条规定了侵犯商业秘密罪，那可不是民事侵权，而是要追究刑事责任的。

陈香眼神黯然：在监狱结束？监狱并不可怕，你是知道的。说吧，让我听听你还知道些什么。

郑秋冬想了想，看着严氏父女：有的话不适合当着你们三人的面说，不说了。我不过是要为严总、为严小姐找一个替代你的人，现在已经越俎代庖了。

陈香真诚地：如果属实，你可以说，就当是我对严枫的交代，我没有胆量告诉她，我是什么人，我是怎么来到今天的。

郑秋冬凝视陈香：有的事她不愿意相信，说了，你就会失去她。

严枫不安：还有什么？

陈香：你看，她还是愿意知道的。让她知道真实的，该怎么样就怎么样，失去她那是迟早的事。拜托，都告诉她。

严枫向郑秋冬投来询问的眼神。

郑秋冬：好，那我就试试，错的地方你纠正。那就从你读清华第二年退学说起吧。

21. 陈香办公室　日内

陈香双手托腮，纯净的眼神看着屏幕，像是在欣赏别人的故事：太好了，这一段我真的记忆模糊了。

墙上，微笑的克林斯曼。

陈旧的台灯。

22. 郑秋冬办公室　日内 / 陈香办公室　日内

郑秋冬对严枫说：说到那次退学，我这里先要拐个弯。严总，1989 年是你们盛煌腾飞的一年，芦荟液提取技术让您站到了行业的顶峰。南方化妆品市场的半壁江山抓在您手上。也就在这一年，一个极富创新精神的同行看上了盛煌的研发价值，这个人就是丹侬的刘安。他的低端产品在浙南一带的乡镇市场刚打开局面，正在思索产品升级，无奈他知道研发的重要性，但却没有研发能力。眼看着自己的市场被您迅速占领，他无奈，死的心都有。他的无奈无处倾诉，只能说给家中最有文化的，可能也是最能理解他的人，就是儿子陈香，可以说是儿子吧。

电脑中的陈香点头：当然，就是。

严枫听到此，闭上了眼睛。

严冰河的脸上开始凝重。

郑秋冬：你有感恩的心，也是孝顺。老人的无奈，你听到了心里，并决心要为他做些什么，你选择了退学重考，这次你考的是中国科技大学，学习企业竞争情报，这是你想要的，你坚信将来所学之长能报效父亲。

陈香回忆状：有雄心，有远见，你说的是我吗？19 岁的我有那么成熟吗？

郑秋冬：从退学再考这一点来看，你确实还不那么成熟。你开始只是被竞争情报的名称吸引了，你喜欢，去合肥听过几次课，你就迷上了它。

陈香：何以见得我迷上了它？

郑秋冬：在北京，你退学之前，跟睡在你上铺的兄弟余长江说，你想带他一起翘课去合肥听讲座，你痴迷那个专业了，不记得了？

严枫着急：圈子是不是绕大了，说刘安的事。

郑秋冬对严枫：别着急。然后对电脑：不算我信口开河吧。

陈香：好吧。接着来。

郑秋冬对着陈香笑：我的话都是有根据的。大学毕业后，你本想回到丹依帮父亲创业，可奇妙的事就发生了，刘安并没有接受你，而是把你送到美国，为什么？他好像还有更大的布局。经过纽约浙江商会的同乡介绍，你进入了 IBM 的事业运营委员会，当然你只是打杂的边缘人。但即使是小人物，你也是亲身参与了“竞争者导航运动”的人。我从你未来的继任者那里了解到，“竞争者导航运动”可谓是情报界的行业经典，波澜壮阔，在长达八年的时间里，对全美 12 个竞争对手实施全方位监视、追踪、调研。你未来的继任者说，你的这份经历让她肃然起敬，包括后来认识你的严总。尽管在那个行动中你只是个中译英的小翻译，但你有了大场面的见识，还有刘光明留给你的，喜欢独来独往的大心脏。

陈香稍有激动：谢谢，帮我找回那段有激情的记忆。

郑秋冬：不客气。随着盛煌发展壮大，2006 年夏天，严冰河先生去美国找竞争情报专家，着手成立竞争情报办公室。注意了，就在这个时候，戏剧性的一幕发生了，他撞到了你的枪口上。严先生落地后请到的翻译恰巧是你，这是偶然吗？难说。面对中国最成功的化妆品企业老板，你突然发现了回报刘安养育之恩的方法。当然，是你发现的还是刘安提醒的，这个细节我确实不能确定。但是“打入盛煌内部”，站到巨人的肩上，建立自己的高度，这个思路在当时，绝对是让丹依起死回生的一剂妙药，谁能做到？还有谁能？只有你陈香。很快，严先生一回国就收到了一份完美的情报官履历，那是陈香先生自荐的，我想刘安也一定是在幕后出谋划策的人。

严枫诧异。

严冰河不解地看着郑秋冬：我在美国见陈香，你怎么知道的？

郑秋冬：您当时的贴身助理沈络，还记得吗，早就被您骂走的小酒鬼，他现在跟顾如敏一起做冷链生意，是他帮我回忆的。哦，还有，他现在滴酒不沾了。

郑秋冬转对电脑：刘安的幕后指使，没什么根据，那都是我想象的，应该八九不离十。

陈香深呼吸：基本靠谱。

严枫打量陈香：你哪儿不舒服吗？

陈香笑：很舒服，很解脱。不想打断，郑先生接着说。

郑秋冬问严枫：接着说？

严枫看着他，好像有些生气：说吧。

郑秋冬：严总得到了理想的情报官，当然喜出望外，四天以后你们在上海签了合同。说来难以置信，从此往后，上海丹侬也就开始了他们的研发时代，而且研发的节奏与盛煌的研发完全一致。再后来的事情就不用说了，丹侬在您的策应下，发展速度可谓日新月异。陈先生，我话已经说到这儿了，你要是还好意思不承认的话，那真是在调戏我了。

严枫难以置信的样子，看着电脑里的陈香。

陈香痛苦的样子，叹气、喝水，想说什么，又咽了回去，最后：严枫、严总对不起了，郑先生讲的基本都是真实的，有点想象的可以忽略。

大家发出了诧异的声音。

陈香：谢谢郑先生帮我开了头，下面的我会说了。老板，严枫，我出卖过盛煌的利益，我是刘安放在盛煌的人，对不起。不用说我的生命是他给的，容当厚报。一想起刘家那三间起家的小作坊，冬冷夏热蚊子满天飞，父亲瞪着熬红的眼睛四处推销那几车廉价的护手霜，攒下钱来供我读书、买药、买营养品，我就觉得，为他无论做了什么都是应该的，都不叫犯罪，都不该愧疚。我一共 9 次向丹侬提供过 32 种秘密配方……

郑秋冬急忙制止：陈香，你不要再说了，再说就要负法律责任了。

陈香：证据、问罪都不重要了。听我讲，严总，严枫，其实一年多以前，我就收手了，不再是你说的商业间谍了。因为我不安，我愧疚了，时断时续的恐慌，我意识到自己以前过于疯狂了。

严冰河脸色难看：一个鬼。

严枫呆呆：即使做了，你也不该承认，你让我怎么办？带着目的来盛煌，你怎么能 10 年心不变的？

陈香犹豫。

郑秋冬：陈香，你为盛煌立下的功劳和造成的损失，谁轻谁重你最明白。我不是盛煌的律师，不想跟你纠缠这些，我的任务不过是找到您的替代者，你以前的作为与我无关，至于严总的信任、严小姐的感情，我估计都是你以后无法面对的，今天过后，你必须做出选择了。

陈香看向严枫：你知道，我的命是有期限的。

严枫伤心地：跟我好，你就是为了保护自己？

陈香：不是，要说保护自己，我可以远走高飞，那是最好的保护。

严枫：因为我才不远走高飞？

陈香：你是第一个让我感到有罪的人，不用心，是不会感到有罪的。我有很多钱，很多，可我就愿意留在你身边，寸金难买寸光阴。

严枫：你怎么会有很多钱？

陈香看向郑秋冬：你知道吗？

第 48 集

1. 郑秋冬办公室　日内 / 陈香办公室　日内

郑秋冬：我不想说了。

严枫：都已经说到这份上了，还有什么不能说。

郑秋冬：好吧，自从你进入盛煌那天起，寡居在老家山里的妈妈就被接到上海隐居起来了，由刘安帮你养着她，给她提供最好的生活。当然，用的钱都是你帮着挣到的。你母亲申屠春安，这是你讳莫如深的名字，我问过严枫，她都不知道。这又是一个很容易被发现，但却没人发现的秘密，因为上网一查丹依的股权结构，轻易就能查到第二大股东叫申屠春安，在丹依集团持股 18% 甚至超过刘安的弟弟。她一个 60 岁的农村妇女，住在上海的大 house 里，有吃有喝有麻将，这 18% 的股份对她是没有意义的，除非她是为什么人代持的，比如，她的儿子。

所有人更加诧异。

严枫对陈香：你说的很多钱，就是这些？

陈香的脸渐渐僵硬起来，使劲点了点头：啊，郑先生煞费苦心了，查到了这么多……太好了，看来我必须感谢您，您帮我把许许多多说不出口的话都说出来了。严枫，我罪不可恕，没有辩解。

严枫伤心：你一直在骗我。

陈香：不是骗，是隐瞒，对我来说，不敢不隐瞒，不然会失去很多。我不怕失去，可是我看到你跟我在一起那么快乐，我就怕失去了。

郑秋冬：爱上了严小姐，就开始经受这种矛盾的煎熬。

陈香呼吸紧促：没错，矛盾的煎熬。你前面说得很精准，在爱人和亲人之间必须放弃一个，甚至背叛……打不开的死结还要去打，再加上大限将至的恐惧。我承认身处死亡焦虑，我的心脏是有期限的，随时都会……希望走得无憾……严枫。

陈香表情像是在忍受痛苦。

严枫注视他的表情：你怎么了？

郑秋冬凝视电脑：陈香？

2. 陈香办公室　日内

陈香慢慢起身，拿起了桌上的 iPad：没什么，我们用这个谈吧，屋里好闷，心脏里好像一下涌进了很多血，想出去，这里憋得慌。

他操作着 iPad 上网连线，表情木然，目光呆滞。

3. 郑秋冬办公室　日内

严枫看到陈香的变化，起身：九楼有吸氧机，我马上回去，你要去哪儿？

陈香：严枫，我是这世界上活得最别扭的人，没有刘家我活不到今天，没有严家，我活着也没意义，可惜我不能兼得……

4. 陈香办公室　日内

陈香站在屋子中央：今天过得很好，意料之外地好。他脸色煞白，指着自己的心脏：这儿，感觉开始不好了，好像不行了。如果今天离开这个世界，我是满意的。现在，我再告诉你们一个秘密，我们的对话已经同步网络直播了，一个叫 S-KUN 的团队在帮忙。

郑秋冬办公室的画面切到了 iPad 上。

屏幕上，陈香对着 iPad：收到它的视频了吧。说完拿着 iPad 朝门外走去。

5. 郑秋冬办公室　日内

现在看到的电脑画面，是陈香手里 iPad 的移动镜头。

所有人都站了起来。

严枫着急：陈香，你要去哪儿？

严冰河：陈香，不要做蠢事。

陈香停下：严总，这次我不听您的了，我要出去，但不会再做蠢事。

陈香对林拜：林总，你未免太严厉了，年轻下属想旁听，想学习，你该满足他们。好了，这个恶人我已经做了，我满足他们了。

林拜听完这话，大步走向办公室门，拉开门。

年轻人们围在一台电脑前，看着。一起抬头，看向林拜。

林拜愕然，苦笑，嘟囔：……True man show（真人秀）.

6. 德仁办公室　日内

杨念、陆雨甜等十个年轻人在围观里面的内容。

陈香：……年轻人不容易，你们的船长很优秀，值得学习。

陆雨甜：船长这是说郑总呢。这样看陈香，还是蛮帅的。

杨念生气：帅什么呀，商业间谍。

7. 郑秋冬办公室　日内

郑秋冬看着屏幕，陈香已经到安全通道：陈香，你要去哪儿？

罗伊人小声对林拜：我有不好的预感。

严枫焦急：他是去楼顶平台……说着转身冲出办公室。

严枫跑出去，严冰河急忙跟上出去。

林拜跟着严冰河起身：严总……他看向郑秋冬，郑秋冬示意他跟去。

林拜随严冰河而去。

只剩下郑秋冬和罗伊人了。

电脑画面上，陈香看着他俩，大口喘着粗气：他们呢？哎，怎么不见了，哦，上电梯了。是来找我吗？不必，是怕我跳楼？我不会跳楼的，就是有些胸闷。

罗伊人：陈香，我们没见过面，但我告诉你，我能理解你。你的生命不是你一个人的，你没有权利处置它。

陈香喘着粗气，走在楼梯里：谢谢，走几步就累成这样了，看来真是不行了。你真是理解我，我以前有过自杀的念头，可念头一出现，我想到的就是你说的这句话，我这命不是我一个人的，我不能随意处置。

8. 楼顶平台　日外

陈香端着 iPad 上来：到了，可以休息了。别人的心跳，我怎么有权利终结，我不会的。所有看视频的人，请你们记住刘光明这个名字，一个 15 岁的孩子，他把心留给了我，把一盏明灯留给了我。我替他报答了他父亲，我替他看了四届世界杯，我替他跟偶像握手，我替他去爱一个女人。

9. 郑秋冬办公室　日内

电脑上的陈香，喘着说着：郑先生、罗小姐，这一会儿好安静，这点时间，可能会是我最后的时间，想跟你们再说几句，说点什么呢？

郑秋冬：安静一会儿吧，什么也别说。

罗伊人站到郑秋冬旁边：说说严枫。

郑秋冬看着罗伊人。

陈香诧异地打量着她：女人总是有女人的思路，说她什么？

罗伊人：你先坐下吧，站着太累，我们慢慢说一会儿。

陈香慢慢坐在地上：要知道郑先生今天能把一切都说清楚，我一定会过去一起听，严枫想怎么惩罚就可以直接惩罚……揭穿了我，她一定觉得在你们面前很没面子。

罗伊人：对不起严家的越多，就越要珍惜她，你内心对自己说过这话吗？

陈香：说没说不重要，我的确是这么做过来的，珍惜她。

罗伊人：跟她好究竟是为什么？是拿她做防火墙保护自己，还是真心的？

陈香沉默。

郑秋冬：现在这个问题不重要了。

罗伊人：这个问题对女人很重要，今天的严枫一定很想知道。

陈香很艰难：这是最重要的问题，说实话，最最最初的时候，我是利用她的，严家大小姐的男朋友嘛，一定会得到更多信任。她那时候年轻、狂野、桀骜不驯的样子，跟现在完全不一样。但第一次约会的时候，我就发现心里有清晰的犯罪感，比你说的商业间谍的犯罪感强百倍。偷人家的东西，还要骗人家的女儿，做人做到这地步，我对不起把心脏捐给我的那个人。这就是我的犯罪感，后来我决定放弃她，结束那场苦命的游戏。

罗伊人诧异：宁可放弃严枫，也不放弃丹侬的使命？

陈香：当时不能，帮助丹侬那是我活着的意义……直到有一天我忽然感到可耻，那天严枫过 24 岁生日，她说下一个本命年，你可能就不在了，接着就哭，哭了很久，把我彻底给哭崩溃了。纠结了一夜，我确定了一个事实，不是她离不开我，而是我已经离不开她了，她在我心里渐渐变成全部，挤占掉丹侬的空间。第二天我就跟父亲说，我放弃了。我为丹侬工作了六年，它已经足够强大了。从那天到现在，我就不再是你所说的商业间谍了。郑先生，你说的那些再加上这些，才是我的全部。我的继任者尽管放心，我的离开不会给他带来任何不便，所有后事我都交代好了……

罗伊人关切：你怎么交代严枫？这几年她听到那么多对你的怀疑，竟然一句都不信，你怎么做到的？

陈香：这不难，为了她，我放弃了一切，人只要能做到这一点，对方一定能感受到，这个物质世界里，谁能？你们应该都恋爱过，该知道放弃一切有多难，严枫是很痴迷爱情的人。

郑秋冬和罗伊人都没再说话。

陈香突然停止表白，表情也很痛苦。

郑秋冬：别说话了，安静待一会儿，严枫他们很快就到。

陈香：古代有以死谢罪的说法，现在适合我的心情。

10. 某楼顶平台　日外

陈香坐在地上，闭上眼睛，声音微弱：谢谢你们陪我说了这么多话，严枫没有朋友，以后你们就做她的朋友吧，她好像很信任你还有罗小姐。

罗伊人：我们会成为朋友的。

郑秋冬：放心。

11. 郑秋冬办公室　日内

郑秋冬的电脑屏幕上，陈香微笑点头，声音更加虚弱：我们没接触过，就跟陌生人一样，很亲切……多帮帮严枫，她没有朋友。

陈香的身体开始晃动。

郑秋冬：陈香，陈香……

陈香手上的 iPad 镜头，慢慢朝后仰去。一阵乱动的画面后，电脑画面上出现了蓝天白云。

郑秋冬、罗伊人愣住。

办公室的门开了，年轻人们看着他俩。

电脑上，开始有担架和穿白大褂的人忙碌的画面。

罗伊人坐到沙发里木然地看着电脑屏幕。

电脑上出现了深沉的严冰河，林拜陪着他，他看着镜头的旁边，离去。

随后是掩面哭泣的严枫看着 iPad 的镜头。

12. 某楼顶平台　日外

严枫看着地上的 iPad。后景是一群医护人员抬着担架离开。

iPad 里的郑秋冬和罗伊人。

郑秋冬：对不起，是不是我做错了？

严枫摇头。

罗伊人：他怎么样了？

严枫摇头。

13. 郑秋冬办公室　日内

严枫看着镜头慢慢弯腰，捡起 iPad：我彻底明白了，他是要抛弃我。关机。

电脑黑屏，安静片刻。

郑秋冬思索着严枫最后的话：什么意思，抛弃？好像还是没明白。

罗伊人看着郑秋冬：是她一时接受不了，你今天很精彩，让陈香承认了很多不可能查证的秘密。

郑秋冬：那是因为他想承认。

手机响，微信进来，郑秋冬点开林拜的声音：我陪严家父女去医院，你们今天就别过来了。丹依的人也在往杭州赶呢，两个冤家碰头，会很麻烦。

郑秋冬回微信：陈香现在怎么样？

罗伊人：好压抑，想出去走走。

郑秋冬起身，电话响，点开微信，林拜的声音：抢救中，不乐观。

罗伊人感叹：好惨烈的爱。

郑秋冬看着她：我做错了什么？

14. 医院抢救室走廊　日内

许多人等在门口，严枫目光呆滞，坐在不远处的椅子里，严冰河过来，坐在她旁边看着她，目光中充满慈爱：这一天总会到来的。

严枫看着父亲：哪一天？怎么来的？

林拜在人群的一边打电话，一边打一边注视着严家父女，小声：千万不要过来，这个时候，你和罗伊人谁过来都不合适，刘安的人也到了，气氛很不正常。

严枫木然地看着手中的 iPad。

15. 德仁办公室　日内

空空的大办公室，只有郑秋冬和罗伊人站在窗前。

16. 城市夜景

空镜头。

17. 小馄饨店　夜内

罗伊人跟小店主在聊天：两年了都没再见面，你还愿意等下去？

小店主憨厚地笑：爱情嘛，还有等一辈子的。

罗伊人感动地看着小店主，郑秋冬从外面进来，神情沉重，坐在她面前。

罗伊人示意小店主，可以上饭。

等了半天，郑秋冬：陈香转院了，一直就没醒。

罗伊人：我联系严枫，也没消息。难受？

郑秋冬点头：我一直觉得做事尽职尽责，就自然会有好的结果，没想到结果会是这样的。

罗伊人：你经历过这么多坎坷，要看得透，错不在你。

郑秋冬使劲摇头，眼圈发红：坎坷，每次跟每次都不一样，陈香要是死了，没人觉得会是因为那颗到了点的心脏，都会认为是我打击了他。

罗伊人靠近他坐：能理解你，我也难过。我不认为是你害了他，医院也不会这么确定死因，知道他心脏情况的人都不会怪罪你的。

郑秋冬深呼吸，挺直身体：好吧，希望像你说的这样，振作，振作，郑秋冬振作……哎，你能说几句鼓励的话吗？

罗伊人：可以呀，鼓励的话有很多。

郑秋冬：不用多，一句就行。

罗伊人想了想：听着，我想跟你在一起，永远在一起。说完抓过郑秋冬的手，不抬头，盯着手看。

郑秋冬愣住了，小店主端上热气腾腾的馄饨，放在桌上，离开。

郑秋冬看着她，愣了片刻，接着：你别不看我呀，怕我拒绝?

罗伊人摇头：不怕，你要敢拒绝，我就敢绑架你，你一定不认识那个敢作敢为的我。

郑秋冬：抬头。

罗伊人慢慢抬头，四眼相望。

郑秋冬看着她，嘴唇慢慢靠近她，轻吻着：这就是我给你的拒绝。

罗伊人眼圈红了。

郑秋冬亲着罗伊人：太突然……你真变了……

罗伊人：为了你，怎么会不变呢?

郑秋冬：要是在过去，你说我想跟你在一起，那要预热好半天，现在张口就说。

罗伊人轻声柔和地：这可不是张口就说呀，上次接吻是2008年的夏天，已经过去7年了，这7年我都预热一万遍了，到今天，再不能张口就说我人就白活了，罪也白受了。

郑秋冬：那我是白活了，我早就想说出那句话，昨天、今天或者明天，真的，被你抢说了。

罗伊人：我知道，其实我们都知道彼此心里有对方。我抢说是因为你现在更需要这句话，陈香在生死之间，你心里纠结，想听鼓励的话，我想这句应该算。

郑秋冬一把搂住罗伊人：当然伊人，这真是最好的一句，最好的，最想得到的。

罗伊人使劲抱着他，热泪盈眶：我想过，如果我们能重新开始，我要说的第一句话一定是，永远在一起……永远，受够罪了，再也不分开。

郑秋冬：一定不再分开了，回家吧。

罗伊人点头：好的，回家，哪个家?

郑秋冬一愣：哦。你说呢?

罗伊人笑：去我那儿吧。去我那儿，你会清净安神；去你那儿，我怕浮想联翩。

郑秋冬笑：重新开始，跟往事干杯。

18. 大厦停车场　日外

罗伊人车驶来停下，正要下车，一辆车驶来停在她的车旁边，抬头看，是神情严肃的林拜。

林拜下车，罗伊人也下车，她能感觉到林拜有事。

罗伊人看着林拜：你来这儿干什么？出什么事了?

林拜沉默。

罗伊人：大事？看得出来，是很大的事。

林拜沉默。

罗伊人：陈香……

林拜点头。

罗伊人下意识地捂住嘴：什么时间?

林拜：刚刚。

罗伊人：告诉秋冬了吗?

林拜：还没有。

罗伊人掏手机：该告诉他，虽然他很怕这个结果。

林拜：别急，最好大家一起，当面告诉他。

罗伊人：也好，那就约到德仁楼下的咖啡馆，你约。

二人各自上了各自的车。

林拜落下玻璃：伊人，还是你约他比较好，我这两天一直在医院陪严冰河，我约他他可能会有预感。

罗伊人：好吧，我约。哦，忘告诉你了，我跟他……又好了。

林拜愣住。

罗伊人羞涩：怎么了，起哄架秧子数你最起劲儿，这会儿也不说句祝福的话。

林拜还愣着。

罗伊人微笑着：林拜，跟你说话呢，听见没有，想什么呢？

林拜忽然灿烂一笑：我想哭。

罗伊人愣住。

林拜的车开走了。

剩罗伊人在车里，发呆：想哭？

19. 咖啡馆　日内

空空荡荡。

郑秋冬、罗伊人、林拜三人颓然地靠着椅子靠背坐着。

林拜端杯喝了口水，一声叹息。

郑秋冬换了个姿势，继续沉默，脸色严峻。

罗伊人打破沉默，对林拜：接着说吧。

林拜：基本都处理完了，遗体运回陈香老家了，刘安要把他跟刘光明合葬。秋冬，我请教了专家。陈香的心脏大大超过了正常的期限，在国内已经创造了移植存活的新纪录，任何时候停止下来都是正常的，你千万不可自责过重。

还是沉默。

林拜：你只是履行应尽的职责，没做错什么，更没有罪过，这时候头脑要清醒。赵见蜓、会计师事务所的人等我开会呢，先上去了。离开。

郑秋冬呆呆地看着空气，片刻之后：二位，咱们是不是应该去看看严家父女。

罗伊人：哪二位？林拜已经走了，只剩你我二位了。

郑秋冬看着空空的对面：是不是该去看看严枫和她父亲。

罗伊人：该去，我一直联系不上。

郑秋冬起身：不用联系了，直接去她家。

罗伊人担心：现在不是最好的时机，陈香刚走，他家会不会恨你？我怕伤害你。

郑秋冬：陈香人都没了，伤害就伤害吧。

20. 严冰河家别墅门外　日外

郑秋冬的车驶来，停下。

郑秋冬、罗伊人下车，郑秋冬按门铃。

21. 严冰河家别墅　日内

严冰河、郑秋冬、罗伊人坐在客厅。

严冰河一脸愁容，指着茶几上的一个病例本：看吧。

病历本上写着严枫的名字，显然，本中夹着一张纸。

郑秋冬紧张地抽出那张纸，那是一张诊断书。看着，接着发出一怪声，低下头。

身边的罗伊人拿过去看，“啊”了一声，目瞪口呆。

病情诊断书，诊断：疑似精神分裂症。症状：幻想、僵直。诊治建议：1. 休息，避免精神刺激。2. 住院观察。3. 药物治疗。

严冰河难过地：精神分裂，想都不敢想的……小郑，对我来说，女儿比企业还重要。我不糊涂，伤害盛煌和严家的是陈香，不是你，但要是知道会有今天这样的结果，我绝不会委托你的。

郑秋冬又接过诊断书，艰难地：我有罪过，是不是需要再复查一次？

严冰河：上海的专家正在楼上复查。

罗伊人痛苦地看着诊断书：她那么好强，我不信，专家说什么我都不信。

这时一个中年女专家带着她的助手下了楼，表情平静：严总，方便吗？

严冰河看了眼郑秋冬罗伊人：方便，您说吧。

专家：我能看一眼杭州这边的诊断书吗？

郑秋冬急忙递过去。

专家看着：严总，病程太短，现在不好下结论，我的诊断跟这份差不多。您提出的疑问我还不能全部回答。但那个陈香走得突然，对您女儿一定是致命的。

郑秋冬失望。

罗伊人失望。

严冰河呆呆站立。

22. 严冰河家别墅严枫房间 / 门口走廊　日内

走廊，门虚掩着，郑秋冬和罗伊人走来。

门口，郑秋冬罗伊人停下，看着房间里的严枫。

房间角落，严枫蜷着身体，坐在地上的垫子上，目光木然。

罗伊人蹲下，表情还是不相信，朝严枫招了招手。

郑秋冬看着，看着。

严枫看着他们，似乎什么也没看见，没有任何反应，又看向别处。

郑秋冬好像看到了恐惧的东西，慢慢抬起双手抓住头发。

罗伊人看着，严枫目光渐渐呆滞。

严枫慢慢伸手，从身体另一边拿出一个 iPad 放在腿上。

郑秋冬、罗伊人目瞪口呆。

23. 严冰河家别墅门外　日外

郑秋冬、罗伊人步履疲惫地出来，上了车。

郑秋冬坐在驾驶位置，手搭方向盘，车前面出现了严枫凝视他的幻觉，接着是耳鸣，郑秋冬下意识地打了自己一耳光。

罗伊人吓了一跳：怎么了？

郑秋冬使劲摇头：有幻觉。前面没人吧？

罗伊人看着他，伸手摸了摸他的头：没有，你看见什么了？

郑秋冬把手贴到自己脸上：要出事，我手脚冰凉。

罗伊人摸了摸他的手：我开吧。

两个人下车换了位置，罗伊人也没接着开车，她看着郑秋冬：惋惜、追悔带来的负罪感？

郑秋冬：能说这不是罪过吗？一死一疯，伊人，我无地自容。

罗伊人心疼：结果是太糟糕，可你错在哪儿了？

郑秋冬：错在我忽视了陈香的心脏，而对他的心脏，我是最清楚的。

罗伊人着急，扳过郑秋冬：你，你看着我，秋冬。你现在就愿意自我谴责，是吗？你现在不愿意接受任何安慰，只想跟严枫一起受难，是吗？

郑秋冬趴在车前。

罗伊人安详地看着他，像看着孩子的母亲，小声：你想怎么样？我在呢。

郑秋冬摇头：都怨我，要不是为了逞一时之能，我怎么会去查陈香的历史呢？查到了结果，又何必要在陈香面前一一核实？太幼稚了……都怨我。

罗伊人：你说过你有英雄主义情怀，我喜欢。

郑秋冬呜咽的声音：没有情怀，我没有，什么都没有……

24. 德仁公司　日内

年轻人都在忙碌着，打电话的声音忙成一片。

林拜匆匆走来，径直走进郑秋冬办公室。

25. 郑秋冬办公室　日内

林拜惊讶：精神分裂？严枫？

罗伊人：我们从她家刚回来，看见她了，像个木头人，一动不动。

郑秋冬闭着眼睛，靠在椅子里。

林拜惊愕未消：我一直跟严冰河的助理联系着，他没说呀？

罗伊人：肯定不想对外声张，专家诊断、复查都进行过了。

林拜发蒙：那严冰河还能活下去吗？我不敢再想，精神分裂，太可怕了。

郑秋冬抬起头来：他可别再出事了……

罗伊人对林拜：他一直没缓过来，手脚冰凉，纠结得车都开不了了。

林拜看着郑秋冬：做好事，做出坏的结果，这不能算罪过，你首先要振作。

郑秋冬：可这坏结果太大了。

罗伊人来到郑秋冬身边，握住他的手：我们可以尽最大努力去帮助严家，让你把负罪感释放出来，而不是都堆在心里，德仁现在处于这么关键的时期，于公于私我们都不愿意看到一个晃晃悠悠的郑秋冬。

郑秋冬抬眼看着她：放心，即使死到临头我也不会倒下，晃晃悠悠不可怕，以前有过。

郑秋冬手机响了，看，困惑：严家开会一致决定，把严枫送走。

林拜：送去哪儿？

郑秋冬：精神康复中心。

罗伊人着急地拿过手机看：哪家？

郑秋冬询问罗伊人：下班后应该去看看。

罗伊人看了眼林拜，林拜听了这话有些焦虑：郑总，你有那么多时间吗？

郑秋冬看着罗伊人：你说呢？

罗伊人拍了拍林拜，对郑秋冬：可以呀。

郑秋冬：我不会没完没了的，林拜，把该做的都做到了，我心理平衡了，到时候一切就都结束了。

林拜不解：心理平衡？

罗伊人示意林拜不要再探讨了：他需要时间。

26. 杭州夜晚的街道

空镜头。

27. 杭州精神康复中心　夜外

空镜头。

28. 医院走廊　夜内

郑秋冬和尹医生走来。

尹医生：早期阶段忧郁、恐慌是常见的。不必紧张，让我担心的是，她刚刚得病才几天，可从外部动作来看，更像是病期长的中度患者，僵直、蜡曲状态都有出现。

郑秋冬：这我都不懂，她好像什么都不记得了。

尹医生：失忆症的专家明天会来看她。失忆是这类病例的常见症状，包括局部失忆，忘掉重要的个人资料，在常人看来很简单的记忆，他们也会彻底遗忘，亲人、声音、长相、称谓、家庭住址什么的。外观呈现的是冷漠状态。

郑秋冬：尹主任，您会专门负责她的治疗吗？

尹医生：严冰河希望我能专门负责她，她的病况也是我研究的范畴，我也在研究她的资料。

郑秋冬诧异：她的资料？谁提供的？

尹医生：盛煌的 HR 部门，包括她男朋友的。

郑秋冬：陈香？

29. 严枫病房　夜内

严枫病房与走廊之间有一个观察窗，尹医生和郑秋冬走来，在窗前站立，看向里面。

严枫静静地躺在病床上，睡去了，手里抱着 iPad。

郑秋冬：她会永远这样下去吗？

尹医生：每个病人家属都问过我这个问题，我从没有回答过。

郑秋冬：理解，你面对的都是糟糕的精神世界。

尹医生笑：糟糕？我不这么认为，你对他们有偏见。

郑秋冬一愣。

这时罗伊人拎着两个大纸袋来了，郑秋冬急忙过去接了过来。

罗伊人看着窗内：睡了。

严枫安静地睡着，罗伊人把一沓沓新买的内衣、袜子、纸巾等女子用品叠好、分类，放进小柜抽屉中。

郑秋冬在窗外看着，尹医生跟他耳语，离开。

郑秋冬长时间注视着睡着的严枫。

罗伊人抬头看见了郑秋冬，她无奈地看向严枫。

安眠的严枫。

30. 街道　夜外

安静的街道，郑秋冬、罗伊人相依偎着缓缓走来。

罗伊人：帮助她是应该的，我先跟尹主任商量个可行的方案，然后汇报你，行不行？公司现在离不开你，林拜他们都忙成什么样了，你不能再在严家的事上分心太多。

第 49 集

1. 街道　夜外

郑秋冬：我知道我必须从这件事里跳出来，可是我在办公室里坐不住。

罗伊人：这成你的头等大事了？

郑秋冬：你是我的头等大事。

罗伊人幸福：希望永远这样。

郑秋冬：伊人，你知道吗？我的心情乱七八糟的时候，我都不敢见你，我很想早早地轻松起来。严枫成了这样你叫我转身就走，我走不了。

罗伊人：不不不，我没想让你转身就走，我只是提醒你，你还是一个公司的董事长，申报材料已经上报发审委了，你还有别的事情要做。

郑秋冬：知道。

2. 精神康复中心走廊　日内

严枫跟着严冰河从医生办公室出来，尹医生跟在后面。

严枫走来，表情十分平静、安详，像个孩子。

尹医生小声：陈香的死是至关重要的环节，对她来说太突然，是拒绝接受的事实。

严冰河：这个逻辑很简单，我不懂精神病学，也能理解，你说以后怎么办？

尹医生：药物治疗是离不开的，但是你们家庭这边亲情温暖要密切配合，这是很重要的。

在严冰河和尹医生说话的时候，严枫停在了一个员工休息室门口。

严冰河看着，并没在意。

3. 员工休息室　日内

这是个很简易的员工休息室，门开着，空无一人。有几张小桌，桌上整齐地摆着餐巾纸。靠边的桌子上摆着一排暖水瓶，暖瓶旁边是一排各式辣酱、咸菜作料的瓶瓶罐罐。

墙上一台电视机，正在播放着节目。

严枫站在门口，平静地看着屋里，看着电视机，慢慢走了进来。

4. 精神康复中心走廊　日内

严冰河和尹医生还在说着什么。

尹医生：也许，陈香作为竞争对手的商业间谍，被人直接揭露出来，是她更难接受的东西，因为其中包含欺骗。

严冰河点头：欺骗、猝死，双重打击。严冰河走向休息室去看严枫。

5. 员工休息室　日内

严枫站在电视机前看着电影《茜茜公主》。

严枫的表情有一丝快乐。她坐在椅子里，认真地看着电影，没在乎严冰河这边。

严冰河要上前叫她，尹医生制止，注视严枫：她这表情是有意识活动的。

严冰河看着严枫看《茜茜公主》，他退了出来，对尹医生：一定是的，眼神都不一样了，一定是有思

想活动的。

尹医生看着严枫。

严冰河忽然明白了，小声：我明白了，这个电影是她和陈香以前经常看的，里面很多地方他们都去过，他俩还去过巴伐利亚，去过多瑙河，还去过这个公主的故居。

尹医生诧异：会想起什么呢？

严枫看着电视，表情平静。

尹医生凝视着严枫。

6. 严枫病房　日内

护士给严枫服药，严枫顺从地做着。

罗伊人用充电器给严枫的 iPad 充电：早就没电了，我充好电，你可以听音乐。

严枫吞下药，无动于衷地看着罗伊人给 iPad 充电，护士离开。

iPad 显示充电。

罗伊人拿出折叠整齐的新内衣内裤：我带你洗澡去，好不好？

严枫一动不动。

郑秋冬出现在走廊窗口。

严枫拿起 iPad，不经意间触碰了什么，屏幕上出现了郑秋冬跟陈香最后交谈的画面，那是一幅郑秋冬单人的近景画面，效果是陈香 iPad 镜头拍摄到的。

严枫看了一眼，端详片刻，一丝忧伤出现，嘴动了动，然后木然地呆坐着。

郑秋冬开门，进了病房，手里是一袋水果。

严枫慢慢转头看见了郑秋冬，她盯着看。

郑秋冬站在门口，专注地看着严枫。

严枫的手在 iPad 上郑秋冬的画面上划过。

郑秋冬也感到了严枫的异常。

罗伊人诧异地看着严枫。

郑秋冬朝严枫微笑。

带着郑秋冬画面的 iPad，掉在地上。

严枫慢慢走到郑秋冬面前，神情很严肃。

郑秋冬真诚地笑着：你好。

严枫面无表情。

郑秋冬：对不起，我来晚了，不管你能不能听懂，我都要向你道歉，太对不起了，发生了这样的事。

严枫忽然露出一丝笑意，伸手拽住郑秋冬的衣角，把他拽到 iPad 那边，指着给他看。

郑秋冬在屏幕上看到了自己，感到不可思议。

罗伊人满眼诧异地看着这一幕。

严枫轻轻打了郑秋冬一下，笑着。

窗口，尹医生一直在观察着。

7. 尹医生办公室 日内

罗伊人和尹医生。

尹医生：毫无疑问，她的认知产生了错觉，对她来讲错觉、幻觉都很正常。现在下结论还早，需要继续观察。但凭直觉我认为，她跟郑秋冬见面的那个瞬间，很可能把他误认成她的男朋友，那个死了的陈香。

罗伊人一惊。

郑秋冬进来，擦着脑门上的汗，一脸紧张：睡了。

尹医生：抗精神类药会助眠的。

罗伊人对郑秋冬：尹主任说，严枫很有可能错把你当成陈香了。

郑秋冬：从她的状态看，我猜可能会是这样的，她应该很快就会忘掉吧？

尹医生：一觉醒来她应该是不记得你了，明天你可以再来，再观察一下，如果她持续误认你就是她男朋友的话，她的治疗还真有可能出现转机。毕竟她的病程还不长。

罗伊人有点兴奋：会出这样的事吗？医生，我们会全力配合的。她看向郑秋冬。

郑秋冬看了她一眼，点头，问医生：她为什么会有这种误会呢？

尹医生：精神病患的意志活动很难解释清楚，但可以确定的是，她潜意识里是希望陈香出现的，而且在已经发生过的事实里，你跟陈香是能产生联想关系的。

罗伊人：那她对陈香的形象也没有记忆了吗？

尹医生指着郑秋冬：过去的形象记忆没有了，情感记忆还在，一种缺失的依赖。现在的形象记忆就是他，或者说是他的出现激活她的某种想象。

郑秋冬琢磨：如果我作为陈香能被她接受，她的精神会恢复吗？

尹医生：没有先例，但我认为一切都是有可能的。

罗伊人：这种可能性如果存在，前提条件是她必须持续认为他就是陈香。

尹医生：是的。

郑秋冬：可她已经不是正常的人了，这个前提条件不取决于我啊。

罗伊人思索：我们可以给她创造条件呀，我觉得你无所不能，这几年不都是这样吗？

郑秋冬看着她，抓过她的手：还有个前提，你必须陪着我。

8. 德仁公司 夜内

林拜和两个商务男从总经理办公室出来，愣住，面前站着郑秋冬和罗伊人。

林拜对一商务男说：会议室等我，赵总监到了通知我。

三个人坐在办公室中间空处。

郑秋冬：……可能是因为开头那几句话定了基调，她的态度突然变了，有笑脸了，而且动作也不那么僵硬了，来到我面前，拉着我的衣角，让我坐在她身边。

林拜问罗伊人：你也在场？

罗伊人：在呀，怎么了？

林拜：严枫没觉得你多余？

罗伊人摇头：她对我好像视而不见，严枫要是把秋冬当成陈香了，那以后的事情一定挺神奇的。那个瞬间很难解释，她真是有灵魂附体，笑得很清纯，也有眼神了，像个中学生。

郑秋冬指着自己办公室：那天，发生在那间办公室的事，还有陈香的死，她应该没有丝毫记忆。

林拜：越想越觉得罪孽？

郑秋冬点头：做错了就是做错了，我有胆量面对。她不记得了，这就让我有了可以发挥的空间。

罗伊人对林拜：这个结局跟秋冬关系密切，他不愿意逃避。想一想严枫确实太无辜了，她找德仁不过是想做个简单猎头，她信任德仁……可现在成这个样子了，好像信任遭到了惩罚，不应该的，我也觉得需要为她做点什么，我支持秋冬。

林拜无奈叹气：伊人都这么说了，我能说什么。本想劝你悬崖勒马，回到公司的现实里来。出了这样的变数，可能是一个家族的转机，我不知道该说什么，陈香的事你心有愧疚，赎罪愿望强烈，为严枫做什么可以理解，但这跟公司的事是可以兼顾的，不该顾此失彼。

郑秋冬：这是我目前的心头之患。

林拜：你们做过很多英明的决定，但愿这次也是。

罗伊人：如果能保持开心，我想她或许很快就会好起来的，不像我们想象的那么难。

林拜：如果、或许……我先问个简单问题，你们回答，要是三年五载她好不了呢？要是十年八年甚至一辈子，都好不了呢？

郑秋冬和罗伊人有些无措。

郑秋冬辩解：这种可能性会有，相反的也会有。

林拜：既然你要走这条路，就要想到，拐得最远的那条岔路会有多远，一旦走上了呢？

郑秋冬看了眼罗伊人：我感觉她病况没那么重，有可能会好起来，一觉醒来那样，忽然就好起来了。你设想的这个局面……好像不太……

林拜：好像不太敢想，是吗？

罗伊人：第一感觉，是不能袖手旁观，如果需要更长的时间，就该做更长时间的规划，而不是放弃。

郑秋冬：如果像你说的那样，她好不起来，一直把我当成陈香，那样……是很可怕，我知道那还很危险。危险怎么办，躲开吗？这件事我可以躲着走吗？林拜，我能扔下她吗？

林拜看了眼罗伊人：扔下谁都不合适。我们甚至都没研究过一个两全其美的策略，你就决定要变成陈香。

罗伊人解释：林拜，这里有个小误解，秋冬也是没想到会发生那样的事，他进去只是想道歉，是严枫认错人，他才不得不变成陈香的，如果他躲避开，严枫就真不知道会成什么样，很可能又会生出死活的问题，这都不是可以预料的。

郑秋冬对林拜：我理解你的担忧，我想，严枫到了眼下这个局面，两个层面都与我有关，一、陈香的死，二、我成了陈香。我该怎么办？

他看向罗伊人。

罗伊人：我不是天使，但会是好的帮手，不管你要做什么。

二人看向林拜。

林拜起身：看什么，我的态度很鲜明，坚决反对，但你们一定要去做，我必须支持。

罗伊人兴奋地跳了起来，跟林拜拥抱：啊，林拜，太帅了，秋冬，我们的合伙人是最优秀的中国合伙人，太棒了林拜。

郑秋冬感动，起身对林拜：好了，抱一会儿就行了，她是我的马子。

罗伊人：去，难听死了，谁是马子？

两个男人哈哈大笑。

罗伊人也跟着笑：马子就马子，谁怕谁呀。

9. 宽敞的电梯 夜内

明亮宽敞的电梯里，郑秋冬和罗伊人亲吻着。

吻停，郑秋冬的手轻触着罗伊人的下嘴唇，声音很小：嘴唇是有记忆的，我忽然想起，2008 年那次接吻，在校园里，你这儿很凉，还有点干。

罗伊人：嘘，记住，一、少说过去，二、不许叫我女神，三、多多接吻。说着扯过郑秋冬吻着。

10. 罗伊人住处 夜内

这是高档、温馨的居家环境，充满女性气息。

罗伊人端来热气腾腾的两碗面，郑秋冬坐在餐桌边，端下一面碗。

罗伊人兴奋：一次端两碗，感觉爽极了，心比这汤还热。以前只能端一碗，孤零零的，大眼瞪小眼，不想吃，就想从窗户里扔出去，扣到一对幸福情侣的头上。

郑秋冬打量罗伊人：你没发现你变了吗？语言风格也变了。

罗伊人：没发现，也许有点吧。哎，林拜说的那事，严枫的最坏结果你想过吗？

郑秋冬：严枫永远恢复不了，我永远装下去，开车回来的时候想过。

罗伊人噘嘴：会那样吗？我不太想接受这个选择。

郑秋冬没接话，琢磨片刻：我忽然觉得陈香很了不起，他其实什么都给不了严枫，严枫也什么都不需要。陈香战胜死亡恐惧的手段只有一个，就是不遗余力去爱，当爱成为救命稻草的时候，他活得才能踏实。不然，他的心跳随时都会停止。

罗伊人眼圈发红：真羡慕严枫，那天严枫说陈香，他永远没有明天，一觉还能醒来，那都是运气好。听那话我真想大哭，那话我以前就听过……

郑秋冬一怔：老白？

罗伊人点头：想得越多，越觉得我们不容易。秋冬，11 年呀，历经 4000 多天，隔着千山万水，无数的理由可以让我们分道扬镳，怎么会有今天呢？能有今天，只有一个理由。

郑秋冬深情：我没忘记你，你没忘记我。

罗伊人抹着眼泪：不是。

郑秋冬：那是什么？

罗伊人委屈地：是我脸皮厚。

郑秋冬：这话太不文艺了，怎么讲？

罗伊人：两次来杭州，两次碰钉子，铁石心肠的你连句热乎话都没有，可我就是死等……她突然破涕为笑：等出来的机会嘛，你被退货了。

郑秋冬眼眶发红，揽过她：靠，你现在这话，也太落地了。

罗伊人看着他，若有所思的样子。

郑秋冬：想什么呢？

罗伊人想了想：想疯。

11. 郑秋冬办公室　日内

郑秋冬在签署文件，三四个工作人员等在一边。签完一份，拿走一份，然后接着签。

最后一份翻看，扔在一边，起身朝门口走去：报价转让这块，先让财务总监签。下午我可能不回来了，告诉林经理……

林拜出现在门口，郑秋冬停下：我去见严冰河。

林拜点头：只有一个要求，需要你回来的时候，立即回来。

郑秋冬：一定，拜托了。

12. 陈香办公室　日内

郑秋冬在严冰河的陪同下从外面走来，进入办公室，二人脚步沉重。

严冰河：我一直不愿评价这个人，陈香既是为盛煌立下汗马功劳的人，也是吃里爬外的奸细，像是某些历史人物。

二人坐下，严冰河：我不好评价。一个董事长秘书说，功过相抵，看在对严枫一片真心上，还是该给功大于过的评价。

郑秋冬：我也这么认为。陈香让我想到自己，我没他那么纯粹。他的后 20 年都是为别人活的，都是在付出，不计回报。

严冰河：他知道回报对他没有意义。

郑秋冬理解了这句话：对，只有不想回报，才能……纯粹。

严冰河：谢谢你愿意为红红、为我这个当父亲的人做这件事。

郑秋冬观察周围：严总不必客气，为严枫，还有陈香，为我自己，还有我的朋友。郑秋冬看到陈香办公桌的靠椅椅背上挂着一个双肩背包：这是他的?

严冰河点头。

郑秋冬看着双肩背包，视线又挪到办公桌上，伸手打开一个抽屉，里面都是陈香整齐的用品，电动剃须刀、墨镜、手表、钱包、手链、相机、充电宝等等。其中有一小瓶香水。

郑秋冬拿起看着，往空气中轻轻一喷，闻了闻：他的?

严冰河：应该是。最近一年多，我基本不太跟他交流。

郑秋冬用手扇了扇眼前的空气，嗅着。

13. 员工休息室　日内

空无一人，严枫静静地坐着，看着《茜茜公主》，困倦的样子，目光无神。

郑秋冬背着陈香的双肩背包出现在门口。

严枫慢慢扭头，看见他。

郑秋冬微笑着：我来了。

严枫好像在回忆，感觉思考很吃力，片刻，她笑了，起身来到郑秋冬面前，抓住他的衣角。

郑秋冬：你想说什么?

严枫闻到了什么，靠近他脖子，细闻，高兴，然后拉着郑秋冬的手，让他看《茜茜公主》。

郑秋冬看着，困惑。

14. 严枫病房　日内

陈香的双肩背包放在床边，严枫抚摸着背包带，满意的样子。

窗口，罗伊人和尹医生出现，观察着郑秋冬和严枫。

郑秋冬看到了他俩，没做出任何反应。

罗伊人朝他微笑。

这时，严枫慢慢靠近郑秋冬的怀里。

郑秋冬瞬间有些紧张，不知所措。

罗伊人诧异，跟郑秋冬眼神相遇，她示意他，抱她。

郑秋冬慢慢抱住了严枫。

罗伊人欣慰地笑。

尹医生：你的提示是正确的，谢谢你，罗小姐。

15. 医生办公室　夜内

罗伊人和尹医生。

尹医生：这种病患的记忆一般都会有损伤，只不过严枫的失忆症特征更明显，可理解为精神分裂的并发症。

罗伊人：一个心理学家给我看过资料，创伤性的生活事件会造成解离性失忆症，特别是对年轻的女性，她这算吗?

尹医生：解离性失忆症，看来你真下功夫了，严家请过失忆症专家来会诊，她的失忆症特征既有心因性的，也有解离性的，没出明确的诊断结果，好在还没有多重人格的症状，那样会很糟糕。

罗伊人：多重人格?

16. 严枫病房 / 走廊　夜内

罗伊人敲门进来，带着打包来的饭菜，郑秋冬在给严枫剪指甲。

严枫满脸幸福，看到罗伊人进来，竟然朝她点了点头：你好。

郑秋冬和罗伊人都惊着了。

餐桌上，三人吃着，严枫先起身，来到罗伊人身边，轻轻拉住她的手。

罗伊人高兴，跟郑秋冬交流眼神。

郑秋冬点头，小声：变化还是很明显的。

没想到，严枫拽着罗伊人，一直到门口，开开门把她推出去，又关上了门。

罗伊人一时尴尬。

郑秋冬耐心地问严枫：怎么了?罗小姐是给咱们送饭的。

罗伊人在窗外看着，严枫拽着郑秋冬挪到床边。

罗伊人脸色一下变了。

郑秋冬也僵硬着。

严枫抱着他，推他上床，郑秋冬站立着不动：还没吃完呢，红红，我还没吃饭呢。

严枫委屈的眼神盯着他，抓过郑秋冬的手，往自己的衣服里塞。

罗伊人不敢再看，低下头，突然感到恶心，冲进卫生间。

17. 医院卫生间 / 盛煌总部会议室　夜内

罗伊人打开水龙头，吐出一些口水，脸色惨白，看着镜子里的自己。

她似乎听到外面严枫的笑声。

她关上水龙头，细听，笑声又不见了。

罗伊人思索着，急忙掏出电话，拨号，声音颤抖：严总，我是罗伊人，是的。

严冰河和三个专家模样的人在开会：你好，辛苦了，小罗。小郑把你们的打算都跟我说了，我也在向精神方面的专家请教呢。

罗伊人有点蒙：方案，哦，秋冬给您说了……

严冰河感动：说了，为了帮红红，顶替陈香的身份，为难的是你呀，罗小姐……谢谢，我这个做父亲的更要多做。

罗伊人焦急：严总，我们多做没问题，这是我们自己的选择，可是今天晚上，严枫好像……不让秋冬走，要留他……过夜，这可怎么办？不能拒绝她，又不能……严总，我现在就在医院走廊，严枫把我赶出病房，尹医生也不在，您能帮帮我吗？

严冰河惊讶：还有这样的事？

罗伊人快哭了：严总……严叔叔，您是盛煌的董事长，严枫的父亲，陈香的老板，你就来一趟把秋冬叫出来吧，说有重要的事情要办，要开会，要讨论……布置工作什么都可以，只要把他叫出来就可以，行吗？

严冰河起身：我马上。孩子，别着急。

18. 医院走廊　夜内

罗伊人从卫生间出来，来到病房窗边，她不敢再走了，试着往窗里看，看到一半，也不敢再看。最后难过地蹲了下去。

19. 严枫病房　夜内

郑秋冬给严枫递上药片，严枫吃下，郑秋冬给她喝水。

郑秋冬紧张地看着窗外。

严枫又抱住了他。

20. 医院走廊　夜内

罗伊人等着，焦虑的表情。

21. 医院走廊 / 严枫病房　夜内

罗伊人焦虑地等着，严冰河带着两个手下走来。

罗伊人迎上前去想说什么，严冰河挥手，示意不用说，来到窗前看着，严枫抱着郑秋冬靠在床上打盹。

郑秋冬端坐床边，示意，她睡了。

严冰河进入严枫的病房，两个手下等在门口。

片刻之后，严冰河带着郑秋冬走出病房。

郑秋冬笑着朝罗伊人走来：别介意，她是个病人。

罗伊人眼泪下来了，摇头。

22. 街道　夜外

郑秋冬和罗伊人亲密地走来。

罗伊人抱着他的胳膊：她能说“你好”，已经很了不起了。后来又说什么了？

郑秋冬：后来还说了一句“陛下”，就说了一次，肯定是《茜茜公主》里的称呼，明天尹医生知道了，一定会很兴奋。

罗伊人面露愁容：以后这会成常态，你是陈香，她离不开你，留住你是合情合理的，怎么办？

郑秋冬茫然：我想，她应该出院，住回家里去，让医生去家里观察、治疗，那样即使我不去，她家人也能照顾。

23. 安静的铁板烧餐馆　夜内

郑秋冬和罗伊人面前的厨师把烤好的菜推给他俩。

郑秋冬给罗伊人夹菜：吃一点吧。

罗伊人摇头：一点胃口都没有。

郑秋冬假装严肃：不行，必须有，吃。

罗伊人吃着：秋冬，我们可是完完全全的好意，真想帮她。怎么会拐了这么个弯儿，变成这样的？

郑秋冬揽过罗伊人：其实问题出在我们自身，把事情想简单了。心别乱，慢慢会好的，只要找到好的方法。

罗伊人干脆趴在桌子上，把脸埋在胳膊里，长叹：我的心情被她弄得，就像块皱皱巴巴的布……搂搂抱抱的，我还能装看不见，留下过夜，真不能再装了。我都想好了，要是严冰河过不来，我也没有更好办法的话，6点一到，我就进去把你揪出来。

郑秋冬抚摸着她的头，揪着她一缕头发：揪，是这样吗？

罗伊人抓过郑秋冬的手，紧紧攥住：是这样，就像葵黄一整夜地攥住陈修风的手一样，这样把你揪出来。

郑秋冬：要是严枫跟你拼命呢？

罗伊人一下没词了，愣愣地看着桌面。

郑秋冬：你太可爱了，别纠结，会想出好办法的。哎，那天跟陈香视频对话，他上天台以后，是不是说过那样的话，说严枫没有朋友，以后你们做她朋友吧，她好像很信任你和罗小姐，说信任咱俩。

罗伊人：说过。

郑秋冬：这算他临终嘱托吧。

罗伊人：你不用说这些，我明白你的意思，帮她是应该的，可这世界上就一个郑秋冬，你是我的，

我谁也不给，这不叫自私，也不能证明我不想帮她。

郑秋冬：我发誓，我是你的，谁也拿不走。

罗伊人笑了：男人不是不爱说这种肉麻的话吗?

郑秋冬：第二次初恋嘛，什么不敢说呀，我爱你。

罗伊人满意拍手：这还不错，爱听，以后每天三遍，饭前洗手，饭后就说这句。她的笑容这时突然不见了，皱着眉头：严枫再留你过夜怎么办呀?

郑秋冬拿起她的手，轻轻吻着手背，看着她的手，拈起小手指：你怎么突然变小了好多，动不动就撒娇了。

罗伊人：这不叫撒娇，这叫态度，不用学，跟你在一起总会这样的。说严枫的事，怎么办呀?

郑秋冬笑脸变愁容：再想想，再想想。

24. 城市商业区　日外

空镜头。

25. 服装店 / 郑秋冬办公室　日内

罗伊人在挑选着男士服装，郑秋冬的电话进来，罗伊人接听，笑着：嘿嘿，真到这种程度了吗，分开 30 分钟就受不了了?

郑秋冬笑了笑：是 30 分钟吗，好像 3 天了。

罗伊人：哈哈哈，肉麻的话张嘴就来了，好听死了，听得我都快化在地上了。给你买衣服呢，说，什么事?

郑秋冬情绪一沉：昨天严冰河把严枫接回家了，回到家她找不到陈香，变得很焦虑，结果晚上，两个陪护都没看住，她推开窗户就跳出去了。

罗伊人“啊”了一声，目瞪口呆。

第 50 集

1. 服装店 / 郑秋冬办公室　日内

罗伊人：说，什么事？

郑秋冬情绪一沉：昨天严冰河把严枫接回家了，回到家她找不到陈香，变得很焦虑，结果晚上，两个陪护都没看住，她推开窗户就跳出去了。

罗伊人“啊”了一声，目瞪口呆。

郑秋冬：别紧张，幸亏落在了遮阳棚上，只是把脚崴了，没事。

罗伊人生气：你怎么能这样讲话，吓死我了。

郑秋冬：对不起，他们就是这么给我说的，也吓了我一跳。还有……严冰河约我见面，不知道会发生什么事。

罗伊人：我跟你一起去吧。

郑秋冬：不是去他那儿，他要来德仁。

罗伊人：那就挂了吧，我马上也过去，千万别出什么大事。

2. 车水马龙的街道　日外

空镜头。

3. 德仁电梯间　日内

电梯门打开，罗伊人匆匆出来。

4. 德仁公司 / 林拜办公室　日内

罗伊人进来经过林拜办公室，看见郑秋冬办公室。她犹豫着，林拜赶紧向她招手。

林拜办公室里，罗伊人：怎么了？

林拜关上门，指了指隔壁，小声：严冰河，一个手下都没带，单刀赴会。

罗伊人：谈什么呢？

林拜摇头：脸色很难看。

罗伊人：你估计会是什么事？

林拜直挠头：肯定是……严枫的事，没有头绪，往哪儿猜。

二人等着。

片刻，外面传来严冰河的声音：“再见”“留步”“您请回，千万不用送，郑总”的客套话。

一个人影划过林拜的门。

罗伊人：要坏事。

林拜：为什么这么说？

罗伊人：“您请回”“郑总”，严大老板对郑秋冬从来没这样称呼过。

罗伊人推门看外面：过去吧？

林拜想了想：你先过去吧。

5. 郑秋冬办公室　日内

郑秋冬斜靠在沙发里，看着窗外，眼神空泛。

罗伊人进来，轻轻地坐在他身边：心情不好？

郑秋冬：你看过电影《茜茜公主》吗？

罗伊人：一、二、三部都看过，很早以前了，怎么了？

郑秋冬坐了起来：严枫跟陈香以前坐船游览过多瑙河，那是多瑙河吧。昨天晚上她回家，在电视上又看到了《茜茜公主》，勾起什么往事吧，闹着要往外跑，估计是想见陈香，他们不好意思叫我过去，晚上她就跳了楼，当父亲的没办法，就又找来了。

罗伊人低头琢磨：你去吧，严枫……她也需要她男朋友的呵护，有而得不到的苦水我们都喝过，我不想成为你两头为难的那一头，可就是不能在那儿过夜。

郑秋冬犹豫一会儿：要是过夜，严枫就能好呢？

罗伊人愣住。

郑秋冬：我没想这么做，只是严冰河刚才跟我这样假设的。

罗伊人：做父亲的怎么会这样设想？

郑秋冬：对于严家，首先需要的是正常、健康的继承人，我可以拒绝，但很理解。

罗伊人愣了一会儿：你爱我吗？

郑秋冬：当然。

罗伊人：如果我用这种方式去帮助别人呢？

郑秋冬一把抱住罗伊人：这种假设你的确受不了。也许我们该一起去见他。

6. 严冰河家别墅　日内

客厅，随从把郑秋冬和罗伊人带了进来，严冰河客气地迎出来：不好意思，二位请坐。对阿姨说：倒茶。

郑秋冬和罗伊人落座，罗伊人小声：这么客气，变了一人？

郑秋冬、严冰河、罗伊人在茶几边坐好，茶水茶点摆好。

罗伊人看着客厅：严枫呢？

严冰河：昨天摔了一下，有些挫伤，去医院了，一会儿就接回来了。

严冰河看着他俩，郑秋冬有点为难，罗伊人索性：严总，我们商量过了，对严枫我们会尽力而为，可是也必须有所不为，您该能理解。

严冰河愣。

郑秋冬难过：您一定也有思想准备，我知道您是多么痛苦的父亲。

门外，传来嘈杂的声音。

严冰河急忙：回来了，你可以试着跟她说话。就说你昨天一整夜都在公司会议室开会。

罗伊人：她能听懂吗？

严冰河：不知道，我就是这么跟她解释的，好像也能听进去。

郑秋冬点头：会议室开会。

门口严枫出现，她看见郑秋冬，黯淡的眼神一下就亮了起来。

郑秋冬起身：去医院了。

严枫径直过来抓住他的衣角，呆呆地看着他，突然打了一下郑秋冬。

罗伊人转脸不看了，严冰河示意她喝茶。

郑秋冬把严枫引到沙发上，耐心：公司会议室开了一夜的会，上半年同业竞争情报各种排序都出来了，分析团队加班核对数据，我必须在。听爸说你受伤了？

严枫听着，但没什么反应。片刻后，她慢慢转头看向罗伊人。

严冰河急忙：罗经理找我有点事谈。

罗伊人：你好，严小姐。

严枫无动于衷。

这时，秘书手里拿着张纸，示意严冰河过去，秘书把纸给他看，严冰河看了一眼，再看，接着身体慢慢开始倾斜，秘书一把扶住他：严总。

郑秋冬吓了一跳，跑过去扶着：严总。两个人都没扶住严冰河，最后还是慢慢倒在地上了，罗伊人过来对秘书说：快打 120。

郑秋冬给严冰河解着衣领：平躺着，别动他。

严枫平静地坐在沙发里，好像什么都没发生一样。

罗伊人捡过那张纸一看，不由得啊了一声。

那是一份妇科诊断书：上面写着“宫内早孕、早兆流产”。

郑秋冬接过去看，大惊：怀孕！

二人看向沙发里的严枫。

严枫看着郑秋冬，竟然开口：陈香。

二人惊讶。

7. 医院病房　日内

郑秋冬陪在这里。

严冰河苏醒，看着他。

严冰河看着郑秋冬：那诊断书呢？

郑秋冬：罗经理保管着呢，您放心。

严冰河：罗经理呢？

郑秋冬：在前院陪严枫呢，怎么办？这不是个好消息。

严冰河：灾难性的。我的一生中，有过两次力挽狂澜的经验，一次是靠危机公关，一次是靠赌。这两次，如果失手一次，都不会有今天的盛煌。

严冰河神色严峻地看着郑秋冬。

郑秋冬：严总您是不是有什么话要说？

严冰河：红红这身体应该是第三次了，也是最折磨我的一次，我还想再赌一次。

郑秋冬不明白：怎么赌？

严冰河犹豫半天：扶我起来，我给你说件事。郑秋冬把严冰河扶坐起来。

严冰河：四年前，红红和陈香去过一次德国，留下美好的回忆，第二年又去了，很喜欢那里……最近这些日子，她老看《茜茜公主》，我突然想到你们可以故地重游，去德国旅行一次，在那种特殊的场景里，或许能给她意外的触动。

郑秋冬惊诧：严总，就我们俩……

严冰河：表面上就你俩，让红红放松下来。辅助人员，包括尹医生都可以幕后随行。

郑秋冬：这个计划，尹主任知道吗？

严冰河点头，声音虚弱：他说有尝试价值。今天去你办公室，我就想说这事，可开不了口。说了一半，就停下没说，你一定觉得奇怪。可是……那张怀孕诊断书，真给我背后又架了把刀，必须要下决心。我没有任何主意了，能带来一丝幻想的就只有这趟旅行。按说，我这做父亲的，本不该撺掇这种事，这叫什么呢？不是明媒正娶的夫妻，也不是感情深厚的情侣。可是我就是有个奢望，我奢望你们故地重游能让她头脑被刺激一下，回到正常的思路上来……思前想后，这或许是唯一的可能了。这是违背常理的想法，我想长痛不如短痛，她要是能好转，你和小罗也早早解脱。还有一种可能，是我最怕的，就是即使你们去了，她还没有好转，如果是那样，严家会跟你们一刀两断，自责自负，女儿我愿意养一辈子，也不该总让你们受累，你们有你们的好前程，郑秋冬、罗伊人从此就不必再苦苦支撑这个残局了。

郑秋冬看着严冰河，无助地看着：我和她去德国，故地重游，期盼奇迹降临，唤醒她的神志。是这意思吗？

严冰河激动地点头：奇迹如果真能降临，在那样的时刻，她再知道自己怀孕，会多幸福……奇迹或许能出现。

郑秋冬：发现她怀孕了，为了这个孩子，您才决定这么做？

严冰河点头，慢慢起身，站到郑秋冬面前。

8. 医院走廊　夜内

郑秋冬疯狂地从病房里跑出来，跑向走廊尽头。

9. 街道　夜外

郑秋冬开着车。（严枫正常时期的画面，一一闪现。）

10. 安静的酒吧　夜内

罗伊人进来，郑秋冬神情悲壮，坐在角落里痛饮着一扎啤酒。

罗伊人从后面搭住他，看他：出什么事了？什么话，不能上去说。

郑秋冬没说话，罗伊人绕到他前面：想喝酒？

郑秋冬点头，罗伊人撸起袖子，对经过的服务员：一样的，两大扎。服务员应声而去。

罗伊人看着郑秋冬：严总怎么样？

郑秋冬呆呆地：没事。

罗伊人：没事怎么不早回来？

郑秋冬口气严肃：他跟我……他跟我，谈了件事。

罗伊人抬头。

两大扎啤酒。

罗伊人看着两大扎啤酒，表情幽怨：去德国，就你跟严枫，你们两个人？

郑秋冬点头：表面上是这样的，30 天。

罗伊人沉吟：多瑙河、古城堡，难怪，下午我陪她看《茜茜公主》，她嘴里还嘟囔长吻、长吻什么的。

郑秋冬意外：是吗？现在越来越麻烦，怎么办？

罗伊人：如果是我，这事我不会回来找你商量，我会当场拒绝，总有合适的方式帮他们，就像什么都没发生那样。你跟我说这些什么意思？是要跟我商量吗？

郑秋冬：让我说完，好吗？这是救人，是天大的事。我们一定也会遇到需要别人救助的事，我虽然没有答应严冰河，但是我需要考虑他这个请求的全部含义。一个父亲，让一个并不熟悉的男人带着自己心爱的女儿去国外旅行，他情愿吗？就因为他期待奇迹降临，就是这种期待，他说的是奢望，就是这种奢望推着他做出这样扭曲的决定。如果你是严枫，你的父亲做出这样的决定，而那个男士不愿意配合，拒绝合作，你想想这对于一个父亲是一种什么样的灾难？我的压力，不完全在于严枫的精神失常，也不完全是我对严家的愧疚，今天又多了一个新难点，就是如何给严冰河的父爱一些支持，知道吗，他这个年纪，他这个地位，他这样的身体，刚才，他给我跪下了。

罗伊人震惊，思索了片刻，她站起来：听着很有道理，你是要说服我答应这事，是吗？好，我答应，人命关天，人性至上，为此可以无所不为，反对的人永远都是可恶的。可是你要知道我并不是想要百分之百的你，我已经退到我能坚守的底线了，再退半步就是万丈深渊，我只想要你为我保留百分之一呀，这是不能的吗？你跟熊青春要结婚的时候，你知道我心碎成什么样了吗？我跳出来跟她争夺你了吗？没有，我请你们吃了顿饭就灰头土脸地回北京了，我知道我没有跳出来的理由，更没有权利，虽然我知道我比她更爱你，但是爱绝不能成为随心所欲、为所欲为的理由，尽管这个理由很文艺，很堂而皇之，但是我知道，这里面也包含着下作的意思，我不能。我只能把自己关在小屋里，等着你哪天发给我一条结婚的消息，我再回复……祝你新婚快乐！

罗伊人眼泪下来了：爱是有脊梁的，是站着不能倒下的，真正的罗伊人是这样想的，也许你还没来得及完全认识我。现在你是我的了，我却还是那个不能拥有你的人，你告诉我，这真叫爱吗？严冰河不容易，我也不容易，最不容易的其实是你，良心和感情搅在一起，都快把你变成真陈香了，我心疼你。严冰河跪下那是父爱如山，如果跪和跪可以对等的话，我也可以跪在你面前，请求你，为你的女朋友留一点点做女人的自尊，说句乞怜的话，你就不怕我也会精神分裂吗？

郑秋冬抱住罗伊人：对不起，伊人，我是有些走极端了，你别生气，也别多想了。

罗伊人：我一点也不多想，也没力气多想。我只要想，30 天，你俩怎么住呢？一想这个，别的就不用再想了。好了，都说完了，我现在告诉你，你去吧，我不拦。

罗伊人转身跑去。

郑秋冬像石头人一样，一动没动，半天，摸了一下腮边，发现有泪。

郑秋冬痛苦的神情，喝酒、思索。

11. 罗伊人住处　夜内

罗伊人边走边打电话：……我知道他的心情很迫切，这真是个悖论，像你说的这样，因为爱我，而不得不和另一个女的去生活。不不不，林拜千万别去，就让他自己决定吧，现在是谁也替代不了谁的时候。

对，对，谢谢了，早点睡吧，孩子哭了吧，不好意思，你忙吧，林拜，谢谢你，晚安。

罗伊人偎在沙发里，发着微信说：对不起，秋冬，我在酒吧说得是不是太狠了，别生气。

说完没发出去，想了想，手指一跳，删掉了。

12. 安静的酒吧　夜内

郑秋冬仰头靠在椅子里，喝多的样子。

不远处，几个店伙计架着一个喝醉的人出门。

郑秋冬问经过的一个伙计：那家伙怎么了？

伙计：装死，不想结账。

郑秋冬听着：不结账？

伙计：没钱，说心脏病要犯了，死在这儿，好几次了。

郑秋冬看着几个人架着出去的那个背影，思索着。

郑秋冬不同动作的喝酒、思索。（喝醉的人被架着的画面反复出现，伙计的声音：装死，说心脏病要犯了。反复出现。）

13. 罗伊人住处　夜内

罗伊人穿着睡衣在窗前站立，神情沮丧，纠结。

罗伊人对着镜子，涂着口红，门口有电梯的声音，她停止动作，注视家门。

安静的门。

失望的罗伊人，用力擦去口红。

14. 安静的酒吧　夜内

酒吧已经空无一人了，伙计：先生，我们打烊了。

郑秋冬有点醉意：几点了？

伙计：4 点。

郑秋冬竟然露出奇怪的笑：再来一杯，庆贺庆贺，凑天亮。

伙计审视着：庆贺什么？

郑秋冬醉醺醺的样子：我被一个女人轰炸了，B-52 地毯式轰炸，炸成一片废墟，炸得脑洞大开。

伙计为难：那就快去找她吧，真打烊了。

郑秋冬掏出几张百元钞票，塞给他：总会留人看店吧，最后一杯。

吧台，几个空空的扎杯。

15. 罗伊人住处　日内

罗伊人穿着睡衣在沙发上睡着了，阳光打在她的脸上。

敲门声。罗伊人醒了，走到门口，郑秋冬的声音：是我，伊人。

罗伊人没有开门：是要告诉我结果吗？

郑秋冬在门外：你一夜没睡？

罗伊人：睡得很好，我没心没肺。

郑秋冬：开开门好吗，有话想说。

罗伊人：门没关。

郑秋冬一推，门开了，郑秋冬进来，头发凌乱，眼神迷离，酒后的样子：我好傻，也不知道试一试，以为关着呢。

罗伊人：喝多了吧，我说过，永远给你留着。

郑秋冬紧紧抱住罗伊人，亲吻。

罗伊人呆呆的样子，没有配合。

郑秋冬：我决定回绝严冰河的德国计划。

罗伊人看着他：你不是没答应他吗？

郑秋冬：没有，今天他要回话。

罗伊人：我一直想做你的支持者，可昨天晚上，就是做不成了。

郑秋冬：不，你做成了，你是我最好的支持者。谢谢你把我扔在楼下酒吧里，半醉半醒的时候，我忽然有了灵感，想到一个新的主意，绝佳的主意。

罗伊人：什么主意？

郑秋冬：装死。

罗伊人：什么？

郑秋冬：要犯心脏病了。

罗伊人一脸困惑：什么意思？

郑秋冬靠近罗伊人耳朵：量小非君子，无毒不丈夫。

16. 郑秋冬办公室　日内

郑秋冬、罗伊人、林拜。

郑秋冬：严枫的病因应该来自两点，一是陈香当商业间谍的事实，二是突然死去，二者的结合杀伤力巨大，击垮了她，专业书籍称之为创伤性生活事件。现在我是陈香，我的心脏是有期限的，我可以再死一次的。这是创意点，听着，先是心脏不行了，然后住院，抢救，衰竭，直至死亡，给她一个完整的过程，让她看到、陪着、守在身边，这在她心理上很难说会起什么样的变化。她现在的意识有一点点苏醒，能说两个字的话了，再让她渐渐投入自我，调动对陈香的内心感知，随着陈香一步步接近死亡，直至接受死亡结果，我期待这个过程至少会触动她一点。退一步讲，即使最后陈香的死没能让她神志改变，不能变成正常的严枫，但她也一定可以接受陈香死了、不在了的事实，只要接受了，她的精神状态应该就会有所好转。

罗伊人：女人往往就是这样，付出一切，努力做到对得起男人，其实是为了对得起自己。严枫应该也不例外，最后的时间里，她守着陈香，看着他走了……真的，这样的话，她真有可能会获得一种心理安慰。

林拜：心理平衡，谢幕的收获感，能理解。至少听着，比那个德国计划高明一些。

罗伊人指了指郑秋冬：难点在他这儿。我简单算了一下，大概需要三到四天的时间，这三到四天里面，你需要从心脏不适住院，到越来越糟，越来越严重，最后一天要进入濒临死亡的状态，很难做到，那是要影帝级的水平。

郑秋冬：覃飞是我扮演过的角色，很失败，让我输掉了很多，但他练出了我的胆量。陈香这一次，我要把输掉的全部收复。我没有影帝的水平，但我有个习性，就是想把难做的事做成。

罗伊人赞赏：我们都欣赏你这点，是吗，林拜？

林拜一笑：先别急着互相吹捧，我问你，舞台在哪儿？医院怎么办？开胸手术要真做吗？麻醉针要真打吗？气管插管是真塞到你喉咙里吗？你进 ICU 是去睡午觉吗？怎么能让整个医院陪你玩呢？

郑秋冬和罗伊人对视一眼，郑秋冬：这也是可以解决的。

罗伊人笑眯眯：The true man show（真人秀）。

林拜想了片刻，眼睛一亮：是这样啊，不现实吧，你们胆子太大了，这种设计啊，也就是想想而已，无法实现……我再想想，至少想象一下还是很过瘾的。你们都想好了？

郑秋冬：背水一战，已经无路可走了。

林拜看着罗伊人：这需要很精细的一系列设计，外加一笔投资。

罗伊人：所以说你要想好，去哪儿弄这笔钱去。

林拜：我？这钱跟我有什么关系？

郑秋冬：首先需要一个预算。林拜，这由你来做。

林拜：我哪有时间，还要跑券商那边呢。

郑秋冬好像没听到，只管说他的：然后需要一个计划蓝本，就像电影剧本那样，每天必须发生什么事，我的病情恶化到什么程度，跟严枫说什么，怎么暗示、怎么引导她走到我们的设计里来，哪天病危哪天死等等这些，伊人，你爱看小说爱看电影，这事就交给你了，你要跟尹主任多商量。

罗伊人：OK，没问题。

林拜：你就欺负我吧。钱不用愁，我已经想好金主了，严冰河。

郑秋冬：我想过他，但他要是不赞成这个计划，可能就不愿意掏这份钱，直觉告诉我，他更感兴趣的是德国旅行计划。

罗伊人：你可是凭三寸不烂之舌打过天下的，这会儿这本家功夫该派上用场。严冰河愿不愿意拿钱，就看你怎么说了。

林拜：一做背景汇总，你亮点真不少，还是蛮多才多艺的，艺不压身，能者多劳，严冰河的钱包还真得你去掏。

罗伊人掏出一枚硬币，念念有词，然后往上一扔，掉在地上，低头看：国徽，耶，你肯定马到成功。

郑秋冬和林拜看着她。林拜问郑秋冬：她怎么了？

郑秋冬：脑子进风了。

17. 陈香办公室　日内

郑秋冬在看陈香的电脑，严枫在工作人员的陪同下木然地溜达进来，看见郑秋冬，眼神一亮：陈香。

郑秋冬吓了一跳：哦，红红，吓了我一跳，你怎么来了？

严枫过来抓住郑秋冬的衣角：看你。

郑秋冬揽她在身边：在看我以前的微博，有些事情都不记得了。他示意陪同人员，没事了。

陪同人员：楼下车里。说着离开。

严枫盯着电脑：电影。

郑秋冬：电影？要看电影？

严枫笑：茜茜。

郑秋冬皱眉：我给你拷贝一版高清的，去放映厅看，好吗？

严枫：茜茜。

18. 某僻静处　日外

严冰河的车停在不远处，罗伊人和严冰河。

严冰河：昨天晚上我考虑了很久，其实我应该先来找你，你答应了，小郑才好答应。

罗伊人：为了严枫能恢复，做什么都可以，就是这个德国旅行我不赞成。

严冰河：这不意外，如果你答应，我可以用钱补偿你的损失。

罗伊人诧异：多少钱？

严冰河：空白支票，你随便填。

罗伊人：父爱之心我看到了，我敬重。严老板，能补偿我、让我同意的那笔钱数是不存在的，您也不要在我这儿耽误时间，郑秋冬有个全新的方案，他去找您了，该听听他的。

严冰河有些遗憾：你不同意，他只有决定放弃，他能对我说什么，你直接告诉我就行了，我也不必见他了。

罗伊人：该他说的我说不合适。

严冰河：当然，也没有人说你们必须要伸出援手。

罗伊人：不，不，严总，我们自己对自己说过，必须要伸出援手，您别悲观，还是去见郑秋冬吧，别把事情想得太坏，让他告诉你，我们要伸什么样的援手。

严冰河困惑地看着她。

汽车里的电话响，罗伊人：应该是他的。

司机下车把电话递给他，一看：真是他的。

19. 街道　日外

严冰河的车驶过。

20. 陈香办公室　日内

严冰河匆匆进来，看见郑秋冬：哎，怎么就你一个人？红红呢？

郑秋冬：去楼上视听室看电影去了，护士陪着呢。

严冰河走近：考虑得怎么样？

郑秋冬：考虑好了，我不能执行去德国的计划。

严冰河苦笑：说说你的新想法。

郑秋冬一愣。

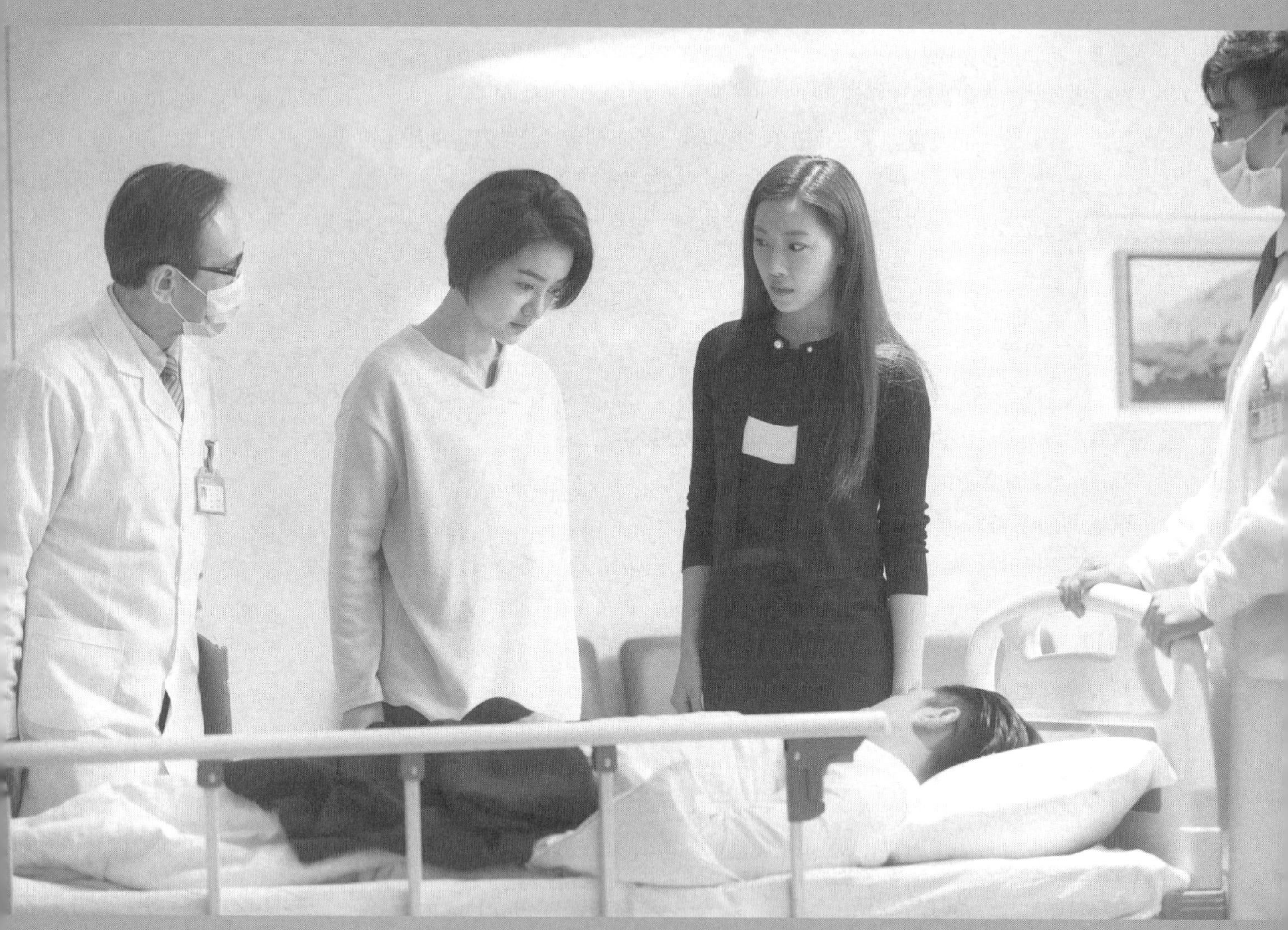

第51集

1. 陈香办公室　日内

郑秋冬：在尹主任和心理学专家的指导下，我们制订了这个新方案，听着有些异想天开，有些复杂，概括起来一句话，就是，我的心脏开始衰竭，在医院住三到四天，慢慢走向死亡，这个过程里，我会恳求严枫陪着我，用我们需要的情绪去触动她。

严冰河疑虑：会不会加重她的病情？她可再也受不了刺激了。

郑秋冬：这个设计的好处就是，主动权在我手上，我会观察她的反应，绝不会让她受惊吓，尽量控制她的悲痛情绪，用豁达的生死观影响她，把陈香对生的种种梦想寄托给她，让她有替陈香活下去的心得。严总，有句俗话叫以心换心，凭严枫对陈香的感情，我要不能以死撼动她，也就不配去爱一个人了。我“死”后，您期待的康复奇迹或许真能降临。

严冰河思考：听起来，是个好主意，操作呢，会很难的。你一个健康的人，能假装出心脏衰竭而死的样子？

郑秋冬：事在人为。严总，如果您也认为这是个不错的主意，我们就该往下谈，谈合作。

严冰河：怎么合作？

郑秋冬：这个计划是需要投资的。

严冰河：哪些方面？

郑秋冬：我们跟尹主任计划好了，他和院方都很愿意配合。我们要租下康复中心新门诊楼的一整层，还要租医疗设备、器材。还要请一些护士、医生按照我们的计划去实施，这些都需要费用。

严冰河：预计多少钱？

郑秋冬：林拜在做预算，应该不少，但一定比您让罗伊人在空白支票上随便填的数字要小得多。

严冰河诧异地看着他。

郑秋冬晃了晃手机：刚才告诉我的，她说她非常理解什么叫父爱如山。

严冰河起身：林拜的预算出来马上交给我。

郑秋冬：一定，祝合作愉快。

严冰河口气沉重：愉快不愉快就看最后结果了。说完要走。

郑秋冬：我们德仁团队有十足的信心。

走到门口的严冰河停下脚步，没有回头：那再好不过，你们是我的希望，谢谢。

郑秋冬看着他走出办公室。

2. 德仁会议室　日内

罗伊人用投影仪在介绍情况，投影上是一个医院的外景，但是周围没有人。

郑秋冬、林拜以及尹医生在听。

投影上，医院的外景变成内景，长长的走廊，空无一人。

罗伊人：这是精神康复中心滨江区的新门诊楼，我们需要加工两个区域，一是一层挂号、门诊、急诊、药房区域的设备陈设，药品布置，建立完整的指示牌系统，以有真实感为目的。

投影上出现一个空空的房间，什么都没有的房间。

罗伊人：二是住院部二楼，二楼的 2 号病房，这将来会是你的病房，严枫陪你度过的大部分时间将会在这儿，包括去世。

郑秋冬认真地看着空空的房间。

罗伊人：2号病房的隔壁是预留的设备间，到时候我和尹主任会守在那里，这墙上有面镜子，我们可以看到你们房间发生的事，跟你配合应付可能发生的意外。临场调度所有参与项目的人员。

尹医生：宋院长牵头开过会了，中心会全力配合的，作为综合治疗计划，我们科室也立项了，我会跟你们一起，直到项目结束。还有，医专的护士班也联系好了，五男十二女，应该够用。

罗伊人：我这边会和尹主任密切配合，专业方面我们不懂，我服从您的指挥。

尹医生摇头：也别这么说，罗小姐，到了这个时候，情感、关怀和人性的部分就显得更加重要，我的个人生活在这方面是有不少欠缺的，一起努力吧。

林拜：严冰河的钱已经到账，开弓没有回头箭，我们都是在完成辅助工作，我倒想问一句，你准备好了吗？

郑秋冬看着屋顶的灯：没有，一直在想要准备什么，尹主任，我怎么才能跟严枫在思想上碰撞到呢？

尹医生：碰撞，这不会有卯榫那么确定的契合点，但是有一点很重要，就是你要像陈香那样……尹医生看向罗伊人。

罗伊人：请讲。

尹医生：那样爱上她，就像你爱罗小姐这样，她会有感应的。

郑秋冬、林拜、尹医生都看向罗伊人。

罗伊人低头沉吟：我相信，如果你能做到，她一定会感到很幸福，我确信无疑。

罗伊人笑着抬头看着郑秋冬。

郑秋冬：我信。我看了陈香所有微博，确实他对严枫的情感是很独特的。

罗伊人：每一天都当成最后一天过的人，一定不会担心失去什么，是会付出。

林拜：还是那句话，你准备好了吗？

郑秋冬犹豫：不知道，应该没有吧。

3. 街道　夜外

郑秋冬：一个人的时候，我会问自己，我们在忙活什么呢？

罗伊人：在帮着严家度过一场危机，也是你的危机，最后导致了我的危机。

郑秋冬看着她：怎么讲？

罗伊人：严家是健康危机，你是良知危机，我是感情危机。

郑秋冬：确实，过去还是不很了解你，这次觉得你还有很多新鲜的地方。

罗伊人：比如？

郑秋冬：豪气、仗义，跟印象中的你没丝毫关系。

罗伊人：这不算新鲜，以前也是这样呀，大一第一次逃课不就是为你嘛。

郑秋冬：不不不，我的意思是说大器人格，你不是斤斤计较的人。

罗伊人：也算对，再比如呢？

郑秋冬指了指她嘴唇：性感了，总想亲。

罗伊人乐：随你便了。

郑秋冬想亲，又停下：刚吃东西了，不太好。

罗伊人：哪那么多事呀。说着揪着郑秋冬的领子就亲上了。

亲毕。郑秋冬美美地笑着：太粗暴了。

罗伊人：别客气。

4. 医院大堂　日内

空空的医院大堂。

罗伊人、尹医生和一个陌生人走来。

陌生人甲：灯、指示牌、走廊椅、绿植都按设计图布置好了。

罗伊人观察：太空了，怎么也要有几十个人布置在周围。

陌生人甲：您放心，医生、护士、保洁员、保安员，一共 90 个人，轮椅、担架车、急救车都已经落实，一定会营造真实的氛围。

尹医生：这个环境我不担心，严枫不会在意，关键是病房，那是严枫最主要的活动区域。

罗伊人：走吧，去病房看看。

5. 2 号病房 /2 号病房的隔壁房间 / 严冰河家别墅　日内

罗伊人、尹医生和陌生人甲进入。

这是一个比一般病房大一些的特殊房间，病床、简易的衣柜、卫生间、沙发区、小餐桌、电脑桌，桌前的墙上还有个不大不小的镜子。

病床旁边摆放着心电监护、血压监测、吸氧、中心静脉压检测等设备。

2 号病房的隔壁，通过镜子，可以看到病房。

罗伊人来到这边，看着病房的病床、枕头。

罗伊人拿出手机，拨号。

严冰河家客厅，郑秋冬正陪着严枫在玩“找不同”的游戏。

严枫神情认真地在找不同，指出一点。

郑秋冬使劲为她鼓掌。

严枫笑了。

电话响，接听。

罗伊人：喂，陈香，说话方便吗?

郑秋冬：哦，方便，我跟红红在一起呢。

罗伊人：康复中心这边都已经准备完毕，尹医生说你可以按计划实施了。

郑秋冬看向严枫：好，知道了，到看运气的时候了。

电话挂了，严枫生气地把画册扔在地上，不高兴。

郑秋冬耐心地捡起画册：来来来，我帮你找，你看这儿，又是一个不同吧。

严枫高兴。

郑秋冬抚着胸口：我有点不舒服，躺一会儿好吗?

严枫站起身，让郑秋冬躺在沙发上，然后又坐在他旁边，呆呆看着。

郑秋冬：明天我正好没什么事，你陪我去医院做定期检查，好吗?

严枫微笑着看他，慢慢地她把脸凑到郑秋冬嘴边，亲吻他。

郑秋冬跟严枫亲吻着。

拐角处，严冰河看到了这一幕，表情复杂。

6. 城市夜景

空镜头。

7. 罗伊人住处　夜内

郑秋冬和罗伊人靠在沙发里，在看 iPad，里面在放着《楚门的世界》结尾，楚门的船遇到了天片。楚门、前女友、总导演的画面。

郑秋冬：我这边可能会到临死的时候，难度很大。你那边也很难，你看这个导演，多痛苦呀。

罗伊人：我比他还要痛苦。

郑秋冬：因为我。

罗伊人点头。

郑秋冬：陈香在微博里说，心里有了女人，那是件非常可怕的事，因为这女人能让你什么都敢做，甚至死都不怕。

罗伊人琢磨：为什么单跟我说这句?

郑秋冬思忖一番：我今天跟严枫接吻了。

罗伊人看着他，表情平静：我只能这么理解，你是为我吻的她，以后不要告诉我这样的事，否则我会质疑你的情商。

郑秋冬眼眶发红，使劲点了点头：质疑就质疑吧，情都给了你，商就不想在乎了。

罗伊人苦笑：那不行，情不能外流，商也得给我留着，你的都是我的。说着打开电脑：我们在做的事情其实很疯狂，千万别失控。好，看这儿，这是我跟尹医生，还有那个心理学家设计的整体计划，这是明天的进度，你要像领跑的人一样，一定要把严枫带进我们设计的情境里。

郑秋冬认真地看着。

8. 严冰河家别墅　日内

严枫木然地在看 iPad 里的《茜茜公主》。

郑秋冬和严冰河在一边看着，郑秋冬小声：是她自己打开的?

严冰河点头：早餐吃面包，自己去冰箱里拿了黄油。

郑秋冬诧异：有记忆了。

严冰河：剩下的时间是你的了。说完离开。

郑秋冬坐到严枫身边。

严枫看着他笑了：茜茜。

郑秋冬：对，茜茜。这是多瑙河，我们也从这儿顺河而下。风光很美，记忆深刻。你还记得吗?

严枫手在屏幕上划着，似是而非地点了点头。

郑秋冬追问：你真记得?

严枫又恍惚地摇头，慢慢抬起手，给郑秋冬看 iPad。

郑秋冬看着画面里的茜茜和弗兰克，看着严枫。

严枫笑得非常烂漫，慢慢凑到郑秋冬面前，吻他。

郑秋冬慢慢抱住她，吻着。

吻着吻着，突然郑秋冬松开了手，急忙捂住自己的胸口，呼吸紧促，靠在沙发上。

严枫大惊，啊啊直叫。

郑秋冬手指角落的双肩背包：药……

严枫跌跌撞撞冲过去，打开拉链，拿出一个精致的皮质手包，拉开手包拉链，从侧兜里摸出一个药瓶，熟练地开盖，倒出一片药，过来塞到郑秋冬嘴里，跑去厨房拿了瓶矿泉水，拧开盖，给郑秋冬往嘴里倒。

郑秋冬惊讶地看着这一幕，咽下药片：药片在哪儿，你还记得？

严枫点头，一脸着急。

郑秋冬一手抚摸胸口，一手拿出手机，手机掉到地面上，严枫急忙捡起来。

郑秋冬吩咐：打 120。

严枫拿着手机，看着键盘不知道怎么拨，着急，她抓过郑秋冬的手指放在键盘上，让郑秋冬自己按。

郑秋冬按下 120。

9. 街道　日外

120 急救车驶过。

10. 急救室门口　日内

严枫等在门口，这时，罗伊人经过：哎，严小姐，您怎么在这儿？

严枫愣住，下意识地用手指了指急救室的门。

罗伊人：谁呀？出什么事了？

严枫有些着急：陈香……

罗伊人惊讶：陈香，陈香怎么了？

这时，医生出来：谁是陈香家属？

严枫看着医生，罗伊人重复：医生问谁是陈香家属？

严枫好像没听到，往病房里看着。

郑秋冬躺在病床上，朝她笑了笑。

医生再问：你是陈香家属吗？

严枫看着医生，又看罗伊人，罗伊人：你是陈香的女朋友吗？

严枫愣半天，点头：我是……是。

医生：陈香需要住院。

严枫诧异。

罗伊人看了眼郑秋冬，郑秋冬看着她。

11. 2 号病房 /2 号病房的隔壁房间　日内

两个男护士推着郑秋冬的担架车进来，严枫紧随其后，一脸焦虑。

镜头接近墙上的镜子，穿镜而过，镜子另一面，是罗伊人和尹医生。

镜子是特殊材料制作的，一面是镜效，一面是玻璃效果，罗伊人这边看隔壁就很清晰。

玻璃窗前有张小桌子，小桌子上有台灯、水杯、电话、耳机、对讲机等。

玻璃那边护士正扶着郑秋冬躺到床上，严枫不知所措地跟着看。

对讲机响：已经推回病房了，已经推回病房了。

罗伊人批评：通知得太晚了，一离开急救室就该通知这边，他们进门一分钟了你现在通知我还有什么意义，以后要快要及时，要在他们人到之前。

对方：对不起，明白。

罗伊人放下对讲机，看着里面。

尹医生观察：她的苏醒，好像仅在于跟陈香有关的范畴，其他的方面还是沉睡状态。

护士都出去了，只剩下郑秋冬和严枫。病房里的声音是可以传进隔壁房间的。

郑秋冬从床边慢慢起身，痛苦地：本来好好的，怎么突然就……我的心脏是有期限的，也许这次就到点了，报废了。郑秋冬下地，说着朝镜子这边走来。

严枫跟过来，搂住他的胳膊，生气地摇头。

罗伊人：看，她听得懂。

尹医生：意思未必懂，她是感受到了悲伤情绪。

郑秋冬看着镜子：我住院无数次，这次会是最后一次吗？要是最后一次，你一定要陪着我，陪到死亡。

严枫听着，呆呆的，一会儿竟然眼睛里流出眼泪。

罗伊人：尹医生，眼泪。

尹医生惊讶地看着。

郑秋冬平视前方、无动于衷：死神，也是神，我是敬重的。

严枫松开郑秋冬的胳膊，走回到病床边，趴在床上哭了起来。

罗伊人：为什么会哭呢？

尹医生：可能感觉到死亡是什么意思了。

郑秋冬来到严枫身边：不哭，不哭。

严枫还是哭，甚至声音越来越大。

郑秋冬：不哭了，红红，不哭了。

严枫哭个不停，好像完全听不见。

郑秋冬沉静片刻：红红，我爱你。

严枫的身体突然停止了抽动。

罗伊人一丝苦笑。

尹医生：郑秋冬可以算半个心理学家。

严枫抬起头看着，郑秋冬给她擦着眼泪。

严枫直勾勾地看着他：再说。

郑秋冬眼中露出幸福的微笑：我爱你。

罗伊人眼球红了：这句是真心的，我听得出来。

尹医生感慨：人为什么差别这么大，我就不爱说这三个字。

罗伊人转眼看他。

尹医生：她跟我离婚的理由有一条是说我自私，自私的十个证据中有一个就是从来不说这三个字。

罗伊人：可在严枫这事上，我觉得你最懂得。

尹医生苦笑一下：是吗，你不知道，严冰河给了我什么样的报酬。

他看向病房：该给严枫换个沙发，她更需要休息。

郑秋冬抱住严枫，严枫快乐地笑：不死……不死……

罗伊人看着低下头，用对讲：吃药时间到，还有，给严枫准备个舒服的沙发。

护士进入，端着药托盘，有各种盛药片的小瓶和一杯水。

郑秋冬跟严枫开玩笑：看，我的药比你的还多。

12. 夜　外景

空镜头。

13. 2 号病房 /2 号病房的隔壁房间　夜内

郑秋冬躺在病床上，严枫坐在沙发里。

郑秋冬：我知道我说什么你都能听懂，现在你要勇敢，我们必须要说说死亡这事了。

严枫打了他一下，凝视他。

郑秋冬抓过她的手：你不懂，严枫，死亡话题对我这颗心脏来说，从来就不是禁忌，是天天会想到的，除了跟你，跟别人我是经常谈死亡的，我能感觉到，那一天已经离我很近了。

严枫难过，露出可怜样。

郑秋冬：跟我好，后悔过吗？不能结婚，更不能想象未来。

严枫身体僵直，一动不动。

郑秋冬：有时候我真希望，能早点走，你一场悲伤过去了，就重新开始了。

严枫听着，眼睛清澈明亮。

郑秋冬：你说，一场悲伤是多长时间？是不是心里剩下的爱慢慢消失了，才算一场。

严枫没有反应，但听得认真。

郑秋冬：是的，我想那就是一场。但是你不能说，对我的爱一生都不会消失，我走了就是走了，笑着走的，跳着走的，唱着歌走的。有一天我在天国感到快乐的时候，就该是你重新开始的那天，跟一个帅哥重新开始，那天晚上，我会托梦，祝福你们。

罗伊人一直在听，泪汪汪的，嗫嚅：你不会是真爱上她了……

尹医生：不会的，小罗，这才第一天，你要自信。

罗伊人：那第三天会怎么样？尹医生，我知道要自信，可人心难免贪婪，有的时候为了得到安慰，会主动选择软弱。

尹医生看着她，拿起对讲：送严枫回家，她该休息了。

郑秋冬对严枫：你以后的男朋友会是什么样？其实也别找太帅的，你看着帅，别人看着也帅，那就麻烦。

严枫看他，有点生气。

2 号病房的门开，严冰河跟一个护士出现，来到床边：陈香，感觉还好吗？

郑秋冬虚弱：不是太好，胸闷，心率也不……明天可能就会好了。转头对严枫：回家吧，好好想想我的话。

严枫摸了他脸一下，不舍得离开的样子。

罗伊人委屈，对尹医生：我难受。

尹医生叹气：那就多想想那个完美的结局吧。

严冰河赔着笑脸：走吧，红红，明天咱们再来。

郑秋冬：去吧，晚安。

严冰河扶着严枫的胳膊，走了。

郑秋冬直挺挺地躺在床上，门开，罗伊人进来，看着他没说话。

郑秋冬扭头看着她，笑了一笑。

14. 馄饨馆　夜内

郑秋冬看着 iPad：临床重点在失忆症，而非精神方面，那严枫有希望，司蓝芬是谁？

罗伊人边吃馄饨边解释：司蓝芬就是那个心理学教授，她这份指导建议是跟一位剧作家一起制定的，尹医生觉得对女性更有针对性。

郑秋冬：他们应该针对严枫这种特殊情况，这儿，有问题的女人……他指着脑袋：做出分析。这些是不是简单了？

罗伊人：他们是做了专门研究，简单的建议是为了便于执行，指导意见如果过于烦琐，你执行起来也会麻烦。这教授明天想去医院看看。

郑秋冬看着 iPad，划着页：可以，但愿能给出好的指导。相信临终节点获得最大幸福感。什么意思？

罗伊人看着：哦，意思就是说，让严枫相信，陈香走的时候，真是带着最大的幸福感而走的，而这种幸福感正是她本人给予的。这叫赞赏心理，就是说严枫的满足是来自于对自己的赞赏，这可以减轻悲痛情绪。

郑秋冬：明白了。

罗伊人看了他一眼，沉吟：晚上你回你那儿住去吧。

郑秋冬愣。

罗伊人：那样你可以更好地保持陈香状态，精神上的还有身体上的，明天还需要坚持。去我那儿不好，这时候的严枫谁知道会不会长出狗鼻子来，从你身上闻出别的女人的气味。你今天的表现很好，尹医生和我都很满意。

郑秋冬还是愣着。

罗伊人笑：怎么了，这么舍不得离开我吗？

郑秋冬：当然。太不可思议了，我也正要跟你说同样的想法，回去住，原因和担心也都跟你说的一样，一模一样。这已经不能叫默契了吧。

罗伊人：叫神通，我们的意念或许是一体的。

郑秋冬：我希望是，那我就回我家了。

罗伊人叹气：越想据为己有，越要拿给别人，好像活在绞肉机里。

郑秋冬：你在镜子那边看着……是不是很难受？

罗伊人：比看不见胡思乱想好多了。

小店主在不远处睡着了，电视播着电影《甜蜜蜜》。

罗伊人：知道吗，这个店几年前是个水果店，他在附近打工，喜欢上了水果店的一个女孩，为了能跟女孩多说话，他每天都来买水果，后来那女孩跟他好上了。他是山东人，在一家鲁菜馆做小工，女孩是贵州人，有一天女孩突然不见，说是被家长带走了，回老家嫁人了。他很难过，他想那女孩要是过得不好，也许还会回杭州，也许会来这儿碰运气，看看还能不能遇到他，如果女孩来了，遇不到他，那她会多失望呀……

郑秋冬听着。

15. 2 号病房 /2 号病房的隔壁房间　日内

严枫坐在椅子里，靠在床边，郑秋冬脸色苍白躺在床上说着，有些无力：……如果女孩来了，遇不到他，那她会多失望呀，一年后，他挣了点钱，就把那家水果店盘了下来，开了自己的馄饨店，这样如果女孩来了，不管什么时间来，就绝对不可能错过了，一等就是两年，现在店还开着，可那女孩再也没出现过。

隔着玻璃，罗伊人在听，一个中年女知识分子模样的人也在听。

严枫愣了半天：她死了？

郑秋冬愣：有可能。也有可能那女孩嫁人以后，生活过得很幸福，早就忘了这个男孩，再等两年，即使迎面走来，他们也未必能认识对方了。

严枫不高兴。

郑秋冬：如果这次能活着出去，我会带你去那儿吃馄饨。哎，红红，见到那个店主你会跟他说什么？

严枫闭上眼睛，想了一会儿轻轻摇头。

郑秋冬惊讶：不等了？对，我也是，我也会劝他别等了。

严枫木然：爱……爱情……

郑秋冬：你听懂了我的意思，是吧？爱情是碰上的，是茜茜和弗兰克那样的邂逅，说不定，在山东老家还有个更好的女孩等着他呢。别等了。

第52集

1. 2 号病房 /2 号病房的隔壁房间　日内

郑秋冬：别等了，说得好，说得太好了，红红，知道吗？这也是我最想对你说的话，要是我走了，别等，一定要好好地活下去。一定有个崭新的陈香在不远处等着你，要有信心。

严枫似乎不想听，起身站到镜子前，正好跟罗伊人面对面。

郑秋冬平躺着：这次，要是我走了，放心不下你，怕你走不出去。

严枫看着镜子里的自己，流泪。

罗伊人看着严枫，流泪。

郑秋冬：孤独、害怕、恐惧都可以有，就是不能绝望。一秒钟都不要绝望，这是我对你最大的嘱托。

罗伊人看着严枫，自言自语：你能点点头吗？

严枫果然微微点头。

罗伊人也点头。

严枫手指轻轻触碰自己的嘴唇：吻，长的。说完竟然露出羞涩的笑。

郑秋冬：吻，后面说什么？

严枫：长长的。

隔壁房间，罗伊人和中年女子一直在听。

中年女子一边听一边在纸上写着简单的字。

罗伊人显得沮丧疲劳，用对讲机：该复查了。

随后，医生进入 2 号病房，对严枫：他要去复查，你好好休息。

严枫有些害怕，郑秋冬被推走。

严枫想跟着去，医生：你休息吧，不用去，一会儿就送回来了。

严枫不安地来到郑秋冬担架车边上，看着他，小声：长长的。

郑秋冬虚弱的状态，微微点头。

罗伊人看着他们，女专家把桌上那张纸拿给罗伊人。

罗伊人接起看，脸色大变，抬头看着女专家。

女专家冷漠的脸。

严枫安静地坐在床边。

罗伊人安静地看着她。

2. ICU 室　日内

郑秋冬坐在担架床上，几个穿白大褂的医生在给他递水、补妆，眼角眼圈，脸色唇色。

罗伊人进来示意大家都出去。

郑秋冬深呼吸：好像真有点喘不过气来，心理学家怎么说？

罗伊人脸色不好看：这个时刻，这个时刻，她说，这个时刻，你们应该有一次长长的亲吻。

郑秋冬条件反射：刻意准备的长吻？这么做太怪异……

罗伊人忍着，耐心地：专家的意思是，她有茜茜公主情结……

郑秋冬：不能什么都听专家的，单纯做观感刺激，只是表面文章。

罗伊人忍着：你听我说完，严枫对陈香的爱有一定的幻想性，她想象的茜茜跟弗兰克的长吻，我已经查过，在《茜茜公主》的第二集中，其实只有几秒钟，一共两次，根本不是长吻，可这是她对你渴求的，你给了她，她可能就会认同自己就是或者很接近茜茜，这就是她现实幻想间的致命交叉点，你要是能……

郑秋冬：仅仅是我俩还好，可你就在隔壁看着，我怎么可能会……

罗伊人忍无可忍：听我说完好不好，你已经几次打断我的话了。我就想让这游戏早一天结束，你以为我愿意让你吻她吗？你以为我愿意让你把甜蜜的话、眼神、抚摸都交给别的女人吗？我这两天死的心都有了。我，我……罗伊人越说越难过，最后揪着头发大叫着：受不了了，我不干了。摔门而去。

郑秋冬愣愣地看着门，从房间某处拿出手机，对着微信：我错了，别生气，我一定吻她。我爱你。

"嗖"的一声，微信发出。

郑秋冬蹲在地上，要哭的样子。

罗伊人微信回复的声音：不该对你发脾气，最难最难的就是你了，对不起，我也爱你。

3. 2号病房/2号病房的隔壁房间　日内

严枫呆呆地坐着。

门开了，罗伊人进来：严小姐，你好，我正好路过。

严枫静静地看她：坐吧。

罗伊人：陈香呢？

严枫：病了。

罗伊人：我听医生说，他这次可能……你知道的，他的心脏已经用到……

严枫微弱地回应：记得。

罗伊人意外：真的？

严枫没有回应。

罗伊人搭着严枫：对不起，不要难过，不要难过。生死的事情，你必须要看得更开、更清，因为你爱的是陈香，跟他这么多年，最懂得什么是坚强。跟你比，我的感情缺憾太多了。

严枫同情地看着罗伊人。

罗伊人：刚才陈香跟医生说，他很幸福，因为你在身边。

严枫听着，笑了。

罗伊人：严枫，这次他可能真的没机会了。

罗伊人观察严枫。

严枫平静地点头。

罗伊人：我相信你听得懂我的话，所以我愿意跟你说，记住，如果陈香走了，是带着你给他的满满爱意而走的话，他一定走得幸福。

严枫看着罗伊人，看了很久，摇头。

罗伊人想了想：你不是想跟他有个长长的吻吗？像茜茜跟弗兰克那样的，机会不多了，为什么不呢？如果做得到，他一定会死而无憾。

严枫面无表情。

罗伊人：别留遗憾，严枫，这也许是最后一次。

严枫面无表情。

罗伊人轻轻抱了她一下，朝门口走去。

出门的瞬间，忽然身后传来严枫清晰的声音：谢谢。

罗伊人停下，回头看，严枫回头看着她。

隔壁房间，罗伊人进来，坐在旁边的靠椅里，疲态尽显。

门开了，进来的是郑秋冬。

罗伊人大惊：你怎么能擅自到这间屋里来呢？怎么规定的，你忘了，被她发现可能会前功尽弃的。

郑秋冬没接话，把她拽到面前：你说的那个长吻，是这样的吗？郑秋冬吻罗伊人，很长久。

结束，郑秋冬：是这样的吗？

罗伊人感动：是这样的，要长，但你的心不能……对，就是这样的，要长，动情，要一模一样。

郑秋冬点头：再一次体会到你爱我的程度。

罗伊人：这只是一部分，快回去吧。

郑秋冬一下回到了陈香的状态，慢慢开门，头没回地出去。

2 号病房，郑秋冬被推回来了，身上多了吸氧管、导尿管。

医生对严枫：左心衰竭，呼吸困难，夜间会有阵发性呼吸困难。我们研究后不建议外科治疗，还是药物治疗。他的心脏已经很衰弱了，请您做好准备，刚才他昏迷状态下说，希望你笑着看他离去，你笑起来比花开还美。

严枫看着脸色苍白的郑秋冬。

郑秋冬看着她，微微点头。

严枫眼泪下来了：我笑。

郑秋冬一颗泪潸然而下。

罗伊人看到了，带泪光的笑脸。

严枫把沙发搬到床边，抱来被褥铺好，蜷缩在沙发里。瞪着大眼睛，看着郑秋冬。

郑秋冬虚弱的声音：红红，我不知道这段话能不能说完，喘不过气来了，说到哪儿就算哪儿，如果这是我最后的声音，那我心满意足，因为我已经准备好了。现在，我眼前是一片黑暗，可是心里是明晃晃的，刚才听到你说话，我好开心。

郑秋冬的声音很小了，罗伊人戴上耳机听。

严枫点头，捧起郑秋冬的手，傻笑。

郑秋冬凝望着严枫：阳光太刺眼了，照得我头晕，你是谁，你是红红、严枫，是握着我的手的女人。女人、女人、女人，厚爱我的人，我回报太少，亏欠太多。临终的感觉怎么是这样的呢，总想忏悔。如果人能死两次那该多好，那第一次死就会知道自己亏欠多少，知道怎么弥补，可惜只有一次。爱一个女人，意味着永远都觉得亏欠，要是死过一次该多好，再活回来就会努力做好，可惜了，遗憾了。能听到我的声音吗？

严枫“嗯”了一声。

郑秋冬：不管能听到我声音的是什么人，都要相信，能用心去爱你，那是我心底最深的幸福，不要说谢谢我，我生是你的，死是你的。现在是生死交汇的特别时刻，我想用全部的力量和感情向你喊，我爱你！

严枫已经泪流满面：谢谢，听到了。
罗伊人已经泪流满面：听到了，谢谢。

郑秋冬：我动不了了，可以……茜茜，你可以……给我一个长吻吗？我很渴望，很需要。
严枫擦泪点头。
罗伊人看着，摘掉耳机。
严枫俯下身体，二人长吻。
罗伊人看着哭着，她捂着嘴，不敢让哭声发出来。
二人长吻。
罗伊人扭头不看了，她走到角落，头抵着墙角，泪流满面。

4. 城市　清晨

空镜头。

5. 2 号病房 /2 号病房的隔壁房间　清晨内

严枫趴在郑秋冬身边睡着了。
郑秋冬扭头看向镜子。
罗伊人和尹医生在镜子这边，朝他微笑。轻轻在镜子上敲了三下。
郑秋冬躺下。
罗伊人拿起对讲：死神降临，都拔下来吧。
各种仪器变成了死亡记录图形。
郑秋冬仰面朝上，进入了死亡的模样。
严枫醒过来了，看着毫无生机的各种仪器，看着郑秋冬。
严枫微笑着，眼泪不断。
罗伊人看着，满意，用对讲：抢救开始。
2 号病房门打开，几个医生护士进来，一看不妙，就推着郑秋冬的担架床出去了。
严枫独自留在这里。
罗伊人用对讲：请严总和尹医生到，安慰严枫。
尹医生：我过去了，严枫状态好像不错。
罗伊人满意：好像。
尹医生：我认为先不要安慰，让她自己多待一会儿，沉淀一下，或许会好。
罗伊人看着安静的严枫。

时间过渡，光影变化。
严枫坐着。
病号装的郑秋冬、罗伊人、尹医生在看着。
忽然，严枫慢慢走到床边，抱起陈香的双肩背包，朝门外走去。
尹医生：谁都不要管她，让她随便走。

三人也出了房间。

6. 医院走廊　日内

空空的走廊，严枫独自走来。

尹医生跟在身后不远处。

有个人跟严枫错过，尹医生示意不要跟她说话。

那人离开。

郑秋冬、罗伊人在走廊尽头看着。

7. 医院走廊　日内

严枫抱着陈香的双肩背包独自走来。

8. 病房大楼　日外

严枫抱着陈香的双肩背包独自走出。

郑秋冬、罗伊人在楼上窗口看着。

9. 医院大门　日外

严枫抱着陈香的双肩背包独自走出。

后景的门侧是“滨江精神康复中心”的牌子。

严枫回头，看着那个牌子，一副不可思议的表情。

这时，双肩背包里传出手机声，严枫停下打开，接听：喂，不好意思，我是严枫，告诉你一个不幸的消息，陈香走了……

不远处，郑秋冬的车驶过，停下。

车里罗伊人打着电话：是吗，太不幸了，希望你节哀。

严枫的声音：还好，我比我想象的坚强，本来我以为我会活不下去了，可是我既要怀念他，又要相信生活。

郑秋冬和罗伊人震惊地看着远处的严枫。

严枫在打电话，整个人完全是正常的样子。

严枫：对不起，罗小姐，有电话进来，我先挂了，代我向郑先生和林先生问好。

罗伊人张大了嘴：好的，挂吧。

严枫在远处打着电话，表情和手势都很轻松、优雅。

郑秋冬看着：会吗？神奇。

罗伊人：跟你在一起，我相信会经常见证神奇的。

郑秋冬：但愿。

车驶离。

10. 街道　日外

馄饨店门口，郑秋冬的车经过，罗伊人惊讶：停车。

郑秋冬停下了车。

馄饨店大门被锁，一幅手写的字横贴在门上“再见杭州，相信爱情有明天”。

罗伊人惊喜：他等到了，一定是等到那个女孩了。

郑秋冬看着那行字：一定是，感动。

罗伊人：他一定幸福死了。

郑秋冬：很浪漫。

车走。

11. 严冰河家　日内

一张陈香的遗照。旁边摆着花。

严冰河和严枫看着。

严枫放上白花，对着遗照：最后的几天，好像梦，好像你单单就为我多活了几天。

严冰河：他最后都说了些什么？

严枫：说了好多，都不记得了。

严冰河：你还记得什么？

严枫：我只记得，我只记得……天很热的时候，我找了家猎头公司，要猎一个人来，替代陈香，背着你做的，后来就没消息了。

严冰河：以后的事呢，那是60多天前的事了。

严枫摇头：再就是，陈香走了，别的不记得了。

严冰河满意地笑：一会儿，妇幼医院的许医生来，她会告诉你一个好消息。

严枫：妇幼医院的？什么消息？

12. 某带平台的餐厅　日内

字幕：六个月以后

罗伊人、林拜、大着肚子的严枫等在这里。

林拜：严小姐为什么想起约我们吃饭？

严枫：今天我碰到那个新情报官周霜荷，她说她到盛煌快半年了，我都没见过她，她说感谢我对德仁的委托。我才突然想起你们。郑秋冬、罗伊人、林拜。

罗伊人：陈香住院，临走的时候我去看过你，你不记得了？

严枫摇头：对不起，不记得了。医院有记录，我有61天的记忆缺失。

林拜：陈香临终前说的话，你还记得吗？

严枫摇头：不记得了。

罗伊人紧张：郑秋冬长得什么样你还记得吗？

林拜看着她。

严枫：当然记得了。

林拜给罗伊人示意，罗伊人拿出手机，找出郑秋冬的照片，紧张地递过去：是这样吗？

严枫看了眼，肯定地：是这样呀，郑秋冬嘛，你们什么意思？

林拜放心，朝远处挥了挥手，坐在远处的郑秋冬朝这边走来。

郑秋冬来到餐桌边：你好，严小姐，恭喜恭喜，我听你父亲说了，太奇妙了。

严枫：嘿嘿。我听说，你终于把罗小姐抢到手了。

郑秋冬：不用抢，凑合着过，我们都是别人挑剩的。怎么样？还好吧？

严枫：还好，我觉得我比我想象的要坚强，他人是走了，把期待留了下来，我们没有理由不好好活下去，他的期待就是这个 baby（宝宝），融化在我的血液里，变成一种生活态度了。

罗伊人：说得真好。也许以后记忆板块碰撞，你又能想起什么来呢。

严枫笑：我只是隐隐约约记得最后我们有个很长很长的亲吻，就像是雾里的两棵长得很近很近的树，靠在一起。

林拜瞥看罗伊人：那一定很甜蜜！

严枫：Of course（当然），很甜蜜。

罗伊人看着郑秋冬。

郑秋冬对林拜：点菜了吗？

林拜端起菜单：严小姐，想吃什么？

严枫：罗小姐，你说奇怪吧，为什么所有的记忆都没了，就只能记得这一幕呢？

罗伊人一直盯着郑秋冬在看：因为所有人都为此付出了心血。

严枫没听明白，善意地：郑先生，罗小姐的话是什么意思？

郑秋冬：她的意思应该是，今天的幸福，是用牺牲换来的，来之不易。

严枫琢磨着看菜单。

罗伊人一直盯着郑秋冬在看，郑秋冬微笑着对视。

林拜和严枫也觉得不对了，放下菜单注意着她。

最后罗伊人起身拉着郑秋冬朝外走去。

13. 餐厅外平台　日外

罗伊人拉着郑秋冬出来，郑秋冬小声解释：那是你让我亲的……再说都过去这么久了。

罗伊人把他推靠到墙上按着他的肩：那个长吻是我当给她的，现在我要赎回来。

罗伊人亲吻着郑秋冬，很久很久。

图书在版编目（CIP）数据

猎场 / 姜伟，李丽娜著 . -- 杭州：浙江文艺出版社，2020.12
ISBN 978-7-5339-6113-8

Ⅰ.①猎… Ⅱ.①姜… ②李… Ⅲ.①电视文学剧本 – 中国 – 当代 Ⅳ.① I 235.2

中国版本图书馆 CIP 数据核字（2020）第 081163 号

策　　划　读蜜传媒
责任编辑　瞿昌林
特约编辑　孙　佳
文字编辑　姜岫玉
装帧设计　创研设
排版制作　中文天地
责任印制　张丽敏

猎场　姜伟　李丽娜 著

出版发行　浙江文艺出版社
网　　址　www.zjwycbs.cn
联系电话　0571-85152727（发行部）
经　　销　浙江省新华书店集团有限公司
印　　刷　浙江新华数码印务有限公司
开　　本　880 毫米 × 1230 毫米　1/16
字　　数　1110 千字
印　　张　41.5
插　　页　6
版　　次　2020 年 12 月第 1 版
印　　次　2020 年 12 月第 1 次印刷
书　　号　ISBN 978-7-5339-6113-8
定　　价　128.00 元

读蜜文库 | 读蜜传媒旗下文学出版品牌
总策划 | 读蜜传媒　　监制 | 金马洛
合作邮箱 | dumi@dumilife.com　　团购电话 | 010-67278216